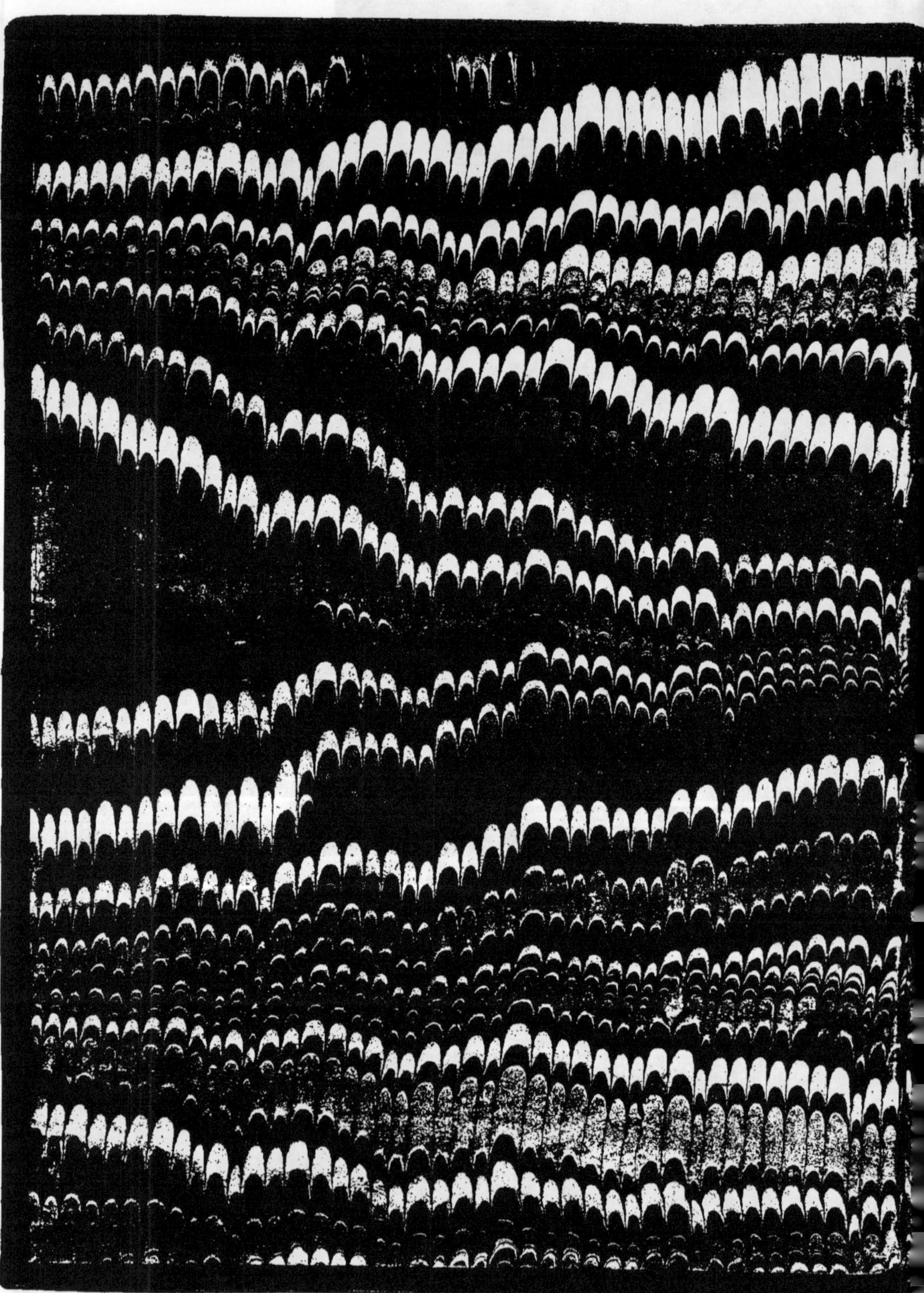

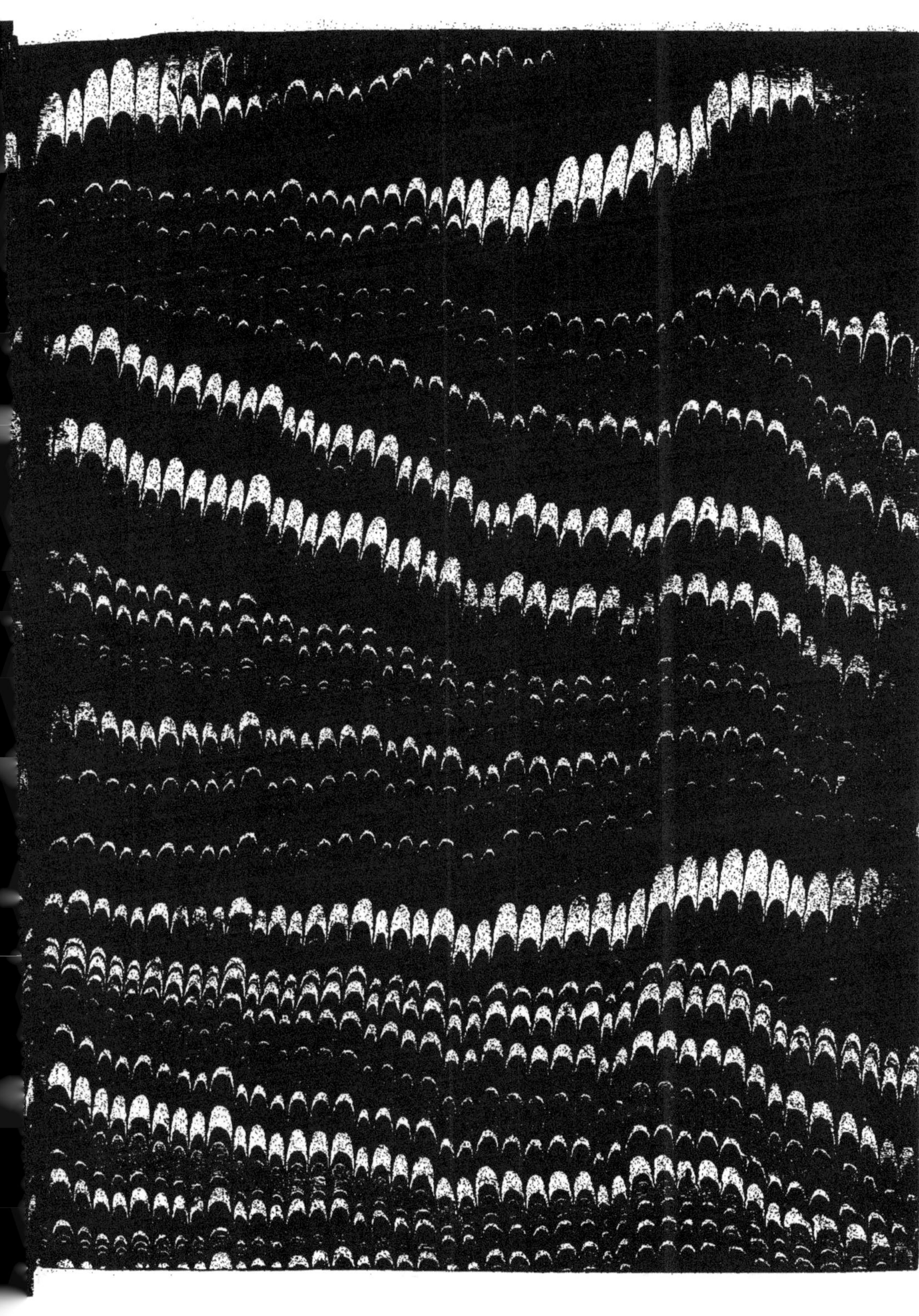

... attaquer la ... de ... et les mémoires
de l'Editeur ... qu'il ... heraults d'armes
de France ... se designe que ... des
lettres Initiales. Il trouva moyen de les
tirer d'un MR. traité par le Chancelier
à son 2e fils mort Evêque de Chartres
en 1628.
Ces Mém... ... sont composés de 3
parties. les Mémoires de l'Etat Militaire
du Chancelier à Ses Enfants, et la
Généalogie de la maison de hérault.
les Sentiments sont partagés sur
les 2 premiers de ces morceaux,
et il resulte que ni l'un ni l'autre
n'ont le mérite que l'on devroit en
attendre vu le nom de leurs auteurs.
Du reste la Généalogie ne se
trouve qu'à cette Ed. in 4° et
n'est pas dans celles in 12m. de
1664. et 1726.
Les Enfants du Chancelier auxquels la 2e partie de
ces memoires est adressée sont le comte de Cheverny
l'ainé de Ses fils et l'ainée de ses filles qui fut
marquise de Nesle. apparemment que lorsque le
Chancelier écrivoit cette instruction de ceux Enfants
étoient trop jeunes pour qu'il eus adresse la parole.
l'abbé de Gendre dit que ces instructions sont
excellentes et qu'il n'y a point de parole qu'... Les livres
... la faute qu'il leur enseigne la manière de ...
connoitre principalement à la cour.
Il n'a pas à beaucoup près aussi bonne opinion

LES MEMOIRES D'ESTAT,

DE MESSIRE PHILIPPES HVRAVLT,

COMTE DE CHIVERNY, CHANCELIER DE FRANCE.

Auec vne Instruction à Monsieur son Fils.

ENSEMBLE

La Genealogie de la Maison des HVRAVLTS, *dreßée sur plusieurs Titres, Arrests des Cours Souueraines, Histoires, & autres bonnes preuues.*

A PARIS,

Chez PIERRE BILLAINE, ruë Sainct Iacques, à la Bonne-Foy, deuant Sainct Yues.

M. DC. XXXVI.

AVEC PRIVILEGE DV ROY.

DE VIRO AMPLISSIMO

PHILIPPO HVRALTO,

CEVERNII COMITE,

GALLIÆ CANCELLARIO,

ELOGIA.

EX LIBRO CXXIII. IACOBI AVGVSTI THVANI Hiſtoriarum ſui temporis, ad annum CIƆ. IƆ. XCIX.

V M Rex Blœſis eſſet, P H I-
LIPPVS HVRALTVS Can-
cellarius ad Ceuerniam arcem
ſuam, in quâ natus erat, diuer-
tit, móxque confluente ad ipſum innumerâ nobilium gra-
tulantium multitudine, veniſſe
ſe dixit, vt ingenui leporis in-
ſtar in cubili ſuo moreretur;
quod ominosè dictum exitus comprobauit. Nam cùm
optimè valere crederetur, nec opinatâ inteſtini conuul-
ſione correptus paucis poſt diebus ibidem deceſſit ꟾꟾꟾ.
Kal. v̄ıtıl. annum ætatis ſeptuageſimum ſecundum aliquot menſibus ſupergreſſus. Fuit vir ingenio, pruden-

ã ij

tiâ , admirabilíque in negotiis explicandis folertiâ ac di-
ligentiâ præditus; tum præcipuè comitate & humanita-
te infignis, quâ fiebat, vt nemo à confpectu eius triftis
difcederet; in Regni arcanis prifci moris , quem in Se-
natu olim imbiberat, retinens, quibus per nouas leges
ac inftituta , tam in ciuili , quam in facrâ difciplinâ quid-
quam derogari aut præiudicari, quantum in ipfo fuit, to-
to Magiftratu fuo paffus non eft. Eum xx. annis tenuit,
& per xxx. amplius in flagrantiffima trium Regum gra-
tia floruit, ab iifdem ad ampliffimos honores & opes eue-
ctus. Ex Annâ Thuanâ Chriftophori Thuani filiâ plures
liberos fuftulit, HENRICVM Ceuernij Comitem, qui
Francifcam Cabotiam, Helionori Comitis Carnij filiam
duxit; PHILIPPVM Carnuti Epifcopum defignatum,
& LVDOVICVM Limorofij Comitem. Tres item filias
fplendidiffimis auctas matrimoniis ; MARGARITAM,
quæ Vido Lauallo Nigellæ Marchioni ad Euriacam pu-
gnam fortiter pugnando interfecto primis nuptiis elo-
cata eft; dein Annæ Anglurio Giurio ad Laodunum Cla-
uatum itidem cæfo nupfit, ANNAM, quæ Gilberto Tre-
mollio Roiani Marchioni ; & CATHARINAM, quæ
primùm Virginali Efcublæo Capellæ Comiti , dein eo
in flore ætatis mortuo , Antonio Aumontio famofi illius
Ioannis E. T. filioac præcipuo hæredi nupfit. Inualuerat
iam multis ab hinc annis , vt non ex Regni Curiis , ficut
olim fiebat, fed ex iis qui in comitatu Principis gratiffi-
mi vixiffent, & maxima diu negotia tractaffent, ad fum-
mum togæ magiftratum affumerentur. Itaque quærenti
fuccefforem ftatim occurrit Pomponius Belleuræus
multis publicis muneribus ac crebris legationibus cum
prudentiæ famâ defunctus , qui affiduo obfequio &

longo æuo meruit, ne quis alius ex aulicis ipſi præfer-
retur.

<hr>

Ex Libro V. Elogiorum

SCÆVOLÆ SAMMARTHANI.

PHILIPPVS HVRALTVS CEVERNIVS.

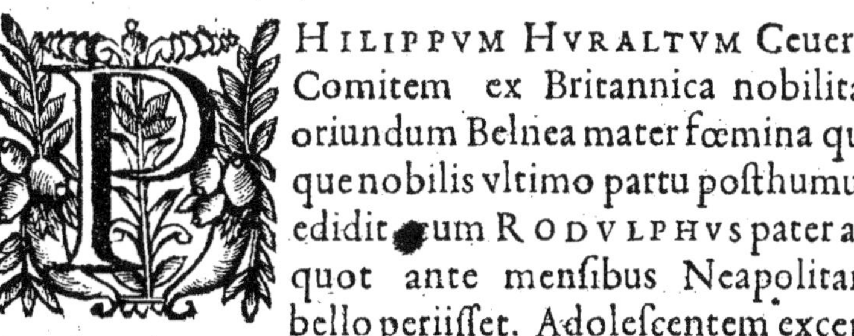

HILIPPVM HVRALTVM Ceuernij Comitem ex Britannica nobilitate oriundum Belnea mater fœmina quoque nobilis vltimo partu poſthumum edidit, cum RODVLPHVS pater aliquot ante menſibus Neapolitano bello periiſſet. Adoleſcentem excepit Academia Pictauienſis legum ſtudio celeberrima; cui tamen ita ſe dedit, vt Hiſtoriarum interim & earum artium, quæ ad Imperij gubernacula pertinerent, aliquanto curioſior vnum ferè Tacitum aut Cominium, & alios eiuſdem notæ ſcriptores haberet in manibus, eorumque diligenti & quotidianâ lectione mirificè delectaretur. Scilicet generoſi adoleſcentis egregia iam tum indoles viam ſibi ad intima Principum conſilia, tanquam naturâ duce, per hæc ſtudia parabat ac muniebat. Nec tantæ ſpei poſtea defuit ad facilem euentum præſens & opportuna ſortis occaſio. Duxit enim vxorem PHILIPPVS Chriſtophori Thuani Senatûs principis filiam, qui vir clariſſi-

ā iij

mus & in aſſiduâ tanti muneris functione occupatus, cum ab Henrico Regis fratre ad Cancellarij dignitatem inuitaretur, maluit eam ad generum ſuum deferri; vnde præcipuus illi deinceps patuit apud Regem futurum authoritatis & gratiæ locus. Cui demum abſenti , & è Sarmatia reditum in Galliam , audito fratris funere, molienti ſic adfuit , eiuſque rationibus adeo cautè fidelitérque proſpexit, vt nuſquam ingratus Princeps matris quidem authoritate, ſed ſalutaribus HVRALTI conſiliis aſſertum ſibi & ſeruatum fuiſſe Imperium non obſcurè profiteretur; neque porrò conquieſceret, donec eum in ſupremo Togatæ militiæ gradu collocaret : lubrico illo quidem & ancipiti; ſed in quo tamen vir incomparabili prudentiâ, vel inter medios aulæ fluctus , & latentes æmulorum inſidias perſtitit incolumis & in perpetuo proſperitatis tenore diù permanſit; nullam inſtabilis & iniquæ Fortunæ vicem expecturus, niſi optimus Princeps, qui detectâ multorum perfidiâ deſertum ſe turpiter à ſuis & proditum ſentiret, ſuſpicionum ideo plenus omnes ferè quantumuis probatos & fideles miniſtros, atque in iis HVRALTVM ipſum Regiâ pepuliſſet ac ſummouiſſet. Verùm altero poſt anno reuocauit eum nouus Regni ſucceſſor Henricus IV. & priſtinæ dignitati reſtituit . Erat ſtaturâ mediocri, ſpecie decorâ , moribúſque ſuauiſſimis : nulli ſe in acceſſu difficilem aut aſperum, nulli moroſum oſtendebat, ea comitate vultûs, eáque blandi ſermonis efficacia , vt etiam eos, qui repulſam paterentur, nunquam niſi lætos ac bene ſperantes à ſe dimitteret. Nec eò minus grauitatem in Conſiliis, & inſignem totius rei Gallicæ peritiam, quodque miremur in tanta negotiorum multitudine & varietate paratam

semper, & expeditam acerrimi iudicij vim præferebat.
Sanè conſtat eius interitum Regi maximo & omnibus aulicis valde fuiſſe triſtem & acerbum. Longe tamen acer-
biorem futurum, niſi ampliſſimi viri Pomponij Belle-
uræi ſucceſſoris eo loco digniſſimi admirabilis integri-
tas cum ſingulari doctrinâ & longiſſimo rerum vſu con-
iuncta huic facilè deſiderio modum adferrent. Vixit ad
ſeptuaginta duos annos, viuido ſemper ingenio & ſen-
ſibus integerrimis, annóque tandem ſupra mille & quin-
gentos vndecenteſimo ſextili menſe apud Ceuernium
ſuum, vbi natus erat, mortuus eſt, ac ibidem in maio-
rum conditorio iuxta parentis oſſa, quæ Capuâ iuſſerat
in Galliam aſportari, tumulatus.

EX GERMANI AVDEBERTI
Aurelij libro cui titulus,
PARTHENOPE.

AD PHILIPPVM HVRALTVM
Vice - comitem Cheuernium, Aurel. Bleſ. &
Carnut. Prouinciarum Proregem, &
Galliæ Cancellarium.

IRENIS celebri celebres de nomine muros
Euboicis canimus fundatæ ciuibus vrbis,
Aequoreaſque arces, extenſáque brachia portus,
Et ductum caua Pauſilypi per viſcera montis,
Cæcum iter atque hortos veterum oblectimina Regum

Deliolos versas Pompeij atque Herculis vrbes,
Monstráque Vesuui ructantis in aëra flammas,
Tum geminam Capuam felicésque vbere glebas, &c.
     Diua faue Vates, & grandibus annue votis;
Da vocem ex adytis Phæbi veneranda Sacerdos,
De tripode & lauro tua sancta oracla reclude
Enthea labra mouens, animis téque insere nostris,
Vt te digna loquar; magnóque Heroe PHILIPPO
HVRALTO; iustas qui recto examine lances
Sustinet, ac Themidis clauum per regna gubernat
Gallica; & ex æquo Iuris moderatur habenas
Inclytus, insidens solio spectabilis alto
Iustitiæ, qui summus honos, summumque togatæ
Gentis solstitium est, quò tendere non datur vltra.
Mens refugit tantoque indigna offerre veretur
Dona viro, partim ne in publica commoda peccem,
Et magnas regni versantem pectore curas
Detineam nugis vano sermone molestus;
Partim ne refricem conceptos morte parentis
Luctus: ac monitu renouetur plaga recenti,
Et velut obductum durus ruat vnguis in vlcus.
     Ille atauis proauísque ingens ingentibus ortus,
Antiquam Armorico numerans à sanguine prolem,
Trans-alpina procul Campanáque castra secutus,
Auspiciis, Lautrece, tuis, dux maxime Francûm,
Vsque tuo affixus lateri, tibi bella gerenti
Fidus curarum consors atque alter Achates
Peruigil, & duri pars non ingloria Martis.
     Fælix ô, cui Parthenopes sub mœnibus altis
Rapta exposcebat cum sceptra potentibus armis,
Ingentique vrbem Rex obsidione premebat

Franciscus

Franciscus celebri virtute, vt nomine primus)
Contigit oppetere, atque animam pro laude pacisci;
Et signare suo virtutem sanguine: carum
Quod decus excelsæ menti supremáque laus est,
Nec tam mors veræ stabilis quam ianua vitæ:
Quâ nec splendidior, quâ nec generosior vlla,
Aeternis mandans illustria nomina fastis.
Rara repente cadunt, raris malus inuidet Orcus,
Et nostris auidus damnis ditescit Olympus.

    Sed de tam grandi patriæ virtutis aceruo
Nullum maius opus, magni fili inclyte patris,
Quàm quod te tandem felici è stipite firmum
Nutanti genuit columen faustißimus Orbi.
Hoc vno natum genitor superauit: & illi
Te Rex, te debet præsago Gallia fato. &c.

Ex Libro Elegiarum NICOLAI
RAPINI PICTONIS.

Ad amplissimum virum PHILIPPVM HVRAL-
TVM Franciæ Cancellarium.

VRALTE inflexas regni qui ducis habenas,
  Sceptráque prudenti Gallica mente regis;
Aspicere hæc placidóne etiam dignabere vultu
  Rustica Pictonici carmina vatis opus?
Nimirum tibi nunc debent sua fata Camœnæ,
Agnoscuntque à te quidquid honoris habent.

Hactenus horruerat splendentem Delius aulam,
    Et vagus obscuro penè latebat agro :
Cùm procul adsurgis, summáque insede locatus
    Ad meliora simul spemque animosque facis.
Excipis hospitio palantes vrbibus Artes,
    Virtutémque super Regia signa vocas.
Ipsæ Pierides intra aurea tecta receptæ
    Audent maternos iam sociare choros.
Te monstrante viam, te concedente benignè
    Optima pro meritis præmia quisque refert.
Hinc tibi iam totum consurgit fama per Orbem,
    Et tua laus facta est vatibus ampla seges.
Nec te cognoscent miseranda hæc tempora tantum,
    Quæ nisi tu regeres, deteriora forent.
Post tumulum cineresque tuos rediuiua manebit
    Gloria, & æternum per monumenta decus.
Ipse tuum tradet ventura in secula nomen
    Hallanus Gallâ primus in historiâ,
Aureliusque tuis non impar laudibus auctor
    Dum tua ab Armoricis stemmata ducit auis.
Et Sammarthani docto cantaberis ore,
    Seu Latiam pulset, seu patriam arte chelyn.
Et duraturos statuet Paschalis honores
    Victuris tabulis atque tibi atque sibi.
Quid referam Augusti pennata volumina fratris,
    In prædam rapidas qui modò ciuit aues?
Nobilis vt claro miscet se sanguine sanguis,
    Fama etiam vobis iuncta duobus erit.
His ego me decoris vestri præconibus addam,
    Postque alios longè verba iterata sequar.
Et quia Martis opus, castrensiaque arma professum

Iamdudum Aonides deseruere Deæ,
Non ideo rudis & simplex oratio lædet,
Nunquam habet infensos hostia pura Deos,
Obsequij nomen, deuotáque pectora gesto,
Pars tanti vt fiam quantulacunque gregis.

Priuilege du Roy.

LOVIS par la grace de Dieu Roy de France & de Nauarre : A nos amez & feaux Conseillers les Gens tenans nos Cours de Parlement de Paris, Tholose, Roüen, Bourdeaux, Aix, Grenoble, Dijon, Rennes & Metz, Maistres des Requestes ordinaires de nostre Hostel, Preuost de Paris, Baillifs, Seneschaux, & tous autres nos Officiers & Iusticiers qu'il appartiendra, Salut : Nostre bien amé I. D. M. S. D. L. M. l'vn de nos Herauts d'armes nous a fait remonstrer qu'il a recouuert vn liure intitulé, *Les Memoires de feu Messire Philippes Hurault Comte de Cheuerny, Chancelier de France ; Ensemble trois Traictez seruant d'Instruction à ses enfans*, lequel liure il desireroit faire imprimer : Mais il craint qu'apres qu'il aura faict de grands frais & despens pour l'impression d'iceluy, quelques autres le voulussent entreprendre à son preiudice, s'il ne luy estoit pourueu de nos Lettres necessaires, qu'il nous a fait supplier luy vouloir accorder. A CES CAVSES, desirant fauorablement traicter ledit exposant, luy auons permis & octroyé, permettons & octroyons par ces presentes d'imprimer ou faire imprimer par tel Imprimeur que bon luy semblera ledit liure, & ce durant le temps & espace de neuf ans, à compter du iour que ledit liure sera acheué d'imprimer ; faisant deffences à toutes personnes de quelque qualité qu'ils soient, d'imprimer ou faire imprimer iceluy, en quelque façon & maniere que ce soit, sur peine de quatre mille liures d'a-

mende, applicable moitié à Nous, & l'autre moitié audit exposant, auec confiscation de tous les exemplaires qui se pourront
trouuer, despens, dommages & interests. Voulons & nous plaist,
que tous les Libraires qui s'en trouueront saisis, soient condam-
nez en pareille amende comme s'ils les auoient imprimez ou fait
imprimer : A la charge d'en mettre trois exemplaires, sçauoir
deux en nostre Bibliotheque, à present gardée au Conuent des
Cordeliers en nostre ville de Paris ; & la troisiesme en celle de nostre tres-cher & feal Cheualier, le sieur Seguier Garde des Seaux
de France, auant que les exposer en vente, suiuant nostre Reglement, à peine d'estre décheu dudit Priuilege. Si vous mandons
que du contenu en ces presentes vous sassiez & souffriez ledit exposant, ou ceux qui auront droict de luy, iouïr : Voulons qu'en
mettant à chacun desdits exemplaires du liure, coppie du present Priuilege, ou extraict d'iceluy, il soit tenu pour signifié. Car
tel est nostre plaisir : Nonobstant clameur de Haro, chartre Nor-
mande, & lettres à ce contraires. Donné à Paris le vij. iour de
Iuillet, l'an de grace mil six cens trente-cinq : Et de nostre regne
le vingt-sixiesme.

Par le Roy en son Conseil.

Signé,   DENIS.

Acheué d'imprimer le 12. Feurier 1636.

Ledit I. D. M. S. D. L. M. a cedé, & transporté les droicts
qu'il pretend auoir audict Priuilege, à PIERRE BILLAINE
Marchand Libraire à Paris, pour en iouïr le temps porté par
iceluy.

MEMOIRES
D'ESTAT.

1586.

AVIOVRD'HVY deuxiefme iour de Nouembre mil cinq cens quatre vingts fix, me trouuant en quelques iours de relafche & repos des affaires du monde, pendant les Feftes de Touffaints & des Morts, en l'abfence du Roy Henry III. mon Maiftre, qui les eft allé paffer en fes deuotions au bois de Vincennes, m'eftant reprefenté en moy mefme la brieueté de cette penible vie, & l'incertitude de nos iours; & combien fouuent les maladies laiffent peu de pouuoir & de relafche pour l'alteration qu'elles apportent à nos meilleurs fens & efprits, de declarer lors de noftre mort, & tefmoigner à noftre pofterité quel a efté le cours de noftre vie, & quelles font nos dernieres penfees & volontez.

A

Dieu m'a fait cette grace qu'ayant à present le corps &
l'esprit sains, de me faire resoudre à mettre, & laisser par
escrit cette presente declaration du succés de ma vie, &
de mes intentions principales que ie luy offre, pour estre
accomplies selon sa saincte volonté, laquelle declaration
ie fais pure, naïfue & veritable, comme ne deuant sortir
de ma famille & maison, pour la continuer iusques à ma
mort, s'il luy plaist, y employant tout le temps que ie
pourray sauuer des embaras & affaires publiques, ausquelles ie me suis tres-honorablement employé.

Premierement, Ie remercie tres humblement le grand
Dieu de tant de graces & biens qu'il luy a pleu me departir, en telle sorte que ie ne sçaurois iustement les comprendre & conter. M'ayant nourry, conduit, & esleué
auec plus de commoditez, dignitez, rangs & honneurs
en ce monde que ie n'en ay merité, & deuois esperer, puis
qu'il m'a çà bas edifié vne maison trop copieuse pour
ma vie temporelle, & m'en promet là haut encores vne
bien plus excellente, où nous deuons tous nous promettre & esperer vn eternel sejour & repos asseuré pour nos
ames, auquel ie le supplie vouloir receuoir la mienne
quand il luy plaira d'en disposer.

Comme aussi i'implore la misericorde immense de ce
mesme Dieu, mon Createur, à ce qu'il luy plaise me vouloir pardonner toutes les fautes & pechez que i'ay commis en ma vie, & pourray par mal-heur & imbecillité humaine commettre durat le reste d'icelle, me representant
maintenant les pensées en nombre infiny comme le sable
de la mer & les Estoilles du Ciel. Mais l'abysme de mes pechez appelle & innoque l'abysme de sa misericorde & clemence, de laquelle il me fera, s'il luy plaist, ressentir l'ef-

fect & la vertu, en ce que ie puis auoir ingrattement vsé
de ses biens, & manqué de faire mon plein deuoir en ma
charge de Chancelier de France, & autres que i'ay auparauant exercées, comme ie recognois & confesse qu'il y a
eu trop à dire en toutes les parties de ma vie, de ce que i'ay
fait, & pouuois mieux faire : & sur ce i'apporte aux pieds
de la Croix de mondit Saueur Iesus-Christ toutes mes
fautes & pechez, & lourdes transgressions, lesquelles sont
à moy mesmes cachées, & surpassent mon chef, à ce qu'il
luy plaise me les remettre & pardonner par les merites de
cette sienne tant heureuse mort & Passion, qui est le refuge & remede de toutes pauures consciences affligées &
desolées, & entr'autres de la mienne, en l'espoir & asseurã-
ce de ce salutaire secours, iamais desnié aux hommes, qui
veritablement s'y confient, & l'implorent ardamment cõme moy. Ie recommande dés à present, tant pour le passé,
que pour l'aduenir le salut de mon ame à ce grand Dieu
& Pere d'icelle; à ce qu'apres auoir heureusement éuité
les escueils de cette vie, & auoir esté deliuré des liens de
ce corps mortel, il la veuille receuoir & placer en son
Royaume eternel, en la compagnie des bien-heureux, &
laisser en depost mon corps en la terre, pour la garder &
representer au iour du dernier Iugement lors de la Resur-
rection des morts, pour estre auec les bien-heureux, glo-
rifié, s'il luy plaist, deuant nostre Seigneur Iesus-Christ;
desirant cependant que mondit corps, apres mon tres-
pas soit porté & laissé auec ceux de mes ancestres, que i'ay
eu le soin de mettre ensemble dedans la sepulture expressément accommodée souz la Chappelle de mon Chasteau de Cheuerny.

Ie pardonne bien volontiers à ceux qui m'ont fait

quelque tort ou deſplaiſir, & prie Dieu qu'il leur faſſe
la meſme miſericorde que ie leur deſire pour moy, en
nous faiſant à tous la grace de nous amender; comme auſſi ie ſupplie tres-humblement & inſtamment tous ceux
que ie puis par meſgarde & mal-heur auoir offenſez,
de me pardonner ſemblablement mes fautes & offenſes
enuers eux; & croire que i'en ay vn tres-grand regret &
deſplaiſir, & que ie les contenteray, & n'y retourneray
iamais, tant que Dieu me donnera de vie, & qu'il ſera
en ma puiſſance.

Apres ie veux & ordonne à mes enfans, d'acquitter &
payer fidelement toutes les debtes qui ſe trouueront eſtre
par moy deuës lors de mondit treſpas, & tous les gages
de mes ſeruiteurs, auec gratifications à ceux qui m'auront
plus long temps & mieux ſeruy; afin qu'ils ne retiennent
aucune choſe du bien d'autruy, qui iuſtement ne leur
peut ny à moy appartenir en bonne conſcience.

Ie ſupplie Dieu qu'il luy plaiſe faire paſſer ſa ſain^cte benediction, qu'il a iuſques icy trop heureuſement eſten-
duë ſur moy, comme pere, à meſdits enfans, afin que pour
vn pere mortel qu'ils perdront vn iour, il leur veuille
deuenir pere eternel, & les retienne touſiours & condui-
ſe par les ſentiers de ſa iuſtice & de ſes ſain^cts Commandemens.

Pour premier & principal heritage, ie deſire laiſſer à
meſdits enfans, que Dieu m'a donnez, au nombre de ſix,
trois fils & trois filles, la meſme crainte & amour de Dieu
que i'ay touſiours euë en ma vie, auec la meilleure nourriture & inſtruction que ie leur ay ſçeu donner & faire
donner : & de plus la memoire honorable de leurs ance-
ſtres, & de la bieueillãce de quátité d'amis que i'ay acquis

& conseruez pour eux au monde, & l'exemple domestique pour l'ensuiure en ce qui est bon , & le fuyr en ce
qui y peut estre de mauuais & de blasmable.

Et pour plus grand & asseuré bien qu'ils sçauroient
auoir, ie leur encharge & recommande de toute affection & puissance paternelle la paix & parfaite vnion entr'eux, auec l'amitié & concorde fraternelle qui les entre-
liera & conseruera : & pour les biens & moyens tem-
porels, i'espere, auec l'aide de Dieu, de leur en laisser assez,
s'ils sont gens de bien comme ie le desire, & trop s'ils sont
autres; ce que Dieu ne veuille permettre.

Et d'autant que les exemples des peres peuuent grandement seruir aux bons enfans, comme i'estime les miens;
& que cette declaration de mes intentions & dernieres
volontez est chose domestique & secrette, que ie n'entens
estre veuë que par eux apres ma mort, ou par les plus proches parens & meilleurs amis de ma maison ; ie me suis resolu d'y employer fort sincerement & simplement les
principales actions & progrez de ma vie passée, & les con-
tinuëray tant que ie pourray, pour seruir d'exemple à mes-
dits enfans, s'il y a quelque chose de bon, & laisser ce qui
ne se doit imiter auec protestation : que ie seray bien aise
d'estre surpassé par eux en toutes bonnes & loüables
actions, & que Dieu leur puisse faire la grace qu'ils fas-
sent beaucoup mieux que ie n'ay fait, recognoissant m'a-
uoir assez satisfait en moy mesme, en ce que i'ay tousiours
desiré de pouuoir mieux faire pour la gloire de Dieu &
conseruation de sa vraye Religion en cét Estat, de la grandeur du Roy mon maistre & de sa Couróne : & aduoüant
neantmoins librement qu'il s'est passé beaucoup de choses durant ma vie, qui se peuuent mieux faire & conduire,

si les plus sages & gẽs de bien eussent tousiours esté creus : enquoy ie prie Dieu que mes enfans ayent plus d'heur que moy, qui ay tout fait auec incroyable peine & assi-duité, comme ils le pourront plus aisément remarquer en la suite de ma vie.

Dieu m'a fait naistre en ce monde d'vne bonne, no-ble & ancienne famille des Hurauts, yssus du pays de Bre-tagne, de laquelle il y a eu beaucoup de Cheualiers de marque & d'honneur, morts aux guerres de Bretagne, & mesme de celle qui fut entre Charles de Blois & le Com-te de Montfort, faites pour la succession dudit Duché de Bretagne & dudit pays de Bretagne; durant laquelle vn de ladite famille des Hurauts vint demeurer auec le Com-te de Blois, frere aisné dudit Charles de Blois, tué en la bataille d'Auuray, où deux dudit nom & famille des Hu-rauts ayans rang & charge honorable, furent aussi tuez prés ledit Charles de Blois.

Depuis est descédu de la tige des aisnez de ladite famil-le la maison de Sainct Denys, & d'vn puisné les trois mai-sons & familles de Cheuerny, Vibraye & Heuriel; de la-quelle sont yssus autres arrieres-puisnez, qui sont les deux maisons de Marais & Veiul, & des autres de Bel-esbar, le Fay & autres freres; celles de Boistaille & de Maisse d'au-tres puisnez : lesquels tous ont possedé de grands biens selon leur temps, & exercé force belles & honorables charges en cét Estat, le discours desquelles seroit icy trop long.

Et quant à celle de Cheuerny, mon bisayeul, nommé Raoul Huraut, seigneur de Cheuerny, la Grange & la Morliere, fut le premier puisné, & eut l'honneur d'estre grand Chambellan de Charles Duc d'Orleans, & fort

aimé & fauorisé de luy: Ledit Raoul laissa son fils aisné
Iacques, qui fut depuis fauorablement employé par les
Roys Louis X I. & X I I. en grandes & honorables charges; & en fin fut fauorisé & recognu de son bon maistre
Louis X I I. Et pendant sa vie & sa faueur ledit Iacques
aduança fort deux de ses enfans en l'Eglise, & les fit employer en diuerses Ambassades, laissant son fils aisné nommé Raoul, mon pere, seigneur du mesme lieu de Cheuerny, la Grange & la Morliere; & de plus de celle de Cour
sur Loire en Blaisois, des seigneuries de Vibraye, Lame-
nay, Espuisé, la Chenaye & Beauchesne, au pays du Maine, & des Baronnies d'Huriet & de Cuuicennes en Bour-
bonnois; & Iean, son puisné, seigneur de Vejul, du Marais & de Chasteau-pere, auec trois filles mariées honorablement aux seigneurs de Valencé, Rochefort & de Limours.

   Mondit pere, nommé Raoul, seigneur de Cheuerny,
fut employé au mesme temps dudit Roy Louis X I I. vers
la fin de son regne, & depuis souz celuy du Roy Fráçois I.
en plusieurs guerres. & voyages importans, auec Messieurs de la Trimoüille, Dues de Bourbon & de Montmorency, pour les affaires principales du temps; & en fin lors
que le seigneur de Lautrec fut enuoyé pour la conqueste
de Naples, il le choisit & le desira auec luy; ce que ledit
Roy François luy commanda de faire & de le suiure en ce
voyage: Et en ce voyage il mourut au siege de Naples,
laissant de luy & de Dame Marie de Beaune sa femme, &
ma mere, sept enfans, à sçauoir cinq fils & deux filles, de
tousleſquels ie fus le dernier: madite mere estát demeurée
grosse de moy lors que mondit pere la laissa, & partit pour
suiure ledit sieur de Lautrec en son voyage de Naples.

Ie nafquis donc par la grace de Dieu le vingt-cinquief-
me de Mars, qui eft le iour de la noftre-Dame, de l'an mil
cinq cens vingt-huict ; & mondit pere mourut audit Naples au mois d'Aouft enfuiuant audit an : lequel par fon
teftament ordonna & pria que l'on fift deux ou trois de
fes enfans d'Eglife, & fes deux filles, pour la crainte qu'il
auoit que fes biens fuffent trop diuifez & partagez, &
qu'il n'y en euft affez honeftement pour tous fes enfans
apres que l'on auroit payé fes debtes ainfi qu'il l'ordonnoit, lefquelles il auoit faites pour feruir, tant audit voyage de Naples, qu'autres occafions honorables où il auoit
eu l'honneur d'eftre employé.

Cela fut caufe qu'au commencement de ma ieuneffe,
eftant le dernier de tous mes freres, ie fus deftiné pour
eftre d'Eglife ; mais depuis Meffieurs les Euefque d'Authun & Abbé de Marmonftier eftans decedez, m'ayans
laiffé ieune & auec peu de Benefices, ie pris refolution de
chercher, par peine & trauail, quelque plus aduantageufe fortune, felon le lieu dont i'eftois yffu ; & pour ce au retour des Vniuerfitez de Poictiers & de Padouë, ma mere ayant defia deux autres de mes freres auffi d'Eglife, &
mon aifné marié, n'ayant point d'enfans, defira comme
moy, que ie fuiuiffe vne autre profeffion ; & en ce deffein
difpofa deflors à mon aduantage, de tout ce qu'elle pût,
cognoiffant que les couftumes des lieux où les biens de
noftre maifon eftoient affis, m'eftoient trop peu aduan-
tageux pour me laiffer du bien comme elle defiroit, me
portant, comme elle l'a tefmoigné, vne plus grande affection qu'à mes freres, ayant prejugé, comme elle le difoit
ordinairement, que ie pourrois mieux faire & paruenir
que les autres, pour l'honneur de fa maifon ; ce qui m'a
toufiours

toufiours faict croire que les intentions & iugemens des peres & meres font grandement confiderables.

Or en cette bonne volonté de madite mere enuers moy, trouuant à mon retour defdites Eftudes que le Roy Henry I I. alloit auec fon armée en Allemagne, contre l'Empereur Charles V. ie defiray fuiure & accompagner audit voyage Monfeigneur l'Archeuefque de Tours mon coufin, qui y alloit auec fa Maiefté, eftant honorablement employé en fon Confeil & autres principales affaires du temps; & deflors ie commençay à entendre & cognoiftre le maniement des affaires de l'Eftat, & l'ordre que l'on doit tenir en la conduite des armées: mais peu de temps apres le retour dudit voyage, Dieu ayant difpofé à mon grand regret dudit fieur Archeuefque de Tours, par la faueur duquel i'eftois auparauant à la fuitte de la Cour, ie me refolus, eftant encore pour lors en l'aage de vingt-quatre ans, d'acquerir quelque fuffifance & experience dás le Parlement de Paris, où i'auois recogneu que s'eftoient fait de grands perfonnages. En cette intention fe rencontra, par bonne fortune, que Meffire Michel de l'Hofpital, qui depuis fut Chancelier de France, fe voulut démettre de fon Eftat de Confeiller d'Eglife audict Parlement, pour prendre la charge de Chancelier de Madame Marguerite de France fœur du Roy Henry fecond, laquelle depuis a efté Ducheffe de Sauoye; fi bien que ie fus pourueu par fa refignation dudit Eftat de Confeiller audit Parlement, par ledit Roy Henry, l'an mil cinq cens cinquante trois, où ie fus receu le 9. iour de Mars audit an, auec plus de tefmoignage d'honneur & d'amitié d'vn chacun que ie n'auois efperé ny merité; ce qui me donna d'autant plus d'enuie de pouuoir fatisfaire à la

bonne opinion que l'on auoit deflors conçeuë de moy,
en conferuant laquelle ie demeuray l'efpace de neuf ans
continuels , ou à peu pres, en l'exercice dudit Eftat, tout
autant qu'auoit fait ledit fieur Chancelier de l'Hofpital,
& arriué en ma perfonne ce qui eft fort extraordinaire
audit Parlement, qui eft, que fe faifant en ce temps là de
rigoureufes recherches & pourfuittes contre ceux que
l'on foupçonnoit eftre Huguenots, & force Confeillers
dudit Parlement eftans compris en ce mal-heur, & par
le moyen des mercuriales fortes d'iceluy, ou par crainte,
ou par commandement, i'aduançay en cette occafion
mon rang: ie montay incontinent en la Grand' Chambre, comme les Confeillers d'Eglife y arriuent toufiours
pluftoft que les autres, & fus en icelle pres de la moitié
defdites neuf années, & tafchay toufiours, en rendant
la Iuftice, de gratifier vn chacun, & obliger plus de perfonnes de qualité qu'il me fuft poffible.

Auffi ie paffay lefdites neuf années audit Parlement,
fans me diuertir ailleurs, iufques en l'année mil cinq cens
foixante & deux, que me trouuant affez propre & courageux à faire dauantage, ie me fis pouruoir par le confeil & l'aide de nos amis d'vn Eftat de Maiftre des Requeftes ordinaires de l'Hoftel du Roy, eftant lors aagé d'enuiron trente trois ans, & deflors me iettay dans les affaires du monde, & commençay à rendre grande fubieĉtió
& deuoir à ladite charge de Maiftre des Requeftes, & à
me faire cognoiftre dans la Cour, où incontinent i'eus le
bon-heur que Monfieur le Cardinal de Lorraine, qui
eftoit lors grandement fauorifé & employé, me prit en
affection, & m'employant en diuerfes affaires dont il fe
contenta, i'eus l'honneur, par fon moyen & credit, de

commencer à approcher de la Reine Catherine mere du Roy, qui auoit tout pouuoir en cét Eſtat; ſouz l'authorité & bonté de laquelle i'ay fait depuis,& pourſuiuy la plus part du reſte de ma fortune dont i'ay, apres elle, la premiere obligation audit ſieur Cardinal.

Au commencement ie fus employé par ladite Reine mere du Roy, entr'autres choſes pour reduire & remettre doucement les habitans de Paris en l'obeïſſance qu'ils deuoient au Roy, pour contenir vn chacun à l'obſeruation de ſes Edicts, & à delaiſſer les armes, où graces à Dieu ie ſeruy leurs Majeſtez à leur contentement, & à la ſatisfaction raiſonnable de tous ceux auec leſquels ie traittay; ce qui commença à me mettre en toute ſorte de creance parmy la Cour, où ie reconnus auſſi toſt, & ie m'en ſuis bien trouué depuis, que les Dames & fauoris peuuent tout ce qui leur plaiſt, & que les moindres Officiers de la Cour qui peuuent entrer dans leurs chambres & cabinets, doiuent eſtre craints & conſiderez, pour les bonnes ou mauuaiſes impreſſions qu'ils peuuent donner des plus grands du Royaume.

Bien toſt apres le Roy Charles entreprit de faire vn grand voyage par tout ſon Royaume, que ie ſuiuis par ſon exprés commandement, & de ladite Reine ſa mere, qui deſia ſe ſeruoit & ſe confioit beaucoup de moy, & fus employé par leurs Maieſtez en la pluſpart des villes du Dauphiné, Prouence & Languedoc, à pacifier & compoſer vne infinité de querelles & differends, regler pluſieurs plaintes & diſcords, ſuruenus entre les ſubiects du Roy, & dont les conſequences eſtoient preiudiciables au bien de ſon ſeruice : Entr'autres ie fus chargé d'vn grand differend qui ſe forma en Dauphiné entre Monſieur le Prince de la Roche-sur-Yon Gouuerneur dudit païs, & Monsieur le Connestable, pour sçauoir qui presideroit & tiendroit au nom du Roy les Estats dudit païs ; pour composer & terminer lequel, estans animez entr'eux , leurs Maiestez me firent cét honneur de me nommer & ordonner pour assembler lesdits Estats en la ville de Montelimard, pour entendre toutes leurs plaintes & remonstrances, & depuis de continuer le mesme deuoir par toutes les villes où elles passerent, iusques à la ville de Toulouze, d'où ie fus depesché pour venir trouuer la Reine de Nauarre à Vandosme, & de là aller à Paris pour accómoder le differend suruenu en ladite ville, entre mondit Sieur le Cardinal de Lorraine & Monsieur de Montmorency Gouuerneur du païs.

En suitte de cette Commission, où i'apportay tout ce qui estoit de mon deuoir & de ma charge , ie retournay trouuer la Cour en Poictou & Bretagne au retour de Bayonne : Et le grand voyage finy , pendant que leurs Maiestez demeurerent à Fontaine-bleau, il se presenta deux Ambassades, l'vne d'Angleterre , l'autre de Venise ; de l'vne desquelles ie pensois accepter la charge , mais la Reine mere de sa Maiesté ayant pris volonté de regarder aux appannages de Messieurs ses enfans , & iugeant bien que Monsieur le premier President de Paris, lors pourueu de l'Estat de Chancelier de Monsieur le Duc d'Orleans premier frere du Roy ne pouuant satisfaire à cette charge de Chancelier de mondit Sieur, & ensemble à l'occupation continuelle de sondit office de premier Presidét, voulut, & me commanda de prendre cette charge de Chancelier de mondit S^r; ce que ie fus induit d'accepter par feu Monsieur de Carnaualet qui estoit Gouuerneur de la person-

ne dudit Seigneur Duc d'Orleans, & qui m'eſtoit allié &
intime amy; voyant d'ailleurs l'exprés conſentement &
tres-bonne volôté en cela dudit ſieur premier Preſident.

Incontinent apres que i'eus eſté honoré de cette charge de Chancelier de Monſieur, il ſe fit vne Aſſemblée à
Moulins de tous les Princes & Seigneurs de ce Royaume,
pour aduiſer le Roy des choſes plus importantes de ſon
Eſtat, en laquelle leſdits appannages de Monſieur, & de
Monſieur le Duc d'Alençon ſon frere, furent par la bonté de leurs Maieſtez , & par nos ſoings & diligences; enſemble de Môſieur l'Archeueſque de Bourges mon couſin, & fort particulier amy, auſſi Chancelier de mondit
Sieur d'Alençon , reglez & arreſtez au contétement d'vn
chacun, & veritablement auec plus d'aduantages pour
meſdits Sieurs qu'ils n'auoient iamais auparauant eſté accordez; tous les benefices meſmes & offices ayans eſté
laiſſez en leur diſpoſition dans leurſdits appannages. Et
dauantage, Orleans eſtant ville de conſequence, & qui
durant les troubles precedens auoit apporté beaucoup de
peine & de mal, fut baillée à mondit Sieur en ſon lieu,
pour pareil appannage du Duché d'Anjou, auec cent mil
liures de rente en domaine, & cent mil liures de penſion,
& tout autant à Monſieur le Duc d'Alençon ſon frere, à
l'execution & eſtabliſſement deſquels appannages nous
fiſmes apres ledit Sieur de Bourges & moy tout ce qui
eſtoit neceſſaire pour le bien & contentement de nos
Maiſtres: Et eſt bon en paſſant de n'oublier qu'en la meſme Aſſemblée furent mandez quelques Preſidents des
Cours ſouueraines pour pouruoir à certains Reglements
en la Iuſtice que Monſieur le Chancelier de l'Hoſpital
lors en charge, deſiroit y apporter.

B iij

En ce mesme voyage & temps de ladite Assemblée de
Moulins se rencontra Monsieur de Chanfrauf mon cousin, auec ledit Sieur premier President M. Christophle
de Thou, Seigneur de Celly, lequel sieur de Chanfrauf,
outre la proximité qui estoit entre nous, me portoit de
longue main vne fort particuliere affection, ayans esté
nourris & esleuez ensemble dés nostre ieune aage, voyát
qu'il n'auoit point d'enfans, non plus que Madame de
Vibraye sa sœur vnique, & seule heritiere, laquelle estoit
ma cousine germaine : Et de plus par dispense ma belle
sœur auoit espousé mon frere de Vibraye, dont i'ay receu dés mon enfance tous les offices d'amitiez, de bonne
volonté, & d'affection ; non seulement que i'eusse peu
esperer d'vne tres-bonne sœur & cousine, mais d'vne
parfaite amitié de propre mere, si i'eusse peu en auoir
deux ; lesquels sieurs parlerent à mon desceu, & commu-
niquerent plusieurs fois ensemble durant ledit voyage, de
me marier auec la fille dudit sieur premier President, Damoiselle Anne de Thou.

Et les propos & ouuertures de mondit mariage allerent si auant entre lesdits sieurs premier President &
de Chanfrauf, qu'il fut en fin par la grace de Dieu,
conclud & arresté par mon consentement, & de
tous Messieurs mes plus proches & meilleurs amis, &
principalement de Madame de Cheuerny ma bonne &
fauorable mere, lors encore viuante, au grand contentement dudit Sieur de Chanfrauf & Dame de Vibraye,
qui en auoient esté les premiers autheurs, & seuls entremetteurs, & qui auparauant ce dessein auoient disposé à
mon profit de leurs successions, comme à leur principal
heritier, & le mieux aimé d'eux, pour la conseruation de

leurs familles, & aussi apres que i'eus obtenu de Rome
les dispenses necessaires à la validité de mon mariage, &
que i'eus disposé & resigné du peu de benefices que i'a-
uois, il fut tres-heureusement celebré & consommé en la
maison de Stains prés sainct Denis, appartenante audit
Sieur premier President, le treiziesme iour de May de l'an
mil cinq cens soixante & six; & au mois d'Aoust ensuiuát
ledit sieur de Chanfrauf mourut à Paris sans enfans, laissant sa sœur Madame de Vibraye sa seule heritiere, &
moy donataire, dont il m'a fallu plaider apres durant dix
années, contre la veufue dudit Sieur de Chanfrauf, qui
se vouloit aider & preualoir à mon preiudice d'vne certaine pretenduë donation, que ie fis en fin declarer nulle par Arrest du Parlement, donné à mon profit, & de ladite Dame de Vibraye, pour l'vsufruict à elle acquis &
reserué, le tout durant sa vie.

L'année suiuante mil cinq cens soixante & sept le Roy
estant à Monceaux chez la Reine sa mere qui y faisoit iar-
diner & bastir, où il faisoit estat d'y demeurer, & y faire
la ceremonie de son Ordre de sainct Michel; escheant
quelques iours apres il fut aduerty d'vne entreprise qu'a-
uoient les Huguenots de se saisir de sa personne & de celle de la Reine sa mere, & de Messieurs ses freres qui
estoient auec luy; & bien qu'il en eust receu diuers aduis,
que les principaux de son Conseil mespriserent, comme
n'y ayant guere d'apparence, les habitans de Montreau
s'adresserent à moy, me certifierent ladite entreprise, &
m'asseurerent que leur ville estoit desia saisie par lesdicts
Huguenots, qui marchoient à grandes forces & diligences vers le Roy pour le surprendre, dont i'aduertis aussi
la Reine mere, & puis auec elle le Roy, qui les fit resou-

dre de partir delà la mesme nuict pour gaigner Paris, &
cela fut executé si à propos, que leurs Maiestez auoient
fait quatre ou cinq lieuës deuant le iour auec toute leur
Cour, & arriuerent heureusement à Paris, apres auoir
faict vne traicte de dixhuit lieuës, ayant laissé derriere six
mille Suisses qui les auoient accompagnées & seruies en
cette occasion, qui bien qu'attaquez par les chemins par
ceux de ladite entreprise arriuerent le lendemain ausdits
faux-bourgs de Paris, souz la conduite de Monsieur le
Connestable & de Messieurs de Nemours & Mareschal
de Cossé. Ce que voyant lesdits Huguenots, despitez que
leur mauuais dessein n'auoit reüssi, pensans reuolter Paris par la famine, se saisirent de sainct Denis & du pont
sainct Cloud, de Charenton & d'Estampes, & autres chasteaux du costé de la Beausse; & le Roy estant en cette necessité s'arma promptement de toutes parts de son Royaume. Mondit Sieur le Connestable s'estimant assez fort
pour les deffaire, les voulut aller attaquer à sainct Denis,
d'où Môsieur le Prince de Condé sortit plus fort que l'on
n'auoit creu, & aussi se chargerent & combattirent opi-
niastrément de part & d'autre. Le Roy demeurant en fin
le maistre de la campagne, & mondit Sieur le Connestable tellement blessé qu'il en mourut, comme aussi quantité d'autres personnes de remarque & de qualité, & entr'autres le Sieur d'Auton du Bouchage, que l'on prit pour
Monsieur d'Anjou, qui auoit proposé de se trouuer audit combat auec ledit Sieur Connestable; ce que leurs Majestez tres-prudemment empescherent. Cela fait les troupes desdits Huguenots ainsi mal menees & traittées se retirerent à Montreau, d'où elles estoient parties, & qu'ils
auoient gardé.

Le Roy

Le Roy voyant tant de guerres & d'affaires preparées
à sa ruine, fut conseillé par la Reine sa mere, & par tous
les Princes & Seigneurs qui se trouuerent pres de luy, d'y
pouruoir promptement, & de faire eslection d'vn Chef,
mondit sieur le Connestable allant mourir, pour commander à toutes ses armées; & par la recognoissance du
grand courage & valeur, affection & interest de mondit
sieur le Duc d'Anjou son frere, se delibera par l'aduis de
tous de le faire & establir son Lieutenant general, pour
commander ainsi que luy mesme en toutes ses armées. Et
au mesme temps, & dans le mesme Conseil i'eus commandement comme son Chancelier d'aduiser la puissance & authorité qui luy pourroit estre commise, dont ie
luy fis expedier vn pouuoir le plus ample, grand & honorable que frere de Roy ait iamais eu, que ie fis verifier
& publier, tant au Parlement de Paris qu'en tous les autres du Royaume; & peux dire que ie mis ledit pouuoir
en sa perfection, comme i'auois esté le premier à en faire
les ouuertures.

Peu de temps apres que ledit pouuoir eut esté expedié,
& que ledit sieur Connestable fut decedé, mondit Seigneur le Duc d'Anjou partit auec l'armée du Roy, dont
Monsieur de Montpensier eut la charge de Lieutenant
general, & alla loger à Nemours, pour se mettre entre les
ennemis & la ville d'Orleans, qui estoit lors à la deuotion
desdits Huguenots, & en mesme temps ledit sieur Prince
de Condé & lesdits Huguenots aduertis de la venuë du
Duc de Casimir pour eux, rompirent le pont de Montreau, & à grandes iournees allerent au deuant iusques sur
les marches de la Lorraine, pour se ioindre auec luy. Et
apres auoir esté suiuis long temps par l'armee du Roy,

elle se retira à Vitry, & depuis retourna & se raprocha de
Paris pour conseruer la ville, & ce qui estoit de principal. Ce fut lors que les ennemis vindrent assieger Chartres, où ne pouuans rien gagner ils furent contraints de
leuer le siege auec honte, qui dóna apres occasion & sujet de les reduire à vne pacification, que l'on appella la petite paix, pour le peu de durée qu'elle eut, à cause que le
Prince de Condé prit occasion que l'on le vouloit surprendre à Noyers sur les marches de Bourgogne, & en
cette feinte ou crainte se retira à la Rochelle, sainct Iean
d'Angely, & autres païs circonuoisins, à la deuotion desdits Huguenots.

Cette si prompte retraite fit acheminer mondit sieur
le Duc d'Anjou auec les forces du Roy vers le Poictou,
Angoulmois & Xaintonge, où apres quelque temps de
guerre la bataille de Iarnac fut donnée le quatriesme iour
de Mars mil cinq cens soixante & neuf, en laquelle mondit sieur demeura victorieux, pour auoir vsé de diligence
à faire passer son armée à la riuiere de Chasteau-neuf, tant
sur le pont que sur vn pont fait de bateaux, où ledit Prince de Condé & grande partie de sa Noblesse furent tuez,
& fut grandement induit mondit Seigneur à donner ladite bataille, sur ce que ie luy auois rapporté peu de iours
auparauant, & de la part de la Reine sa mere, vers laquelle il m'auoit depesché, pour luy faire entendre l'estat des
affaires de l'armée, & que i'auois laissée reuenant de Châ-
lons & Ioinuille, trouuer le Roy; que l'on commençoit
à prendre opinion de luy qu'il vouloit tenir la guerre en
longueur, pour continuer tousiours l'authorité qu'il a-
uoit aux commandemens des armées; ce qui le conuia à
faire paroistre le contraire, estant certain que iamais Prin-

ce de fa qualité ne s'y porta auec plus de courage & de ge-
nereufe façon.

Apres la fufdite bataille de Iarnac auffi gagnee, mondit Seigneur voulant faire fuiure Monfieur l'Admiral de
Chaftillon, & ceux des ennemis qui s'enfuyoient vers
luy la nuict, le preffa de telle forte qu'il fut contraint de
fe retirer au mefme logis, faict par eux audit Iarnac, &
qu'ils auoient abandonné ; où eftant arriué, & demeuré peu accompagné, il fe retira dans fon cabinet à fes affaires, où ie me trouuay feul auec luy, & fon premier
valet de chambre, & luy ayant remonftré la grace que
Dieu luy auoit faite, & l'heur qu'il auoit en fi bas âge
d'auoir obtenu vne fi grande victoire, il me fit vne refponfe digne certainement d'vn grand & fage Prince; que
ce n'eftoit pas de luy que cela venoit, mais de Dieu feul,
auquel il en falloit attribuer tout l'honneur & la gloire;
& vn peu apres fe iettát de luy mefmeà vn coin à genoux
il le remercia auec toute deuotion & humilité, du bon
fuccés qu'il luy auoit donné en cette iournée.

Au mefme temps mondit Seigneur me commanda de
faire appeller Monfieur de Loffe Capitaine des Gardes,
vieil & honorable Cheualier, pour le depefcher, comme il fit, vers leurs Maieftez, qui lors eftoient fur les fró-
tieres de Champagne, & leur rendre particulier compte
de ladite bataille & victoire de Iarnac, dont elles receurent vn tres-grand contentement, ainfi que le rapporta
ledit fieur de Loffe, par lequel le Roy me fit cét honneur, fans l'en auoir fupplié, de m'enuoyer de fon propre mouuement & de la Reine fa mere la prouifion en
fon Confeil d'Eftat; comme auffi il en enuoya vne pareille à Monfieur de Chauigny qui affiftoit mondit fieur

de Montpensier en la conduite de l'auant-garde de l'armée.

Pendant que les reschappez de ladite bataille se retirerent à la Rochelle & autres villes à leur deuotion, & ledit sieur Admiral son armee en lieu de seureté, les Alemans se voulurent mesler trop auant de nos guerres, & firent vne grande & forte armee souz la conduite du Duc des deux Ponts, que le Roy delibera de faire attendre, & combattre sur l'entree de son Royaume par vne seconde armee qu'il fit dresser exprés, souz la conduite de Messieurs de Nemours & d'Aumalle : mais la diuision qui fut entre les chefs d'icelle, & la surprise faite par les ennemis du pont de la Charité, furent cause de faire tomber cette armee estrangere sur les bras de mondit Seigneur, qui pensa les combattre à sainct Benoist du Sault, pres la Sousteraine, & depuis pres le petit Limoges : mais en fin ledit Admiral s'estant ioint auec eux ne voulut venir au combat, & prit le chemin de Limoges, où il y eut vne forte rencontre à Bassac, en laquelle le sieur de Strossi Colonel de l'Infanterie Françoise, fut pris prisonnier.

En suite de ce les ennemis tournerent leurs desseins du costé de Poictou, & voulurent assieger Poictiers, où s'estoient desia iettez Messieurs de Guise & du Maine pour le deffendre : A ce deffaut vindrent surprendre Chastelleraut, pour s'approcher plus pres de Tours, le Roy y estant, logé au Plessis, bien que le passage de la riuiere au pont de Pille fust gardé & deffendu, ce que voyant môdit Seigneur, & les mauuaises & continuelles entreprises desdits ennemis, il ramasse diligemment toutes ses forces, & s'alla loger auec toute l'armee aux enuirons de

Moncontour, où fut donnee la bataille de Moncontour le troifiefme iour d'Octobre mil cinq cens foixante neuf, telle qu'il demeura fur le champ de quinze à feize mille hommes des ennemis de morts, auec peu de perte de la part de mondit Seigneur, auquel Dieu donna en moins de huict mois deux grandes & celebres victoires pour l'Eftat. Et ne puis m'empefcher de m'eftendre peut-eftre vn peu trop fur ces particularitez, & infinies autres auffi memorables, que ie lairray couler en ce difcours ; parce qu'ayant affiduëment affifté mondit Seigneur en toutes ces occafions, participé aux confeils d'iceluy, où il vouloit que ie me trouuaffe toufiours, & feruy en tout d'vn tres-haut & tres-affectionné feruiteur, de leurs Maieftez, & de luy, i'eftime que cela fait la plus noble part du recit de ma vie, ayant toufiours efté honorablement & confidemment employé en telles affaires, bien que ce femble efloignees de ma robe & de ma condition.

Apres cette feconde victoire de Moncontour, ledit fieur Admiral de Chaftillon y ayant efté vn peu bleffé fe retira auec fes troupes, qui luy reftoient en ce païs de feureté, & le Roy Charles voulant venir lors en perfonne en fon armee, il mit le fiege à fainct Iean d'Angely, auquel fut tué le fieur de Martigues : & ledit fiege n'ayant reüffi, & l'armee fe trouuant ennuyee & harraffee d'vn fafcheux & long trauail, fe diffipa & fepara incontinent. Ce qui fut caufe que le Roy & mondit Seigneur fon frere, auec la Cour & le refte de ladite armee reuindrent à Angers, où fe commença le Traicté de paix, qui fut conclu fur la fin de la mefme annee foixante neuf.

En l'annee fuiuante mil cinq cens foixante & dix ledit Roy Charles fut confeillé par la Reine, mere de fa Majefté

de se marier auec la fille de l'Empereur Ferdinand, depuis
appellee la Reine Elizabeth, laquelle venant en France
sous la conduite de l'Euesque de Mayence, l'vn des Ele-
cteurs de l'Empire, & autres principaux Seigneurs Allemans, mondit Seigneur le Duc d'Anjou fut enuoyé par
le Roy son frere iusques hors du Royaume, & par delà
Sedan, pour la receuoir de sa part; ce qu'il fit auec tres-
grand appareil & compagnie, selon son courage & sa liberalité, & eus cét honneur d'auoir la charge d'entretenir ordinairement, & accompagner ledit sieur Euesque,
d'autant qu'il ne parloit que Latin (bien qu'à la mode
d'Allemagne) & ie reconnus lors, que mesme à la Cour,
bien que les sciences & cette langue y soient mesprisees,
quiconque en peut auoir la capacité en doit conseruer
quelque vsage facile, pour ne demeurer court & s'en seruir aux occasions.

A pres cette bien-venuë se forma aussi tost vne grande
difficulté comme nous fusmes à Sedan; sçauoir si mondit
Seigneur Duc d'Anjou bailleroit le costé de main droicte audit sieur Euesque Electeur, pour resoudre laquelle
vn Gentil-homme fut depesché en diligence vers le Roy
& la Reine sa mere demeurez à Maisieres, qui rapporta
qu'il falloit ceder audit Electeur la main droicte, attendu
que de luy mesme il estoit Prince souuerain, & accom-
pagneroit la nouuelle Reine comme Ambassadeur de
l'Empereur. Sur quoy ie ne me peus taire, & remonstray la
grande consequence de cette resolution, & fis reconnoistre le tort que l'on faisoit à la France, en la personne du
premier Prince du Sang, & pour lors heritier presomptif
de la Couronne, de le laisser preceder par autres que
par Rois couronnez, puis qu'ils ne perdent iamais le

rang dés leur naiſſance, meſme hors de l'Eſtat ; & ſur ce
que i'en dis, auec raiſon & courage pour mon Maiſtre,
leurs Maieſtez trouuerent bon de me laiſſer meſnager
cette difficulté, & diſputer auec ledit Electeur, pour luy
faire agreer & conſentir, s'il m'eſtoit poſſible, ſans l'offenſer ; ce que ie luy fis doucement entendre , & par
la creance que mon entretien m'auoit deſia acquiſe aupres de luy, ie luy perſuaday facilement ce que ie deſirois, & fis en ſorte qu'encores que mondit Seigneur luy
offriſt par courtoiſie defferences là deſſus, & la main
droicte, iamais il ne la voulut prendre ny accepter, &
ainſi fut ſurmontee & accommodee cette difficulté, qui
peut ſeruir d'exemple à de pareilles occaſions, & ſans aucune apparence d'icelle. Ladicte Reine Elizabeth fut a-
menee iuſques audit Maiſieres, où leurs Maieſtez la receurent auec toute ſorte de contentement & honneur:
puis les nopces y furent faictes , & au retour le couronnement de ladite Reine à ſainct Denis, & l'entree ſolem-
nelle du Roy & d'elle à Paris.

Peu de temps apres furent ouuerts les propos du mariage d'entre mondit Seigneur d'Anjou & la Reine d'Angleterre, & ſi aduancez que deſia les Ambaſſadeurs a-
uoient eſté nommez, pour y aller arreſter le Traicté auec
ladicte Reine ; à ſçauoir Monſieur de Montmorency,
Monſieur de Foix, qui auoit eſté Ambaſſadeur en Angleterre, & qui en auoit faict les premieres ouuertures
de la part du Roy, & moy comme Chancelier, & particulierement deputé de la part de mondit Seigneur, lequel nous voyant pres de partir , declara qu'il n'auoit
point d'affection à cedit mariage, & le fit delaiſſer.

Apres cela leurs Maieſtez ſe reſolurent d'aller paſſer

quelque temps à Blois, où la Reine de Nauarre Ieanne &
l'Admiral de Chastillon vindrent le trouuer.

La paix auec ceux de la Religion pretenduë ayant esté
desia auparauant publiee & executee, & ledit sieur Admiral ayant mis en auant de faire prendre par le Roy la
protection des Païs-bas, qui faisoient la guerre contre
le Roy d'Espagne leur Seigneur; ce qu'il se persuada pouuoir faire, & deuoir estre Chef & conducteur de l'armee que le Roy y enuoyeroit : mais ses desseins tournerent bien autrement. Car la Cour estant reuenuë à Paris,
le vingtiesme iour apres les nopces faites du Roy de Nauarre auec Madame Marguerite de France, & luy, retournant sur les dix heures du Louure, où il auoit laissé le Roy
au jeu de paulme, & allant à pied fort accompagné, lisant
vne lettre, droict à son logis à la ruë de Bethisy, il fut
blessé au bras, d'vne arquebusade, qui luy fut tiree par vne
fenestre grillee, d'vn logis qui auoit issuë dans le cloistre
sainct Germain, dont tous ceux de la nouuelle opinion
& Religion se sentirent si offensez que ledit Roy de Nauarre & Prince de Condé firent paroistre qu'ils en vouloient prendre vangeance; ce qui donna sujet & occasion au Roy d'entreprendre contr'eux plus auant, & de
iuger par les choses passees qu'il s'en pouuoit entreprendre de plus grandes & plus perilleuses à l'aduenir; ce qui
fut cause, auec les insolences & menaces qu'ils faisoient,
que le Roy se resolut à l'effect de la iournee de S. Barthelemy vingt-quatriesme Aoust mil cinq cens soixante
& douze, qui fut executee par tout le Royaume, ainsi
que chacun le peut mieux voir dans les Histoires du tẽps,
veritables & non falsifiees, & augmentees par ceux de
ladite Religion.

Le

Le xxiiij. iour de Septembre enfuiuant audit an foi-
xáte & douze, la Dame de Cheuerny ma féme accoucha
de fon premier fils à Paris, qui fut babtizé à S. Germain
de Lauxerrois, tenu fur les Sainɛts Fonds de Baptefme par
mondiɛt Seigneur le Duc d'Anjou frere du Roy, par le
Roy de Nauarre, & Madame la Ducheffe de Lorraine
fœur du Roy: Il fut nommé Henry, qui fut le premier
Baptefme où iamais auoit affifté le Roy de Nauarre en l'E-
glife Catolique, en laquelle il s'eftoit remis & reduiɛt depuis la Sainɛt Barthelemy feulement. Mondit fils appellé
le Sʳ d'Eguemont mourut à Vibraye en l'âge de 18. mois.

Et fur l'occafion des chofes paffees, le Roy ayant pris la
volonté de ne laiffer plus de retraitte accouftumée pour
ceux qui prennent les armes contre luy en la ville de
la Rochelle, refolut que l'on l'allaft affieger, & y enuoya
mondiɛt Seigneur le Duc d'Anjou fon frere, & Lieutenant general, qui fut accompagné de Monfieur d'A-
lençon fon frere, du Roy de Nauarre, Prince de Condé &
Duc de Boüillon, qui eftoient auffi depuis la Sainɛt Barthelemy faits Catholiques, & d'vne infinité d'autres Princes & Seigneurs; entre lefquels la ialoufie & la diuifion
furent fi toft femées, que rien ne fe difoit, mefme aux
Confeils les plus particuliers, que les ennemis n'en fuffent au mefme temps aduertis, ce qui rendit lediɛt fiege
fort long, & inutile; & neantmoins ceux de ladite Rochelle euffent efté en fin contrainɛts de fe rendre à la deuotion dudit Seigneur Duc d'Anjou s'il n'euft efté reuo-
qué dudiɛt fiege par le Roy, à caufe que les Eftats du Royaume de Pologne l'auoient efleu pour leur Roy, & le
prefferent d'yaller, ou qu'ils en prendroient vn autre.

Cefte nouuelle ayant efté apportee à mondit Seigneur,

D

il me depescha aussi tost audict camp de la Rochelle,
pour venir deuant trouuer le Roy & la Roine sa mere à
Paris, & receuoir en son nom lesdicts Ambassadeurs de
Pologne, traitter auec eux de ce qui estoit à faire aux formes & solemnitez de cette ellection, quant & quand à
dresser l'estat des choses necessaires à faire ledit voyage de
Pologne, pour lequel mondit Seigneur le Duc d'Anjou
estant reuenu à Paris y trouua à son arriuee deux ou trois
des premiers Ambassadeurs, suiuis bien tost apres de
seize autres deputez de chacune prouince du Royaume de
Pologne, tous fort bien accompagnez, & en bel equipage, lesquels premierement allerent saluer le Roy, & puis
vindrent faire la reuerence à mondit Seigneur leur Roy,
esleu de Pologne, qui les receut fort honorablement en
la grande salle du Louure, où il me commanda de faire
pour luy la responce en Latin, à laquelle i'eus aucunemét moyen de me preparer, ayant souz main fort dextrement appris quelle deuoit estre la Harangue quils firent à
mondict Seigneur, & celuy qui la fit fut l'Euesque ce Po-
nans, portát la parole pour tous les autres Ambassadeurs.

Quelques iours se passerent apres cette premiere veuë
en festins & magnificences de tous costez, & en confe-
réces continuelles & particulieres desdits Ambassadeurs,
auec Messieurs de Moruilliers & de Vallencey, deputez
par le Roy ; & moy pour mondict Seigneur esleu
Roy de Pologne. Et apres la conclusion arrestée du
Traicté, fut faicte la grande ceremonie de ladite ellection
en la grande salle du Palais de Paris, où le Roy, la Reine
sa mere, le Roy esleu de Pologne, Monsieur le Duc d'A-
lençon, & le Roy de Nauarre, se trouuerent auec tous les
Princes du Sãg; Cardinaux & autres Princes, Officiers de

la Couronne, & Seigneurs du Conseil du Roy, ensemble
tous les Ambassadeurs de tous les Princes estrangers; les
Courts de Parlement, Chambres des Comptes, des Aydes, & autres, & toute la Noblesse de la Cour, & Peuple de
Paris, tant que ladite grande salle en peut contenir, iusques au nombre de dix à douze mil personnes de toutes
qualitez; le tout neantmois en rang & ordre conuenable
pour cette action ; & là fut apporté & presenté auec
grand appareil & magnificence le Decret de ladite eslection, auec vne grande Harangue en Latin, desdits Ambassadeurs de Pologne; à laquelle, apres que Messire René de Birague pour lors Chancelier de France eut en peu
de paroles fait quelques remercimens de la part du Roy,
i'eus encore charge de respondre plus au long ausdicts
Ambassadeurs pour mondict Seigneur leur Roy ; ce que
ie fis par la grace de Dieu si heureusement que leurs Majestez, lesdicts Ambassadeurs , & toute l'assistance en demeurerent satisfaits, & apres que ledit grád Decret d'eslection, scellé de vingt sceaux eust esté receu, auec les submissions & reuerences desdits Ambassadeurs Polonois,
par mondit seigneur d'Anjou lors leur Roy, & ainsi le
nommeray-ie cy apres, il me commanda de le prendre &
garder pour luy, ce que ie fis : & fut ledict grand Decret
remis dans la Cassette d'argent doré, & reporté sur la
mesme hacquenée, auec vne grande housse de toille d'or
iusques en mon logis pres Sainct Germain de l'Auxerrois, ainsi qu'il auoit esté apporté audict Palais.

Cela fait, il ne fallut plus penser qu'à ce qui estoit necesf-
faire pour ledit voyage de Pologne, & pour faire les presens conuenables, tant ausdicts Ambassadeurs, qu'à tous
les Princes d'Allemagne, en passant par leurs pays; à quoy

nous pourueufmes fort honorablement, & felon l'honneur & liberalité du Roy de Pologne, lequel s'eftant refolu de me laiffer en France pour veiller en fon abfence à fes interefts, & à fes affaires pres du Roy fon frere, me demanda quelqu'vn dont il auoit befoing à fa fuitte, pour refpondre aux Harangues qui luy feroient faites, tant en paffant en Allemagne qu'autres Affemblées generales qui fe feroient en Pologne; pour à quoy fatisfaire ie luy nommay le fieur de Pibrac, lors Aduocat du Roy, que i'eftimay le plus propre & capable de cela, qu'il eut agreable, & le fuiuit audiét voyage.

Et auant que ledict Roy de Pologne commençaft fon voyage, il fit fon entrée folemnelle dans Paris; en apres le Roy & la Royne fa mere le voulurent accompagner iufques fur les limites de leur Royaume; mais le Roy demeura malade à Vitry, ce qui l'empefcha d'aller plus auant, & donna fubiect à beaucoup de gens de vouloir diuertir le Roy de Pologne de pourfuiure plus auát fon voyage, luy remonftrás l'eftat incertain de la maladie du Roy, prouenant du poulmon, qui apportoit fouuent des accidens perilleux. Monfieur d'Alençon fon frere & le Roy de Nauarre, tous deux plus proches heritiers de la Couronne apres luy, & que pour lors ne fembloient eftre en trop bonne intelligéce & amitié auec luy, & plufieurs autres raifons & tres-grádes confiderations, aufquelles il ne voulut neantmoins ceder, cognoiffant la bonne volonté du Roy fon frere, & croyant le bon Confeil & aduis de la Reine fa mere, & dit à tous ceux qui luy en voulurent parler; qu'il aimoit mieux s'abfenter, bien qu'il y euft quelque apparence de danger pour luy, que de defobeïr au Roy fon frere, & defplaire à la Reine fa mere, à laquelle il auoit

tant d'obligation, & de mettre vn Royaume en peine
d'entrer en guerre ciuille à fon occafion; tellement que
fon partement continuant, & demeurant tout refolu, il
me commanda le iour qu'il partit dudict Vitry de me
rendre à fon leuer dés cinq heures du matin pour le fuiure, quand il auroit pris congé du Roy fon frere, qu'il
trouua dedans le lict, & luy rapporter le Cachet qu'il a-
uoit en garde.

Ledit lendemain matin ie ne manquay de me trouuer
à l'heure fufdite, à laquelle ledit Roy de Pologne ne faillit
auffi d'aller chez le Roy fon frere, qu'il trouua dedans le
lict. Apres auoir quelque peu parlé tous feuls enfemble,
leurs Maieftez m'appellerent, & ayant prefenté ledict
Cachet audit Roy de Pologne qui m'en auoit chargé, &
le rendit au Roy, & le fupplia en ma prefence de le bailler en garde à mondict fieur le Duc d'Alençon fon frere.
A quoy le Roy refpondit, qu'il ne le bailleroit iamais à
perfonne, ne pouuant prendre tant de fiance d'autre
quel qu'il fuft comme il auoit faict de luy.

Lors ledict Roy de Pologne le fupplia de trouuer bon
que ie demeuraffe en France pres de fa Majefté, pour luy
faire toufiours entendre fes volontez, & auoir le maniement & conduite de toutes fes affaires & terres de fon
appannage en ce Royaume : ce que le Roy trouua tres-
bon ; & auffi apres auoir tenu enfemble plufieurs propos
de familiarité & amitié deuant moy, leur feparation &
départ fut accompagnée de larmes, plaintes, & cris, fi
hauts de la part du Roy, difant adieu à fon bon frere, qu'il
craignoit ne reuoir iamais, que cela porta doute à quelques vns s'il auoit autant de regret dudit département,
veu les chofes paffées, & l'enuie conceuë contre le Roy de

Pologne, comme il en faisoit de demonstration.

Ledit Roy de Pologne laissant donc le Roy malade audit Vitry, poursuiuit son voyage, & s'en alla à Beaumont des Meres, ville de Lorraine, iusques où la Reine sa mere, Monsieur d'Alençon son frere, la Reine de Nauarre sa sœur, & Monsieur de Lorraine l'allerent accompagner, & là leur disant adieu, & prenant congé de ladite Reine sa mere, ce ne fut sans vn extreme regret reciproque, & de ladite Reine de Nauarre, qui en ma presence luy promit beaucoup d'amitié, que ie croy que elle luy eust continuee, si bien tost apres elle n'en eust esté diuertie; & aussi sur la fin du mois de Nouembre audict an soixante & treize, ledit Roy de Pologne arriua à Sauerne, ville appartenante à l'Euesque de Strasbourg, iusques à laquelle ie le suiuis, & de là me renuoya en France auec force dépesches, & vn grand & ample pouuoir de Surintendant absolu de toutes ses terres & affaires en France, & charge & instruction fort particuliere & secrete de ce qui pouuoit estre necessaire pres de la personne du Roy, & auec tel commandement ie le laissay paracheuer son voyage.

Ie ne fus pas plustost rentré en France que i'entendis passant à Chaalons, que le Roy & la Reine sa mere estans sur leur retour pour venir à sainct Germain en Laye, auoient descouuert des entreprises faites par mondit sieur d'Alençon & le Roy de Nauarre, dont ie sceus toutes les particularitez à mon arriuee audit sainct Germain la veille de Noël, & reconnus bien qu'il estoit grand besoin de veiller continuellement, & bien penser aux affaires du Roy de Pologne mon Maistre, absent & si esloigné, & iugeay encore plus necessaire, quand ie vis que le Roy

eſtoit retombé en ſa maladie de crachement de ſang, ce
qui me fit faire bien toſt apres vne dépeſche en Pologne,
que i'adreſſay à Monſieur Miron premier Medecin du
Roy de Pologne, comme ayant la correſpondance de
mes chiffres, les aduertiſſans qu'ils priſſent garde à leurs
affaires, & que le Roy retombant ſi ſouuent en telles maladies n'eſtoit pas pour paſſer plus auant que le mois de
May enſuiuant ; auſſi que quelques vns de ſes Medecins
me l'auoient aſſeuré, & que deſia ie voyois force grandes
pratiques en France ſur ce ſujet, auſquelles il ſeroit fort
difficile de donner ordre : neantmoins n'oubliant rien de
mon deuoir en toutes choſes, ie rompis dextrement
beaucoup de mauuais deſſeins, par l'aduis certain que ie
donnay à la Reine, & par ſa prudence & ſon authorité.

Et bien toſt apres fut découuerte l'entrepriſe qui ſe faiſoit ſur la perſonne du Roy, dans le Chaſteau dudit Sainct
Germain, qui cauſa vn partement fort ſoudain dudit lieu
ſur la nuict, à dix heures du ſoir, pour gagner Paris dés la
nuict : neantmoins le Roy fut conſeillé de differer iuſques au matin, pour y venir plus aſſeurément au milieu de
ſes Suiſſes, ainſi qu'il fit, & s'en vint loger au fauxbourg
Sainct Honoré, au logis du Mareſchal de Rets, auec vn
incroyable deſir d'auoir la raiſon de telles entrepriſes faites ſur ſa perſonne : Et eſt à croire que la cholere qu'il en
receut luy doubla ſa maladie, parce qu'onques depuis il
ne ſe porta bien ; & diray cecy en paſſant, que de tant de
ſeruiteurs que le Roy de Pologne auoit obligez & laiſſez
en France, il n'y eut que trois Gentils-hommes qui ſe
voulurent ranger auec moy pour ſe porter à ſon ſeruice ;
& eſt tout certain qu'eſtant recognu pour eſtre ſon tres-fidele & affectioné ſeruiteur, ie fus eſpié & ſoigneuſement

recherché pour estre tué, ses ennemis me faisans cét honneur de croire que ie les empeschois de faire leurs affaires
à leur prejudice.

Bien tost apres le Roy s'en alla au Bois de Vincennes,
& y mena auec luy Monsieur d'Alençon & le Roy de
Nauarre, ausquels il deffendit de partir du Chasteau, dót
les portes furent fermées, & fort soigneusement gardees,
tant par le sieur de Saussac, Capitaine de la porte, que par
le Vicomte Duuetry, Capitaines des Gardes, tous deux
fort diligens à leur deuoir; & durant que sa Majesté y fut
il ne bougea gueres du lict à cause de sa maladie; continuant neantmoins tousiours en la volonté qu'il auoit
prise de descouurir & chastier cette derniere entreprise
sur sa personne, & fit arrester prisonnier & amener en la
Bastille Monsieur de Montmorency & le Mareschal de
Cossé, qui depuis y demeurerent de quinze à dix - huict
mois, sa Majesté estant resoluë de faire viuement poursuiure la iustice de cette affaire, si la mort ne l'eust preuenu, comme elle fit dix iours auparauant.

Or pendant les derniers iours de sa vie, le Roy me faisant vn iour cét honneur de me parler dans son lict, &
voyant que mal-aisément il respiroit & prenoit son vent,
ie iugay & apperceus qu'il estoit fort proche de sa mort,
veu les aduis particuliers que i'auois à toute heure de sa
disposition, & qu'il estoit temps de penser à l'interest du
Roy de Pologne, mon maistre; & pour ce me promenant
vn iour dans le Chasteau du Bois de Vincennes, auec
la Reine le long de la muraille du costé du Parc, ie pris la
hardiesse de la supplier de penser à la maladie du Roy, &
à l'absence du Roy de Pologne son fils, qui par ses aduis
& volontez estoit allé en Pologne, & recognus bien que
ladite

ladite Dame ne fongeoit à rien moins qu'à tel inconuenient, pour les affeurances contraires que luy donnoient
les Medecins du Roy, entr'autres fon premier, nommé
Marillac: & pour ce voulut le lendemain faire faire vne
grande confultation de ladite maladie, & me commanda de m'y trouuer, ce que i'eftimay ne deuoir faire pour
beaucoup de cófiderations, & tres-importátes au feruice
de mondit Maiftre: tellement qu'à mon refus ladite Dame Reine y fit trouuer Monfieur le Chancelier de Birague & Meffieurs de Moruilliers & de Limoges, lors des
premiers du Confeil, lefquels apres me voulurent perfuader que la maladie du Roy n'eftoit qu'vne fimple fiévre
tierce, fans aucun danger, ce que ie ne peus croire; & de
fait me refolus deflors, auec l'appuy & faueur fecrette de
la Reine, qui iamais ne me manqua au befoin, d'y trauailler & pouruoir fecrettement; & parce qu'il y alloit de ma
vie d'eftre découuert à tout ce que i'eftima y eftre vtile &
neceffaire, tant à Paris, Orleans, qu'autres principales
villes & prouinces, enuers les feruiteurs & amis affectionnez au Roy de Pologne, pour en cas de ladite mort du
Roy, luy conferuer la iufte & legitime fucceffion que
Dieu & la Nature luy donnoient en cette Monarchie.

Cette opinion donnée par les Medecins, que la maladie
du Roy eftoit petite & fans danger, continua parmy tous
ceux de la Cour, iufques au mefme iour de fa mort, ayant
le matin voulu fon premier Medecin Marillac encore affeurer la Royne, que fa Majefté fe portoit bien & s'en alloit guerir: mais deux heures apres il la vint retrouuer, o-
yant la Meffe en la fainéte Chapelle dudit chafteau, où i'e-
ftois pres d'elle, & luy rapporta l'eftat & danger où eftoit
le Roy, & qu'il eftoit neceffaire qu'elle le vinft diligem-
                                                          E

ment trouuer, ce qu'elle fit aussi, & le voyant, ne faillit à
iuger & recognoistre le malheur asseuré de sa mort, laquelle arriua sur les trois heures apres midy du mesme
iour, qui estoit le dernier iour de May 1574.

Deux heures auant ladite mort du Roy, la Reine m'enuoya querir en toute diligence à Paris, où i'estois allé vn
tour, & lors ie luy fis particulierement entendre tout ce
que i'auois preueu & preparé pour tels accidens, dont elle
se pouuoit seruir; aussi que par sa vertu & diligence elle
en sceu ttres-bien vser en de si inopinées occasions : & ce
qui nous authorisa dauantage, fut que le Roy ordonna auant sa mort que ladite Dame Roine sa mere demeureroit Regente en France, iusques au retour du Roy
de Pologne son frere & legitime successeur, auquel tout à
l'heure ladite Roine remontra si vertueusement & courageusement à Monsieur. & au Roy de Nauarre ce qu'ils
deuoient faire, que tous deux de leur propre mouuement
s'en vindrét l'vn apres l'autre parler à moy, & me faire offre de tout ce qu'ils pouuoient pour le seruice du Roy de
Pologne, quand ils en seroient par moy aduertis, & entre
autres choses Monsieur me dit qu'il feroit tout ce que ie
luy dirois, excepté vne chose, qui estoit d'aller en Pologne, où il ne voulut iamais aller comme auoit faict son
frere, qui estoit honnestement remarquer & blasmer la
faute qu'auoit fait en cela ledit Roy de Pologne : Et apres
les auoir tous deux grandement remerciez pour ledict
Roy mon Maistre, & asseuré qu'à son retour il luy tes-
moigneroit leur bonne affection & volonté, ie les y
continuay tant que ie peus, & les suppliay pour premier
effect d'icelle d'assister ouuertement la Roine qui demeuroit Regéte, si Dieu disposoit du Roy, & de faire pareille

declaration de leurs bónes intentions aux autres Princes,
Officiers de la Couronne, Presidens des Parlemens, Preuost des Marchands, & escheuins de la ville de Paris, &
autres ausquels il faudroit parler incontinent si le mal-
heur arriuoit, afin d'aduiser tous ensemble à ce qui seroit
necessaire pour la conseruation de cét Estat, iusques au
retour dudit Roy de Pologne premier & legitime successeur d'iceluy.

Tout ce que i'auois predit ausdits Seigneurs premiers
Princes du Sang, fut suiuy & executé par ladite Dame
Roine, laquelle, vne heure apres que le Roy fut expiré,
laissant bonne & seure garde audit Chasteau de Vincennes prit auec elle dans son coche mondit Sieur son fils,
& ledit Roy de Nauarre, & les amena bien accompagnez
de tout le reste des principaux de la Cour coucher à Paris,
au Louure: pour moy ie depeschay incontinét le sieur de
la Roche Chemerault vers le Roy de Pologne, pour
luy porter aduis de tout, & le fis partir dés le soir mesme,
& fit la plus grande diligence qui se puisse dire; & bien
que la Roine sa mere luy donnast aduis & moy aussi, de
tascher à se desrober, & s'en venir le plus secrettement &
tost qu'il pouurroit, à cause des accidens & dangers que
nous craignions à son retour, si est-ce qu'il ne le peut
faire si dextrement qu'il ne fust descouuert par les Polonnois, & ne fust suiuy pour estre arresté par le Comte de
Tauchin, ordonné par eux, auec troupes assez fortes pour
le retenir quand elles l'eussent peu attraper; tellement
que ce qu'ils firét fut d'arrester quelques vns des siens, demeurez derriere, & entr'autre le sieur de Pybrac; & aussi sa Maiesté bien aduertie & partie, vint sans danger iusques à Vienne en Austriche, où il fut honorablement re-

ceu par l'Empereur Ferdinád, & trouua là cinquante mil
escus que ie luy auois faict tenir par lettre de banque: Ie
luy auois faict tenir autres cinquante mil à Ausbourg s'il
eust pris ce chemin, & encore autres cinquante mil à Ve-
nize, qu'il y trouua tous prests y arriuát; car ie sçauois bien
qu'en telles occasions il ne faut manquer d'argent n'y en
eust il point au móde, & pour celuy-là il y fallut employer
auec le nom & les blanes signez du Roy, qu'il m'auoit
laissez, tout mon credit & celuy de mes amis, & mettre
le tout au hazard pour vne si bonne affaire.

Sa Majesté partant de Boulogne, m'auoit mandé que
ie me trouuasse à Venise au mesme temps, à quoy ie ne
peus satisfaire, les affaires de France ne me l'ayant peu permettre, & ne peus partir que vers la fin de Iuillet, apres l'é-
terrement du Roy Charles, & que la Roine Regente sa
mere m'eust amplement communiqué de toutes les affaires du Royaume, pour les luy faire entendre, & enuoya ladite Dame Roine à cét effect auec moy les deux premiers
Secretaires d'Estat, Messieurs de Fauue & de Villeroy,
pour commencer à seruir sa Majesté, que ie menay auec
moy iusques à Thurin, où ie trouuay sa Maiesté qui me fit
plus de caresse & de faueur que ie n'eusse peu esperer,
m'ayant iusques là fait cét honneur de n'auoir voulu accorder ny expedier choses quelconques des affaires de
France, qu'il n'eust parlé à moy, & sçeu l'estat d'icelle que
i'auois eu charge de la Roine de luy representer.

Apres que ladite Maiesté eut seiourné quelques iours
audit Thurin, où Monsieur de Sauoye luy rendit infinis
honneurs, auec tres-grandes magnificences à la premiere
iournée au deça pour venir à Lyon, vn de mes amis Secretaires du Roy me vint trouuer en poste pour m'appor-

ter nouuelles que ma femme estoit accouchée le Samedy vingt & vniesme iour d'Aoust audict an soixante & quatorze d'vne fille, à Paris, qui fut depuis nommée Marguerite par Madame de Vibraye & Monsieur le premier President, & Madamoiselle de Bonneual, laquelle depuis en l'année mil cinq cens quatre vingt trois, le seiziesme Iuin, fut fiancée, & en quatre vingt & cinq mariee auec Monsieur le Marquis de Nesle de la maison de Laual.

Le quatriesme iour de Septembre mil cinq cens soixante & quatorze, le Roy poursuiuant son chemin vers Lyon arriua à Bourgnon, où la Reine sa mere l'attédoit auec tout le gros de la Cour, venu iusques là au deuãt de luy; comme auoient fait deux iournées plus auant iusques au pont de Beauuoisin, Monsieur son frere, & le Roy de Nauarre, & en cette premiere rencontre de leurs Maiestez, apres auoir faict d'vn costé & d'autre grandes demonstrations de ioye d'vn si fauorable retour, le Roy commença à remercier grandement la Roine de l'extreme obligation qu'il luy auoit de luy auoir conserué son Royaume en son absence contre tant de mauuaises entreprises qui auoient esté faictes contre le feu Roy son frere, & depuis contre luy; que comme il tenoit la vie d'elle, aussi en tenoit-il son Royaume, pour le luy auoir assez bien conserué; à quoy, apres auoir fort modestement respódu par la Reine, pour elle, sa bonté me porta à me faire tant d'honneur que de me prédre par la main, & de dire au Roy, que ce qui auoit esté bien faict en son absence en son Royaume m'en deuoit estre attribué pour la plus grande part, à cause des bons & fideles aduis que ie luy auois tousiours donnez, & de la vigilance & extreme diligence dont i'auois vsé pour son seruice, à former & preparer, mesme au peril de ma vie, de bonnes intelligences & forces de tous ses bons seruiteurs, pour la conseruation de son Estat, s'il en eust esté besoin : mais que Dieu auoit faict reüssir le tout plus doucement.

Le lendemain cinquiesme de Septembre audit an, le Roy auec ladite Reine, Monsieur son frere & toute la Cour arriua à Lyon, où luy fut faicte vne fort belle entrée, & le sixiesme au matin en l'Archeuesché, où estoit logé le Roy : la Reine sa mere le vint trouuer en sa chambre aussi tost qu'il fut habillé pour aduiser & resoudre eux deux seuls de ce qui estoit le plus important & pressé à faire, & establir pour le bien de cét Estat, & me firent leurs Maiestez cét honneur tres-grád & particulier de m'appeller seul auec elles dans le Cabinet, & fut lors la premiere conference des affaires du Roy, comme i'auois esté auparauant qu'il allast en Pologne. Apres elles aduiserent d'infinies choses importantes, & puis de ceux qui deuoient entrer aux affaires qu'elles me commanderent, d'appeller les vns apres les autres; à sçauoir le premier, Monsieur le Cardinal de Bourbon, & puis Monsieur le Duc de Montpensier, & n'y eut lors autres Princes & Seigneurs admis ausdits Conseils & affaires de sa Maiesté que les susdits, qui tous les matins ensuiuant y entroient seuls, & tous les autres Princes & seigneurs du Conseil demeurerent dans la chambre.

Sur la fin dudit mois de Septembre la veille de S. Michel le Roy deliberant de regler ses Ordres de S. Michel, & assembler à cét effect tous les Cheualiers dudit Ordre, qui estoient pres de sa Maiesté, pour resoudre auec eux ce qui estoit necessaire pour la reformation d'iceluy, lors tombé en peu d'estime pour la trop grande multitude de gens de peu de qualité & valeur qui y auoiét esté appellez. La premiere chose proposée en ladite Assemblée, fut de remonstrer qu'il n'y auoit point de Chácelier dudit Ordre, Monsieur le Cardinal de Crequy estant mort depuis le decedz du Roy; surquoy estant mis en deliberation d'en eslire & choisir vn, me fut faict cét honneur d'estre esleu, tant du Roy que de tous Messieurs les Cheualiers & Officiers de la Couronne : encore qu'auparauant n'y eust eu que personnes Ecclesiastiques & non mariez comme i'estois, qui fussent entrez en cette charge suiuant le Statut, qui porte que ce doit estre vn homme de qualité, Docteur, ou Lincentié, & des plus notables, Monsieur le Cardinal de Lorraine mó bon Seigneur & amy, qui l'auoit esté autrefois, dit que toutes ces qualitez estoient en moy, le mariage ne me deuant point empescher d'estre pourueu dudit Estat de Chácelier dudit Ordre, ce qu'estant approuué & confirme par sadite Maiesté, & par toute la Compagnie, la ceremonie dudit Ordre fut faite ledit iour Sainct Michel en la grande Eglise de Lyon, où comme Chancelier ie seruis, & pris, & receus le serment qu'y fit le Roy, comme Chef & Souuerain dudit Ordre ainsi que le porte ledict Statut.

Quelques iours apres le Roy changea l'Ordre & la forme qui auoit accoustumée d'estre tenuë aux depesches de ses affaires ordinaires, & voulut, & ordonna que les Secretaires d'Estat ne depeschassent plus rien que les placets ne fussent accordez & signez de sa propre main, & ie receus commandemét de receuoir tous lesdits placets qui luy furent presentez pour les luy faire voir, & resoudre à part, les Secretaires presens pour en receuoir les commandemens, & en faire & depescher les expeditions.

Apres que le Roy eut ainſi ſejourné à Lyon quelques
iours, il fut conſeillé de faire vn tour iuſques en Aui-
gnon, pour faire donner ordre à ſes affaires, tant du coſté de la Prouence que de celuy de Languedoc, où le Mareſchal d'Amuille ne rédoit pas l'obeiſſãce que ſa Maieſté
pouuoit deſirer, qui fut vn voyage peu conſeillé de tous,
parce qu'au lieu d'iceluy ſi ſadite Majeſté euſt ouuert les
bras à tous ſes ſubjeéts, ſon nom & la reputatió des belles
viétoires qu'il auoit acquiſes eſtoiét ſi eſtimees que facilement chacun ſe fuſt venu rédre à toute obeiſſance: mais
au contraire par le meſme Conſeil elle enuoya le Mareſchal de Rets aſſieger Meneruc en Prouence, & le ſieur de
Bellegarde, que le Roy auoit faiét Mareſchal de France à
ſon arriuee aſſiegea auſſi Lyuron, d'où apres il fut contraint de leuer le ſiege, tellement que tous les deſſeins de
ce voyage ne reüſſirent point, & que le Roy s'en retourna ſans rien faire audiét Lyon.

Eſtant de retour à Lyon, par l'aduis de la Reine ſa mere & de ſes bons ſeruiteurs, il fut inuité de penſer à ſon
mariage, & encore qu'il euſt deſia depeſché le Secretaire
Pinart en Suede pour voir la ſœur du Roy, & ouurir quelques propos dudit mariage, neátmoins ie reconneus bien
par ſes diſcours qu'il vouloit prendre & chercher vne
femme de ſa natió, qui fuſt belle & agreable, diſant qu'il
en deſiroit vne pour la bien aimer & en auoir des enfans,
ſans aller à d'autres femmes comme beaucoup de Rois ſes
predeceſſeurs auoiét fait. Les vns luy propoſerent la Reine Elizabeth, veufue du feu Roy Charles ſon frere; les autres la Princeſſe de Nauarre; les autres de rechercher vne
de ſes niepces, filles du Roy d'Eſpagne: mais en ſon cœur,
& luy ſeul, il auoit vne affeétion imprimee, & quaſi deſia

formee

formee, de Madamoiselle de Vaudemont, qu'il se souue-
noit d'auoir veuë à Nancy lors qu'il y passa pour aller en
Pologne; & ayant deslors & depuis confirmé cette intention en son cœur, n'en voulut declarer sa passion à la
Reine sa mere; il me fit cét honneur de s'en confier &
s'en ouurir à moy seul, & me commanda d'en parler à la
Reine, & de luy faire auoir agreable; ce que ie fis auec
quelque peine, n'ayant voulu y consentir qu'apres la
mort du Cardinal de Lorraine, & sur l'opinion que nous
luy mismes tous, que ladite Damoiselle de Vaudemont
estoit fertile d'aage & de taille d'auoir des enfans, que le
Roy en auroit bien tost pour l'asseurance de cét Estat.

Leurs Majestez apres cette resolution entr'eux prise,
voulant qu'elle demeurast secrette, s'acheminerent de
Lyon pour venir droict à Reims sacrer le Roy, & estant à
Lâgres sur le chemin elles prirét resolution de m'éuoyer,
comme elles firent, trouuer Monsieur de Vaudemont &
ladite Damoiselle, pour la demander en mariage; que i'y
trouuay fort disposee, & grandement honoree de cette
Alliance, & les rencontray à Sommiers venans à Reims
pour assister audit Sacre, où apres ma charge accóplie ie
les coniuray de poursuiure leur voyage pour paracheuer
plustost cette affaire, ce qu'ils firent, & les accópagnay de
là iusques audit Reims, où ils furent receus fort honorablement par leurs Majestez & incontinent apres ledit
Sacre, sans grandes formalitez le Roy espousa ladite Damoiselle de Vaudemont Louise de Lorraine le Mardy
de Caresme-prenant quinziesme de Feurier mil cinq
cens soixante & quinze, & les nopces furent faites audit Reims auec fort peu de pompe & d'apparat; & deux
iours apres leurs Majestez en repartirent, & vindrét passer

F

par Sainct Meircoul, puis se rendirent à Paris, où le Roy vint loger au logis de la Reine sa mere, & fut son se iour audict Paris assez long; cependant on estima que ladite Reine regnante fust grosse, mais vne mal-heureuse medecine qui luy fut donnée luy fit vuider l'enfant, que les sages femmes disoient estre desia tout formé.

Le treiziesme iour d'Aoust audict an soixante & quinze ladite Dame de Cheuerny ma femme accoucha de mon second fils sur les cinq heures du matin, lequel depuis fut baptizé le quatriesme Septembre ensuiuant en l'Eglise de Sainct Germain de l'Auxerrois enuiron les trois heures apres midy, par Môsieur l'Euesque d'Angers Confesseur du Roy, dont le Roy, & la Reine sa mere me voulurent faire l'honneur & faueur d'estre parrain & marraine, & mesme voulurent prendre cette peine d'aller eux mesme en personne receuoir l'enfant iusques soubs la grande porte de ladite Eglise; assistez de Monsieur le Duc d'Alançon, du Roy de Nauarre, & de tous les autres Princes, Cardinaux, Officiers de la Couróne, Seigneurs & Dames de marque, de la Cour, & fut nommé par le Roy, de son nom propre, Henry, & est à present mon fils aisné, & porte le nom d'Edmont, & puis dire sans mentir que ledit Baptesme fut faict auec autant d'honneur, d'ordre & de ceremonie qu'autre de cette qualité qui fust iamais veu faire en France; & cela prouint de la bonté & faueur enuers moy de leurs Majestez & des tesmoignages que tous ceux de la Cour me voulurét rendre de leur amitié, & au mesme temps le Roy me donna la maison de la Roquette pres la Porte de S. Anthoine de Paris, qui luy auoit cousté vingt six mil liures, où ie depésay beaucoup depuis pour l'accommoder & embellir pour y mieux receuoir leurs Majestez qui y venoient souuent se promener & retirer de la presse.

En ce mesme temps Monsieur frere du Roy, persuadé & mal conseillé par quelques vns qui le possedoient & estoient aupres de luy, se forgea vn subjet de mescontentement, & se retira de la Cour sans le sceu du Roy, ny de la Reine sa mere, s'en allant premierement à Montfort, puis passant la riuiere de Loire, au delà de laquelle il assembla quelques forces vers le Poictou & Limosin, ce qui donna volonté à ladite Dame Reine mere du Roy, pour remettre ses enfans en bonne amitié, d'aller iusques à Chastelleraud, où estant demeurée malade, ie fus enuoyé par le Roy vers elle pour l'esclaircir, & luy faire entendre le contraire de force mauuaises opinions esloignées de la verité que l'on luy auoit voulu imprimer, & la rendre assurée de l'obeïssance, respect, & parfaite amitié que le Roy son fils luy portoit, dont elle demeura fort contente & satisfaite: Et comme ie retournois de ce voyage, mondit Sieur, frere du Roy, fut aussi persuadé par les mesmes Conseillers de m'enuoyer prendre & arrester, ou tuer par les chemins; & pour ce il depescha vn de ses plus confidens Capitaines auec cent arquebusiers à cheual, qui graces à Dieu vindrent trop tard, & ne me peurent ioindre.

La Reine mere du Roy ne peut pas empescher que ce feu de diuision entre ses enfans ne s'allumast plus auant, ny que le Duc Casimir ne vinst en France auec grande forces d'Allemagne pour ioindre auec celles de France, qu'auoit desia assemblées Monsieur, lequel par ce secours fit vne grãde & forte armée, comme le Roy de son costé ne faillit d'en faire aussi vne tres-belle & grande, lesquelles ne pouuoient qu'apporer beaucoup de mal en ce Royaume, si ladite Reine leur bonne mere par sa dili-gêce & affection tres-loüable & neceffaire en tels temps n'euft composé & reglé auec fa prudence & son authorité tous leurs differends, & remis fes enfans en bonne amitié & intelligence, & faict en forte que lefdits Allemands fuffent payez & remis hors du Royaume.

Et comme vn mal en attire vn autre, le Roy de Nauarre, fecond Prince du Sang, s'eftant veu feul à la Cour, & ayant efperé par l'abfence & le mefcôtentemét que le Roy auoit de mondit Sieur fon frere, qu'il feroit fait Lieutenât gene-ral de fa Majefté, pour commander en toutes fes armées, à quoy elle n'auoit iamais voulu entendre, pour vne infinité de grandes confiderations icy trop longues à defduire; prit auffi occafion & pretexte à ce refus de fe fafcher & de s'en aller, & fe retira en fecret, faifant femblant d'aller à la chaffe, par le mauuais confeil de quelques vns de fes fer-uiteurs, & paffant par le Poictou, la Rochelle & le pays de Guyenne, s'en alla en Bearn, d'où il n'a bougé iufques à ce qu'il foit reuenu à la Cour trouuer le Roy à Tours en l'an mil cinq cens quatre-vingt neuf, comme il fera cy-apres remarqué en fon lieu; Et quant à mondit Sieur fre-re du Roy il vint incontinent apres leur reconciliation trouuer fa Majefté à Ollinuiller prés de Chaftres, au de-uant duquel ie fus enuoyé par leurs Majeftez iufques à Angeruille, pour l'affurer du contentement que le Roy receuroit de le voir pres de luy, ce qui fe paffa fort cour-toifement de part & d'autre.

Le Roy voyant tant de nouueaux & inopinez fujets de diuifion en fon Royaume, & fi grande neceffité en beaucoup d'affaires, fe refolut à l'exemple de fes predeceffesfeurs d'affembler les trois Eftas de fon Royaume qu'il conuoqua à la ville de Blois, fur la fin de l'an mil cinq cens foixante & feize, où fe trouuerét auec leurs Majeftez mondit Sieur & les autres Princes & Seigneurs, & tous les Deputez de toutes les Prouinces, fur les cahiers & remonftrances defquels Eftats fut dreffée & faite l'Ordonnance de Blois à la fin de ladite Affemblée, par laquelle fut refolu d'enuoyer vers le Roy de Nauarre, luy declarer la refolution que le Roy y auoit prife, de ne permettre plus que la feule Religion Catolique en France, & le fommer de s'y reduire; pourquoy faire luy furent enuoyez deux Gentils-hommes expres, apres lefquels mōdit Sieur frere du Roy fut bien toft ordonné par le Roy pour aller commander fon armée, & affieger la ville d'Iffoire en Auuergne, que ceux de la nouuelle opinion auoient defia prife, & laquelle fut affiegée & emportée par mondit Sieur fort glorieufement, pendant que le Roy s'en alla pourmener & feiourner pour quelque temps à Chenonceau au pays Blaifois, qui eftoit vne des maifons de plaifir de la Reine fa mere.

Durant le mefme temps & fejour à Chenonceau, ladite Dame de Cheuerny ma femme vint accoucher audit lieu de Cheuerny le quatriefme iour de Iuin mil cinq cens foixante & dix-fept, d'vne feconde fille qui fut nommée Anne, & baptifée audit lieu quelques iours apres, & furent fes parrain & marraine, Monfieur de Vibraye mon frere, & Madame de Valencey & de Fougeres, qui depuis a efté mariée à Monfieur le Marquis de Royan de la maifon de la Tremoüille, bien que ie l'euffe au commencement deftinée pour eftre Religieufe, en intention de la faire fucceder à la fœur de madite femme qui eftoit Abbeſſe de ſainẛ Anthoine des champs prés Paris.

Sur la fin dudit mois de Iuin ſoixante & dix-ſept, le Roy s'en alla à Poiẛiers pour eſtre plus prés de Broüage, qu'il auoit enuoyé aſſieger par ſon armée, à laquelle commandoit alors Monſieur le Duc du Maine, & qui prit ledit Broüage apres quelque temps de Siege, qui occaſionna le traitté de Paix dont l'Edit fut fait en ladite année, apres lequel le Roy s'en reuint à Paris.

La Cour eſtant audit Paris, quelques ialouſies meuës entre de ieunes gens qui eſtoient en faueur prés du Roy, & de mondit Sieur ſon frere, les remirent en nouuelles diuiſions & differends l'vn & l'autre; tellemẽt que ſur quelques aduis qui furent donnez au Roy, il fit arreſter mõdit Sieur ſon frere en ſa chambre au Louure, & luy ordonna vn de ſes Capitaines des gardes pour le conſeruer; lequel neantmoins ne fut ſi ſoigneux, que mondit Sieur ne trouuaſt moyen de s'eſchapper quelques iours apres, & partir dudit Louure & de gaigner l'Abbaye de Sainẛe Geneuieſue, dont il paſſa les murailles de la ville, & ſe ſauua; & recommencerent alors pour quelque temps les troubles en ce Royaume, auec plus de paſſion qu'auparauant: Mais comme Dieu aime cét Eſtat, il fit recognoiſtre à mondit Sieur que le Roy ſon frere, veritablement l'aimoit, & que c'eſtoient artifices & animoſitez tout ce que l'on diſoit au contraire, & pour ce delibera vn iour de venir trouuer le Roy tout ſeul, auec deux Gentil-hommes, ſe deſrobans de tous les autres, qui péſans par là mieux faire leurs fortunes, le penſoient diuertir de l'amitié du Roy; & de fait vint vn iour trouuer le Roy ſur les onze heures du ſoir en ſõ cabinet à Paris, n'ayãt auec luy que leſdits deux Gentils-hommes qui eſtoient, Meſſieurs

de Beauuais la Fin, & de Châualon, & trouuerent bon que
ie fuſſe preſent à cette ſecrette entreueuë, & que i'enten-
diſſe tous les diſcours qu'ils eurent enſemble ; où ie puis
dire qu'ils n'oublierent rien de ce qui peut ſe ruir à leur
iuſtification & ſatisfaction de part & d'autre, n y de nommer & bien remarquer tous ceux qui auoient eſté cauſe
de toutes leurs mauuaiſes intelligences ; & de cét e-
xemple doiuent faire leur profit ceux qui voudroient
eſtre ſi mal-aduiſez & imprudents que de penſer entretenir en diuiſion perſonnes ſi proches, quelque artifice &
intereſt qu'ils y puiſſent faire gliſſer.

Pendant que les choſes s'accommoderét ainſi doucement à Paris, la Reine mere du Roy eſtoit allée en Guienne conduire la Reine de Nauarre ſa fille au Roy de Nauarre ſon mary, laquelle auoit vn grand contentement
d'entendre cette nouuelle reconciliation du Roy auec
Monſieur ſon frere ; & apres auoir ainſi conduit ladite
Reine ſa fille iuſques à Nerac, repaſſa par Toulouſe, puis
viſita la pluſpart du Languedoc, du Dauphiné, de la Prouence & du Lyonnois, donnant & laiſſant bon ordre à
toutes ces Prouinces en tout ce que ſa Majeſté recogneut
eſtre neceſſaire pour le bien des affaires du Roy ſon fils,
qui cependant fut fort malade d'vn mal d'oreille qui en
fit mal iuger aux medecins pour vingt quatre heures, mais
graces à Dieu il en fut auſſi toſt guery.

Pendant ledit voyage le Roy ſe reſolut d'accomplir en
moy ce qu'il auoit reſolu & aduiſé auec la Reine ſa mere
pres de trois ans auparauant, & dont deſia il auoit fait expedier les lettres de prouiſion, qui eſtoient de m'honorer
de la charge de garde des Sceaux de France, que le Roy me
commanda de prédre, pour la vieilleſſe & long trauail de

Monsieur le Cardinal de Birague Chancelier de France,
qui le desira, & me choisit pour l'amitié qu'il me portoit,
& l'alliance ja contractée entre nous, & s'en démit fort
volontairement en ma faueur, la Cour estant à Fontaine-
bleau, le premier iour d'Octobre dudit an mil cinq cens
soixante & dixhuict.

Et à cette occasion i'estimay qu'il estoit bon que les miés
sçeussent deux choses que peut-estre peu de personnes
deuant moy, & encore moins apres moy praticqueront, se
rencontrans en fortune, & aussi le dis-je plus pour rareté
& verité que pour entrer en quelque sorte de vanité dont
Dieu m'a tousiours heureusement exempté.

L'vne est, que ie combatis & fis differer plus de deux ans
entiers l'affection & intention que le Roy auoit de me
gratifier de cette charge, bien que ie m'en sentisse trop
honoré, & l'estimasse, comme elle est, la plus belle de France pour vne personne de ma condition; mais i'estimois
qu'elle me feroit perdre quelque chose de la faueur & liberté toute entiere que i'auois aupres de sa Majesté, qui se
seruoit de moy, non seulement en ce qui estoit de ma
robbe & profession, mais en toutes choses qui luy estoiét
les plus particulieres & sensibles, sans estre obligé à rien
qu'à sa volonté, & non aux opinions & interests publics où necessairement sont assubiettis ceux qui sont en
telles charges.

L'autre, que ne pouuant, & ne deuant dauátage refuir à
cét honneur & bon-heur pour moy, ny cótraires au commandemens de sadite Majesté, ie desiray auant que d'entrer en cette charge, dontie reconnoissois l'importáce &
la fin, qu'il plût à sa Majesté, comme elle le fit, à ma supplication, de restablir ses Conseils auec certain nombre de
Sei-

Seigneurs, Euesques & gens de Iustice pour y seruir quatre mois, les vns apres les autres, auec quelque estat honneste pour leur entretenement, reglant les affaires qui deuoient estre reglées en chacun desdits Conseils, & demeurant tousiours ledit sieur Cardinal de Birague chef d'iceux comme Chancelier de France; & aussi i'acceptay ladite charge de garde des Sceaux, desquels ie fus pourueu en titre d'Office, & non par simple Commission, comme l'auoient tousiours esté les autres deuant moy.

Au mois de Decembre audit an soixante & dix-huict, le Roy considerant combien l'Ordre de S. Michel estoit mesprisé pour la multitude de gens de peu d'estime & de valeur qui y auoiét esté receus, se delibera de faire & establir en son Royaume vn nouuel Ordre plus magnifique & plus releué, sous le nom du S. Esprit, en souuenance de ce que le iour de Pétecoste il auoit esté esleu Roy de Pologne, & puis en mesme iour succeda à ceste Couronne, voulant pour marque perpetuelle de cela, que la ceremonie dudit Ordre se fist ledit iour de la Pentecoste, & le premier iour de l'an, auquel seul en fin elle fut reduite; & ordonna sa Majesté en l'establissement dudit Ordre qu'aucun n'y peust estre receu qu'il n'eust fait preuue suffisante de sa Noblesse, de trois races du moins, sans aucuns excepter, pour en oster toutes confusions & consequences, & n'eust rendu preuue manifeste de seruice rendu à cét Estat.

Pour paruenir à ce degré & honneur, & pource que ie fus fait & creé par le Roy, Chancelier de cét Ordre, comme desia ie l'estois de celuy de Sainct Michel, & que le Statut vouloit, comme ie l'auois souhaitté & poursuiuy, que le Chancelier fist semblables preuues; & que

puiſque ſa charge l'obligeoit à impugner & controller
celle des Cheualiers, ce fut à moy donc de commencer de
faire la mienne tout le premier, laquelle fut iugée des
mieux faictes, & verifiee, tant par extraits enuoyez des
Chambres des Comptes de Bretagne, qu'autres vieux
adueus, contracts de mariage, & ſepultures, que ie fis
en fin produire.

Au commencement de l'année ſuiuante ſoixante &
dix-neuf, la Reine mere du Roy reuint de ſon grand
voyage, au deuant de laquelle le Roy alla auec toute la
Cour iuſques à Orleans, s'eſtant pendant cette ſeparation
leurs Maieſtez touſiours entretenus en bonne amitié &
intelligence, par infinis couriers, & perſonnes de qualité,
enuoyez tous les iours de l'vn à l'autre, & auſſi reuindrent
à Paris enſemble, où tous les Princes & principaux Seigneurs du Royaume ſe trouuerent en meſme temps pour
ſeruir de leurs bons aduis à certaines depeſches & affaires
d'importance qui lors ſe preſentoient, & ce fut ſur la fin
de cette meſme annee que Monſieur frere du Roy commença de traitter auec les deputez de Flãdres, pour prendre
leur deffence & protection, ce qui n'eſtoit pas approuué
du Roy, voyant le peu de ſeureté qu'il y auoit auec tels
eſprits; que le ſecours & moyens de ſatisfaire à tel deſſein
n'eſtoient pas fournis par ceux du païs à mondit Seigneur, ainſi qu'il euſt eſté neceſſaire pour vne telle entrepriſe.

Le dixneufieſme iour de Septembre de cette annee
mil cinq cens ſoixante & dix-neuf entre ſept & huict
heures du matin accoucha ladite Dame de Cheuerny
d'vn troiſieſme fils, qui fut baptizé le vingt-ſeptieſme dudit mois à S. Germain de l'Auxerrois par Monſieur le

Sieur Conseiller au Parlement, & Doyen de ladite Eglise, tenu sur les fonds par Monsieur le Cardinal de Birague Chancelier de France, & Monsieur le Mareschal de Matignon, & Madamoiselle de Vaudemont sœur de la Reine regnante, lequel fut nommé de mon nom, Philippes, & deslors par moy destiné estre d'Eglise; ledit Sieur Cardinal luy ayant en signe de ce mis au col sur lesdits fonds vne assez belle Croix Pastorale de grands Saphirs qu'il portoit d'ordinaire.

En tout le reste de ladite année soixante & dix-neuf, & commencement de celle suiuante de quatre-vingt, ne se passa rien de remarquable que la continuation dudit Traitté de Monsieur frere du Roy auec lesdits Flamans, & la surprise de la ville de la Ferre, faite par Monsieur le Mareschal de Matignon, qui eut charge de l'armée du Roy apres que ledit Sieur Prince s'é fut retiré, & sur la fin du mois d'Aoust de cette année quatre - vingt ie tombay malade d'vne grande fieure continuë, qui se tourna depuis en tierce & me dura pres de deux mois pendant que ie demeuray à S. Maur & à Fontaine-bleau, & ne m'epescha que ie ne seruisse sur la fin de l'année le Roy, qui s'en alla à Blois, où il passa vne partie de l'Hyuer, & y tint son Ordre du S. Esprit; & au commencement de l'année quatre-vingt & vn se commencerent des leuées de gens de guerre que mondit Sieur frere du Roy fit faire par tout le Royaume pour aller en Flandres, où Monsieur de Montpensier l'accompagna & en reuint auec fort peu d'execution, ayant grandement pillé & saccagé les subjects du Roy par ladite leuce dont sa Majesté & son Conseil receurent infinies plaintes sans remede.

Sur la fin de Decembre dudit an Monsieur le Mares-

chal de Coſſé tomba malade en ſa maiſon & y mourut,
dont l'Eſtat de Mareſchal de France fut donné à Monſieur de Ioyeuſe, & le Roy me fit cét honneur de me donner le gouuernement qu'il auoit d'Orleans, païs Chartrain, Blaiſois, Dunois, Amboiſe, & Loudunois, le premier iour de l'an quatre-vingt deux, en bonne eſtreine,
dont le pouuoir fut depuis paſſé & verifié au Parlement
comme l'on fait pour les autres Gouuerneurs de ce Royaume, & fut trouué cette gratification vn peu extraordinaire aux perſonnes de ma robbe & qualité: mais le Roy
monſtra en cela ce qu'il auoit touſiours dit de moy, qu'il
me tenoit & m'eſtimoit propre à plus d'vn meſtier, &
qu'il ne vouloit que ma robbe empeſchaſt que ma fidelité & mes ſeruices ne fuſſent reconneus dés honneurs
qu'vn Gentil-homme pouuoit eſperer.

Vers cette meſme annee quatre-vingt deux mondit
Sieur retourna en Flandre, & fut declaré Duc de Brabant,
Compte de Flandres, & protecteur des Païs-bas, & en ce-
ſte qualité fit ſon entree dans la ville d'Anuers.

En ce meſme temps vindrent nouuelles, & aduis furent
donnez au Roy, qu'il y auoit vne grâde entrepriſe & coniuration faite en ce Royaume par la pluſpart des Princes & Seigneurs Catholiques, aſſiſtez de beaucoup de ſeruiteurs de ſa Majeſté, & plus proches de ſa perſonne, pour
la verification dequoy celuy qui en donnoit aduis, qui
eſtoit le Sieur de Salcede, fut amené priſonnier au bois de
Vincennes, & depuis à Paris, où ſon procez luy fut fait,
& au mois d'Octobre audit an il fut condamné pour la
fauſſe accuſation à eſtre tiré à quatre cheuaux, ce qui fut
executé à la Greue.

Pendant que l'on trauailloit au iugement du pro-

cez dudit Salcede, dans le Parlement, Monsieur le premier President de Thou mon beau-pere se trouua mal,
pour s'estre forcé, bien que desia indisposé, d'aller au
Palais pour assister audit iugement, & par le trauail qu'il
y fit sa maladie s'augmenta de telle sorte qu'il mourut
le second iour de Nouembre Feste des Morts apres auoir
fait vne fort belle remonstrance & admonition à tous
ses enfans, & leur auoir fait entendre qu'il leur laissoit
pour meilleur partage l'amitié & concorde, qu'il leur ordonnoit de conseruer entr'eux, pour toute disposition
qu'il vouloit faire. Et cóme le Roy apres sa mort, voulut
faire ellectió d'vn successeur digne de cette belle charge,
il trouua bon à ma supplication d'y mettre Monsieur de
Harlay, Seigneur de Beaumont, ja President audit Parlement, qui estoit mon beau frere, comme ayant espousé la
sœur de ma femme fille dudit sieur premier President, e-
stant lors ledit sieur de Harlay employé à tenir les grands
iours que le Roy auoit conuoquez à Ryon en Auuergne,
& qu'il ne pensoit à rien moins qu'à cét honneur, que ie
luy fis aussi obtenir, & duquel il me remercia aussi tost
par lettres fort pleines de reconnoissance & submission.

Le vingt-huictiesme iour de Nouembre dudit an quatre-vingt, Dame Marguerite de Poucher ma belle sœur
& bonne cousine germaine estant à Vibraye, mourut
enuiron l'heure de midy, apres auoir esté longuemét malade d'vn mal-heureux cancer qui luy estoit venu au tetin,
qui nous la rauit & nous laissa vn extreme regret de sa
perte, pour les vrais offices de bonne amitié & parenté
que i'auois toute ma vie receu d'elle; Or par sa mort &
par la disposition de feu Monsieur de Chanfreau son
frere, iointe à la disposition qu'elle auoit faite en ma fa-

ueur, comme aussi pour la succession legitime, estant
masle, & representát l'aisné les terres & Seigneuries d'Es-
climót, Bertaucourt, le Tremblay, & Cháfreau, m'écheu-
rent; & d'autant que Monsieur de Vibraye mon frere y
pretendoit de grands droits, comme aussi faisoit mon
neueu le Baron d'Vrielle,& mesme aussi quelques autres
petits heritiers de ladite feuë Dame, pretendans droict
à la succession, où la Coustume ne luy auoit peu permettre d'en disposer, fut par moy transigé & accordé
auec tous, & payé & acquitté à chacun en argent ce qui
luy en appartenoit,& laissé à módit frere de Vibraye l'vsufruict desdites terres d'Esclimont & du Tremblay,ainsi
que le tout se peut reconnoistre par plusieurs accords &
trásactions que i'en fis & passay auec eux tous,en l'ánée 83.

　Durant laquelle année quatre vingt-trois mondit
Sieur d'Alançon frere du Roy voulut retourner en Flandres, accompagné de beaucoup de forces, tant leuées par
luy en ce Royaume qu'éuoyées par la Reine d'Angleterre,
qu'il auoit esté visiter auparauant iusques en son Royaume,& auec laquelle il auoit eu propos de mariage, si auant
que l'on estimoit qu'il se deust paracheuer; & leuées du
costé des Suisses;lequel, Monsieur le Mareschal de Biron
voulut aussi accompagner & suiure en ce voyage,durant
lequel il suruint des soupçons & deffiances,prises par le
Prince d'Orange & habitans d'Anuers, tels & si grands
qu'vne partie des seruiteurs de mondit Sieur furent tuez
dans la ville , & luy eut beaucoup de peine à se sauuer &
retirer, qui luy causa pour la necessité & peine qu'il y a-
uoit soufferte, de grandes douleurs & maladies, dont il
ne peut iamais depuis se rauoir & guerir.

　En cette mesme année quatre-vingt trois,vn iour de

Dimanche troiſieſme Iuillet, ladite Dame de Cheuerny ma femme accoucha à la Roquette ſur les huict heures du matin, d'vne fille qui fut baptiſée dás la Chapelle de ladite maiſon le vingt-quatrieſme dudit mois, par le Curé de S. Paul Docteur en Theologie, & fut marraine Madame Marguerite de France ſœur du Roy & Reine de Nauarre, & Charles de Lorraine fils de Monſieur le Duc de Lorraine qui eſtoit Eueſque de Mets & nepueu du Roy, & fut ladite fille nommée Catherine, parce que ſa ſœur aiſnée portoit deſia le nom de Marguerite.

Le vingt-quatrieſme Nouembre de ladite année Meſſire René de Birague Chancelier de France mourut à Paris, dans ſa maiſon de Saincte Catherine prés S. Paul, apres auoir eſté malade l'eſpace de deux mois, par la mort duquel le Roy voulut que ledit Eſtat de Chancelier de France fuſt remis à ma perſonne, auec celuy de garde des Sceaux, dont i'eſtois deſia pourueu, me faiſant cét honneur de dire tout haut en public, & à moy pluſieurs fois en particulier, que ſi ie mourois deuant luy, que iamais homme ne ſeroit pourueu de ſon temps des deux charges enſemble, & qu'il feroit tenir l'Eſtat de garde des Sceaux touſiours par commiſſion de ſix en ſix mois, me voulant par tel diſcours gratifier & obliger dauantage, & apres la mort dudit Sieur Cardinal le Roy fit cét honneur à ſa memoire & à ſon corps d'aller expres de S. Germain en Laye à Paris, pour aſſiſter comme il fit, à ſon enterrement dans l'Egliſe de Saincte Catherine en habit de penitent.

Apres que l'aſſemblée generale des Princes, Seigneurs, & gens du Conſeil de ſa Majeſté, tenu audit S. Germain, pour entendre & pourueoir aux plaintes du Royaume,

euſt acheué de deliberer & ſe reſoudre ſur ce qui y auoit
eſté proposé , & la Cour retournée à Paris , mondit
Sieur y vint trouuer le Roy retournant de ſondit voyage de Flandres, & y arriua enuiron le Careſme - prenant
de l'annee quatre-vingt quatre , & s'en retournant a-
pres à Chaſteau Thierry pour s'acheuer de guerir, ce qu'il
ne peut iamais faire; ains au contraire quelque ſoing
que l'on y apportaſt il mourut d'vne grande euacuation
de ſang, procedée du poulmon, au mois de Iuin dudit
an cinq cens quatre - vingt quatre, & depuis ſon corps
fut apporté à Paris,& enterré à S. Denis auec tous les hő-
neurs & ſolemnitez requiſes & accouſtumées en France
pour vn tel Prince. Et comme les Ambaſſadeurs venoient
à Sainct Maur au commencement du mois de Iuillet enſuiuant pour ſe condouloir de telle mort auec leurs Majeſtez , ainſi qu'il ſe pratique en ſemblables accidents,
ladite Dame de Cheuerny groſſe de ſon dernier enfant,
& bien auant en ſon neufieſme mois, ſe trouuant en la
preſſe des Dames & dans vne extreſme chaleur qui e-
ſtoit en la chábre de la Reine mere du Roy, en remporta
vne fieure qui ſembloit au cőmencement n'eſtre que tierce, mais en effet elle eſtoit continuë,ce qui m'obligea de
l'oſter de S. Maur,& la faire amener en ma maiſon de la
Roquette pour y eſtre mieux aſſiſtée, & ſeruie auec plus
de commodité & de reſpect, où trois ou quatre iours
apres le dix-ſeptieſme dudit mois de Iuillet elle accoucha
d'vn fils,encores qu'elle ne fuſt pas à terme,lequel fut baptizé quelques iours apres en la Chapelle de ladite maiſon par ledit Curé de S. Paul,& en furent parrains Monſieur le Prince de Guimené & le Marquis de Neſle, &
marraine Madame la Comteſſe d'Aubijou qui luy donnerent

nerent le nom de Louys que portoit ledit Sr de Guimené.

Quelques iours apres que ladite Dame de Cheuerny ma femme fut aussi accouchée, la fieure la laissa, & estimoit-on qu'elle fust entieremét guerie: mais le trétiesme dudit mois de Iuillet releuant de sa couche, luy suruint vn mal de costé comme vne espece de pluraisie, qui fut cause de la faire saigner deux fois le mesme iour par l'aduis des meilleurs Medecins de Paris, & le Dimáche qui estoit le 15. il luy prist vne grande & forte fieure, accópagnée de resuerie, qui fit que lesdits Medecins furét encore d'aduis de la faire saigner, ce qu'ils firent par deux fois, tellemét que le soir elle tomba en telle foiblesse que l'on pésoit qu'elle fust desia morte; toutefois reuenant par le secours de l'eau Imperialle qui luy fut fort à propos baillée le Lundy matin qui estoit le seiziesme elle se porta vn peu mieux, & les Medecins du Roy & de la Reine qui y furent enuoyez par le commandement de leurs Majestez de Fontaine-bleau, où pour lors elles estoient, prirent au commencement quelque bonne esperance de guerison, mais sur le soir son mal s'augmentant elle rentra en plus grande foiblesse, & tira peu à peu toute la nuict à la mort iusques au lendemain matin Mardy vingt-septiesme du mois de Iuillet audit an mil cinq cens quatre-vingt quatre que Dieu en disposa & la prist, apres auoir fait tout ce qu'vne Dame tres-Catholique & affectiónee à sa Religion pouuoit & deuoit faire pour bien mourir, l'exemple de laquelle i'ordonne à mes filles de suiure pour l'imiter en tout, tát en sa vie, deuotion, & Religion, qu'en sa loüable chasteté; ayant esté assez belle, & tousiours dans le monde sans soubçon; bref ayant tousiours vescu auec tant d'honnesteté & de vertu qu'elle a emporté en mourant cét ad-

H

uantage, par le tesmoignage de la Reine & de toutes les
Dames d'honneur de son temps, d'auoir acquis & laissé
aux siens autant d'estime & de reputation de sa vie qu'autre personne de sa qualité, qui de long-temps auparauant
eust passé sa ieunesse dans les desordres & dissentions de
la Cour.

Incontinent apres la mort de madite femme, la
Reine mere du Roy & Reine regnante firent cét
honneur à ma fille aisnée la Marquise de Nesle, encore qu'elle fust fort ieune de la vouloir prendre & employer en leur Estat de l'vne des Dames d'honneur de
leur maison, comme l'auoit esté sa mere, le corps de laquelle ie fis depuis, auec autant de ceremonie & d'honneur qu'il se pouuoit, porter & enterrer en la voûte
soubs la Chappelle de mon Chasteau de Cheuerny, où
i'auois ja estably & ordonné ma sepulture auec celle de la
pluspart de mes ancestres, que i'y auois aussi fort soigneusement fait apporter, mesmes des Païs estrangers, où ils
estoient decedez, & là s'y fit vn quarentain auec tres-grād
apparat & compagnie, Monsieur l'Archeuesque de Bourges mon cousin ayant voulu y faire luy mesme l'Oraison
Funebre, tres-belle, & grandement estimée de tous ceux
qui l'oüirent, & qui l'ont veu depuis imprimée; & pour
son cœur, embausmé separément, ie le fis mettre & laisser
comme elle l'auoit desiré dans la Chappelle de S. André
des Arts à Paris, pres le corps de feu Monsieur le premier
President de Thou son pere.

Et comme Dieu m'eut enuoyé cette grande affliction
de perdre ainsi vne si vertueuse femme, de laquelle ie receuois tant de contentement, honneur & consolation,
tous mes enfans estans encores en bas aage, & moy si

continuellement attaché aux affaires du public qu'il
m'estoit impossible de songer à leur conduitte, ie commençay deslors plus que iamais à reconnoistre le peu de
cas que nous deuons faire de nostre vie en ce monde,
quelque prosperité & faueur que nous y eussions, & me
preparay & disposay tout à fait à la mort pour la receuoir
quand il plairoit à Dieu me l'enuoyer & de fait ie fis entieremét paracheuer madite Chapelle de Cheuerny auec
vne Epitaphe de marbre telle que ie la desirois pour
moy apres mó deceds, & outre tous les ornemens & paremens funebres que i'auois fait faire pour madite feu femme, i'en fis faire vne fourniture & Chapelle entiere pour
moy, & propre selon le lieu, pour les trouuer prestes &
s'en seruir apres ma mort, que ie fis porter & bailler secrettement au concierge dudit Chasteau pour les fournir à l'heure, & n'en parler plustost à personne viuante, &
aussi en toutes choses ie me traçay de moy mesme le chemin necessaire de la fin de ma vie.

Et pour reuenir à la suitte de ce discours ie remarqueray qu'en ce mesme temps furent donnez certains soubçons & deffiances à Messieurs les Ducs de Guise & du
Mayne, que le Roy mal content d'eux les vouloit faire
arrester prisonniers, ce qui leur fut imprimé par tant de
gens, desireux de troubler le Royaume, qu'ils se retirerent
aux lieux où ils penserent trouuer plus de seureté, comme
à Chaalons en Champagne, & à Dijon en Bourgongne,
pendant que le Roy reuint à Blois au mois d'Octobre dudit an, retournant de Pougues où il estoit allé aux bains
pour sa santé, d'où il deslogea fort soudainement pour
l'accident de la peste, qui saisit vne des filles de la Reine
regnante, si bien que la Cour s'en reuint à S. Germain

en Laye, où elle sejourna tout le reste de ladite année, &
iusques au commencement de la suiuante, pour le premier iour de laquelle le Roy se rendit à Paris, pour y tenir
comme il fit son Ordre du S. Esprit, selon ses institutions
& sa coustume, & auquel ne se trouuerent lesdits Sieurs
Ducs de Guise & du Mayne, ny M. le Duc de Mercure pour
mesme cause & apprehension; & durant ledit sejour, assez
long, audit Sainct Germain, le Roy fit encore quelques
nouuelles additions & reglements à son Conseil, tant
pour le Conseil de ses affaires d'Estat que de ses finances, que pour celuy des parties ; & ordonna que tous
ceux dudit Conseil fussent distinguez & remarquez de
quelque robbe de velours, & habillement à sa fantaisie,
differente de tous les autres, & plus honorables que de
coustume, & en fit imprimer & publier les Reglements,
ausquels aussi il adiousta, & voulut mettre l'ordre & les
heures des entrees, tant en son logis, que de ses anti-
chambres, chambres & cabinets, pour tous ceux qui y
ont affaire, chacun selon son rang & qualité, le tout estant
certainement beau & propre à conseruer pour le respect
que nous deuons à la grandeur & Majesté de nos Rois,
si l'esprit des François estoit capable de tel ordre.

Au commencement de ladite année mil cinq cens quatre-vingts cinq, Monsieur le Cardinal de Bourbon se retira en sa maison de Gaillon, vers lequel le Roy ayant enuoyé, pour le prier de le venir retrouuer à Paris, prit vn
tout autre chemin, s'en alla à Peronne, & à Guise, & depuis à Reims, où Messieurs les Ducs, & Cardinal de Guise l'allerent trouuer, & de toutes parts gens de guerre &
grand nombre de Noblesse, de sorte qu'en peu de temps
les armes se prirent de tous costez, & les villes de Toul &

Verdun furent priſes, & y eut beaucoup d'autres remue-
mens en la plus gráde part des bonnes villes de ce Royaume: Ce qui fit prédre reſolution au Roy de prier la Reine
ſa mere d'aller iuſques en Chápagne, pour les faire venir
parler à elle; ce qu'ils firent, & la vindrét trouuer à Eſpernay, où apres vne Conference de beaucoup de iours, en
fin l'Edict de Reünion fut fait & arreſté, & depuis publié au Parlement de Paris, en la preſence du Roy, où
apres ſon commandement ie fis vn ample diſcours de
raiſons & conſiderations principales qui auoient porté
le Roy à faire cét Edict, & le vouloir faire publier en ſa
preſence, comme il fut fait tout à l'heure le meſme iour
dix-huictieſme Iuillet mil cinq cens quatre-vingts cinq.

Bien toſt apres la publication de cét Edict de Reünion
fait en faueur de la Religion Catholique, le Roy de Nauarre, Prince de Condé, & autres Princes & Seigneurs de
la pretenduë Religion commencerent à rentrer en plus
grandes deffiances, & à ſe remettre ſur leurs gardes, &
faire des preparatifs de guerre: Et d'autre coſté le Roy
ordonna auſſi toſt des forces & armées pour reduire par
amitié où par force à ſon obeiſſance ceux de cette pretenduë Religion, auec vne partie deſquelles à cét effect Monſieur du Maine alla vers la Guyenne, & Monſieur de Ioyeuſe auec l'autre vers le Láguedoc, pour reſiſter aux forces ſuſpectes de Monſieur de Montmorency, & ainſi à
tels preparatifs & acheminemés de guerre ſe paſſa le reſte
de ladite année 85. ſans autre choſe, ſinon l'entrepriſe
dudit Prince de Condé ſur le Chaſteau & ville d'Angers,
laquelle fut empeſchee, & luy mis en route.

Mais au commencement de l'année ſuiuante quatre-
vingt ſix, l'armee du Roy en Guyéne, dont mondit Sieur

du Mayne auoit la charge, prit plusieurs places & villes
rebelles audit païs, comme Monsieur de Ioyeuse fit de son
costé deuers le Languedoc, Auuergne, Vellay, & Giuo-
dan, où deuant vne petite place nommée Saluaignat en
Languedoc le Baron d'Vriel mon nepueu, Anne Hurault, fut frappé d'vne arquebusade dedans la teste, dont
il mourut sur lechamp, & son corps fut depuis apporté
enterrer en l'Eglise de Vibraye, ayant laissé deux fils, &
deux filles, de Dame Loise de Haruille fille du Seigneur de
Palaiseau, & de Dame de Leuys, de la maison de Charlu;
& en mesme temps les troubles croissans de tous costez,
nouuelles armées furent encores adioustees & dressees;
l'vne pour le Dauphiné, commandée par Monsieur de
la Valette, & vne autre pour la Prouence, conduitte par
Monsieur d'Espernon, & vne autre pour le Poictou de
laquelle Monsieur le Mareschal de Biron eut la charge;
& comme les cinq armées composées de François tousiours ne pouuoient qu'apporter trop grande foule &
charge au peuple, prenant sa Majesté compassion de la
misere de ses subjects, & desirant les en soulager, & rechercher les moyens de pacifier toutes choses en son
Royaume, supplia la Reine sa Mere de s'acheminer vers
Poictou, & là communiquer auec le Roy de Nauarre qui
y estoit, pour le reduire à recognoistre ce qu'il deuoit,
& à la Religion Catholique & à l'obeissance de son Roy,
ce qu'elle fit auec son affection & prudence accoustumée:
Mais en vain n'ayant rien profité enuers ledit Roy de Nauarre pour le faire r'entrer en ladite Religion Catholique, & ainsi sans rien faire s'en reuint trouuer le Roy à
Paris.

Le Roy esmeu de iuste courroux pour le mespris de la

raiſon & de ſon authorité, fit aduancer diligemment ledit Sieur Mareſchal de Biron auec ſon armée, deſtinée
pour le Poictou, où elle fut quelque temps ſans grand
effect; mais depuis au commencement de l'année ſuiuáte
quatre-vingts ſept, Monſieur de Ioyeuſe fut commandé
d'y aller & y mener vn bon renfort de troupes, auec leſquelles il reprit S. Maixant, Maillezais, & quelques autres petites places, & défit l'armée du Roy de Nauarre à la Motte de S. Eſloy, & y laiſſa ſur la place de mil
à douze cens hommes des ſiens, ayant auec luy en l'armée
du Roy le Sieur de Ville-luyſant mon nepueu, Louys Hurault tres-braue Gentil-homme, & qui eſtoit Meſtre de
Camp d'vn des plus beaux Regiments qui fuſt lors en
France, compoſé de quinze enſeignes de gens de pied,
auec lequel ledit Sieur de Ioyeuſe fit glorieuſement cette
deffaite; luy meſme, auec le Marquis de Neſle mon beau
fils, & autres principaux Seigneurs de ladite armée s'e-
ſtans voulu mettre à pied & prendre des picques auec ledit Sieur de Ville-luyſant pour combattre & forcer les
barricades qu'ils trouuerent deuant la Halle & autres
lieux & maiſons dudit S. Eſloy.

Pendant qu'ainſi d'vn coſté les affaires du Roy
commencerent à bien reüſſir, il receut aduis de diuers
autres lieux, de forces leuees d'Eſtrangers qui venoient
en France contre luy, pour ceux de ladite pretenduë
Religion, leſquels ſe ioignirent enſemble au commencement du mois de Iuillet en la place de Sauerne; à ſçauoir huict à neuf mil Reiſtres, dont monſieur de Boüillon eſtoit chef, ſix mil Lanſquenets qui prirent leur
chemin par la Lorraine & par la Champagne, entrerent en France ſans que l'on y peuſt remedier; & au

mefme temps le Roy de Nauarre youlut paffer la riuiere
de Loire, à l'endroit de Monforreau en Anjou pour fe
venir ioindre aufdits Eftrangers ; ce que Mr de Ioyeufe
auec les forces du Roy empefcha; neantmoins Monfieur
le Comte de Soiffons faifant femblant d'aller voir Monfieur le Prince de Conty fon frere, qui eftoit malade en
fa maifon de Luffé, paffa auec deux cens cheuaux, &
s'alla ioindre audit Roy de Nauarre, lequel fe retira auec
fon armee en Poictou, & de là vers la Guienne, comme
voulant prendre le chemin à la tefte de ladite riuiere de
Loire pour tafcher toufiours à fe venir ioindre aufdits
Eftrangers: mais eftant pourfuiuy de pres par ledit Sieur
de Ioyeufe auec l'armée du Roy, qui le vouloit attaquer
au combat à quelque prix que ce fuft : le vingtiefme O-
ctobre quatre vingt-fept, pres de Coutras, la bataille
fut donnee entr'eux, & perduë par ledit Sieur de Ioyeufe,
s'eftant trouué plus foible en nombre d'hommes de la
moitié, & ledit Roy de Nauarre meilleur Capitaine
s'eftant feruy de l'aduantage du lieu, & ayant couuert treize mil arquebufiers dans vne garenne qui luy cauferent
le gain de la bataille, en laquelle furent ruez ledit Sieur
de Ioyeufe, & fon frere le Compte de Suze & d'Aubijou, le ieune Pienne, le Sieur de Brezay Turcelin, le
Meftre de Camp, & infinis autres, iufques au nombre
de quatre cens Gentils-hommes, fans le refte.

Les Eftrangers cherchans toufiours cependant les moyens d'entrer plus auant dans le Royaume, encores qu'ils
fuffent fuiuis & empefchez par vne armée, que Monfieur
le Duc de Guife conduifoit, auec laquelle il les preffoit
& incommodoit infiniment; fi eft-ce que par le grand
nombre & forces defdits Eftrangers, ils continuerent
leur

leur chemin, & vindrent en intentiõ de se saisir de la Charité ou de Gien pour auoir vn passage sur la riuiere, ou de
passer à gué, comme estant lors gueable en beaucoup
d'endroits : mais le Roy iugeant que pour la diuision &
ialousie des Princes, il estoit obligé d'aller luy mesme
en son armée pour la conduire, il s'y achemina, & auec ses
forces s'alla opposer & presenter audit passage, prest à
combattre lesdits Estrangers, s'ils entreprenoient de la
vouloir passer, ce qui les fit retirer & chercher vn autre chemin.

Or cependant cét esloignement du Roy, de la ville de
Paris, connoissant qu'il y laissoit beaucoup de partialitez
& grandes diuisions, mesmes qu'en sa presence il y auoit
eu desia quelques esmotions dangoreuses, il auoit aduisé
d'y laisser, comme il fit, la Reine sa mere, & faire Monsieur de Villequier Gouuerneur de l'Isle de France, &
moy, prés de ladite Dame Reine sa mere auec aucuns de
son Conseil, non seulement pour pouruoeir aux inconueniens de ladite ville & païs voisin, mais pour la faire
mieux pouruoeir & seruir de tout ce qui estoit necessaire pour l'entretenement de son armée: Et comme
nous vismes qu'il se dressoit chaque iour de nouuelles &
diuerses pratiques en ladite ville, le Roy trouua bon d'y
renuoyer le Mareschal de Retz auec quatre mil Suisses,
deux mille arquebusiers François, & deux cents cheuaux
pour s'en seruir aux occasions qui se pourroient presenter.

Cependãt lesdits Duc de Guise & du Mayne poursuiuirent tousiours les ennemis pour les presser & incommoder, & furent chargez vne nuict par ledit Sieur du Mayne
à Vieux-morin vers Montargis, où par rencontre le Ba-

I

ron d'Aune, Chef desdits Reistres & ledit Sieur du Mayne vindrent aux mains l'vn contre l'autre, & ledit Baron
fut blessé au visage d'vn coup d'espée par ledit Sieur du
Mayne, auquel ledit Baron d'Aune auoit tiré son coup de
pistolet droict au visage, dont pourtant il ne fut offencé,
& en cette charge il y en eut beaucoup de tuez de part &
d'autre, entre lesquels demeura sur la place le Sieur de
Listenay, seul fils du Sieur de Listenay.

Apres cette charge lesdits Reistres auec les Suisses, Las-
quenets & François tous ralliez ensemble s'acheminerent par la Beausse, droit par Piseaux & Estampes, prenans leur chemin commes ils eussent voulu venir droict
à Chartres, & se logerent en plusieurs villages de ce Païs-
là, & entr'autres ledit Baron d'Aune s'alla loger à Aul-
neau & ledit Sieur de Guise qui le suiuoit au mesme temps
à Dourdan, dés le 4. Nouembre 87. qui estoit vn iour de
Dimanche, il s'approcha auec ses forces dudit Auneau; ce
que voyant ledit Baron d'Aune ils firent vne saillie, & cô-
batirér pres d'vn lieu appellé Escury, où il y eut beaucoup
des premiers desdits Reistres tuez, & y en eust eu dauantage sans la nuict qui obligea ledit sieur de Guise de s'é retourner audit Dourdan, où il dressa son entreprise sur ledit Baron d'Aune, par le moyen du Capitaine dudit Chasteau d'Auneau, nommé Chollart, qui rendit en cela vn
bon & signalé seruice; faisant entrer l'Infanterie dudit
Sieur de Guise par dedans le bois au Chasteau, & apres d'i-
celuy, dans le Bourg; & de fait le matin du jour Saincte Catherine 2 6. desdits mois & an, le Capitaine Sainct
Paul auec son regiment entrerent par là dedans le Bourg,
ne trouuant du costé dudit Chasteau qu'vn foible & bien
petit corps de garde, qui luy donna l'entree plus facile;

au reſte il ſuprit ainſi leſdits Reiſtres, partie en leurs logis, partie qui chargeoient leur bagage, & peu de montez à cheual; ſeulement il y en eut enuiron deux cens cheuaux des plus diligens qui ſuiuirent ledit Baron d'Aune, lequel ſe ſauua par l'autre bout dudit Bourg, & s'alla rendre auec Monſieur de Boüillon, les Suiſſes, les François, & autres de leur party qui eſtoient logez à deux lieuës de là, & ainſi tout ce qui reſta dans ledit Bourg, fut pris ou tué, bien iuſques au nombre de douze cens Reiſtres, & tout leur bagage pillé; tellement que leſdits Reiſtres ſe ſouuindrent long-temps dudit lieu & de ladite iournée.

Et pour donner ordre à la conſeruation de la ville de Chartres en mon gouuernement, ſur la crainte que i'eus qu'elle ne fuſt aſſiegée par leſdites grandes armées d'Eſtrangers, que ie fis incontinent pourueoir à tout ce qui y eſtoit neceſſaire, & y fis enuoyer Monſieur de Sourdis premier Eſcuyer de la grande Eſcurie, comme y eſtant Lieutenant du Roy pour y commander en mon abſence; le ſieur de Garhay auec ſon regiment, & le ſieur de Sarlabos Viel, & autres Capitaines furent auſſi commandez d'y aller, & moy i'y fis conduire & porter de l'Arſenac de Paris ce que i'eſtimois qu'il y falloit de poudres & boullets pour ſouſtenir vn ſiege, apres auoir rendu ladite ville en bon eſtat de deffence.

Et cependant le Roy traitta doucement auec leſdicts Suiſſes & Eſtrágers pour les ſeparer du reſte de l'armée de ſes ennemis, en leur donnant ſeureté & paſſage pour retourner en leur Païs, ce qu'ils accepterent, & au meſme temps le ſurplus deſdits Eſtrágers ſe voyans ainſi diuiſez & battus, & de plus encore abandonnez du Roy de Nauarre qui ne les venoit point trouuer comme il leur auoit

promis, refolurent chacun de fe fauuer & retirer, ce qu'ils
firent tous auec tel eftonnement & frayeur, & à fi grandes
iournées que beaucoup d'eux furent pris, tuez ou pillez.
A cette retraicte fut donné paffage à ceux qui y peurent
gaigner la Bourgongne, toufiours neantmoins pourfui-
uis par le Marquis du Pont, fils de Monfieur le Duc
de Lorraine, & par Monfieur de Guife, qui entrerent
auec eux iufques dans le Païs de la Comté de Mont-bel-
liard, où ils bruflerent quátité de villages par vangeance de ceux que lefdits Eftrangers auoient pillez & bruflez en paffant en Lorraine. Or en cette defroutte generale
d'armée le refte defdits Reiftres voyant lefdits Suiffes gagnez qui s'en alloient fi vifte, enterrerent leur artillerie
en diuers villages où ils eftoient logez, à quatre où
cinq lieuës de Chartres, dont eftant aduerty par quelques
bons habitans dudit Chartres i'y enuoyay incontinent,
comme eftant de mon gouuernement & de ma charge,
& fis fi bié chercher & fouïller par tout, qu'enfin fe trouuerent douze affez bonnes pieces, tant canons que couleurines, que ie fis conduire & mettre audit Chartres,
d'où depuis ils furent amenez par le commandement du
Roy en l'Arfenac de Paris, & ainfi cette grande nuée d'E-
ftrangers fe diffipa, & cette armée fe reduifit en rien, en laquelle moururent de maladie Meffieurs de Boüillon &
fon frere le Sieur de Cleruaut qui auoit amené lefdits
Suiffes, & vn de leurs principaux Colonnels le Sieur de
Vefmes, & infinis autres que l'hiftoire n'oubliera, & quelque empefchement que Monfieur de Maudelet Gouuerneur de Lyon vouluft faire à Monfieur de Chaftillon qui
vouloit retourner en Languedoc, il fe fauua & paffa par
le Païs de Forefts auec fix vingts bons cheuaux qu'il auoit

auec luy. Les choses estant ainsi heureusement succedées
pour le Roy il s'en reuint à Paris au mois de Decembre
dudit an quatre vingt-sept, où il fut receu auec vn grand
applaudissement d'vn chacun, & y voulut seiourner quelque temps, quelques bons aduis que l'on luy donnast de
ne point rompre son armée, ains continuer & aller droict
en Poictou & Guyenne pour mettre à raison le Roy de
Nauarre; ce qu'il ne voulut iamais faire, ains aima mieux
se remettre à ses exercices ordinaires, qui luy causerent
bien tost apres la peine & le mal de la Ligue que nous dirons bien tost sommairement en son lieu.

Durant le sejour de la Cour à Paris, i'enuoyay mon fils
aisné le Comte de Cheuerny en Bourgogne fort bien es-
quippé & accompagné, pour voir Monsieur le Comte
de Charny grand Escuyer de France, & sa fille Damoiselle
Françoise Chabot Dame de Neuf-chastel sa Maistresse,
pour l'espouser, comme il fit, à Pugny, le Samedy vingt-
septiesme de Feurier quatre-vingt huict au commun
consentement de tous leurs parens & amis, & de moy
particulierement, pour l'honneur & la bonne & grande
alliance que ie mettois en ma maison, mondit fils n'ayant
que treize ans au mois d'Aoust ensuiuát, & ladite femme
que vnze au mois de Iuillet aussi ensuiuant, & apres ledit
mariage fait & consommé entr'eux selon leur aage,
mondit fils s'en reuint, & laissa sadite femme auec mondit Sieur le Grand son pere, qui l'aimoit grandement, &
le deuxiesme de Mars ensuiuant audit an, qui estoit le
Mercredy des Cendres Monsieur de Vibraye mon frere
aisné mourut à Vibraye d'vne pluraisie en l'aage de
74. ans, & ainsi va la vicissitude des choses du monde,
où nous voyons fort souuent par hazard arriuer mort

& mariage ensemble en vne mesme famille.

Or pendant le mesme sejour audit Paris le Roy faisant demonstration de n'auoir plus agreables les seruices de Monsieur de Guise, l'on commença à entrer en forces soupçons de tous costez, & à se former des deffiances que la Ligue voulust commencer à se reünir: car aussi ce party a tousiours esté tenu suspect; & de fait le Roy depescha plusieurs fois vers lesdits Sieurs de Guise pour estre mieux esclaircy de leurs intentions, & y enuoya premierement Monsieur de la Guiche, puis Monsieur de Beliéure: mais apres les choses dites & passées de part & d'autre, que ie laisse à dire à l'Histoire du temps, Monsieur de Guise se sentant fort du costé des Parisiens, se resolut de venir trouuer le Roy à Paris, comme il fit, en poste, auec neuf cheuaux seulement, & vint droict descendre au logis de la Reine mere du Roy, qui le mena incontinent apres disner trouuer le Roy au Louure, où les choses se passerent assez bien pour le commencement.

Mais deux iours apres le Roy ayant esté certainement aduerty que incessament il arriuoit beaucoup de gens estrangers & inconnus dans la ville, & iusques à si grand nombre, que pour en faire les recherches necessaires par les maisons il falloit plus de forces pour accompagner les quarteniers que l'on n'auoit accoustumé, il voulut ordonner seize Cheualiers du S. Esprit, comme personnes de qualité & marque, reconnus pour authoriser & faire de sa part lesdites recherches, auec lesdits seize quarteniers, chacun en son quartier; & cependant pour y tenir main forte sa Majesté voulut faire venir quatre mil Suisses & le regiment de ses gardes, qu'il fit entrer dans la ville

dés cinq heures du matin d'vn Ieudy douziesme May quatre-vingt huiȼt, & departir aux places des principaux quartiers, comme en Greue, S. Innocent, Petit pont, Pont
S. Michel, & Cimetiere S. Iean, où ils furent separez par
bons & forts corps de gardes, ce qui apporta aussi tost
grand estonnement aux habitans & au peuple, parmy
lequel incontinent vn mauuais bruiȼt courut que l'on
vouloit mettre vne garnison en ladite ville, & faire pendre quelqu'vn des principaux bourgeois d'icelle, cela
neantmoins n'empescha que toute la matinée dudit Ieudy ne se passast assez doucement.

Et comme Monsieur de Guise à son resueil dudit Ieudy
matin, estant en son logis ordinaire de l'Hostel de Guise,
entendant comme lesdites forces estoient entrées és places de ladite ville, se doutant que cela se fist pour luy, enuoya aussi tost vers moy son plus confident Secretaire,
pour sçauoir si l'on vouloit entreprendre quelque chose
sur sa personne, que ie fis parler luy mesme au Roy, qui
l'assura que non, & neantmoins continuant ledit Sieur
de Guise en cette crainte, commença d'enuoyer quelques Gentils-hommes des siés aux quartiers, proche desdits corps de garde, pour faire entendre ausdits habitans
l'extreme danger où ils estoient, & les moyens qu'ils deuoient prendre pour y remedier, & de fait l'on vid incontinent par la ville lesdits Gentils-hommes assistez de
quelque menu peuple des plus inconsiderez, commen-
cerà fermer & retrancher les ruës de barricades, puis
peu à peu, force habitans à piocher leurs maisons, & y
faire grandes prouisions de pierres pour ietter par les fenestres, tellemét que sur l'apref-disnée dudit iour de Ieudy qui estoit l'heure que les esprits eschauffez de vin s'a-

niment dauantage, les troubles & la rumeur furent ſi
grands, que s'eſtant par hazard trouué vn ſimple habi-
tant tué, ou par vn deſdits Suiſſes du Roy, comme l'on le
diſoit au peuple, ou bien par vn de ſes compagnons meſmes qui vouloit deſcharger ſon arquebuſe; les habitans
ja preſque tous armez & barricadez, ſe ietterent en foule
ſur leſdits Suiſſes, qui ne ſe mirent en aucune deffence,
& en fut en vn inſtant tué & aſſommé quarante ou cinquante, & cent ou ſix vingts de bleſſez, ce qui continuoit ſi auant, que le Roy fut conſeillé de retirer leſdits
corps de garde deſdites places de la ville, & remmener
leſdites forces aux faux-bourgs, où ils auoient accouſtumé de loger, ne retenant meſme de ſon Regiment des
gardes que ce qui en deuoit eſtre de garde ordinairement deuant le Louure; ce qu'il fit auec grand creue-
cœur, & auſſi s'appaiſa vn peu le peuple furieux pour le
reſte du ſoir & partie de la nuict: car le lendemain du
grand matin, qui eſtoit le Vendredy treizieſme dudit
mois de May, tous les habitans de plus en plus animez,
ſe remettant en armes aux meſmes barricades qu'ils
auoient faites le iour precedent, qu'ils augmenterent &
fortifirent de tout leur pouuoir, & quelques vns allerent
exciter les habitans & eſcoliers de l'Vniuerſité par le
moyen & apprehenſion de leurs intereſts, de prendre
auſſi les armes, ce qu'ils firent auec telle fureur, que ſur
les deux heures apres midy dudit Vendredy, ils ſe mirent
à ſonner le toccin de tous les coſtez, & faire vn grand
amas de gens en armes dans les Cloiſtres de S. Seuerin, &
autres grandes places de ce quartier, pour faire quelque
entrepriſe ainſi que leur indiſcretió leur faiſoit adonner,
ſurquoy vindrent pluſieurs aduis au Roy qu'ils le vouloiét

venir

venir assaillir dansle Louure, & demander tous ceux qui
luy auoient conseillé de mettre des garnisons dans Paris, qu'ils appelloient les pernitieux Conseillers, non preuoyant le danger qui pouuoit arriuer s'il falloit tenir
fort dans ledit Louure contre vne telle multitude de
peuple si desbordez, où il n'y auoit ny seureté ny honneur: Sa Majesté delibera de sortir de ladite ville de Paris
par la porte Neuue, qu'il auoit fait garder, pour gagner
doucement les Thuilleries, où estant, selon les aduis
qu'elle auroit, elle aduiseroit ce qu'elle auroit à faire, en
attendant ce que la Reine sa mere auoit peu faire & arrester auec mondit Sieur de Guise, qu'elle estoit allé trouuer iusques chez luy pour appaiser l'esmotion.

Le Roy donc demeura ausdites Thuilleries, sans auoir
aucunes nouuelles de la Reine sa mere, iusques sur les
cinq heures du soir dudit Vendredy, où l'on luy vint encore confirmer la continuation & augmentation de cette furie populaire,& que sans doute le peuple se resoluoit
à le venir forcer dans le Louure où il le croyoit encore, &
qu'ainsi leur rage les pourroit bien amener iusques ausdites Thuilleries où il n'y auoit aucun lieu de resistance à
telle fureur, cela le fit resoudre, à monter à cheual & abandonner ladite ville, & aller à S. Germain en Laye, nous
commandant à nous tous qui estions prés de sa Majesté de le suiure & accompagner, ce que nous fismes tous
le mieux qu'il nous fut possible selon l'vrgente necessité,
cherchans des cheuaux & en trouuant à grand peine,
nous montasmes tous la plufpart sans bottes, & partis-
mes ainsi auec le Roy, Messieurs de Mont-pensier, de
Longueuille, Comte de S.Paul, le grand Prieur de France, le Cardinal de Lenoncourt, les Mareschaux de Biron

K

& d'Aumont, le Sieur de la Garde, grand Maiſtre de l'Artillerie & pluſieurs autres Gentils-hômes de la Cour &
du Coſeil auec moy, le Sieur de Belliéure & les Secretaires
d'Eſtat, Villeroy & Bruſlard, & pour Pinart qui eſtoit auſſi
auec nous, le Roy le renuoya trouuer la Reine ſa mere
qui eſtoit auec ledit Sr de Guiſe, pour tout pacifier, afin
de luy faire entendre les raiſons de ſon ſubit partement.

Comme nous fuſmes ſur le chemin dudit S. Germain,
& pres de S. Cloud il fut aduiſé par ceux qui eſtoient aupres du Roy, qu'il n'y auoit non plus de ſeureté pour luy
de demeurer à Sainct Germain, qu'au Louure; les vns
furent d'auis qu'il allaſt à Roüen, les autres à Beauuais,
mais il ſe trouua que ſa Majeſté n'eſtoit guere aſſurée
ny en l'vne ny en l'autre deſdites villes, tellement qu'il
fut reſolu pour le mieux d'aller à Chartres ſi l'on en pouuoit eſtre aſſuré; cela fut cauſe que par l'aduis de tous, le
Roy me commanda, comme en eſtant Gouuerneur, d'y
aller deuant pour luy aſſurer ladite ville, ce que ie fis
ladite nuict. Cependant ſa Majeſté prit ſon chemin
pour y venir, paſſa par Trapes & Ramboüillet, où il cou-
cha, & eſtant arriué le matin enuiron les huict à neuf
heures audit Chartres i'aſſemblay auſſi toſt tous les corps
de ladite ville, leur fis aiſément recognoiſtre leur deuoir
en telle occaſion, & les diſpoſay non ſeulement à bien
receuoir ſadite Majeſté, mais à luy obeyr & ſeruir fidellement & inuiolablement contre tous, tellement que le
Roy arriuãt ſur les onze heures audit Chartres auec tout
ce qui le ſuiuoit, il y fut tres-honorablement receu auec
extréme allegreſſe, & toutes choſes remiſes & diſpoſées à ſa volonté; & peu de iours apres le Regiment des
Gardes & les Suiſſes y vindrent qui furent logez aux vil-

lages circonuoifins de ladite ville; ainfi ſadite Maieſté trouua ce refuge aſſuré dans le gouuernement dont il m'auoit honoré.

Le Roy demeura donc audit Chartres enuiron ſix ſemaines, pendant leſquelles on eſſaya touſiours de traitter auec les Princes qui eſtoiét à Paris & auec les habitans de ladite ville, la Reine mere du Roy, & la Reine ſa femme y eſtans touſiours demeurees, & Monſieur de Villequier Gouuerneur, ſans pouuoir, non plus que leſdites Dames Reines, parce que tout s'y paſſoit ſoubs l'authorité & le commandement de Monſieur de Guiſe, qui s'eſtoit ſaiſi de la maiſon de ville, du Chaſteau de la Baſtille, & Bois de Vincennes; le Parlement, Chambre des Comptes & autres Cours y eſtans auſſi demeurées, mais auec peu ou point d'authorité; ce que le Roy voyant, il s'aſſura des villes de Melun & de Corbeil au deſſus de la riuiere de Seine, & de celle de Mantes, au deſſous de Paris, & s'en alla au partir dudit Chartres audit Mantes, & puis à Vernon, où il s'arreſta quelques iours, en attendant qu'il fuſt aſſuré ſi l'on le laiſſeroit entrer à Roüen, où apres toutes choſes y furent bien diſpoſées; ſa Majeſté s'y rendit, & y demeura encores enuiron ſix ſemaines.

Pendant le ſejour du Roy audit Roüen, le Sieur de Villeroy Secretaire d'Eſtat fut pluſieurs fois depeſché par ſa Majeſté pour conferer & traitter par la Reine ſa mere, & luy, auec leſdits Princes de la Ligue, qui eſtoient tous venus à Paris, à ſçauoir Monſieur le Cardinal de Bourbon, & Meſſieurs de Guiſe, le Cardinal & le Duc de Mayenne, & autres de leur maiſon, qu'ils tiroient apres eux, & quant & quant auec le Prouoſt des Marchands & Eſcheuins nouuellement faits & eſleus, qu'ils

auoient choisis de ce mesme party, apres auoir depof-
sedé les anciens, & mis prisonnier le Sieur Porreuse, qu'ils
trouuerent Preuoft des Marchands, & lequel ne fut
deliuré qu'à la fin du traitté qui se fit entre le Roy, &
ceux dudit party, apres infinies allées & venuës dudit
Sieur de Villeroy, des articles accordées, en fut fait
vn nouuel Edict de reünion, qui fut paffé & publié par
tout.

Apres cela, le Roy reuint de Roüen audit Mantes, où
les Reines le vindrent ioindre & retrouuer, & tous enfemble retournerent à Chartres, où mondit Sieur le
Cardinal de Bourbon & Monfieur le Duc de Guife arri-
uerét quelques iours apres auec toute feureté, tant par ledit Edict de reünion, verifié au Parlément quelques iours
auparauant, que par les affurances que leur auoit données la Reine mere du Roy, pour les faire venir, où le
Roy leur fit le plus honnefte accueil & reception qu'ils
euffent peu defirer, & là fa Majefté arrefta, comme défia
il auoit mandé auparauant en toutes les Prouinces, de
faire tenir les Eftats generaux de fon Royaume en la
ville de Blois le quinziefme de Septembre enfuiuant, &
ainfi apres auoir fait la Fefte de Noftre Dame d'Aouft
audit Chartres, il s'achemina audit Blois, accompagné
defdites Dames Reines, defdits Princes reünis, & de
tout le refte de la Cour.

Ce fut alors que ledit Sieur de Guife commença à faire
paroiftre l'authorité qu'il vouloit prendre par tout, pre-
mieremét fur la maifon du Roy, à caufe de fon Eftat de
grád Maiftre, puis fur les gardes du Roy, receuant le mot
de fa Majefté & leur baillant, & leur faifant les commandemens à toutes occafions, & enfin s'atribuant en peu de

iours le pouuoir general & authorité absoluë sur toutes
choses en qualité de Lieutenant general de sa Majesté,
dont les lettres telles qu'il les auoit vouluës en traittant
luy auoient esté expediées & verifiées en Parlemét, & ainsi
faisant & disposant de tout l'on estima qu'il feroit encore
pourueu de l'Estat de Connestable, & se rendroit si puissant qu'iln'y auroit plus que les siens maintenus & aduancez aux premiers honneurs, bien-faits & charges de
ce Royaume, puisque le Roy se laissoit ainsi aller à cette
nouuelle & extraordinaire faueur.

Ainsi donc le Roy auec toute la Cour arriua audit Blois
au commencement du mois de Septembre de ladite année quatre-vingthuict, & mesme force Deputez pour
lesdits Estats s'y rendirent aussi, bien qu'ils ne fussent assi-
gnez que pour le quinziesme dudit mois : Mais c'estoit
pour se voir, se recognoistre, & commencer les pratiques que produirent depuis lesdits Estats, que nous pouuons dire auoir esté tels, que nous auons veu du depuis le
Roy, & la France en de miserables extremitez.

Le troisiesme dudit mois de Septembre le Roy s'aduisa
& se resolut par l'aduis tres-mauuais & dangereux de
quelques vns, comme il s'est trouué depuis, & sans faire
cognoistre à personne du monde les occasions & raisons
qu'il en auoit, demáder à tous les premiers & principaux
de son Conseil ordinaire, qui l'auoient touhiours seruy,
suiuy & assisté, qu'ils se retirassent chacun chez soy, & leur
escriuit à chacú vne lettre de sa propre main, leur mádant,
Qu'il n'estoit point mal cótent d'eux, & qu'il leur feroit plaisir quád
les occasiós s'en presenteroient, qui sont les mesmes termes desdites lettres, sans leur en dire autres raisons ny occasions
quelconque. Ie fus le premier honoré de ce commande-

ment, & apres moy en mesme temps Mr de Belliéure qui
seruoit côme d'Ambassadeur extraordinaire aux plus grâdes & importantes affaires de cét Estat, & tout d'vne suitte Messieurs de Villeroy, Bruslart, & Pynart, qui estoient
les trois Secretaires d'Estat, que certainement i'auois tousiours veus tres-fideles & affectionnez à leur deuoir ; &
fut aussi en mesme temps donné congé à Monsieur de
Combaut Cheualier du S. Esprit & premier Maistre
d'hostel du Roy, qu'il auoit tousiours resmoigné l'aimer,
& à sa femme qui estoit Dame d'atour de la Reine.

Aussi tost que i'eus receu ladite lettre du Roy, qui me
fut apportee par le Sieur Benoise Secretaire de son cabinet, qui me trouua dans mon coche auec ma suitte accoustumée dás la forest entre Blois & ma maison de Cheuerny, d'où ie retournois trouuer sa Majesté pour le seruir auec mesme affection & fidelité que i'auois fait toute
ma vie, voyant le chágement si inopiné & extraordinaire
ie l'admiray vn peu à l'abord : mais Dieu m'ayant fait la
grace de me sçauoir côtenter dans les faueurs & prosperitez du monde, m'auoit aussi tousiours fait celle de me
tenir tousiours preparé aux disgraces qui y deuoient arriuer, & à me sçauoir promptement accommoder & doucement resoudre à ce qui est de la volonté de mon Maistre ; & ainsi i'eusse dessors remis, côme ie le voulus faire,
les Seaux entre les mains dudit Sieur Benoise comme le
Roy me le mandoit, n'eust esté qu'il me pria instamment
de paracheuer mon voyage audit Blois dont i'estois fort
proche, & où mes gens auoiét desia preparé mon disner,
me disant qu'il suffiroit de les renuoyer de là. Tellement
que ie le fis monter en mondit coche & m'en allay descendre en mon logis de la basse-court du Chasteau de

Blois,& non en mon departement que i'auois d'ordinaire dans ledit Chasteau,& au mesme temps que ie fus arriué & descédu ie renuoyay lesdits Sceaux au Roy par ledit
Sieur Benoise, & par le Grand,l'vn de mes Secretaires,
pour en faire & disposer ainsi qu'il luy plairoit,& apres
que i'eus disné, & que force de mes meilleurs & plus
vrais amis de la Cour m'eurent fait cette faueur de me
venir visiter,i'allay trouuer la Reine mere par son commandement, & demeuray deux heures encore seul auec
elle en son cabinet, où ie receuz de sa Majesté tout l'honneur & la satisfaction particuliere que ie pouuois esperer
de sa bonté,& de la recognoissance de mes fidelles seruices : Cela fait & ayant pris congé d'elle ie m'en reuins en
mon logis,& dés le soir ie m'en retournay coucher chez
moy à Cheuerny, d'où peu de iours apres ie repartis,&
m'en vins me retirer dans ma maison d'Eclimont, comme tous les autres susdits du Conseil firent chacun en la
sienne, en mesme temps & par mesme commandement.

Toute la France s'estonna grandement de cette si
prompte mutation de la volonté du Roy, suruenuë sans
aucune cause apparéte,contre personnes de nos qualitez,
ausquels iusques là il auoit tousiours tesmoigné tant de
confiance & d'amitié, & que i'ose dire qui l'auoient si
bien seruy selon le mal-heur & la diuersité des temps,&
de ses humeurs, & chacun diuersement selon son sens
& sa passion, desirant en trouuer le sujet ; les vns disoient que ce que le Roy en auoit fait, estoit à dessein
d'amuser & contenter les Estats, & estourdir par là les
plaintes qu'il apprehendoit qu'ils luy fissent,tant de plusieurs mauuais Edicts qu'il auoit faits, que des grandes

leuées de deniers , faites à l'appetit de ceux qui le
poſſedoient , & du mauuais & inutile employ d'iceux en
ce Royaume ; les autres n'approuuans cette raiſon, diſoient qu'il n'y auoit vn ſeul de tous ceux dudit Conſeil,
auſſi licentiez , qui ne peuſt fort bien ſe deffendre en
pleins Eſtats, & ſe iuſtifier de telles opiniós, faiſant aiſément voir d'où venoient les fautes. Pour moy i'aduouë
que ie le deſirois auec paſſion, & en fis ſupplier le Roy plu-
ſieur fois pour l'aſſeurance que i'auois que ce ſeroit vn
moyen de faire voir au public ſa bonté & douceur &
quant & quand l'innocence de ſes meilleurs & plus fideles Conſeillers, mais il ne voulut iamais que cela fuſt ap-
profondy dauantage, ny cogneu, deſirant pluſtoſt s'excuſer en partie de tout ce qui s'eſtoit paſſé, & en rejetter l'enuie toute entiere, tant ſur ceux de ſondit Conſeil, que ſur
ceux qui en eſtoient plus coulpables, ainſi qu'il teſmoi-
gna aſſez par ſa harangue auſdits Eſtats, par laquelle il
voulut tout de meſme ſe deſcharger ſur ceux que l'õ appelloit de la Ligue, qu'il diſoit auoir ruiné ſon Royaume;
mais ils eurent aſſez de pouuoir pour empeſcher que ce
qui les concernoit ne demeuraſt imprimé dans ladite
harangue, tant les choſes eſtoient alors deſordonnées &
violentées. Toutes ces raiſons, bien que tres-apparétes en
quelques choſes, ne ſembloient aſſez ſuffiſantes à forcer
d'autres curieux eſprits , qui ne pouuoient comprendre
comme le Roy eſloignoit de luy ſon Conſeil plus ordinaire & affidé, qui eſtoit compoſé de perſonnes remplies de toute cognoiſſance, & experience de toutes les
affaires, lors principalement qu'il en auoit & pouuoit
auoir plus de beſoin pour ſon repos & ſon ſeruice , &
ainſi en atribuer la cauſe à quelqu'vne plus ſecrette &

moins

moins cogneuë, & là deſſus eſtimoient que ſa Maieſté n'auoit pas tous les contentemens de la Reine ſa
mere, comme croyant qu'elle auoit trop fauoriſé ceux
de ladite Ligue, & qu'il eſtoit entré en deffiance &
ſoupçon de ceux de ſondit Conſeil, que ladite Dame
auoit tous aduancez, & les auoit obligez de luy communiquer tout ce qui ſe paſſoit aux affaires; à quoy
d'autres encores adiouſtoient que leſdits Secretaires
d'Eſtat communiquoient & deſcouuroient le ſecret des
depeſches, & que moy pour mieux m'appuyer i'auois
pris alliance par le mariage de mon fils aiſné, auec Monſieur le Duc d'Elbœuf, qui auoit eſpouſé la ſœur de ma
belle fille, dans la maiſon de Lorraine, dont les Princes
luy eſtoient ſuſpects; & ainſi en cette diuerſité de iugemens & opinions, il fit noſtre eſloignement, ſans iamais auoir peu en trouuer la raiſon certaine; quant à moy
le plus grand regret que i'en eus, fut d'abandonner mon
bon Maiſtre par ſon expres commandement, & par la
perſuaſion violente de ſes ennemis, & le laiſſer entre
leurs mains pour le ruiner, comme apres ils ne manquerent de faire, eſtant vn grand préiugé d'inconuenient
au troupeau, quand les chiens qui les gardent ſont chaſ-
ſez de la maiſon.

En cette façon donc le Roy fit l'ouuerture deſdits
Eſtats Generaux, ayant baillé les Sceaux de France au
Sieur de Montelon, ſimple Aduocat, & qui iamais
n'eſtoit ſorty du Palais de Paris, & ayant fait d'autres
Conſeillers & Secretaires d'Eſtat à ſa fantaiſie, leſquels
Eſtats ſe continuerent à l'humeur Françoiſe; & depuis,
ſelon les premiers deſſeins de ceux qui auoient fait eſlire
des Deputez à leur deuotion s'y firent pluſieurs menées,

brigues & mauuaifes pratiques côtre l'authorité du Roy,
& s'y propoferét des chofes en nombre infiny qui empor-
toient entierement toute la puiffance, l'authorité, finance, & reuenu ordinaire de fa Majefté, n'y ayant plus perfonne pres d'elle, inftruite de fes affaires, & capable de
refpondre à tant d'extraordinaires demandes & propo-
fitions, ledit Sieur de Montelon & ceux qui l'affiftoient,
n'ayans aucune cognoiffance ou experience des affaires
de l'Eftat, tellement qu'en cette infolence des deputez
defdits Eftats, tous prefque gaignez, & non contre-
dits ny reprimez par perfonnes fuffifantes, les Sieurs d'O
& de Chenailles Superintendansdes Finances,& le Sieur
Miron premier Medecin, dont le Roy fe confioit, fu-
rentincontinent attaquez parlefdits Eftats,& fa Majefté
forcée de les efloigner, comme encores apres eftre demeurez les derniers. Et le Roy demeurant auffi feul &
defnué de fes plus fidelles & ordinaires feruiteurs, les affaires s'en allerent en fi perilleux termes pour luy, que
par la conclufion defdits Eftats, fa Majefté demeuroit
defpoüillée de fon authorité, & fa perfonne reduite à
vne efpece de tutelle, & peut eftre en honteufe captiuité,
ce qui le fit alors, mais trop tard, reconnoiftre & aduoüer
ce que ie luy auois dit plufieurs fois, auparauât, qu'il eftoit
trop dangereux d'affembler & ouurir des Eftats en France, quand les efprits des fubjects, dont ils font compo-
fez, font remplis comme ils l'eftoient alors, de factions, interefts, & defobeiffances; ce qu'il efprouua fur
chacun article qui luy fut propofé, dont ceux defdits
Eftats vouloient eux mefmes eftre iuges feuls, fouftenant
hardiment que les Eftats du Royaume affemblez, auoiét
tout pouuoir, que le Roy en eftoit comme Prefident feu-

lement, qui estoit chose toute nouuelle & contre l'ancienne pratique & creance des François ; ce qui se peut assez iuger à quel point estoient les choses reduites, puisque lesdits Estats ainsi fermes, instruits, & soustenus de Monsieur de Guise, & de toute sa faction, pouuoient faire tout ce qu'il leur plaisoit, sans que personne osast seulement y contredire.

Le Roy se trouuant en cette extremité, & pensant y bien pouruoir, en se deffaisant & saisissant de ceux qu'il tenoit en estre la cause, vn Vendredy matin vingt-troisiesme de Decembre, surueille de Noël quatre-vingt & huict, estant dans son cabinet, au Chasteau de Blois, auec peu de personnes choisies entre les plus assurez qui luy restoient, fit appeller Mondit Sieur de Guise par vn de ses nouueaux Secretaires d'Estat, nommé Reuol, feignant de vouloir parler à luy, qui le trouua assis au Conseil auec les autres, dans l'anti-chambre de sa Majesté, lequel à ce commandement, & sans se douter de rien, bien que quelques vns tinssent qu'il en eust esté aduerty, se leua aussi tost dudit Conseil, & entra tout seul en la chambre du Roy pour aller audit cabinet, auquel ledit Secretaire estoit desia vistement rentré ; & comme il voulut approcher d'vne premiere porte qui y est, dix ou douze de ceux que l'on appelloit les quarante-cinq, le saisirent par le corps, & en mesme temps saisirent son espée & sa dague ; de sorte que sans qu'il se peust deffendre, il fut incontinét tué par eux à coups de dagues. Et bien tost apres le Roy ayant veu à trauers de ladite porte, la fin & l'execution de son commádement, partit de sondit cabinet, & voyant ainsi ledit Sieur de Guise mort, dit qu'il estoit lors assurémét Roy, & qu'il n'auoit plus de compa-

gnon. Et au mesme temps fit appeller Monsieur le Cardinal de Guise , & Monsieur l'Archeuesque de Lyon , qui
estoient en l'anti-chambre, audit Conseil, où desia par
ledit accident ils estoient en trouble & rumeur, & e-
stoient tous deux entrez dans ladite chambre. Le Roy luy
mesme leur monstra ledit corps mort, & tout sanglant,
dudit Sieur de Guise , & apres les fit emmener prisonniers en vne chambre haute dudit Chasteau de Blois, d'où
incontinent ils furent separez , & des gardes separément
à chacun ; Au mesme temps l'on enuoya aussi des gardes
à Monsieur le Cardinal de Bourbon en sa chambre,
comme à Madame de Nemours, & à Messieurs les Princes de Ioinuille, d'Elbœuf, & de Nemours, & le grand
Preuost. Le Sʳ de Richelieu alla en la Maison de Ville, où
les Deputez du tiers Estat estoient assemblez, & y prit &
arresta prisonniers le President de Neüilly, Preuost des
Marchands de Paris, auec les Chappelles, & les deux Escheuins de Paris, Compant, & Cotte-blanche, le Sieur
Chasteau-fort, & le Secretaire Pynart ; pendant que
d'autre costé, parmy le corps de la Noblesse l'on arresta
aussi prisonniers, les Sieurs Comtes de Brissac, de Bois-
dauphin, & le Sieur de la Brosse Gouuerneur de Mou-
zon , lesquels furent essargis dés l'apres-disnée, apres
auoir promis, iuré & signé, de n'estre iamais d'aucunes
associations & Ligues contre le seruice du Roy.

Ceste sanglanté tragedie se fit dés les neuf à dix-heures
du matin dudit Vendredy, dont apres le Roy voulut porter luy mesme les premieres nouuelles à la Reine sa mere,
qui estoit demeurée au lict cette matinée, pour s'estre
trouuée mal toute la nuict precedente , & luy ayant
sommairement dit ce qui s'estoit passé, & qu'il croyoit

eftre lors Roy, & fans cópagnon, cette bonne Princeffe
tres-prudente, luy demáda s'il auoit bien penfé auparauant, & pourueu à tout ce qui luy en pourroit arriuer; &
ayant dit que oüy, elle luy dit ces mefmes mots : *Mon fils,
Dieu vueille qu'ainfi foit , & que vous vous en trouuiez
bien : ne perdez temps d'y bien foigner , ie vous prie , car
aux chofes faites , les confeils en doiuent eftre pris*, dont
le Roy la remercia, & fe feparerent ainfi pour cette fois.
Ladite Dame Reine trouuant grandemét eftrange, comme l'on me l'a fidellement rapporté, cette fi violéte & pe-
rilleufe action, & encore plus quád elle fçeut que le lendemain le Roy auoit fait auffi tuer Monfieur le Cardinal
de Guife, prifonnier en fa chambre, par quelques foldats
du Regiment de fes gardes, conduits par leur Capitaine,
nommé le Gaft, du nombre defdits quarante-cinq qui le
tuerent à coups de hallebardes & d'efpées, l'ayant trouué
qu'il prioit Dieu.

La nouuelle eftant bien toft apportée à Paris, tout le
peuple fe fentit merueilleufement efmeu, & chacun reprenant fes premieres & mauuaifes impreffions des barricades, les Predicateurs commencerent à parler ouuertement contre le Roy, & auec telle violence, que le menu
peuple fe mit à rompre les armoiries du Roy, & à fouler
aux pieds fes portraicts, & faire mille autres indignitez
honteufes & defobeïffantes. D'autre cofté ceux de la ville
d'Orleans eftoient dés le foir du mefme Vendredy, aduertis de la mort dudit Sieur de Guife, par les Sieurs de
Baffompierre, Cheualier Breton, & de Rofcieux, efchap-
pez de Blois, auffi toft qu'ils oüirent le bruict de ce qui fe
faifoit au Chafteau, commencerent à donner ordre à la
feureté de leur ville; & pource auffi toft firét braquer leur

artillerie contre la citadelle, dans laquelle le Sieur d'Antragues, & Antragues son frere furent enuoyez par le
Roy pour s'y ietter; ce qu'ils n'oserent, & n'approcherēt
plus prés d'Orleās que de Meun; ce que le Roy sçachāt, y
renuoya diligemment Monsieur le Mareschal d'Aumont
auec le plus de force qu'il peut pour pēser entrer dans la
dite ville par ladite citadelle: mais les habitans y auoient
desia pourueu par vn grand retranchement qu'ils sirēt, &
garderēt fort bien entr'eux, & ladite citadelle; tellement
qu'ils donnerent temps à Monsieur le Cheualier d'Aumalle d'entrer au bout de trois iours, comme il fit, en ladite ville, & s'en rendre le maistre, & en mesme temps
Monsieur le Duc de Mayenne estant à Lyon mettoit en
ordre l'armée du Roy pour la conduire en Dauphiné
comme il luy auoit esté ordonné, ayant appris la mort de
son frere, & par mesme moyen qu'il deuoit prendre garde
à sa personne sur laquelle il y auoit entreprise, part incontinent de Lyon & s'en alla en son gouuernement de
Bourgongne, & en passant se saisit de la Citadelle de
Chaalons, où le Baron de Luz qui en estoit Gouuerneur
ne peut de Blois arriuer assez à temps pour les empescher; & de là poursuiuit son chemin iusques à Dijon, qu'il
s'assura, & commença d'assembler le plus de forces qu'il
luy fut possible; & ainsi de tous les costez de la France
chacun se mit à faire pis contre le Roy & à allumer le
feu de la guere Ciuille, que nous vismes apres. Pendant
tous ces grands desordres & diuers mal-heurs qui commençoient à ruiner la France, la Reine mere du Roy viuement saisie & touchée, comme il est aisé à croire, de cette
publique desolation, retomba malade, & se portant vn
iour mieux, elle fut voir Monsieur le Cardinal de Bour-

bon qui eſtoit arreſté priſonnier en ſa chambre du Chaſteau de Blois, & au retour elle ſe trouua ſi ſaiſie de melan-
colie & de regret d'auoir veu le premier Prince, & qu'elle
auoit touſiours fort particulierement aimé, reduit en
cét eſtat, que le Mercredy quatrieſme iour de Ianuier
quatre-vingt neuf, les Medecins la iugeans attainte d'vne
pluraiſie, la firent ſeigner, & ſon mal croiſſant touſiours
ſans que l'on y peuſt apporter de ſuffiſans remedes, elle
voulut faire ſon teſtament le Ieudy matin ſur les neuf
heures, puis ayant receu tous ſes Sacremens auec la meſme bonté & force d'eſprit & iugement qu'elle auoit tou-
jours eu en toute ſa vie, elle mourut l'apreſdiſnée dudit
Ieudy, enuiron vne heure apres midy, qui eſtoit la veille
des Rois cinquieſme deſdits mois, & où le Roy, la Reine
ſa femme, & toute la Cour s'eſtans trouuez preſens à cette
mort, que l'ó peut dire auoir eſté ſans flatterie vne des plus
courageuſes, plus prudente & habile Reine que la France ait iamais eu, & comme telle grandement regrettée de
force gens de bien, marris de la perdre en vne ſaiſon où
elle eſtoit ſi neceſſaire.

Quand le peuple de Paris vid Orleans aſſiegé, apres le
Cardinal de Guiſe auſſi tué, & la Reine mere du Roy auſſi
morte, il ſe porta à de tels excés de rebellion & de meſco-
gnoiſſance enuers la dignité Royale & ſes Magiſtrats,
qu'vn nommé le Clerc auparauant Procureur au Parlement, & depuis eſtably Capitaine de la Baſtille par la violence populaire, alla auec force Caualiers en armes au
Palais, le Parlemét y eſtant aſſemblé comme d'ordinaire;
& ainſi entra iuſques dans la grand Chambre, & y priſt &
emmena priſonniers en ladite Baſtille le premier Preſident de Harlay qui y eſtoit, le Preſident de Thou, &

vingt-deux Conseillers qu’ils choisirent dans ledit Parlement, comme plus affectionez que les autres au seruice du Roy, & qu’ils craignoient, qu’ils les peussent contredire à ce qu’ils desiroient faire passer audit Parlement, pour les leuées de deniers & autres choses qui pourroient suruenir, & principalement pour la publication de la Censure qu’auoit fait la Sorbonne de Paris, declarant le Roy qui auoit fait ainsi tuer & massacrer le Cardinal de Guise, priué du droict de son Royaume & de sa dignité Royalle, & tous ses subjects deschargez de l’obligation qu’ils auoient au seruice dudit Roy.

Or comme en ce discours de ma vie, ie me suis insensiblemét, & peut-estre trop estendu sur les choses que i’ay veu passer pendant icelle; parce qu’estant tousiours aupres du Roy, & ayant l’honneur d’auoir participé à tous ses Conseils, & secrets; i’ay estimé estre bon de laisser aux miens la verité par abregé, des choses plus remarquables, où la pluspart des historiens peuuét tromper la posterité; aussi estimay-ie encor par mesme raison, estre obligé de mettre par ordre les mesmes choses comme ie les ay veritablement apprises en ma maison d’Eclimont, où ie suis tousiours demeuré durant mon absence de la Cour, & où tous les iours i’estois visité de plusieurs de mes amis, d’vn & d’autre party, qui quelquesfois se sont rencótrez en mesme temps ensemble chezmoy, & puis s’entretuoiét au partir de ma maison, tant l’aigreur estoit grande entre lesdits deux partis, & ainsi en poursuiuant ce que ie fis pendant mondit sejour chez moy, ie diray sommairement ce qui se faisoit en mesme temps parmy le monde.

Ceux de Paris, apres tous leurs beaux commencemens de rebellion, solliciterent le plus qu’ils peurent ledit
Sieur

Sieur du Mayne d'y venir, & tafcher à faire leuer le fiege
d'Orleans qui eftoit ioint & vny auec eux, ce qu'il fit le
plus diligemment qu'il pût, s'affurant en paffant de la
ville de Troyes en Champagne, qu'ils mirent en fon party de la Ligue & Vnion, qu'ils nommerent entr'eux; puis
reuint à grandes iournées pour furprendre ledit Sieur
Marefchal d'Aumont au fiege d'Orleans, lequel en eftant
aduerty, leua le fiege auec tres-grand effroy, vn matin
deuant le iour; & apres que ledit fieur du Mayne fut arriué audit Orleans, & eut donné ordre à ce qui eftoit de
ladite ville, & fait razer la Citadelle, il alla à Chartres, où il
fut receu par les habitans, & apres y auoir arrefté vn iour
feulement pour leur faire faire le ferment, s'en alla droit à
Paris, receuât fur le chemin nouuelles affurees que la ville
de Roüen s'eftoit declarée pour luy, & mife en fon party
de l'Vnion, & que Meffieurs de Charrouges, & premier
Prefidét y auoient efté arreftez prifonniers; que celle de
Mante s'eftoit auffi declaree pour luy, & que la ville &
Parlement de Touloufe en auoient fait de mefme, le
premier Prefident & Aduocat d'iceluy ayans efté tuez
par le peuple, que le Marefchal de Rets, que le Roy auoit
enuoyé à Venife pour y emprunter de l'argent, & amener
pour luy vne grande leuée de Suiffes, auoit efté arrefté
prifonnier fur le chemin, comme auffi le Sieur de Bagny, reuenant de deuers Monfieur de Sauoye, où le Roy
l'auoit enuoyé pour fçauoir de luy ce qui l'auoit meu à
s'emparer du Marquifat de Saluffes; & encore au mefme
temps luy vindrent auffi nouuelles que le Sieur du Fargis
auoit efté arrefté prifonnier en la ville du Mans par les
habitans d'icelle, & le Chafteau pris & rendu à leur deuotion, & mis és mains du Sieur de la Motte-ferrant & de

M

Bois-dauphin, qui difoit que c'eftoit par contrainte qu'il auoit iuré & figné à Blois de ne porter iamais les armes contre le Roy, & qu'il n'eftoit pas plus obligé de tenir fon ferment que celuy que le Roy auoit fait folemnellement en pleins Eftats, & ainfi chacun fe declara & fe porta au defordre commun.

Parmy ces belles actions, quand les bons François & plus clairs voyans fe mirent à confiderer qui auoit caufé la perte de la ville d'Orleans, qui premier leua le mafque de rebellion, & puis celle de Chartres, ils iugeoient clairement qu'auec le regret commun qu'ils auoient des perfonnes tuées à Blois, les fieurs d'Antragues & Antraguet fon frere auoient apporté celle d'Orleans, comme le Sieur de Maintenon celle de Chartres, pour les raifons qui s'enfuiuent que ie ne veux oublier, pource que l'vne & l'autre defdites villes eftoient foubs ma charge, & de mon gouuernement, & partant me trouuay-je obligé d'en parler pluftoft que des autres.

Ie dis donc que le fieur d'Antragues Lieutenant du Roy foubs ma charge au gouuernement de la ville & Bailliage d'Orleans auoit fous main traitté & pratiqué par la faueur de fon frere Antraguet, & de quelques mauuaifes femmes de la Cour, que s'il plaifoit au Roy luy laiffer en chef le gouuernement dudit Orleans, il affureroit cette ville, & la remettroit entierement en la difpofition de fa Majefté, bié qu'elle euft efté accordée & laiffée pour feureré aufdits Sieurs de l'Vnion lors du traitté de paix fait auec eux par la Reine mere du Roy ; ce qui fut toufiours bien empefché par Mr de Guife ; mais comme le Roy m'en parla fe promettant que cela pourroit iffir, ie luy dis affez le peu d'affeurance qu'il en deuoit

prendre, & le peu de creance & de pouuoir que ledit Sieur
d'Antragues auoit dans Orleans pour cela; & neantmoins
pour n'obmettre rien de ce que ie pouuois contribuer à
son contentement & au bien de ses affaires, ie luy promis
puis qu'il croyoit que cela ne fust point, de passer vne procuration & demission entre ses mains pour ladite ville, & que l'autre le desiroit; ce que i'effectuay à son premier commandement, & comme ceux de ladite ville se
virent entierement tombez és mains dudit Sieur d'Antragues, qui les auoit premierement portez à l'affection du
party de ladite Ligue dont alors il se retiroit, apres les y
auoir tout à fait embarquez, ils se resolurent de ne le plus
recognoistre ny receuoir, & à quelque prix que ce fust
de luy oster & raser la citadelle, comme ils n'y manquerent pas, ainsi qu'il a esté cy-dessus remarqué.

Comme aussi pour la ville de Chartres ie puis dire auec
verité que les habitans d'icelle ayans sçeu que le Sieur
de Maintenon leur voisin, qui de tout temps estoit fort
haï, & mal voulu d'eux, poursuiuoit de leur faire oster le
Sieur de Riolanuille qui y commandoit en mon absence,
& du Sieur de Sourdis qui y estoit infiniment aimé, &
que le Sieur de Maintenon lors en faueur prés du Roy
les menassoit d'y en mettre vn autre auec bonne &
forte garnison à sa deuotion, ils se laisserent facilement
emporter aux persuasions du Sieur de Lignery, aussi
voisin de ladite ville, homme d'esprit & de factió, lequel
s'estoit rendu ennemy dudit Sieur de Maintenon, & ensemble dudit Sieur de Riolanuille, parce qu'ils l'auoient
ensemble trauersé en la vraye ellectió qui auoit esté faite
de sa persóne pour aller ausdits Estats de la part de la Noblesse du Bailliage dudit Chartres, ledit Sr de Maintenó l'a-

yant emporté par l'authorité du Roy & par l'entremife dudit Sieur de Sourdis, & certainement fi ledit Sieur de Sourdis qui y vint en mefme temps, y euft fait fon deuoir auec plus de courage & de refolution, il pouuoit au commencement deftourner & rompre telles menées dudit Sieur de Lignery, mais il s'eftonna & s'en retira. Pour moy i'aduoüeray ingenuëment que ie les laiffay faire ce qu'ils voulurent, parce que le Roy me tefmoigna, lors que ie le fis aduertir du mal que i'y recónoiffois, qu'il auoit toute confiance dudit fieur de Maintenon pour cela; & fans doute ie luy pouuois mieux feruir que luy, en eftant Gouuerneur & tout proche comme i'eftois, & les habitans m'ayant en ce temps-là, comme en tout autre, tefmoigné toufiours vne grande creance & tres-bonne volonté.

Et à mefure que le mal commun croiffoit, chacun defirant en recognoiftre & approfondir la caufe, l'on fe remit à parler & difcourir plus que iamais de celle de l'efloignement de ceux du Confeil, & cómença-t'on à croire que le Roy les auoit voulu ofter, comme ayans efté faits & aftablis par la feuë Reine fa mere, pendant fa ieuneffe & celle du feu Roy fon frere, parce qu'à fon aduis ils conferoient le tout auec elle, & luy en eftant entré en foupçon, comme croyant qu'elle fauorifoit ceux de la Ligue, à caufe de Monfieur le Duc de Lorraine chef de leur maifon, qui auoit efpousé fa fille, qu'elle aimoit fort, & par là coniecturant que cette Princeffe vouluft donner quelque aduancement à fon petit fils pour paruenir à cette Couronne, au cas que le Roy n'euft point d'enfans; & de fait le Roy chaffa fon premier Medecin Miron qu'il aimoit, & duquel il fe confioit entierement,

& fon frere l'Intendant, Cheualier, comme i'ay dit cy-
deuant, parce que la Reine parloit trop fouuent à luy à
part, dont la jaloufie mefme de fa mere le tourmentoit.
L'on dit encore vne autre raifon de cét efloignement
dudit Confeil, que pour moy i'ay eftimé la meilleure,
qui eft que le Roy voulant entreprendre ce qu'il fit à
Blois fur la perfonne defdits Sieurs Duc & Cardinal de
Guife, creut que ceux de fondit Confeil ne feroient iamais d'aduis de telle chofe fi preiudiciable à fon Eftat, &
que les reconnoiffant interieurement cóme il faifoit, ils
ne faudroient de fe douter de quelque chofe, dont ils
pourroient aduertir la Reine fa mere, qui empefcheroit
ce deffein ; & partant qu'il les falloit efloigner : Et puis
quelqu'vn peut-eftre luy pouuoit auoir appris la maxime de Machiauel, qui dit que c'eft vne grande dexterité à vn Prince qui fe void mefprifé de fes fubiets, de
reietter toutes les fautes paffées fur ceux qui l'ont feruy
& confeillé ; & qu'ainfi il tafcha de perfuader par fa hará-
gue, mais en vain ; car chacun vid bié que les chofes faites,
dont les Eftats fe plaignoient, n'auoient pas efté faites
que par fa feule authorité, & commandement exprés
de celuy qui y pouuoit tout, & qui auoit contraint les
Cours Souueraines d'y paffer.

Toutes chofes eftant en l'Eftat cy-deffus, le Roy manda
à Monfieur de Neuers de le venir trouuer auec l'armée
qu'il commandoit en Poictou, afin de fe rendre plus fort
contre l'armée de Monfieur du Mayne qu'il voyoit fe
preparer contre luy, ce que fit incontinent ledit Sieur
de Neuers, & vint iufques à Blois trouuer fa Majefté qui
n'en eftoit encore partie, & la premiere chofe que le Roy
voulut faire, fut d'enuoyer les Princes prifonniers au

Château d'Amboise, ce qu'il fit luy mesme, & y furét laissez Messieurs le Cardinal de Bourbon, Prince de Ioinuille, Duc d'Elbœuf, & Madame de Nemours, laquelle peu
de iours apres en sortit par permission du Roy; mais les
autres qui y auoient aussi esté menez, y demeurerent; à
sçauoir l'Archeuesque de Lyon & le Presidét de Neüilly;
mais depuis pour la deffiance que le Roy auoit du Sieur
de Cognac qui l'auoit laissé, & du Capitaine Gast, qui lors
commandoit audit Amboise, le Roy fit mener ledit Sieur
Cardinal de Bourbon à Tours; puis à Chinon, & en fin à
Fontenay : Ledit Prince de Ioinuille fut aussi mené
à Tours, où il demeura, & ledit Sʳ d'Elbœuf fut mené à
Loches. Cependant ledit Sʳ du Mayne ne perdoit temps,
il dresse vne armée pres de Paris, prend Estampes, Vandosme & Chasteau du Loir, & s'en viét assieger le Roy à
Tours, lequel peu de iours auparauant se voyant ainsi a-
bandonné de ses subjets, s'estoit accordé auec le Roy de
Nauarre son beau frere & ligitime heritier de cette Couronne apres luy, lequel estoit de la Religion pretenduë,
auquel il auoit accordé pour passage & seureté la ville de
Saumur, par laquelle il estoit venu trouuer le Roy auec le
plus de forces qu'il luy auoit esté possible, & se rendit
pres de sa Majesté au mesme temps que ledit Sieur du
Mayne arriua à Tours, lequel en arriuant, apres auoir
failly d'vn quart d'heure seulement à surprendre le Roy,
reuenát d'ouïr la Messe en l'Abbaïe de Marmoustier, emporta d'abord le faux-bourg de ce costé-là, & le garda
tout le reste du iour & la nuict suiuante : mais voyant
le lendemain le pont rompu entre-deux, & qu'il auoit affaire à deux Rois tout emsemble, lors bien d'accord, &
vnis, par vne commune necessité, il quitta le siege & s'en
retourna audit Chasteau du Loir, d'où il estoit party, &

reprit son chemin par Dreux & Houdan, qu'il s'asseura
pour regagner Paris.

Peu de temps apres le Roy s'estant vn peu reconneu &
pris nouueau courage, se voyant assisté dudit Roy de Nauarre, assembla toutes les forces qu'il pouuoit auoir, luy
estant arriué dix mil Suisses, dix mil Lansquenets, & quelque peu de Reïstres, auec bonne quantité de Noblesse
Françoise qui lors voulut tesmoigner sa vraye fidelité à
son Roy, le tout faisant bié ensemble auec ce qu'il auoit,
& que le Roy de Nauarre luy auoit amené, douze mil
arquebusiers François, quinze mille Estrangers, six mille
cheuaux, & douze pieces de canon, auec leur esquipage,
& auec tout cela delibera sa Majesté d'aller rendre à
Monsieur du Mayne à Paris la brauade qu'il luy auoit
faite à Tours, & pour ce vint auec toute cette assez grande armee forcer & prendre le passage de Iargeau prés la
ville d'Estampes, & apres le pont de Poissy & Pothoise, &
se vint loger au pont Sainct Cloud, & mit toute son armée aux villages de Vanues, Vaugirar, Clamard, & autres villages circonuoisins de Paris, dont ceux de ladite
ville & ledit Sieur du Mayne qui estoit dedans auec peu
de gens commencerent à se trouuer incommodez &
pressez, auec grand doute de ne pouuoir longuement
soustenir vn siege : Le menu peuple estát desia en rumeur
pour la famine qu'ils craignoient, & par les pratiques
que les seruiteurs du Roy y faisoient, outre que ledit
Sieur du Mayne n'auoit alors que quatre mille harque-
busiers François, & autant de Lansquenets, auec mille
cheuaux & quelques habitans de ladite ville, qui estoit
trop peu pour la garder & deffendre d'vne si puissante
armée côtre son Roy, que chacun desiroit y veoir entrer

pluſtoſt par ſon conſentement, que d'attendre l'effect de
ſon iuſte courroux & pouuoir; & ainſi tenoit-on pour
certain que dans huict iours, d'vne ou d'autre façon, le
Roy euſt eu Paris en ſa puiſſance, ſans le mal-heur extréme qui luy arriua à la ſuſcitation de ſes ennemis & du repos de cét Eſtat, tel qu'il s'enſuit.

Le Roy eſtant logé audit S. Cloud, au logis du Sieur
de Gódy, vn mal-heureux petit Iacobin, nommé Iacques
Clement, âgé de vingt-deux ans, natif d'vn petit village
prés de Sens, & profez des Iacobins dudit Sens, lors venu
au College deſdits Iacobins de Paris, pour eſtudier; poſ-
ſedé, comme il eſt à croire, de l'ennemy de noſtre commun ſalut, & gagné par des traiſtres & abominables
François, ayant pris vn paſſe-port de Monſieur de..........
priſonnier de guerre dans Paris, & vne lettre du premier Preſident de Paris, priſonnier en la Baſtille, trouua
moyen de ſe faire introduire par le Procureur General
audit Parlement, nommé de la Gueſle, comme ayát quelque important ſecret à dire au Roy, lequel l'amena le
matin du premier iour d'Aouſt de l'an quatrevingt-neuf,
ſur les huict heures, en la chambre du Roy, qui eſtoit encore à ſes affaires ſur vne chaiſe percée, & en laquelle il
n'y auoit perſonne que le Sieur de Belle-garde premier
Gentil-homme de la chábre, & ledit Procureur General,
conduiſant ce deteſtable Iacobin, qui faiſant côtenance,
baillát ladite lettre au Roy, de luy vouloir encor dire quelque choſe en ſecret, & s'aprochant de luy, tira dextrement
vn petit couteau qu'il auoit caché dás ſa máche, par deſſus
ſon ſcapulaire, & donna vn coup au Roy dedans le petit
ventre, & côme il luy fut facile, le Roy eſtát tout deſtaché
ſur ladite chaire percée, laiſſant ledit couteau dans le vétre

de ſa

de ſa Majeſté, laquelle s'eſcriant: Ha traiſtre! que fais tu? &
retirât elle meſine ce couſteau, en dóna courageuſemét vn
coup au front de ce móſtre infernal veſtu en Iacobin, & ce
coup fut bié toſt ſuiuy de pluſieurs autres d'eſpée, que ceux
qui eſtoiét & accouroient à ladite chambre luy donnerét
en l'ardeur de la colere, dont il mourut ſur le lieu, qui fut
vne tres-gráde faute: car il valoit mieux le conſeruer vif,
iuſques à ce que l'on euſt tiré par ſa bouche la verité de ce
mal-heureux deſſein, que ſe raſſaſier de ſon ſag bruſquement, laiſſant vn tel parricide & meſchanceté inconneuë
& impunie, comme elle l'a trop eſté du depuis; le corps de
ce meſchant n'ayant eſté que pendu. Au commencement
de cette mal-heureuſe bleſſure du Roy, les Chirurgiens &
Medecins eſtimerent que ce coup n'eſtoit pas mortel,
mais ſur le ſoir ils reconeurent apertement le contraire,
& n'y pouuans apporter de remede, ſa Majeſté le iugeát,
ſe reſolut à la mort, auant laquelle il enuoya querir le Roy
de Nauarre, le declara ſon vray & legitime ſucceſſeur à
ceſte Couronne, commandant à tous les Princes, principaux Officiers, & autres de ſon armée & de ſa Maiſon,
de le recognoiſtre & ſeruir comme leur Roy apres luy,
& luy rendre l'obeïſſançe & fidele ſeruice qu'ils luy
deuoient; & ſur tout de ne le point abandonner qu'il
n'euſt remis, & reſtably le Royaume en paix, & cha-
ſtié ceux qui l'auoient mis en ſi grand trouble; auſquels quant à luy il pardonnoit volontiers, & le mal &
la mort qu'ils luy auoient apportée; faiſant promettre
auſſi audit Roy de Nauarre auant toutes choſes de ſe faire inſtruire à eſtre Catholique le pluſtoſt qu'il pourroit;
& ainſi, apres infinis graues & beaux diſcours à tout le
móde dignes de ſon iugement, de ſa picté ordinaire, & de

N

son eloquence accoustumée, & qu'il eut receu tous les Sacremens de l'Eglise, il fit vne fin pluſtoſt de vray & parfait Religieux, que de Roy iuſtement offencé, comme il le
pouuoit eſtre, ſans la grace de Dieu; & ainſi mourut ce
grand Prince ſur les deux à trois heures apres minuict du
2. iour dudit mois d'Aouſt audit an 89. & par l'ouuerture qui fut faite de ſon corps fut trouué qu'il auoit des
boyaux & arteres percez, qui luy auoit fait perdre ſõ ſang.

Voila la piteuſe & lamentable fin du Roy Henry troiſieſme, âge de trente-huict ans, qui n'euſſent eſté accomplis que le dixneufieſme Septembre enſuiuant celuy de
ſa mort, ayant regné quinze ans entiers dés le dernier
iour de Mars precedent que le Roy Charles ſon frere
eſtoit decedé, apres auoir eſté cinq ans precedents Lieutenant General dudit feu Roy ſon frere, auec tant d'honneur & d'eſtime que iamais ieune Prince de ſa qualité
n'en acquit dauantage : car en l'âge de ſeize ans & huict
mois il auoit gaigné deux grandes batailles à Iarnac & à
Moncontour , & à vingt-deux ans il auoit eſté choiſi
& eſleu par deſſus tous les autres Princes de la Chreſtienté par les Polonnois pour eſtre leur Roy, par le ſeul
bruit de ſa reputation, ayant receu tout l'honneur qui
ſe peut imaginer par toute l'Allemagne en y allant, & par
toute l'Italie à ſon retour; ayant laiſſé en France lors qu'il
en partit, tant de bien-veillance & d'eſtime de luy, que ſon
ſeul nom dõna moyen à ſes ſeruiteurs en ſon abſence
de luy cõſeruer ſon Eſtat mal-gré l'effort, & toutes les entrepriſes contraires des plus grands du Royaume ſeſdits
ſeruiteurs , ayant meſnagé des forces ſuffiſantes pour s'il
en euſt eſté de beſoing le pouuoir aller requerir iuſques
en Pologne; la ſeule ville de Paris m'ayant offert à cet

effect, contre sa couſtume, dix mille hommes de pied, deffrayez pour trois mois; celle d'Orleãs ſix mille; & auſſi quaſi toutesles bonnes villes & principaux de la Nobleſſe,
m'ayans chacun enuoyé faire ſon offre à le ſeruir, comme
ſçachant que i'auois, tant qu'il fut en Pologne, le principal ſoing de ſes intereſts en ſondit Eſtat, & entr'autres
Monſieur de Guiſe s'eſtoit offert à moy de tenir preſt à
point nommé trois mille arquebuſiers & cinq cens cheuaux, & Meſſieurs d'Aumôt, de la Valette, de la Chaſtre,
de Mandelot, de la Guiche, & grand nombre de Nobleſſe m'en vindrent auſſi offrir ſelon leur credit & puiſſance, tant eſtoit grande la reputation de ce Prince, & l'affection que chacun luy portoit, bien qu'il fuſt abſent.

A la verité il ſe peut dire, que tant que ledit Roy eſtoit
ſeulement Lieutenant general du Roy ſon frere, iamais
Prince ne fit mieux, ny ne monſtra plus de valeur, de prudéce & d'honneſteté que luy, eſtant aux charges & affaires où il fut employé, qu'aux particulieres de ſa vie & de ſa
maiſon où iamais rien ne fut mieux ordonné & conduit:
Mais à ſon retour de Pologne, ſe trouuant Roy de France, honoré de tout le monde, & en pouuoir de commander, & non d'obeir, il auoit commencé à ſe negliger, &
peu à peu à ſe changer, bien que les cinq ou ſix premieres
années de ſon regne euſſent eſté aſſez prudemment
conduites, aprés leſquelles il s'eſtoit laiſſé gouuerner &
poſſeder par des ieunes gens indiſcrets, qui tiroient de
luy des dons immenſes & iniuſtes, d'où procederent les
querelles & broüilleries de guerre d'entre Monſieur ſon
frere & luy, & comme cette affection ſe communiqua &
ſe porta à diuerſité de ieunes gens, en fin il s'eſtoit mis à
en aimer deux, que ie laiſſe à nommer, que remarquera

N ij

l'histoire, lesquels l'auoient possedé si longuement & de
telle façon qu'il n'eust sçeu faire que ce qui leur plaisoit,
le mettans en ombrage & diuision auec la Reine sa mere,
en mauuaise amitié auec la Reine sa femme, en guerre &
froideur perpetuelle auec son frere, ayans fait en aller la
Reine de Nauarre sa sœur, esloignans ou malconten-
tans tous les Princes, & tous les bons & vieux seruiteurs,
pour prendre ou donner aux leurs tous les grands gouuernemens & Capitaineries des principalles places de ce
Royaume; d'autre costé espuisans toutes les finances de
l'Estat pour assouuir leur vanité & leur auarice, & apres
pour en retrouuer faisoient faire des mauuais Edicts, ausquels estoiét forcez de passer les principaux Officiers de
la Couronne, puis de la Cour de Parlement, Chambre
des Comptes, & Cour des Aydes; & ainsi se faisans à
l'enuy entr'eux esleuer aux tiltres, authoritez & rangs
plus eminents pardessus leur naissance & portée, prenans pour eux ou leurs parens tous les grands mariages
qui se presentoient, & n'y ayant qu'eux qui peussent
auoir entrée aux Cabinets, Conseils secrets & affaires,
ny esperance d'aucune gratification ou recompense, bien
que tres-meritée, sinon par leur moyen & faueur; le
pire de tout encores estant que leur insolence & leurs
deportemésauoient esté si arrogans & si insupportables,
& leur delices & voluptez si abondantes & extraordinaires, qu'ils auoient enfin autant fait haïr le Roy, qu'il
auoit auparauant esté aimé; autant mesprisé qu'il auoit
esté loüé; autant estimé inutile à ce Gouuernement de
l'Estat qu'il auoit esté trouué agreable & necessaire, tant
ils auoient changé ses bonnes humeurs & premieres
actions en mauuaises & desagreables.

Or estant obligé auec plus de contentement d'en dire
le bien que le mal, puis qu'apres sa mort i'en desire laisser
aux miens la pure verité ; ie diray sans flatterie que ce
Prince estoit tres-bien nay, auoit la prestance & la taille
belle, la contenance & grauité digne & conuenable à sa
grandeur, le courage grand, liberal autant qu'aucun aye
iamais esté, la parole douce & fort agreable, l'eloquence
extraordinaire en vn Prince de sa qualité, ne iurât iamais,
ny n'offençant iamais personne de paroles, & auoit l'esprit fort net, les conceptions bonnes, & la memoire fort
heureuse ; mais ses affections ont fait paroistre qu'il n'a-
uoit le iugement semblable au reste, & qu'il estoit trop
enfermé & enueloppé dans vne volupté, où ses mal-heureux mignons l'auoient plongé ; & faut qu'il m'eschappe
de dire, que iugeant par là, & preuoyant d'assez long-
temps, mesmes deuant tous ces derniers mal-heurs qu'il
estoit impossible que ce pauure Prince ne se vist en fin
plongé en quelque mal-heur, & que i'en pourrois estre
blasmé, tenant de luy vne des plus grandes & importantes charges de sa Courone ; ie le suppliay tres-instam-
ment plusieurs fois de me vouloir descharger des Sceaux,
& les commettre à quelqu'autre plus propre à ceux qui
en vouloient abuser, & ce plus de quatre ans auparauant
sa mort ; & à ce sujet luy auois remontré plusieurs fois le
grand tort qu'il se faisoit, & le mal indubitable que
luy & son Estat en receuroient ; ce qu'il ne voulut iamais
croire que trop tard, sur la fin qu'il auoit commencé de
se refroidir de l'amitié qu'il leur auoit portée à tous deux,
dont l'vn fut aduancé pour se precipiter au combat, où il
mourut, & l'autre courut pareille fortune, ayant esté
tué à Angoulesme.

N iij

Et par là fut facilement reconneu que ledit Roy estoit
du naturel fatal de la race des Valois, lesquels ont tous à
la fin mal voulu à ceux qu'ils auoient du commencement
le plus aimé; ainsi que nous le voyons en Philipes de Valois premier de cette race, qui auoit le plus aimé, & qui
estoit le plus obligé au Comte d'Artois, pour luy auoir
conserué ce Royaume; & neantmoins depuis l'offença
tellement qu'il cuida luy faire perdre son païs; & apres en
Louys XI. grandement obligé au Duc de Bourgongne,
apres l'auoir retiré & conserué en sa disgrace, lequel il
ruina depuis; aussi bien que le Connestable de Luxembourg, auquel il auoit tant d'obligation; & Louys douziesme tout de mesme, bien qu'il fust fort sage, pour le
Mareschal de Gié; & François premier pour Monsieur
de Bourbon, qu'il auoit si vniquement aimé, & qui le
rengea bien; comme aussi pour Messieurs de Montmorency & de Brion au Roy Henry second; pour
Monsieur de Dampierre; & depuis pour le Mareschal de
Gié qu'il appelloit, & auoit voulu estre fait Cheualier de
sa main; au Roy Charles neufiesme pour Messieurs de
Montmorency & de Cossé, & audit feu Roy pour Messieurs de Ligneroles, Mareschal de Belle-garde, le Gast,
S. Luc, de Villequier, Beauuais Nangis; & apres pour
Messieurs de Guise qu'il auoit tant aimez en sa ieunesse,
& tous ceux de son Conseil qu'ils auoient le plus long-
temps, & le mieux seruy; entre lesquels i'ay esté vingt-
sept ans aupres de luy, le seruant en tout temps, en toutes
charges, auec plus de confiance, d'honneur & de faueur
pour moy, que ie n'en eusse peu desirer. Et en fin nous
enuoya tous au plus fort de ses affaires, se porta sans conseil à ce qu'il fit à Blois, & apres traitta auec le Roy de

Nauarre, en le recherchant, au lieu qu'il l'auoit touſiours pourſuiuy pour ſa Religion, & deuant l'an finy, a fort bleſſé ſa reputation, acquis la mauuaiſe volonté de ſes ſubiects; & pour comble d'infortune, tué miſerable-ment entre les ſiens dans ſon Cabinet, & auſſi toſt ſon corps abandonné d'vn chacun, ne s'eſtant trouué ny plomb pour faire ſon cercueil, ny Chappelle de deüil pour faire ſon ſeruice.

Et pour fin, ie diray que l'vne des choſes qui a le plus nuit à ce pauure Prince, a eſté l'opinion qu'il auoit con-ceuë de ſa ſuffiſance, meſpriſant toutes les opinions d'au-truy en quelque profeſſion qu'il fuſt, qui eſt le plus grand mal-heur qui puiſſe arriuer, ſoit à vn Roy, Prince, ou à tout autre; car la plus grande & neceſſaire ſageſſe qu'vn hom-me puiſſe auoir, c'eſt de ſe bien cognoiſtre ſoy meſme & ſes degrez, pluſtoſt que ſe promettre & perſuader trop.

Ie ſuis icy fort arreſté aux actions & choſes plus parti-culieres dudit feu Roy Henry troiſieſme; parce que per-ſonne ne les a iamais mieux obſeruées que moy, d'autant que les miens ont touſiours pour la pluſpart eſté prés de luy, & à ſon ſeruice, iuſques au iour que ie me ſuis retiré en ma maiſon, qui a eſté trois mois & demy deuant la mort de Monſieur de Guiſe, & vnze mois deuant celle dudit feu Roy, durant laquelle retraitte ie me ſuis con-tenté d'apprendre, & conſiderer tout ce qui ſe paſſoit, & me ſuis touſiours contenu doucement chez moy auec mes enfans & ma famille, ſans me vouloir meſler d'au-cunes choſes quelconques, quelques inſtances & prieres que l'on m'euſt faites au contraire, attendant inceſſam-ment qu'il pluſt à Dieu ouurir les yeux d'vn vray iuge-ment & reſſentiment aux François à recognoiſtre ce qui eſtoit de leur deuoir.

Quelques mois auparauant le deceds dudit feu Roy, le
Sieur de Ville-luisant Louys Hurault mon nepueu, dont
i'ay cy-deuant parlé, estant en garnison pour le seruice du
Roy au Chasteau de Lassé dans le païs du Maine, & estant
allé oüir la Messe en l'Eglise de la ville, fut mal-heureusement assassiné dans ladite Eglise, par l'aduertissemét que
le mesme Prestre qui disoit la Messe deuant luy, en donna
à ceux qui auoient dessein sur cette place, ayant laissé sa
femme, de la maison de Chauuigné, de Boissoris dudit
païs du Maine, fort ieune, auec deux filles de luy, apres
auoir esté seulement mariez ensemble trois ans; & ne
veux oublier à ce propos que ledit Sieur de Ville-luisant
estoit fils du Sieur de Sainct Denis, Iacques Hurault,
& de Marie Hurault ma sœur, tous deux extraits de
nostre mesme nom & famille, & neantmoints si esloi-
gnez en degré qu'ils peurent estre mariez ensemble
sans dispense du Pape, ce qui monstre le grand nombre
de branches diuerses en nostre maison qui ne se trouuera peut-estre en guere d'autres.

Or pour venir à mon recit sommaire des choses du
temps, ledit Roy Henry troisiesme, estant ainsi mort à S.
Cloud, son corps auec moins d'honneur & d'esquipage
qu'il ne meritoit, fut porté à Compiegne & mis dans
l'Abbaye Saincte Cornolle dudit lieu, & laissé vn de ses
Aumosniers plus ancien nommé la Cesnaye, auec quelque chetif fonds pour faire & entretenir là quelque seruice pres dudit corps; & cependant le Roy de Nauarre,
Henry de Bourbon que ie nommeray cy-apres Henry
quatriesme qui n'auoit abádonné le feu Roy depuis qu'il
l'estoit venu trouuer à Tours, comme il a cy-deuant esté
remarqué, fut salüé & recogneu par tous ceux de ladite
armée

armée pour legitime Roy & succeſſeur à ceſte Couronne
auſſi toſt que le feu Roy fut expiré, ainſi qu'il leur auoit
expreſſément commandé en mourant : mais les Princes,
Mareſchaux de France, & autres Officiers de la Couróne,
& principaux Seigneurs Catholiques proteſteрét tous au
meſme temps de ne changer iamais de Religion , & de
mourir en la Foy Catholique, Apoſtolique & Romaine,
ce que ledit Roy trouua bon, & leur promit de s'y faire inſtruire dedans ſix mois, comme il l'auoit deſia aſſeuré
& iuré au feu Roy ſon frere; & de fait, fut incontinent
depeſché à Rome , Monſieur de Luxembourg, pour là
faire entendre à ſa Sainéteté , comme à tous changement de maiſtre, changement de nouueaux deſſeins ſe
font. Le Roy ne demeura pas long-temps auec toute l'armée entiere du feu Roy; car beaucoup de la Nobleſſe peu
à peu ſe retira, les vns à quelque deſſein dás les Prouinces,
les autres ne pouuás, comme ils diſoient tout hault, ſeruir
vn Roy Huguenot; entr'autres, Monſieur le Duc d'Eſpernon, qui fut ſuiuy d'vne partie de l'armée ; ledit Roy
Henry quatrieſme ſe trouuant ainſi abandonné & affoibly, quitta le deſſein du feu Roy ſur Paris, & s'en alla en
Normandie, pour s'aſſurer de quelques petites villes, où
mondit Sieur du Maine le ſuiuit auec toute ſon armée,
& le preſſa ſi fort, qu'enuiron le quatrieſme Octobre, le
Roy fut contraint de ſe retirer vers Dieppe, qui tenoit
pour luy, & ſe retrancher pres d'Arques auec le tiers
moins de forces que n'en auoit ledit Sieur du Maine,
auec leſquels ſa Majeſté eut l'aduantage au combat qui
s'y fit.

Ce que voyant il ſe retira vers la Picardie, à Pont-Dormy pour y ioindre & receuoir quelques nouuelles forces

O

des Païs-bas qui le venoient encores trouuer; & cependant le Roy voyant cét esloignement vint en diligence droict à Paris auec son armée, & le iour de la Toussaincts audit an 89. de grand matin se saisit de tous les Faux-bourgs du costé de l'Vniuersité, & peu s'en falut qu'il ne surprist & emporta la ville, tant ils furent estonnez d'vn tel resueille-matin, où sept ou huict cents hommes demeurerent tuez, & mil ou douze cents de pris prisonniers.

Au commencement de l'année suiuante quatre-vingt dix le Roy continuant tousiours son premier dessein de se rendre maistre de quelques villes de Normandie, prit celle d'Alençon, de Falaize, d'Evreux, de Mouuencourt, & mit le siege deuant la ville de Dreux, qu'il ne continua, sçàchát que ledit Sieur duMayne s'approchoit de luy auec toute son armée, & luy qui vouloit vaincre ou mourir bien tost, se confiant en son courage & en la iustice de sa cause, se prepara à luy donner bataille, bien que tres-hazardeuse pour luy qui estoit beaucoup plus foible de Cauallerie & d'Infanterie que ledit sieur du Mayne; ce qui ne l'empescha de la donner entre Yury & Annet le quatriesme iour de Mars dudit an quatre-vingt dix, dont le Roy graces à Dieu, emporta la victoire.

En cette bataille d'Yury le Marquis de Nesle mon beau fils fut blessé en quinze endroits de son corps, s'estát trop hazardé selon sa vigueur, & l'incósideration de son âge, faisant ce que le plus vaillant hóme du monde pouuoit faire, & apres auoir demeuré trois heures dessous son cheual entre les morts, ayant en fin esté reconneu, fut porté à Annet pour y estre pensé, & depuis ie le fis conduire & amener chez moy à Esclimont où i'estois, & là quelque

bon foing & traittement que l'on y peuft apporter il
mourut le 12. iour d'Auril qui eftoit iuftement le trentief-
me de fes bleffures, me laiffant vn extrefme defplaifir &
regret de fa mort, & fa veufue ma fille aifnée n'ayant pas
encores quinze ans & huiét mois accomplis fans enfans
de leur mariage, laquelle demeura Dame de Maillé, & de
Roche-Corbon pour fon dot & conuentions de mariage, & doüairiere du Comté de Ioigny, auec fix mil liures
de rente, apres auoir auffi demeuré cinq ans deux mois
en cedit mariage, la diffolution duquel nous fut à l'vn &
à l'autre d'autant plus infupportable que nous auions
conceu de grandes efperances de ce ieune Seigneur; ainfi
le nommay-je comme eftant de cette illuftre maifon de
Laual tant recogneuë en France, & doüé de tant de belles
& agreables qualitez foit de l'efprit, foit du corps, que ie
m'en eftois promis beaucoup de confolation, tant pour
ma fille que pour moy.

Au mefme temps le Sieur de Chafteau-pers François
Hurault, aifné de la maifon du Marais, de noftre famille,
fut bleffé à vne rencontre pres d'Orleans dont fix iours
apres il mourut, laiffant vn fils & vne fille de Dame Rachel Cothetillet fille du Seigneur de Vaucelas & Henó-
ville. Apres ladite bataille d'Yury ainfi heureufement
gaignée par le Roy, il s'en vint droiét à Mantes qui fe
rendit fort volontairement à fon obeïffance, bien que
Monfieur du Mayne fe fauuant de ladite bataille y euft
paffé pour tafcher par beaux & artificieux difcours de fe
conferuer ladite ville, comme importante & fort proche
de Paris; & là le Roy demeura enuiron quinze iours &
toute fon arméeaux enuirons pour fe rafraifchir, attendant quelque renouuellement de poudres & autres mu-

nitions de guerre qui luy vindrent d'Angleterre, qui fut
vn mauuais côseil : car ioüissant de la victoire, s'il eust esté
tout droict à Paris, l'estonnement & l'effroy y estoient si
grands parmy le peuple, & y auoit si peu de viures & de
munitions necessaires à soustenir vn siege, & toutes les
clostures y estoient ja rompuës, & les aduenuës en si mauuaises deffences que sans doute il en eust eu meilleur
marché qu'il n'eut apres : mais le dilayement donna nouueau courage aux Parisiens, ou pour mieux dire temps
& loisir à ceux qui s'y sauuerent de prendre party, &
moyen de faire promptement apporter & entrer en ladite ville tout ce qu'ils peurent amasser és enuirons, de
viures & d'autres choses conuenables à vn siege pressé, &
si par les faux bruits & rapports que l'on y faisoit courir
que le Roy auoit plus perdu d'hommes en ladite bataille
que Mondit Sieur du Mayne.

Cependant ledit Sieur du Mayne apprehendant auec
raison la colere & la legereté du peuple de Paris, n'y voulut point entrer, ains seiourna quelques iours à S. Denis,
où il fut visité de Monsieur le Legat, Cardinal de Plaisance, de l'Ambassadeur d'Espagne Don Bernardin de Men-
dosse, de Monsieur l'Archeuesque de Lyon, qui auoit le
haut de ladite Ligue, & d'autres principaux en fort petit
nombre, & estant moindre de beaucoup que ledit Sieur
du Mayne ne l'eust desiré & creu, tellement qu'il fut resolu audit S. Denis de s'en aller, comme il fit, en Flandres,
pour y chercher quelque secours, & d'enuoyer à mesme
effect en Espagne, leur voulant persuader plus d'aduantages & de moyens en ses affaires de France que luy mesme
n'en croyoit : mais les hommes de cette qualité & en cét
estat sont forcez de se seruir de leurs artifices.

Au mois d'Auril de ladite année quatre-vingt dix, le Roy voulant se rapprocher de Paris, se rendit maistre de la ville de Montreau faut-Yonne, puis de Corbeil, de Lagny & de Melun, pour tenir tout le dessus de la riuiere, & assiegea la ville de Sens, qu'il ne peut emporter, bien qu'il y eust fait donner diuers assauts, & vers la fin dudit mois retourna diligemment vers Paris, & se saisit du pont de Charanton & autres bourgs & villages des enuirons dudit Paris, mit ordre au logement de son armée qui pouuoit estre d'enuiron douze mille hommes de pied & prés de trois mil cheuaux, & auec cela assiegea ladite ville de chaque costé de la riuiere, ou pour mieux dire la boucla pour empescher l'apport des viures en icelle autant qu'il peut, & tascha de se saisir de Sainct Denis, & du Chasteau du bois de Vincénes qu'il ne peut auoir; tellement qu'il se contenta pour estonner les Parisiens de leur donner force resueille-matins & aubades à coups de canon de dessus les montagnes de Montmartre & de Monfaucon, où Monsieur de Giury qui en auoit toute la charge commença à se signaler par infinies courses & bourrasques qu'il fit dans les faux-bourgs comme Monsieur de Vitry de l'autre costé alloit soustenir; parmy lesquelles le bon homme Monsieur de la Nouë s'y fourant trop auant selon son courage fut blessé d'vn coup de mousquet en la cuisse dans le faux-bourg S. Martin.

Monsieur le Duc de Nemours commandoit alors dedans Paris par l'ellection du peuple, & auoit-on dedans autant & plus de forces que le Roy dehors; tellement qu'à toute heure se faisoient forces escarmouches, sorties & combats de l'vn & de l'autre costé, pendant que les Predi-

cateurs, entr'autres Boucher, Feu-ardent, & le petit Fueil-
lant retenoient par les oreilles auec artifice le peuple, &
l'animoient contre le Roy, leur luy persuadât leurs biens,
leurs fortunes & leurs vies n'estoient rien, pourueu qu'ils
ne tombassent en la puissance d'vn Roy heretique & relaps, & declaré incapable de la Couronne, & ce fut lors
que par la conduite & inuention de Monsieur Rose
Euesque de Sélis, & le Prieur des Chartreux, fut faite cette
grande procession de la Ligue à Paris, où tous les Princes,
Grands, & autres de ce party, assisterent auec toutes les
principales Châsses de la ville, tout le Clergé & peuple d'i-
celle, & sur le grand Autel de NostreDame les sermens de
tous, contre le Roy, furét renouuellez, & plus augmétez
qu'auparauant; & sur ce que au fort du siege ledit Sieur
Rose en refit encore vne autre à sa fantaisie, des Ecclesiastiques seuls, dont la pluspart portoient quelques armes
au grand scandale de l'Eglise & publique derision de son
autheur & des assistans; les esprits esueillez prirent sujet d'en faire cette plaisante description qui se trouue
dans le liure du Catolicon depuis imprimé à la honte &
confusion de ladite Ligue.

Tout cela dura iusques vers la fin de Iuin, durant lequel
téps Messieurs de la Cour de Parlement demeurât à Paris,
& fauorisant ledit party de la Ligue, dónerent vn Arrest à
la poursuitte & requisitió du Procureur General, qui lors
y suruint, par lequel ils declaroient criminels de leze Maiesté tous ceux qui parleroient d'aucun traitté d'accord
auec le Roy de Nauarre, deffendant à peine de la vie de
s'en entremettre, ny d'en proposer aucune condition,
comme ne pouuant estre que fort preiudiciable au bien
de l'Estat & de la Religion Catholique, Apostolique &

Romaine, & commandant à tous les habitans de Paris,
de recognoiftre & obeïr entierement à Monfieur le Duc
de Némours, & firét publier ledit Arreft à fon de trompe
par tout Paris, tellement que cela, auec les impudens difcours des Predicateurs, fut caufe que le menu peuple &
plus infolent de ladite ville ietta dedans l'eau plus de
vingt prifonniers pour auoir feulement parlé dudit
accord, & dit qu'il eftoit defirable à tous les gens dé
bien.

Pendant cela le Roy auec fon armée de tous coftez,
preffant de iour en iour dauantage lefdits Parifiens, la
mifere & famine s'y accreut, & s'augmenta de telle forte,
que nos hiftoires n'en rapportét point vne pareille; mefme celle de Sancerre pour les Huguenots n'eftoit fi grande; car au commencement dudit fiege de Paris, s'eftant
trouué dedans deux cens mille perfonnes de compte fait,
& du bled feulement pour couler vn mois, & quelque
peu d'auoine pour les plus miferables; l'on propofa de
mettre dehors ladite ville, tous les païfans, & autres
eftrangers qui s'y eftoient refugiez; mefmes la plufpart
des Religieux mendians, & autres perfonnes inutiles de
de ladite ville, que l'on trouua monter à prés de trente
mille perfonnes; mais l'on n'ofa entreprendre de l'executer, feulement apres vne recherche generale des viures
faite par tout, & principalement chez les Ecclefiaftiques
plus riches, & accommodez, on leur ordonna de faire
chacun tous les iours quelques aumofnes à leur porte,
pour foulager les plus neceffiteux, & ce durant quinze
iours, ce qui fut fait, tellement qu'en cette grande
quantité de peuple, & peu de viures, il s'en trouua qui
furent reduits à fe fubftanter de vieil-oinct, dont l'on

fait là plufpart de la chandelle; d'autres à manger des
chiens, chats & rats, & mefmes tous creus, comme ils
les pouuoient attraper ; d'autres des herbes & feüilles de
vignes, cruës qui fe vendirent publiquement & tres-
cherement par les premiers de la ville; comme auffi vn
mefchante efpece de ptyfanne, lors que le vin fe trouua
manquer, & d'autres contraints de faire & manger du
pain des vieils offements des morts qu'ils peurét trouuer,
& tout cela apres que la plufpart des cheuaux, afnes &
mulets, eurent efté confommez & mangez, foit par les
riches, foit par les pauures au commencement: car il eftoit
bien-heureux qui en pouuoit auoir, auec du pain d'auoine. Cette extreme neceffifté ayant efté iufques dans les
maifons & familles des Princes & plus grands de la ville,
qui ne donnoient aux Gentils-hommes & principaux de
leur fuitte, que demy liure de pain au commencement,
& depuis fix onces vers la fin dudit fiege, auec fort peu
de viande de vache, puis de cheual, felon le temps; &
ainfi cette mifere & famine defdits Parifiens fut telle à
la fin, que l'on trouuoit tous les iours infinies perfonnes
mortes par les ruës, dont le compte s'eft trouué monter
à prés de trente mille à la fin dudit fiege, qui dura trois
mois.

Et pour apporter quelque adouciffement à la grande
mifere defdits Parifiens; tout ainfi que Meffieurs du
Parlement de Paris tindrent ferme en leur refolution, &
les Predicateurs en leurs difcours animez contre le Roy;
ceux du Confeil des Seize, qui auec Monfieur de Nemours difpofoient alors abfolument de ladite ville, ne
manquerent par l'artifice des Courriers à toutes heures,
& lettres fuppofées de Monfieur du Mayne, d'amufer &
                                          entretenir

entretenir le peuple du secours d'Espagne qui leur deuoit promptement venir du costé de Flandres; mais comme ledit secours n'arriuoit si tost qu'il eust esté desiré, Monsieur le Legat, outre maintes prieres publiques, & deuotions particulieres qu'il fit faire durāt tout ledit siege, & grandes Indulgences qu'il y octroya, pour fortifier le peuple en ce party, se trouua obligé pour retenir les moindres & plus miserables, de faire de grandes aumosnes à la porte de son logis, par de la boüillie, faite de son d'auoine, & force charitez particuliers qu'il enuoyoit dans quelques maisons, & à cela consomma iusques à sa vaisselle d'argent, apres auoir mangé toutes les autres commoditez qu'il auoit, & l'Ambassadeur d'Espagne donnoit de son costé, à mesme dessein, pour cent ou six vingts escus de pain tous les iours, & faisoit distribuer force grandes chaudieres de boüillie aux plus necessiteux, & defrayoit aussi prés de deux mille prisonniers par iour pour l'argent qu'il falloit qu'il fournist aux gens de guerre; & enfin leur bailla ses cheuaux pour viure, apres auoir consommé tous ses deniers, son credit, & celuy de son Maistre, ayant vendu pour cela toutes ses bagues & sa vaisselle d'argét, & n'ayāt gardé qu'vne simple cuillier d'argent de reste pour son seruice; & est bon de n'oublier, que ledit Ambassadeur fit lors battre & faire vne grande quātité de demy sols, marquez aux armes du Roy d'Espagne, qu'il faisoit ietter dans les carre-fours au plus simple peuple, lequel crioit par les ruës publiquement, *Viue le Roy d'Espagne*, & ses prieres eurent tel effect sur ledit peuple de Paris, qu'ils luy firent receuoir garnison contre leur profession & coustume, de force Lansquenets, & autres estrangers; & qu'ils donnerent tres-librement

P

tous, ou la pluſpart, des chaudrons, chaudieres, & autres
metaux propres qu'ils auoient, pour fondre & faire ſoixante canons, qu'ils firent faire durant ledit ſiege.

Cependant le Roy qui ſçauoit toute cette neceſſité par
infinies pauures gens, qui deſnuez de tout moyen
de viure dauantage dans ladite ville, s'expoſoient librement au peril meſme de la mort, de ſortir de cette miſere,
fit au meſme temps deux choſes; l'vne de braſſer & remuer toutes les intelligences qu'il pouuoit auoir par ſes
ſeruiteurs dãs Paris; l'autre de preſſer touſiours de plus en
plus ceux de ladite ville par diuerſes attaques de tous coſtez à la bloquer, & autres effects de guerre; la premiere
ne reüſſit pas mal, car y ayant encore force bons François,
gens de bien & de ſes ſeruiteurs dedãs, bien qu'ils n'oſaſ-
ſent quaſi s'entreregarder, car il n'y auoit aucune eſperãce
de pardon pour eux, eſtans deſcouuerts, ne laiſſoient neantmoins, fortifiez de l'extreſme neceſſité du ſimple
peuple, de le faire crier publiquement qu'on luy donnaſt
du pain, ou la paix, & cela en deux iours differends,
dont le bruit du premier fut aſſez toſt appaiſé, mais celuy
du ſecond fut plus grand, & fut meſme iuſques dans la
Cour du Palais, & donna bien plus de peine, l'Ambaſſadeur d'Eſpagne ayant eſté contraint de faire venir pour
ſa ſeureté des Lanſquenets en ſa maiſon, car chacun
crioit, que luy ſeul empeſchoit le traitté de paix; & Monſieur d'Aumale de s'expoſer au hazard de la furie dudit
peuple, auec quelques Gentils-hommes des ſiens, & d'autres qu'il auoit auec luy pour le faire retirer dudit Palais,
ce qu'il fit ſi doucement auec la creance qu'il auoit acquiſe parmy le peuple, qu'ayant fait ſortir tous, ou la pluſpart deſdits crians, il ferma les portes dudit Palais: il y en

fut retenu & pendu au mesme temps deux des principaux
dudit tumulte, tellement qu'apres personne n'osa plus
crier ; pour l'autre, apres que le Roy eut fait démolir &
brusler tous les moulins des enuirons de Paris, il fit attaquer furieusement le vingt-troisiesme Iuillet mil cinq
cens nonante, tous les faux-bourgs de Paris qu'il
pût, lesquels il emporta, & se fortifia dedans iceux, auec
de grands retranchemens & barricades contre ladite
ville, logeant force canons dans les maisons plus prochaines des portes qu'il pressoit pour empescher dauantage l'entrée & issuë en ladite ville, principalement à la
porte Sainct Honoré, & à la porte de Sainct Martin,
que le Roy attaqua furieusement, & soustenu de Monsieur le Duc de Nemours, le mieux qu'il luy estoit possible, & si bien que tout cela ne produisoit que bien peu
ou point d'effect.

Et encores que toutes ces choses ne produisissent grand
effect, elles ne laissoient de former parmy les Parisiens, &
les plus grâds Seigneurs, vne crainte de quelque mauuais
euenement pour eux ; & defait l'on commença de laisser
parler plus librement de quelques accommodemens auec
le Roy, dont Monsieur de Sainct Lionnart, qui auoit esté
Ambassadeur à Rome, lors prés du Roy, entra en quelques sortes de Conferences auec Messieurs le Legat &
Cardinal de Gondy, Euesque de Paris, & se virent au
faux-bourg S. Germain des Prez, comme d'eux-mesmes, &
sans charge de part ny d'autre ; & depuis, ceux de Paris se
trouuans plus pressez, & se declarans dauantage, desiroient fort cét accommodement, bien que les plus interessez & seditieux alleguassent, pour destourner le bien,
le peril & l'exemple d'Allemagne & d'Angleterre, où les

Princes auoient contraint les peuples à suiure leur Religion, quand ils les auoient reconneus estant d'autre que
de la leur ; les principaux neantmoins du Conseil d'entr'eux, hormis Monsieur de Nemours, qui n'y voulut iamais condescendre, deputerent & enuoyerent vers le Roy
Mondit Sieur le Cardinal de Gondy Euesque de Paris, &
l'Archeuesque de Lyon pour traitter, s'ils pouuoiēt, auec
le Roy, lesquels les vint receuoir plus froidement qu'ils
ne pensoient à S. Anthoine des Champs, qui fut le sixiesme d'Aoust 1590. Cette Conference assez remarquable,
se trouue plus au long dans l'histoire de la Ligue, au quatriesme volume folio 340. & suiuans ; où ils luy proposerent le grand bien qui arriueroit en ce Royaume par vne
paix & reconciliation vniuerselle, qui ne tendoit qu'à la
seule resolution, que tous les bons François desiroient
voir prendre à sa Majesté, & suiure la Foy & Religion
Catholique, tousiours receuë par tous ses predecesseurs
& Princes, & iusques icy courageusemēt gardée & main-
tenuë par tous lesdits bons François, & luy declarant que
moyennant cette assurance, tous ceux de Paris estoient
disposez de le receuoir & recognoistre pour leur Roy, &
croyēt que toutes, ou la pluspart des villes de ce Royaume,
suiuroient leur exemple, comme toute imbuë & retenuë
de cette misere & iuste apprehension ; à quoy le Roy leur
respondit qu'il sçauoit assez que les necessitez extrémes
des Parisiens, qui se voyoient comme le cousteau à la
gorge, les contraignoit de reuenir à luy ; que neantmoins
s'ils vouloient se rendre à luy, comme à leur vray & legitime Roy, il les receuroit auec toute misericorde ; mais
qu'il ne desiroit qu'aucune autre ville participast pour
leur interest à cette bonté, ny que l'on luy parlast d'aucu-

nes autres conditions, n'eſtant raiſonnable que les ſubiects impoſaſſent quelque loy que ce ſoit à leur Prince;
mais bien au Prince de pardonner & doucement traitter
ſes ſubiects,& ſe porter de ſoy-meſme à tout ce qu'il reco-
gnoiſtroit eſtre de la raiſon.Cette reſponſe ſuiuie de re-
pliques & reſponſes conuenables auſdits ſieurs Deputez;
l'on commença à ſupplier le Roy d'auoir agreable qu'ils
peuſſent en conferer auec Monſieur du Mayne, ſans lequel ils ne pouuoient rien reſoudre, dont le Roy ſe ſentant piqué, les refuſe vn peu bruſquement, & ainſi s'en
retournerent leſdits Sieurs Deputez ſans rien faire.

Pendant ledit ſiege de Paris, le Roy ne laiſſa d'aſſieger
Sainct Denis, & le bruſler de tous coſtez, en ſorte qu'ils
eurent encore plus de neceſſité & famine que ceux de
Paris, ayans eſté reduits à quatre onces de pain par iour.
Monſieur de Nemours y voulut faire entrer trente de ſes
gardes, des mieux montez, auec chacun vn ſac de farine
en croupe, dont les plus courageux y arriuerent,les autres
regagnerent Paris,Monſieur d'Aumale amuſant les troupes du Roy d'vn autre coſté: mais tout cela ne pût empeſcher que ceux de ladite ville de Sainct Denis ſe voyans
fruſtrez, tant de l'eſperance deſdits viures,que du ſecours
que Monſieur du Mayne leur auoit fait ſi longuement
attendre & eſperer, ne compoſaſſent auec le Roy qui les
receut aſſez honorablement, n'ayant pour but que d'en
demeurer le maiſtre.

Voila à peu pres les choſes les plus importantes que
i'ay peu cognoiſtre s'eſtre paſſées en ce Royaume, & à la
Cour, durant mon eſloignement d'icelle; & depuis que
le feu Roy Henry troiſieſme mon Maiſtre me commanda, comme à tous les principaux de ſon Conſeil, de nous

retirer chacun chez nous, ainſi que noũs fiſmes tous,
dés le mois de Septembre quatre-vingt huict, comme ie l'ay cy-deuant remarqué en ſon lieu; & d'autant
que ie ne le ſçay que par la relation d'autruy, & rapport
de mes amis, que nonobſtant les craintes & mal-heurs
de la guerre n'ont laiſſé de me venir viſiter en ma maiſon & retraitte d'Eſclimont, s'il y a quelque choſe de
plus ou de moins ſuruenu durant ledit temps ie m'en re-
mets à la plus grande voye & cognoiſſance de ceux qui
lors ont eu charge & maniment des affaires de cét Eſtat,
me contentant de dire que dans la tranquillité que mon
abſence de la Cour m'a donné chez moy, parmy mes enfans & ma famille, durant prés de deux ans que i'y ſuis
demeuré, ie n'ay laiſſé de déplorer & apprehender inceſſamment les maux & ruines que ie voyois tous les iours
tomber ſur le pauure Eſtat, leſquels m'eſtoient d'autant
plus ſenſibles, que ie me voyois eſloigné & priué de tout
moyen d'y pouuoir ſeruir en ma côdition, & faire paroiſtre ce que ie pouuois auoir de fidelité & d'affectió au biẽ
de la France, & ce que l'experience que ie m'eſtois acquiſe
de trente années de ſeruice que i'y auois auparauât rendu;
à quoy i'adiouſteray que i'ay receu cette conſolation pendant ledit téps, d'auoir touſiours eſté plus affectiónément
viſité, plus honorablement recherché, & plus aduantageuſement côſerué en tous mes biens, par tous les Chefs
& particuliers d'vn & d'autre party, que ie ne l'euſſe pû
deſirer; ma maiſon ayant eſté touſiours ouuerte à tous in-
differemment, ſans que iamais, graces à Dieu, la difference des aſſiſtances particulieres y ait apporté aucune
querelle, ſe reſeruant à diſputer entr'eux apres qu'ils
eſtoient preſts de partir de chez moy.

Or comme en cedit temps & visites de force personnes de diuerses & grandes qualitez, plusieurs qui aimoiét le seruice du Roy, & desiroient le restablissement de son Conseil & affaires pres de sa Majesté, luy proposerent de me rechercher & cómander de l'aller seruir, me trouuant lors le plus ancien, & premier Officier de cette Couróne, comme n'y ayant point lors de Connestable; & mesme croyant, ie le puis dire sans ambition, que ie pouuois plus aisément & próptement qu'aucun autre, remettre toutes les choses de la Cour en leur estat, au lieu qu'elles y estoiét toutes en telle confusion, qu'il n'y auoit aucuné forme ny apparence de Conseil, les guerres ayant tout déreglé, & le Sceau estant entre les mains de M de Neuers, & Mareschal de Biron, qui passoient ou refusoient les affaires à leur fantaisie, sans les iugemens & obseruations qui y sont necessaires, & qui importent le plus.

Le Roy donc esmeu desdites confusions de la Cour, & de ses premieres ouuertures de moy à luy, souuent reïterées à mon deceu par plusieurs de mes amis, de toutes sortes de qualitez qui estoient prés du Roy, & commis à ce faire par la grande connoissance & iugement qu'ils auoiét de ce que i'estois, & ce que ie pouuois en cét Estat; & neantmoins d'ailleurs aucunement retenuë d'vne crainte que ie refusasse de l'aller trouuer & seruir, estant encore de la Religion, & se ressouuenant, comme il m'a dit à moy-mesme depuis, qu'en cette consideration ie luy auois fait bien du mal vers la fin du regne du Roy Charles; & par l'establissement & la conseruation de celuy du feu Roy; adjoustant tousiours à cela qu'il ne m'en pouuoit sçauoir mauuais gré, puis que ce n'estoit que pour le seruice de mon Maistre, & qu'il pouuoit attendre la mes-

me affection de moy, quand ie luy aurois promis. Sa Majesté se resolut de me faire subtilement sonder, pour recognoistre mon intention, & pour cela employa durant
trois ou quatre mois plusieurs personnes confidentes,
souz fainte de visites & passages chez moy; entr'autres le
sieur de la Varenne, qui n'estoit lors qu'vn simple porte-
manteau, mais qu'il employoit en ses plus importātes ne-
gociatiōs & secretes affaires, y vint & m'en parla plus ouuertement qu'aucun autre : & comme tous auoient tesmoigné au Roy ce qu'ils en estimoient, sadite Majesté
me fit l'honneur de m'escrire de sa main, vne tres-hon-
neste lettre, me conuiant, comme bon François, & premier Officier de sa Cour, de l'aller assister & seruir en
l'administration de ses affaires, & au restablissement de
cét Estat, & me tesmoignant l'estime qu'il faisoit de moy,
& des seruices que ie luy pouuois rendre, auec des paroles si courtoises & si ciuiles, pour vn Roy, que i'aduoüe
que i'en demeuray estonné & quasi honteux.

Cette lettre du Roy, me fut renduë à Esclimōt au mois
d'Aoust quatre-vingt dix, & me fut apportée par Monsieur d'Esmery de Thou, mon beau-frere, & qui auoit
tousiours suiuy & seruy le Roy en son Conseil, comme
Maistre des Requestes, lequel accompagna ceste dessus-
dite des autres motifs & raisōs plus particulieres qui portoient sa Majesté à me faire ce commandement, dont le
Roy l'auoit aussi chargé. Il faut que i'aduoüe, que bien
que d'assez long temps i'eusse preueu cela, neantmoins ie
me trouuay en peine à me pouuoir resoudre promptement en chose si importante, estant combattu d'vn costé
par mon affection & obligation naturelle au bien de cét
Estat, & par l'obeissance que ie deuois à mon Roy; &
                                              d'autre

d'autre cofté retenu par les iuftes apprehenfions que i'a-
uois du fuccez des affaires de fa Majefté, voyant quafi
toute la France alors reuoltée contre luy auec vn tres-
puiffant ennemy, armé en tefte; le Roy de contraire Religion, en laquelle il ne vouloit eftre forcé, & fans changer laquelle, il eftoit impoffible de le veoir affurer de ce
Royaume, & autres infinies confiderations affez puif-
fantes pour retenir toute autre perfóne de ma qualité, de
ma fortune, & de mon âge; ioint aux continuelles & ad-
uantageufes recherches, & de tres-grandes offres d'authorité & d'amitié que ie receuois tous les iours de Monfieur du Mayne, & de tous ceux de fon party, pour m'y
attirer, auec l'obligation que i'ay à la maifon de Lorraine,
dont tous les Princes m'ont toufiours fait l'honneur de
m'aimer, & principalement le grand Cardinal de Lorraine qui m'auoit tiré du Palais, & honoré du principal
eftabliffement & aduancement que i'ay eu depuis à la
Cour; mais nonobftant toutes ces chofes, ma confcience,
mon honneur, & mon ferment au vray intereft & conferuation de cette Monarchie, me porterent & obligerent à la meilleure refolution, qui eftoit de feruir le Roy,
que Dieu m'auoit donné pour Maiftre, par vraye & legitime fucceffion; veu mefme que ce fcrupule de la Religion,
qui feul retenoit beaucoup de gens de bien, eftoit comme couuert par l'affurance que fa Majefté donnoit à tout
le monde, & à moy particulierement, qu'il vouloit fe faire inftruire à la Religion Catholique; mais non qu'il
fuft dit, que l'on luy euft forcé.

Tellement que ie fis refponce au Roy par ledit Sieur
d'Efmery, & de bouche, & par efcrit, que ie receuois à
grand honneur ce commandement qu'il plaifoit à fa Ma-

Q

jefté de me faire, & que ie me difpofois de l'aller trouuer
le pluftoft qu'il me feroit poffible, apres que i'aurois eftab-
bly quelque feureté à ma maifon & famille, lefquels ie
preuoyois courir fortune apres mon départ, ma maifon
n'eftant affez forte, ny mes enfans affez grands pour
refifter au peril du voifinage, & de la haine que fes
ennemis auroient contre moy, me voyant declaré fon
feruiteur, & cela auec tous les refpects, fubmiffions &
proteftatiós conuenables à telles refponfes; ie priay ledit
Sieur d'Efmery de faire trouuer bon au Roy de me donner vn mois pour pouruoir chez moy à toutes mes affaires, auant que ce commandement & mon obeïffance
fuffent manifeftez, eftant certain que comme en toute
ma vie ie n'ay iamais fait profeffion de mefnage, ny ne me
fuis meflé quafi de mes affaires domeftiques, pour m'eftre
toufiours trop attaché à celles du Roy & du public;
qu'auffi lors que ce commandement me vint, ie me trouuay fi court d'argent, que fans Madame de Vaucelas ma
voifine, & ma bonne amie qui m'aida de quatre mille efcus fur ma promeffe, ie n'euffe peu y fatisfaire, qui me fut
vne affiftance tres-grande pour le temps, de laquelle i'ay
toufiours depuis reffenty & reconneu l'obligation.

Pendant que ie difpofois auec peu d'efclat & de bruit
en ma maifon ce qui eftoit neceffaire pour la garde d'icelle & de mes enfans, qu'il falloit que i'y laiffaffe, & quant &
quand pour mon equipage, ma fuitte & mon efcorte
pour aller à la Cour, ledit Sieur d'Efmery rapporta ma
refponfe au Roy, & l'affura de mon tres-humble & fidele
feruice, comme ie l'en auois prié; il ne peut obtenir le
temps d'vn mois que i'auois defiré pour pouruoir à mes
affaires, difant fadite Majefté que huict iours pouuoient

suffire à tout, & non l'estat pressant de ses affaires, pour
lesquelles il me desiroit, vn mois pouuant apporter trop
de changement, & de faict en ses impatiences ordinaires
aux choses qu'il a resoluës, il voulut qu'aussi tost Monsieur du Fay Chácelier de Nauarre, & qui auoit lors vn des
premiers affidez rangs de son Conseil, & ledit sieur d'Esmery auec luy, me vinssent retrouuer ensemble, & me
faire haster de partir, & par eux me fit encore l'honneur
de m'escrire de sa main, me coniurant de toute façon, &
me pressant de l'aller aussi tost trouuer, & remettant audit
Sieur du Fay la creance du reste, qui estoit de me faire entendre l'estat de toutes ses affaires, & ses alliances & menées, tant dedans que dehors le Royaume, & l'authorité
absoluë qu'il desiroit me rendre, tant pour tous ses Conseils, que pour le maniement du Sceau, & autres affaires.

Cette seconde depesche & commandement si prefix &
pressé me surprit, n'ayant encore pourueu à la moitié de
mes affaires, & comme ie voulois tascher de rendre mes
excuses & mon dilayement receuables pour encore dix
ou douze iours seulement, apres leur auoir tesmoigné le
ressentiment que i'auois du grand honneur que le Roy
me faisoit, l'vn & l'autre desdits Sieurs du Fay & d'Esmery
me parlant comme mes amis & parens, me conseillerent
de ne retarder dauantage à contenter le Roy, & me dirent
qu'ils auoient reconneu qu'il prendroit aisément opinion
si ie persistois audit mois de quelque froideur par moy, ou
de trop peu d'affection à son seruice, ce que voyant ie me
resolus auec eux de disposer au plustost toutes mes affaires
pour luy complaire, sçachant combien il importe à vn seruiteur que son Maistre prenne vne assurée opinion & cre-

ance de sa fidelité & de son affection, quand il entre à son seruice, pour empescher ce que les ennemis ou enuieux font d'ordinaire contre ceux qui manient les affaires des Grands, quand il y interuient quelque disposition du Maistre.

I'asseuray donc lesdits Sieurs du Fay & d'Esmery, que preferant les interests du seruice du Roy aux miens particuliers & domestiques, ie partirois au plus tard de chez moy dans cinq ou six iours, dont ledit Sieur du Fay retourna incontinent porter ma parole par escrit & asseurance au Roy, & me laissa ledit Sieur d'Esmery prés de moy, pour me presser incessamment & me faire partir dés ledit temps, durant lequel i'acheuay du mieux qu'il me fut possible, toute la pluspart de mes affaires, laissant tous mes enfans à Esclimont & nombre suffisant de toutes personnes pour les seruir & les garder, & madite maison, auec quelques soldats que ie choisis dans mes terres, & quelques-vns d'extraordinaire que l'on y faisoit entrer en garde tous les iours, tous de mes subiects & villages, dont de tout, ie laissay le soing & la conduite au sieur de S. Laurens, d'vn de mes anciens seruiteurs; en la fidelité & vigilance duquel ie laissay aussi mes enfans, ma maison & tous mes principaux, iusques à ce que i'y pûsse autrement pouruoir; & quant à moy ie me resolus de remener auec moy à la Cour tout le mesme train & equipage que i'y auois tousiours eu, & fis prier & aduertir quelques Gentils-hommes de mes voisins de m'obliger de m'accompagner & me faire escorte.

Toutes choses ainsi resolues & disposées, ie partis d'Esclimont le .... iour de Septembre mil cinq cens quatre-vingt dix auec ledit sieur d'Esmery & toute ma

suitte, & enuiron de deux cens Gentils-hommes tous
bons soldats, & bien armez & montez, qui me firent cette
faueur plus promptement que ie ne le desiray, de me suiure; pour moy ie me mis auec ledit sieur d'Esmery dans
mon coche, me tenant tousiours botté, & faisant tenir vn
bon cheual prés de moy, si dauenture il suruenoit quelque chose: ainsi accompagné i'allay à Ramboüillet, où ie
rencontray mon neueu de la Roche des Aubiez, qui m'a-
menoit encore enuiron deux cens cheuaux d'escorte,
qu'il auoit pris de ses amis dans l'armée du Roy, & auec
tout cela i'allay coucher à Trappes, d'où le lendemain ie
partis, & prenant mon chemin par S. Cloud, ie rencontray encores trois ou quatre cens cheuaux que Monsieur
le Mareschal de Biron par le commandement du Roy enuoyoit au deuant de moy pour passer plus seurement aux
enuirons de Paris, & me conduire droit au quartier du
Roy, qui estoit lors au village d'Auberuilliers, entre Paris
& Sainct Denis, pour estre plus proche de l'vn & de l'autre
siege, où graces à Dieu i'arriuay heureusement, & trouuay
que mon logis estoit tout prest; & mesme vn quartier ordonné pour l'escorte que i'auois amenée de Beausse, car
pour tous les autres estans de l'armée, ils retournerent
chacun en leur quartier apres que ie les eus remerciez
de leur courtoisie & assistance.

Auant que d'entrer dans le village d'Auberuilliers, où
pour l'heure le Roy estant party pour faire quelques courses vers S. Denis, qui estoit fort prest de se rendre, vindrent au deuant de moy, qui à cheual qui à pied, quasi tout
ce qui estoit du Conseil & de la Chancellerie, auec infinis
de mes amis, tous tesmoignans vne extreme ioye de mon
arriuée à la Cour, & disans tout haut qu'ils croyoient voir

Q iij

reuenir le bon-temps auec moy,& estant descendu à mon
logis, tout le reste de ceux de la Cour, hormis ce qui auoit
suiuy le Roy, me vindrent tous aussi tost voir & me gratifier de toute sorte de conioüissance & de protestation
d'amitié & de respect, comme c'est l'ordinaire du monde
qui suit le vent auec trop peu de consideration, & ordinairement trop de crainte & d'abiection de courage;
pouuant dire icy sans aucune vanité que ie vins de cette
sorte à la Cour, auec mesme egalité d'esprit & contentement pour moy que i'en estois party, croyant qu'aucune
faueur ou defaueur ne soit capable d'attrister ou abaisser,
ny mesme d'esbranler la constance, conduitte & iugement d'vn homme de bien.

Quelques heures apres mon arriuée audit village d'Auberuilliers, le Roy y vint, lequel aussi tost m'enuoya querir, & comme chacun est curieux de voir aux premiers
abords les nouueaux-venus, ie trouuay tout ce qui estoit
venu auec moy pour m'y accompagner, ou par le chemin qui n'estoit loing, ou dans le logis du Roy, ou prés
de sadite Majesté, laquelle me fit l'honneur de me receuoir dans sa chambre, accompagné des Princes, Officiers
de la Couronne, & autres Seigneurs, & grands personnages qui estoient prés d'elle, estans bottez & demy armez,
auec tous les tesmoignages de bien-veillance & affection que i'eusse peu desirer. Estant venu iusques pres de
la porte de sa chambre, selon son humeur prompte,
pour m'y receuoir aussi tost, ce fut de m'embrasser & ca-
resser auec toute sorte de ioye & d'honneur, me disant
tout haut par plusieurs fois ces mesmes paroles : *Vous
soyez le mieux que tres-bien venu : Ie suis assez contant, &
me tiens maintenant assez fort, puisque ie vous ay prez de moy,*

eſtimant qu'à voſtre exemple tous les autres Officiers de ma Couronne & de tous les bons François me reconnoiſtront pour leur Roy,
& me viendrõt bien toſt ſeruir, m'aſſurant cependant tellement de
voſtre fidélité & affection en voſtre experience & conduitte, que
i'eſtime deſia toutes mes affaires reſtablies, comme ie les deſire:
Et comme ie le remerciois de tant d'honneur & de confiance qu'il me faiſoit paroiſtre, s'eſtant retourné vers la
table ſur laquelle le ſieur d'Armagnac ſon premier valet
de chambre tenoit les Sceaux, prenant leſdits Sceaux &
les clefs enſemble s'adreſſant à moy, me dit encore ces
meſmes paroles: *Monſieur le Chancelier, voila deux piſtolets
deſquels ie deſire que vous me ſeruiez, & que ie ſçay que vous pourrez fort bien manier: Vous m'auez auec eux bien fait du mal pluſieurs fois, mais ie vous pardonne; car c'eſtoit par le commandement,
& pour le ſeruice du feu Roy mon frere; ſeruez moy de meſme, &
ie vous aimeray autant & mieux que luy, & croiray voſtre conſeil, car il s'eſt trouué mal de ne l'auoir voulu ſuiure.* Et ce diſant
me bailla leſdits Sceaux de ſa main, laquelle ie baiſay en
les receuant, & luy proteſtãt toute la fidelité & diligence
qu'il ſe pourroit promettre de moy & de mes tres-hũbles
& tres-affectionnez ſeruices; apres quoy il me dit encore
ces mots: *Aimez-moy ie vous prie comme ie vous aime, & croyez que ie veux que nous viuions comme ſi vous eſtiez mon pere &
mon tuteur.* Puis ſe tournant vers ceux qui eſtoient là, leur
dit: *Meſſieurs, ces deux piſtolets que ie baille à Monſieur le
Chancelier ne font pas tant de bruit que ceux dequoy nous ti-
rons tous les iours, mais ils frappent bien plus fort & de plus
loing, & le ſçais par experience par les coups que i'en ay receus:* & apres que chacun eut tourné les diſcours du
Roy en raillerie & galanterie de Cour, ſa Majeſté me prit
par la main, me mena à vne feneſtre où il commença à

s'ouurir à moy de ses plus partïculieres intentions, & secrettes & importantes affaires ; & d'autát que ce discours
ne pouuoit estre que fort long estant ja tard, il me remit
au lendemain où il me fit l'honneur de me tenir seul dans
son cabinet plus de trois heures, dont certainement ie ré-
portay de tres-grandes satisfactions & bonnes esperances
d'vn heureux succez en ses affaires, pour les bonnes intentions & resolutions que ie reconneus qu'il auoit; & principalement de ce qu'il m'assura qu'il se feroit instruire en
la Religion Catholique.

Ayant donc ainsi receu & reprisles Sceaux de France, il
est aisé à iuger si apres tant d'honneur & de bien-veillance que le Roy m'auoitfait, chacun ne s'efforça pas de
redoubler & multiplier les bons accueils & accollemens
qu'ils m'auoient faits auparauant; car ainsi va le monde
qui est vn vray pipeur pour ceux qui s'y fient. Pour moy
ne m'amusant à tout cela, & neantmoins m'estudiát tou-
jours à contenter, satisfaire & obliger tout le monde,
comme ç'a esté mó ordinaire procedé en toute ma vie; ie
commençay dés le lendemain de mon arriuée à la Cour à
ouurir & tenir le Sceau, comme si ie n'en eusse point party,
mesme à regler la forme & les heures du Conseil du Roy,
selon les affaires & les personnes que i'y trouuay prés de sa
Majesté pour y seruir; & manday de tous costez, apres l'a-
uoir fait trouuer bon au Roy, tous les meilleurs & plus
anciens Officiers de toutes qualitez que ie recognoissois
en ce Royaume, pour reuenir chacun faire leurs charges
prés de sa Majesté, & les asseurant du bon traittement &
contentement que chacun en receuroit; à quoy tous ou
la pluspart vindrent incontinent satisfaire; à bien vingt
desquels & les plus grands ie fis escrire par le Roy ; aux

autres

autres ie me contentay de leur efcrire, comme en ayant
eu charge de fa Majefté, & puis dire que mon entreprife
en cela,& la creance que i'auois acquife parmy lefdits Officiers feruit de beaucoup à les r'apeller à leur deuoir, les en-
courageant à mon exemple de fe declarer, & leur donnant adreffe & feureté pour venir trouuer le Roy, auec
quelques commoditez & gratifications aux plus tiedes
& auaricieux, ou ruinez, par le moyen du don, des fruicts,
dont fa Majefté trouua bon que nous fiffions largeffe,
tant pour contenter fes feruiteurs, aufquels pour lors elle
ne pouuoit dóner autre chofe, & attirer d'autres par cette
liberalité, & toufiours d'autant eftonner & incommoder
fes ennemis & ceux qui demeureroient és villes de leur
party: tout cela fucceda fi heureufement que dans peu de
temps la Cour commença à fe groffir, & que l'on y vit les
chofes reftablies à peu pres felon leur ancien eftabliffement; fi bien qu'au lieu des defordres & confufions qui
s'y eftoient mifes depuis la mort du feu Roy, l'ordre & la
dignité Royale commença peu apres à y patoiftre, pour
telmoigner dauantage que le Roy n'auoit aucune auer-
fion, ains pluftoft difpofition à la Religion Catholique,
incontinent nous receufmes la mufique de la Chappelle
du Roy, dont Monfieur l'Archeuefque de Bourges prit la
charge, pour à la fuite de la Cour dire tous les iours la
Meffe du Roy, & faire des prieres continuelles pour fa
conferuation & conuerfion, & auec ce nous faifions des
proceffions & autres actes de pieté felon le temps & les
occurences.

Ce fut alors que reprenant mon premier meftier, ie
commençay & continuay à feruir le Roy le mieux & plus
foigneufement qu'il m'eftoit poffile, en me portant iour

& nuict auec paſſion & fidelité à tous ſes intereſts, auec
telle conduite que ie me puis ſans vanité donner quelque
partie de la gloire deuë aux bós ſuccez qui en ſont arriuez
du depuis, au bien & à la cóſeruation de cette Monarchie;
& parce que ie ne veux m'eſtendre dauantage ſur les ſeruices particuliers & importans que i'y ay rendus, que i'aime
mieux laiſſer deſcrire par autruy & iuger à la poſterité que
par moy meſme, ie reprendray icy la ſuitte des choſes plus
remarquables & importátes qui ſe ſont paſſees en France
depuis mondit retour à la Cour, aucunes deſquelles ont
peut-eſtre ſouuent mal reüſſy, pour auoir eſté faites loing
du Roy, ſans aucun ordre ny commandement de ſa Majeſté, par la faute & imprudence de ceux qui commandoient pour elle en ſes armées & prouinces; d'autres pour
auoir eſté mal conduittes pres d'elle, bien que mieux de-
liberees, quand ſa Majeſté a voulu ſe donner le loiſir, &
neantmoins tout ſucceda ſi heureuſement, pluſtoſt par
la grace de Dieu que par la conduite des hommes, que
nous pouuons dire que d'vn Prince Huguenot, haï &
contredit quaſi de tous les Fráçois, nous le voyons à preſent tres-bon Catholique, aimé & honoré extremément
obey de tous ſes ſubiects, & infiniment craint & reſpecté
de toutes les nations voiſines.

Et pour reuenir aux affaires du temps, apres que le Roy
eut emporté Sainct Denis, quelques iours apres que ie
fus prés de luy, il receut aduis que le Prince de Parme Gouuerneur de Flandres pour le Roy d'Eſpagne, enuoyé par
ſon Maiſtre en France pour le ſeruice de la Ligue, amenoit
douze ou treize mil hommes de pied, & enuiron trois mil
cheuaux, & ſe ioignoit auec Monſieur du Mayne qui auoit
auſſi vne aſſez belle armée, & que tout cela venoit droit

vers Paris pour en faire leuer le siege, & estoient desia à
Meaux, où publiquement ledit Prince de Parme pro-
testoit n'y venir de la part du Roy d'Espagne son maistre
que pour maintenir & conseruer la Religion Catholique,
& non pour y prendre ny luy acquerir aucunes des villes
ou places de ce Royaume; à quoy sa Majesté voulant remedier se resolut à deux choses, l'vne de donner sauf-conduit ausdits sieurs Cardinal de Gondy & Archeuesque de
Lyon qu'ils demandoient pour aller conferer auec mondit sieur du Mayne, des propositions d'accommode-
ments que i'ay cy-deuant remarquees auoir esté faictes à
Sainct Anthoine des Champs le sixiesme Aoust precedent; l'autre d'aller au deuant dudit Prince de Parme &
Duc du Maine, qui le voyoit venir fondre sur luy auec vne
puissante & fraische armée; & luy ayant la sienne toute
recreuë & lassée d'vn si long siege que celuy de Paris, lequel ce faisant, il fallut abandonner, n'ayant pas mesme
assez de toutes les forces qu'il auoit, & qu'il pût promptement mander & ramasser pour s'opposer à vne si prochaine violence; & ainsi laissa les faux-bourgs de Paris
& les enuirons fort ruinez, & le peuple qui restoit dedans
Paris grandement resioüy de se voir soulagez de leur misere, dont ils ne manquerent à faire voir leur contentement par les prieres & resioüissances publiques qu'ils y firent; ladite ville ayant esté assiegée quatre mois entiers
depuis la fin du mois d'Auril iusques au vingt-neufiesme
d'Aoust que le Roy en leua le siege, & disoit-on que cinq
choses auoient conserué ladite ville de Paris, à sçauoir l'esprit & la valeur de Monsieur d'Aumale Gouuerneur d'i-
celle, la presence de Monsieur le Legat, les aumosnes &
liberalitez de l'Ambassadeur d'Espagne, les persuasions

des Predicateurs, & les nouuelles feintes, non vrayes, enuoyées par Monsieur du Mayne, & publiées à propos par
les Princesses de la Ligue, & principalement par Madame
de Montpensier.

Les propositions d'accommodemens portées à Meaux à
Monsieur du Mayne par lesdits Sieurs Cardinal de Gondy, & Archeuesque de Lyon, furent tres-mal receuës, &
sans aucun effect ; ledit sieur Duc du Mayne estimant le
Roy trop foible & se sentant luy trop fort ; outre qu'il
ne pouuoit plus alors certainement rien faire de luy-mesme, & sans ledit Prince de Parme, lequel tenoit les desseins
de son Maistre pour ne les communiquer, qu'autant qu'il
ne vouloit, à mondit sieur Duc du Mayne, lequel il commençoit desia de traitter à l'Espagnole & auec force mespris.

D'autre part le Roy ne faisant paroistre aucun desir ny
experience dudit traicté & accommodement, bien que
luy & tous ses bons seruiteurs l'eussent bien desiré, voulant preuenir ses ennemis & leur faire voir sa resolution
& son courage, enuoya vn herault ausdits sieurs Princes de
Parme & Duc du Mayne, leur demáder la bataille, à quoy
ledit Prince de Parme qui lors y pouuoit tout, respondit
audit herault, que le Roy son maistre l'auoit enuoyé pour
empescher que la Religion Catholique ne fust alterée ou
molestee en Fráce, & faire leuer le siege de Paris; que pour
l'vn il l'auoit desia fait sans grand peine, & qu'en l'autre
il esperoit faire reüssir les iustes intentions du Roy son
maistre, & que s'il trouuoit pour y paruenir que ce fust le
plus court de donner la bataille il le feroit, & contrain-
droit le Roy de Nauarre à la receuoir, ou se porteroit à
autre chose selon qu'il luy sembleroit le plus à propos, &

de fait fuiuant fon premier deffein il alla affieger Lagny,
qu'il emporta par affault, quelque fecours que le Roy y euft
fceu apporter, lequel auec toute fon armée fut trois ou
quatre iours prés de Chelles pour attirer ledit Prince de
Parme au combat par toutes occafions & efcarmouches
poffibles; à quoy il ne voulut iamais fonger, fe contentât
de fatisfaire à fes deffeins, qui eftoiét de fe rendre maiftre
du pont dudit Lagny, & s'y retranchant tellement auec
toute fon armée contre le Roy qu'il ne le peuft attaquer,
& ainfi emporta Lagny, faifant de tres-grands reproches
à Monfieur du Mayne pour les mauuais aduis qu'il luy a-
uoit dôné de l'armée du Roy, l'ayant affuré qu'elle n'eftoit
que de dix mil hommes, & il la trouuoit parfaictement
belle, comme côpofée de dix-huict mil hommes de pied,
defquels il y auoit fix mille Eftrangers & cinq à fix mil
cheuaux, dont il y auoit prés de quatre mil Gentils-hommes François, des plus grandes maifons de ce Royaume,
auec force Princes, Ducs, Marefchaux de France & autres Officiers de la Couronne, & du Roy, qui commençoit defia à fe reconnoiftre & reffembler vn peu de fa
Majefté.

Le Roy voyant ne pouuoir pour l'heure mieux faire, &
craignant auec raifon, la diffenfion de fon armée, comme
grandement ennuyée & fatiguée d'vn fi long & inutile
fiege qu'auoit efté celuy de Paris, & fe promettant quelque rafraichiffement & fecours enuoyé du cofté d'Angleterre & quelques finances de celuy de Normâdie, fe refolut de s'y retirer & s'y en alla, & neátmoins voulut encore
auparauant effayer de faire quelque effort fur Paris, ayant
fait donner vne allarme fur les vnze heures du foir vers la
porte Sainct Iacques, & fouz feinte d'vne retraicte, fit

couler & paſſer dans le foſſé tirant à la porte Sainct Mar-
ceau force bons ſoldats, auec eſchelles, pour à la faueur
d'vn grand broüillas qu'il faiſoit, donner vne eſcalade
à la porte, fauoriſez d'vn grand nombre de Pariſiens que ſa
Majeſté auoit dedans, & qui s'eſtoient reſolus à ce peril,
pour les grãdes apprehenſions qu'ils auoient de la domination Eſpagnolle où ils ſe voyoient tomber: mais tout
cela demeura inutile, parce que quelques vns, entr'autres
vn Libraire nommé Niuelle, deſcouurirent cette entrepriſe, qui fut le dixieſme Septembre 1590.

Cependant leſdits ſieurs de Gondy & Archeueſque de
Lyon, apres auoir conferé à Meaux auec leſdits Princes de
Parme & du Mayne, des moyens d'accommodemés, deſquels ceux de Paris les auoient chargez, bien que leurs deſſeins en fuſſent lors du tout eſloignez, ils ne laiſſerent de
leur en donner de bonnes eſperances & paroles, Monſieur
du Mayne proteſtant publiquement qu'il deſiroit la paix,
& neantmoins ne laiſſoit d'eſcrire ſouz main par vn ſien
Secretaire à ſes principaux amis dedãs Paris, qu'ils ne priſſent aucune allarme dudit traitté, voulant pluſtoſt mourir
que de conſentir à la paix, tellement qu'vne lettre qui portoit ces paroles, tomba par hazard és mains dudit ſieur Archeueſque de Lyon, qui ſe ſentit grandement offenſé de
telles contrarietez de diſcours & reſolutions, auec des paroles trompeuſes qu'il leur faiſoit rapporter, dont pour
excuſe ledit ſieur du Mayne luy dit qu'il auoit eſté ſurpris
à ſigner, & n'auoit veu ladite lettre : Au meſme temps
d'autre coſté Monſieur de Villeroy l'entretenoit à meſme
deſſein de la paix, par entreueües & communications
aſſez frequentes auec Monſieur du Pleſſis Mornay, &
le tout en vain.

L'vnziefme Septembre 1590. Le Roy eſtant à Goneſſe
où il s'eſtoit retiré le ſoir precedant, apres n'auoir peu attirer ſes ennemis à vne bataille, ny les empeſcher d'emporter Lagny, il tint vn Conſeil fort celebre, de tous les
Princes, Officiers de la Couronne, & des premiers de ſon
armée, où il leur propoſa la reſolution qu'il deſiroit prē-
dre, auec leurs aduis, de ſeparer ſon armée pour donner
temps à vn chacun de s'aller vn peu rafraiſchir & eſquip-
per de noũueau chez ſoy, & ſe tenir preſts au premier mā-
dement lors qu'il verroit les premiers feux & effects paſ-
ſez de cette nouuelle & ſi furieuſe armée; & cependant de
munir de bonnes garniſons toutes les places & paſſages
qu'il auoit aux enuirons de Paris, comme Sainct Denis,
Senlis, Melun, Corbeil, Mantes, & Meulan, retenir prés
de luy vne armée legere, tant pour ſa ſeureté & de ſes affaires, que pour tourmenter & entreprendre touſiours
quelque choſe ſur ſes ennemis, ou au moins les empeſcher
de rien faire dauantage contre luy; enuoya Monſieur le
Prince de Conty en Touraine, Anjou, & le Mayne; Monſieur de Mont-penſier pour demeurer en Normandie;
Monſieur de Lógueuille en Picardie; Monſieur de Neuers
en Champagne, & Monſieur le Mareſchal d'Aumont en
Bourgongne, chacun auec des troupes & forces choiſies
deſdits pais, ſuffiſantes pour contenir leſdites Prouinces
en bon eſtat; ce qui eſtant entierement approuué de tous,
fut reſolu & executé, ne ſe pouuant alors mieux faire; &
de cette reſolution les aduis & depeſches furent enuoyees
à tous les Gouuerneurs, Parlemens & autres principaux
ſeruiteurs de ſa Majeſté.

Les choſes eſtant en cét eſtat, le Prince de Parme voulant
dauantage ſoulager & déboucler Paris, aſſiegea & priſt

Corbeil, & ne peut neantmoins gagner le cœur des Parisiens, qui commencerent aussi tost à se deporter, & à s'ennuyer de la domination Espagnole; tellement que ledit Prince de Parme voyant la multitude & l'insolence de ce peuple, qui ne se pouuoit ny maistriser ny retenir par force, se delibera de s'en retourner bien accompagné, de peur des troupes du Roy qu'il craignoit, & estimoit infiniment; ce qu'il fit vers la fin de Nouembre audit an 1590. & le Roy ne manqua de se retrouuer & le suiure à son depart, & le tourmentant & troublant tousiours iusques à ce qu'il l'eust conduit aux frontieres d'Artois, & mis hors de ce Royaume; sa Majesté estimant aussi grandement la conduite & le iugement dudit Prince de Parme; & aussi tost que sadite Majesté fut reuenuë, elle reprit ladite ville de Corbeil par vne surprise courageuse, & bien conduitte par Monsieur de Giury qui en acquit tres-grand honneur; & pour nous autres du Conseil, & de la Cour, nous allasmes, plusieurs à Mantes, à Sainct Denis, & à Senlis, où le Roy se rendoit, selon ses desseins & les occurrences du temps; & ainsi se passa ladite année 1590. la Ligue continuant ses mauuais desseins par tout, & principalement du costé des Prouinces, de Bretagne, de Prouence, & de Languedoc qui en estoient les plus embarassees.

Au mois d'Aoust de ladite année 1590. le 27. dudit mois mourut à Rome le Pape Sixte cinquiesme qui auoit enuoyé Monsieur le Legat en France, auquel Pape Sixte succeda Vrbain cinquiesme, qui ne dura que treize iours, & en sa place paruint au Pontificat le Pape Gregoire quatorziesme, qui en suitte de son predecesseur continua sa faueur à la Ligue, n'estant assez informé des mauuais

desseins

deſſeins des autheurs d'icelle, ny de l'eſtat de la France
& du grand nombre des gens de bien & bons Catholiques qui y eſtoient.

En cette meſme année 1590. voyant la commodité que
i'auois de tirer auec ſeureté mes pauures enfans que i'auois
laiſſé à Eſclimont, & les oſter du peril & des continuels
deſſeins que l'on faiſoit tous les iours en Beauſſe, de les
prendre priſonniers pour m'affliger & m'incommoder
grandement, ie me reſolus de prier Monſieur le Mareſchal
d'Aumont qui eſtoit fort mon amy, de vouloir m'obliger
de prendre auec ſes troupes ſon chemin par la Beauſſe, &
paſſer prés de ma maiſon d'Eſclimôt, allât en Bretagne &
Bourgogne comme il auoit eſté arreſté, afin que mes enfans ſouz ſa conduitte & ſeureté fauorable peuſſent gagner la Touraine, où il me dit qu'il vouloit paſſer, pour y
aller voir Madame la Mareſchale d'Aumont ſa femme
qui y eſtoit; ce que ledit Mareſchal d'Aumont fit tres-volontiers, & pour ce ayant diligemmét aduerty S. Laurens
que tout ce qui eſtoit en ma maiſon auec meſdits enfans
fuſt preſt auec mes meilleurs meubles pour les emmener
auec Monſieur le Mareſchal d'Aumont, ſe deſtournât vn
peu, priſt ſon logis à Eſpernon, & priſt le ſoing d'enuoyer
querir meſdits enfans & de venir luy meſme au deuant, &
les faiſant tres-bien & ſoigneuſement loger au meilleur
logis de ſon quartier, & ainſi à la veuë de Chartres par Bó-
neual, Chaſteau-dun & Chaſteau-regnault il me fit cette faueur de les rendre heureuſemét iuſques dás le Chaſteau de
Mallé à deux lieuës au deſſous de Tours, où ie les enuoyay
demeurer, la place eſtant bonne, & appartenant à ma fille
la Marquiſe de Neſle qui eſtoit la premiere de mes enfans,
ayant auec elle mes deux fils aiſnez & ma ſeconde fille,

S

m'estant contenté de mettre ces trois-là à couuert auec madite fille de Nesle, comme plus grande & plus enuiée, &
laisser les deux autres auec bonne garde à Esclimont iusques à quelque autre occasion.

  Au mois de Ianuier de l'annee suiuante mil cinq cens
quatre-vingts vnze le Roy ne pouuât s'empescher de faire quelques desseins sur Paris, s'en raprocha & recommen-
ça à incommoder & presser les Parisiens, & se fortifier de
nouuelles troupes par le moyen de quelque argent frais
dont la Reine d'Angleterre l'auoit assisté, tât de sa bourse
que de celle de ses subjets, & le 20. dudit mois de Ianuier sa
Majesté estant à Senlis, fit encore vne entreprise sur ladite
ville de Paris, pensant se saisir de la porte de Sainct Honoré, par le moyen de quelques determinez soldats de
fortune, desguisez en païsans, qui souz ombre d'apporter
& venir vendre des farines se deuoient saisir de la porte, &
incontinent estre secourus du Roy qui vint à cét effect
iusques au bout du faux-bourg S. Honoré, ayant fait
couler la pluspart de son armée iusques au dessoubs de
Mont-martre sans auoir esté descouuerts, & neantmoins
cette entreprise ne reüssit non plus que l'autre, car Monsieur de Bellin lors Gouuerneur de Paris, ayant sçeu diuers
aduis de quelques entreprises, sans sçauoir dequoy, fit ter-
rasser ladite porte de S. Honoré & force grandes gardes
de tout ce costé là, où il trouuoit pouuoir estre l'inconuenient, sçachant le chemin que tenoient les troupes du
Roy.

  D'autre costé Monsieur de Mont-pensier auec le Mareschal de Biron trauailloient heureusement en Normandie, s'estans saisis de Honfleur, & infinies autres places importantes audit païs pour le seruice du Roy, n'y restant plus

pour la Ligue que Roüen, le Haure, Pontoise, & deux ou trois autres places assez peu importantes, & en mesme temps Monsieur Desdiguieres & Monsieur de la Valette ioints ensemble aduançoient les affaires du Roy en Dauphiné, & en chasserent peu apres la Ligue, & Monsieur le Duc de Sauoye tout ensemble, & se donna entr'eux & ledit Duc de Sauoye vne espece de petite bataille en Prouence où il y eut plus de 2000. hommes tuez sur la place, 15. drapeaux gagnez, tant d'Infanterie que Cauallerie, à la perte & honte dudit Duc, & au grand honeur desdits Sieurs de Lesdiguieres & de la Valette, & tres-grand aduantage au seruice du Roy, & aussi en ce temps Monsieur le Vicomte de Tourennes mesnagea vn seruice assez grand d'Allemans qui vindrent trouuer sa Majesté souz la conduite du Prince d'Enhalt, & Monsieur le Cheualier d'Aumalle voulant surprendre la ville de Sainct Denis y estant facilement entré creut en estre desia le maistre, & comme il s'amusoit auec vne femme d'amour nommée la Rauerie, Monsieur de Vic Gouuerneur de ladite ville s'estant reconneu, & prenant l'occasion, en ramassant courageusement ses gens tous esperdus, fit en sorte qu'il regagna ladite ville, & en chassa honteusement les ennemis du Roy, & les fit retirer par les mesmes lieux qu'ils y estoiét entrez, & par vne porte de la ville qu'il leur fit exprés ouurir, par la facilité de laquelle la pluspart s'en refuirét, & non tous; car il en demeura bonne quantité pour les gages, & entre autres ledit sieur Cheualier d'Aumalle, lequel aduerty de ce changement par luy non preueu, estant plongé dans les delices, ne voulant partir de l'hostellerie de l'Espée Royalle où il estoit auec cette femme, se trouua tellement surpris & enuironné des gens dudit sieur de Vic, que n'a-

yant que peu du reste des siés auec luy, apres s'estre deffendu parfaictement bien, & fait tout ce qu'vn genereux soldat peut faire, il y fut en fin tué, de tant de grands & diuers
coups qu'ils ne le peurent iamais reconnoistre; quelques
vns s'imaginás qu'il se fust eschappé; mais comme ceux de
Paris enuoyerent redemáder & rechercher les corps il eust
esté impossible de le discerner des autres si ladite Rauerie
ne l'eust elle mesme trouué & reconneu parmy les morts,
au moyen des chiffres d'amour qu'elle luy auoit de long-
temps graué & figuré dans le bras, & ainsi son corps fut
trouué, rendu & renuoyé aux Parisiens, qui en tesmoignerent vn incroyable deüil, & le firent magnifiquement
enterrer à S. Iean en Gréue dont le Curé auoit esté son
Precepteur, & voila comme perdit la ville de Paris vn de
ses premiers & de ses meilleurs Capitaines.

Et comme les affaires du Roy de tous costez commencerent à prosperer peu à peu, en ce mesme temps aussi
Monsieur de Mercure, souz le nom de la Ligue, aduáçoit
ses affaires en Bretagne, & y prit quelques petites villes
pour soy, pendant que le Roy d'Espagne fit couler sur
cette coste vne armée naualle auec laquelle il s'empara du
fort de Blauet qu'il fortifia grandement, y adioustant l'art
de nature, couurant son vsurpation en cela du pretexte
d'vne pretension qu'il disoit auoir sur la Duché de Bretagne, à cause de Madame Elisabeth de Fráce Reine d'Espagne sa femme, de laquelle il auroit eu deux filles, à l'aisnée desquelles il disoit ledit Duché de Bretagne deuoir
appartenir.

Comme aussi le Pape Gregoire quatorziesme decerna &
renouuella la Bulle en cedit temps d'Excómunication, &
interdiction donnée auparauant par le Pape Sixte contre

le Roy Henry troisiesme & le Roy de Nauarre Henry IV.
son successeur, & tous leurs adherans & fauteurs, &
enuoya à ceste fin vn nouueau Nonce, & continua pour
Legat en France le Cardinal de Plaisance, pour republier
de nouueau ladite Excommunication, & la voulant fauoriser en la secourant aussi de puissance temporelle, luy enuoya vn secours de six mil Suisses, de quinze cens cheuaux,
& de deux mil hommes de pied Italiens, souz la conduite
& charge du Seigneur Francisque & Fondratte son nepueu, auec le Seigneur Virgile Vrsin, & autres Seigneurs &
Chefs qui l'y accompagnerent.

Le neusiesme Feurier dudit an 1591. le Roy assiegea la
ville de Chartres, & pour ce Monsieur le Mareschal de Biron y reuint tout court de Normandie, où il auoit tres-
bien seruy auec Monsieur de Mont-pensier, & inuestit ladite ville, & apres incontinent le Roy y arriua auec toute
son armée & la fit attaquer par la porte des Espars, qui est
vn des plus forts endroits de ladite ville, dans laquelle s'y
trouua Monsieur de la Bourdaisiere qui y commandoit
& le sieur de Grammont, auec prés de trois mil Estrágers,
& les habitans d'icelle si resolus & determinez à se deffendre, estant comme ils sont d'ordinaire, au nombre de
trois mil assez bons soldats, que sa Majesté eut toutes les
peines de la rendre à son obeissance, ayant perdu force
gens de qualité & de bons Capitaines & soldats au ra-
uelin de la porte des Espars sans aucun effect, tellement
que ie vis l'heure qu'il vouloit abandóner ledit siege, bien
que ie l'y encourageasse tousiours, comme à la verité
i'y estois doublement obligé, tant pour son interest & de
l'Estat, luy ayant conseillé l'entreprise de ce siege, que pour
le mien particulier, en estant Gouuerneur, & pour ce ie fis

quasi l'impossible pour recouurer autant de viures, d'argent & de munitions qu'il en falloit pour l'armée de sa
Majesté, afin de ne manquer à emporter cette place, la-
quellé ayant esté contre mon aduis attaquee par le plus
fort, il falloit cõme ie le proposay poursuiure ledit siege
d'vn autre costé plus foible qui fust vers celuy d'embas &
de S. André au dessous de la porte Droüase où la bresche fut incontinent & facilement ouuerte; & vn pont de
bois couuert fait de l'inuentiõ de Monsieur de Chastillon
qui l'entreprit à ma priere, si tost posé par dessus le fossé
pour donner l'assaut. Ceux de dedás se voyans ainsi pressez
furent contraints de demander à parlementer, ce qu'estãt
aussi tost accepté, & apres la composition arrestée, la plus
aduantageuse que nous peusmes pour le Roy, furent bail-
lez ostages de part & d'autre pour la seureté de ladite
composition, sur les articles particuliers de laquelle ie ne
diray rien dauantage, ayant esté vne chose assez publique
à tout le monde; seulemét ie me contenteray de n'oublier
que le Roy me bailla lesdits ostages de ladite ville, que ie
fis conduire & seurement garder en ma maison d'Esclimont durant les quinze iours qu'ils eurent de temps pour
leur composition, pour auoir secours ou nouuelles de
Monsieur du Mayne, apres lequel, inutilemét perdu pour
eux, ladite ville se remit en l'obeïssance du Roy qui y entra
le dix-neufiesme Auril 1591. & chastia raisonnablement,
comme il le deuoit, la rebellion inconsideree des habitás
d'icelle, apres que lesdits sieurs de la Bourdaisiere & de
Grammont, & autres Estrangers du party de la Ligue en
furent sortis suiuant ladite composition, & leua & prit sur
ladite ville assez bonne quantité d'argent & de bleds re-
conuertis en deniers pour aider à payer son armée, laissát

pour garnison en icelle le Regimét de Nauarre, composé
de huiċt compagnies de cent homme chacune, & com-
mádées par le Sieur de Vallirault vn de ses plus entiers &
meilleurs Mestres de camp, & quatre cens Suisses; ordonna & commença de faire aussi tost bastir vne citadelle
à la porte de Sainċt Michel, lieu naturellement assez propre à cela, dont il me fit l'honneur de me donner la Capi-
tainerie pour mon fils aisné le Comte de Cheuerny, auec
deux cens hommes d'armes, entretenus de bons canons,
munitions, viures, & autres choses necessaires soubs la
charge & cóme Lieutenát du ieune Vallirault, frere dudit
Mestre de camp de Nauarre: Et pour moy me fit l'honneur de me rémettre en ma charge de Gouuerneur & son
Lieutenant general en ladite ville de Chartres & païs
Chartrain, auec soixáte Suisses de maliurée pour ma garde, vne compagnie de cheuaux legers soubs le nom de
mon fils, códuite par le Sieur du Gay, vieil & ancien Gentil-homme, auec tous les appointemens & aduantages ordonnez aux Gouuerneurs, ou telles personnes; comme
aussi reprit pour Gouuerneur particulier & Lieutenant de
Roy audit païs, Mr de Sourdy, que les habitans auoient
mis dehors quand ils s'estoient declarez pour la Ligue, lequel auoit tousiours demeuré au seruice du Roy, & ordinairement à Bonneual à six lieuës de ladite ville, auec bóne garnison pour les incommoder & tourmenter dauantage, & luy ordonna quant & quand gardes & troupes
necessaires à personnes de cette qualité pour auec ce qu'il
auoit maintenu l'authorité de sa Majesté & conserué la
liberté du commerce & du labourage audit païs, ce que
nous fismes l'vn & l'autre, grace à Dieu, assez doucement
& heureusement selon l'intention de sa Majesté, dont ses

seruiteurs receuoient toute satisfaction, comme les Ligueurs la peine qu'ils auoient meritée par leur desobeissan-
ce ainsi opiniastrée. Comme le Roy venoit au siege de ladite ville de Chartres il vint nouuelles assurées de la deffaite d'vn certain Capitaine de la Ligue, nommé la Croix,
qui estoit party d'Orleans pour se venir ietter dedans
Chartres auec deux cents arquebusiers, choisis pour soustenir le siege, dont quatre seulement se sauuerent auec
luy, comme aussi d'vn autre costé que le sieur de la Chastre
vn des principaux Capitaines de la Ligue auoit esté tres-mal
mené en Berry par le sieur de Chastillon, qui venoit
trouuer sa Majesté audit siege de Chartres; que le Gouuerneur de Chastellerault auançoit les affaires du Roy &
auoit deffait vn Regiment de la Ligue en Poictou, & que
Monsieur de Nemours s'estoit retiré vers Lyon, voyant ne
pouuoir s'aduantager du costé de Champagne où Monsieur de Neuers establissoit peu à peu l'authorité du Roy;
& ainsi, graces à Dieu, les affaires de sa Majesté s'aduançoient de tous costez, qui encourageoient les gens de
bien à leur deuoir, & partant les meschans à vne plus
grande apprehension de leurs fautes.

Et durant ledit siege de Chartres Mr de Luxembourg,
personne assez remarquable par ses extraordinaires qualitez & charges, par la permission du Roy, escriuit, tát en
son nom que de tous les Princes & Officiers de la Couróne
& autres Catholiques, estás lors à la suite du Roy, vne lettre
bien conceuë & bien faite au Pape, pour détromper sa
Saincteté & le diuertir auec tout respect & raisó de fauoriser dauantage les mauuais desseins de la Ligue, ladite
lettre dattée du camp deuant Chartres du huictiesme
Auril 1591. & est vray que ie fusle premier qui m'aduisay de
faire

faire cette depesche, qui fut resoluë & arrestée entre nous
Catholiques en l'Abbaye de Iosaphat prés Charttes, où
i'estois logé durant ledit siege, laquelle commença de
donner à Rome quelque meilleure impression du Roy,
& de ses seruiteurs, que la Ligue ne desiroit.

D'autre costé cependant Monsieur du Mayne grandement marry de n'auoir peu conseruer ny secourir ladite
ville de Chartres, dont les Parisiens luy faisoient grand reproche, car ils l'estimoiét comme leur grenier à bled, tourna ses forces vers Chasteau-Thierry, qu'il assiegea, y fit
bresche, & l'emporta par composition faite par luy auec
Messieurs de l'Espinars pere & fils qui y comandoient, &
qui auoient destourné le Roy d'y laisser garnison, tellement qu'ils furent soupçonnez d'auoir esté auparauant
gaignez, & fut de s'informer contr'eux par la Cour de
Parlement, qui estoit lors à Chaalons, & le Roy indigné
contr'eux, accorda leur confiscation à Monsieur de Giury;
cela n'empescha pas que Monsieur du Mayne pour s'assurer de cette place, mist en leur lieu le sieur d'Essone frere du
Cardinal de Lenoncourt, ledit sieur Cardinal s'estant alors
reriré en ladite ville en vne sienne Abbaye qu'il auoit aux
faux-bourgs, apres auoir quelque peu auparauant remis
les Sceaux de la Ligue qu'il auoit entre les mains; Monsieur le President de Neüilly, à Paris, & pour commander
en l'absence dudit sieur d'Essone, le Capitaine; & apres se
retira ledit Sieur du Mayne à Reims, d'où il depescha Monsieur le President Ianin son plus grand confident Conseiller, auec vn Agent de Lorraine pour aller trouuer Monsieur le Duc de Sauoye en Prouence, & auec luy s'embarquer, comme ils firét, à Marseille sur la mer, & aller ensemble en Espagne, pour de là tirer quelque remede & secours,

T

& aussi quelque instruction & argent pour les necessitez
de la Ligue.

Au mois de Iuillet dudit an 1591. le Roy estant à Mantes,
resolut en son Conseil, ainsi bien establi, & auquel il auoit
mandé des principaux Officiers, de faire deux Declarations, que Monsieur de Fresne dressa, & que nous arrestas-
mes par apres ensemble; l'vne pour tesmoigner l'intétion
que sa Majesté auoit tousiours euë de conseruer en ce Royaume la Religion Catholique, Apostolique & Romaine,
& de se faire au plustost qu'il pourroit instruire, comme
il l'auoit declaré & promis, dés incontinent apres la mort
du feu Roy, & auec cela, mandement à sa Cour de Parlement de proceder par les formes ordinaires contre les
Bulles d'excommunications apportées de nouueau de
Rome en ce Royaume, comme contraires au Priuilege &
liberté de l'Eglise Gallicane; l'autre Declaration pour remettre les Edicts de Pacificatió autresfois faits en faueur
de ceux de la Religion pretenduë, & depuis reuoquée par
le feu Roy és années quatre-vingt cinq & quatre-vingt
huict; en suitte de laquelle premiere Declaration aussi
tost verifiée comme l'autre aussi au Parlement, lors
estát à Tours & Chaalons, l'on y ordonna des Arrests furieux selon la chaleur du temps côtre lesdites Bulles d'excommunication, & contre le Nonce du Pape qui les
auoit apportées; surquoy ceux dudit Parlement demeurát
à Paris, donnerent vn autre Arrest tout contraire & plus
furieux encores, declarant les autres nuls, comme faits par
personnes priuées, & qui n'estoient en lieu ny en authorité legitime de ce faire; portant de plus, quelque sorte
de sauf-conduit pour les Deputez des Estats Generaux
mandez & conuoquez à Paris, auec grandes condemna-
tions & peines à tous ceux qui les voudroient empes-

cher d'y venir; & ainſi la Cour de Parlement, à l'exemple
du reſte de la France, ſe faiſoient la guerre entr'eux auec
paſſion, chacun pour leur party.

Le Roy vn peu auparauant auoit fait vne courſe en
Normandie, où il auoit emporté la ville .... en
plein iour, par vne entrepriſe faite par le Capitaine du
Hallot, & conduite prudemment par ſa Majeſté, puis
eſtoit allé à Dieppe receuoir quelques munitiõs de guerre
que la Reine d'Angleterre luy enuoyoit, & apres vint ré-
paſſer par Mantes, où il nous auoit laiſſez, & où il arreſta
les Declarations ſuſdites; & apres ſa Majeſté alla faire vn
tour du coſté de Champagne pour mieux munir & aſſurer
les villes qui eſtoiét en ſon obeïſſance, & à la ſollicitation
de Monſieur de Longueuille, & de la Nobleſſe de Picardie, ſa Majeſté ſe reſolut d'aſſieger la ville de Noyon, dans
laquelle force perſonnes de la Ligue ſe voulurent ietter,
dont la pluſpart y manquerent, & furent deffaits le quin-
zieſme iour d'Aouſt 1591. Monſieur de Guiſe, de long-
temps priſonnier au Chaſteau de Tours, où il auoit eſté
mené apres la mort de feu Monſieur de Guiſe ſon pere,
& laiſſé entre les mains du ſieur de Rourg Lieutenant des
gardes du corps du Roy, ſe ſauua dextrement dudit Chaſteau, où quelque temps auparauant il auoit accouſtumé
à ce deſſein de ioüer auec les gardes, pour paſſer ſon temps
eſtant ieune, en ioüant au ieu de cachette, où les vns &
les autres ſe faiſoient longuement chercher, & ledit iour
ayant fait prouiſion d'vne corde, & prenant l'occaſion de
l'heure de midy, que toutes les portes de la ville de Tours
ſe tenoient touſiours fermées & la riuiere de Loire alors
tres-baſſe, qui d'ordinaire flotte bien haut au pied dudit
Chaſteau, apres auoir fermé quelques portes du donjon

sur luy, comme en ioüant, attacha le bout de ladite corde
à la fenestre de sa chambre, si haute qu'elle n'auoit esté
grillée, & auec luy vn vallet de chambre qui auoit tousiours demeuré prisonnier auec ledit Duc, se coula le
long de ladite corde noüée, si bien qu'auec ses chausses
rompuës, & ses mains vn peu escorchées, & sans chapeau,
il tomba sans autre mal à terre, trouuant vn petit batteau
auec des gens à point nommé pour trauerser ladite riuiere, & deux cens cheuaux au de là d'icelle auec vn bon cheual d'Espagne pour luy, que Monsieur de la Chastre luy
auoit enuoyé, lesquels le conduirent à Orleans; où il fut
magnifiquement receu, & auec i'oye incroyable du peuple, & plus encores à Paris où l'on tenoit que ledit peuple
l'eust sans doute fait couronner & declarer Roy, s'il se fust
ainsi eschappé quelque temps apres la mort de feu Monsieur de Guise son pere, & auant que Monsieur du Mayne
son oncle se fust emparé de l'authorité de la Ligue & de
l'Estat. Et voila iusques où allerent les passions du temps;
pendant quoy Monsieur du Mayne & ledit sieur de Guise
se formoient apres cela tous les iours des ialousies & soupçons l'vn de l'autre, & ainsi Dieu le permettant, dissi-
poient & ruinoient peu à peu l'vnion & intelligence necessaire entr'eux pour maintenir leur party. Le Roy de
l'autre costé grandement courroussé de cette euasion si
inopinée, à laquelle tous ses seruiteurs qui estoient pour
lors à Tours n'auoient pas remedié, ledit sieur de Guise
estant à plus de trois lieuës de la ville auant qu'on le sceust
pour courir apres, on en reietta toute la honte & le blasme sur ledit sieur de Bourg, contre lequel le Parlement en fit aussi tost informer, & emprisonner aucuns
desdites gardes, & mesme ledit vallet de chambre demeu-

ré de reste, bien que grandement estimé d'auoir pû ainsi
bien seruir & fait eschapper son maistre, & en fin le Roy
par sa bonté, voyant qu'il y auoit eu plus d'artifice du
costé du prisonnier que de meschanceté de celuy de ses
gardes, fit tout relascher, & se contenta de ne se plus vouloir seruir de cesdites gardes, tant dudit sieur de Rourg
que d'aucuns Archers d'icelle qui auoient esté negligens
à cela auec luy.

En ce mesme temps Monsieur du Mayne ayant veu reuenir le Roy vers Noyon, & le voyant assez diuerty &
empesché d'assieger ladite ville, fit vne secrete entreprise
sur celle de Mantes, où nous estions tous, les Officiers du
Conseil & Grands de la Cour, desquels ils esperoient tirer
de grosses rançons & butins faisant cette prise, pour paruenir à laquelle, Monsieur d'Alincourt Gouuerneur de
Ponthoise pour la Ligue auoit mesnagé quelques intelligences dedás: mais Monsieur de Rosny qui en estoit Gouuerneur pour le Roy, la sçeut si à propos descouurir & nous
en donner aduis au Conseil du Roy, que ladite entreprise
ne fit autre effect que de nous obliger à nous rendre plus
soigneux de nostre seureté, & ainsi ledit sieur du Mayne
manqua là, & croyant pouuoir mieux reüssir ailleurs, s'en
alla auec toutes les forces qu'il auoit pour ioindre celles
que le sieur de Rosne luy amenoit de Flandres de la part
du Prince de Parme, qui estoient desia aduancez en
Champagne au nombre de mil cheuaux, & trois à quatre
mil hommes de pied, soubs la charge & conduite du Duc
d'Arscot, & tous ensemble tournerent vers ladite ville de
Noyon pour la secourir & en faire leuer le siege, dont le
Roy fut fort aise, car il estimoit par cette occasion pouuoir
attirer ledit sieur Duc du Mayne à vne bataille, qu'il desi-

roit toufiours infiniment, fans vouloir toutefois leuer ledit fiege, bié qu'il fuft alors de beaucoup moins fort, n'a-
yant pas deux mille cheuaux, tant Fráçois qu'Eftrangers,
& pas plus de cinq à fix mille hommes de pied de toutes
nations; & ledit fieur du Mayne n'ayant pas moins de trois
mille cheuaux, & douze mil hommes de pied, quafi tous
François, & bien qu'ainfi la partie femblaft mal faite, le
Roy ne laiffa de continuer ledit fiege, & d'attaquer par infinies efcarmouches fes ennemis, toufiours auec quelque
aduantage; & en fin voyant qu'ils ne vouloient entrer en
plus grand combat, fe refolut d'emporter ladite ville de
Noyó par affaut; & cóme tout y eftoit difpofé, & ja à demy
accomply; ceux de ladite ville ne fe voulurent perdre, de-
mádans à parleméter, ce que fa Majefté leur accorda, & fut
faite leur compofition de remettre ladite ville en l'obeïffance du Roy dans l'efpace de vingt-quatre heures, fi ledit fieur du Mayne ne la pouuoit fecourir; ce que n'ayant
peu faire, ladite ville de Noyon fe rendit à fa Majefté le
dix-neufiefme iour d'Aouft audit an 1591.

Au mois de Septembre audit an 1591. Monfieur de Lef-
diguieres reuenu de Prouence deffit encore les troupes de
Monfieur le Duc de Sauoye en Dauphiné, qui y auoient
affiegé vne place nouuellement faite par luy, pour la feureté de la ville de Grenoble, appellée le fort de Barrault,
où il en demeura plus de deux mil fur la place, & 18.
drapeaux, & force Chefs pris; ledit Duc de Sauoye s'e-
ftant ainfi imprudemment embarqué au party de la Ligue
pource qu'il auoit eftimé, que parmy les broüilleries, defordres & ruines de cét Eftat, il pourroit mieux fe cóferuer
le Marquifat de Saluffes, dont il s'eftoit emparé incontinent après la mort de feu Monfieur de Guife à Blois.

Comme chacun veid les affaires du Roy prosperer ainsi
de tous costez force Ligueurs & mauuais François commencerent à chercher l'occasion , & minuter quelque
honneste retraite à leur deuoir & retour en leurs charges
souz l'obeïssance de sa Majesté, à laquelle ie conseillay de
ne refuser personne, ce qu'elle trouua bon, & ainsi accor-
dasmes par Lettres patentes force restablissemés d'Officiers, & bien que les Cours Souueraines en fissent grande
difficulté, nous filmes passer & verifier les meilleurs & plus
importans : par raison d'Estat l'on commença aussi fort
alors à parler de la conuersion du Roy , & qu'il estoit necessaire qu'il fust instruict en la Religion Catholique; surquoy l'on fit infinis discours de toutes façons, concluant
tous à cette iuste necessité , hormis que les francs Huguenots & desesperez Ligueurs craignans de là leurs ruines,
ne peurent s'empescher de descrier cette conuersion.

Au mois de Decembre 1591. certains premiers autheurs
de la Ligue, & plus sediteux d'entre le peuple de Paris, qui
se nommoient les Seize, comme deputez des seize quartiers de la ville, de long-temps mesnagez & quasi tous
gagnez pour l'Espagne, voulant s'establir & authoriser
dauantage pour en acheminer les desseins au preiudice de
l'Estat & du Roy, pour ce ne pouuant ou voulant plus su-
porter la puissance & domination qu'ils auoiét fait prendre à Monsieur du Mayne, qu'ils croyoient par ce moyen
deffaire & ruiner, aduertis en leur conseil des Seize qu'ils
tenoient tous les iours , & ausquels se resoluoient les
plus grandes affaires du party de la Ligue, que Monsieur
le President Brisson qui faisoit lors la charge de premier
President au Parlement, demeuré à Paris, & force autres
gens de bien commençoient à se lasser de leur tyrannie,

& en preuoir les mal-heurs qui alloient à l'entiere ruine
& perte de l'Estat, croyans auoir rencontré ce qu'ils cherchoient pour accroiftre leur authorité, apres quelques
conseils tenus entr'eux, sans en rien vouloir communiquer audit sieur du Mayne, ny en son absence au Gouuerneur & Preuoft des Marchands de Paris, lesdits Seize, ou
aucuns des plus hardis d'entr'eux, s'en allerent de leur propre & particuliere authorité, auec main armée, se saisir de
la personne dudit sieur President Brisson, & de deux Conseillers; l'vn dudit Parlement, nommé l'Archer; l'autre du
Chaftelet, nommé Tardif, lesquels ils emprisonnerent, &
quasi sans aucune forme de procez, les firent tous trois
pendre & eftrágler en plein iour dans la prison le quinzié-
me dudit mois de Decembre, la nuict, les firent porter à
la Gréue & attacher à des potences, & exposer à la veuë de
tout le peuple; où ils demeurerent deux iours suiuans entiers, dequoy mondit sieur du Mayne aussi toft aduerty,
iugeant bien où alloit cette violence, & voulant en ofter la
cósequence, bié qu'ils l'euffét couuert depuis de quelque
specieuse accusation & mauuaise forme de procez; ledit S^r
du Mayne accourut en toute diligence à Paris, & eftant
dans le Louure ennoya querir quatre desdits Seize qu'il
eftimoit les plus entreprenans, & qui auóient mené cette
affaire, lesquels amenez, moitié par amitié, moitié par
force, il fit aussi de son authorité priuée, & sans aucune
forme de procez pendre & eftrangler, & attacher aux pilliers de la salle d'embas du Louure lesdits quatre Seize,
nommez Louchart.............. Amelin, & Amonnet, & a-
pres fit vne Declaration d'abolition du refte de cette affaire, qui fut verifiée audit Parlement de Paris, portant
deffenfes tres-expreffes audit Conseil des Seize de se plus

assembler

affembler furpeine de la mort, & de rafement dē maifons
où ils s'affembloient ; ce qui fut publié par tous les carre-
fours de Paris le vingtiefme Decembre 1591 & en cette
courageufe execution ledit fieur du Mayne fe feruit du
fieur de Villeroy qui eftoit lors de ladite Ligue.

Sur la fin de ladite année, le Roy fe fentant fortifié de
quelque fecours qui luy eftoit fraifchement arriué d'Angleterre, Allemagne & Flandre, fe refolut d'aller affieger
la ville de Roüen ; & au mefme temps ceux de la Ligue
eurent recours au Roy d'Efpagne, lequel ordonna au Duc
de Parme, que toutes autres affaires laiffées ou accommodées pour vn temps du cofté de Flandres, il vinft auffi toft
en France auec le plus de forces qu'il pourroit ramaffer,
pour tafcher de faire leuer ledit fiege, en apparence, mais
à deffein bien plus formé, pour obliger par là les Parifiens,
& les fortifier & fouftenir auec eux, les Eftats qui y eftoiét
affemblez, en la refolution qui aůoit efté de long-temps
propofée, & depuis peu enuoyée en Efpagne par le Prefident Ianin, pour faire tomber la Couronne de France par
l'authorité & l'eflection defdits Eftats, à quelqu'vn des
Princes de la Ligue; qui efpouferoit l'Infante, ou declarer
ladite Infante Reine, heritiere commune de la maifon de
France, à condition qu'elle efpouferoit vn Prince François à fon chois & eflection, & qu'elle iureroit la conferuation des Voix & Couftumes du Royaume, & autres
conditions particulieres tres-grandes; & particulierement
pour les interefts de tous les principaux conducteurs de ce
beau deffein, felon qu'il fe peut voir par plufieurs lettres
& miffions qui doiuent eftre dans l'Hiftoire du temps; le
tout ayant efté ainfi traitté entre ledit Prefident Ianin &
le Prefident Richardet reuenu d'Efpagne, & Don Diego

V

de Barra principal Agent du Roy d'Espagne en France,
& lesdits sieurs Ducs de Parme & du Mayne, & le sieur
de la Chastre pour Monsieur de Guise.

Le Roy continuant en sa resolution d'assieger Roüen
Monsieur du Mayne y enuoya Monsieur le Duc d'Esguil-
lon son fils aisné, comme Gouuerneur de Normandie
pour y commander, auec Monsieur de Villars Lieutenant
audit Gouuernement, lesquels arriuez & bien receus en
ladite ville, firent faire vne tres-grande Assemblée de
tous les corps d'icelle, dans l'Abbaye de S. Ouyn, pour
encourager le peuple à mieux soustenir ledit siege, & l'assurer d'vn secours prochain, & obliger vn chacun à reïterer
le serment de fidelité à la Ligue; ce qui fut fait par l'aduis
du premier President, nommé Roquement, & trois
iours apres ledit sieur de Villars fit entrer dans ladite ville
six cens cheuaux & douze cés arquebusiers qu'il distribua
au fort de Saincte Catherine, au vieil Palais, & à la porte
Sainct Hilaire, & autres places plus importantes de ladite
ville, de laquelle furent chassez quelques vns, soupçonnez d'estre seruiteurs du Roy, & force personnes inutiles,
& y fut estably ordre & police pour n'y manquer de viures, & n'estre point reduits à semblable fin que ceux de
Paris.

Cependant le Roy qui s'estoit desia rendu maistre de
Louuiers, voyant son armée grossir tous les iours, chacun
courant audit siege, se promettant grand butin à la prise
de ladite ville de Roüé, sa Majesté fit les approches d'icelle, & enferma tous les passages par la terre, mais non par
l'eau, car ceux du Havre de Grace, où commandoit aussi
ledit sieur de Villars, y abordoient plus facilement, & apres
enuoya somer ladite ville de le reconnoistre, & la remettre

en son obeïssance par vn Herault, auec vne lettre ; à quoy
ils ne voulurent obeïr ny prendre garde aux fauorables
promesses, ny aux cruelles menaces qu'elle portoit, selon
leur resolution, dont le Roy se sentant iustement offensé,
pressant dauátage ledit siege, emporta d'abord l'Eglise S.
André, hors de la porte d'Amboise, d'où il pensoit battre
la ville, mais Monsieur de Villars y remedia pár vne cô-
tre-batterie de coulevrines qu'il pointa aduátageusemét
sur la muraille d'icelle, & neantmoins cela n'épescha pas
que le Mareschal de Biron ne la tinst fermée & bouclée de
tous costez, tellement que ceux de dedans commencerent
fort à souffrir, recourans aux processions & prieres publiques, & particulieres, où les Predicateurs n'oublioient à
bien encourager tout le monde à leur deffense ; ainsi sa
Majesté poursuiuit ledit siege, entretenant son armée par
le moyen de bons magazins & estapes qui auoiét auupara-
uant esté à ce dessein establis audit Louuiers, à Can, au
Poteau de mer, & au Pont de l'Arche qui estoient en son
obeïssance, lequel siege dura tout le mois de Decembre
1591. Ianuier & partie de Feurier 1592. où l'on ne manqua
de part & d'autre aux attaques, escarmouches, batteries,
entreprises, sorties, & autres emplois ordinaires de guerre
en tels sieges Royaux ; ceux de dedans y ayant tousiours
tres-courageusement resisté, & entr'autres chose, des-
couurirét vne entreprise qui pouuoit reüssir à ladite porte
d'Amboise le 2. Ianuier 1592. de quelques vns, tant soldats
qu'autres de dedás, dót trois des premiers furent pendus
dans ladite ville par Arrest du Parlement, qui non contét
de cette punition, en ordonna vn autre qui fut publié
par tout, portát deffences tres-expresses à toutes personnes
sur peine de la vie de reconoistre le Roy, traitter auec

luy ou ſes ſeruiteurs en façon quelconque, ledit Arreſt eſt
du 7. Ianuier audit an 1592.

Pour pouruoir & remedier audit ſiege, Monſieur du
Mayne preſſa tellement le Duc de Parme, qu'enfin ayant
ioint toutes leurs forces enſemble, & donné aduis aux aſſiegez de leur prompt ſecours pour les encourager à tenir
ferme, partirent de S. Vallery, & prirent leur chemin
par Neuf-chaſtel, qu'ils aſſiegerent, & le battirent ſi fu-
rieuſement, que Monſieur de Giury, que le Roy y auoit
mis dedans auec trop peu de forces, ne pouuant y reſiſter,
à cauſe de la foibleſſe de la place, fut contraint de la leur a-
bandonner, & ſortir d'icelle par compoſition auec tout ce
qu'il pût de troupes, armes & bagage le 12. Feburier 1592.

Ledit ſieur Duc de Parme, & Duc du Mayne infiniment
glorieux de cette priſe de Neuf-chaſtel, où ils mirent
bonne garniſon, pourſuiuirent vers Roüen auec contenance de vouloir faire merueilles, ou pour le moins de
venir à vne bataille, ce que le Roy ayant touſiours infiniment deſiré, les voyant ainſi s'approcher s'aduança au deuant d'eux, iuſques à Aumalle, laiſſát audit ſiege de Roüen
Monſieur le Mareſchal de Biron, auec partie de ſon armée, & menant auec luy toute ſa meilleure Caualerie, auec
laquelle eſtant trop entreprenant & hazardeux pour vn
Roy, il ſe porta à vn combat du tout inegal, là où il eſtoit
trop foible, & les ennemis trop forts; mais l'extreme deſir qu'il auoit de ſe voir aux mains auec eux, le fit embarquer en cedit combat audit Aumalle, où il fut vn peu
bleſſé, mais ſans peril, graces à Dieu, qui l'en ſortit auec
toute ſorte d'honneur, & le fit apres heureuſement retirer
& ſortir de cette mal-heureuſe rencontre, pour s'en aller
repoſer & ſe faire guerir à Dieppe, où il ſe retira.

Durant ces chofes, Monfieur le Marefchal de Biron demeura toufiours ferme audit fiege de Roüen, & voyât le
Roy ainfi bleffé, & le Duc de Parme venir la tefte baiffée,
& eftre defia à deux lieuës de luy auec vne fi puiffante armée, qu'il luy eftoit impoffible de fouftenir l'effort; apres
en auoir donné aduis au Roy, & receu fon cómandement
leua le fiege de deuant ladite ville le 20. Feurier 1592.
& fe retira malgré fes ennemis en plein midy auec toute
l'armée du Roy qui eftoit audit fiege, & en fi mauuaife
faifon pour attendre que le Roy fuft guery, afin de reioin-
dre toutes fes forces pour obliger fes ennemis à vne bataille tant & tant de fois par luy defirée & recherchée; cependant ceux de ladite ville de Roüen infiniment aifes
& glorieux de fe voir ainfi deliurez dudit fiege, apres le
Te Deum chanté, & les feux de Ioye faits, enuoyerent incótinent à Noftre Dame de Laurette vne lampe de deux
cens marcs d'argent, qu'ils y donnerent, & fonderét pour
allumer à perpetuité, au nom des Deputez de ladite
ville, pour leur deliurance dudit fiege; & en ces diuerfes
occurrences, fe firent plufieurs difcours de tous coftez,
chacun preiugeant diuerfement le fuccez des affaires de
cét Eftat, felon fon iugement, fa paffion, & fon intereft
particulier.

Et parce que Monfieur le Cardinal de Bourbon & moy,
auec tous ceux du Confeil eftions logez à Dernetal, durant ledict fiege, pour feruir à iceluy, auec ledict
fieur Marefchal de Biron, voyant ledit Duc de Parme s'approcher furieufement de nous, à deffein de nous
enleuer, ayant defia fait paffer fon armée à Pont-dormy à
force de batteaux, nous en donnafmes aduis au Roy fi à
propos que courageux infiniment, fans attendre

l'entiere garison de sa blessure, il sortit de Diepe, apres ÿ auoir laissé bon ordre à certaine entreprise que ses ennemis y auoient brassée, & se rendit la mesme nuict audit Darnetal, où il trouüa que par le soin dudit sieur Cardinal, & la diligence dudit sieur Mareschal de Biron, nous auions ja fait conduire sept pieces d'artillerie auec toute l'armée de sa Majesté au village nommé Bam, qui est à vne lieuë au dessus dudit Darnetal, & par lequel venoit passer ledit Duc de Parme pour l'y attendre, & bien receuoir; le Roy fort contét de cette diligence, s'y acheminant aussi tost, demeura prés de trois heures en bataille, auec toute son armée prés ledit village de Bam, s'estant retiré pour passer le reste de la nuict, à cause de sa blessure dans vn moulin, qui se trouüa là fort à propos, & nous ayant commandé de nous retirer à Bourde, pendant lequel temps, il donna à ses ennemis, & aux plus aduancez d'eux, toutes les attaques & escarmouches qu'il pût, pour les attirer à vne bataille, à laquelle ledit Duc de Parme fit contenance de vouloir venir, & soubz cette feinte, fit peu à peu couler son armée à costé dudit Darnetal, en sorte qu'il la fit approcher de Rouën, & puis y arriua auec Messieurs du Mayne & Duc de Guise le vingt-vniesme Auril 1592. & entra en ladite ville sur les deux heures du matin, ayant fait passer quelques troupes par ledit Darnetal; qui y furent deffaites par Monsieur de Boüillon, que le Roy y auoit laissé, & ce à dessein d'amuser l'armée du Roy par ce moyen, & attrapper comme il fit auec le reste de son armée, la ville de Rouën qu'il vouloit conseruer.

Le Duc de Parme n'ayant fait que disner & passer dans ladite ville de Rouën, s'é alla attaquer celle de Caudebec, qu'il fit battre tout le iour , & forcer ceux du Roy qui estoient dedans de la luy rendre, & abandonner la nuict suiuante, mais Dieu permit qu'il ne la garda guere, car le Roy ne songeant qu'à l'attraper en quelque coin, voyant ses façons ordinaires de reculer tousiours à combattre, ayant en toute diligence tiré de ses garnisons , & ramassé de tous costez le plus de force qu'il pût, & ainsi promptement accreut son armée de plus de trois mil cheuaux Fráçois, & de six mil hommes de pied, au lieu des Anglois & des Allemans qui s'estoient voulus retirer dés que le siege de Rouën fut leué. Voyant sa Majesté que Messieurs les Ducs du Mayne & de Guise estoient logez à Yuetot au païs de Caux, à deux lieuës du quartier dudit Duc de Parme, elle fit tourner la teste de toute son armée vers ledit Yuetot, & si à propos charger leur auant-garde, à l'heure du disné, qu'elle fut presque entierement deffaite, & ledit sieur Duc du Mayne reduit de se sauuer, abandonnant au pillage des soldats du Roy tout leur bagage, & se cantonnerent dans ledit Yuetot, où s'estant ja ioint auec ledit Duc de Parme, le Roy les poursuiuit, & estant allé luy-mesme en pourpoint reconnoistre la forme de leur retráchemét audit lieu, le lendemain dernier iour d'Auril 1592. il fit approcher toute son armée, & ayant mis pied à terre auec toute sa Noblesse la pique à la main , ils attaquerét si furieusement lesdits retranchemens, que ses ennemis furent contraints de luy quitter & abandonner ledit logis d'Yuetot, & en ce combat, fut blessé ledit Duc de Parme d'vne mousquetade de deux balles en deux endroits du bras, l'vne au dessouz du coude, l'autre prés du moignon de l'espaule, & y demeurerent prés de trois mil hommes, tuez ou pris de l'armée ennemie, entr'autres prisonniers,

Monsieur le Baron de la Chaftre, le fieur de Rofne qui
conduifoit ordinairement l'auant-garde dudit fieur du
Mayne, le Cheualier Breton, Don Diego de Caftille, &
plufieurs autres, le Roy y perdit auffi quelques vns des
fiens, comme Grifons ou Anglois, mais en fort petit
nombre, & peu de perfonnes de remarque, finon le fieur
de Hacqueuille, & Baron de Bouteuille ; & apres cette fi
heureufe meflée du Roy, force gens eftimans qu'elle luy
eftoit preueuë par conduite & ftratageme de guerre, ayát
à ce deffein preparé fon armée apres la leuée du fiege de
Roüen, pour mieux rattrapper fes ennemis à l'impour-
ueu, & les reioignant apres, leur donner comme il fit,
brauement cette retraite : mais moy ie fçay bien comme
ayant eu l'honneur de participer toufiours à fes particuliers deffeins & confeils, que cette heureufe iournée naf-
quit de l'occafion, qui fut tres-prudemment & courageu-
fement embraffée par le courage du Roy, offenfé de fa
bleffure à Aumalle, de ce que fans auoir peu attirer ledit
Duc de Parme au combat, il luy auoit fait leuer deux
grands & importans fieges de deuant Paris, & de Roüen,
& pour plus affurée verité que ce fut vn grand effect de la
grace particuliere de Dieu, à la conferuation de cette
Monarchie.

Apres cette affez notable deffaite d'Yuetot le Duc de
Parme fe retira auec toute fon armée vers Fefcamp, non
fans grand déplaifir & perte d'hommes & bagage, où le
Roy le pourfuiuit encore, où il n'y a point de refuite que
par la mer, & trop peu d'eftenduë pour receuoir viures
fuffifans à vne armée, le força à combattre, & à le ruiner
entierement, pour le peu de force qui luy reftoient ; mais
au contraire s'eftant fortifié par de grands & doubles

retran-

retranchemens, y amuſa le Roy quelque temps, & apres
infinies attaques & combats de part & d'autre, & vne
deffaite de vingt-deux cornettes Eſpagnolles que ſa Majeſté fit le dixieſme May 1592. la famine & les autres incommoditez qui ſuiuent d'ordinaire les armées eſtrangeres, & qui tournét en deroute, mit vn tel effroy parmy
celle-là, que chacun d'eux, ſans ordre ny cógé, s'eſchappa
& s'enfuit du mieux qu'il pût, abandonnans tous les ba-
gages&artilleries à la mercy des ſoldats de l'armée du Roy
qui s'en trouuerent bien, & meſme ledit Duc de Parme
entierement découragé & déplaiſant de ce mauuais ſuccez, ſe retira de là, & ſe ſauua à la dérobée, auec les principaux qu'il auoit menez, & qui luy eſtoient reſtez, & au
lieu de retourner vers Paris comme chacun des autres
faiſoit, il n'y voulut aller, fuſt par diſcretion ou par crainte
du peuple, lequel auoit eſperé de luy toute autre choſe
meilleure à ſon party; ains eſtant eſchappé des mains de
l'armée du Roy, prit ſon chemin par la Picardie, ſe retira
bleſſé & tout cófus au païs d'Artois, abandonnant toutes
ſes conqueſtes au Roy, qui ſans reperdre aucun temps, reprit & ſe rendit maiſtre de tout ce que l'autre auoit acquis
& vſurpé; tellement que de là en auant le nom & l'authorité Eſpagnole commencerent fort à deſplaire en France.

Neantmoins Monſieur du Mayne & les principaux
Chefs de la Ligue d'vn coſté, & Meſſieurs les Princes &
ſes proches de l'autre ſongeans touſiours à ſon intereſt
particulier, remirent ſus leurs intelligences, caballes &
pratiques, tant en dedans que dehors le Royaume pour
renoüer les affaires de la Ligue ainſi mal-menées, & con-
ſulterent auec les Agents d'Eſpagne, reſtez à Paris, pour
trouuer quelque moyen de faire reüſſir les premiers deſ-

seins concertez, de faire tomber la Couronne à l'Infante
d'Espagne, par l'authorité des Estats, comme i'ay desia
remarqué, à quoy ledit sieur du Mayne apporta souz main
tous les empeschemens qu'il pût, car estant marié, il ne
pouuoit esperer d'espouser ladite Infante & la Couronne
ensemble, & pretendant y pouuoir paruenir par quelque
autre voye, trauersa les pratiques que Monsieur de Guise
son neueu faisoit à mesme dessein, & entra en quelque
sorte de traitté secret auec Monsieur de Nemours son frere vterin, pour l'y faire paruenir, à condition que la Lieutenance generale, auec toute sorte de puissance luy demeureroient, & que ledit sieur de Nemours se contente-
roit du nom & de la qualité de Roy, auec la conduite des
armées, qui estoit toute son ambition; & ainsi chacun vi-
soit pour soy à ce grand but de la Royauté, se desnoüant
les affections & intelligences necessaires à leur party, &
Dieu en disposa d'autre sorte.

Au mois d'Aoust de ladite année 1592. le Gouuerneur de
Fontarabie pour le Roy d'Espagne, pratiqua vne intelligence dedans la ville de Bayonne, par le moyen & entre-
mise de deux Medecins, l'vn Espagnol, & l'autre François, qui auoient par la proximité de ladite ville, de long
temps contracté amitié & correspondance; en sorte que
sans le soin du sieur de la Hilliere, lors Gouuerneur dudit
Bayonne, ladite entreprise eust pû reüssir par le moyen de
quantité de vaisseaux armez qui s'estoient exprés approchez, mais le tout estant descouuert lesdits Medecins furent pris, conuaincus, & furent tous deux pendus sans
que l'Espagnol voulust iamais rien declarer du fait & des
principaux de ladite entreprise.

Au mois de Septembre Monsieur de Ioyeuse conti-

nuant auec aſſez d'aduantage le progrez des affaires de la
Ligue, du coſté du Láguedoc, bien que Monſieur le Con-
neſtable comme Gouuerneur dudit païs s'y oppoſaſt, &
Monſieur d'Eſpernon auſſi y paſſant pour aller en Prouence; & Monſieur de Nemours faiſoit du coſté de Lyon,
s'eſtant en ce temps emparé par intelligence de la ville &
chaſteau de Vienne en Dauphiné, croyans ainſi tous
eſtonner dauantage le Roy, le troublant tous enſemble
en tant de diuers endroits; & en meſme temps Monſieur du Mayne ſurprit & emporta le Pontheau de mer en
Normandie, & Monſieur le Mareſchal de Biron qui auoit
aſſiegé Eſpernay en Champagne, y fut tué d'vn coup de
canon qui luy emporta la teſte, qui fut vne grande perte
pour ſa Maieſté, qu'il ſeruoit fort bien : mais en contr'eſchange de cette diſgrace, Monſieur de Themines fortifié
& aſſiſté de quelque Nobleſſe affectionnée au ſeruice du
Roy, voyant que ledit ſieur de Ioyeuſe auoit aſſiegé Ville-
mur audit païs de Languedoc, ſe ietta dedans pour la deffendre, & fit tant d'attaques & d'embuſcades par dedans
& par dehors audit ſieur de Ioyeuſe, qu'il le deffit entierement audit ſiege, bien qu'il n'euſt pas plus de cinq cens
cheuaux & deux mil hommes de pied, & que ledit ſieur de
Ioyeuſe en euſt vne fois autant, & y eut entr'eux comme
vne eſpece de petite bataille, dont l'honneur tout entier
demeura audit ſieur de Themines, & la honte audit ſiege
de Ioyeuſe, lequel ſe voulant ſauuer, apres y auoir ſuffi-
ſamment teſmoigné ſa valeur & ſon courage, paſſa à gué
vne petite riuiere appellée le Tar, il s'y noya, & pluſieurs
autres auec luy; & ainſi la Ligue perdit en cette déroute
enuiron deux mil hommes, auec trois canons & deux
couleurines, & vingt-deux drapeaux, qui furent apportez

X ij

au Roy, qui y perdit enuiron deux cens hommes, & en cette façon se passa l'Automne de cette année 1592. pendāt laquelle sa Majesté demeurant tousiours aux escoutes, pour empescher qu'il ne vinst quelques forces Estrāgeres, donna ordre aux affaires plus pressées du temps, distribuant ses troupes aux endroits moins assurez, & donnant congé à vne partie de sa Noblesse qui estoit harassée, retenant le reste auec luy pour ne manquer à faire tousiours quelque chose.

Au mois d'Octobre 1592. Monsieur de Boüillon estant à Sedan, attaqua auec plusieurs autres seruiteurs du Roy le sieur d'Amboise grand Mareschal, & comme Lieutenant de Monsieur le Duc de Lorraine, lequel auoit assiegé vne petite ville du païs Messin nommée Beaumōt, à trois lieuës dudit Sedan, dont il le contraignit de se retirer, & perdirent six ou sept cens hommes des siens, & six canons, & en contr'eschange ledit sieur de Boüillon se trāsporta à vne autre petite ville de Lorraine à huict lieuës dudit Sedā appellé Dieu, sur la riuiere de Meuse, laquelle il emporta à force de petards, & combats à la main, au commencement du mois de Decembre 1592. & en ce mesme temps le sieur de Vaugrement, commandant pour le seruice du Roy dans la ville de Iezan le François en Bourgongne, deffit dix-sept compagnies de gens de pied de la garnison de Dijon pour Monsieur du Mayne, desquelles il remporta leurs drapeaux, auec toutes les armes & bagages, & fit cette deffaite à deux petites lieuës de la ville de Dijon.

Cependant toutes ces choses se passoient dans le Royaume, le Roy allant selon les occasions, tantost à Senlis, tantost à S. Denis, à Mantes, & à Chartres, où nous autres de son Conseil le suiuions, & allions tous seuls, selon qu'il eftoit neceffaire pour fon feruice, eftant audit Chartres au mois de Septembre audit an 1592. ie me refolus de faire le mariage de ma feconde fille nommée Anne, ainfi que feu fa mere, auec Maiftre Gilbert de la Tremoüille fieur de Royan, qui de fort long-temps auparauant en faifoit la recherche, tant par luy, que par infinies perfonnes de grande qualité, fes parens & amis; & en fin par la negociation de mon neueu de la Roche des Aubiez, fut conclud ledit mariage auec grand contentement de pouuoir marier ma fille à vn Gentil-homme de telle maifon, & qui eftoit parent fort proche de tous les Princes & plus gràds Seigneurs de ce Royaume, & luy vn Gentil-homme vrayement doüé de toutes les bonnes qualitez que i'y euffe pû defirer, ayant mieux aimé auec toutes ces qualitez luy donner ma fille auec cinquante mille efcus, la faifant entrer en vne tres-grande maifon, dont l'alliance eftoit honorable, & aduantageufe à moy & aux miens, que de rechercher pour elle plus de biens en quelque autre lieu; parce que i'ay toute ma vie plus defiré l'hóneur & l'appuy des grandes alliances, que les biens en ma maifon. Ledit mariage donc que ie fis trouuer bon au Roy, fut arrefté & conclud audit Chartres, & folemnifé auec pompe & affemblée de toute la Cour, & conuenable audit fieur de Royan, & à moy comme Gouuerneur du lieu, le douziefme iour de Septembre mil cinq cens quatre-vingt douze, & Monfieur de Chartres en fit luy mefme la ceremonie du mariage Pontificalement en fon Eglife, & le feftin apres fut dans la grand falle de l'Euefché, où le bal & refioüiffances accouftumées en telle chofe ne manquerent; & cela eftant vn fait particulier de ma maifon, ie ne m'y eftendray dauàtage, & reprendray la fuitte des affaires publiques de ce temps.   X iij

Ie diray donc que bien que les affaires de la Ligue commençassent assez apparemment à se deffaire, neantmoins les Chefs & principaux, interessez en icelle, ne laisserent de faire courir infinis faux-bruits à leur aduantage, pour retenir tousiours les peuples qui tesmoignoient se lasser de si longues miseres, & porterent leurs artifices iusques à Rome, où le Pape n'y voulut voir & entendre; le Cardinal de Gondy luy eust pû veritablement declarer la verité des choses de deça, mias au contraire le Cardinal de Plaisance qui estoit son Legat en France & fort affectionné à ladite Ligue, renouuella & confirma les interdictiós & excommunications dés-auparauant publiées contre le Roy & ses seruiteurs, auec declaration de l'intention du Pape pour authoriser & confirmer l'eslection que les Estats feroient d'vn Roy à leur fantaisie; pour à quoy remedier comme à chose de tres-grande consequence, Messieurs de la Cour de Parlemét, qui estoient pour lors à Chartres comme premiers aduertis, donnerent vn Arrest sur la requisition du Procureur General contre lesdites Bulles, & dudit Legat, auec deffences expresses sur grádes peines à tous les Ecclesiastiques, Nobles, & autres de tous Estats d'y obeïr & de se trouuer ausdits Estats pour ladite eslection, ledit Arrest prononcé & publié audit Chartres le dix-huictiesme Nouembre audit an mil cinq cens nonante-deux.

Sur la fin du mois d'Octobre les Parisiens voyans de iour en iour accroistre leur misere & necessité, & craignans auec raison de voir à la fin ce qu'ils n'auoient iamais pensé du commmencement de leur reuolte, entr'autres ceux de la Cour de Parlement qui y estoient demeurez, & autres corps & communautez principalles de ladite ville de Pa-

ris commencerent à murmurer, puis à parler plus librement, & en fin à dire tout haut qu'il falloit aduiſer aux
meilleurs moyens de faire vne bonne paix pour la conſeruation de cét Eſtat, & le repos & contentement de tous
les bons & vrais François, & de fait ils firent pluſieurs
aſſemblées durant ledit mois pour cela, tant au Parlement
qu'à l'hoſtel de ville dudit Paris, dequoy Monſieur du
Mayne apprehendant quelque effect & reſolution contraire à ſes deſſeins, & eſtimant que ſa preſence feroit tout
changer, ſe reſolut d'aller audit Parlement le dernier iour
dudit mois, où eſtant à la grand Chambre, il ſe plaignit
que l'on ſouffroit tels diſcours & propoſitions ſi contraires au bien de leur party, à quoy vn homme d'Orleans qui
iuſques icy s'eſtoit fait paroiſtre l'vn des plus ſeditieux, &
qui faiſoit lors la charge d'Aduocat General audit Parlement, reſpondant audit ſieur du Mayne de la part dudit
Parlement, luy fit vne telle remonſtrance pour luy faire
cognoiſtre le grand deſir & l'extreme neceſſité que chacun
auoit de ladite paix dont ledit ſieur du Mayne demeurant
infiniment eſtonné & tout confus ſe retira ainſi, & apres
voulut eſſayer de faire mieux du coſté du corps de la ville,
leſquels il fit aſſembler le ſixieſme Nouembre 1592. enſuiuant, & leur ayant auſſi fait de grandes plaintes des
aſſemblées & reſolutions importantes que l'on faiſoit
iournellement ſans luy, ny ſans ſon ſceu, diſant que dans
ledit mois les Eſtats generaux du Royaume alloient ſe tenir pour pouruoir à tout; chacun comméçant fort à murmurer & ſe leuer, il ne peut empeſcher que l'on ne delibe-
raſt & reſoluſt en ſa preſence que l'on enuoyeroit vers le
Roy pour obtenir la liberté du commerce & traffic de labeur en ce Royaume, ſans lequel l'on ne pouuoit plus ſub-

fifter, en attendât favenuë, ce qu'il fut contraint d'agreer contre fon intereft & intention; car il n'y a rien que cette facilité & douce conferuation des vns auec les autres ne fafſe voir & goufter à chacun le bon-heur de la paix & la mifere de la guere Ciuille.

Comme le temps & le terme des Eftats de ladite Ligue s'approchoit, que Môfieur du Mayne auoit mandez pour le mois de Decembre 1592. & remis apres au vingtiefme Ianuier 1593. le Duc de Parme commençoit à fe refueiller & difpofer de vouloir reuenir en France pour la troifiefme fois, pour authorifer par fa preſéce & fes forces l'eſlection qu'il pretendoit deuoir eftre faite en pleins Eftats pour cette Couronne, en faueur & pour l'Infante d'Efpagne, par l'authorité que le Roy d'Efpagne s'eftoit acquife en ce Royaume, & amenoit à cét effect huict où dix mil hommes des meilleurs qu'il euft en Flâdres, & auoit ordre pour grande quantité d'argent qui eftoit deftiné à ce deffein : mais Dieu qui a toufiours efté le vray & feul protecteur de cette Monarchie, la voulant conferuer & ne la laiffer transferer en puiffance eftrangere, permit que ledit Duc de Parme demeuraft malade à Arras, où il eftoit defia aduancé, & y mourut le deuxiefme Decembre 1592. & comme le Roy toufiours vigilant & courageux eut appris le deffein dudit Duc de Parme, il s'eftoit aduancé au deuant de luy iufques à Corbie auec deux mil cheuaux François, la plufpart Gentils-hommes bien choifis, s'affurant qu'auec cela il en deferoit quatre fois autant, & eftant, graces à Dieu, releué de cette peine par la mort dudit Duc de Parme, duquel l'armée fe diffipa ; au mefme inftant le Roy reuint incontinent apres fur fes pas à Senlis, & à

Sainct

S. Denis, où tous nous autres du Conseil & gens de la Cour estions demeurez.

L'accident inopiné de la mort dudit Duc de Parme, dót la Ligue faisoit son principal bouclier pour l'Espagne, apporta beaucoup de desplaisir à force Ligueurs, gaignez de ce costé là, & à beaucoup d'autres mauuais François, trop interessez en ce party, qui voyoient peu à peu leurs affaires se descoudre, & leur creance & intelligence se diminuer; mais au contraire Monsieur du Mayne en receuoit beaucoup de contentement, car il creut par ce moyen s'aduantager tousiours dauantage dans sondit party, & principalement dans Paris, où l'autre le trauersoit en ses desseins, & le rebutoit & mal-menoit souuent, s'imaginant que rien ne le pourroit plus empescher de ioindre à sa Lieutenance Generale de cette Couronne, celle du Roy d'Espagne, pour luy acquerir & conseruer cét Estat, & s'y maintenir pour luy perpetuellement en l'authorité qu'il s'estoit acquise, s'estant iusques là laissé emporter à sa passion, que de s'estre donné de si grandes qualitez & si differentes ; & en cette puissance, il fit le sieur du Rosne Mareschal de France, & luy donna le Gouuernemét de l'Isle de France, nonobstant toutes les contradictions & remonstrances que le Parlement, estant à Paris, y peust apporter; & outre ces belles qualitez l'enuoya en Flandres, pour luy amener quelque nouueau secours, & pour tesmoigner son authorité absoluë dedans Paris, à conuier les Deputez desdits Estats à faire ce qu'il desiroit, il fit brusler publiquement la veille de Noël 1592. au pied du grand escalier du Palais l'Arrest cy-dessus declaré du Parlement, estant à Chaalons, qui trauersoit la tenuë & l'effect desdits Estats, & qu'il vouluft luy souftenir, & s'en seruir en quelque façon que ce

Y

fuſt, & cela paſſa, bien que deſlors force gens des premiers de Paris trouuaſſent cette action bien extraordinaire & eſtrange, comme faite par vne authorité priuée, neant-moins perſonne n'oſa iamais y contredire, & cela ſuruint ſeulement à confirmer chacun à deſirer que la pluſpart auoient de rechercher la paix auec le Roy, bien qu'il ne fuſt permis de le dire.

Au meſme temps que les Deputez pour les Eſtats com-mencerent à venir & ſe rendre à Paris, y en arriuant en fort petite quantité, & d'aſſez mauuaiſe & baſſe condition, tous Meſſieurs les Princes, briguans & pourſuiuans l'eſle-ction pour eux en cette Couronne, commencerent à bien deſployer leurs menuës caballes & artifices, & n'oublierét rien chacun de ſon coſté, car à la verité le morceau le vaut bien: Monſieur de Guiſe fils aiſné de la maiſon de Guiſe y pretendoit le premier droict pour la grande affection qui reſtoit au peuple de la memoire & valeur de feu Monſieur ſon pere; Monſieur du Mayne d'autre coſté s'imaginoit ſe l'eſtre deſia comme acquiſe par l'authorité qu'il auoit, & les ſuffrages des Deputez deſdits Eſtats, qu'il tenoit eſtre à ſa deuotion; Monſieur de Nemours portoit ſon deſſein à faire eſlire l'Infante d'Eſpagne; auec promeſſe, comme il a deſia eſté cy-deſſus remarqué d'eſpouſer tel des Princes François dudit party qu'il luy plairoit; luy croyant eſtre celuy qu'elle choiſiroit, & qui receuroit d'elle tel hóneur, à quoy meſme il péſoit intereſſer Monſieur du Mayne en luy laiſſant ſon entiere authorité; Monſieur le Marquis du Pont fils aiſné de Monſieur le Duc de Lorraine, preten-dant comme Chef de la maiſon de Lorraine, & fils d'vn Prince Souuerain, que ceſte eſlection le deuoit regarder pluſtoſt que pas vn de Meſſieurs ſes couſins, fuſt qu'elle ſe fiſt directement en ſa faueur, ou bien en eſpouſant ladite

Infante d'Espagne, afin d'interesser la Lorraine, & la cabale d'Espagne à son dessein; Monsieur le Duc de Sauoye comme fils d'vne fille de Fráce, n'oublioit de se faire proposer auec tousles moyens qui se sçauroient faire pour luy en cela, & entre tous le Roy d'Espagne plus fort & adusié d'eux tous, & mieux seruy en France que pas vn, ne faisoit proposer autre chose ausdits Estats, sinó qu'il offroit à la France, la continuation de sa bonne volonté, & tout son pouuoir pour empescher que ceste Couronne Tres-Chrestienne ne tombast entre les mains d'vn heretique relaps, laissant au surplus à Messieurs desdits Estats d'auiser par leur prudence & bon iugement, à ce qui seroit plus expediét pour remedier à si grand mal, car il preuoyoit bié que tout ce qui pouuoit mieux reüssir pour luy, estoit de voir & rendre ce pauure Royaume si bien broüillé de tous costez & confus, qu'il en peust plus aisément remporter quelque part pour sa peine parmy nos diuisions Françoises, & nos guerres Ciuilles, qui n'apportent iamais que trop d'aduantage aux Estrangers, & de honte à nostre nation, qui se ruine & dissipe de soy mesme.

Durant toutes ces belles pratiques & menées de Messieurs du party de la Ligue, qui tous en general & en particulier aspiroiét à la Royauté, les armées du Roy trauailloient pour son seruice aux Prouinces, où elles estoient; à sçauoir, celle conduite par Monsieur de Neuers vers le milieu de la France, & du costé de la Beausse, où il faisoit tousiours quelque sorte d'acheminemens; celle conduite par Monsieur le Prince de Conty, auec Monsieur le Mareschal d'Aumont du costé de Bretagne, où ils emporterent Rochefort, apres trois mil coups de canon tirez, pendant que Monsieur de Boüillon persecutoit tousiours vers la Champagne, le Duc de Lorraine, & que quelques petits commencemens & compositions particulieres des places en Picardie, commençoiét à se ressouuenir de leur deuoir, & à rechercher les moyens de reuenir au seruice de sa Majesté, laquelle cependât ne voulut demeurer inutile, se resoluant d'assembler à Chartres au vingtiesme Ianuier 1593. tous les principaux de ce Royaume, estant en son obeïssance, pour auec eux prendre quelques bonnes resolutions sur les occurrences du temps & affaires de cét Estat ainsi broüillé de tous costez.

Et en mesme temps Monsieur du Mayne sur la fin de ladite année 1592. desirant donner quelque bonne opinion de son proceder, tant ausdits sieurs Deputez pour les Estats qui arriuoient de iour en iour, qu'à tout le reste de la France, fut faite & publiée vne Declaration, bien & artificieusement faite selon son dessein, portant les iustes & necessaires causes qui l'obligeoient à faire & continuer la guerre contre le Roy, comme heretique, relaps, & declaré indigne & incapable de cette Couronne, auec infinies coniurations à tous les Officiers d'icelle, Ecclesiastiques, & autres bons Catholiques, de s'vnir & reünir auec luy pour la conseruation de la Religion, & dudit Estat : ensemble desquels il preuoyoit autrement la ruine ineuitable, sans cette commune vnion & resolution de tous, & fut verifiée cette Declaration au Parlement qui estoit à Paris, & apres publiée en ladite ville le sixiesme Ianuier mil cinq cens quatre-vingt treize.

Aussi tost que le Roy eut veu & consideré la fin & artifice de cette susdite Declaration, il fut tres-prudemment conseillé par ses meilleurs & principaux Officiers & seruiteurs d'en faire faire & publier incótinent vne autre de sa part toute contraire à ladite premiere, & commanda à Monsieur de Fresne l'vn de ses Secretaires d'Estat qui couchoit parfaitement bien par escrit, de la dresser, & apres de la presenter à nous autres du Conseil, pour la rendre mieux faite, & remplie de toutes les plus fortes & pressantes raisons qu'il nous seroit possible; ce qui fut fait si à propos, que l'on fit voir par icelle toutes les impertinences & artifices & nullitez de la premiere de Monsieur du Mayne, & comme tomboiét inconsiderément aux crimes de leze Majesté au premier chef tous les Fráçois, qui continuans en leur resolution, voudroient obeïr ou participer par effect ou par consentement ausdits Estats pretendus de la Ligue; accordans neantmoins sa Majesté par ladite Declaration quinze iours de temps à tous ceux qui s'en voudroient retirer, pour se rendre à leur deuoir & à son seruice, auec promesse de les bien receuoir & fauorablement traitter; comme aussi de ne vouloir plus pardonner pour l'aduenir à ceux qui se rendroiét opiniastres en vne si iniuste cause, & fut ladite Declaration du Roy faite à Chartres le vingt-neufiesme Ianuier 1593. laquelle fut incontinent publiée & enregistrée en toutes les Cours Souueraines, demeurans dans l'obeïssance du Roy.

Pendant que le Roy & toute la Cour seiournoit à Chartres, mes amis, & ceux de Monsieur de Giury s'aduiserent de me conuier à faire le mariage de ma fille aisnée la Marquise de Nesle auec ledit sieur de Giury, Anne d'Anglure, de très-bonne & ancienne maison, & Gentil-homme doüé de tant de bonnes & rares qualitez qu'il s'en trouuoit peu de semblables en France; le Roy mesme qui aimoit grandement ledit sieur de Giury m'en parla & pria plusieurs fois, m'assurant qu'il l'aduanceroit des premiers,

selon son merite, tellement que voyant madite fille ieune
veufue, sans enfans, & assez riche, ie pensay ne pouuoir luy
procurer plus sortable mariage, apres son premier, que celuy dudit sieur de Giury, & pource m'attachant plus aux
aduantages qu'il auoit par sa naissance, par sa bonne erudition, par sa gentillesse, & son courage, qui luy donnoiét
vn establissement de tres-gráde fortune au monde, qu'au
bien qu'il pouuoit lors posseder, & desquels ie ne faisois
nul Estat au prix; ie me resolus à faire & conduire ledit mariage auec le commencement de madite fille qui s'y porta
volontiers, & en faueur d'iceluy, outre les grands biens
qu'elle auoit desia, de luy donner encore dix mil escus de
ma maison, pour obliger tousiours dauantage enuers les
miens, ledit sieur de Giury ; & ainsi fut ledit mariage par
grande ceremonie arresté, & le contract d'iceluy passé
deuant le Roy, qui nous fit l'honneur de s'en rendre solliciteur, & fut accomply audit Chartres le 20. iour de Ianuier 1593.

Pour reuenir aux affaires du temps, comme mõdit sieur
du Mayne & ceux de sa caballe & son party, faisoient leur
principal fondement de la continuation de leur rebellion
& de la guerre, sur la Religió du Roy, blasmás sans raison
les Catholiques qui le seruoient, nous aduisasmes au Conseil auec sa Majesté qui le trouua tres-bon, que tous Messieurs les Princes, Prelats, Officiers de la Couronne, &
autres principaux Seigneurs Catholiques, tant dudit
Conseil, qu'autres qui estoient prés de sadite Majesté, en-
uoyassent aussi en mesme temps vne espece de Declaratió
de leur part audit sieur du Mayne, & autres de son party, & ausdits Estats assemblez à Paris, portant qu'ils recon-
noissent assez les mal-heurs de la guerre, & les commodi-

tez de la paix, & sur tout la fidelité inuiolable & les seruices tres-humbles qu'ils doiuent au Roy, qu'il auoit pleu à
Dieu leur donner, & que desirans auec passion comme
vrais François, & Officiers de cette Couronne, trouuer
quelque bon moyen & remede; tous sçachant tres-bien
la bonne & saincte intention de sadite Majesté, & apres en
auoir receu promesse d'elle, ils offroient d'entrer en conference & communicatió par des Deputez d'entr'eux, auec
d'autres de leur part, en tel lieu qu'ils aduiseroient plus có-
mode, comme entre Paris & Sainct Denis, se promettác
qu'auec l'aide de Dieu, tousiours autheur de paix, & conseruateur de cette Monarchie, estans ainsi assemblez, se
trouueroit remede pour la conseruation de cét Estat, &
le repos & la consolation de tous les gens de bien, & cette
Declaration ample & tres-bien faite, fut arrestée & passée
en plein Conseil, tenu expres, & signée par Monsieur de
Reuol, l'vn des Secretaires d'Estat, à Chartres, le vingt-
septiesme Ianuier 1593. & enuoyée dés le lendemain par
vn trompette du Roy à Paris.

A cette Declaration & ouuerture de Conference, proposée par lesdits sieurs Princes & Officiers de la Couronne
Catholiques, prés du Roy, ne fallirent incontinent de respondre, Monsieur du Mayne & Messieurs des Estats de la
Ligue, tousiours auec leurs protestations ordinaires, spe-
cieuses en paroles, & leur industrie à perpetuellement
amuser & tromper les plus foibles esprits, & neantmoins
concluant qu'ils acceptoient tres-volontiers ladite Cófe-
rence, pourueu qu'il n'y eust que des Catholiques, & desi-
gnerent par icelle le lieu de Sainct Maur, de Mont martre,
ou de Chaliot, au logis de la Reine mere, & demanderent
que nos Deputez du costé du Roy s'y rédissent dans la fin

du mois de Ianuier, & qu'ils y feroient trouuer les leurs
auſſi toſt qu'ils feroient aſſurez que ledit temps & lieu
nous fuſſent agreables.

Monſieur le Cardinal de Plaiſance, lors Legat en France, enuoyé par le Pape Clement huictieſme eſtant à Paris,
eſtima eſtre obligé à parler parmy tant de Declarations,
lettres & belles reſponſes de tous coſtez, & fit publier &
enuoyer par tout vne grande exhortation de ſa part ſur
tous les Catholiques de toutes qualitez, ſeruans & ſuiuás
le Roy, portant le grand tort qu'ils faiſoient à leur conſcience, & à leur honeur, de ſeruir & aſſiſter vn heretique
voulant prouuer par ſes raiſons, ne pouuoir eſtre Roy
de France, & ainſi les conuians de s'en ſeparer pour ſeruir
à la conſeruation de la Religion & de cét Eſtat, auec les
Princes Catholiques, & autres Deputez des Eſtats aſſem-
blez à Paris, afin de nommer tous vnanimement vn Roy
qui fuſt vrayement Catholique & doüé des qualitez conuenables à cette grandeur, promettant par l'authorité de
ſa Sainéteté tout libre accez & ſeureté à tous ceux qui ſe
voudroient reconnoiſtre & n'oubliás à remarquer le ſoin
continuel & ſucceſſif qu'ils auoient eu de la conſeruation
de la Religion Catholique, & de cét Eſtat; tous les Papes
depuis Sixte ſixieſme, iuſques audit Clement huictieſme; à
ſçauoir Vrbain ſeptieſme qui ſucceda audit Gregoire, &
apres ledit Clement qui l'auoit enuoyé à meſme deſſein &
au nom & par l'authorité duquel il parloit, & pour fin
blaſmoit grandement l'attentat fait à la dignité du S. Siege, par les Arreſts donnez aux Parlements de Tours &
Chaalons, contre les Bulles, tant du Cardinal Cajetan, auparauant Legat du Pape Sixte, que du Nonce l'an.........
enuoyé par Gregoire, que celles qu'il auoit apportées, &
                                                        fut

fut apporté au Roy cette exhortation dudit Legat, qui la
communiqua à fon Confeil, où elle fut iugée affez pref-
fante, & bien faite felon le ftile de Rome, & eftant dattée du treiziefme Ianuier 1593.

Aprés que les Eftats eurent commencé de s'affembler à
Paris, le Duc de Feria, enuoyé exprés par le Roy d'Efpagne
aprés la mort du Duc de Parme, defira d'y entrer & y eftre
oüy de la part dudit Roy d'Efpagne fon maiftre, & y fit
vne harangue le ij. Auril 1593. pour faire reffouuenir
aux Eftats quelle eftoit la grandeur & bonté du Roy enuers cét Eftat, & fon extréme pieté & charité pour côfer-
uer la Religion Catholique en iceluy, auec les grâdes affi-
ftances & defpenfes qu'il auoit faites pour cela, en fe côu-
urant ainfi tacitement à ce qui eftoit de l'intereft & du
deffein de fondit Maiftre, apres laquelle harangue il leur
prefenta vne lettre de fa part plus fuccinte, mais autant ar-
tificieufe, & tendante à mefme but, dattée de Madril du
ij. iour de Ianuier 1593. à quoy le Cardinal de Pelleué,
comme Prefident à la chambre du Clergé, & par ainfi deuant porter la parole pour tous les Eftats qui auoient efté
expreffément affemblez, refpondit au nom d'iceux audit
Duc de Feria, tant pour fon Maiftre, que pour luy, & fut
cette refponfe vray-femblablement concertée auparauât,
plus remplie de loüanges & de tefmoignages d'obligations de la France audit Roy d'Efpagne, que l'autre n'en
euft ofé dire, ny peut-eftre penfé, & cela traifnoit apres foy
vne autre promeffe defdits Eftats, & vne affurée obligatió
à recognoiftre & contenter ledit Roy d'Efpagne.

Pendant que les Chefs de ladite Ligue & les Efpagnols
traualloient aux Eftats de Paris à tout perdre & broüiller,
par la nomination & eflection qu'ils pretendoient faire

d’vn Roy Catholique à leur fantaifie, apres plufieurs allées & venuës, la Conference des Deputez des deux partis fut en fin arreftée & refoluë au village de Surefne prés
S. Cloud, à deux lieuës de Paris fur le bord de la riuiere. Il
s’y trouua du party du Roy Meffieurs l’Archeuefque de
Bourges grand Aumofnier de Fráce, & Bellieure, de Chauigny, de Chomber, de Pót carré, & de Thou: Et de l’autre
cofté Meffieurs l’Archeuefque de Lyon............... tous lefquels, apres les premiers complimens, refpects & accueils,
ayant efgalement defployé les miferes du temps, & tefmoigné le gråd defir d’y pouuoir trouuer bon & prompt
remede ; nos Deputez propoferent fuiuant leur inftruction, faite & arreftée au Confeil du Roy & en fa prefence,
que pour donner à chacun quelque foulagement & relafche, il eftoit à propos de faire vne tréue de quelques
iours; fauf à la continuer par apres, ou à mieux faire s’il
eftoit poffible ; à quoy les autres refpondirent que bien
qu’ils approuuaffent cefte ouuerture, que n’en ayant le
pouuoir, ils ne la pouuoient accorder, ny rien conclure
fur cela, qu’ils n’en euffent conferé à Meffieurs des Eftats,
& à Monfieur du Mayne, qui les auoient enuoyez; que
s’ils vouloient leur donner temps & iour, ils leur en feroient refponce certaine, & que cependant l’on pouuoit
propofer autre chofe, qui eftoit leur deffein d’apprendre &
recognoiftre les intentions de nos Deputez, pour y gliffer
s’ils pouuoient, & en tirer quelque aduantage ; ce-qu’e-
ftant ainfi reconneu par les noftres, ils remirent lefdites
Conferences iufques à vn autre iour, auquel les autres
promirent de reuenir, & refoudre pour ladite tréue, à laquelle les noftres tindrét toufiours ferme, & ainfi chacun
fe fepara peu de iours apres leur premiere entre-veuë, les

noſtres reuenans à S. Denis, & les autres retournans à Paris:
deſlors chacun iugea que l'artifice de la Ligue eſtoit de
couler & de gaigner temps pour taſcher de faire quelque
choſe à leur aduantage auſdits Eſtats.

Ce que recognoiſſans les bons ſeruiteurs du Roy, qui
eſtoient Catholiques, & qui eſtoient auprés de ſa Majeſté,
ils commencerent à la preſſer plus que iamais de ſe faire
inſtruire en la Religion Catholique, car par là il aſſureroit
ſa Couróne, oſteroit à tous ſes ennemis toute ſorte de pretexte de broüiller dauantage, & meſme ruineroit vn certain tiers party de quelques Princes du Sang, & autres Catholiques qui commençoient à s'vnir & caballer contre
luy à cette occaſion, & ainſi reduiroit par ce ſeul coup de
ſa conuerſion chacun en ſon obeïſſance, eſtant impoſſible
qu'aucun Catholique la luy peuſt apres deſnier, & qu'il ne
s'acquiſt pour luy & ſon Eſtat la paix & la tranquilité tres-
aſſurée. Toutes ces raiſons, & infinies autres qui luy furent repreſentées à diuerſes occaſions, à quoy ie puis dire
n'auoir pas peu ſeruy, firent en fin tant ſur ſon bon iugement, que nonobſtant toutes les oppoſitions que peurent faire ceux de la Religion pretenduë reformée qui e-
ſtoient en grand nombre & en grand credit auprés de
ſa Majeſté, & les diuers artifices, & diſcours particuliers qu'ils y oppoſerent, elle ne laiſſa de ſe reſoudre à ſe
faire inſtruire en ladite Religió Catholique, & pour y paruenir enuoya des lettres de cachet à Meſſieurs les Arche-
ueſques & Eueſques plus prochains, & autres Docteurs
demeurez és villes de ſon obeïſſance, pour les conuier à ſe
rendre tous en meſme temps prés de luy à Sainct Denis, où
il deſiroit receuoir d'eux l'inſtruction conuenable à la
Religion Catholique Apoſtolique & Romaine, à quoy ſe

Z ij

promettoit qu'ils le trouueroient tout difposé, ne recherchant que la voye la plus affurée de fon falut qu'il efperoit
trouuer par leurs bons & falutaires enfeignemens, & furent lefdites lettres efcrites à Mantes le dix-huictiefme
May 1593. Comme ceux de la Ligue furent certains de
cette bonne & faincte refolution du Roy à fa conuerfion,
iugeant bien qu'elle ruineroit toutes leurs affaires, ils
chargerent & de bouche & par efcrit leurs Deputez à la
Conference, de faire entendre aux noftres que tous ceux
de leur party eftoient grandement aife de cette conuerfion, pourueu qu'elle fuft vraye & nó feinte, & que le Roy
en fift paroiftre de là en auant les effects en toutes fes
actions, & ne receuft aupres de luy des miniftres & autres
de la Religion pretenduë reformée en fes principaux
Cófeils, & que cette conuerfion fuft receuë & approuuée
du Pape, qui feul pouuoit felon les cóftitutions de l'Eglife
deflier ce que fes predeceffeurs auoient lié, fans lefquelles
conditions ils ne pouuoient eftre fatisfaicts de ladite conuerfion, ny fans l'affurance d'icelle traitter dauantage, ny
confentir à aucune furfeance d'armes d'où ils remettoient
à donner la refolution felon qu'ils cognoiftroient le Roy
eftre bien & veritablement conuerty à la Religion Catholique, & mieux en effect qu'en demonftration & parole, & ainfi fe retirerent & interrompirent ladite Conference.

Ce qu'eftant rapporté & reprefenté au Roy, qui auffi
toft iugea bien par fa prudence & celle de fon Confeil,
que telles efchapatoires & artifices ne tendoiét qu'à rompre & delaiffer ladite Cófetence, & cependant trauailler
à Paris à l'eflection d'vn nouueau Roy à la fantaifie de la
Ligue, où chacun trauailloit ouuertement, il fut aduifé &

refolu audit Confeil que Meffieurs les Deputez de ladite
Conference du cofté des Catholiques du party du Roy
efcriroient vne lettre par la permiffion de fa Majefté aux
autres Deputez du party côtraire pour feruir de manifefte
à toute la France, de la fincerité des vns , & des mauuais
deffeins des autres, & faire cognoiftre à vn chacun combien il eftoit facile de iuger l'artifice des Efpagnols & autres ennemis de cét Eftat ; qui ne tafchoient qu'à perpetuer la def-vnió d'iceluy, & profiter de fa ruine & mifere, & remonftrer les grands mal-heurs qui arriueroient
inutilement & à la Religion & à cette Monarchie Françoife, fi l'on fe laiffoit imprudément aller à quelque nouuelle el.ction de Roy, puis que Dieu nous en auoit
donné vn , tres-bon & tres-digne, en legitime & ordinaire fucceffion, & lequel s'eftoit par la grace de Dieu
refolu de fe faire Catholique, & recognoiftre le Pape felon fon deuoir ; ce qui obligeroit toufiours dauantage les
bons & vrais François de le recognoiftre, & de luy obeyr
en tout & par tout ; que fa Majefté defireux de donner
quelque repos & foulagement de mifere au peuple, s'eftoit accordé de faire vne tréue & ceffation d'armes pour
quelque temps , dont lefdits Deputez auoient fait ouuerture dés le commencement de ladite Conference, fans
en auoir pû tirer aucune refolution ny reponfe en cinq
fepmaines ; bien que pendant icelle fa Majefté fe fuft pû
grandement aduantager fi elle ne s'en fuft retenuë fur
l'ouuerture & le defir de ladite Ligue, & ainfi concluans
ladite lettre, les grands defplaifirs que tous les gés de bien
auoient des calamitez prefentes, & les paffions extrémes
qui leur reftoient de fe pouuoir tous voir pour y apporter
le remede conuenable, & fe maintenir tous enfemble en

vrais François, & non efclaues des Efpagnols, broüillons, & autres ennemis de cét Eftat; & cette lettre tres-bien & iudicieufement faite & fignée de tous lefdits fieurs Deputez & de Monfieur de Reuol Secretaire d'Eftat, dattée du vingt-troifiefme Iuin 1593. à S. Denis, fut adreffée & en-uoyée à Monfieur l'Archeuefque de Lyon, auec vne lettre particuliere à mefme fin pour luy, comme eftant le pre-mier & plus qualifié des Deputez de leur party.

Le vingt-huictiefme dudit mois de Iuin 1593. comme ceux du Parlement, demeurez à Paris, cogneurent les grandes & diuerfes factions & cabales qui fe faifoient aux Eftats de la Ligue audit Paris, pour pouruoir à quelque forte d'elleCtion d'vn noueau Roy, & peut-eftre tranf-porter la grandeur & dignité de cette Couronne és mains eftrangeres au preiudice de la Loy Salique, & autres loix fondamentales de cét Eftat, fe refolurent prudemment par diuine infpiration de s'oppofer auec courage à telle entreprife, & donnerent vn Arreft fur la requifition des gens du Roy audit Parlement, portant qu'il fuft fait re-monftrance tref-expreffe par le principal d'entr'eux & Monfieur du Mayne, comme Lieutenát general de l'Eftat & Couronne de France, en prefence de tous les autres Princes, Officiers de la Ligue, & principaux du Party, à ce que rien ne fuft attété au preiudice des Loix de ce Royau-me; ains icelle obferuer & refpecter par qui que ce fuft, declarant ledit Arreft nul, & de nul effeCt tout ce qui fe-roit fait au contraire, dont mondit fieur du Mayne defi-rant en ouurir fon cœur, plus librement en particulier qu'en public, ayant fceu que le Prefident le Maiftre, qui tenoit la place de premier Prefident, auoit efté chargé de cette Remonftrance, il le manda par Monfieur de Billion,

qui le vint trouuer chez Monſieur de Lyon, où il alloit
diſner, ce que ledit Preſident le Maiſtre fit, accompagné
de deux Conſeillers de la grand'Chambre, nómez Fleury,
& d'Ar.

Et là apres ladite Remonſtrance faite par ledit Preſident,
ledit ſieur du Mayne pour reſponſe ſe plaignoit grandement à eux, de l'affront qu'il diſoit luy auoir eſté fait, de
donner tel Arreſt, & de telle conſequence, ſans luy en
auoir auparauant communiqué, & que s'il euſt creu cette
affaire deuoir eſtre propoſée & reſoluë en cette ſorte, il ſe
fuſt luy meſme trouué audit Parlemét auec tous les autres
Princes & Officiers de la Couronne qui eſtoient là prés de
luy, à quoy fut repliqué par ledit ſieur Preſident le Maiſtre,
que l'intention de la Cour n'auoit iamais eſté de luy faire
aucun affront, ny l'offenſer, mais bien de maintenir &
conſeruer, autant qu'il ſe peut, & ſe doit, les droits de cét
Eſtat, & les Loix fondamentales d'iceluy, & s'oppoſer au
tranſport que l'on pourroit faire de cette Couronne és
mains eſtrangeres, & que s'il luy plaiſoit de leur cotter les
termes & choſes qui le pouuoient offenſer dans ledit
Arreſt, que ladite Cour taſcheroit de le ſatisfaire &
contenter autant qu'il luy feroit poſſible, & qu'elle
euſt receu beaucoup d'honneur & de contentement, s'il
luy euſt pleu ſe trouuer à cette importante deliberation,
pour y apporter ſon prudent aduis, auec Meſſieurs les autres Princes & Officiers de la Couronne qui eſtoient là,
leſquels pour ce en auoient peu eſtre aduertis du Vendredy precedét pour s'y trouuer, s'ils l'euſſent deſiré, au Lundy
ſuiuant que ledit Arreſt fut donné, ſans pouuoir eſtre dif-
feré dauantage, ny meſme en aduertir autremét perſonne,
n'eſtant la forme du Parlement, qui n'a............... leur or-

dinaire, & reçoit tousiours tres-volontiers chacun en son rang, tous ceux qui y ont sceance; mais non Messieurs les Pairs, sinon pour les procez concernant aucuns d'iceux, sur quoy les sieurs de Lyó & de Rosne qui estoient seuls auec ledit sieur du Mayne voulurent s'entremettre de parler, & aucunement presser ledit sieur President, qui ne manqua de repartie assez rude & preignante pour eux, & le tout souz le nom & l'abry dudit Parlement, & cela se se passa vn Mercredy dernier iour de Iuin 1593.

Apres plusieurs Conferences & instructiós, le Roy s'estant, par la grace de Dieu, suffisamment instruict des points desquels il doutoit en la Religion Catholique, par le bon soing que Messieurs les Euesques & Docteurs assemblez à cét effect y apporterent; il prit resolution de faire l'abiuration de son heresie passée, & profession pour l'aduenir à la vraye Foy Catholique, Apostolique & Romaine, pour y viure & mourir, ainsi que les Rois ses predecesseurs; & voulut faire cette bonne & saincte action publiquement, dans l'Eglise de S. Denis le vingt-cinquiesme Iuillet 1593. ayant sa Majesté choisy ce lieu, à cause des sepultures des Rois qui y sont, les faits desquels il vouloit ensuiure; & de sadite conuersion donna aussi tost aduis par lettre de cachet du mesme iour, à toutes les Cours souueraines, Corps & Communautez, Euesques absens, Gouuerneurs & autres personnes de qualité de son obeïssance, afin que chacun en rendist graces à Dieu par *Te Deum*, processions & prieres publiques, comme pas vn n'y manqua, estant le coup du salut de cét Estat.

Et bien que ce soit le fait des Historiens de ce temps, d'escrire & laisser à la posterité les formes & ceremonies qui furent gardées à ladite Conuersion du Roy, ie ne puis

m'em-

m'empefcher pour l'extreme contentement que i'en receus, auec tous les bons Catholiques, & vrais François,
d'en dire icy fommairement quelque chofe, apres y auoir
contribué de ma part toute l'affection & le feruice tres-
humble que ie deuois, & ainfi ie remarquay qu'apres l'inftruction du Roy, parfaite & acheuée par Monfieur l'Archeuefque de Bourges, grand Aumofnier de France, & par
Meffieurs les Euefques de Mantes, du Mans, & du Perron,
nommé à l'Euefché d'Eureux, tous les autres Euefques &
Docteurs, ayans efté mâdez, plus pour authorifer l'action,
que pour y eftre neceffaire, le Dimanche matin vingt-
cinquiefme Iuillet 1593. fa Majefté veftuë fort fimplement,
alla de fon logis, qui eftoit celuy de l'Abbé de Sainct Denis, par la ruë, toute ta piffée, iufques au grand portail de
l'Eglife de ladite Abbaye, affifté de tous les Princes &
Officiers de la Couronne, de ceux de fon Confeil, de
trompettes & haults bois, comme il eft de couftume
aux grandes ceremonies, toutes les ruës eftans bordées du
Regiment de fes gardes, & ayant pris à l'entour de luy, &
derrière, toutes fes gardes ordinaires du Corps, & fa Majefté arriuant audit portail, il y trouua ledit fieur Archeuefque de Bourges, reueftu Pontificalement, qui l'attendoit, affis dans vne chaire, & ayant à l'entour, & prés de
luy, Monfieur le Cardinal de Bourbon, & tous Meffieurs
les Archeuefques, Euefques, Prelats, Docteurs, & autres
Ecclefiaftiques en nombre infiny, reueftus de roquets, &
camails, auec les Religieux de S. Denis, tous veftus en
chappes, & toute ladite Eglife fi remplie de peuple d'vn
& d'autre party, qu'il eftoit impoffible d'y pouuoir trouuer place, ny s'entr'entendre, pour les infinies & redou-
blées acclamations de *viue le Roy*, & autres applaudiffe-

A a

mens & fignes d'allegreffe qui fe faifoient fans ceffe.

Apres que le Roy fe fut approché dudit St de Bourges, il mit fur vn carreau, prefenté par ledit fieur du Perron, comme premier, les deux genoux à terre, & demanda tout hautement, & apres toute forte d'humilité, qu'il peuft à l'Eglife d'oublier fa mefcognoiffance paffée, pour lefquelles, il fe foubmettoit à telle penitence qu'il luy plairoit luy ordonner, & le receuoir pour l'aduenir au nombre des enfans d'icelle, proteftant deuant Dieu, fes Anges, & tout le monde, de vouloir viure & mourir en la Religió Catholique, Apoftolique & Romaine, comme eftant la feule & vraye mere, neceffaire à falut, & de laquelle il defiroit faire profeffion ; lors ledit fieur de Bourges fe leuant de fa chaire, fans ofter fa mittre, bailla de l'eau benifte au Roy, luy fit baifer la faincte Croix, que lefdits Religieux auoient apportée, & puis s'eftans raffis, interrogea fa Majefté des points de la Foy, & luy fit faire l'abiuration neceffaire de fes herefies, & fa profeffion de Foy, fuiuant la forme prefcrite par le Concile de Trente, laquelle il luy fit figner, & apres ayant fait releuer le Roy, toufiours iufques là demeuré à genoux, ledit fieur de Bourges le prit par la main, & le conduit au grand Autel de ladite Eglife, où fa Majefté fe profterna encores à genoux, & baifa le pied dudit Autel, puis eftant releué, reconfirma fadite profeffion, & en iura l'entretien inuiolable fur les faincte Euangiles qui eftoient fur ledit Autel, & auffi toft fe retira feul auec ledit fieur de Bourges dans vn Confeffionaire, preparé exprés à cofté dudit Autel, où il fit fa Confeffion generale, & receut la penitence que luy impofa ledit fieur de Bourges, auec l'abfolution neceffaire, attendant qu'il enuoyaft à Rome vers fa Saincteté, pour la re-

querir & obtenir encores ; & cependant le *To Deum* se
chanta par la musique de la Chappelle de sa Majesté, & se
prepara la grand'Messe, laquelle fut apres ladite Confes-
sion celebrée Pontificalement par ledit sieur de Bourges,
le Roy y assistant souz vn daiz de velours, au milieu du
chœur, auec Messieurs les Prelats, Princes, Ducs, Officiers
de la Couróne, & autres, tous à l'entour de luy, sans rang,
comme aux Messes ordinaires du Roy. Mondit sieur le
Cardinal de Bourbon ayant presenté & fait baiser à sa Majesté l'Euangile & la paix, à la maniere accoustumée, comme aussi elle alla à l'offrade, & à la fin de ladite grand'Messe
sa Majesté communia publiquement, par la main dudit
sieur de Bourges, & apres ladite grand'Messe finie, fut
faite largesse au peuple, au bruit des trópettes, hauts-bois,
& infinies resiouïssances de tout le monde ; & cela fait, sa
Majesté s'en retourna en son logis, en mesme ordre
qu'elle estoit venuë ; à son disner ledit sieur de Bourges,
comme grand Ausmonier, dit le *Benedicite* & les *graces*
auec la musique, & peu de temps apres le Roy retourna à
l'Eglise, où il entendit le Sermon que fit tres-dignement
ledit sieur de Bourges, puis assista à Vespres, que sa musique chanta, & sur le soir s'en alla iusques au Monastere de
Mont-martre faire ses deuotions, à la veuë & porte de
Paris, dont le peuple tout rauy d'aise, partit en si grande &
merueilleuse foulle ; & auec tant de tesmoignage d'affection, voir sa Majesté, que l'on creut qu'elle eust bien peu
dés ce iour là se rendre maistre de la ville de Paris, si elle
eust voulu s'y hazarder : Et se seruir de cette occasion & acclamations publiques, & en suitte de cette heureuse conuersion l'on veid incontinent courir parmy la France infinis beaux discours, mesmes faits par persónnes d'Estat,

sur le grand heur qu'elle promettoit & pouuoit apporter
à la France en son extreme necessité, & l'estroite obligatió
qu'auoient apres cela tous les bons François de reconnoistre & bien seuir le Roy, auquel l'on ne pouuoit rien plus
desirer, puis qu'auec cela il estoit doüé de toutes les conditions & qualitez conuenables à sa grandeur, & à la conseruation & dignité de cette Monarchie.

Durant que le Roy employa tres-vtilement quelque
temps à son instruction & conuersion susdite, ses seruiteurs trauailloient dans les Prouinces à aduancer son seruice, en procurant le repos necessaire à cet Estat, & au
mesme temps Messieurs les Deputez de nostre costé à la
Conference, presserent tellement de raisons les autres
Deputez du party contraire, que Monsieur du Mayne,
auec toute sa Ligue & faction Espagnole, voyant toute
les volontez de ceux qui auparauant estoient plus animez
à la guerre, estre en vn instant quasi toutes changées & in-
clinées à la douceur & à la paix, fut contraint d'accorder
auec le Roy cette tréue, laquelle ils auoient tant differée à
la faire pour trois mois, portant cessation de toutes armes
& actes d'hostilitez, auec entier trafic de labourage, commerce public & particulier, & pleine iouïssance à chacun
de son bien, & fut ladite tréue ainsi accordée entre mondit sieur du Mayne & le Roy, que iusques alors il n'auoit
iamais voulu recognoistre en cette qualité, mais qu'il
voyoit bien que tous les peuples alloient suiure, & d'eux
seuls signée, & leurs Secretaires des commandemens de
chacun costé, à sçauoir de Môsieur de Beau-lieu Ruzé pour
celuy du Roy, & de Beauderois pour l'autre, & dattée du
dernier iour de Iuillet mil cinq cens quatre-vingt treize,
six iours apres ladite Conuersion, & dés le lendemain pu-

bliée par tout, tant à Paris, S. Denis, qu'autres lieux, en
toute diligence, pour laisser pluftoft respirer à chacun la
douceur de cette accommodation fi vniuerfellement fou-
haittée de tous les gens de bien, & comme le Roy voulant
entierement fatisfaire au deuoir de fa confcience, & la
mettre en toute feureté & repos, il prit refolution auec les
principaux & premiers de fon Confeil d'enuoyer vers le
Pape, pour luy tefmoigner, rendre & protefter l'obeïffance que fa Majefté doit au Sainct Siege, & receuoir
pour fa penitence telle peine qu'il plairoit à fa Saincteté
luy ordonner, & pource dépefcha à Rome Monfieur le
Duc de Neuers, comme Ambaffadeur extraordinaire, auec
pouuoir fuffifant, & ledit fieur du Perron nommé à l'E-
uefché d'Eureux auec luy, pour plus particulierement cer-
tifier le Pape de la verité de fa conuerfion, mais le party de
la Ligue trop deplaifant de l'heureux fuccez de ladite
Conuerfion, & continuans toufiours en leurs premiers
deffeins de porter les Eftats, affemblez à Paris, à l'ellection
d'vn nouueau Roy, à laquelle chacû afpiroit pour foy, trauaillant auec toute induftrie à trauerfer foubs main du
cofté de Rome l'effect de cette Ambaffade & fubmiffion
de fa Majefté, à quoy la faction Efpagnole du confiftoire
n'oublia rien de fes moyés & artifices ordinaires, pour la
rendre inutile, ils l'euffent peu auffi bien qu'ils auoiét fait
la commiffion precedente du Marquis de Pifanny & du
Cardinal de Gondy, & du refte de la France, à y femer tant
de faux & mefchans bruits, & apofter des Predicateurs à
cét effect pour faire que ladite conuerfion du Roy eftoit
feinte & fimulée, que lors nous fufmes contraincts de
nous aider & feruir de mefmes fermons pour deftromper
le petit peuple, & faire voir la pure verité & fincerité de la-

A a iij

dite conuersion, & les damnables artifices du party contraire.

Or ceux desdits Estats de Paris estans la plufpart gaignez, & voulans faire craindre & redouter aux peuples la
côtinuation de l'heresie ou mauuaise conuersion du Roy,
& ainsi prolongeant le mal-heur de la desvnion de cét
Estat, se donner le temps de penserà leur eslection d'vn autre Roy; ils arresterêt ausdits Estats deux actes fort remarquables durant les premiers iours du mois d'Aoust 1593.
l'vn pour la réception absoluë & entiere du Concile de
Trente, & l'autre pour demeurer tous vnis inseparable-
ment à deffendre & conseruer la Religion Catholique Apostolique & Romaine, & restablir ce Royaume en sa premiere splendeur, & demeurer tousiours en
l'obeïssance du Sainct Siege & du Pape, auec congé aux
Deputez desdits Estats qui voudroient se retirer, & ce
auec cause legitime, pourueu qu'ils s'obligeassent par sermét d'y reuenir ou d'y faire reuenir d'autres en leurs places
dans le dernier iour d'Octobre ensuiuant 1593. afin que les
Estats peussent lors prendre & former leur resolution sur
les principaux points & affaires proposées; & furent ces
deux actes publiez aussi tost à Paris, & autres lieux de la
Ligue auec l'intitulation qui s'ensuit. Charles de Lorraine
Duc du Mayne Lieutenant general de de l'Estat Royal &
Couronne de France; les Princes, Ducs, Officiers de la
Couronne, & les Deputez des Prouinces faisans & repre-
sentans les Corps des Estats Generaux de Fráce, assemblez
à Paris, pour aduiser aux moyens de deffendre & cóseruer
la Religion Catholique, Apostolique & Romaine, & remettre s'il est possible le Royaume tant affligé en son an-

cienne dignité & splendeur, comme plus au long se peut voir & trouuer dans l'histoire du temps.

Outre lesdits deux actes publiez se semerent au mesme temps force lettres particulieres, aduis & remonstrances de plusieurs personnes, gaignées ou pipées par l'artifice de la Ligue, tant au dedans qu'au dehors du Royaume, adressées à leurs amis de tous costez, & principalemét à Rome, & toutes tendant à mesme but de desirer la Conuersion du Roy, & de la faire croire simulée & feinte, & empescher par ce moyen que le Pape n'y adioustast foy, & ne receust le Roy en l'obeïssance de l'Eglise, en la personne desdits sieurs de Neuers & du Perron, enuoyez expres à cét effect, & par le mesme discours se vid assez que la ialousie de Monsieur du Mayne contre son nepueu, Monsieur de Guise, pour l'eslection desdits Estats à la Royauté, auoit esté cause de la remise desdits Estats à la fin d'Octobre, d'autant que les Espagnols qui y trauailloient pour ledit sieur de Guise qui deuoit espouser leur Infante, ne s'estans trouuez iusques là assez forts pour emporter ladite eslection par dessus Monsieur du Mayne, penserent les reculans, y reuenir plus puissans de brigues d'armes, & d'argent, pour n'y plus faillir, & Monsieur du Mayne de son costé pensa assez faire pour ce coup d'auoir empesché l'eslection de son nepueu, estimant qu'il pourroit faire pour soy quelque chose dauantage audit mois d'Octobre, & ainsi chacun d'eux croyant s'aduantager dauantage par cette remise desdits Estats, Dieu qui en auoit tout autrement disposé, permit qu'ils furent ainsi separez sans autre effect, ayant duré sept mois, depuis le dixiesme Feurier iusques à la fin dudit mois d'Aoust 1593.

En cette mesme année, & quasi au mesme téps, desirant

establir la condition de mes enfans, & ayant de long-
temps fait dessein d'en faire vn d'Eglise, ie choisis mon second fils Philippes Hurault, lors Baron d'Vriel pour le
mettre de cette condition, le iugeant, graces à Dieu,
assez bien nay, & auec assez bon esprit pour reüssir en
icelle, à laquelle ie n'eus peine qu'à le disposer & faire resoudre, ayant enuiron quatorze ans, & estoit plus porté
aux armes & au monde, que ses autres freres, & neantmoins luy ayant fait recognoistre ma volonté, & l'aduantage qu'il en pouuoit esperer, & l'assurance que i'auois
qu'il prendroit apres moy l'appuy & la códuite de tout le
reste de ma maison, il se soubmit respectueusement à ma
volonté & bonne intention, tellement que ie luy fis
aussi tost prendre & porter la soutane, & luy baillay
prés de luy des gens de lettres & de conscience, pour luy
faire continuer & augmenter ses estudes ordinaires, &
tascher de le rendre capable des honneurs & dignitez,
desquelles ie le voulois pouruoir en l'Eglise, l'ayant dés
l'heure asseuré de deux Abbayes à sçauoir.................... dont
ie luy fis prendre le nom, & que i'auois tousiours conserué
comme venant de la maison de Cheuerny, soubs le nom
de mon nepueu de la Plisse, & de celle de Valasse en Normandie, que i'auois euë de Monsieur du Puy mon cousin,
en recompense de celle de S. Nicolas d'Angers, dont m'a-
uoit gratifié le Roy Henry troisiesme, estant Duc d'Anjou, pour luy auoir rendu ce seruice, de luy auoir fait augmenter les droicts de son apennage, de la disposition des
benefices Consistoriaux d'iceluy, lesquels auparauant
n'auoient esté accordez à aucun des enfans de France; &
en cette façon ie commençay d'establir & donner mon
second fils à l'Eglise.

Et

Et pour reuenir au cours des affaires du monde, les
mauuais & faux bruits que la Ligue faifoit courir par
tout, que la Conuerfion du Roy eftoit feinte, firent naiftre infinis mauuais deffeins en l'efprit foible de plufieurs;
entr'autres, vn miferable & deteftable parricide, nommé
Barriere, natif d'Orleans, au commencement baftelier,
puis foldat en Lyonnois pour la Ligue, fous le fieur d'Al-
figny, s'eftoit refolu par l'inftinct du diable à attenter à la
perfonne du roy, qui s'eftoit perfuadé qu'il vouloit perdre
la Religió Catholique en cét Eftat, & s'ouurit de fon mal-
heureux deffein hors de Confeffion à vn Preftre, Iacobin
de Lyon, nommé Sibaudy, & ledit Sibaudy qui ne l'en
auoit peu deftourner, en ayant donné aduis à vn Gentil-
homme Italien, nommé Branqualion, qui eftoit fon amy,
eftant lors audit Lyon, ledit Branqualion prit auffi toft la
pofte, & en vint donner aduis au Roy, & fit fi bien que le
Roy eftant à Melun, ledit Barriere y fut trouué pris, & arrefté le vingt-feptiefme Aouft 1593. & comme l'on le prit
faifi d'vn grand coufteau de la longueur d'vn pied, fort
affilé, pointu, tranchant des deux coftez, ne pouuát pallier
fon crime, ny defnier la verité de cét horrible attentat, il
aduoüa & confeffa fa cruelle & mefchante intention; tellement que fon procez luy fut fait & parfait par le Lieutenant du grand Preuoft, qui le iugea, auec quelques vns du
Confeil d'Eftat, quelques Prefidents des Cours Souueraines, & Maiftres des Requeftes, qui fe trouuerent lors à la
Cour, & fut condamné ledit Barriere à eftre tenaillé &
rompu tout vif, & à eftre appliqué à la queftion ordinaire
& extraordinaire, pour declarer fes complices & adherans
d'vne telle mefchanceté, & fut ainfi executé audit Melun,
fans vouloir rien aduoüer que fa faute particuliere, dont il

B b

fit paroiftre au fupplice vn tres-grand regret.

Comme d'vn cofté ces beaux Eftats de Paris, n'a-
yans peu faire dauantage, commencerent à minutter leur
retraite, & cependant à leur abry, & fouz les mauuaifes
impreffions, force fecrettes & tres-mefchantes confpira-
tions, fe defcouuroient tous les iours le nombre infiny de
tant de mefconnoiffances & extremes folies, fit refueiller
la plufpart des bons Francois en leur deuoir, & entr'autres
quelques bons & gentils efprits du temps qui s'employe-
rent à defcrire la tenuë & l'ordre defdits Eftats, en firent
vn liure, intitulé le Catolicon d'Efpagne, ou Satyre Meni-
pée, dans lequel fouz paroles & allegations pleines de
raillerie, ils boufonnerent, comme en riant le vray fe
peut dire; ils declarerent & firét apertement reconnoiftre
les menées, deffeins & artifices, tant des Chefs de la Ligue
& Efpagnols, que defdits Eftats par eux apoftez, & fi par
diuers difcours & harangues qu'ils firent faire aux vns
& aux autres, felon leurs humeurs, caprices & intelligences, en telle forte qu'il fe peut dire qu'ils n'ont rien oublié de ce qui fe peut dire pour feruir de perfection à
cette Satyre, qui bien entenduë fera grandement eftimée
par la pofterité; & d'autant qu'aux premieres impreffions
d'icelle il y auoit certaines chofes vn peu libres, mais tres-
veritables, qui touchoient quelques particuliers & principaux entremetteurs dudit party, lefquels eftoient depuis
reuenus en l'obeiffance du Roy, ils firent tant qu'aux fecó-
des impreffions, ils en retrancherent ce qui les offençoit,
& ne peurent neantmoins empefcher que le tout ne fuft
demeuré dans la memoire, & dans la Biblioteque des plus
curieux du temps, pour leur feruir de honte & d'exemple
à leurs femblables, de ne fe laiffer emporter à telles furies

pour leurs interefts & paffions, à chacun en particulier.

Au mois de Septembre, les habitans de la ville de Lyon, laffez des mauuais traittemens qu'ils receuoient ordinairement de Monfieur le Duc de Nemours, Duc de Geneuois, leur Gouuerneur, entre les mains duquel ils s'eftoiét inconfiderément iettez, & l'auoient quafi rendu abfolu audit païs deflors qu'ils s'eftoient embarquez dans le party de la Ligue, voyans qu'il s'en vouloit rendre le Maiftre, comme proprietaire de cette puiffance, fans vouloir prefque les reconnoiftre; Monfieur du Mayne, ny Meffieurs les Eftats du Royaume affemblez à Paris, qui l'auoiét plufieurs fois mádé pour s'y trouuer, à quoy il n'auoit iamais voulu fatisfaire, fe voyant trop foible pour paruenir à l'ellection de la Royauté, à laquelle il afpiroit auffi defraifonnablement & ambitieufement que les autres; lefdits habitans tout d'vn coup fe foufleuerent & reuolterent contre luy, & par barricades, & autres efforts d'émotions populaires, aidez de la conduite & dexterité de Monfieur leur Euefque, prefferent fi fort ledit fieur Duc de Nemours, que fans beaucoup de refiftance, ils fe faifirent de fa perfonne, & le mirent prifonnier dans le Chafteau de Pierre-Ancife, où il cómandoit dans ladite ville, & ainfi fe remirent en leur premiere liberté, faifans neantmoins declaration & proteftation publique, dont ils enuoyerent en mefme temps affurer ledit fieur du Mayne, & lefdits Eftats, qu'ils entendoient demeurer toufiours dans le party de l'Vnion & en l'obeïffance deuë au S. Siege; conformément à l'intention & deliberation derniere defdits Eftats, & cét inopiné changement audit Lyon, & reuolte defdits habitans, contre leur Gouuerneur de cette qualité

donnaſujet de dire & penſer force diuerſes choſes à cette
occaſion.

Or pendant la trefue generale, comme a eſté dit cy deſſus, entre le Roy & Monſieur du Mayne, ſe propoſa pluſieurs fois de tous coſtez diuers moyens pour paruenir à
quelque repos aſſuré, & vne bonne paix & accommodation raiſonnable, pour reſtablir la pauure France, & les
François en quelque ſorte de tranquilité; & le Roy, qui
ne cherchoit que la reünió de tous ſes ſujets en ſon obeïſſance, eſſaya d'adoucir & regaigner mondit Sieur du Mayne, par offres de tres-grandes charges & recompenſes, &
aſſurances tres honorables, & infiniment aduantageuſes
pour luy; mais en vain, car ledit ſieur du Mayne ayant encores, celuy ſembloit, pluſieurs cordes en ſon arc, & puiſ-
ſants reſſorts à faire ioüer, eſcoutoit, marchandoit, promettoit, refuſoit, aduançoit, & reculoit toutes les meilleures propoſitions que le bien & ſes ſeruiteurs meſmes
luy pouuoient faire, ayant deſſein de reculer touſiours &
tirer les affaires en longueur, pour attendre ce qu'il eſpe-
roit deſdits Eſtats raſſemblez, pour leſquels preparer dauantage à ſa volonté, il procuroit ſouz-main que la de-
miſſion faite par Meſſieurs de la Sorbonne en May 1590.
fuſt de nouueau publiée pour faire croire au peuple qu'ils
tenoient la Conuerſion du Roy feinte & ſimulée; & luy
nonobſtant l'apparence d'icelle deſcheu de tout droit &
pretenſion à ceſte Couronne; ce que les Agents d'Eſpagne publioient auſſi de tous coſtez, tant en France qu'à
Rome, où ils trauerſoient tout ouuertement la negociation de Monſieur le Duc de Neuers, pour l'empeſcher
d'obtenir l'abſolution de ſa Sainctté que le Roy deſiroit.

Et en mesme temps parurent en diuers endroits, tant
dedans que dehors le Royaume quelques personnes affe-
ctionnées au mal-heur public, ou gaignées par la Ligue,
qui publioient, preschoient, & par discours, & par escript,
qu'il estoit impossible de faire compatir ensemble deux
Religions, sans que cela apportast, tost ou tard la ruine,
ou au moins la dissipation de l'Estat; & à cela auoient-ils
bien quelque raison; car chacun en craignoit & preuoyoit
le mal ; mais ils adioustoient que le Roy auoit trop peu
de conduite & de puissance pour se faire iamais obeïr, &
trop d'ennemis puissans sur les bras pour n'y succomber
dans peu de temps, quand mesme il auroit esté reconneu;
qu'ainsi la France ne feroit iamais que languir & depe-
rir souz luy, & se trouueroit en fin reduite à tomber en
proye, ou à la misericorde de quelque Prince plus puissant, auquel il estoit plus expedient de recourir promptement, faisant aussi couuertement entendre que c'estoit le
Roy d'Espagne qu'il falloit rechercher, publiant sa grandeur, & faisant voir que ses doublons pouuoient tout,
pour tendre tousiours à leur premier dessein, de faire faire
aux Estats l'eslection de l'Infante d'Espagne; tellement
que les seruiteurs du Roy furent contraints de deffendre
la bonne cause de sa Majesté, par mesmes armes, & faire
voir à tout le monde l'artifice & l'impertinence dudit discours; & comme le Roy d'Espagne estoit beaucoup plus
foible qu'il ne paroissoit, ne possedant quasi que ce qu'il
auoit acquis par vsurpatió, ou par la lascheté & des-vnion
des peuples qui s'estoient laissez piper à ses artificieuses
amitiez & Religions apparentes ; cottant au vray tous les
droicts vsurpez par l'Espagnol en tous les deux Estats
qu'il possede, & les grands aduantages que la France a

rousiours euë sur l'Espagne, & les hommages qu'elle luy
doit, à cause de la Comté de Flandres, d'Arthois, & de
Charolois, auant qu'elle les eust entierement vsurpées, &
autres tres-belles remarques, pour tesmoigner la grande
inegalité de droict & de raison qu'il y a des deux Monarchies, & comme nous deuions esperer que Dieu autheur
& conseruateur de la nostre, en voudra perpetuer l'establissement, comme iuste, & l'autre comme iniuste quand
il luy plaira.

Au mois de Decembre audit an 1593. le Roy voyant que
tout le monde iugeoit de luy & de sa conscience, selon sa
fantaisie & sa passion, fut conseillé de faire vne Declaration publique de l'vn & de l'autre, pour faire taire ses
ennemis, & assembla pour ce faire à Mantes tous ses Officiers de la Couronne & principaux seruiteurs, pour aduiser à cela, & resoudre ainsi auec eux, s'il seroit plus expedient de terminer que prolonger dauantage la treue
accordée, laquelle ayant desia duré six mois, au lieu de
trois, premierement accordez, ne produisoit le bien & la
paix qu'il en auoit esperé lors, ains donnoit plus de loisir
& de moyens aux ennemis de cét Estat de continuer leurs
premieres broüilleries, & s'en augmenter tous les iours de
noueaux artifices pour le perdre & ruiner tout à faict,
en vendant toutes les intentions & actions de sa Majesté
iniustes & odieuses, par les grandes calomnies qui se
iettoient par tout le Royaume, & mesmes à Rome, où
ils trauersoient & empeschoient ses plus iustes deuoirs
pour le repos & la seureté de sa conscience, apres son heureuse Conuersion; & tels procedez estans du tout cotraires
à ce qui auoit esté proposé & arresté par les Deputez à la
Conference, sa Majesté fut cõseillée de faire publier ladite

Declaration, contenant la verité de ſadite Conuerſion, auec toutes les raiſós & cauſes cy-deſſus, & infinies autres tres-importantes & veritables, comme de la reſolution qu'auoient priſe ſes ennemis, de faire reuenir des Eſtrangers en France, afin de faire authoriſer & porter leſdits Eſtats de la Ligue à entreprendre par force ce qu'ils n'euſſent oſé penſer par raiſon, declarant auſſi ſadite Majeſté qu'il ne pouuoit plus entendre à aucune prolongation de ladite tréue, apres leſdits ſix mois expirez, & proteſtant que ce ſeroit contre ſon gré qu'il ſeroit contrainct ledit temps paſſé, de reprendre les armes, & ſe ietter à la guerre, puis qu'il s'y trouuoit obligé pour la conſeruation de ſon Eſtat & de ſa perſonne, à laquelle l'on auoit attenté à Melun durant ladite tréue, & auoit eſté fait vn ſerment public & ſolemnel auſdits Eſtats, de n'entrer iamais en aucun traitté ny accord auec luy; & neátmoins accordant par ſa bonté toute ſorte d'oubliance du paſſé, & bonne reception, auec entier reſtabliſſement en toutes leurs charges & benefices, & tous dudit party de la Ligue, ſoit particuliers ou Communautez, qui voudroient ſe reduire en leur deuoir en ſon obeïſſance, dans vn mois apres ladite Declaration, lequel paſſé, il demeureroit entierement deſchargé de cette grace; & au contraire enioint expreſſément à tous les Gouuerneurs des Prouinces, Cours Souueraines, & autres Officiers de leur courir ſus, auec toute ſorte de rigueur, & fut cette Declaration heureuſement dreſſée par Monſieur de Freſne, puis reueuë; icelle augmentée de meſme, par les premiers & plus habiles du Conſeil, expediées audit Mantes le vingt-ſeptieſme Decembre 1593.

Cette Declaration du Roy tres-bien faite, ayant eſté

publié, & enuoyéee de tous coftez, auec force lettres de
cachet de fa Majefté à plufieurs perfonnes qualifiées dans
les Prouinces; l'on en veit incontinent naiftre de merueil-
leux effects, car de là chacun prit fon fubiect de fe refoudre, & de fe refueiller à fon deuoir, & en la fidelité deuë à
fon Roy & à fa patrie; entr'autres le fieur de Vitry, qui
iufques alors s'eftoit toufiours monftré vn des plus fer-
uents Ligueurs & affidez de Monfieur du Mayne, & eftoit
Gouuerneur de la ville de Meaux, & de la plufpart de
toute la Brie, ayant bien reconneu les deffeins mauuais
de la Ligue & de l'Efpagne, comme il veit le Roy s'e-
ftre fait Catholique il fe refolut le premier à le vouloir recognoiftre & feruir; & comme il eut fait entendre cette
fienne refolution, & la caufe d'icelle à ceux de la ville de
Meaux, il les porta & amena auec luy en l'obeïffance de fa
Majefté l'vnziefme Ianuier 1594. luy liurant auec la ville
quelques artilleries que le Duc de Parme auoit amenees du
Pays-bas, & y en auoit laiffé; apres auoir donné affurance
au Roy de tout, il le receut tres-fauorablement, & le gratifia d'honneur & de biens, tels que meritoit cette volontaire recognoiffance, comme ayant efté le premier qui a-
uoit monftré & frayé le chemin à l'obeïffance deuë à fa
Majefté; & dauantage mondit fieur du Mayne, & ceux de
fon party, trouuerent ce changement dudit fieur de Vitry
trop prompt à leur gré, & en voulurent donner vne mauuaife impreffion; ledit fieur de Vitry fit faire & publier
fous fon nom vn manifefte des iuftes raifons qui l'auoient
porté à fe reduire au feruice du Roy, puifque rien que la
diuerfité de Religion ne l'en auoit iufques là feparé; ledit
manifefte fait felon fon courage & fon humeur, & dattée
du douziefme Ianuier 1594. iour fuiuant de la fufdite Declaration

claratió, & au mefme temps ceux de ladite ville de Meaux qui vouloient fuiure & imiter leur Gouuerneur en tout, firent aufli comme vne Declaration de leur fait, portât la ferme & iufte refolution que Dieu leur auoit infpirée de fe reduire felon leur deuoir, comme ils auoient fait à l'obeïffance du Roy, & l'adrefferent & enuoyerent à Meffieurs les Preuofts des Marchands & Efcheuins de la ville de Paris, les coniurans & conuians de faire le femblable de toute affection, & de recognoiftre le Roy legitime & Catholique qu'il auoit pleu à Dieu leur dóner, fans demeurer plus longuement fous le ioug de la tyrannie Efpagnole; tellement que fur le fujet de cette reduction de Meaux & dudit fieur de Vitry, plufieurs mefmes enfermez dans Paris, & autres villes & lieux de la Ligue, commencerent à parler plus hardiment du nom & de la grandeur du Roy, & de l'Eftat François, qu'ils n'auoient ofé par le paffé; & monftrer que puifque Dieu auoit appellé fa Majefté à la vraye Religion, il n'eftoit plus temps de mefdire d'eux; & encores moins d'entretenir la rebellion contre fon authorité, & attenter à fa perfonne, par qui, ny pour quelque pretexte que ce fuft.

Et comme la plufpart du peuple de Paris fe trouua furpris & eftonné de cette reünion de Meaux au feruice du Roy, chacun defira fort, adoucy & alleché par la douceur du repos, de commécer à faire paroiftre qu'il ne cherchoit rien plus que les moyens les plus prompts de fe reuoir en fa premiere liberté & tráquilité; tellement que les Corps, Communautez, & premieres Compagnies de ladite ville, qui auoient toufiours flefchy fous la cruauté & fureur populaire, la voyant changee en douceur, ne feignirent plus à fe declarer & manifefter dauantage; entr'autres

Meſſieurs du Parlement demeurez audit Paris, où le Procureur general en iceluy, fit vne Remonſtrance & Harangue publique en pleine audience, pour monſtrer qu'il ne falloit plus tarder à reconnoiſtre le Roy, & à ſe ietter entre ſes bras, puiſque il eſtoit Catholique, en prouuant par infinies exemples & raiſons, que ceux qui voudroient continuer en leurs premiers deſſeins & rebellion, ne pouroient attendre autre choſe qu'vn redoublement de leurs miſeres paſſées, & en fin leur ruine totale.

Auſſi toſt que Monſieur du Mayne eut aduis de cette Remonſtrāce dudit Procureur general audit Parlement, cognoiſſant Monſieur de Belin Gouuerneur de Paris, & quantité d'autres principaux de ladite ville eſtre portez à meſme intention, tous ſe laſſans de la continuation de tant de miſeres, & tendans à vne bonne paix, dont il eſtoit du tout eſloigné ; il fit en ſorte que ledit ſieur de Belin ſe deſchargea, & luy remit ledit Gouuernement de Paris au grand regret de tous les Pariſiens qui auoient creance en luy ; & ce changement de Gouuerneur donna moyen au Duc de Feria de faire gliſſer & entrer dās ladite ville, par le conſentement & deſir de mondit ſieur du Mayne, qui craignoit qu'elle luy eſchappaſt, quelques Compagnies d'Eſpagnols, Vualons, Italiens, & quantité de doublons, pour contenter les penſionnaires du party, en gagner d'autres, & conſeruer ladite ville à leur deuotion ; & en meſme temps ledit ſieur du Mayne s'en alla audit Parlement, où apres pluſieurs complimens & aſſurances de reſpect & d'amitié qu'il vouloit touſiours leur garder, il les aſſura que ſes intentions n'auoiét iamais eſté, & n'eſtoient encore de faire aucun traitté auec les Eſpagnols, & qu'ils n'en deuoient prendre ombrage, non

plus que de ce que ledit fieur de Belin s'eftoit démis de fon
Gouuernement, eftant chofe dont il eftoit fort marry
pour l'eftime qu'il en faifoit, les coniurant de ne fe mettre
dauantage en peine.

Apres le difcours dudit fieur du Mayne audit Parlement,
ils'en retira, laiffant ledit Parlement plus animé que dé-
ftourné par luy de fa premiere opinion, & demeura af-
femblé iufques à vne heure apres midy, où force Confeillers s'efclatterent grandement en leurs opinions, loüans
hautement ceux de Meaux & Monfieur de Vitry, d'auoir
comme bons & vrais feruiteurs, reconneu le Roy, puis
qu'il eftoit Catholique, chacun reconnoiffant trop bien
les pernicieux deffeins de ceux qui vouloient enuahir &
tranfporter cette Couronne; & fur cela, & pour penfer
mieux conferuer ladite ville de Paris, & ceux qui y eftoient
en plus grande liberté, fut conclud quafi tout d'vne voix,
& arrefté; que du mefme iour Remonftrances feroient
faites audit fieur du Mayne, à ce que pour le contentemét
d'vn chacun, il luy pleuft retenir ledit fieur de Belin audit
Gouuernement de Paris, à quoy il refpondit qu'ils venoient trop tard; & que le partement dudit fieur de Belin
eftoit tellement accordé & arrefté qu'il ne pouuoit plus y
remedier; tellement que ledit Parlement eftant le lendemain raffemblé, auifans fur cette refponfe, arrefterent
que ledit fieur du Mayne feroit encore derechef fupplié
de conferuer audit Gouuernement ledit fieur de Belin, ou
ne trouuer pas mauuais, fi les Prefidens, Confeillers, &
autres Officiers quittoiét leurs lógues robes & chaperons
pour prendre les armes, & tafcher auec tout le peuple à
chaffer les Efpagnols de Paris; parce qu'ils voyoient bien
qu'ils auoient deffein de les acheuer de ruiner, & toute la

France, s'il luy estoit possible, eux estans obligez auec
tous les bons François, de s'y opposer, & l'empescher en
quelque façon que ce fust.

Et comme Monsieur du Mayne ne voulut repartir, faisant la sourde oreille à cette courageuse Remonstrance &
espece de rodemontade dudit Parlement, se tenant tousiours aux mesmes termes de sa premiere response; ledit
Parlement se sentant offensé & indigné de cela, pro-
nonça vn Arrest bien court, mais fort prefix & contraire
à l'authorité de la Lieutenance generale dudit sieur du
Mayne; Portant qu'attendu le mespris fait par ledit sieur
du Mayne, des bons aduis & remonstrances de ladite
Cour, autres plus expresses & estenduës luy seroient reïterées par escript, & enuoyées par le Procureur general, &
puis inserées auec la response au greffe d'icelle; & cependât
an ordónoit & declaroit à qui il appartiendroit, que ladite
Cour s'opposoit à toutes factions ou mauuais desseins de
l'Espagnol, & de tous ceux qui les voudroient introduire
en France, & commandoit aussi à toutes les garnisons
Estrangeres qui estoient dans Paris de s'en retirer ; & à cét
effect, entendoit que ledit sieur de Belin en demeurast
Gouuerneur, & que le mesme iour fussent assemblez les
Preuost des Marchands & Escheuins, & Corps entier de
ladite ville, pour se ioindre à ladite Cour, & aduiser auec
eux ce qui seroit plus expedient de faire pour l'execution
& intention dudit Arrest, & à la seureté & conseruation de
ladite ville, iusques à quoy ledit Parlement cesseroit ; &
fut ledit Arrest donné le quatorziesme Ianuier 1594. & cét
effort du Parlement, ioint à vne lettre que Monsieur de
Villeroy auoit escrite audit sieur du Mayne dix ou douze
iours auparauant, luy donnerent bien à penser pour ses

affaires, lefquelles il voyoit ainſi ſe defcouurir & ruiner
peu à peu tous les iours ; ledit ſieur de Villeroy commen-
çant lors à reuenir à luy meſme, & à vouloir retirer ledit
ſieur du Mayne des grandes pretenſions où il l'auoit trop
ambitieuſement fait entrer, tant dedans que dehors le
Royaume, lors qu'il s'eſtoit ietté dans ſon party, par deſpit
& meſcontentement particulier, qu'il prit plus ſenſible-
ment que tous nous autres du Conſeil, lors que le Roy
Henry troiſieſme nous congedia tous à Blois, chacun de
nous eſtás apres cela demeurez chez ſoy, & depuis reuenus
ſeruir le Roy, hormis ledit ſieur de Villeroy, qui s'embar-
qua des plus auans en la Ligue, & en fin s'en retira auec
compoſition & traitté particulier qu'il fit pour luy, eſtant
reuenu ſeruir le Roy en ſa premiere charge de Secretaire d'Eſtat, dont il a touſiours eſté tres-digne, eſtant infiniment habile homme.

Les grandes & artificieuſes pourſuites que ceux de la
Ligue & les Agents d'Eſpagne firent à Rome, pour de-
ſtourner le Pape de la creance que Monſieur de Neuers
luy donnoit de la vraye conuerſion du Roy, furent cauſe
que ledit ſieur de Neuers, apres y auoir ſeiourné quelque
temps, & reconneu que les bonnes intentions de ſa
Sainčteté enuers le Roy & la France, eſtoient tellement
trauerſées par les ennemis de cét Eſtat, que ſadite Sainčteté ne pouuoit faire reſoudre Meſſieurs du Conſiſtoire
à l'abſolution requiſe par le Roy, ayant fait ce qui ſe pouuoit pour luy, il demanda congé de s'en reuenir, laiſſant le
ſieur du Perron nommé à l'Eueſché d'Eureux à Rome,
pour y pourſuiure & aduancer le reſte en ſon temps ; ce
que le Pape luy accorda auec beaucoup de difficulté, & ne
l'euſt iamais fait, ſinon qu'il fut bien aiſe de pouuoir faire

entendre au Roy, auec toute confiance & assurance d'infinies, grandes & importantes particularitez de la Religion
& de l'Estat de ce Royaume; & ainsi ledit sieur de Neuers,
non du tout, mais à peu pres fut satisfait, gratifié & honoré de force beaux presens, & ses enfans aussi, que leur fit
sadite Saincteté. Il partit de Rome le 15. Ianuier 1594. pour
s'en reuenir en France trouuer le Roy, & luy rendre compte fidelle de sa charge, & rencontra par les chemins le
Cardinal de Ioyeuse & le Baron de Senecey, qui s'en alloient trouuer le Pape de la part de Monsieur du Mayne,
à dessein tout contraire, & lesquels arriuez à Rome, eurent leurs premieres audiences le XXIIII. dudit mois, &
vne autre six iours apres, taschans de porter le Pape, à
continuer sa bien-veillance & faueur enuers le party de
la Ligue, comme auoient fait ses predecesseurs; mesmes
d'y vouloir contribuer quelque solde par mois, veu les
grands perils où ils luy vouloient persuader qu'estoit la
Religion en France, dont le Pape ne fit grand cas, estant
trop fraischement assuré de la verité de toutes choses, &
n'eurent que paroles honnestes & indifferentes de sa
Saincteté, & peu ou point d'esperance ny de satisfaction
de leurs demandes. Et pour ledit sieur de Neuers, il poursuiuit son retour en France par Florence, Venise, &
Mantouë, où il fut tres-magnifiquement receu, tant
pour le respect du Roy que de luy-mesme, attendu sa
qualité, & son nom de ladite maison de Mantouë.

ARTICLES ACCORDEZ ET PROMIS
au nom du Roy, pour l'Absolution de sa Majesté.

1. QV'ILS presteront le serment accoustumé, d'obeyr aux mandemens du Sainct Siege & de l'Eglise.

2. Qu'ils abiureront par deuant le Pape, le Caluinisme, & toutes autres Heresies, & feront profession de la Foy.

3. Que le Roy restituëra l'exercice de la Religió Catholique en la Principauté de Bearn, & y nommera au pluftoft des Euesques Catholiques ; & iusques à ce que les biens puissent estre restituez aux Eglises, dónera & assignera du sien aux deux Euesques, dequoy s'entretenir dignement.

4. Que le Roy, dans vn an, oftera Monsieur le Prince de Condé, d'entre les mains des Heretiques, & le consignera entre les mains de personnes Catholiques, pour le nourrir en la Religion Catholique, & pieté Chrestienne.

5. Que les Concordats seront gardez & entretenus, tant à la prouision des benefices, qu'és autres choses.

6. Que le Roy ne nommera aux Euefchez & Abbayes, & autres benefices ausquels il a droit de nomination, personnes Heretiques, ny suspectes d'Heresie.

7. Que le Roy fera publier & obseruer le Concile de Trente, excepté aux choses qui ne se pourront executer, sans troubler la tranquillité du Royaume s'il s'y en trouue de telles.

8. Que le Roy aura en particuliere recommandation, &

protection, l'Ordre Ecclesiastique, & ne souffrira que les personnes Ecclesiastiques, soient opprimées ou vexées par ceux qui portent l'espée, ny par autres, ny que leurs biens soient detenus ; & s'il y en a d'occupez, les fera rendre au plustost, par tout le Royaume, en quelque lieu qu'ils soiét situez, sans aucune forme, ny figure de procés.

9. Que si le Roy auoit fait quelque infeodation des Chasteaux & lieux qui appartiennent à l'Eglise, en faueur de Catholiques, ou d'Heretiques, il les reuoquera.

10. Que le Roy monstrera par faits & par dits, & mesme en donnant les honneurs & dignitez du Royaume, que les Catholiques luy sont tres-chers, de façon que chacun cognoisse clairement, qu'il desire qu'en la France soit & fleurisse vne seule Religion, & icelle la Catholique, Apostolique & Romaine, de laquelle il fait profession.

11. Que le Roy, s'il n'a legitime empeschement, dira tous les iours le Chapelet de Nostre Dame & le Mercredy les Litanies, & le Samedy le Rosaire de Nostre Dame, laquelle il prendra pour son Aduocate és Cieux; & gardera les ieusnes, & autres Commandemens de l'Eglise, oira la Messe tous iours, & les iours de Feste, Messe haute.

12. Qu'il bastira en chacune Prouince du Royaume, & en la Principauté de Bearn, vn Monastere d'hommes, ou de femmes, de la Religion Monastique, ou des Mandians de Religions reformées.

13. Qu'il se confessera & communiera en public quatre fois, pour le moins, par chacun an.

14. Qu'il ratifiera en France, entre les mains du Legat, ou d'autres Ministres du sainct Siege, l'abiuration & la profession de Foy, & les autres promesses faites par ses
Pro-

Procureurs; & enuoyera au Pape, l'inſtrument de la ratification.

15. Qu'il eſcrira aux Princes Catholiques, en ſe conioüiſ-
ſant de ce qu'il aura eſté receu en la grace de l'Egliſe Romaine, en laquelle il fait profeſſion de vouloir demeurer
à iamais.

16. Qu'il commandera que par tout ſon Royaume, graces ſoient renduës à Dieu, pour vn ſi grand bien receu de
luy.

ANNOTATIONS ET ADVERTISSEMENS
ſur les precedents Articles.

PRemierement, ſur tous leſdits articles, leſdits Sieurs
du Perron, & d'Oſſat, ſupplient tres-humblement
le Roy, & les Seigneurs de ſon Conſeil, à qui leſdits articles ſeront communiquez, qu'il leur plaiſe attendre la
pleine & entiere information & relation de toute la negociation, & des grandes & extremes difficultez qu'ils
y ont euës; iuſques au retour du Sieur du Perron, qui
en fera le rapport au long & par le menu · & cependant,
conſiderer la qualité & nature de l'affaire, embroüillé &
perplex en toute extremité: les oppoſitions & contradictions, qui y ont eſté faites, auſſi grandes, ou plus, qu'en
autre affaire du monde, dont il ſoit memoire : la ſouueraine dignité, authorité, puiſſance, & intereſt de noſtre
ſainct Pere le Pape, à qui on a eu affaire : & les humeurs
& pretenſions de ceux de la Cour de Rome, dont ſa Saincteté eſt conſeillée & ſeruie, & par les mains de qui leſdits Sieurs du Perron, & d'Oſſat, ont eu à paſſer. Et quand

D d

toutes les susdites choses seront bien considerées, on trouuera possible que lesdits Sieurs du Perron, & d'Ossat, n'ont pas fait peu d'eschapper à si bon marché, & mesmement qu'ils n'ont rien accordé, qui soit contre leur instruction; & que s'ils se sont laissez aller à quelque chose, ç'a esté pour le regard du spirituel, dont le Pape est chef souuerain. Mais ils n'ont dépendu vn seul point de l'authorité temporelle du Roy ny de ses Cours de Parlement, ou d'aucun de ses Magistrats, quelque grande presse qui leur ayt esté faite, & art dont on a vsé enuers eux. Voila quant à tous les articles ensemble.

Sur le premier Article.

Le serment dont mention est faite au premier article, est accoustumé au preallable, en toutes absolutions qui se donnent, non seulement par le Pape, mais par tous Euesques, & autres superieurs Ecclesiastiques, pour quelque cause que ce soit : & les Prelats mesmes de France, auoient renuoyé le Roy au Pape, pour prendre de sa Saincteté, les commandemens de l'Eglise : & pour ce, lesdits Procureurs n'ont deu faire aucune difficulté de prester ledit serment.

Sur le II. Article.

L'abiuration & profession de Foy, dont est parlé en cét article, sont aussi accoustumées & preallables à l'absolution d'heresie, encore que le Roy les eust faites en France, pour auoir l'absolution des Prelats. Ce qui a assez esté allegué à Rome, & inculqué par lesdits du Perron & d'Ossat : Si est-ce que pour auoir l'absolution du Pape, il a fallu encore la faire à Rome, où l'on vouloit que le Roy

la fiſt encore en France de nouueau, en perſonne & en
public, & y ont aſſiſté longuement : mais leſdits Procureurs ont touſiours perſiſté au contraire, à ce qu'on ſe con-
tentaſt qu'ils la fiſſent à Rome pour ſa Majeſté, qui rati-
fieroit ce qu'ils auroient fait : dequoy il a fallu que l'on ſe
ſoit contenté ; & ſa Majeſté n'en aura autre peine, ny incommodité, que de ſigner les lettres patentes de ratification, qu'il luy plaira en faire.

Sur le III. Article.

Les Sieurs du Perron & d'Oſſat, n'ont peu faire de
moins, que de promettre le contenu audit article, attendu la grande inſtance qui en a eſté faite, & la iuſtice d'iceluy, la bonne inclination qu'ils ſçauoient que le Roy y a,
& la mauuaiſe odeur que le Roy euſt donnée par toute la
Chreſtienté. Bien eſt vray, qu'ils ont fait tout ce qu'ils ont
peu, & qu'il leur a eſté poſſible, pour faire conceuoir cét
article, & le prochain, touchant Monſieur le Prince de
Condé, & le ſixieſme, où il ſe parle du Concile de Tréte,
de façon que le Roy ne promiſt en ces trois articles, ſinó
que de s'employer de bonne foy, & faire tout ce qui ſeroit
en luy, pour les choſes y contenuës. Mais le Pape a pris
touſiours en mauuaiſe part, que l'on refuſaſt de promettre ces choſes abſolument, & en fin a fallu complaire à ſa
Sainĉteté, en laiſſant paſſer leſdits articles, comme ils sót
couchez ; auec ce que ſa Sainĉteté meſme a dit, qu'en ce
qui ne ſe pourroit faire, ſa Majeſté ſeroit touſiours excu-
ſable, en quelque façon que la promeſſe fuſt conceuë. Au
reſte, les maux de cét article troiſieſme iuſques à ce que
les biens puiſſent eſtre reſtituez aux Egliſes, n'emportent point promeſſe de les reſtituer : dont on auoit

fait vn article exprés, que lefdits Procureurs n'ont iamais
voulu paffer, non qu'ils ne l'eftimaffent iufte, mais pource qu'ils n'auoient pouuoir de le promettre. Et quant à
l'entretenement des Euefques de Bearn, qui ne font que
deux; le Roy en fera quitte pour mille efcus à chacun, felon le Concile de Trente, en la Seffion vingt-quatriefme,
au tiltre, *De reformat.* chap. 13. De façon que deux mille
efcus en tout ne valoient pas que lefdits Procureurs en
contestaffent plus longuement.

Sur le IV. *Article.*

Le contenu de cét article eft fi vtile & neceffaire pour
la conferuation de la Religió Catholique, de l'Eftat mefme, & de la perfonne du Roy, que non feulement il n'y a
point eu de mal à le promettre, mais ce feroit vn tres-grád
bien, qu'il fuft defia executé, quand perfonne n'en auroit
fait inftance.

Sur le V. *Article.*

Le cinquiefme eft de iuftice, & fe deuoit accorder, quád
bien on n'euft eu à obtenir aucune obfolution de N.S.P.
le Pape.

Sur le VI. *Article.*

Cét article eft de droict & de iuftice , & felon les
Concordats, & mefmes que lefdits Sieurs du Perron , &
d'Offat ont protefté au Pape, & à ceux qui ont traitté de
la part de fa Sainéteté, que ce mot de fufpect, ne s'entendift point à la façon de quelques acariaftres, qui appellét
fufpects tous ceux qui ont quelque charité, moderation,
& humanité, & qui ne font enragez, comme eux; mais
s'entendift de fufpicion violente : dequoy on s'eft con-
tenté. Et eft à noter, que par cét article, n'eft innoué rien

de ce qui fe faifoit auparauant. Car en toutes les attefta-
tions qu'on a cy-deuant enuoyées de France à Rome, par
ceux qui deuoient eftre pourueus des benefices Confi-
ftoriaux, les tefmoins ont toufiours dépofé, qu'ils n'e-
ftoient ny Heretiques, ny fufpects: autremét ils n'euffent
point efté admis à Romer.

Sur le VII. Article.

La publication & obferuation du Concile de Trente,
eft pour reüffir, non feulement à l'honneur & gloire de
Dieu, & à la reformatió & decoration de toute l'Eglife,
mais auffi à la feüreté & accroiffement de l'authorité du
Roy; & de l'obeïffance qui eft deuë à fa Majefté, quelque
chofe que certaines perfonnes fçachét dire au cótraire. Et
fi les Preftres & autres perfonnes Ecclefiaftiques euffent
efté reiglez en France, felon ledit Concile, faifans leur deuoir, & ne fe meflans que de la fonction fpirituelle, ils
n'euffent caufé au feu Roy, ny à ceftuy-cy, les trauaux que
leurs Majeftez en ont eus, ny à la France, & à eux mefmes,
la ruine & defolation, qui s'y eft veuë par tant d'années, &
dont tout le Royaume fe reffentira d'icy à long-temps.
Au demeurant, l'exception qui eft au pied de cét article,
pour laquelle faire receuoir, il a fallu aufdits du Perron, &
d'Offat, fuer fang & eau, monftre affez le foing qu'ils ont
eu de ne rien promettre, ny accepter, qui peuft troubler la
tranquillité du Royaume, foit pour le regard de ceux de
la pretenduë Religion reformée, ou autrement. Lefdits
Procureurs ont encore tafché d'y faire mettre d'autres
exceptions, mais il n'a efté poffible de les faire accepter,
& femble qu'elles pourront aucunement eftre comprifes
fous cefte-cy.

D d iij

Sur le VIII. Article.

Cét article huictiefme eft auffi de droit & de iuftice, & le Roy y eft obligé par tout droit diuin & humain, quand bien on n'en auroit rien promis en fon nom.

Sur le IX. Article.

Les Sieurs du Perron & d'Offat ont maintenu à Rome, que le Roy n'auoit fait aucune telle Infeodation, comme ils croyent fermement, que fa Majefté n'en ait point fait du tout, & partant on leur fait conceuoir cét article, qui leur eftoit propofé autrement, en la forme en laquelle il eft à prefent, L'occafion que le Pape a euë, de faire mettre cét article, a efté la fauffe impreffion que l'on auoit donnée, que le Roy euft donné en fief, à Monfieur le Marefchal de Boüillon, l'Abbaye de fainct Remy de Reims.

Sur le X. Article.

Cét article, comme il eft conceu, ne peut troubler la tranquillité du Royaume, ny mefme offenfer directement ceux de la pretenduë Religion reformée, & n'eft que la premiere partie, & encore reformée d'vn plus grand article, qui fut propofé aufdits Procureurs : auquel article, apres ladite premiere partie, s'enfuiuoit que le Roy ne donneroit aucun office aux Heretiques, & qu'il reuoqueroit dés incontinent l'Edict de l'an 1577. & puis tout auffi toft qu'il auroit paix auec les Princes eftrangers, feroit qu'il n'y euft en France qu'vne Religion. Ce que lefdits Procureurs firent caffer, apres plufieurs conteftations.

Sur le XI. Article.

Cét article eft vne partie de la penitence, que le Pape

impofa à la perfonne du Roy : à laquelle jaçoit qu'il femble qu'il ne fallut repliquer , toutefois, pource qu'on
auoit mis l'office N. Dame par les Samedis, lefdits Sieurs
du Perron, & d'Offat remonftrerent que ledit office feroit trop long & mal-aifé pour fa Majefté; & le Pape, au
lieu dudit office, fubftitua le Rofaire, comme plus facile &
plus court.

Sur le XII. Article.

La penitence contenuë en cét article, eft grande, & les
Sieurs du Perron & d'Offat ont fait ce qu'ils ont peu
pour faire moderer ce grád nombre de Monafteres, à quatre ou fix; & mefmes ont propofé d'autres chofes, qu'ils
eftimoient eftre auffi bonnes, & plus au gré du Roy. Mais
le Pape a refpondu, que c'eftoit vne penitence de Roy,
conforme aux ruines de tant de Monafteres & d'Eglifes,
qu'il auoit luy mefme veuës, en paffant par la France. Et
à cela lefdits Procureurs n'ont eu toute la liberté de repliquer qu'ils auoient, en ce qui n'eftoit point de penitence,

Sur le XIII. XIV. XV. & XVI. Articles.

En ces quatre derniers articles, il ne refte rien pourquoy
lefdits Sieurs du Perron & d'Offat ayent deu contefter:
ains eftiment que le Roy euft fait le tout, quand bien il
n'y en euft eu aucune promeffe. Auffi n'auoient point ces
quatre articles efté propofez ainfi du commencement,
mais à l'inftance defdits Procureurs, ont efté reduits &
moderez de la façon qu'ils fe trouuent à prefent.

Outre les fufdits articles, le Pape a mis au Decret & en la
Bulle de l'abfolution vne claufe annullatiue de l'abfolutió

donnée par les Prelats en France, à laquelle clause lesdits Sieurs du Perron & d'Ossat, n'ont voulu prester consentement : mais pource qu'ils sçauent que le Pape, à cause de ses pretensions, ne donneroit iamais son absolution, qu'en annullant l'autre, ils ont dit qu'ils la lairroient passer, sans s'y opposer, pourueu que sa Saincteté, incontinent apres, adjoustast vn autre clause, qui approuuast & confirmast tous les actes de Religion, qui auoient esté faits en la personne du Roy & par sa Majesté, en consequence de ladite absolution donnée en France, tout ainsi que si le Roy eust dés lors esté absous par sa Saincteté: laquelle clause d'approbation & validation a esté par sa Saincteté adioustée en la façon que lesdits Procureurs l'ont dictee. En quoy est à noter que lesdits Sieurs du Perron & d'Ossat, n'ont voulu que le Pape validast autres actes, que ceux de Religion, afin de ne donner entrée à l'entreprise, qu'on eust volontiers faite à Rome, sur le temporel de France, si lesdits du Perron & d'Ossat, n'y eussent pris garde de prés.

Au demeurant, pour le regard de la rehabilitation qui a esté faite en cét affaire, qui estoit vne pierre de scandale, pour faire rompre tout, il se trouuera que le Roy a vne absolution pleine & entiere, contre laquelle les Espagnols & Ligueurs, ne sçauroient qu'opposer, ny s'excuser en aucune façon, de recognoistre sa Majesté pour Roy de France, en la meilleure sorte que Roy le fust iamais : Et neantmoins il ne se trouuera aucune expression de rehabilitation en toute la Bulle, où cependant, toutes choses sont si bien, que contre ceux qui voudroient dire, que le Roy auroit besoin de rehabilitation, on peust soustenir qu'elle y est en substance & en effect, & contre ceux qui

vou-

voudroient dire, qu'il se feroit fait tort d'en prendre, on peut souftenir qu'il n'y en a point du tout.

Le Roy desirant ne rien negliger ou differer des choses necessaires à son parfaict establissement à ceste Couronne, apres sa conuersion, & auoir mis sa conscience en repos du cofté du Pape, de la bonne volonté duquel il estoit asseuré, prit resolution de se faire Sacrer & Couronner, à la bonne imitation de tous ses predecesseurs & puis ie luy conseillay de chercher, comme il fit, l'Eglise de nostre Dame de Chartres la plus ancienne, belle & grande, & commode pour cela qui fust en ce Royaume, puisque la ville de Reims estoit lors en la puissáce de ses ennemis, en l'Eglise de laquelle la pluspart de nos Rois ont esté Sacrez, bien que quelques vns, comme Louis le Gros, l'ayent esté ailleurs; car le lieu ne fait rien, & n'est de necessité à la validité & grandeur de cette ceremonie, & ce que l'on l'a plustost & plus ordinairement fait à Reims est à cause de la Sainâte Ampoulle qui est dans l'Abbaye de Sainât Remy audit Reims, que nous trouuons auoir esté donnée du Ciel à cét effeât : mais s'en trouuant vne autre dans l'Abbaye de Marmonstier prés Tours, pareillement venué du Ciel, & dont defia autresfois aucuns de nos Rois auoient esté Sacrez, sa Majesté se resolut de l'enuoyer querir, & la faire dignement apporter par quelques Religieux dudit Marmóstier, & conduits iusques audit Chartres, où elle fut apportée & mise dans l'Abbaye de S. Pere, & de là apportée en ceremonie le iour dudit Sacre, comme il se pratique de tout temps à Reims en telles occasions.

Le iour pour ledit Sacre fut donc pris & arresté pour estre fait audit Chartres le.......... Feurier 1594. Et Monsieur de Rhodes, grand Maistre des ceremonies, chargé

d'y faire preparer toutes choses conuenables ; & moy
qui m'obligeay à luy faire fournir, & trouuer tous les ornemens, meubles, eschafaux, argent, & autres choses
necessaires à cette ceremonie, estant besoin d'y faire faire
tout de neuf : parce que la plus-part de telles choses
estoient detenuës à Reims, & les ornemens Royaux
auoient esté pris à Sainct Denis, & pillez par ceux de Paris ; tellement que pour preuenir à tout cela, j'allay vn
peu deuant sa Majesté à Chartres, où ie menay le sieur de
Rhodes, & là preparasmes ensemble tout ce qu'il falloit
pour ledict Sacre. Auquel ie puis assurer que rien ne fut
obmis des formes & ceremonies anciennes & ordinaires ; ce qui nous empescha le plus, fut de pouuoir faire
trouuer audit Chartres, les personnes conuenables aux
qualitez des Pairies Ecclesiastiques, & autres necessaires
en cette action, les plus qualifiez & propres à cela, estoiét
lors tous actuellement employez & retenus dans les Prouinces pour le seruice du Roy ; neantmoins surmontans
toutes ces difficultez qui se rencontrerét, Dieu voulut &
permit que nous mesmes, afin que ce bon & sainct œuure, & que le Roy fust tres-glorieusement & tres-magnifiquement sacré audict Chartres, assisté de tous les Princes & Officiers de la Couronne & plus grands du Royaume , auec vne extresme allegresse & contentement d'vn
chacun.

Il se presenta vne difficulté entre Monsieur l'Archeuesque de Bourges, & Monsieur l'Euesque de Chartres, pour
sçauoir lequel des deux representeroit l'Archeuesque de
Reims , & feroit ledit Sacre , ledit sieur Archeuesque
pretendant en ladite qualité d'Archeuesque de Bourges
Prima des Gaules, & encores en celle de grand Aumos-

nier de France , que ledit honneur luy deuoit appartenir de facrer le Roy,qu'il auoit receu en l'Eglife ; & ledict
fieur de Chartres au contraire, fouftenoit que perfonne
dans fon Eglife,tel qu'il fuft, fi ce n'eftoit le Pape ou vn
Legat qu'il enuoyaft expres,ne pouuoit entreprendre d'y
faire aucune fonction, & moins celle dudit Sacre , que
de tout autre où la iurifdiction du Confacrant eftoit du
tout effentielle & neceffaire, & adiouftoit auec aigreur
qu'il excommunioit tout autre qui s'ingereroit de telle
entreprife; & ainfi le tout eftant entendu & bien confideré au Confeil du Roy, il fut aduifé que l'on ne pouuoit
empefcher ledict fieur de Chartres de faire cette ceremonie, puis qu'il la vouloit faire , & que c'eftoit dans fon
Eglife,dont ledit fieur deBourges fut vn peu mal content,
& m'accufa que j'auois voulu gratifier en cela ledit fieur
de Chartres: pource que ie deftinois mon fils de Pont-
Cenoy pour fon fucceffeur : mais Dieu m'eft tefmoin
que ce fut la raifon & l'opinion de tous, & non ma volonté,ou mon affection qui refolut cette difpute, eftans
l'vn & l'autre mes proches parens & bons amis. Et d'autant que ie ne veux groffir ces memoires des particularitez dudit Sacre, ie diray feulement qu'il fut tres-bien &
honneftement fait, & que ledit fieur de Chartres en fit
le difcours au long, qui s'eft depuis imprimé, auquel fe
trouuerent bien & heureufement rapportées toutes les
particularitez, ceremonies, & formes gardees & obfer-
uées audit Sacre,comme en tous les autres precedents des
autres Rois; feulement fut-il adioufté de plus la ceremonie de l'Ordre du fainct Efprit, qui fut faite en la mefme
Eglife le lendemain dudit Sacre par ledit fieur de Chartres, pour bailler l'ordre au Roy , dont la defcription

particuliere en fut faite, par ledit sieur de Chartres, auec celle dudit Sacre, & dans le mesme liure.

Pendant que le Roy sejourna audit Chartres lors de son Sacre, Dieu voulut faire paroistre les effets & la puissance de sa benediction ; sa Majesté receut nouuelles d'infinis endroits, de plusieurs reductions qui se faisoient à son seruice. Ceux de la Ferté-Milon, & Chasteau-Thierry, furent contraints de le recognoistre ; & ceux de Lyon, de Roüen, de Poictiers, de Bourges, d'Orleans, de Rion en Auuergne, du Havre, du Pontheau de Mer en Normandie, de Peronne, Mondidier, & Roye en Picardie, de Vernueil au Perche & de Ponthoise, prés Paris, se presenterent aussi-tost volontairement à cette reconnoissance, & enuoyerent leurs deputez pour assurer le Roy de leur fidelité, implorer sa grace & misericorde, & la conseruation de leur Religion. Ceux des villes d'Amiens, & d'Abbeuille en Picardie refuserent en mesme-temps l'entree à Monsieur d'Aumalle, & se mirent en forme de neutralité, & peu de iours apres se reduisirent d'eux-mesmes, comme les autres à l'obeïssance du Roy, tellement que le Roy & son Conseil ne pouuoient quasi fournir à escouter & receuoir cette loüable affection de tant de peuples tout à coup miraculeusement reuenus, & leur pouruoir à tous ensemble ; & neantmoins nous trauaillasmes si heureusement que tous lesdits deputez remporterent tous en leurs villes & Prouinces vne tres-grande satisfaction du Roy, auec chacun, ou la plus-part, vn traitté conuenable & raisonnable, pour les assurances & la conseruation de leurs Priuileges, & ainsi grandement satisfaits publians à leur retour la bonté & clemence de sa Majesté, conuiant par escrits publics, ceux de Paris & autres villes restees à la

Ligue de faire de mefme; entr'autres ceux d'Orleans qui auoient efté les premiers mutinez & reuoltez apres la mort de feu Monfieur le Duc de Guife, voulurent auffi fe faire paroiftre les premiers & plus curieux à procurer que fa Majefté chaftiaft quelques vns de ladite ville qui eftoient trop attachez à ladite Ligue, & en chaffaft d'autres qui trouuerent plus d'amis & de faueur.

Ainfi la Ligue fe deffilant bien vifte, il fembla que tous ceux de ce party vouloient à l'enuy retourner dans l'obeiffance & fubjection de fa Majefté : car l'on vid en mefme temps, outre la fufdite ville, que les Prouinces & pays voifins, fuiuirent auec infinies perfonnes particulieres & publiques de toutes les qualitez les plus opiniaftres au party de ladite Ligue qui fe vindrét ietter entre les bras du Roy, & fe foubmirent à la bonté & clemence de fa Majefté, laquelle vfant de mefme douceur & magnanimité, aimant mieux, fuiuant les preceptes de l'Efcriture Saincte, la Conuerfion des pecheurs, que leur mort, leur accorda à tous des abolitions & declarations telles qu'ils les peurent fouhaitter pour leurs interefts particuliers, & leur reftabliffement aux charges & dignitez, qu'ils auoient mefprifees par imprudence, pour s'attaquer à vn fi mauuais, & fi peu affeuré party. Et à cela le Roy fe tefmoigna fi facile, que plufieurs de fes feruiteurs voyans tant de diuerfes gratifications, & aduantages tres-grandes, accordees à fes ennemis, en conceurent de mauuaifes impreffions & mefcontentemens feruiles, ne iugeans pas affez pour quelle raifon & maxime d'Eftat le Roy & ceux de fon Confeil en vfoient de la forte : car il falloit eftablir la paix & la reconnoiffance deuë au Roy à quelque prix que ce fuft, pour apres auoir plus de moyen de brifer & defunir les vns & les autres, & les reconnoiftre & gratifier diuerfement chacun felon fes merites.

Comme Monfieur du Mayne entendit & vid tant de diuerfes reünions, & fi prompte & volontaire obeïffance au Roy, il demeura grandement abbatu & eftonné d'vn fi mal-heureux reuers de fortune, & fur iceluy fe refolut de faire en mefme temps deux chofes contraires, croyant cacher à l'vne l'acquifition de l'autre; ce fut qu'il enuoya d'vn cofté vers le Roy d'Efpagne pour le conuier de ne l'abandonner, & prendre compaffion du mauuais eftat des affaires, & s'affurer de tout ce qui dependoit de luy, & qu'il pouuoit efperer de feruice de fon party, & par mefme dépefche, ce qui reftoit du Confeil des Seize à Paris, & des autres plus anciens & plus defefperez Ligueurs, manderent audit Roy d'Efpagne les mefmes chofes auec des offres & lafchetez fi grádes & fi indignes de François qu'il ne fe peut dauantage, & la bonne fortune du Roy & de la France voulut que le Courier qui portoit lefdites dépefches fut pris & amené à fa Majefté, laquelle ayant iugé auec les principaux de fon Confeil de quelle importance elle eftoit, pour les diuers aduis, ouuertures, intelligences & expediens qui y eftoient portez & propofez, fe refolut d'en retenir autant, & enuoyer ladite dépefche bien recachetee & fermee par perfonnes confidentes, qui auec les mefmes paroles de creance, mefmes cachets, correfpondances & autres nouuelles communes de Paris, la peuft porter en Efpagne, y recognoiftre toutes chofes, & en rapporter la refpóce, pour fur le tout affeoir plus affeuréiugement. Et comme cefte commiffion eftoit infinimét hazardeufe, & qui meritoit vn feruiteur tres-affectionné,

fidele, capable & courageux, le fieur de la Varenne porte-
manteau du Roy, & qui auoit toutes ces qualitez, fe
hazarda de l'entreprendre, & s'y conduifit fi dextrement
qu'il porta ladite dépefche en Efpagne, parla au Roy
d'Efpagne, & fut par deux fois appellé & entendu en fon
Confeil, puis dépefché fi à propos, & diligemment efchapé d'Efpagne qu'vn fecond Courier de la Ligue y arriuant, & portant aduis de la prife du premier, ne peuft empefcher qu'il ne reuinft heureufement trouuer le Roy &
luy raporter ladite dépefche d'Efpagne, par laquelle, & fur
ce que ledit de la Varenne en auoit raporté, le Roy & fon
Côfeil reconneurent au vray les intentions & mauuaifes
pretenfions d'Efpagne, & comme le feruice dudit fieur de
la Varenne eftoit grandement fignalé, auffi le Roy du
depuis le gratifia & aduança grandement, & le prit prés
de fa perfonne. L'autre chofe que ledit fieur du Mayne fit
en mefme temps d'vn autre cofté, fut d'enuoyer le fieur
Zamet fon confident vers le Roy, pour tafcher de venir à
quelque accord & accommodement auec fa Majefté, afin
que s'il máquoit d'vn cofté, il s'affuraft de l'autre, qui font
de tres-mauuaifes fineffes en telles chofes, & entre habiles gens; & de fait le Roy fçachant la peine & l'extremité
dudit fieur du Mayne, refpondit audit Zamet, qu'il ne
vouloit plus traitter auec ledit fieur du Mayne comme
chef de party, ainfi qu'il l'euft fait auparauát: mais que s'il
le vouloit reconnoiftre & luy demander pardon comme
à fon Roy & fon Souuerain, il le receuroit auec toute forte de courtoifie & de bon traittement, eftimant fa perfonne, & l'alliance qui eftoit entr'eux.

Apres tant d'heureufes reductions il ne reftoit plus au
fouhait des gens de bien que celle de la ville de Paris,

comme premiere & principale de toutes ; en quoy Dieu
voulant manifester sa faueur plus qu'au reste, fit en sorte
que par sa grace & bonté ladite ville se remit en l'obeïssance du Roy, le plus doucement & admirablement qui
se puisse imaginer: car les bons François, vrais seruiteurs
du Roy & de l'Estat y auoient de si lóg-temps pratiqué &
formé de bonnes intelligences & menées secrettes, qu'en
fin les esprits y estans plus disposez elles produisirent leur
effect entier le vingt-deuxiesme iour de Mars 1594. auec
la vigilance & prudence du Roy & de son Conseil, par
dehors qui fut facile au dedans, par la dexterité &
bonne conduite de Messieurs de Belin & de Brissac, &
du sieur l'Anglois Preuost des Marchands d'icelle, que
tous trois firent preuue ce iour là du pouuoir & credit
qu'ils y auoient, & de leur fidelité enuers le Roy &
leur patrie. Le Roy donc estant à Senlis, en partit pour
l'execution de ce dessein le soir precedent 21. dudit mois,
nous y laissant nous autres du Cóseil, & gros de la Cour, &
prenát auec luy souz pretexte d'vne autre entreprise enuiron 2000. cheuaux & 2000. hómes de pied, tous d'eslite &
de cófiance, & auec cela alla toute la nuict & arriua sás aucun bruit ny rencótre au dessouz & és enuirons de Mont-
martre, sur les trois heures du matin, d'où il enuoya recognoistre l'Estat de ladite ville, & sçauoir si l'ó pourroit tenir ce que l'ó luy auoit promis par lesdits sieurs de Brissac,
de Belin & Preuost des Marchands, qui toute la nuict
auoient veillé auec tous ceux de leur brigue, & auoient
disposé toutes choses pour n'y faillir, luy firent dire à la
porte de Sainct Denis que ladite porte & la porte Neufue
estoient assurées, & qu'il ny auoit aucune allarme dás toute la ville, & qu'ils estoient disposez de mourir auec tous
leurs

leurs amis, ou de le rendre dans ce iour là Maiſtre de Paris comme ils luy auoient promis, pourueu qu'il luy pleuſt
y apporter de ſa part l'ordre conuenu, & la moderation
neceſſaire. Le Roy grandement aiſe de cette premiere
nouuelle, commanda au ſieur de Vitry nouueau couerty,
& commetel, fort zelé & conneu dans Paris, d'aller auec
vn d'eux ſeulement parler audit ſieur Preuoſt des Marchands qui eſtoit à ladite porte S. Denis, & luy faire trouuer bon qu'il peuſt entrer dans la ville pour en mieux recognoiſtre la diſpoſition, & en aſſurer dauantage le Roy,
qui ne vouloit rien hazarder ny perdre: ce que ledit Preuoſt des Marchands trouuant bon, le ſieur de Vitry entra luy troiſieſme dans la ville, reconneut ladite porte de
S. Denis, & les corps de gardes d'icelle, comme auſſi de
ladite Porte-neufue où eſtoit Monſieur de Briſſac, tous
entierement diſpoſez à la volonté & ſeruice du Roy, ledit ſieur de Belin allant & venant à petit bruit par la ville
pour empeſcher les eſmotions; tellement que ledit ſieur
de Vitry les ayans veus tous trois en ſi bonne diſpoſition
& toute ladite ville en telle tranquilité, retourna aſſurer
ſa Majeſté qu'il n'y auoit plus de difficulté que l'affaire ne
fuſt faite & ne peuſt reüſſir à ſa perfection, dont ſa Majeſté
encore plus contente fit aduancer ſans bruict ſes gens de
pied auſdites deux portes, leſquelles ils trouuerent ou-
uertes & s'en eſtans rendus Maiſtres ſous la conduite
de .... le ſurplus ſe coula tout doucement dans ladite
ville, & y entra ſans aucune contradiction ſur les quatre à
cinq heures du matin, excepté quelques Lanſquenets qui
auoient leur quartier vers ladite Porte-neufue qui voulurent vn peu ſe remuer, comme auſſi vn mauuais corps de
garde qui eſtoit vers le Palais, & quelques Neapolitains

F f

qui firent contenance de se vouloir r'allier & vouloir resister : mais le tout ne fut rien, car toute ladite infanterie
du Roy, & partie de sa cauallerie estoient ja entrez &
posez aux principaux endroits de ladite ville, & auoient
l'affection & l'inclination du peuple fauorable, & ainsi se
fut à eux à se taire & attendre l'issuë de tout, laquelle en
fut aussi heureuse & douce que le commencement : car le
Roy aduerty à tout momét d'vn si fauorable succez s'approcha peu à peu dauantage de ladite Porte-neufue, &
voyant tout le rempart & les auenuës de ladite porte
remplies de peuple qui luy ouuroit les bras & luy tesmoi-
gnoit vne affection de le voir Maistre du dedans comme
desia aussi il l'estoit en effect, ledit sieur de Brissac, de Belin, & Preuost des Marcháds l'estoient venu receuoir à ladite porte, & y entra par la porte-neufue à dix heures du
matin, suiuy de tout le reste de sa Cauallerie en armes, &
ainsi toute la ville, dans laquelle les ruës & fenestres re-
gorgeoient de peuple, & s'y rendoit tant de tesmoignage
& cris d'allegresse de tous costez qu'il ne s'en peut imaginer dauantage ; & en cét estat alla droit descendre à
l'Eglise nostre Dame, là où le Clergé d'icelle le receut en
Roy, & apres le *Te Deum* chanté en sa presence, s'en retourna au Louure, sçachant que tout le peuple couroit
aux Eglises pour rédre graces à Dieu de cét heureux chá-
gemét, & audit Louure sa Majesté trouua ses Officiers &
son disner tout prest & toutes choses accómodees comme si elle y eust esté de long-temps attenduë, ou qu'elle y
eust tousiours demeuré, & à l'issuë de son disner Messieurs
du Clergé le vindrent saluër & protester la recognoissance deuë à sa Majesté, comme aussi firent tous les autres
Corps & Communautez principales de ladite ville, auec

Incroyable ialoufie, à qui s'aquiteroit pluftoft de fon deuoir, & ainfi Dieu voulut rendre le Roy Maiftre de fa
ville de Paris, eftant vne chofe tres-remarquable que
4000. hommes ou enuiron, tant de cheual que de pied,
qui fuiuirent fa Majefté à cette occafion, & qui entroient
auec cela les armes à la main dans ce móde de Paris, ayent
peu impofer là dedans en moins de rien vn eftouffement
& aneantiffement general du nom & de l'authorité de la
Ligue & de toutes fes factions; & eftans François, ayent
peu garder l'ordre qui leur auoit efté prefcript, en telle
forte que iamais pas vn feul foldat d'entr'eux ne fe dé-
banda ny n'ofa faire aucun defordre ny violence, dont
tous les bourgeois & habitans grandement eftonnez
& rauis d'aife dene receuoir aucun dommage ny offence
en leurs perfonnes, biens & honneurs, apres tant de folies
& de mefpris paffez redoublerent leurs ioyes de ce changement, & tafcherent à qui mieux mieux à en faire paroiftre l'allegreffe; tellement que deuant midy chacun ouurit les boutiques & fe remit en fon ancien meftier &
fonction ordinaire tout ainfi qu'auparauant, & comme fi
chacun en particulier euft receu & tenu chés foy fes plus
proches parens & amis qu'ils euffent à traitter; & cette
affection populaire vint en vn inftant en tel point que le
Roy eut beaucoup de peine de les retenir qu'ils ne fe ietz
taffent fur les Efpagnols, Neapolitains, Vualons & autres, au nombre de mil ou douze cés pour le moins, qui au
commencement auoient refufé d'entrer en compofition
que par le vouloir du Duc de Feria, Ambaffadeur d'Efpagne, & de Don Diego d'Encra leur General; ils recoururent à la Clemence & benignité de fa Majefté, qui leur
accorda de pofer les armes & fortir bagues fauues de la-

dite ville pour eftre conduits par la Picardie iufques hors
le Royaume, ayans tous promis de ne porter iamais les
armes en France contre fon feruice. Apres cette heureufe
& incroyable prife & reduction de Paris , faite en la
forme cy-deffus en moins de fix heures, Dieu ayant voulu
que par la mefme porte Neufue , par laquelle le feu Roy
Henry troifiefme s'eftoit efchapé de la furie des Parifiens
lors des Barricades, le Roy Henry quatriefme fon fucceffeur y rentraft auec acclamatió publique, n'y reftant rien
plus en ladite ville que la Baftille que le Roy n'y fuft
entierement reconnu; Sa Majefté enuoya à l'iffuë de fon
difner fommer ceux qui y commandoient, comme tout
de mefme au bois de Vincennes, lefquels fans capituler
accepterent telles conditions qu'il pleut à fadite Majefté
leur donner, & luy rendirent lefdites places, & Monfieur
le Cardinal de Plaifance Legat , qui eftoit lors au lict
malade fur au mefme temps enuoyé vifité par fadite Majefté, l'affurer de toute faueur & protection , & neantmoins quelques iours apres, il demanda fauf-códuit pour
fe retirer, lequel luy fut accordé par fa Majefté & toute forte d'honneur & d'affiftance de fa part; s'en retournant en
Italie il demeura plus malade & mourut par le chemin.
Le Duc de Feria damáda auffi à fe retirer; ce qui luy fut facilement accordé & s'en retourna en Fládres. Le Cardinal
de Pelleué Archeuefque de Sens mourut auffi quafi en
mefme temps, & le Roy donna ledit Archeuefché de Sens
à Monfieur de Bourges, gratifiant Monfieur le Grand du
fien pour vn de fes amis, & quant aux autres plus feditieux,
Predicateurs & plus defefperez Ligueurs qui ne voulurent
reconnoiftre le Roy, penfant l'auoir trop irreconciliable-
ment offenfé, & ne fçachans fa Clemence, ils s'efcarterent

auſſi toſt, & s'enfuirent pour traiſner auec hôte & meſpris
le reſte de leur vie, ou en Eſpagne ou en Flandre, ou à Soiſſons auec Monſieur du Mayne, trouuans audit lieu quelque retraitte & miſerable entretien; & audit Soiſſons ledit ſieur du Mayne y eſtoit ſi deſeſperé & abbatu de cette
miraculeuſe reduction de Paris, qu'il eſtoit auſſi empeſché
qu'eux de ſa contenance en telle infortune.

Auſſi toſt que le Roy ſe vid Maiſtre aſſuré de Paris, il en
donna aduis par couriers & dépeſches expreſſes de tous
les coſtez, tant dedans que dehors le Royaume à tous ſes
alliez, amis & ſeruiteurs, tous leſquels ne manquerent
par le *Te Deum*, feux de ioye, & autre allegreſſe, de rendre
bon teſmoignage de leur contentement & participation
à ce bon-heur. Et quant à nous du Conſeil qui eſtions à
Senlis le Roy nous ayant donné aduis de tout, & dépeſ-
ché vn courier auſſi toſt qu'il fut entré dans Paris, pour
nous commander de l'aller trouuer diligemment; ce que
nous fiſmes le plus diligemment que nous peuſmes, & ar-
riuaſmes pour la pluſpart le meſme iour, les autres reſtez,
le lendemain; où auſſi toſt ſa Majeſté reſolut en ſon Conſeil de faire expedier des lettres patentes en forme d'Edict
& Declaration ſur la reduction faite de ladite ville de
Paris en ſon obeïſſance, à l'imitation des autres, accordee
par les autres villes premierement reuenuës, & fut ladite
Declaration cauſee ſur la clemence du Roy, portant au
commencement vn narré fort net & ſuccinct, des mauuais artifices de la Ligue, & des Eſpagnols ioints & vnis
enſemble pour la ruine de cét Eſtat, ſouz feints pretextes,
de la Religion Catholique, & du reſpect deu au Pape, auquel ſa Majeſté n'entendoit iamais contreuenir. Apres y
eſtoiét compriſes les cauſes & raiſons qui l'auoient porté

F f iiij

depuis son heureuse conuersion à accorder, puis à prolonger la trefue, & en fin d'en refuser vne plus longue prolongation, comme n'estant recherchée par ses ennemis
qu'à mauuais dessein de faire rentrer les Estrangers en
France, & y recōtinuer la guerre plus forte que deuant; &
puis disant que Dieu luy auoit miraculeusement voulu
rendre sa bonne ville de Paris, il vouloit pour l'amour de
luy & pour le repos & soulagement de tant de pauure &
simple peuple qui y auoit esté trompé & abuzé, que tout
ce qui s'estoit fait & passé depuis les Barricades fust estaint
& aboly, & conformément à toutes les graces, franchises
& priuileges, accordez par les Rois ses predecesseurs,
tāt au corps de ladite ville que particuliers d'icelle, voulant que toutes choses y fussēt remises & restablies comme elles estoient auparauant, ainsi qu'il est plus au long
porté par ladite Declaration faite deslors, veuë, & publiee à tout le monde; & bien que ce ne fust la forme
ordinaire, l'on iugea au Cōseil à propos de faire l'adresse
dudit Edict & Declaration à moy comme Chancelier, &
aux autres Officiers de la Couronne, Ducs & Pairs de
France, ensemble aux Conseillers d'Estat & Maistres
des Requestes, estans de la suite de sa Majesté, pour la faire
lire, publier, & enregistrer au Greffe de la Cour de Parlement, Chambres des Comptes, & autres Cours Souueraines; d'autār que toutes lesdites Cours estoient pour lors si
escartées & diuisées, que l'on pouuoit reuoquer en doute
leur pouuoir & iurisdiction; & pour satisfaire à ladite
adresse i'allay par toutes lesdites Cours auec les susdits
Officiers de la Couronne & autres, où i'ordonnay & fis
faire en ma presence la publication & enregistrement necessaire dudit Edict & Declaration, bien faite, & bien

espluchée au Conseil, & contresignée par Mr de Beau-
lieu-rusé Secretaire d'Estat : elle fut aussi publiée audit
Paris, au mois de Mars 1594. cinquiesme année du regne
du Roy, & enregistrée de mon authorité en toutes lesdites Cours le vingt-huictiesme desdits mois & an.

Or d'autāt que ceux de la Cour de Parlement, qui estoiét
demeurez auec la Ligue dans Paris, auoient esté plusieurs
fois declarez interdits & suspendus de tout pouuoir, tant
par le feu Roy Henry III. que par le Roy regnant, &
que ladite Cour de Parlement transferée par leurs Majestez à Tours & à Chaalons, qui auoient esté mandez, ne
pouuoient estre de retour de quelques iours, pendant
lesquels il estoit besoing que l'on vist la Iustice reprendre son train & cours ordinaire, pour ne laisser les choses
en confusion, & pouruoir à tous inconueniens, il fut en
mesme temps arresté au Conseil que le Roy feroit vne
autre Declaration particuliere, pour en execution decelle
cy-dessus, restablir en son premier estat & authorité ancienne & ordinaire ceux dudit Parlement demeurez audit Paris, auec puissance d'y trauailler & faire toutes choses ordinaires en Iustice souueraine, comme si desia tout
ledit Parlement eust esté remis & rassemblé, à la charge
neantmoins que tous les Presidens, Conseillers & autres
Officiers d'iceluy feroient nouueau serment de fidelité
au Roy entre mes mains auparauant, & receuroient par
ma bouche les admonitions & commandemens que sa
Majesté auoit iugé en son Conseil leur deuoir estre faits,
& pour ce me fut encore adressee ladite Declaration, &
aux autres Officiers de la Couronne, Conseillers d'Estat
& Maistres des Requestes, dattée dudit iour vingt-huictiesme Mars 1594. contresignée Ruzé, pour l'execution

de laquelle ie retournay au Palais y restablir ledit Parlement, aprés auoir receu les sermens de fidelité d'vn chacun, & leur auoir fait les admonitions ordonnées.

Peu de iours aprés la plus grande part dudit Parlement qui estoient à Chaalons & à Tours arriuerent à Paris, chacun ayant tres-grand haste & desir de s'y reuoir en repos, & ainsi estans à peu prés tous ceux dudit Parlement rassemblez, le Roy aduisa & delibera en son Conseil qu'il estoit fort à propos que ledit Parlement de Paris, ainsi tout reüny, donnast quelque Arrest notable, & qui peust seruir de memoire & d'exemple à la posterité sur tout ce qui s'estoit passé durant ladite Ligue & troubles extraordinaires de cét Estat, pour seruir de reuocation & declaration entiere de nullité de tout ce qui pourroit auoir esté fait, dit, imprimé, publié, & tenu au côtraire au preiudice de la iuste & legitime authorité du Roy & des loix fondamentales & anciennes de ce Royaume, auec quelques actions publiques & perpetuelles de graces à Dieu pour la reduction de ladite ville de Paris; & ledit Arrest bien concerté entre nous autres du Conseil & des principaux dudit Parlement y fut passé & ordonné à la Requeste des gés du Roy, où le sieur Seruin Aduocat General n'oublia son affection & son eloquence, & publié le trentiesme dudit mois & an, s'estant tousiours depuis en execution d'iceluy, fait à Paris vne Procession fort solemnelle & generale le vingt-deuxiesme iour de Mars, iour de la reduction de ladite ville, où assistent, ou doiuent assister à perpetuité toutes les Cours Souueraines, les Vniuersitez & autres Corps & Communautez de ladite ville.

Et parmy tant de bonnes dispositions d'vn chacun à bien recognoistre le Roy en sa Capitalle ville, ceux de l'Vni-

l'Vniuerſité d'icelle, dont l'authorité s'y eſt autre fois fait
paroiſtre plus que de noſtre temps, ne voulurent demeurer ſeuls, muets & inſenſibles à vn tel & ſi cómun applau-
diſſement, ſe delibererent auſſi de faire quelque acte notable, pour teſmoigner à la poſtérité leur affection & fidelité au ſeruice du Roy, & pour ce fixent vne grande aſſemblée, indictée par le Recteur au College de Nauarre, à
laquelle ſe trouuerét auec ledit Paſteur tous les Doyens &
Docteurs des Facultez de Theologie, de Droict, & de Medecine, les Procureurs des Natiós, les Profeſſeurs du Roy,
les Principaux des Colleges, les Maiſtres és Arts, auec force Regents, Maiſtres, & Pedagogues particuliers, & quant
& quand force Religieux, des Ordres de S. Benoiſt, de
Ciſteaux, de Sainct Auguſtin, Blancs-Manteaux, Val de
Saincte Catherine, de Saincte Geneuieſue, & de S. Vi-
ctor, des quatre Mandians, & infinis autres Reguliers, &
Seculiers, Suppoſts, Officiers, & Eſcoliers de ladite Vniuerſité, & à cette aſſemblée le Roy fut conſeillé de commander à Meſſieurs les Gouuerneur de Paris, le grand Aumoſnier, & Lieutenant Ciuil, conſeruateur des Priuileges de
l'Vniuerſité, de s'y trouuer de ſa part, pour y receuoir le
ſerment de fidelité de tous ceux de ladite Vniuerſité ; à
quoy chacun ne manqua de ſatisfaire à ſon deuoir, & furét faits en ladite Aſſemblée deux actes fort authentiques
& ſolemnels de la part de ladite Vniuerſité, l'vn pour leur
ſerment de fidelité renduë au Roy, és mains deſdits ſieurs
Deputez de ſa Majeſté; l'autre pour teſmoigner à la poſterité, la volontaire & deuë recognoiſſance de ladite Vniuerſité enuers le Roy, & l'eſtroite obligation que chacun
auoit de faire le meſme par infinies raiſons & authoritez
diuines & humaines, portées par ledit Acte, lequel, cóme

Gg

l'autre, fut vnanimement consenty & accordé de tous,
& signez l'vn & l'autre de plus de cent diuerses personnes
detoutes les professions , & scellé des Sceaux de ladite
Vniuersité & des principales Facultez d'icelle.

Voila donc ainsi Paris rendu, & assuré de tous costez,
par l'assistance & grace infinie de Dieu, où le Roy seiourna quelque temps pour y mieux establir toutes choses en
son Royaume, où de tous costez chacun venoit & se re-
duisoit à son deuoir , tant par la raison & l'exemple des
plus sages, que par les bones admonitions d'infinies gens
de bien qui conuioiét tous les autres à faire le semblable:
mais comme le Roy eut assez longuement ouuert, & tesmoigné sa clemence & douceur, mesme enuers les plus rebelles & desesperez, & veu que les artifices de la Ligue,
auoient encore quelque pouuoir és Prouinces de Bourgongne, de Bretagne & de Picardie, lesquels il falloit ra-
mener & visiter les vns apres les autres, ayant desia heureusement fait le plus fort, de s'assurer du reste, qu'il tas-
choit de laisser doucement remettre & restablir, & trop
reconneu que Monsieur du Mayne qui estoit à Soissons
& autres lieux de ladite Picardie s'y tenoit le plus fort, &
retenoit les peuples en crainte par menaces & par l'appuy de la Flandre dont il attendoit secours. Sa Majesté se
resolut d'aller en ladite Picardie, & à commencer par
cette Prouince, pour apres reuenir aux autres, ausquelles comme à tout le reste, il lairroit cependant bon & assuré establissement.

Et pour ce au mois de Iuin sa Majesté redressa vne armée, de gens choisis , comme lors graces à Dieu il n'en
máquoit pas, composée de cinq à six mille cheuaux, quasi
tous de Noblesse, & de seize à dix-huict mille hommes de

pied, auec equipage d'artillerie, à proportion, & auec cela
alla droiƈt aſſieger la ville de Laon en Picardie, dans laquelle ledit ſieur du Mayne y auoit mis ſon fils aiſné le
Duc d'Eſguillon, auec bon nombre de Capitaines & de
ſoldats François & Eſtrangers pour la conſeruer ; & quát
à nous autres du Conſeil, le Roy trouua bon que nous
tinſſions ferme à Paris, pour de là mieux donner ordre de
tous coſtez en ſon abſence, & pouruoir à l'argét & autres
choſes neceſſaires à ſon ſeruice, laquelle s'y porta ſi bien
& courageuſement audit ſiege de Laon, qu'il a eſté tenu
pour vn des plus remarquables de noſtre temps; cette
place ayát eſté auſſi bien atraquée & bien deffenduë qu'il
ſe peut dire; & de fait durant ledit ſiege de Laon, les Eſpagnols ſe mirent en effort d'y faire rentrer vn grand renui-
taillement de trois cens chartées de viures, poudres &
boulets, & auec renfort d'hommes qu'ils y conduiſirent
de la Fere, ſouz vne eſcorte de quinze cens hommes de
pied, & trois cens cheuaux; mais Dieu voulut que le Roy
aduerty de ce grand conuoy, y pourueut ſi à propos, que
le Mareſchal de Biron & de Giury, enuoyez au deuant
par ſa Majeſté auec ſa Compagnie de cheuaux legers,
huiƈt cens Suiſſes, & quelqu'autre infanterie Françoiſe,
qui ſe trouua logée ſur l'aduenuë dudit conuoy, mirent
iceluy en déroute le dix-huiƈtieſme Iuin 1594. laiſſans ſur
la place, ſept ou huiƈt cens des ennemis, tellement que la
perte dudit conuoy & de l'ardante continuation dudit
ſiege, qui dura ... . mois, força ledit ſieur d'Eſguillon, & autres de dedans, à compoſer auec ſa Majeſté, &
luy remettre ladite ville, ſuiuant le traitté particulier qui
en fut fait, de laquelle ils ſortirent armes & bagage
le ... . iour de .... Pendant ce mal-heureux ſiege,

& sur la fin d'iceluy, apres la deffaite dudit conuoy, ledit
sieur de Giury mon gendre, apres auoir là, & par tout
ailleurs tesmoigné sa valeur, & s'estre acquis autant
d'estime & d'honneur que Gentil-homme de sa qualité
en eust peu esperer, estant lors paruenu par son courage
& par sa conduite, en tel Estat de fortune & de grandeur
qu'aucune, quelque grande qu'elle fust, ne luy pouuoit
plus estre, ny déniée, ny enuiée, ne se contentát de si gráds
aduantages, & voulant de plus en plus s'y augmenter &
se signaler en seruant le Roy, se delibera auec trop de
hardiesse pour sa condition, d'aller luy mesme auec vn des
siens reconnoistre vn flanc de ladite ville, pour y faire
porter vne piece de la batterie qu'il commandoit, & presser les assiegez dauantage; mais Dieu qui s'ennuye & se
lasse de nos vanitez & presomptions mondaines, termina le cours de sa fortune & de sa vie par vn mal-heureux
coup de mousquet qui luy fut tiré de dedans, & le tua sur
la place, s'estant trop descouuert & aduancé sur la contr'escarpe du fossé, qu'il vouloit aussi recognoistre; &
ainsi le Roy & l'Estat perdirent ce Gentil-homme, doüé
& accomply de toutes les perfections & merites, dont ils
pouuoient en esperer encore de tres-grands seruices; &
moy ie perdis vn gendre que i'aimois & estimois infiniment, croyant qu'il prendroit la conduite, par sa prudéce,
& l'appuy par sa faueur, apres moy, de toute ma maison,
ma fille sa femme demeurát grosse & preste d'accoucher,
à laquelle ie fis celer son mal-heur iusques apres son accouchement pour l'extreme amitié qui estoit entr'eux, &
qui eust esté capable de la faire mourir, qui estoit tout ce
que ie pouuois apporter d'ordre & de remede à cette
disgrace, apres auoir soigné de faire raporter son corps

en sa maison de Beauuais en Brie, & pourueu à tout ce
qui estoit de sa maison & de ses affaires.

Apres la prise de la ville de Laon la pluspart des autres
villes de la Picardie, craignans semblable effect, se rendirent quasi toutes, & se remirent en l'obeïssance du Roy,
excepté celles de Soissons & de la Fere, qui estoient trop
possedées & empestrées dans les filets & artifices de
Monsieur du Mayne, & de l'Espagnol; lesquels voulans
aussi encores faire quelque chose de leur costé, depuis
peu s'estoient rendus maistres de la Cappelle en Picardie, qui est vne bonne place, & auoient mis de tres-bon-
nes garnisons en tous lesdits lieux, pendant que ledit
sieur du Mayne alla faire vne course iusques à Bruxelles,
pour en receuoir quelque secours d'hommes & d'argent,
d'où estant reuenu sans hómes, mais seulement auec de
l'argent en assez bóne quátité; & non toutefois suffisante
pour retarder le progrez de la prosperité du Roy, iugeant
bien qu'il ne pourroit faire en ladite Picardie, sinon que
de tascher à y conseruer lesdites trois places, aptes s'estre
asseuré le mieux qu'il pût d'icelles, s'achemina auec tout ce
qu'il auoit de forces du costé de la Bourgogne, afin d'y
faire mieux, & s'asseurer aussi de quelques autres places
qu'il y auoit, pensant tenir ferme en cette Prouince, en
laquelle de long-temps il auoit formé de grandes habi-
tudes & intelligences.

En ce mesme temps Monsieur de Guise voyant où la ja-
lousie & mauuais succez du party de la Ligue se pourroit
en fin reduire, fut conseillé de n'attendre l'extremité, &
plustost que plus tard, se raccommoder auec le Roy, qui
ne demandoit pas mieux que d'ouurir les bras & receuoir
tous les François, & principalement ceux de cette impor-

tance & qualité. Ainsi donc faisans la moitié du chemin,
le Roy luy fit faire l'autre, & la composition dudit sieur
de Guise fut aussi tost resoluë & arrestée, que proposée,
auec toute sorte d'honneur & d'aduantage pour luy
& pour sa maison ; & mesmes pour Monsieur le Prince de Ioinuille son frere, qu'il ramena auec luy, à l'obeïssance deuë à sa Majesté, laquelle incontinent apres les receut l'vn & l'autre, auec tout ce qu'ils pouuoient desirer
de tesmoignages d'amitié & de faueur; & apres employa
ledit sieur de Guise à la reduction de la Prouence, en laquelle il s'employa depuis si courageusement & dignement, qu'il la reduisit aussi à la recognoissance de son
deuoir, & la porta à se remettre entre les bras du Roy;
ayant si doucement menagé le seruice du Roy auec l'interest de cette Prouince, où les esprits sont factieux & fascheux, & neantmoins tres-importante à cét Estat, bien
que fort esloignée; que les Prouençaux supplierent tres-
humblement le Roy de leur donner & laisser pour Gouuerneur ledit sieur de Guise, à quoy le Roy s'accorda
volontiers, pour l'obliger dauantage à bien faire : Mais
d'autant que ceux de la maison de Lorraine pretendent
audit Comté de Prouence, & s'en attribuent la qualité, ie
fus obligé, comme Chancelier de France, de m'opposer à
cette prouision dudit Gouuernement pour ledit sieur de
Guise, qui m'en voulut vn peu de mal ; & neantmoins ie
ne laissay pour le deub de ma charge, d'en faire mes remonstrances & protestations publicques au Roy, en
plein Conseil, où ie les fis enregistrer; comme aussi aux
Cours de Parlements de Paris & d'Aix en Prouence, à ce
que telles prouisions & pouuoir, donné par sa Majesté
audit sieur de Guise, pour ledit Gouuernement de Pro-

uence, & tout ce qui s'en pourroit enſuiure, ne peuſt nuire ny preiudicier aux droicts de la Couronne, ores ny
pour l'aduenir; & apres cela ie ſeellay ledit pouuoir, & ledit ſieur de Guiſe auec toute la Cour, approuua & trouua
bon mon procedé; & ainſi demeura ledit ſieur de Guiſe
Gouuerneur de Prouence, où il s'eſt touſiours depuis fait
grandement aimer & eſtimer, & y a touſiours tres-bien &
fidellement ſeruy le Roy.

Durant le mois de Iuillet 1594. s'emeut à Paris vn tres-
grand differend & conteſtation par l'Vniuerſité, iointe
auec Meſſieurs les Curez de Paris, contre les Peres Ieſuites, afin de reglement de l'inſtruction de la ieuneſſe, &
fonctions ſpirituelles deſdits Ieſuites; en quoy ladite
Vniuerſité & leſdits Curez pretendent eſtre grandement
ietereſſez, l'Aduocat Arnauld plaida au Parlement contre
leſdits Ieſuites pour l'Vniuerſité, & Dolé pour les Curez,
& tous deux auec telle animoſité, qu'ils n'oublierent rien,
ny l'vn ny l'autre de leur eloquence, pour rendre leſdits
Ieſuites du tout odieux auec leurs vœux & inſtitution,
les voulans faire croire creatures d'Eſpagne, & totalement
coniurez à la ruine & diſſipation de cét Eſtat; l'Aduocat
Durez plaida pour la deffence deſdits Ieſuites, & monſtra
ſi clairement l'animoſité iniuſte, & la fauſſeté des allegations de leurs parties, que ledit Parlement n'en determina
rien, & les appointa au Conſeil; bien que les concluſions
de leurs parties allaſſent à exterminer leſdits Ieſuites, &
les chaſſer hors du Royaume, penſans leurs ennemis, de
l'intereſt particulier de l'Vniuerſité & Curez de Paris, en
faire vn intereſt public du Roy, & de l'Eſtat, pour ſouz
ombre de l'animoſité generale que l'on auoit lors contre
l'Eſpagnol, donner ce contentement aux Huguenots, &

aux mauuais Catholiques, de ruiner ainſi leſdits Ieſuites?
Mais comme le Roy fit paroiſtre qu'il deſiroit eſtre touſiours comme pere commun & Conſeruateur d'vn chacun, ſans ſe rendre partial entre ſes ſubiects; cette furieuſe
querelle retourna du public au particulier, & leſdits Aduocats Arnaut & Dollé, ne manquerent à ruiner vingt
reſponſes, en faueur deſdits Ieſuites contre leurs calom-
nieuſes allegatiós, qui ne ſeruirent à la fin que de les faire
mieux recognoiſtre pour tels, que chacun les ſoupçon-
noit; & ainſi pour ce coup, leſdits Ieſuites demeurerent
eſchappez des artifices de leurs ennemis, & de la grande
animoſité qu'il y auoit contr'eux audit Parlement.

Pendant ces contraſtes à Paris, qui eſtoient des effects
du reſte de la guerre, & du commencement de la paix,
puiſque l'humeur des François ne peut demeurer en
tranquilité. Les Eſpagnols ſans s'amuſer à crier contre
nous, de leur coſté s'occupoient plus aduantageuſement
pour leur deſſein à nous tailler de la beſogne, auec Monſieur du Mayne, du coſté de la Bourgogne, & auec Monſieur de Mercure du coſté de la Bretagne, d'où il penſoit
s'acquerir & ſe conſeruer la Souueraineté; ayant pour cela durant ladite année 1594. fait baſtir vn fort prés de
Croiſil, pour clorre l'entrée du port de Breſt, où commandoit Monſieur de Sourdeac pour le ſeruice du Roy,
& s'eſtant rendu Maiſtre de Blauet, fortereſſe tres-importante à toute ladite Bretagne, penſant que perſonne ne
luy pouuoit plus empeſcher, mais Monſieur le Mareſchal
d'Aumont fortifié d'vn ſecours qui luy arriua d'Angleterre par mer, s'eſtant rendu maiſtre de Quinpercorentin,
& de la ville & Chaſteau de Morlaye, força & emporta ce
nouueau fort de Croiſil, gardé par les Eſpagnols, & en
tua

tua fur la place plus de quatre cens, & quafi en mefme temps l'Archiduc Ernest Lieutenant du Roy d'Espagne en Flandres & Brabant, continuant fes intelligences
& mauuaifes pratiques en France, fut pour le repos d'icelle preuenu de mort, laiffant pour fucceffeur de cette authorité fon frere le Cardinal Albert d'Auftriche, qui depuis efpoufa l'Infante d'Efpagne, laquelle eut en mariage
lefdits païs, & eux deux enfemble, continuerent leurs
mauuaifes volontez contre cét Eftat, comme il fera cy-
aprés declaré en fon lieu.

Le Roy paffa la plus grande partie du refte de l'année à
aduifer aux meilleurs moyens de foulager fon peuple, &
luy donner quelque repos pour fe remettre peu à peu en
fon premier eftat; & pour ce fut aduifé au Confeil, que fa
Majefté feroit vne Declaration fur le payement des arre-
rages des rentes, & remettant aux creanciers le tiers des
cinq années dés troubles paffées pour la grande ruine &
mifere que les particuliers auoient foufferts durant icelle,
& fut ladite Declaration faite en Iuillet, & verifiée en Parlement en Aouft 1594. mais comme fa Majefté recogneut
ne pouuoir entierement décharger fon Royaume du
mal-heur de la guerre, qu'en la portant & la faifant hors
d'iceluy contre l'Efpagnol, fon plus puiffant & declaré
ennemy, voulant fe declarer en faifant quelque notable
effect, elle s'effaya d'entreprendre fur le Duché de Luxembourg, & ayant fait affociation auec Meffieurs des Eftats
de Holande, & leur confidans, en laiffa le foing à Monfieur de Boüillon, & au Comte Philippes de Naffau, qui
au mois d'Octobre audit an 1594. fe mirent en deuoir,
mais inutilement; car les Efpagnols fe garderent fort
bien; & d'autre cofté fa Majefté fur les frontieres d'Artois

& Hainault, leur donnoit quelque crainte & apprehension, pour les empescher par ce moyen de fauoriser les
Espagnols, qui venoient tous les iours piller le païs de
Cambray, où le Mareschal de Balagny commandoit
souz la protection du Roy, depuis qu'il s'y fut attaché en
espousant la sœur de Madame la Marquise de Monceaux, Maistresse du Roy. Or est à remarquer que le 27.
iour de Decembre 1594. comme le Roy reuenoit à Paris,
venant descendre sur les six heures du soir au logis de ladite Marquise de Môceaux, depuis Duchesse de Beau-fort,
alors logée à l'Hostel de Schomberg derriere le Louure,
le sieur de Montigny arriua en mesme temps d'vn autre
costé, luy faisant reuerence dans la chambre de ladite Duchesse, dans laquelle à cét abord, infinies personnes in-
connues estoiét fourrées, entr'autres vn petit ieune homme de Paris, escolier, nommé Iean Chastel, fils d'vn Marchand drappier, tout contre la porte du Palais, proche
l'horloge, & qui auoit auparauant, côme il est à croire,
projetté son detestable dessein, s'estant glissé dans la
presse de cette chambre, voulut donner vn coup de couteau au Roy pour le tuer, & pensant le frapper droit à la
gorge, au mesme temps qu'il le vid baisser pour receuoir
& embrasser ledit sieur de Môtigny, Dieu qui ne voulut
perdre ce Prince, permit que cét abominable parricide
ne pût frapper sa Majesté dudit couteau que dans la
lévre d'enhaut, qu'il couppa de telle violence, que sans les
dents qui souftindrét ledit coup, il l'eust sans doute bien
blessé dauantage; & ainsi ayant tres-subtilement fait son
detestable coup par dessouz le bras dudit Sr de Montigny,
faisant ladite reuerêce au Roy, & iceluy failly par la grace
de Dieu, ce meschant pour n'estre pas pris & descouuert,

laiſſa au meſme temps tomber ſon maudit couteau en
terre, & comme le Roy ſe ſentit frappé, il mit auſſi toſt la
main à ſa bouche, & penſant que ce fuſt quelque effect de
la liberté d'vne folle qu'il auoit là, nommée Mathurine,
il dit, *au diable ſoit la folle, ie croy qu'elle m'a bleſſé*, mais
comme il retira ſa main de ſa bouche, il la rapporta toute
pleine de ſang, chacun iugea bien, cöme luy, que c'eſtoit
autre choſe; & ainſi ſe regardans l'vn l'autre auec extréme eſtonnement & eſſroy, ce mal-heureux & deſeſpéré
Chaſtel demeurant tout eſtonné & interdit, n'eut pas le
iugement de ſe retirer, & ſe trouuant incogneu, & tout
aupres de ſa Majeſté, fut auſſi toſt par vn apparent ſoupçon, pris & arreſté par le ſoing dudit ſieur de Montigny, qui outré de colere de ce mal-heur, luy dit les meſmes paroles: *C'eſt vous ou moy qui auons bleſſé le Roy*, ce que
ſa Majeſté ne voulut croire, du commencement, diſant
par vne extreme bonté que ce ne pouuoit eſtre luy, veu
ſes façons & ſimplicitez trop apparentes; & neantmoins
apres que le couteau eut eſté trouué à terre, aſſez proche
de luy, ſa Majeſté commanda qu'il fuſt arreſté & foüillé;
puis on le mit entre les mains de Mr le grand Preuoſt, lequel auſſi toſt le fit mener priſonnier au Fort l'Eueſque;
& comme chacun ſur le bruit de cét attentat courut vers
ſadite Majeſté, mon deuoir & mon affection m'y porterét
des premiers, & ſur ce mal-heureux accident, encores que
le Roy excuſaſt touſiours ledit Chaſtel, ie commanday au
Lieutenant de robe courte dudit ſieur grand Preuoſt,
d'aller interroger tout à l'heure ledit Chaſtel, ſans luy
donner loiſir de ſe recognoiſtre dauantage, i'y enuoyay
quant & quand deux Maiſtres des Requeſtes pour n'y
rien oublier, ce qui s'executant tres ſoigneuſement, & luy

ayant fait voir les iustes apprehensions de son execrable
forfait, & representé son couteau, apres auoir au com-
mencemét voulu vn peu nier, en fin il aduoüa son crime,
auec toutes les particularitez d'iceluy, & assura que ledit
couteau n'estoit aucubement empoisonné, l'ayant pris le
matin sur la table de son pere, qui fut vne grande ioye
pour tout le monde, laquelle encore se trouua confirmée
par les Medecins & Chirurgiens, qui penserent sa Majesté,
& ladite blessure qui se trouua, Dieu mercy, si petite & si
peu dangereuse, & sadite Majesté si peu estonnée d'icelle,
que pour en rendre graces publiques à Dieu, & assurer le
peuple, il alla sur les huict heures du soir iusques à l'Eglise
de nostre Dame de Paris, auec toute la Cour, où le *Te
Deum* fut chanté, comme en suitte à toutes les autres
Eglises de Paris, & apres de toute la France, où l'on depescha aussi tost, en quoy chacun tesmoigna assez l'extreme affection qir il portoit au Roy. Au mesme temps que
ce mal-heureux eut tout confessé, i'enuoyay arrester &
prendre le pere, la mere, la sœur, & autres de la mesme
maison & famille, & commanday qu'ils fussent tous separez à diuerses prisons, iusques à ce que nous y donnassions
l'ordre necessaire, qui fut que le lendemain matin nous
adressasmes commission expresse du Roy au Parlement,
pour parfaire & aduancer ledit procez, commencé par le
Lieutenant dudit grand Preuost, tant dudit Chastel, que
de tous les autres qui se trouueroient complices de son
crime, leur faisant mettre entre les mains & mener à la
Conciergerie ledit Chastel, ses peres, meres, & autres prisonniers, à quoy ledit Parlement selon son deuoir tra-
uailla si diligemment qu'en deux iours il donna Arrest
contre ledit Chastel, comme suffisamment attaint & con-

uaincu dudit damnable parricide & crime de leze Majesté, au premier Chef, pour reparation duquel, ils le condamnerent à faire amende honorable à la porte de nostre
Dame de Paris, à auoir le poing couppé en Greue, tenant
son couteau, apres tenaillé & tiré à quatre cheuaux, & son
corps bruslé, & deuant tout, estre appliqué à la question
ordinaire & extraordinaire, ce qui fut entierement
executé le vingt-neufiesme iour de Decembre audit an
1594.

Et sur l'occasion que ledit Chastel auoit estudié quelques années au College des Iesuites de Paris, & que les
premiers dudit Parlement leur vouloiét mal d'assez long
temps, ne cherchans qu'vn pretexte pour ruiner cette Societé, trouuans celuy-cy plausible à tout le monde, ils ordonnerent & commirent quelques vns d'entr'eux qui
estoient leurs vrais ennemis pour aller chercher & foüil-
ler par tout dás ledit College de Clermont à la ruë Sainct
Iacques, où ils trouuerent veritablement, ou peut-estre
supposerent ainsi que quelques vns l'ont creu, certains
escrits particuliers contre la dignité de tous les Rois en
general, & quelques memoires contre le feu Roy Henry
troisiesme, & l'establissemét du Roy regnant, & ce parmy
vne grande quantité d'escrits & papiers d'vn Iesuite,
nommé le Pere Iean Briquarel Prestre, regentant audit
College; & encor que cela semblast auoir esté fait pour
seruir à quelques leçons, ledit Parlement ne laissa de faire
prendre & arrester prisonnier ledit Briquarel, auec vn
autre Iesuite nommé le Pere Alexandre Hame, & les fit
amener dans la Conciergerie, faisant arrester tous les autres Iesuites dans ledit College, & par apres adioustant
audit Arrest de Chastel, ordonna que tous lesdits Iesuites

H h iiij

partiroient dans trois iours de Paris, & de tous les Colleges qu'ils auoient ailleurs, & quinze iours apres entierement de ce Royaume, sur peine, ledit temps passé,
d'estre tous pendus, comme criminels de leze Majesté;
portant le mesme Arrest, deffences sur mesmes peines à
toutes personnes d'y aller ou enuoyer estudier ; & pour
ledit Briquarel, le condamna à vne amende honorable,
nud en chemise, & la corde au col, & à faire aussi de grandes & honteuses declarations publiques, puis à estre pendu & estranglé en Greue par vn Arrest particulier du
septiesme Iäuier 1595. qui fut aussi executé le mesme iour,
où ledit Briquarel monstra vne constance admirable. Et
par autre Arrest du dixiesme Ianuier 1595. condamna ledit
Alexandre Hame à vn bannissement perpetuel hors de
France, à peine s'il y estoit trouué d'estre pendu & estranglé sans autre forme de procez. Et par vn autre Arrest
encore du mesme iour dixiesme Ianuier, condamna à vn
bannissement pareil vn nommé le Bel escolier desdits Iesuites, pour auoir conseillé à d'autres de suiure lesdits Iesuites, & aller acheuer hors de France leurs estudes auec
eux; & le mesme iour condamna vn autre Iesuite, nommé
le P. Iean Quiret, Prestre, au semblable bannissement,
qui auoit esté Precepteur dudit Chastel ; comme aussi
bannit le pere dudit Chastel, auquel le fils auoit communiqué quelque chose de son dessein, dot il auoit fait tout
son possible pour l'en destourner, & mit en liberté sa
mere, sa sœur, & autres; condamnant ledit pere en de
tres-grandes amendes, & sa maison deuant la porte du
Palais à estre razée, sans que iamais l'on y peust rebastir;
ordonnant qu'au lieu d'icelle seroit esleué quelque mo-
nument de pierre, pour marque à la posterité de cét hor-

rible attétat fait à la personne de sa Majesté. En cette sorte lesdits Iesuites furent chassez de Paris, non sans estonnement de beaucoup, & regret de plusieurs, qui eussent
bien desiré que l'on eust corrigé le mal qui estoit aux
particuliers, mais non priuer la ieunesse des bonnes institutions de cette Compagnie; & Messieurs du Parlement
ayans confisqué tous leurs biens au Roy, ordonna
qu'ils seroient appliquez en œuures pies, selon leurs ordonnances. Apres auoir saisi & disposé de tout, ils ordonnerent, & firent edifier en la place susdite de la maison
dudit Chastel vne tres-belle Pyramide de pierre, auec vne
Croix tout en haut, enrichie de tres-belles Architectures,
seultures & dorures, portant en table de marbre noir &
lettres d'or l'Arrest dudit Chastel, auec le bannissement
des Iesuites hors du Royaume de France, auec force autres inscriptions & vers faits sur le mesme sujet, escrit aussi en marbre sur les trois faces de marbre de ladite Pyramide, qui fut au mesme temps depeinte & portraite
en taille douce, auec toutes lesdites escritures, & le
tout aux despens du bien desdits Iesuites, dont lesdits
sieurs du Parlement ont tousiours disposé, tant qu'ils ont
esté hors de Paris Ceux du Parlement de Roüen firent
quasi comme ceux de Paris, & neantmoins le peuple de
Clermont, du ressort dudit Parlement de Paris, ne les
voulut iamais laisser aller, & y sont tousiours demeurez
comme aux ressorts du Parlement de Bourdeaux, de
Thoulouze, & force autres lieux de ce Royaume, & les
ennemis desdits Iesuites se voyans à leur contentement
vangez ainsi d'eux, firent encore courir force libeles,
pour les faire croire corrupteurs de la ieunesse, & semeurs
de mauuaise doctrine contre le Roy & repos de cét Estat,
à quoy lesdits Iesuites, apres s'estre tout doucement &

patiemment retirez, ne manquerent de bonnes respon-
ses; & comme cette Compagnie est grande & remplie
d'habiles gens, ils escriuirent de tous costez pour leur
iustification, fasans voir autant qu'ils peurent les mauuaises procedures faites contr'eux qui retomboient sur
l'authorité de l'Eglise, & en fin sur celle de cét Estat.

Au mois de Ianuier 1595. le Roy estant à Paris, voyant la
continuation secrette des menées Espagnoles, & leurs
continuels desseins à brouiller & ruiner cét Estat, il trouua bon que l'on assemblast tous les Princes du Sang, &
autres Officiers de la Couronne, & principaux de son
Conseil, auec lesquels il resolut de declarer la guerre ouuerte au Roy d'Espagne, & pour ce fit faire vne Declaration, non en forme patente & seellée, mais seulement in-
titulée; De par le Roy, cachetée & contresignée par Mó-
sieur de Villeroy Secretaire d'Estat, lors reuenu & remis
en sadite charge par sa Majesté, dans laquelle Declaration
ne furent oubliez les torts, griefs, & entreprises faites par
ledit Roy d'Espagne, tant sur l'Estat, que sur la personne
de sadite Majesté, & les violences ordinaires qu'il faisoit
faire sur ceux de Cambray & Cambresis, qui estoient en
sa protection; concluant que pour se deffendre & repous-
ser toutes les iniures si ordinaires, sa Majesté estoit conseillée & contrainte de venir auec luy aux armes ouuer-
tes, dont il faisoit sadite Declaration, qui fut publiée à
Paris, & autres principales villes, & principalement à toutes les places & villes frontieres de ce Royaume; à quoy
ledit Roy d'Espagne voulant respondre quelques mois
apres, fit aussi faire & publier vne autre Declaration de sa
part, portant qu'il acceptoit l'ouuerture de cette guerre,
l'appellant par icelle, le Roy, Prince de Bearn seulemét; &

au

au mesme temps fit que l'Archiduc Ernest de Flandre tascha de tout son pouuoir à remuer & armer ceux d'Arthois & Hainault contre la France.

Au mesme temps le Duc de Lorraine, qui auparauant auoit fait tréve auec le Roy, pésant profiter de l'occasion, ayant leué mil cheuaux, & enuiron cinq mil hommes de pied, se ietta dans la Franche-Comté, où ils firent force rauages, & y eussent plus profité sans que le Connestable de Chastille y arriuast auec des forces du Roy d'Espagne, & les en fist retirer; aussi ceux de la garnison de Soissons pour Monsieur du Mayne estans rencôtrez par quelques Gentils-hommes de Picardie, seruiteurs du Roy, ralliez ensemble, furent deffaits par eux dans la plaine de Villers-Cotterets le 15. Feurier 1595.& Monsieur de Bouïllon ne perdant temps deffit aussi fort heureusement vne Compagnie, conduite par le Comte Charles, pour le Roy d'Espagne du costé de Luxembourg.

D'autre costé en Bourgongne Monsieur le Mareschal de Biron se saisit pour le Roy de la ville de Beaulne, par vne entreprise qu'il mesnagea auec les habitans d'icelle, où ils témoignerent vn tres grand courage & resolution, comme estans au desespoir d'vne si longue tyrannie de Monsieur du Mayne, & ayant emporté ladite ville le sixiesme Feurier 1595. il boucla & assiegea aussi tost le Chasteau qui est tres-fort, & en fin le reduisit incontinent au bout de six sepmaines, auec ladite ville, en l'obeïssance de sa Majesté; quelque remede & secours que ledit sieur du Mayne y apportast au contraire, qui fut vn tres-grand seruice pour sa Majesté en cette Prouince afin de l'esbranler, dont pour icelle ledit sieur du Mayne receut autant de desplaisir que d'aucune perte qu'il eust faite aupara-

uant, estimant cette place comme vne des meilleures
& plus assurées Citadelles de ce Royaume, tellement que
depuis la perte d'icelle, il se trouua quasi au bout de toutes ses vaines esperances, & se vid desdaigné & grandement blasmé & delaissé des autres; car les villes d'Authun,
Muys, & apres celle de Dijon voulurent ensuiure & imiter
Beaune, & se rendirent au Roy, qui voyant tant de bons
succez pour luy en cette Prouince de Bourgongne, s'y
achemina auec son armée au mois de Iuin 1595. & d'a-
bord deffit prés Sainct Seine quelques trouppes de Cauallerie du Connestable de Castille, & entra dás la Franche-Comté, où il estoit, & en mesme temps la ville de
Vienne en Dauphiné secoüa aussi à l'exemple des autres le
fascheux ioug de la Ligue, & se reduisit à l'obeïssance de
sa Majesté.

Cependant que le Roy s'amusoit auec son armée à four-
rager plustost, & tirer quelques deniers des villes de ladite
Franche-Comté, qu'à y faire aucun progrez ny establissement assuré pour luy. Le Roy d'Espagne qui a tousiours
des Conseils & de bons seruiteurs au guet, emporta par
sa dexterité, menées, & puissances ordinaires les places du
Castelet & de Dourlens en Picardie, & apres celles de
Cambray, qui sont toutes trois tres-importantes à cét
Estat, & bonnes; & neantmoins il les prit durant les mois
de Iuin, Iuillet, & Aoust 1595. ce qui causa vn tres-grand
estonnement & regret à sa Majesté, & à tous ses bons seruiteurs & sujets, ces pertes signalées estans aduenuës par
la seule faute de ceux qui en auoient la charge, lesquels y
pouuoient & deuoient remedier s'ils en eussent eu la volonté, & assez de conduite & de courage pour le faire;
mais ils tesmoignerent bien leur foiblesse, & qu'ils ne

desiroient encore voir le Royaume en repos asſuré, & fut
la perte des hómmes & munitions de guerre tres-grande
pour le Roy en ces mal-heureuſes priſes, d'où les Eſpagnols remporterét infiny butin, & le Comte de Fuentes;
& les Capitaines Eſpagnols acquirent autant d'honneur,
que le Mareſchal de Ballagny Gouuerneur pour le Roy,
& autres, de honte & de des-honneur; & bien que Monſieur de Boüillon, l'Admiral de Villars & autres ſeruiteurs du Roy euſſent fait tout leur poſſible pour ſecourir
Dourlens, ils n'y peurent neantmoins rien ſeruir, ains furent chargez & deffaits par les Eſpagnols, & ledit ſieur
Admiral tué, auec bon nombre de Capitaines & ſoldats
François & force autres priſonniers, & menez à Arras, où
ils payerent rançon; & quaſi en meſme temps Monſieur
de Humieres Lieutenant general au Gouuernement de
ladite Prouince de Picardie, & fort fidelle & affectionné
ſeruiteur du Roy, fut auſſi tué auec cent ou ſix vingts
hommes, penſant recouurer la ville de Han ſur leſdits Eſpagnols, mais en contr'eſchange la garniſon qui eſtoit
dedans, fut quelque temps apres deffaite, au nombre de
cinq ou ſix cens, par Monſieur de Boüillon, qui y acquit
beaucoup d'honneur, comme d'vne autre deffaite qu'il
fit au mois de May precedent dans la Duché de Luxembourg ſur la Bourlotte, & vn autre nómé Vordrege, que
le Roy d'Eſpagne y auoit mis auec des troupes, où ils perdirent plus de cinq cens de leurs meilleurs ſoldats.

Durant toutes ces choſes, ledit Roy d'Eſpagne continuoit auſſi ſes intelligences & menées en Bretagne, auec
Mr de Mercœur qui y cómandoit ſouz le nom de la Ligue,
en apparence, mais en effect pour luy, & pour ſe l'appro-
prier, & ſembloit que toutes choſes y fuſſent deſeſperées

pour l'interest Espagnol; si ledit S' de Mercœur n'eust eu le dessein côtraire, & que son ambitiô particuliere n'eust seruy de contregarde à son auarice, & au profit qu'il faisoit auec ledit Espagnol, tellement que cela fut cause que ladite Bretagne demeura, & se maintint douteusement, & pour les vns & pour les autres; & que le Roy d'Espagne auec son Conseil iugea bien deslors qu'il falloit perdre son esperance de ce costé-là.

Parmy tant de confusions, diuers interests & effects du costé de la Ligue, Monsieur du Mayne reconnoist en fin comme le Roy d'Espagne ne faisoit plus la guerre pour la Religion Catholique, ny pour la côseruation de cét Estat, qui luy auoient iusques alors seruy de pretexte, mais bien pour son interest & profit particulier, & comme mondit sieur de Mercœur & les autres, tant grands que petits restez en son party, tiroient chacun de son costé, à qui feroit mieux ses affaires dans le mal-heur commun de la France, dont l'enuie & le blasme entier retomberent sur luy seul; d'autre part ayant receu des nouuelles de Rome, comme le Pape auoit donné absolution au Roy, quelque contrarieté que les Espagnols & luy y eussent peu apporter, prit le sujet de son changement sur ladite absolution du Pape, & voulant faire paroistre la compassion & le regret qu'il auoit des ruines & si longues calamitez de cét Estat, commença de se laisser parler & entendre à quelque accord & accommodation auec le Roy, à quoy force personnes prés de luy le conuierent & le portent dauantage, estimans, comme il est vray, que c'estoit son bien & le leur tout ensemble d'en sortir par ce moyen; si bien que ses seruiteurs plus confidens s'estans ouuerts & abouchez auec quelques vns des principaux du Roy, il fut aduisé en

vn Conseil particulier de gens choisis, qu'il falloit gagner & rauoir ledit sieur du Mayne à quelque prix que ce
fust, la dignité du Roy & de l'Estat sauué, afin destouffer
tout à fait le mauuais nom & party de la Ligue en France,
& n'auoir plus affaire qu'à l'Espagnol, bien que puissant,
mais comme à vn ennemy estranger, & pour ce apres plusieurs allées & venuës & diuerses Conferences sur cette
accommodation, depuis le mois d'Octobre 1595. elle fut
en fin, graces à Dieu, arrestée & resoluë au mois de Ianuier 1596. comme le Roy estoit à Follembray, & en fut
fait Traité & Edict, publié & verifié depuis en Parlement,
Chambre des Comtes, & Cours des Aydes au mois d'A-
uril & May 1595.

Et d'autant que cette reünion semble auoir esté des plus
importátes de la Ligue, ie croy qu'il est bó de remarquer
icy que ledit Edict porta en son expositif, que ledit Sr du
Mayne voulut recognoistre le Roy, aussi tost qu'il vid
le Pape l'auoir receu en son absolution ; apres en tout le
reste c'est vne abolition & absolution generale de toutes
choses generalement quelconque, passées durant ladite
Ligue, auec promesse à tous ceux qui reuiendroient auec
luy, d'estre entierement restablis en tous leurs biens, charges & honneurs, comme aupatauant, & tous absolument
deschargez de tout ce qu'ils pourroient auoir fait & pris
en quelque façon que ce fust, dont le Roy en deschargea
& promit garentir enuers & contre tous ; & apres cela le
Roy luy accordant trois cens cinquante mil escus pour
acquiter ses debtes en France, & promettant de payer
toutes celles qu'il auoit faites au païs estranger, suiuant
les estats qui s'en firent & arresterent au Conseil, qui a
esté, comme l'on dit, vne vache à laict pour luy, car cette

condition souz laquelle il a feint tant de debtes qu'il a
voulu, n'a pas seulement seruy à l'acquiter, mais à enrichir
sa maison plus qu'elle n'auoit iamais esté ; estant certain
qu'il a tiré de là plus d'vn milliond'or, & outre toutes ces
choses portées par ledit Edict, qui a esté veu de tout le
monde, l'on luy accorda encores quelques articles particuliers & tres-importants, & luy reuenant par ce moyen
à l'obeissance de sa Majesté, y remit quant & quand la
ville de Soissons, Pierre-fons, & autres de Picardie, & Isle
de France, & ailleurs où il en auoit encore pû garder & cóseruer pour soy dans son party, dont le Roy luy laissa le
Gouuernement particulier, & luy donna iceluy en chef
de ladite Isle de France, en remettant son droit de celuy
de Bourgongne qu'il auoit auparauant ladite Ligue ; &
ainsi auec les plus grands aduantages & fauorables compositions qui furent iamais accordées en France : Apres
tant de rebellions & folies faites, ledit sieur du Mayne
s'en reuint trouuer le Roy, qui tout bon & tres-clement
le receut auec autant de courtoisie & d'hóneur que l'autre
l'eust pû desirer, & tous ceux qui y reuindrent auec luy;
l'ayant tousiours appellé & creu en ses principaux Conseils, comme à la verité il estoit tres-capable aux emplois
de plusieurs remarquables occasions, & de luy fauorisé,
tant luy que les siens, autant & peut-estre que s'il eust iamais esté autre que son seruiteur.

Et comme i'ay dit cy-dessus en passant que le Pape auoit
receu & absouz sa Majesté, cette reünion du fils aisné de
l'Eglise auec elle, comme sa premiere mere, merite bien
ce me semble d'en dire quelque chose, & des particularitez; surquoy il est bon de se ressouuenir que i'ay remarqué
cy-deuant comme Monsieur de Neuers auoit commencé

pour cela, & fait à Rome auprès du Pape, & des principaux Cardinaux auant que s'en reuenir, & comme il auoit
laissé le sieur du Perron nommé à l'Esuesché d'Eureux,
auec le sieur d'Ossat, Auditeur de Rotte François, grade-
ment practic en cette Cour Romaine, lesquels depuis son
depart poursuiuirent si bien & si à propos cette absolution de sa Majesté, qu'encores que le Pape Clement VIII.
en fust destourné de force Cardinaux, & autres personnes
puissantes pres de luy, il declara en plein Consistoire les
grandes raisons qui le conuioient à accorder cette absolution, laquelle il creut que Dieu vouloit pour les continuelles inspirations qu'il en receuoit tous les iours en
celebrant la Messe, & ledit Pape estant grandement bon,
clement & pieux, & tenu tel partout le monde, la plus
grand partie dudit Consistoire passa à ladite absolution,
& tout le reste apres s'y accommodant & reduisant, elle
fut accordée, & publiée premierement audit Consistoire
public, & puis executé auec les formes ordinaires en la
presence dudit sieur du Perron, representant le Roy en
cette honorable action, & acceptant pour sa Majesté les
sainctes remonstrances & instructions qu'il pleut à sa
Saincteté de luy ordonner & luy faire, ce qu'il ratifia depuis, & accepta & promit en foy de Roy d'accomplir entierement tout ce que dessus, & de cette celebre reconciliation du Pape auec le Roy, furent faits à Rome des feux
de ioye, comme en semblable par tout les Estats des
Princes Catholiques, amis & alliez du Roy, & en Frace,
par toutes les villes, auec *Te Deum* & autres tesmoignages
d'extremes allegresses: le Roy ayant assisté luy mesme
auec tous les Princes, Officiers de la Couronne, & autres
de son Conseil, au *Te Deum*, qui fut chanté en l'Eglise de

noſtre Dame de Paris, où il voulut que le Parlement
& toutes les Cours ſe trouuaſſent auſſi, & que tous
les canons de l'Arſenac & de la Baſtille tiraſſent; apres
le feu de ioye fait pour cela en Greue, qui deſplaiſoit
autant aux Ligueurs, qu'il eſtoit grandement agreable à
tous les bons Catholiques & bons François, & ainſi fut ſa
Majeſté tres-Chreſtienne reconciliée auec ſa Sainčteté, &
le Sainčt Siege, & ce vers le mois de Nouembre de ladite
année 1596.

Ce fut cette année que ie commençay à ſeparer mes
deux fils, ayant baillé à mon aiſné la demeure de ma maiſon de Cheuerny auec entretien ſuffiſant & conuenable
pour luy & pour ſa femme, qui eſtoit quelque temps auparauant vénuë de chez Monſieur le Comte de Charny,
grand Eſcuyer, ſon pere, & que i'auois premierement receuë comme femme de cette qualité en ma maiſon d'Eſclimont, laquelle voulant reſeruer pour moy, eſtant plus
proche de la Cour, ie les enuoyay faire leur ſejour audit
Cheuerny; & pour l'Abbé de Pont-Lenoy mó ſecond fils,
apres auoir demeuré quelques années à Chartres, depuis
la redučtion de ladite ville, & là au College d'icelle, auec
vn Precepteur, eſtudiant touſiours; ie le fis venir à Paris,
& le mis dans le College de Nauarre, où il continua ſes
eſtudes, ayant mis auſſi auec luy mon cadet & dernier fils,
le Baron d'Vriel, pour apprendre quelque choſe conuenable à ſa condition, & ce fut lors que ie fis pouruoir mon
ſecond fils à Rome de quatre Abbayes par vne meſme
Bulle, auec diſpenſe de ſon âge, n'ayant lors que dix-ſept
ans, & fut la premiere expedition que le Pape fit pour la
France, qui me gratifia beaucoup en cela, leſdites quatre
Abbayes eſtoient Pont-Lenoy, la Vallace, Royaumont,

&

& S. Pere, il ne s'eſtoit rien expedié depuis les deffences
qui auoient eſté faites du temps de Henry troiſieſme, leſquelles furent pour lors leuées, & fut ordonné que les
François ſe pouruoyroient comme auparauant; & à ce
propos ie ſuis bien aiſe, comme i'ay declaré cy-deuant de
quelle façon i'auois recouuert leſdites deux premieres
Abbayes de Pont-Lenoy & du Vallace pour mondit ſecond fils, de remarquer auſſi en cét endroit comment ie
luy ay peu auoir les deux autres de Royaumont, & de S.
Pere de Chartres: Pour celle de Royaumont ce fut pour
Monſieur du Puy mon couſin, à la mode de Bretagne,
frere de Monſieur de Bourges, depuis Archeueſque de
Sés, deux de mes meilleurs parens & amis, & particulierement ledit ſieur du Puy, beaucoup plus franc & libre que
l'autre, apres auoir quaſi eu tous les plus beaux benefices
de France, ayant eſté Chancelier de la Royne mere de
nos Rois, Catherine de Medicis, & auoir mangé & diſſi-
pé plus de cinquante mille liures de rente, que ie luy ay
veu auoir, par mauuaiſe conduite & menage, ne luy
reſtant plus que ladite Abbaye de Royaumont ſur ſa
vieilleſſe, & qui eſtoit ſaiſie de tát de creanciers qu'il n'en
pouuoit ioüir, s'aſſurant de mon amitié mutuelle, & par
conſequent de celle de mon fils, luy reſigna purement
& ſimplement ladite Abbaye, laquelle i'aſſuray au nom
de mondit fils par breuet du Roy, & Arreſt du grand
Conſeil dés l'ánée 1594. pour ſouz ſa procuration, baillée
aux dépens dudit ſieur du Puy, luy rendre ledit reuenu plus
aisé & facile, & hors de priſe de ſes creanciers, & en cette
façon en ioüit ledit ſieur du Puy le reſte de ſa vie; & bien
que ladite Abbaye ne valuſt pour lors que quatre mil
cinq cens liures, les charges payées, eſtant grandement

K ĸ

ruinée, i'accorday audit ſieur du Puy autre choſe à diſpoſer aux ſiens, qu'il donnaſt des penſions apres ſa mort ſur icelle Abbaye, auſquels ie luy promis que mondit fils ſatisferoit, ſoit par continuation ou recompenſe d'icelle quãd il ioüiroit de ladite Abbaye; & ceſte facilité iointe à ſa neceſſité, accablé d'importunité ſur ſes derniers iours, luy fit donner de belles penſions, iuſques à cinq mil quatre ou cinq cens liures ſur ladite Abbaye, & le tout ſans autre forme que par lettres particulieres qu'il m'en eſcriuoit, en faueur de ceux qu'il deſira gratifier, leſquelles ie ſouſcriuis & promis, que mondit fils y ſatisferoit; & puis dire auec verité que quand il en euſt deſiré d'auantage ie l'euſſe tout de meſme accordé pour l'vnion & fort eſtroite amitié qui eſtoit entre nous deux, & pour ſa grande franchiſe à donner à mon fils ladite Abbaye, laquelle reſtablie & racõmodée, pouuoit ſe rendre vn des beaux biens de cette qualité qui fuſt en France; & voila comment mondit fils eut ladite Abbaye de Royaumont. Quant à celle de S. Pere, ayant eſté donnée par le Roy pendant le fort des guerres, & apres la mort du Cheualier d'Aumalle Abbé d'icelle, aux ſieurs de Roquelaure, de Frontenac & de Belé, Gentils-hommes qui ſeruoient & ſuiuoient ſa Majeſté, ils furent tous trois bien aiſes d'en tirer quelques recõpenſes ſeparees & particulieres, & moy de pouuoir recouurer cette piece tres-belle dans la ville de Chartres, & de laquelle dependoit vn petit Chaſteau nommé Couruille, bon & fort tout contre ma maiſon d'Eſclimont, qui m'y auoit donné de l'apprehenſion durant les guerres; outre que deſtinant mondit fils pour paruenir à l'Eueſché de Chartres s'il m'eſtoit poſſible, ie ne pouuois luy en acquerir de plus propre & commode

que ladite Abbaye, pour recompense de laquelle, apres
mille peines, ie donnay ausdits sieurs Gentils-hommes,
des benefices particuliers & simples, prouenus de mon
indulte, & autres dont quelques amis m'accommoderét,
moyennát quelquès pensiós extinguibles, & d'autres benefices ausquels ie fis obliger mon fils sur ladite Abbaye,
reuenant à trois mil liures de rente, & l'Abbaye en valoit
pres de huict mil, ledit benefice de mon indult ayant fait
le surplus de la recompense d'icelle, & ainsi ie mesnageay
à mondit fils ladite Abbaye de Sainct Pere, sans aucune
gratification du Roy, que de son simple consentement,
vn peu plus que pour l'autre de Royaumont, & l'ayant
ainsi fait Canoniquement pouruoir desdites quatre
Abbayes, & bien assuré, ie luy fis continuer le plus soigneusement qu'il me fust possible sesdites estudes audit
College de Nauarre pour vn temps, puis aux leçons publiques, & autres lieux où ses Precepteurs estimerent qu'il
pourroit s'acquerir plus de capacité pour sa condition.

Et pour reprendre le fil des affaires publiques de la Fráce, apres auoir dit vn mot en passant des miennes particuliers de ma maison, ie diray icy que de tous les principaux Chefs de la Ligue, ne demeuroit plus hors de l'o-
beïssance du Roy, que Monsieur le Duc d'Aumalle, lequel ne fut assez fin & aduisé pour faire son accord, comme tous les autres, ainsi qu'il estoit tres-aisé en ce temps-
là; ce que voyans ceux du Parlement de Paris, ausquels
l'on auoit laissé lieu de mordre sur la pluspart, voulans
faire paroistre en celuy-cy vne seuere Iustice, qu'ils eussét
volontiers exercé sur tous les autres; outre qu'il auoit esté
le premier à traitter auec l'Espagnol, & à se porter ouuer-

tement pour luy; lefdits fieurs du Parlement, à la requeſte
du Procureur General , firent le procez dudit fieur Duc
d'Aumalle, & apres l'auoir fait trompeter & appeller à
trois briefs iours, le condamnerent par contumace, par
les formes qu'ils pratiquent en telles chofes, & le declarerent criminel de leze Majeſté au premier Chef, & pour
ce ordonnerent qu'il feroit tiré à quatre cheuaux , &
tous fes biens acquis & confifquez au Roy , & firent
executer en la place de Greue ledit Arreſt fur vn fantofme
contrefait , fur ledit fieur d'Amalle , lequel apres auoir
eſté tiré par quatre cheuaux, fut efcartelé, & les quartiers
d'iceluy attachez à quatre potences, aux quatre principalles forties & aduenuës de Paris ; & puis dire que cela
n'euſt eſté fait, fi le Roy euſt eſté pour lors à Paris, ou nous
autres du Cóſeil; car le Parlement y alla vn peu trop viſte,
n'eſtant à propos de defefperer iamais des perſonnes de
telle condition , ny leur faire paroiſtre le mal qu'on leur
veut, fi tout à fait l'on ne les ruine; & de fait ledit Sr d'Aumalle outré de defefpoir d'vn tel & fi extraordinaire traittement, renóçant à la Fráce, fe ietta tout à fait du coſté du
Roy d'Efpagne, & alla trouuer l'Archiduc en Flandre, qui
ne manqua de le bien receuoir , & gratifier & fecourir,
autant qu'il pût, ayant toufiours depuis ce temps tiré de
grands Eſtats & penfions d'Efpagne en Flandres , oû il a
demeuré, & y a eu plus d'honneur & de repos qu'il n'euſt
iamais pû receuoir en France, où il fuſt demeuré à la mifericorde de fes creanciers, aufquels il deuoit plus qu'il
n'auoit vaillant; tellement que fadite confifcation s'en
eſt allée en fumée: C'eſt pourquoy il eſtoit à propos de
menager ce Prince-là, auffi bien que tous les autres de la
Ligue, ainfi que c'eſtoit l'intention du Roy , afin de le

conseruer pour la France, & non pour l'Espagnol,
mais la consideration du Parlement ne vint iusques-là;
tellement que force autres desesperez Ligueurs appre-
hendans mesme chastiment, s'enfuirent iusques en Espagne, où ils ne manquerent d'auoir aussi tost pensions &
entretenemens, selon leurs conditions & leurs seruices
rendus; & aucuns d'entr'eux y ont grandement desseruy le
Roy & la France, tant le desespoir a de force sur l'humeur
des François; il y en eut d'autres plus sages & plus retirez,
qui requerans le pardon du Roy, l'obtindrent par le moyen de leurs amis, & demeurerent en France, restablis en
tous leurs biens comme auparauant : Enuiron ce mesme
temps, Monsieur de Guise estant en Prouence, reduisit
cette Prouince à l'obeïssance de sa Majesté, estant entré
fort à propos dans la ville de Marseille, apres la mort d'vn
certain Vigner nommé la Pante, insigne Ligueur, qui
luy donna moyen de s'assurer de ladite ville, & peu de
temps apres de toute la Prouence.

Pendant que le Roy estoit de fort long-temps retiré &
occupé au siege de la Fere en Picardie, qui est vne place
de tres-difficile abord, estât dans vn marais qui se remplit
d'eau quand l'on veut, l'Archiduc Albert que l'on nom-
moit encore le Cardinal d'Austriche ne perdant aucun
temps, emporta par force la ville & Chasteau de Calais,
& apres la ville d'Ardres durant le mois d'Auril 1596. sans
que le Roy y peust donner secours ny remede; ledit Cardinal ayant pour lors vne trop puissante armée, & falloit
que sa Majesté déchargeast sa colere sur la Fere, qu'en fin
il emporta par composition sur la fin dudit mois d'Auril
1596. & apres s'en estre rendu maistre, attaqua ses ennemis
de tous costez, par courses, enleuemens de logis, prise de

prisonniers, & autres exercices de la guerre, où chacun à
son tour auoit du bô. Sur la fin du mois d'Aoust audit an
1596. Monsieur le Mareschal de Biron, par le commandement du Roy, auec vne armée legere & bien choisie, se
jetta dans le païs d'Artois, où il deffit quelques troupes de
l'ennemy, & prit prisonnier le Marquis de Varembon,
courut & rauagea toute la Comté de Sainct Paul, & chastia bien rudement quelques paysans du païs, qui contre-
faisans les soldats, se voulurent armer contre luy; puis
estant reuenu pour se rafraischir s'y en retourna pour la
seconde fois, & y fit faire vn grand butin par ses soldats,
auec plus de rauages que la premiere fois. Et comme il
sceut que le Duc d'Ascot y auoit esté exprés enuoyé auec
des troupes pour l'empescher d'y retourner, ledit Mareschal plus fort qu'aux deux premieres fois, y rentra pour la
troisiesme, & aprés s'estre vn peu escarmouchez & auoir
enleué quelques quartiers & quelque butin, se retira en
France auec tout l'honneur qu'il en pouuoit esperer, &
separa de logis par le mesme commandement toutes ses
troupes aux frontieres & lieux plus propres à s'opposer
à l'ennemy.

D'autre costé les Espagnols se defians grandement &
auec raison de l'intention de Monsieur de Mercœur qui
faisoit ses affaires en Bretagne à part, & continuoit sa
trefue & intelligence auec les seruiteurs du Roy qui
estoient aux Prouinces de Poictou, Anjou & le Mayne, se
fortifierent plus que deuant en leur fort de Blauet &
autres places qu'ils auoiét emportées en ladite Bretagne,
& qu'ils desiroient y conseruer pour le Roy d'Espagne; &
fut en mesme téps, ou peu aprés que le Roy enuoya Monsieur de Bouillon en Hollande pour iurer & promettre

l'entretié du Traitté; la Reine d'Angleterre y fut cōprife,
& pour ce falloit que ledit fieur de Boüillon y allaft auffi
faire pareil ferment pour le Roy au mois de Septembre
1596. ledit fieur de Boüillon ayant efté tres-bien choifi
pour aller affurer l'entretien de ce Traitté, duquel il auoit
efté l'autheur, & vn des plus opiniaftres Confeillers.

Pendant toutes ces chofes le Roy fe refolut d'aller en
Normandie, pour mieux affurer cette Prouince, & paffer
vne partie de l'Hyuer à Rouën, où il n'auoit point encores
efté, & conuoqua audit Rouën vne affemblée de plufieurs
perfonnes de tous ordres de fon Eftat par luy choifis, &
manda à toutes les Prouinces d'iceluy pour ioindre leurs
bons aduis, auec ceux des Princes, Officiers de la Couronne, & autres de fon Confeil ordinaire, & former de
tous quelque bonne refolution pour le bien de ce Royaume & repos de fes fubjets, & aduifer aux meilleurs & plus
puiffans moyens qu'il faudroit tenir pour mieux guerro-
yer & matter l'Efpagnol; & de fait fa Majefté s'achemina
auec toute la Cour audit Rouën, où il fit fon entrée tres-
magnifique le vingtiefme Octobre 1596. & là trouuant
tous ceux qu'il auoit mandez & conuoquez, il les affembla
à Sainct Oüyn, aux rangs, formes & defcences conuenables à telle action; & pour leur faire entendre fes inten-
tiós, & la caufe de cette notable Affemblée, leur fit à l'ouuerture d'icelle vne harangue digne de luy & felon fon
humeur ordinaire, qui eftoit de dire & comprendre
beaucoup de chofes en peu de paroles, non recherchées,
mais pleines d'energie; & ainfi reprefenta premierement
à ladite affemblée le piteux & déplorable eftat auquel il
auoit trouué ce Royaume, & ce que force vrais François
fes bons feruiteuts auoient confideré auec luy pour le

restablissement d'iceluy , & qui desiroient alors le tirer tout à fait de ses miseres passées, & le restablir en sa premiere splendeur par leurs bons conseils & aduis, il les auoit assemblez pour cela: Et continuant son discours, leur tint ces mesmes paroles qu'il auoit auparauant repetées, & leur dit : Participez dóc, mes chers subjects à cette seconde gloire auec moy, comme nous auons desia fait à la premiere; car ie ne vous ay point icy appellez, comme faisoient mes predecesseurs pour vous faire approuuer mes volontez, mais bien pour entendre vos aduis & Conseils, pour les croire & suiure en tout & par tout, comme si i'estois entré en tutelle, qui est vne enuie qui ne prend gueres aux Rois qui ont la barbe grise comme moy, & qui sont, graces à Dieu, victorieux comme moy; mais la grande affection que i'ay pour mes subjects, & l'extresme enuie que i'ay qu'ils m'estiment aussi bon & paisible que legitime Roy, me feront trouuer bon tout ce que vous me conseillerez deuoir faire, remettát à Monsieur le Chancelier de vous dire le reste, & vous faire entendre plus amplement mes intentions; Apres lesquelles paroles se fut à moy à commencer à parler, ce que ie fis le mieux qu'il me fut possible, en la dignité de ma charge, & pour ce reprenant & augmentát tout ce qu'il auoit pleu à sa Majesté de dire, i'y adioustay, & fis voir clairement à ladite Assemblée quelles auoient esté les miseres de cét Estat, quel il estoit alors, & ses affaires & necessitez pressantes, & apres y proposay les moyens & ouuertures plus promptes & conuenables à y tenir, pour remedier & pouruoir au mal present, & affermir le repos tant desiré de tous; à quoy ie n'oubliay toutes les raisons & exemples, faisant à ce sujet que ma

me-

memoire & mon experience me peuuent fournir, & ainfi ie finis mon difcours en conuiant vn chacun à affectionner & bien confeiller le Roy, apres auoir parlé prés de trois quarts d'heures auec tres-fauorable audience & fatisfaction à mon aduis d'vn chacun; cela fait le Roy fe leua & toute ladite Affemblée, laquelle du depuis commença à continuer & trauailler, & propofa plufieurs bons aduis, d'aucuns defquels fa Majefté fe feruit à propos, & le furplus eft demeuré fans effect, dans la confufion accouftumée des principales affaires de France.

I'ay cy-deuant remarqué comme les Efpagnols s'eftoient emparez de la ville de Dourlens en Picardie fouz l'Archiduc Erneft Gouuerneur pour le Roy d'Efpagne, qui y laiffa vn vieil Capitaine Efpagnol, nommé Hernand Teille Pontocarrero, qui nous monftra bien ce qu'il fçauoit de fon meftier : car le Roy, apres auoir affez longuement feiourné à Rouën, s'en retourna vers le Carefme-prenant à Paris, où il receut nouuelles que les habitans d'Amiés, qui auoient refufé de mettre dans leur ville les garnifons que le Roy leur vouloit bailler, faute de bonne garde, & par leur negligence, laifferent furprendre leur ville par le mefme Hernand Teille, qui s'y eftoit acheminé de Dourlés, laquelle en eft proche de demie iournée feulement. Le Roy confiderant l'importance de la furprife, cette ville eftant la capitale & principale de la Prouince, tres-forte d'affiette & d'ácienne fortification, & dans laquelle, par mal-heur, fa Majefté auoit fait dreffer vn grand Arcenal de guerre, & fait amaffer infinies munitions pour les trouuer plus preftes pour s'ē feruir au Printemps côtre l'Efpagnol, lequel ne

Ll

perdant point de temps, & sçachant que les Habitans
de ladite ville plus accoustumez à leurs commerces qu'à
la guerre, & plus ialoux de la conseruation de quelques
priuileges en papier, que de ceux de leurs personnes, &
biens presens, auoient refusé de receuoir du Roy vne
garnison, s'estimans assez capables d'empescher telle
entreprise; neantmoins ledit Hernand Teille fit si bien
qu'il se saisit de ladite ville d'Amiens, comme il s'ensuit. Ie n'ay peu m'empescher d'en mettre icy quelques
principales particularitez, comme estant l'vne des plus
remarquables & bien conduite entreprise, que nous
ayons veuë de nostre temps.

Il faut donc sçauoir que le Lundy 11. iour de Mars
1597. ledit Hernand Teille Espagnol estans dans Dourlens, voulant executer son entreprise sur ladite ville d'A-
miens, choisit quarante de ses meilleurs & plus affectió-
nez soldats, lesquels il rendit capables de son dessein, &
pour y paruenir les fit tous habiller & desguiser en
Païsans, leur faisant porter à chacun de gros sachets sur
leurs testes, comme les autres païsans, allans d'ordinaire au marché de ladite ville; ayans tous neantmoins par
dessous leurs jacquettes de toile, de bonnes escoupet-
tes, pistolets & grandes dagues propres à telles execu-
tions. Et estans tels soldats ainsi bien disposez, ledit
Hernand Teille partit de Dourlens auec 5000. hommes
de pied, & six à sept cens cheuaux, & alla toute la nuiƈt
vers Amiens, & auant le iour posa si bien ses embusca-
des, & plaça si couuertement ses trouppes prés d'vn
Chaufour assez voisin de ladite place, que personne
de ladite ville n'en prist allarme, ny ne s'en apperceut;
lors, sur les six à sept heures du matin, qui estoit l'heure

que l'on venoit au marché dudit Amiens, il fit aduancer
lefdits foldats defguifez droict à la porte de la ville, bien
inftruits d'icelle porte, & auoient fait marcher en mefme
temps vn grand chariot chargé de foing, lequel eftant
paruenu auec eux, fans aucune difficulté iufques à ladite
porte, & eftans iufques fouz la harfe & grille fut là arrefté,
& au mefme temps lefdits foldats coupperét les traits des
cheuaux qui le menoiét, pour laiffer ledit chariot en cette
place, afin que l'on ne peuft, ny leuer le pont fur lequel
il eftoit, ny auffi faire tomber ladite grille, & ainfi faire
vn paffage libre des deux coftez dudit chariot, pour entrer en ladite ville; & en mefme inftant tous lefdits foldats fe ietterent auec leurs armes fur quelques quinze ou
vingt habitans, la plus part endormis, qui eftoient au
Corps de garde de ladite porte, lefquels fe trouuerent fi
fort eftonnez & furpris que fans beaucoup de refiftance
lefdits foldats Efpagnols fe rendirent Maiftres, tant dudit corps de garde que de ladite porte entiere, par le fecours du refte qui au premier fignal fortit de ladite em-
bufcade & gaigna auffi toft ladite porte, & ainfi tous en
foulle entrerét, tant à pied qu'à cheual, fans aucune difficulté dedans ladite ville, & furét par ledit Hernantulle en
mefme temps diftribuez en tous les quartiers & principales places de ladite ville; ce qu'ils firent tres-aifément:
car tous les habitans fe trouuans furpris par la faute de
leurs corps de garde, auquel ils fe fioient, & la pluspart eftans à l'heure au Sermon dans la grande Eglife,
comme c'eftoit le Carefme; & fur les huict à neuf heures
du matin, encores que le Guet & Beffroy de ladite ville
fonnaft fort : Neantmoins perfonne n'en prift allarme,
chacun eftimant que ce deuoit eftre quelques trouppes

du Roy qui paſſoient par ladite ville, comme c'eſtoit choſe aſſez ordinaire; & ainſi tout le peuple demeurant ſans conduite & ſans iugement, en ſi importantes occaſions, les Eſpagnols ſans aucune reſiſtance ſe rendirent Maiſtres de ladite ville d'Amiens, Monſieur le Comte de Sainct Paul Gouuerneur de Picardie, eſtant dedans audit temps, entendant ce mal-heur, auquel il ne pouuoit plus donner de remede, s'enfuit le premier, & ſe ſauua à Corbie auec force autres auſſi vaillans & ſecourans que luy : & le ſurplus des habitans d'icelle ſortans en cét effroy & eſtonnement des premiers, & trouuans leſdits Eſpagnols armez qui alloient en bataille & ordre eſpouuentable par les ruës, aſſeurans toute douceur à ceux qui obeïroient, comme auſſi toute ſorte de cruauté à quiconque ſe voudroit rebeller, n'ayans perſonne pour leur commander autre choſe. Chacun commença de recognoiſtre ſon mal-heur preſent, & taſcher de s'en ſauuer au mieux qu'il luy ſeroit poſſible; & pour ce les plus apprehenſifs ſe ietterent hors ladite ville par paſſages dérobbez, & non encore ſaiſis; les autres en plus grand nombre, ſe retirerent doucement dans leurs maiſons, & le meilleur qu'ils euſſent; la pluſpart fermans leurs portes & boutiques, attendans la miſericorde de Dieu & deſdits Eſpagnols, leſquels apres auoir demeuré deux ou trois heures ſans aucunement ſe declarer, ny faire aucun deſordre dans ladite ville, pendant que ledit Hernantulle s'aſſeura de toutes les portes de la Maiſon de Ville, des Arcenacs & magaſins du Roy, & autres lieux de deffenſe d'icelle, & contraignirent auſſi toſt leſdits habitans d'entrer en compoſition auec eux, pour empeſcher par ce moyen le pillage, & la ruine entiere de tous

leurs biens, ce qu'ils firent, & en ſauuerent vne partie par
ladite compoſition , dont ledit Hernantulle fit vne
grande liberalité à ſes ſoldats, mais chacun ne laiſſa de
tirer encores depuis de ſes hoſtes ce qu'il peut, par la violente douceur que telle conqueſte apporte: Et pour ce
qui eſtoit dans leſdits Arcenacs & magaſins du Roy, ledit Hernantulle les conſerua en leur entier, pour s'en
ſeruir contre ſa Majeſté, ainſi qu'il fit depuis à la deffence
de ladite ville: Et ſe peut dire que leſdits Eſpagnols firent en cette priſe d'Amiens , le plus grand effect & le
plus grand butin tout enſemble, qu'on ſçauroit penſer;
d'autant que cette ville eſt grandement importante à la
France, & ſans laquelle Paris ſe trouueroit incontinent
frontiere; puis elle eſt d'vn tres-grand abord & commerce pour tous les Marchands François auec ceux de
Flandres & du Pays-bas, pour la commode ſituation d'i-
celle, & la facilité qui y eſt, à cauſe de la riuiere de Som-
me : & ces conſiderations & pluſieurs autres infinies,
conuierent leſdits Eſpagnols à cette entrepriſe, pour
s'acquerir & conſeruer cette place , & s'en ſeruir de
frontiere pour l'Arthois contre la France, comme le
bon Duc Philippes de Bourgongne autrefois l'auoit
fait.

Il eſt bien mal-aiſé de dire quelle fut plus grande, ou
l'allegreſſe deſdits Eſpagnols pour vne ſi grande conqueſte & facile entrepriſe, ou la triſteſſe des François pour
vne perte inopinée, ſi notable & importante à cét Eſtat,
en laquelle le Roy plus intereſſé & picqué que nul autre,
apres auoir grandement blaſmé, tantoſt la plus grande
opiniaſtreté des Habitans d'Amiens, qui n'auoient voulu receuoir garniſon; tantoſt la laſcheté & mauuaiſe con-

duite de leur Gouuerneur; & tantoſt ſa trop grande coñ-
fiance & bonté enuers leſdits habitans, de n'y auoir
pas mis meilleur ordre, ayant de long-temps preueu quelque mauuais ſuccez de ce coſté là. Sa Majeſté apres auoir
receu l'aduis certain de cette mal-heureuſe priſe, aſſem-
bla auſſi toſt vn grand & celebre Conſeil, de tous les
Princes, Officiers de la Couronne, & principaux & plus
experimentez dudit Conſeil, auec les plus vieils Capitaines qui fuſſent lors à la Cour, où apres auoir dit quelques
paroles de ſon deſplaiſir & de ſon deſſein, & ſa iuſte colere l'empeſchant d'en dire dauantage; il me commanda de propoſer l'affaire, & les plus prompts moyens d'y
remedier; ce que ie fis le mieux qu'il me fuſt poſſible, &
fis voir de quelle importance eſtoit cette place, & de quelle conſequence eſtoit ſa perte, à tout le Royaume, &
que i'eſtimois qu'il falloit ſans retardement apporter
tout le remede poſſible, & y mettre le tout pour le tout;
ce que chacun conſiderant & prenant bien, l'on alla tout
d'vne voix à conſeiller ſa Majeſté, que ſans aucun dilayement il falloit aller inueſtir & aſſieger ladite ville d'A-
miens, auant que les ennemis euſſent plus de temps &
de moyen de s'y recognoiſtre & la fortifier, & à quelque
prix que ce fuſt l'emporter: A quoy tous promirent au
Roy de le bien & fidellement ſeruir, & eſtant cette reſolution priſe, le Roy depeſcha diligemment de tous coſtez, & enuoya des commiſſions pour dreſſer vne armée
Royalle, la plus forte & munitionnée de toutes choſes,
& principalement d'Artillerie qu'il luy fuſt poſſible; à
quoy tous les François s'affectionnerent, comme la choſe le meritoit auſſi; & ce fut à l'enuy à qui le ſeruiroit
mieux, & plus promptement en cette occaſion; ſi bien

que pendant que ledit Hernantulle triomphoit de ſa
conqueſte, pouruoyoit dans ladite ville d'Amiens aſſez
doucement aux choſes qu'il ſembloit neceſſaires, en cas
qu'il fuſt aſſiegé, comme il ſe doutoit que le Roy n'y
manqueroit pas, ayant fait mettre le feu dans les Faux-
bourgs & villages circonuoiſins de laditeville. Le Mareſchal de Biron auec ce que l'on peut ramaſſer en peu de
temps de trouppes, l'alla inueſtir & aſſieger, pluſtoſt
qu'il n'auoit penſé; & ſa Majeſté voulant y aller apres en
perſonne, auant que partir de Paris, fit verifier en ſa preſence au Parlement quelques Edicts, deſquels il tira
promptement vn grand ſecours d'argent qui luy eſtoit
du tout neceſſaire en cette occaſion ; & puis s'en alla audit ſiege d'Amiens, où tous les Princes & autres general-
lement quelconques le ſuiuirent, & à l'enuy tout le reſte
de la Nobleſſe de France y accourut pour s'y ſignaller; &
quant à moy il voulut que ie demeuraſſe à Paris auec tout
ſon Conſeil, pour donner ordre à l'argent, artillerie &
munitions neceſſaires audit ſiege, ayant mené auec luy
Monſieur de Villeroy, & vn autre Secretaire d'Eſtat,
& deux des Meſſieurs de robbe-longue audit Conſeil,
auec vn Intendant des Finances, & le Threſorier de l'extraordinaire des guerres, & vn nommé de l'Eſpargie,
pour paruenir aux choſes plus preſſées prés de ſa Majeſté,
& auoir correſpondance continuelle auec nous autres,
demeurez à Paris, afin que rien ne peuſt manquer d'vn coſté ny d'autre en telle & ſi importante affaire ; & puis dire
qu'encore que nous fuſſions apres les guerres ciuilles,
qui auoient tout ruiné, Dieu fit la grace au Roy premierement, & à nous tous ſes ſeruiteurs, que nous trouuaſ-
mes aſſez d'argent & d'artillerie pour ledit ſiege, chacun

n'y efpargnant rien à la verité, car de là dependoit, ou la
durée ou la fin de nos maux, ainfi que l'iffuë l'a fait paroiftre du depuis.

Sa Majefté donc bien refoluë, & fortifiée audit fiege,
de toutes chofes neceffaires à reprendre Amiens, pourfuiuit le fiege commencé par le Marefchal de Biron, où
rien ne fut oublié, car iamais on n'auoit veu en France vn
pareil trauail pour les tranchées, vn plus bel ordre à les
garder, plus belles forties & mieux repouffées, plus
grande batterie du dehors & contrebatterie du dedans,
plus bel eftabliffement d'Hofpital pour les bleffez de
l'armée du Roy; & bref plus belle difpofition & chofes
conuenables à vn tel fiege; & tout cela reüffit fi bien,
qu'apres que ledit Hernantulle eut fait dedans tout ce
qu'vn vaillant Gouuerneur & Capitaine peut faire, il y
fut tué & y perdit la vie, & non l'honneur qui luy eft demeuré pour iamais, & fut enterré en la grande Eglife d'A-
miens. L'Archiduc ou Cardinal d'Auftriche voyant ce
furieux affiegemét, vint auec vne grande & puiffante armée pour y remedier, penfant faire comme le feu Prince
de Parme auoit fait deuant Paris & Roüen, faifant
croire d'abord qu'il vint defcendre, qu'il vouluft donner la bataille, ayant quinze mille hommes de pied
& trois mille cheuaux, & dix-huict pieces de Canon, le
tout en tres-bon ordre & equipage, auec infinis chariots
enchaifnez, chargez de viures, defquels il fe vouloit
feruir à enfermer fon Infanterie, contre la furie de la
Cauallerie Françoife: & eftant arriué auec cette grande
armée à Dourlens, publia partout que dans quatre iours
il donneroit la bataille, eftimant fouz ce pretexte qu'il
pourroit faire couler le fecours & viures qu'il auoit
amenez

amenez pour les affiegez, & vint furieufement prendre fon champ de bataille au deffus de Long-pré, où
Monfieur du Mayne, par le commandement du Roy, s'y
ietta incontinent auec des forces, & le deffendit; pendant
que fa Majefté auec tout le refte de fon armée (excepté
qu'il en laiffa dans les tranchées du fiege, qu'il ne vouloit abandonner) vint au deuant de l'armée ennemie, &
à la veuë l'vn de l'autre, efcarmouchans & falüans de canonnades toute la iournée du 15. Semptembre, iufques
fur le foir que le Cardinal fe retira auec fon armée, à deux
lieuës d'Amiens à vn village nommé fainct Sauueur, où
toute la nuict il fit dreffer vn pont fur la riuiere de Som-
me, pour paffer le fecours & viures qu'il amenoit, lequel fut empefché, & la plufpart deffait, & pris par ceux
que le Roy auoit ordonnez ; tellement que deuant le
iour du 16. ledit Cardinal, difant qu'il vouloit donner la
bataille, commença de paroiftre au deffus de la montagne de Vignancourt, & le Roy s'y trouua auffi au champ
de bataille du iour precedent prés de Long-pré, & recommencerent les mefmes efcarmouches & canonnades
entre les deux armées toute cette feconde iournée, comme ils auoient fait durant la premiere, fans que fa Majefté peuft iamais attirer fon ennemy à la bataille, lequel
fe contenta de faire voir fon armée aux affiegez, & la faire tantoft plus, tantoft moins paroiftre au Roy, fur le
haut de ladite montagne de Vignancourt, pendant qu'il
difpofoit fa retraite, & faifoit aduancer & retirer fon bagage vers Dourlens, où il fe retira le foir fans autre effet,
y laiffa fes viures, & le 22. fe retira à Arras, ayant toufiours
efté pourfuiuy par fa Majefté auec fon armée & fon artillerie iufques audit Arras, où mefme il fit tirer 25. ou 30.

M m

canonnades pour marque de ſon aduantage tout entier,
& apres ne pouuant faire dauantage contre ſon ennemy qui ne vouloit combattre , s'en reuint audit ſiege
d'Amiens, & redoublant ſes efforts ſur les aſſiegez, auſquels commandoit le Marquis de Mont, apres la mort de
Hernantulle, & cómençans à perdre courage, ſe reſolurent de parlementer , deux iours apres la retraitte dudit
Cardinal, & demeurerent d'accord de remettre ladite
ville entre les mains du Roy dans ſix iours apres, ſi dans
le temps ils n'eſtoient ſecourus, ce que n'ayant point eſté,
le Roy y ayant trop bien pourueu, au bout de ſix iours
ils remirent à ſa Majeſté ladite ville, & en partirent le 25.
Septembre auec armes & bagages, au nombre de dix-
huiĉt cens hommes de pied, y ayant force bleſſez, ſix cens
cheuaux, & ſix vingts chariots chargez de butin & de
femmes, au lieu de quatre mil hommes de pied & douze
cens cheuaux, tous Eſpagnols d'eſlite, qui y eſtoient au
commencement du ſiege, le reſte ayant eſté tué deuant
iceluy ; & ainſi ſa Majeſté reconquit tres-heureuſement
ladite place, apres l'auoir tenuë aſſiegée prés de cinq mois
depuis le 20. Mars qu'elle fut inueſtie, ſix iours apres ſa
priſe iuſqu'au 25. Septembre, que leſdits Eſpagnols en
reſſortirent en la forme cy-deſſus, laiſſans à ſa Majeſté ladite ville & tous les habitans d'icelle entierement ruinez,
comme il leur eſtoit tres-bien employé, pour n'auoir voulu receuoir garniſon, & ſe fier trop en leurs forces particulieres, & à leurs priuileges, auſquels ſa Majeſté ne deuant plus apres cela auoir aucun egard , laiſſa en ladite
ville vne bonne & forte Garniſon, auec Monſieur de Vic
pour Gouuerneur d'icelle, & y fit commencer vne tres-
grande & forte Citadelle, qui a depuis eſté continuées

en sorte qu'il y a apparence que la France ne se trouuera vne autrefois en telle apprehension pour cette place, comme elle fut alors; & bien que ie me sois vn peu trop estendu sur cette prise, & reprise d'Amiens, si est-ce que tant de choses remarquables s'y passerent, pour auoir esté vn des plus beaux sieges de nostre temps, que i'en laisse encore beaucoup à dire aux Historiens, qui ne doiuent oublier les particularitez notables de chose si importante audit Royaume.

Pendant cette longue durée dudit siege d'Amiens, auquel le Roy & quasi la pluspart de la France, estoient occupez, quelques Gouuerneurs de Prouinces y estans demeurez, rendoient de leur costé de bons seruices à sa Majesté, entr'autres Monsieur Desdiguieres en Dauphiné, lequel durant le mois de Iuillet & Aoust 1597. auec vne petite armée legere se ietta dans la Sauoye, & s'empara de la pluspart de la valée de Morienne, & y attaqua & gaigna quelques forts, à quoy Monsieur de Sauoye se voulut opposer auec le secours qu'il eut de quelques Neapolitains & Suisses; ledit sieur Desdiguieres luy presenta la bataille, à laquelle ledit sieur de Sauoye bien qu'il fust plus fort ne voulut iamais se porter, & se contenterent de plusieurs escarmouches qui furent fort chaudes & sanglantes, & desquelles l'honneur demeura aux François; & ledit sieur de Sauoye y receut perte de plus de douze cens hommes des siens, & depuis voulant rendre la pareille en Dauphiné, ledit sieur de Sauoye s'y ietta auec des forces à l'impoureu : Mais ledit sieur Desdiguieres les fit bien tost retirer sans aduantage, ayant promptement mandé & amassé des trouppes suffisantes pour cela.

En mesme temps & durant ledit mois de Iuillet,
Monsieur le Mareschal de Brissac, Lieutenant General
pour le Roy au Gouuernement de Bretagne, assisté des
seruiteurs que sa Majesté auoit en cette Prouince, & de
l'aide des habitans de Sainct-Malo, deffit heureusement
audit païs vn nommé le sieur de Sainct Laurens, qui y
auoit quatre oû cinq cens hommes de pied, & cent cheuaux pour Monsieur de Mercœur, mettant le tout à vau-
déroutte, & la pluspart tuez sur la place.

Au mois d'Aoust aussi audit an, le Roy d'Espagne continuant ses desseins & entreprises de tous costez de la
France, vn nommé Gaucher, François ou Lorrain, simple soldat de fortune; mais paruenu en quelque estime
parmy les armées, & par sa valeur fit vne entreprise sur
vne petite ville frontiere de Champagne, nommée Ville-
Franche, sur la riuiere de Meuse, qui auoit auparauant
esté prise par Monsieur le Duc de Lorraine, & depuis reduite à l'obeïssance du Roy, & s'adressa ledit Gaucher à
quelques Soldats qui y estoient dedans en garnison, pensant les gaigner par grandes promesses & recompenses
du Roy d'Espagne qu'il seruoit; lesquels Soldats en ayant
aduerty leur Capitaine, il leur commanda d'escouter &
bailler parole, en prenant l'heure & le iour pour l'execution de ladite entreprise, ce qui fut fait; & le temps arriué, ledit Capitaine s'estát fortifié des Garnisons voisines
qui estoient au Roy à Moruan de Mou, prit son aduantage & deffit ledit Gaucher auec son entreprise, laissant
sur la place deux ou trois cens hommes morts, & prenant six-vingt prisonniers; & peu s'en fallut que ledit
Gaucher n'eust esté attrappé auec le reste.

Aussi au mesme mois d'Aoust, ceux du Parlement de

Paris, n'estans encore contens d'auoir chassé, comme ils auoient fait, les Iesuites, donnerent le 21. dudit mois vn Arrest, portant deffenses à toutes villes & communautez de souffrir que ceux qui auroiét esté de cette Compagnie, tinssent Escoles ou Colleges en quelque façó que ce fust encore qu'ils eussent renoncé à l'Ordre, & fussent sortis de ladite Compagnie, tant estoit extréme l'animosité qu'ils leur portoient; & au mois de Septembre ensuiuant donnerent encore deux autres Arrests, l'vn pour seruir de reglement à la Chambre de l'Edict du 17. Septembre, & l'autre du 30. dudit mois, contre tous ceux qui recelloient les rebelles & adherants à la faction Espagnole, & du Duc de Mercœur en France, & principalement dans les Prouinces de Touraine, Amiens, & le Mayne, & autres lieux circonuoisins.

Le 17. Octobre audit an 1597. les sieurs de Schomberg & de la Roche-pot, que le Roy auoit ordonnez à cét effet, ne pouuant sa Majesté tout en vn coup, & si tost pouruoir à la reduction de la Bretagne, accorderent auec d'autres Deputez de la part du sieur de Mercœur vne suspension d'armes, & cessation de tous actes d'hostilité, entre sadite Majesté & ledit sieur de Mercœur, pour commencer du 15. Octobre 1597. iusques au premier iour de Ianuier 1598. aux conditions que lesdites armes ne pourroient estre reprises que quinze iours apres ledit temps, par les vns ny par les autres : Et par icelle suspension furent incontinent reglez tous les iustes interests des particuliers de ladite Prouince de Bretagne, ensemble des autres Prouinces circonuoisines; qui fut vn tres-grand commencement à l'accord entier, qui fut depuis fait par sa Majesté auec ledit sieur de Mercœur.

Le temps de ladite cessation d'armes en Bretagne
estant expiré, la plus grande part des Bretons se ressou-
uenans que les plus hardis & facticux d'entr'eux, auoient
esté bien battus les années precedentes, par Monsieur le
Mareschal de Brissac & ses Lieutenants, de l'insupporta-
ble domination de Monsieur de Mercœur ; apres auoir
commencé à gouster la douceur de quelques mois de repos, se resolurent de s'accommoder auec le Roy, & entr'autres ceux qui estoient en garnison dans le Chasteau
de Dinan, qui est l'vne des meilleures & plus importantes places dudit païs, traitterent & composerét de la reddition d'icelle, auec Monsieur le Mareschal de Brissac,
qui les auoit assiegez ; & fut ladite composition & reddition faite le 23. Feurier 1598. dont les conditions particulieres portees par le Traitté qui en fut fait, doiuent se
trouuer dans l'histoire du temps.

Il a esté cy-dessus remarqué, comme Monsieur Desdiguieres en Dauphiné, & Monsieur de Sauoye, se faisoient vne guerre continuelle : Maintenant i'adiousteray icy qu'au commencement de l'année 1598. ledit sieur
de Sauoye faisant mieux pour luy que l'an precedent, fit
vne deffaite du sieur de Crequy, Gendre dudit sieur Desdiguieres, apres laquelle il recouura tout ce qu'il auoit
perdu en ses païs, hormis la ruine de ses subiets qui leur
demeura comme à luy en perte ; & pendant qu'il contentoit son esprit en la satisfaction qu'il auoit de si heureux
recouurement de ses places, ledit sieur Desdiguieres luy
surprist le 15. Mars 1598. iour de Pasques Fleuries, le fort
de Barraut, lors nommé le fort de S. Bartelemy, qui
estoit proche de la ville de Grenoble, & sur les frontieres
du Dauphiné, & ce par vne entreprise auec petards & es-

chelles, qui reüffit fi bien que ladite place fut emportée,
le fort d'icelle n'eftant encore acheué, ny en eftat d'affez
forte deffenfe pour y refifter; & là dedans furent pris cinq
drappeaux de fept qui y eftoient, auec force prifonniers,
& entr'autres le Gouuerneur d'icelle, & quant & quand
huict ou dix pieces d'artillerie, montées & garnies cóme
il appartenoit de munions de guerre, qui y furent auffi
trouuées & prifes; dont le Roy receut vn tres-grand contentement, & ayant depuis recogneu & iugé l'importance de cette place, pour la feureté dudit Dauphiné, laquelle auoit efté prife & baftie par ledit Duc de Sauoye fur les
terres d'iceluy Dauphiné, eftans voifins de Grenoble
d'vne petite lieuë, & bonne à oppofer & faire tefte au
Chafteau de Montmelian, qui eft audit Duc de Sauoye:
Il fut refolu que l'on feroit paracheuer la fortification de
cette place, & que fa Majefté y mettroit bonne & forte
garnifon pour la conferuer foigneufement, fouz la charge & conduite dudit fieur Defdiguieres, comme tou-
jours elle a efté depuis, quelque chofe qu'en ait peu dire
& alleguer ledit fieur de Sauoye, quand il s'eft depuis ac-
commodé auec le Roy.

Comme le Roy eut cependant recognu le bon eftat
auquel eftoient les Bretons, pour fe remettre en fon
obeiffance, croyant qu'il n'y auoit plus que la volonté
dominatrice de Monfieur de Mercœur qui les retinft de
fe declarer, & que ledit fieur de Mercœur ne tafchoit
qu'à couler le temps, fans rien refoudre, pour toufiours
profiter & faire mieux fes affaires par le mefnage de fa
femme; fa Majefté fut confeillée de s'acheminer vers ladite Bretagne auec vne armée, pour d'vne ou d'autre façon s'affurer de cette Prouince, comme il l'eftoit, graces

à Dieu, de toutes les autres de son Royaume : Et pour ce
partit de Paris, & s'en alla à Angers au mois de Mars
1598. ce que voyant & craignant auec raison ledit sieur de
Mercœur, ne voulant se hazarder de tout perdre, & cognoissant la clemence du Roy, il voulut preuenir sa
Majesté par vne obeïssance volontaire, & enuoya au deuant d'elle l'assurer de son obeïssance, en implorant sa
grace & bonté, luy demandant pardon, auec supplication
de luy accorder ce qui seroit trouué raisonnable selon sa
qualité; ce qu'estant accepté par sadite Majesté, l'on traitta auec les Deputez qu'il enuoya audit Angers, & Madame de Mercœur y vint apres, & enfin ils obtindrent plus
qu'ils n'auoient pensé, luy estant accordé vn Edict le plus
ample & le plus fauorable qu'il eust sceu souhaitter, abo-
lissant toutes choses generalement quelconque, faites &
passées en Bretagne, & aduoüant & authorisant tout ce
que ledit sieur de Mercœur y auoit ordonné & fait, qui
n'estoit rien moins que si elle eust esté à luy en proprieté,
& souueraineté ; aux particularitez duquel Edict ie ne
m'amuseray dauantage, ayant esté publié, & comme tel
verifié par toutes les Cours souueratnes. Seulement di-
ray-ie, que la plus grande facilité & faueur d'iceluy, suruint de ce que le Roy qui estoit bié aise de tout mesnager,
& ne rien perdre, accorda auec ledit sieur de Mercœur, le
mariage de son fils naturel, Cesar Monsieur, qu'il aimoit
grandement, comme venu de Madame la Duchesse sa
Maistresse, auec la fille & seule heritiere dudit sieur de
Mercœur, qui deuoit estre grandement riche; ce qui fut
cause de cette grande & fauorable composition qu'il eut
pour l'asseurance que le Roy donna deslors à sondit fils
du Gouuernement de Bretagne, du consentement dudit

dit sieur de Mercœur, & force personnes s'estonnerent
que luy & sadite femme, qui auoient tousiours tout fait
dans le party de la Ligue ne se fussent conseruez quelque
moyen pour resister à vne telle necessité ; mais les autres
iugeoient que comme il leur auoit esté iusques alors tres-
facile d'y faire tout ce qu'il leur auoit pleu en Bretagne,
où ils n'auoient iamais esté que fort peu ou point du tout
contraints, qu'au pis aller ils auoient en cette extremité
pris le meilleur conseil, de faire par amitié ce qu'ils, vray-
semblablement, auoient esté contraints de faire par force, & par ce moyen s'allians auec le Roy,& se iettâs entre
ses bras, garder les grands biens & argent qu'ils auoient
amassez pendant les guerres, à la conseruation desquels
sa Majesté se trouueroit obligée pour l'interest de son fils;
bien que ie creusse deslors, comme nous traittasmes de
toutes choses, que le dessein dudit Sieur & Dame de
Mercœur ne fust d'accomplir ledit mariage, ains se couurir & seruir du pretexte d'iceluy,& de la faueur de madite
Dame la Duchesse , pour faire encore ce qu'ils voudroient, côme l'esprit de ladite Dame de Mercœur estoit
entierement actif & ambitieux; & ainsi ladite Bretagne
se remit entierement à l'obeïssance du Roy, qui en osta
toutes les garnisons, & force imposts nouueaux, que ledit sieur de Mercœur y auoit mis, par son authorité priuée,
y establissant ledit sieur Cesar, son fils Naturel, pour
Gouuerneur, qui fut depuis Duc de Vandosme , lequel deslors fiança ladite fille dudit sieur de Mercœur,
suiuant les articles susdits faits à Angers.

Par tant de grands & heureux succez au Roy de tous
costez, Dieu voulant benir,calmer & fortifier son regne,
voulut encores le mettre en paix auec le Roy d'Espagne,

qui eſtoit lors ſon ſeul & plus puiſſant ennemy, & pour
ce inſpira le Pape Clement VIII. tres-digne poſſeſſeur
du Sainct Siege, & grandement affectionné au repos
de tous les Princes Chreſtiens & Catholiques, luy ayant
fait ſçauoir les grands maux que la diuiſion de ces deux
puiſſantes Monarchies de France & d'Eſpagne, pou-
uoiét apporter au ſurplus de la Chreſtiété, ſur laquelle les
Turcs s'aduantageoient par ce moyen, & y formoient de
tres-dommageables & dangereux deſſeins ; ſi bien que ſa
Saincteté ſe reſolut de s'entremettre de cette paix, croyát
que ſon affection de Pere commun, ioint au reſpect que
l'vn & l'autre deſdits Rois voudroient rendre à ſa dignité, pourroient les conuier l'vn & l'autre à le croire, & à
s'acquerir le repos neceſſaire à eux & à leurs ſubjects,
pour le reſte de leurs iours, & le bien de leur poſterité ; &
pour ce ſadite Saincteté auec les plus prudents du Conſiſtoire, s'aduiſa de ſe ſeruir en cette negóciation du Pere
Bonauanture Calatigiron, Italien de nation, Patriarche de Conſtantinople, & General des Cordeliers, homme tres-aduiſé & entendu aux affaires du monde, &
en celles de ſa profeſſion ; & apres luy auoir fait comprendre ſes bons & ſaincts deſirs, de voir vne bonne reconciliation entre ces deux grands Princes, comme
principaux pilliers & enfans de l'Egliſe, il luy commanda de s'en aller en Eſpagne, pour ſouz pretexte de viſiter
les Conuents de ſon Ordre, prendre occaſion de voir le
Roy d'Eſpagne, & recognoiſtre dextrement s'il ſeroit
capable d'entendre à ladite paix ; & d'autre coſté ſadite
Saincteté ayant auparauant voulu honorer le Roy &
la France d'vn Legat, pour faire voir à tout le monde
l'entiere reünion du Roy au ſainct Siege, & y ayant ex-

prés enuoyé le Cardinal de Medicis, de Florence, Oncle de là feu Reine-Mere de nos Rois, personnage de grande qualité, frere du Duc de Florence, & tousiours infiniment affectionné au bien de cét Estat, lequel y estoit desia arriué & y auoit esté receu, tant du Roy, du Clergé, que de toute la Noblesse, & reste de la France, auec tout le respect & l'honneur qui estoit deub à ses qualitez; sadite Sainéteté luy manda de sonder doucement l'esprit,& l'humeur du Roy sur ladite paix; afin que ie la luy persuadast apres plus ouuertement, selon les nouuelles qu'il receuroit d'Espagne, où il auoit enuoyé à mesme dessein.

Et comme Dieu vray autheur de paix, voulut aduancer celle-cy, qu'il auoit inspirée au cœur desdits Rois, il arriua que ledit General des Cordeliers recogneut aussi tost le Roy d'Espagne Philippe II. y estre grandemét disposé, aimant mieux euiter les euenemens incertains d'vne guerre, pour les changer aux asseurez effets de la paix tousiours plus profitables , & considerant tres-prudemment son vieil âge, la ieunesse de son fils, qu'il desiroit marier auant que de mourir, & luy laisser s'il pouuoit ses Estats sans guerre, comme aussi l'Infante sa fille aisnée, auec l'Archiduc Albert, Cardinal d'Austriche, à laquelle il donnoit les Païs-bas,& ausquels comme nouueaux Seigneurs, l'amitié du Roy estoit plus propre que la guerre; puis il voyoit lors tous les François reuenir en l'obeïssance de leur Roy, qui auec cela auoit glorieusement depuis peu regagné Amiens, & s'armoit furieusement pour vne longue & grande guerre contre luy; tellement que toutes ces considerations rendans ledit Roy d'Espagne desireux de cette paix, il s'ouurit iusques là,

audit General des Cordeliers, qu'il feroit bien aife de la
pouuoir bien faire, non feulement auec le Roy, mais
auec la Reine d'Angleterre, & ceux des Eftats defdits
Païs-bas aufquels le Roy s'eftoit affocié : & de cette refponfe ledit General eftant grandement fatisfait, laiffant
pourfuiure fa vifite d'Efpagne par quelque Vicaire, s'en
retourna incontinent à Rome trouuer fadite Sainéteté,
& l'affeurer de ce bon commencement, laquelle en
eftant infiniment ioyeufe, s'en contenta, & depefcha
auffi-toft ledit General des Cordeliers en France vers
mondit fieur le Legat, afin qu'il propofaft ladite palx au
Roy, & l'aduançaft autant qu'il feroit poffible; ce qu'ils firent l'vn & l'autre, & fortifierét l'ouuerture d'icelle de tát
de grandes raifons que fa Majefté fe porta facilement à y
entendre; ledit fieur Legat l'ayant plufieurs fois tafté, &
conuié à cela, & les principaux de fon Cófeil; & chacun y
eftát plus porté qu'il ne le faifoit paroiftre, parce que ladite paix auec l'Efpagnol eftoit glorieufe au Roy en toutes
façons, & neceffaire pour s'acquerir, à luy & à tous fes
fubieéts quelque relafche & repos, apres tant de miferes
paffées; ne pouuant mieux que par ce moyen s'affermir
& s'affeurer de fon Eftat nouuellement reconquis, les efprits des François eftans trop enclins aux nouueautez &
trop fujets aux remuëmés, & à l'infidelité & auarice, pour
qui l'Efpagnol ne euft toufiours trop, quand il y voudroit employer fes rufes & fes piftolles : outre que fa
Majefté venoit à ce Royaume, comme s'il l'auoit rache-
té ou conquis, & ne pouuoit encore recognoiftre au vray
l'efprit & l'humeur de fes fubjeéts, eftant ja vieil & fans
enfans legitimes : tellement que toutes ces confiderations & infinies autres qui luy furent propofées, le

conuierent pluftoft à la paix qu'à la guerre.

Eftant donc les volontez difpofees à ladite paix, le Roy fut folicité par ledit fieur Legat de commettre des Deputez pour traitter des conditions d'icelles, & ayant aduerty le Pape de cét heureux acheminement à la paix, fa Saincteté craignant que la grande diftance de ces Princes n'apportaft par le temps quelque refroidiffemét, ou trop de dilayemét à l'effet de leurs bonnes volontez, fit en forte par fon Nonce qui eftoit en Efpagne, que ledit Roy d'Efpagne renuoya, & remit entierement l'effet de ladite paix au Cardinal d'Auftriche fon Nepueu, comme deuant plus participer au bien d'icelle, & obliger le Roy de plus eftroitte amitié par cette negociation, & luy en enuoya tout pouuoir, auec inftructions fuffifantes; fi bien qu'il fallut que ledit General des Cordeliers allaft encore en Flandres, à Bruxelles, trouuer ledit Cardinal, lequel non moins defireux & impatient de ce bon-heur que les autres, accorda auffi toft d'enuoyer des Deputez pour le Roy d'Efpagne & pour luy, & fut conuenu enfin apres plufieurs allées & venuës, que lefdits Deputez de part & d'autre fe rendroient à la ville de Veruins, lieu propre à cela pour eftre limitrophe de la France & de l'Arthois; appartenant à................... & ainfi y allerent de la part du Roy les fieurs de Bellieure & Sillery & Prefident Ianin des premiers du Confeil du Roy, auec de bonnes & amples inftructions des intentions & interefts de fa Majefté; cóme auffi de l'autre cofté s'y trouuerét le fieur Prefident Richardet, le fieur de Taffis Cheualier, & Viré .... auffi Cheualier, & voulut mondit fieur le Legat s'y trouuer afin de regler par l'authorité de fa Saincteté, & moyéner par fa prefence, les differés qui s'y pourroient

rencontrer; & pendant toutes ces allées & venuës le Roy
ne voulut negliger en choses si importantes, les bons aduis & consentemens de tous les Princes, Potentats & Republiques ses alliez, depeschât par tout; & receut de tous
iceux l'applaudissement & congratulation qu'il en pouuoit desirer, pour le conuier tousiours dauantage à la
conclusion de ladite paix, excepté que ladite Reine d'Angleterre & ceux desdits Estats du Païs-bas de Hollande,
par trop animez contre l'Espagne, pour leurs interests
particuliers, dissuadoiét tant qu'ils pouuoient sa Majesté
de l'ouuerture de ladite paix, & luy depescherent &
enuoyerent exprés, àsçauoir ladite Reine, le sieur de Ce-
cile son confident & premier Secretaire, & Conseiller
d'Estat; & desdits Estats le Comte de Nassau, leur Admiral & principal Capitaine, frere du Prince d'Orange,
lesquels vindrent trouuer sa Majesté à Nantes en Bretagne; laquelle tres-bien conseillée, fit response à l'vn & à
l'autre, qu'il auoit conuié ladite Reine & lesdits Estats,
suiuant leurs alliances & traitez particuliers, de vouloir
entendre comme luy à vne bonne & ferme paix; que sa
côdition estoit bien differéte de la leur, puis qu'ils se con-
seruoient & maintenoient par la guerre, & luy s'y ruinoit
par icelle & son Royaume, pendant qu'il seruoit de
theatre à ioüer les plus cruelles tragedies du temps, & à
executer les passions d'autruy. Si bien que suiuant les offres qui luy en estoient faites de la part du Roy d'Espagne, il se resolut à faire ladite paix auec luy, en laquelle il
les feroit comprendre s'ils l'auoient agreable, à toutes
sortes de bonnes conditions & de seuretez, comme pour
luy mesme, ce que lesdits Ambassadeurs n'ayans voulu
accepter, s'en retournerent comme ils estoient venus,

ſans plus grande ſatisfaction que du bon viſage & traittement, & quelques preſens qu'ils en remporterent; &
ledit Roy d'Eſpagne voyant l'opiniaſtreté & animoſité
deſdits Anglois, & des Eſtats deſdits Païs-bas, & deſirant laiſſer à ſes enfans vne paix & repos tout entier, en
fit rechercher par menées & par menaces, à quoy l'Empereur & les Rois de Pologne & de Dannemarc s'em-
ployerent, & enuoyerent en Angleterre des Ambaſſadeurs qui n'y peurent rien gagner; & cela n'empeſcha pas
non plus que tous les aduis & mauuais diſcours des Huguenots de ce Royaume, que ladite paix apres auoir eſté
longuement diſputée entre leſdits ſieurs Deputez, ſouuent rompuë & deſeſperée, ne fuſt enfin concluë & arreſtée par la grace de Dieu audit Veruins, en preſence dudit ſieur Legat, le ſecond iour de Iuin 1598. les Articles
de laquelle, tres-ample, & bien conſiderez, ayans eſté publiez, ie n'en diray dauátage, ſinon que dans le traitté d'i-
celle furent cópris tous les Princes, Potentats & Republiques alliez deſdits Rois, qui y voulurent entrer, & furent rendus au Roy les villes de Calais, Ardres, Dourlens
& Caſtellet, & autres ſurpriſes par l'Eſpagnol, & par le
Duc de Sauoye, compris en ce traitté de paix, celles qu'il
tenoit encore en Prouence, & pour le Marquiſat de Sa-
luces, remis au Iugement du Pape, pour en ordonner
dans vn certain temps : & fut ainſi cette heureuſe paix,
deſirée de tous les gens de bien, arreſtée & ſignée, & rati-
fiée de tous les coſtez, & publiée comme il appartient, &
pour icelle chanté des *Tedeums* par tous leſdits Eſtats &
Royaumes, auec feux de ioye & tiremens de Canons, &
tous autres teſmoignages d'allegreſſes publiques, dans
ledit mois de Iuin mil cinq cens quatre-vingt dix-huict.

& puis dans le temps accordé les places restituées de part
& d'autre.

Et pour plus grande ratification & asseurance de
ladite paix, comme il auoit esté conuenu entre Messieurs
les Deputez, par le Traitté d'icelle, le Roy enuoya en
Flandres Monsieur le Mareschal de Biron, accompagné
de force Noblesse de grande qualité, pour aller voir faire le serment de l'entretien inuiolable d'icelle à Bruxelles par ledit Archiduc, Cardinal d'Austriche, tant au nom
du Roy d'Espagne, suiuant son pouuoir, que du sien particulier, comme ayant espousé par Procureur l'Infante
d'Espagne, Dame desdits Païs-bas, ausquels fut receu
magnifiquement ledit sieur Mareschal, & deffrayé auec
toute sa suite, depuis la frontiere; & puis assista à la ceremonie qui s'y fit en tres-grande pompe dans la grande
Eglise de Bruxelles, où ledit Archiduc fit le serment public & solemnel sur les sainctes Euangiles de l'entretien
d'icelle paix; & tout de mesme ledit Archiduc enuoya en
France Messieurs le Duc d'Ascot, Comte d'Haremberg
Admiral d'Arragon, & Dom Ludouic de Vilaze Deputez pour le Roy d'Espagne; & pour luy ouyr faire semblable serment au Roy, qui y vindrent accompagnez de
plus de quatre cens Gentils-hommes Espagnols, Italiens
& Flamands, les plus grands & plus lestes qu'ils eussent,
lesquels furent receus dés la frontiere par Monsieur le
Comte de sainct Paul Gouuerneur de Picardie, & depuis icelle tousiours deffrayez, & conduits par luy iusques
à Paris, où ils arriuerent le 18. Iuin 1598. apres que ledit
Mareschal de Biron eut esté au deuant d'eux, auec la plus
grande part de la Noblesse de la Cour, iusques vers sainct
Denis, pour les amener iusques à leur logis, marqué &

meublé

meublé par les Officiers de sa Majesté, laquelle deux
heures apres leur arriuée les enuoya visiter de sa part, &
leur manda que le lendemain il les verroit, à quoy ils
ne manquerent de se preparer, & se trouuer superbement
vestus, & tous nos François à la Cour; sa Majesté les ayant
receus au Louure magnifiquement & en Roy, sur vn
grand Theatre releué, couuert d'vn Dais & fermé de bal-
lustres, & enuironné autour de sa chaise, de tous les Princes & Officiers de la Couronne, & de toute sa Cour, où
apres que lesdits Ambassadeurs eurent fait la reuerence à
sa Majesté, le President Richardet, l'vn d'entr'eux porta la
parole pour tous, à laquelle ie fus commandé par le Roy
de respondre pour luy, ce que ie fis assez heureusement;
bien que ce fusse chose non premeditée; & tout ce que
nous dismes l'vn & l'autre ne furent que compliments &
honneurs reciproques. Apres ce temps fut pris iour au
Dimanche ensuiuant 21. Iuin 1598. pour faire la ceremonie dudit serment solemnel du Roy sur les sainctes Euangiles en la grande Eglise Nostre Dame de Paris, qui fut
ornée & preparée à cét effet, & mondit sieur le Legat de
Florence y voulut faire l'Office & receuoir ledit serment
de cette paix qu'il auoit procurée, & si heureusement
conduite, pour y mettre la derniere main, comme il
auoit fait la premiere; & en cette ceremonie dudit serment, rien ne fut obmis des choses necessaires & conuenables à l'honneur & à la pureté de cette action. Apres sa
Majesté donna à disner dans l'Euesché audit sieur Legat,
& ausdits sieurs Ambassadeurs, seruis à la Royalle par
tous les Princes & Officiers, & beut le Roy au Roy d'Espagne & à l'Archiduc, & lesdits Ambassadeurs le plege-
rent de mesme pour leurs Maistres: puis le soir sa Ma-

jesté leur fit voir le bal dans la grande salle du Louure, où
les plus belles Dames & gentils Caualiers de la Cour, firent admirer à ces Estrangers les gentillesses Françoises;
& apres auoir receu toute sorte de satisfaction du Roy &
de la France, s'en retournerent auec des presens que sa
Majesté leur fit, & furent reconduits & deffrayez iusques
à la frontiere, tout ainsi qu'à leur venuë ; & ce fut lors
que Monsieur de Villeroy se ressentant des obligations
qu'il auoit à l'Espagne, persuada au Roy qu'il y alloit de
son honneur & de celuy de la France, d'ainsi bien receuoir, loger, meubler & deffrayer par tout ses Ambassadeurs, lequel a tousiours fait continuer depuis, qui a
apporté vne grande & extraordinaire despense à cét
Estat.

Ces deux grands Rois se voyans ainsi en paix, commencerent chacun de son costé à ses affaires particulieres,
& principalement le Roy à restablir & pollicer son
Royaume, grandement desordonné en tout, par vne si
longue & effrenée licence des guerres passées : & pource
voyant qu'il en restoit vne infinité de faineants, qui
n'ayans senty la liberté & la douceur, aussi bien que la
peine des armes, ne pouuoient se resoudre à leurs premiers mestiers, ny à leur premiere vie, & s'amusoient à
continuer infinis desordres & meurtres : sa Majesté
fut conseillée de faire publier vne Declaration, portant deffences expresses à toutes personnes de plus porter
aucunes armes à feu, sinon ceux de ses Gardes, les Archers
du grand Preuost, & autres Preuosts des Mareschaux,
ceux de ses compagnies entretenuës, & autres en fort petit nombre, specifiez par ladite Declaration, souz tres-
grandes comminations & peines, à tous ceux qui y con-

treuiendroient ; & fut ladite Declaration faite & publiée par tout au mois d'Aouſt 1598.

En ce meſme temps ceux du Parlement de Paris, touꝰ jours animez contre les Ieſuites, donnerent vn Aﬤeſt fort extraordinaire ſur la requiſition des Gens du Roy contre le ſieur de Tournon, Seneſchal d'Auuergne, pour n'auoir voulu chaſſer leſdits Ieſuites de Tournon, auec deffenſes de grádes cóminations contre tous ceux qui eſtudieroient ou enuoyeroient leurs enfans, tant audit Tournon qu'à Mouſſon en Lorraine & autres Colleges deſdits Ieſuites; ledit Arreſt du 18. Aouſt, auquel le Roy fut obligé d'inter-poſer ſon authorité, pour en empeſcher l'effet contre le-dit ſieur de Tournon Gentil-homme de conſideration & de qualité; tellement que leſdits Ieſuites y ſont touſiours demeurez, auſſi bien qu'en force endroits de ce Royaume.

En ce temps-là, pendant que le Roy proſperoit, & ad-uançoit de ſon coſté le mariage, qu'il fit depuis de Ma-dame ſa ſœur vnique, auec Monſieur le Duc de Bar, fils aiſné de Monſieur le Duc de Lorraine, comme ie le re-marqueray dauantage cy-apres en ſon lieu; le Roy d'Eſ-pagne infiniment prudent & aduiſé en tout, ſe ſentant affoiblir de maladies & de vieilleſſe, & diminuer tous les iours, ſe reſolut auſſi de ſon coſté de mettre fin au ma-riage par luy de long-temps reſolu de l'Infante ſa fille, auec ledit Cardinal Albert d'Auſtriche, & leur faire & aſſeurer la domination des Duchez de Flandres & Païs-bas en faueur dudit mariage, ce qu'il fit auec les maximes & retenuës d'Eſpagne, qui ſont de donner beaucoup en apparence, & touſiours beaucoup moins en effet ; & d'autant que l'intereſt dudit Païs-bas de Flandres, eſt ce me semble touſiours dependant & attaché au noſtre de l’Eſtat de France, ie croy eſtre à propos de n’oublier de mettre icy la façon, de laquelle ledit Roy d’Eſpagne a fait ladite donation.

Le Roy d’Eſpagne accorda & fit expedier ſes Lettres Patentes de ladite donation de Flandres, à Madril le 6. iour de May 1598. à ſadite fille, en faueur de ſon mariage auec ledit Cardinal d’Auſtriche, portant leſdites Lettres que c’eſt auec le conſentement du Prince d’Eſpagne ſon fils, lequel Prince auſſi les ratifia par apres : & puis ladite Infante accepta cette donation auec toutes les conditions qui y eſtoient, pluſtoſt d’vn vſurfruict que d’vne proprieté ; ledit Roy d’Eſpagne ſe reſeruant pour ledit Prince ſon fils & ſes ſucceſſeurs à la Couronne d’Eſpagne, faculté perpetuelle de reünir à icelle ledit Païs-bas toutes & quantesfois qu’il leur plairoit, meſme quand il ſuruiendroit des enfans dudit mariage, auſquels faiſant ladite remiſe, il ſeroit lors pourueu d’aſſignat equipolent en qualité & reuenu, en tel autre lieu des terres appartenantes audit Roy d’Eſpagne qu’il luy plairoit & ſes ſucceſſeurs, qui eſt en effet retenir pluſtoſt que bailler ledit païs : & neantmoins ladite Infante receut ce bien-fait, comme à tres-grande grace & faueur, & dans ſes actes d’acceptation n’y oublia aucuns des remerciemens & renonciations des .... & ordinaires en la maiſon du Conſeil d’Eſpagne, & comme de tout ce que deſſus fut aduerty ledit Cardinal d’Auſtriche, & qu’il y eut auſſi apporté ſon conſentement, & l’eut enuoyé en Eſpagne, auec toutes les ſubmiſſions requiſes en cette Cour, tant vers ledit Roy & Prince d’Eſpagne, que vers l’Infante ſa future eſpouſe, elle luy enuoya pour commencer en ſon

nom, d'entrer en poſſeſſion dudit pays de Flandres; pour
à quoy ſatisfaire par ledit ſieur Cardinal, il fit aſſembler
les Eſtats dudit pays, pour ſuiuant l'ordre & l'inſtruction
qu'il en auoit receuë d'Eſpagne, leur faire agreer ladite
donation à ladite Infante ; ce que ceux dudit pays firent
auec quelques difficultez, & ſouz des conditions qu'ils
deſiroient & obtindrent. Cela fait, & ledit Cardinal
voyant ladite Infante ſa femme, & luy recogneu audit
Pays-bas pour leur Archiduc, il alla en Pelerinage à No-
ſtre-Dame de Haut, qui eſt à trois lieuës de Bruxelles, &
là remit & rendit ſur l'Autel ſon bonnet de Cardinal, &
peu de temps apres ſe deffit d'infinis grands benefices
qu'il poſſedoit, entr'autres de l'Archeueſché de Tolede
qu'il auoit, qui eſt le plus grand & le plus riche qui ſoit
en la Chreſtienté, & en gratifia quelques vns de la maiſon d'Auſtriche, & autres perſonnes capables d'iceux,
auec beaucoup de iugement & de diſcretion, comme il a
touſiours eſté Prince fort deuot & conſcientieux; puis
apres donna ordre aux places & gouuernemens dudit
pays, & taſcha par tous moyens & recherches honneſtes
de faire quelque bon accord & pacification auec les Holandois, & autres reuoltez des Prouinces vnies deſdits
Pays-bas; & fit & dreſſa vn grand appareil & equipage
pour aller querir ſa nouuelle fiancee en Eſpagne, & partit
de Bruxelles à ce deſſein enuiron la my-Septembre 1598.
prenant ſon chemin par Pragues, tant pour y viſiter l'Empereur ſon frere, que pour meſnager par meſme commodité le voyage & la conduite en Eſpagne de Madame
Marguerite, fille de l'Archiduc Ferdinand d'Auſtriche,
frere de l'Empereur Maximilian II. laquelle eſtoit promiſe & ja fiancée par procureur, auec ledit Prince d'Eſpa-

gne; afin d'accomplir ledit mariage en Espagne auec ledit Prince, comme luy le sien auec ladite Infante, tout en
mesme temps; ce qui fut fait, & qui furent des coups de la
prudence & conduite Espagnole pour faire tousiours plusieurs choses ensemble.

Apres ladite donation de Flandtes, & lesdits mariages
arrestez, le Roy d'Espagne sentant ses maladies & foi-
blesses s'augmenter de iour en iour, se resolut de partir
dudit Madril vers la sainct Iean de ladite année 1598. &
bien qu'il eust autres infinies incommoditez, ceux des
gouttes aux deux mains, qui luy causoient ordinairement
la fiévre, il ne laissa de s'en vouloir aller, & faire porter à
l'Escurial contre l'aduis de tous ses Medecins, faisant en
six iours sept lieuës, estimant diminuer ou diuertir son
mal par le changement du lieu; mais au contraire l'agitation dudit chemin ayant augmenté ses infirmitez, il falut
qu'il se resolust à la mort, & trespassa ledit Roy audit Escurial le 13. Septembre 1598. laissant & abandonnât le mô-
de en vray Prince Catholique, Chrestien & tres-prudent,
ainsi qu'il y auoit tres-heureusement vescu. Et parce que
ç'a esté vn des plus grands Princes de son temps, & qui l'a
trop fait paroistre en France, il faut que ie m'eschappe
de mettre encores icy quelque chose de ses principales
qualitez, afin que par quelque abregé l'on voye quelles
ont esté sa vie & sa fin naturelle.

Ie diray donc que ledit Roy d'Espagne Philippes II.
nasquit en Auril 1526. fut de fort petite stature, & neantmoins de rencontre agreable, encores qu'il eust la lévre
d'embas, de la maison d'Austriche; fut de poil blond,
auec le teint assez blanc, ayant plustost la façon d'vn Fla-
mand que d'vn Espagnol, & eut vne complexion si bon-

ne & si saine pendant tout le cours de sa vie, qu'il n'eut iamais de maladie que celle de sa mort, excepté qu'il estoit quelquesfois sujet à des esuanoüissemens, qu'aucuns attribuoient au mal caduc: Il estoit grandement deuotieux & Catholique, & ennemy juré & declaré de toutes Heresies, assistant tous les iours à plusieurs Messes primes, & n'obmettant iamais de dire le Breuiaire Romain, & ne manquant iour de sa vie à se prosterner à genoux, trois fois chacun iour, à sçauoir sur les six heures du matin, ou à vne heure plus tard, selon les saisons, à midy & au soir, lors que l'on sonne le pardon; & pour le reste du temps qu'il auoit à soy, & qu'il n'employoit à escrire de sa main, comme il le faisoit quelquesfois pour ses plus importantes affaires, il l'employoit encores volontiers à quelque meditation ou lecture de quelque bon liure, s'il n'estoit aux conseils & interests de son Estat; auec cela il estoit ferme & d'vn courage releué, qui recognoissoit incontinent & preuoyoit la fin des choses, par vne sagesse & prudence admirable, n'estant capable d'aucune sorte d'estonnemens ou esbloüissemens, soit de prosperité ou d'infortune : il n'a iamais manqué de puissance pour faire tout, ou la pluspart de ce qu'il a entrepris en sa vie, pendant laquelle & de son regne, il a quasi perpetuellement fait & soustenu de grandes guerres de tous costez, & gagné de grandes batailles, & reduit force Prouinces à sa volonté, & le tout par ses Lieutenans en icelle, qu'il sçauoit tres-bien choisir, & non par luy mesme, qui n'estant d'humeur & force propre à la guerre : il tenoit vne forme ordinaire de se faire rendre compte aux quatre Festes annuelles, par tous ses principaux Officiers, chacun selon sa charge, pour l'execution de ſes commandemens, & en matiere d'Eſtat, il n'eſpargnoit perſonne qui y euſt failly, ſoit grand, ſoit petit, & ſelon les occurrences leur faiſoit luy ſeul leur procez de ſa main, les faiſoit punir, & eſtabliſſoit d'autres en leurs places ; ayant auſſi cela de bon, que ceux qui le ſeruoient bien en retiroiét ou les leurs toſt ou tard de grandes recompenſes & aduantages, ſoit par charges & honneurs plus grands où il les eſleuoit, ſoit par gratificatió de benefices & autres liberalitez qu'il faiſoit à leurs enfans ; ce qu'il faiſoit à proportion des perſonnes, & de leurs ſeruices meſmes, iuſques à des ſimples Soldats, qui s'eſtoient fait remarquer en quelque action militaire, comme auſſi pour les hommes doctes & excellens en leur profeſſion : il auoit d'autre coſté l'imperfection de la gloire Eſpagnole, ſe faiſant grandement reſpecter & honorer par les Grands, & aimoit mieux ſaluër les moindres païſans qu'il rencontroit : perſonne viuante ne parloit à luy qu'à genoux, & diſoit pour ſon excuſe à cela, qu'eſtant petit de corps, chacun euſt paru plus eſleué que luy ; outre qu'il ſçauoit que les Eſpagnols eſtoient d'humeur ſi altiere & hautaine, qu'il eſtoit beſoin qu'il les traittaſt de cette façon ; & pource meſme ne ſe laiſſoit voir que peu ſouuent du peuple, ny meſme des Grands, ſinon aux iours ſolemnels, & action neceſſaire en cette façon ; il faiſoit ſes commandemens à demy mot, & falloit que l'on deuinaſt le reſte, & que l'on ne manquaſt à bien accomplir toutes ſes intentions ; meſmes les Gentilshommes de ſa Chambre, & autres qui approchoient plus prés de ſa perſonne, n'euſſent oſé parler deuant luy s'il ne leur euſt commandé, ſe tenant vn tout ſeul à la fois prés de la porte du lieu où il eſtoit, & demeurant nud

teſte

teste incefsáment, & appuyez contre vne tapifferie, pour
attendre & receuoir fes commandemens; ainfi ce Prince toufiours ambitieux d'honneur & de grandeur, affe-
&a & recharcha l'Empire de tout fon pouuoir, & au defaut d'iceluy s'efforça de s'acquerir le tiltre & la qualité
d'Empereur des Efpagnes, ayant voulu vne fois fe hazarder d'aller iufques aux Indes, pour apres fe donner plus
affeurément la qualité d'Empereur de la Merique. Il a
toufiours mefnagé & conferué vn grand credit & pouuoir dans la Cour de Rome, pour emporter l'eflection
d'vn Pape à fa deuotion, lors qu'il en feroit temps, &
pour ce fe rendit grandement foigneux d'auoir des Cardinaux à fa recommendation, & puis de fes fubjects; &
quelques vns ont tenu que fur la fin de fes iours, il s'e-
ftoit refolu à l'imitation de Charles le Quint Empereur
fon Pere, de fe defmettre de fes Eftats à fon fils, & demáder pour luy vn bonnet de Cardinal, pour auec iceluy
s'en aller demeurer à Rome, & là paruenir à la dignité
Papale, quand l'occafion s'en prefenteroit, afin de
commander au fpirituel de la Chreftienté, comme il
áuoit longuement fait au temporel d'vne partie d'icelle,
& parmy toutes fes grandes ambitions, qui feroient trop
longues à defduire icy, & qui le tourmenterent toute fa
vie, Dieu luy fit la grace en fin d'aduoüer que toutes les
grandeurs & puiffances de ce monde n'eftoient que pure
vanité; Tellement qu'apres auoir ainfi longuement &
tres-glorieufement regné, fe fentant accablé de cruelles
douleurs de gouttes, & vne cruelle fiévre continuë, &
couuert de plufieurs apoftumes pleines de poux & d'infinies ordures & puáteurs infupportables, aufquelles tous
fes Medecins ne pouuoient plus remedier, fe jugeant

P p

par là proche de sa fin, & l'attendant auec vne constance
& patience admirable; parmy tant de vilaines douleurs
qui l'opprimoient, il cõmanda qu'on luy fist voir son fils
le Prince d'Espagne, & sa fille l'Infante, Archiduchesse
de Flandres, ausquels il fit à chacun selon son sexe, & sa
qualité, des remonstrances & instructions dignes de leur
grandeur, auec le jugement aussi sain & entier que s'il
eust esté en pleine santé; puis voulut voir son cercueil
qui estoit fait de cuiure, & tout prest; sur le sujet duquel
il leur dit encore, & à tous ses principaux Officiers presens, plusieurs belles choses du mespris qu'on doit faire
de cette vie : & se fit au mesme téps apporter de la table
sur le pied de son lict vn Crucifix d'or, & vne teste de
mort par dessus releuée, & enuoya querir vn petit coffret duquel il tira vne bague de fort grand prix, qu'il
donna à ladite Infante sa fille, en luy disant: cette bague
vient de vostre mere, gardez-la bien ie vous en prie pour
memoire d'elle & de moy; Il tira aussi dudit coffret vn
papier plié qu'il bailla audit Prince son fils, & luy dit, que
c'estoit ses aduis particuliers & instructiõs, de la façõ qu'il
deuoit apres luy posseder & gouuerner son Royaume;
puis fit tirer encores du coffret vn foüet, du bout duquel
se voyoit en apparéce quelques marques de sang, & le fit
esleuer & desployer haut, & dit que c'estoit du sãg de son
sang, & que c'estoit la discipline dont l'Empereur Charles le Quint souloit chastier son corps par deuotion qu'il
auoit, & pour ce la voulut tousiours soigneusement garder pour la laisser à ses enfans, auec exemple de semblable discipline & maceration : Cela fait il fit tirer & apporter de ses coffres vn certain Crucifix fort curieuse-
ment paré, qui estoit le mesme que ledit Empereur son

pere auoit eu & tenu à fa mort, voulant s'en feruir de mefme ; puis voulut ordonner luy mefme les ceremonies particulieres & pompes funebres de fon enterrement, qui furent beaucoup moindres que fa grandeur; commandant audit Prince fon fils, qu'apres fon deceds, il fe retiraft au Conuent des Hyeronimites, & ladite Infante auec l'Imperatrice fa Tante dans le Conuent de fainƈte Claire à Madril, pour chacun de fon cofté affifter fans pompes aux feruices & prieres, qui furent faites en ces fainƈts lieux pour le falut de fon ame, leur enjoignant à tous deux par plufieurs fois, dont la derniere fut en la prefence du Nonce de fa Sainƈteté, qu'il manda exprés, que iamais pour chofe quelcóque, il ne fe feparaft de l'obeiffance duë au S. Siege & au Pape, & ne fouffriffent en leurs terres que la Religion Catholique, Apoftolique & Romaine; & lors fe fentant ce Prince de plus en plus affoiblir, defira que l'on luy apportaft encores le Corps de Noftre Seigneur Iefus-Chrift; bien que le iour precedent il l'euft defia receu ; ce qui fut incontinent accomply par l'Archeuefque de Tolede, nouueau pourueu par la démiffion dudit Cardinal d'Auftriche, lors Archiduc, & s'eftant ledit Roy d'Efpagne reconcilié, il requit ledit Nonce prefent, de luy vouloir donner fa benediƈtion, puis qu'il ne la pouuoit receuoir de fadite Sainƈteté, croyant qu'elle feroit plus efficace pour fon falut, & pour la profperité de fes enfans, aufquels il le fupplioit auffi de la vouloir donner, & de les bien recommander de fa part au foing & affeƈtion paternelle de fadite Sainƈteté : apres quoy il receut auec toute forte de deuotion & profonde humilité le Corps de Noftre Seigneur, des mains dudit fieur Archeuefque, & puis

P p ij

voulut que chacun se retiraſt, & que l'on le laiſſaſt ſon-
ger en Dieu en ſe repoſant , & donna lors ſa benediction paternelle à ſeſdits enfans, en les embraſſant pluſieurs fois tous deux, luy & eux, côme tous les aſſiſtás, tous
bagnez de larmes, & les recommandant fort audit Prince, en leur diſant à Dieu, de bien aimer ſa ſœur l'Infante,
& comme chacun fut party , il ſembla quelque peu de
temps apres que le Roy ſe portaſt mieux , mais cette opinion ne dura gueres : car bien toſt apres ſes douleurs
eſtant augmentées , voyant bien qu'il falloit partir, il
demanda luy meſme l'Extréme-Onction, qui luy fut auſſi
toſt apportée & baillée par ledit Archeueſque de Tolede ; apres laquelle ledit Roy priant inceſſamment Dieu
& la Vierge Marie, à laquelle il auoit eu toute ſa vie vne
fort grande eſperance & deuotion, demanda ledit Crucifix qu'il baiſa cent fois, & tint touſiours dedans ſa
main, deuant ſes yeux ſans l'abandonner, iuſqu'à ce qu'il
fuſt paſſé de cette vie mortelle à vne autre meilleure,
comme il eſt à croire que Dieu luy en aura fait la
grace.

Ledit Roy d'Eſpagne mourut en cette façon apres
auoir veſcu ſoixante & douze ans, & regné heureuſement quarante ans & plus, ayant eu en ſa vie quatre femmes ; la premiere fut Marie, Princeſſe de Portugal, de
laquelle il eut vn ſeul fils nommé Charles, dont la vie a
eſté auſſi courte, comme ſa fin pleine de deſaſtre, pour
auoir conferé auec les Holandois du Païs-bas, quelque
choſe contre le Roy ſon Pere , le recit de là vie dudit
Charles, eſtant ſi eſtrange comme les Hiſtoriens veritables le doiuent rapporter, qu'elle doit à iamais ſeruir
d'exemple aux ieunes Princes ; la ſeconde femme qu'eut

ledit Roy, fut vne autre Marie, Reine d'Angleterre, de laquelle il n'eut aucuns enfans; la troisiesme fut Madame Elizabeth de France, de laquelle il eut deux filles, à sçauoir l'Infante Claire Eugenie, qui depuis a esté comme il a esté remarqué cy-deuant Archiduchesse de Flandres, & mariée au Cardinal Albert d'Austriche; l'autre, l'Infante Catherine Michelle, qui depuis a espousé Monsieur le Duc de Sauoye; & la quatriesme femme fut Anne d'Austriche fille de l'Empereur Maximilian, & propre neueu dudit Roy d'Espagne, qui neantmoins l'espousa auec dispense, comme c'est l'ordinaire de cette maison d'Austriche pour se mieux conseruer entr'eux: & de cette derniere femme, ledit Roy eut trois fils & vne fille qui sont depuis tous morts, excepté le Prince Charles Laurent, qui à sa confirmation prist le nom de Philippes comme son Pere, & est celuy qui luy a succedé en tous ses Estats apres sa mort, estant à present Philippes III. Roy d'Espagne.

Voila ce que ie n'ay peu m'empescher de dire icy des affaires d'Espagne, & de la vie & de la mort dudit Roy d'Espagne Philippes II. parce que i'estime qu'il est bon qu'vn chacun cognoisse les grands pouuoirs, & rares qualitez de ce Prince, afin que l'on ne s'estonne pas tant des troubles & ruines qu'il a causées en France, où Dieu conseruateur de nostre Monarchie a voulu que le Roy à present regnant se fust rencontré auec force, courage & vertu suffisante pour s'y opposer & empescher, comme il a fait graces à Dieu, la dissipation de cét Estat, lequel a esté raffermy par la bonne Paix iurée & contractée entre luy & ledit Roy d'Espagne; ainsi que i'ay remarqué cy-dessus en son lieu; à quoy i'adiousteray seulement que si ladite Paix estoit necessaire en ce Royaume, elle ne l'estoit pas moins en celuy d'Espagne, pour infinies consideratiós que ledit Roy d'Espagne laissa par escrit au Roy son fils dans les dernieres instructions qu'il luy laissa en mourant, dans laquelle il luy ordonne expressément de bien entretenir la Paix qu'il auoit faite auec la France, comme ne deuant rien craindre auec cela du reste de la Chrestienté.

Or si i'ay discontinué à parler de la France, ç'a esté parce que la plus part de ladite année 1598. le Roy voyant la paix ainsi bien faite, s'estudioit de son costé comme ses subjects du leur à restablir les choses que la longueur des guerres auoit gastées, & tous à iouïr de la douceur de la paix : & parce que rien ne s'est passé en cedit temps qui merite d'estre icy remarqué, & que nous auons eu en France de nous recognoistre, pendant que d'autre costé en Italie il y a des remuëmens, ie m'eschapperay vn peu encore icy de ce qui arriua à Ferrare.

Il faut donc sçauoir que durant ladite année 1598. arriua la mort d'Alphonse d'Est Duc de Ferrare, sans laisser aucuns enfans masles, & ledit Duché de Ferrare estát vn des Fiefs de l'Eglise, jadis octroyé par les Papes à ceux de cette illustre maison d'Est, à cause de quelques grands seruices rendus par eux à l'Eglise ; à condition toutefois que les seuls masles legitimes de ladite famille la possederoiót, au deffaut desquels l'Eglise y rentreroit & en disposeroit ; ce que ledit Alphonse craignant, & preuoyant auant sa mort, tascha par tous moyens vers le Pape Clement VIII. auec les recommandations expresses de la pluspart des Princes Catholiques, & Offres de tres-grands deniers, d'obtenir que ledit Duché de-

meuraft apres luy à vn fils naturel de fon frere, nommé
Cefar d'Eft, qu'il aimoit infiniment, & comme fi c'euft
efté fon propre fils, fe voyant au refte de ladite famille;
outre qu'en ce païs-là les baftards font eftimez quafi
comme les legitimes; demeurant en difficulté, non encores decedé, entre les Iurifconfultes d'iceluy, quels enfans font les plus legitimes ou les plus naturels, aduoüez
par leur pere en la vie, fouz l'adueu de mariage; fi bien
qu'en cette incertitude de refolution, ledit Alphonfe
eftimant auoir raifon de laiffer ledit Charles fon neueu
poffeffeur de fondit Duché de Ferrare, voyant qu'il n'a-
uoit peu faire agreer ce deffein à fa Sainéteté, il laiffa en
mourant audit Cefar d'Eft toutes fes forces d'hommes &
de deniers, & toutes les amitiez & intelligences qu'il
auoit auec les Princes fes voifins & alliez, afin de fe
maintenir & fe conferuer ledit Duché de Ferrare apres
fa mort, s'il luy eftoit poffible; ce que ledit Cefar voulant faire, prift auffi apres le deceds de fon Oncle le tiltre
de Duc de Ferrare, donna ordre à toutes chofes dans ledit Duché, leua des gens de guerre de tous coftez, & fe
fortifia & s'appuya le plus puiffamment qu'il peuft, pour
attendre ce que l'on luy voudroit dire : Mais ledit Clement Pape voyant les preparatifs de fi iniufte rebellion,
propofa en plein Confiftoire le merite & la confequence de cette affaire, & refolut qu'elle feroit pourfuiuie &
fouftenuë iufques à fa perfeétion, comme tres-importante à la dignité de l'Eglife, & pour ce aduifa fa Sainéteté de commencer par vne denonciation & commandement, qu'il fit faire audit Cefar, qu'il euft à venir à
Rome rendre l'obeïffance qu'il deuoit au fainét Siege; ce
que ledit Cefar ayant refufé de faire, & fe fortifiant tous

les iours au contraire, sadite Saincteté voyant la continuë de cette rebellion faite à l'Eglise, & à la raison, decerna excommunication, auec les monitions & formes ordinaires precedentes contre ledit Cesar, & tous ses adherants en si mauuaise cause; & fit en sorte que ladite excommunication fut publiée & signifiée dans Ferrare à la propre personnne dudit Cesar, estant allé au Sermon, où il n'auoit pensé & preueu receuoir de telles & si mauuaises nouuelles pour luy; car cela esmeut grandement tous les subjects dudit Duché, la pluspart desquels ne sçauoient rien des conditions d'iceluy; outre qu'au mesme temps ils virent que le Pape leuoit des forces, & les enuoyoit contre ledit Cesar, qui cependant ne perdant point courage, nonobstant ladite excommunication qu'il vit, suiuie d'vne puissante armée pour la faire executer, se resolut auec tout ce qu'il peut ramasser de forces de donner bataille; ce qu'il fit prés la ville de Boulongne, dite la Grasse, en laquelle le Pape perdit plus d'hommes, mais à luy l'honneur & la victoire, qui pouuoit terminer ou grandement accommoder ce differend; cette perte pour luy l'obligea à offrir de plus grandes sommes de deniers que n'auoit fait encores son Oncle, & quasi la valeur dudit Duché, pour racheter cette condition si contraire à son repos : Mais voyant que telles propositiós luy estoient inutiles, & que ses amis peu à peu l'abandonnoient, chacun ayant recogneu le droict de l'Eglise en cela, & ladite condition mise par les Papes à la premiere inuestiture & grace qu'ils firent dudit Duché; il fallut qu'il se resolust à demander quelques recompenses, & telle paix qu'il plairoit à sadite Saincteté, en luy delaissant ledit Duché de Ferrare ; à quoy le

Pape

Pape s'accommoda fort doucement, & accorda audit
Cesar des conditions fort honorables & aduantageuses,
qui seroient icy trop longues à reciter, & que pour ce ie
laisse aux Histoires du temps; tant y a que ledit Pape rentra audit Duché de Ferrare de cette façon : & apres
l'accord fait auec ledit Cesar, il enuoya le Cardinal Al-
dobrandin son neueu, par luy ordonné Legat audit
Duché, pour en entrer en possession pour l'Eglise, & s'af-
seurer de toutes les places, & receuoir le sermét de fidelité de tous les subjects d'iceluy; & apres licentia toutes les
trouppes qui y estoient, ce qui fut executé; & en suite de
ce le Pape voulut y aller apres en personne ; estant ja
esbranslé & party de Rome pour le sujet de cette guerre,
& y conduisant le sainct Sacrement deuant luy, comme
iamais les Papes ne marchent autrement aux voyages
signalez; & ainsi sa Saincteté accompagnée de trente-
cinq Cardinaux, auec autant d'Archeuesques & Euesques, & plus de mil Gentils-hommes Romains, outre
tous ceux de sa Cour, suite & maison, s'en alla passer par
Nostre Dame de Lorette, où il laissa de grandes marques de sa deuotion, charité & liberalité accoustumée,
en œuures pies ; puis trauersa toutes les terres du Duc
d'Vrbin, qui l'y receut le plus honorablement qu'il peut
selon sa grandeur ; & ce fut là que ledit Cesar d'Est de-
possedé dudit Duché de Ferrare, & assisté de son frere Alexandre, & du Comte de la Mirande & autres dudit Duché de Ferrare, vindrent faire la reuerence &
baiser les pieds de sa Saincteté, laquelle les receut tous
tres-humainement selon sa bonté accoustumée ; puis
passant outre, arriua audit Ferrare, où elle fit son entrée
solemnelle & magnifique, selon sa grandeur & sa di-

Q q

gnité, ayant trouué plus de cinquante mil hommes sur
ses aduenuës tous en armes, pour luy rendre toute obeïssance & honneur : mais comme elle entra dans la ville,
& comme elle vit toutes les fenestres & couuertures des
maisós deladite ville de Ferrare remplies de peuple pour
le voir passer, elle s'arresta, & commanda que chacun des-
cédist & se mist à genoux auec tout respect dans les ruës
pour la reuerence deuë au sainct Sacrement qu'il suiuoit,
n'estant raisonnable que les Creatures fussent plus haut
que leur Createur; ce qui fut fait : Et sadite Saincteté
estant arriuée, receuë & descenduë à la grande Eglise,
apres y auoir porté, & laissé le sainct Sacrement, fut conduite au Palais tres-magnifiquement preparé pour l'y
receuoir, auec contentement & applaudissement general de tout le monde.

Apres que le Pape Clement VIII. ainsi victorieux &
triomphant eut esté receu dans son Duché de Ferrare, il
se resolut pour y mieux establir & affermir toutes choses
d'y faire du sejour ; & de fait il y passa le reste de l'Esté de
ladite année 1598. pendant lequel y arriuerent & le vindrent trouuer la Princesse Marguerite d'Austriche, fiancée, comme a esté cy-dessus remarqué, du Prince
d'Espagne, lors Roy, par la mort du Roy Philippes son
pere, accompagnée de l'Imperatrice sa mere, & conduite par l'Archiduc Albert, auparauant Cardinal d'Austriche, s'en allans tous ensemble en Espagne pour accomplir leur mariage accordé, auec vn appareil & equip-
page de gens dignes de leur qualité & grandeur, ayant
esté receus tres-magnifiquement, & festoyez par tous
les Princes & Estats desquels il auoit passé; entr'autres
par la Seigneurie de Venise, & par le Duc de Mantouë,

quiy firent des defpenfes incroyables. Sa Sainéteté pour
leur tefmoigner fon affection les voulut aufli tres-honorablement receuoir à fa nouuelle poffeffion & Duché
de Ferrare, & pour ce traittoit ladite Princeffe Marguerite comme eftant defia Reine d'Efpagne, & ledit Archiduc comme mary de l'Infante d'Efpagne, enuoyant au
deuant d'eux force gens au loing; puis quatre des principaux Cardinaux fort accompagnez, deux hors de la ville, & deux à l'entrée d'icelle, auec littieres, carroffes,
hacquenées les plus fuperbes qu'il fe peut dire, & toutes
fortes d'honneftetez & complimens, pour receuoir ladite Princeffe Reine, laquelle entra dans ladite ville,
dont toutes les ruës eftoient tapiffées, eftant fur vne hacquenée blanche, tres-magnifiquement enharnachée, de
celles que fadite Saincteté auoit enuoyeés au deuant,
ayant à fes deux coftez les deux premiers Cardinaux,
auec leurs chappeaux, grandes chappes, & autres
ornemens, deffus leurs mulets, comme ils les ont aux
entrées folemnelles, & apres elle fuiuirent ledit Archiduc, accompagné des autres Cardinaux, & puis toutes
les principales Dames & Seigneurs de fa fuite, tous fur
des hacquenées en magnifique appareil; & ainfi vint ladite Reine defcendre droit au Palais du Pape, qui l'attendoit auec tous les autres Cardinaux, Archeuefques
& Euefques de fa Cour, dans le lieu où fe tient le Confiftoire, eftant fa Saincteté fur vn grand Throfne Papal,
où ladite Reine, puis fa mere, & puis ledit Archiduc &
tous les autres principaux de leur fuite vindrent faire la
reuerence, baifer les pieds & receuoir la benediction de
fa Saincteté, laquelle les y receut auec toutes les courtoi-
fies & bon accueil qu'ils euffent peu defirer; puis apres

quelques paroles d'amitié & de compliment, les fit honorablement conduire en leurs departements & logis,
qu'elle auoit faits superbement preparer, les y faisant de-
frayer & toute leur suitte, auec la plus magnifique dé-
pense qu'il se puisse dire; & le lendemain matin apres
auoir assisté à la Messe particuliere que disoit tous les
iours le Pape, il les voulut faire disner tous trois auec luy;
c'est à dire ladite Reine, sa mere, & ledit Archiduc, &
ledit disner se fit auec de tres-grandes pompes, respects
& honneurs de tous costez; & le Dimanche ensuiuant
qui estoit le 15. Nouembre 1598. iour destiné & pris pour
faire les ceremonies & solemnitez du mariage susdit, que
sadite Sainﬅeté pour les gratifier & honorer dauantage
voulut faire elle-mesme, chacun quittant les habillemens de dueil qu'ils portoient de la mort du Roy d'Espagne, & prenans à l'enuy ceux de ioye & d'allegresse, qui
estoient les plus riches & superbes que l'on vit iamais; à
quoy ceux de la Cour du Pape ne cederent aux Espagnols, chacun se rendit à la grande Eglise dudit Ferrare,
que sadite Sainﬅeté auoit fait orner & disposer, conue-
nablement pour telles ceremonies, en laquelle tous furent placez selon leur dignité & leur rang, ainsi qu'il se
fait en telles occasions & actions faites par les Papes : &
là sadite Sainﬅeté fit Papalement l'Office de la grand'
Messe, assistée de tous les Cardinaux, & autres de sa Cour
Romaine, tout ainsi qu'il fait les grands iours à Rome,
à la fin de laquelle deux des premiers Cardinaux allerent
prendre ladite Princesse Reine de dessus son Theatre
particulier, releué & couuert d'vn Dais, où elle auoit ouy
ladite grand Messe, & la conduirét deuant les pieds de sadite Sainﬅeté sur les marches prochaines de son Throsne

Papal, & au mesme temps ledit Archiduc fut conduit &
amené de sa place aussi fort honorablement aupres de ladite Princesse, comme Procureur dudit Prince Roy
d'Espagne; & puis donna à ladite Reine vne grande rose
.... qui est le present ordinaire que font les Papes aux
grandes Reines, comme d'vne espée & chappeau aux
Rois qu'ils veulent gratifier; & ayant esté ledit present
receu auec toute humilité & honneur par ladite Reine,
auec de grands remerciemens & submissions, elle fut re-
conduite par les mesmes Cardinaux en sa premiere place, & cependant ledit Archiduc demeura deuant sadite
Sainćteté, & fut aussi marié par elle auec ladite Infante
d'Espagne, representée par le Duc de Sesse, auec pouuoir
exprés d'icelle, qui fut aussi leu; tellement que le Pape
receut, festoya & maria tels hostes & passans à sa premiere arriuée & demeure à Ferrare, d'où ils repartirent
auec compliments & honneurs tels qu'à leur arriuée; & de là par Mantouë & Cremone gaignerent
Milan, où ils furent contraints de seiourner pour laisser
passer la rigueur de l'Hyuer, attendant quelque temps &
saisó propre pour paracheuer leur voyage & faire voille
en Espagne, ce qui les y retint iusques au 18. Feurier de
l'an suiuant 1599. qu'ils s'embarquerent à Gennes dans
les Galleres les plus belles qui se puisse imaginer, passerent par Neu & furent contraints d'aborder au port de
Marseille, où Monsieur de Guise comme Gouuerneur
de Prouence les receut tres-honorablement, par le commandement du Roy, & leur fournit de tous rafraischis-
semens necessaires, encore que ladite Reine d'Espagne
ne voulust mettre pied à terre audit Marseille, sinó pour
ouyr la Messe, qu'elle fit celebrer souz vne tente, accom-

modée en Chappelle, & dreſſée ſur le port; mais pour
ledit Archiduc il paſſa outre, & fut bien aiſe de voir
quelques reliques, & autres raretez dudit lieu, & repartirent ainſi de Marſeille le 27. Feurier, & arriuerent
ainſi heureuſement à la fin de Mars à Valence, où le Roy
d'Eſpagne les attendoit, qui les y receut, & l'Infante ſa
ſœur, auec tous les honneurs, compliments & pompes
Eſpagnoles, & là ſe firent les ratifications neceſſaires à
leurdit mariage, comme c'eſt aux Hiſtoriens du temps
& dudit Royaume d'en dire les particularitez.

Au commencement du mois de Nouembre de ladite
année 1598. Monſieur l'Eueſque de Chartres, Meſſire
Nicolas de Thou, Oncle de feu ma femme, eſtant en ſa
maiſon de Ville-bon prés Palaizeau, mourut aagé de
70. ans, apres auoir tenu ledit Eueſché vingt-cinq ans
pour le moins, & autant preſque auparauant eſté Conſeiller au Parlement de Paris; & comme c'eſtoit vne place & dignité en l'Egliſe que ie luy auois moyennée, &
que i'auois touſiours infiniment ſouhaittée apres luy
pour l'vn de mes enfans, i'en auois de temps en temps
auec ſon conſentemét pris & tiré des breuets de reſerue,
tant du feu Roy Henry III. que du Roy alors regnant
afin de la conſeruer, & ayant ſi bien entretenu l'eſprit, & meſnagé l'affection dudit ſieur de Chartres, qu'il
auoit vne fois reſigné de luy-meſme ſondit Eueſché à
mon fils l'Abbé de Pont-Lenoy, en vne maladie qu'il eut
à Chartres deux ans deuant ſa mort; mais depuis comme les perſonnes de cette condition & âge ſont ordinairement aſſiegez & agitez de tous coſtez par leur parens,
Monſieur le Preſident de Thou frere de feu ma femme,
& ſon neueu, auec l'artifice & l'aſſiſtance du ſieur ....

Sanguin Chanoine de Paris, auſſi neueu dudit ſieur Eueſque, faiſant deſſein pour eux dudit Eueſché, firent refroidir la bonne volonté qu'auoit ledit ſieur de Chartres pour moy, & pour les miens; & cela nous ayant longuement broüillé ledit ſieur Preſident de Thou & moy;
nos amis communs, entr'autres Monſieur de Villeroy
nous accommoda, comme la Cour eſtoit à Nantes en
Auril 1598. à condition que ledit ſieur de Thou feroit reſigner ledit Eueſché à mondit fils, dont il ſe faiſoit fort, & qu'il auroit ſur le reuenu d'iceluy huiĉt mille
liures de penſion, rachetables par mondit fils de benefices, à la nomination du Roy, de pareille valeur, & combien que ie ſçeuſſe ladite penſió eſtre trop exceſſiue, ie ne
laiſſay de l'accorder, eſtant reſolu d'en deſcharger apres
auſſi toſt mondit fils & ledit Eueſché, pour le deſir que
i'auois de mettre cette piece en ma maiſon, afin de mettre la códition & la fortune de tous mes enfans enſemble
& n'eſtre embarraſſé d'autruy en vn grand païs où eſt
tout, ou la pluſpart des biens de ma famille, mais comme nous fuſmes reuenus à Paris, & que ledit ſieur de
Chartres ſceut les conditions de noſtre accommodement, il ſe faſcha contre nous tous, & ne voulut plus
que l'on luy parlaſt, ny pour les vns ny pour les autres, &
en cette humeur tombant malade, il mourut le 6. Nouembre audit Ville-bon, dont eſtant aduerty i'enuoyay
en meſme temps de Paris où i'eſtois auec le Conſeil, vers
le Roy, qui eſtoit lors à Mouceaux, & eſcriuis à Madame
la Ducheſſe, pour obtenir ledit Eueſché pour mondit
fils: Chaunoy, l'vn de mes Secretaires que i'y enuoyay
trouua que ſa Majeſté auoit deſia eu aduis de cette
mort, & comme madite Dame la Ducheſſe, officieuſe en

cela pour moy, s'en alloit le trouuer pour luy en parler,
il arriua dans sa Chambre, & luy-mesme luy dit le premier : Ma Maistresse, nous sçauons bien que le bon homme Monsieur de Chartres est mort, voila maintenant le
fils de Monsieur le Chancelier Euesque; surquoy ladite Dame le remerciant auec toute affection, luy dit comme ie luy en auois escrit pour l'en suplier; cela, dit le Roy,
est fait; ie commanderay au sieur de Gévre de l'expedier,
dont ladite Dame m'ayant aussi tost donné asseurance
par le retour dudit Chaunoy, ledit sieur de Gévre me
manda par luy comme il en auoit receu les commandemens, & que ie demádasse le breuet tel que ie desirerois;
ce que ie fis au retour dudit Chaunoy, & y compris le
don de Regale pour mondit fils, que le Roy eut agreable de m'accorder; & comme ie n'ay iamais voulu manquer à ma parole donnée, comme en ce fait ie l'eusse peu
auec raison, puis que ledit sieur de Thou n'auoit satisfait à ce qu'il m'auoit promis, sçachant qu'il y auoit fait
ce qu'il auoit peu, ie minuttay moy-mesme ledit breuet,
portant comme ledit Euesché & Regale d'iceluy appartenoit à mondit fils, & la pension susdite de 8000. liu. audit sieur de Thou, & l'enuoyay par ledit Chaunoy audit
sieur de Gévre qui me l'expedia sans y rien changer; &
ainsi ie vins au bout de ce que i'auois si long temps poursuiuy, & fis mondit fils Euesque de Chartres.

Apres auoir trop discouru, & peut-estre extrauagué
parmy l'Espagne & l'Italie, bien qu'il puisse sembler que
i'y aye esté aucunement obligé, tant parce que toutes les
choses particulieres peuuent estre obmises; bien que tres-
considerables par la pluspart des Historiens; que parce
qu'elles font aucunement part de l'interest de cét Estat,

dans

dans lequel chacun cependant respiroit la douceur d'vn nouueau repos ; & le Roy plus que nul autre en receuoit la douceur, restablissant peu à peu tout en son Royaume, comme plus doux diuertissemens, & plus ordinaires aux Princes lassez comme luy, d'vne si longue suitte de peines & miseres passées : Ie reuiendray à la France, & diray ce qui se fit en icelle de plus remarquable durant le reste de cette année 1598.

Vers la fin de cette année le Cardinal Alexandre de Medicis, qui estoit Legat en France d'assez long temps, comme a esté cy-deuant de long-temps remarqué, & apres y auoir sejourné deux ans, & auoir obligé le Roy & la France, de l'heureuse paix qu'il y auoit moyennée & establie, s'en retourna trouuer sa Saincteté auec toute sorte de satisfaction de sa Majesté, & de son Royaume, & bonne amitié & parfaite intelligence entr'eux, & mesme, grande correspondance auec les premiers & principaux de cét Estat, & à ce retour fut ledit sieur Cardinal Legat, reconduit par aucuns des principaux Prelats de France, par le commandement du Roy, iusques à la frontiere, auec tout l'honneur & respect qu'il fut possible ; & ainsi sorty du Royaume, arriua en Sauoye, où il fut pareillement receu selon sa dignité, & Dieu voulut que son passage en ce païs fust signalé à la posterité, par la conuersion quasi miraculeuse de cinq où six mil Huguenots, qu'vn certain Religieux Capucin, nommé Pere Cherubin luy amena, lesquels il receut & reconcilia à l'Eglise Catholique; & de là poursuiuant son voyage par Thurin en Italie il arriua en tres-bonne santé, nonobstant sa vieillesse & les fatigues d'vn si long & penible voyage, à Rome, où il fut receu de sa Saincteté & de

R r

tous les Cardinaux, auec tout le bon accueil que son
heureuſe negociation, & ſes ſeruices rendus par icelle à
toute la Chreſtienté le meritoient ; ayant ramené auec
luy le Patriarche general des Cordeliers, qui l'auoit tou-
jours aſſiſté en ſon voyage, en ayant à meſme deſſein fait
beaucoup d'autres, & remportoit auſſi auec luy bonne
partie de cette gloire.

Vers la fin de cette année 1598. le Roy paracheua &
conclud le mariage de Madame Marguerite de Nauarre
ſa ſœur vnique, auec Monſieur le Duc de Bar, Marquis
du Pont, Prince de Lorraine, & fils heritier dudit Duc,
comme i'ay cy-deuant remarqué, qu'il en auoit fait deſſein ; apres & en ſuitte de ladite paix ledit Duc de Bar
ayant à ce deſſein auparauant fait pluſieurs allées & venuës à la Cour pour paruenir audit mariage, & taſcher
d'en oſter les difficultez qui s'y rencontroient ; tant à
cauſe de la diuerſité de Religion, ladite Dame ne voulant ſe départir de la ſienne, pretenduë reformée, en laquelle elle auoit touſiours veſcu, que parce qu'elle ne
pouuoit ſe reſoudre à quitter la France, & le Roy ſon
frere, eſtant certain que pour les meſmes difficultez, cette Princeſſe auoit auparauãt negligé, ou perdu pluſieurs
grands partis qui s'eſtoient offerts depuis le 7. Feurier 1558.
qu'elle naſquiſt, iuſqu'à ce que le temps & l'aage la conuierent, & obligerent le Roy à prendre cette douce condition, ayant lors plus de quarante ans, & prenant alliance dans vne maiſon ſouueraine, alliée & proche de
France, où elle pouuoit & deuoit eſperer toute ſorte
d'honneur, d'amitié & de conſolation ; & eſtant ainſi les
volontez diſpoſées, Monſieur le Duc de Lorraine vint
en France, auec les principaux de ſon Conſeil, pour en

arrester les conditions, ausquelles le Roy mecommanda
de trauailler, auec trois où quatre que ie pris des plus anciens de son Conseil, pour les resoudre auec eux, & apres
quelques conferences entre nous tous, nous demeurasmes d'occord, ainsi que le Roy, madite Dame, ledit sieur
Duc de Lorraine, & sondit fils le Duc de Bar l'agree-
rent; & apres, que ladite Dame Princesse sœur du Roy,
seroit qualifiée Duchesse d'Albret, Comtesse d'Armai-
gnac & de Rhodes, & Vicomtesse de L.............. &
auroit pour son appanage & reuenu annuel cent mille
escus par an, que le Roy luy feroit valoir sans aucune di-
minution; & en cas qu'elle eust enfans, qu'ils auroient les
mesmes tiltres, & en seroient pourueus ; & en cas de
Doüaire, qu'elle auroit la Duché de Bar, dont elle ioüiroit entierement par ses mains, & auroit encores vne
pension conuenable à sa qualité, à prendre sur le Duché
de Lorraine; & d'autre costé ledit sieur Duc traittant
pour sondit fils, comme son seul & vnique heritier de
son Estat de Lorraine, auec tous les honneurs & aduantages que nous pensions desirer pour luy, en faueur dudit mariage, dans le Contract duquel furent mises toutes les autres conditions necessaires de part & d'autre,
sur lequel ie ne m'estendray icy, lesdits Contracts
estant chose publique, qui se peut aisément recouurer;
seulement i'adiousteray qu'apres iceux faits & arrestez,
ledit sieur Duc de Bar accompagné de Monsieur de
Vaudemont son frere, & d'enuiron trois cens Gentils-
hommes, où estoient les premiers & plus grands de Lorraine, tous fort lestes, arriua à Paris sur la fin du mois de
Decembre audit an 1598. rencontrant le Roy à la chasse
vers sainct Denis, auec lequel il entra, & alla auec sa

Majesté droit au Louure, où il saluä Madame sa Maistresse & son Accordée, qui le receut auec tout l'honneur & bon visage qu'il se peut; & deslors se commencerent à la Cour quelques Balets, danses & autres recreations conuenables à cedit mariage.

Les plus grandes & importantes difficultez, fut apres cela de conuenir de la forme, de laquelle seroit fait & solemnisé ledit mariage, pour satisfaire au deuoir de la Religion, & au contentement particulier des deux parties, chacun se tenant ferme en sa resolution, & ne voulant ceder l'vn à l'autre; le Roy fit ce qu'il peut doucement pour porter Madame sa sœur à se faire Catholique, en luy proposant son exemple, & faisant assez cognoistre que c'estoit le plus asseuré moyen pour elle, la contentant en cela de se promettre en toute autre chose, toute la vraye amitié & faueur qu'elle pourroit esperer de son naturel: & neantmoins lors que ce vint à signer le Contract dudit mariage à Mouceaux, où la Cour estoit, à la fin de Decembre 1598. le Roy dit tout haut en presence de tous ses Princes, Officiers de la Couronne, & nous autres du Conseil, & de toute la Cour, que ce n'estoit son intention de contraindre en façon que ce fust madite Dame sa sœur, ny audit mariage, ny à estre Catholique, se contentant pour l'vn & pour l'autre de luy proposer & procurer son bien, & luy en laisser apres la liberté & eslection; à quoy madite Dame respondit: Que pour ledit mariage elle le receuoit à tres-grand contentement & honneur, mais que pour sa Religion la tenant auec sa vie de la feu Reine Ieane de Nauarre sa mere, elle ne s'en pouuoit départir legerement, & sans instructions suffisantes, neantmoins qu'elle promettoit au

Roy & à Monſieur le Duc de Bar ſon futur mary, de rechercher & ſe porter à ladite inſtruction autant qu'il luy
ſeroit poſſible, les ſuppliant tous deux tres-humblemét
de ne la vouloir cependant contraindre dauantage. Sur
cela le Roy luy dit qu'elle en deuoit demeurer aſſeurée,
& qu'il luy en parloit pour ſon deuoir fraternel, & à la
deſcharge de ſa conſcience, laiſſant au ſoing dudit ſieur
de Bar ſon Beau-frere, le ſurplus de ſa conuerſion, auquel il donna particulierement l'expedient, & le moyen
qu'il iugeoit plus doux & plus propre pour y paruenir,
qui eſtoit de luy oſter tout doucement certaines femmes, & autres perſonnes opiniaſtres à ſa Religion qu'elle auoit aupres d'elle, & qu'elle croyoit & aimoit trop,
comme ayant touſiours eſté aupres d'elle dés ſon enfance.

Monſieur le Duc de Bar voyant cela, Monſieur le
Duc de Lorraine, & luy infiniment deſireux de voir
madite Dame conuertie à la Religion Catholique pour
l'eſpouſer, s'aidans en ſi iuſte cauſe de l'authorité & du
nom du Roy, firent faire vne Conference de quelques
bons Docteurs, auec les Miniſtres de madite Dame,
pour en ſa preſence les conuaincre par la verité, & luy
faiſant recognoiſtre leur meſchanceté & tromperie, la
retirer de ſa fauſſe opininion: mais il ne ſortit de cette
Conference que les eſchappatoires, calomnies & autres
confuſions ordinaires qui y apportent leſdits Miniſtres;
ce qu'eſtant rapporté au Roy, ſa Majeſté craignant que
cette inſtruction, ainſi animeuſement conteſtée, apportaſt plus de mal que de bien, commanda que l'on la ceſ-
ſaſt, pour la remettre à quelqu'autre temps plus commode & mieux choiſi, ſans pour cela laiſſer de paſſer audit

mariage, & ce fut lors que lefdits Miniftres vferent de toutes leurs puiffances & artifices vers madite Dame, pour luy perfuader qu'elle ne deuoit eftre mariée que par leurs Miniftres, & que ledit Duc de Bar la deuoit rechercher & prendre dans fon Eglife, n'eftant conuenable, attendu fa qualité plus eminente, qu'elle allaft prendre & receuoir ledit Duc de Bar, fon futur mary en l'Eglife Catholique; qui d'autre cofté perfiftant opiniaftrément en fa refolution toute contraire, declara & protefta de n'eftre iamais marié que de la main d'vn Preftre. Surces grandes alterations chacun difcourant & propofant felon fa Religion & fon affection, ce qu'il eftimoit en deuoir eftre fait; le Roy comme Maiftre abfolu, & plus refolu que tout fon Confeil, voulant mettre vne fin & conclufion audit mariage, il trouua de fon cofté l'expedient qui enfuit, qui fut executé par fon exprés commandement.

Vn Dimanche matin, penultiefme iour de Ianuier de l'année 1599. le Roy ayant dés le foir precedent aduerty & fait confentir madite Dame fa fœur à fa volonté, comme auffi ledit fieur Duc de Bar, fa Majefté alla ellemefme cedit matin querir madite Dame fa fœur qui eftoit dans fa chambre au Louure, encore peu ou point habillée, & l'emmena en fon cabinet, où defia il auoit mandé & fait trouuer ledit fieur Duc de Bar, auec Monfieur le Duc de Lorraine fon Pere, & principaux de leur fuitte, y ayant auffi fait venir quelqu'vn des principaux Princes, & autres plus particuliers de fa Cour, & là où il auoit auffi mandé Monfieur l'Archeuefque de Roüen, qui eftoit fon frere naturel, & dépendant entierement de fa volonté; il luy dit tout haut en prefence de tous. Mon

frere, ie defire que vous faffiez tout prefentement ledit
mariage de ma fœut, & de Mófieur de Bar par paroles de
prefent, à quoy ledit fieur Archeuefque fit du commencement quelque difficulté; difant qu'il y falloit garder
les formes & folemnitez accouftumees; à quoy le Roy
repliqua que fa prefence eftoit plus que toutes les folemnitez ordinaires, & que fon Cabinet remply de tant de
perfonnes de qualité, eftoit vn lieu facré, & lieu affez
public pour cela; & partant qu'il le prioit & commandoit abfolument de paffer outre, & faire ledit mariage,
nonobftant toutes les difficultez qu'il y pourroit apporter; defquelles, & de l'euenement d'icelles, il demeureroit
chargé & garand : A quoy ledit fieur Archeuefque ne
pouuant plus contefter dauantage, & aimant mieux luy
obeïr & complaire, fe refolut à faire cedit mariage; & en
mefme temps s'eftant reueftu de fes ornemens Pontifi-
caux, que l'on auoit fait apporter & tenir tous prefts, pro-
ceda à ladite benediction nuptiale de madite Dame &
dudit fieur Duc de Bar, & y apporta toutes les mefmes
formes & ceremonies qu'il euft peu faire en vne Eglife,
excepté qu'il ne celebra point la Meffe; ce qu'eftant fait
& paracheué, chacun fe retira & alla faire fes deuotions,
chacun felon fa religion; ledit fieur Duc d'vn cofté, &
madite Dame de l'autre, qui retournée en fa chambre fe
para magnifiquement comme mariée, & ledit fieur
Duc auffi, & le Roy & toute la Cour, & chacun remit
de fe trouuer au grand feftin Royal qui fe fit le mefme
iour, dans la grande falle du Louure, où tous les Officiers feruirent auec les pompes & magnificences accouftumées en tels feftins; puis le grand Bal fe fit, & le foir
le Roy reconduit madite Dame en fa chambre, luy laif-

sant toutes les Princesses pour la coucher, & là se consomma ledit mariage, qui fut suiuy de toutes les bonnes cheres & honneurs que sa Majesté peust rendre à son nouueau Beau-frere, & de plusieurs Balets & autres rejouïssances & gentillesses de la Cour, en telle saison, iusques à la fin du mois de Feurier 1599. que madite Dame prit congé du Roy son bon frere, & de toute la Cour, non sans vne extréme peine & douleur des vns & des autres, & s'en alla auec mondit sieur le Duc de Bar son mary, en Lorraine, où mondit sieur de Lorraine la receut auec tous ceux de son païs, auec tous les plus grands honneurs & bós accueils qu'il luy fut possible, l'aimât & cherissant beaucoup plus que si elle eust esté sa propre fille, encores qu'il restast tousiours en son cœur & celuy de son fils, & de tous ses principaux seruiteurs & Officiers, vn tresgrand desplaisir de voir madite Dame tousiours se tenir & se porter à sa pretenduë & fausse Religion, pour le sujet de laquelle quelque temps apres ledit Duc de Bar fut conseillé d'aller luy-mesme en personne à Rome pour obtenir du Pape l'absolution necessaire, laquelle luy auoit esté longuement refusée, & enfin il l'emporta auec de tres-rudes conditions & penitences, apres auoir demeuré à Rome plus de six mois pour la poursuiure, n'y pouuant quasi estre veu ny entendu par sa Sainãeté, pour l'extréme colere où elle estoit, qu'vn Prince de la maison de Lorraine, que l'on tenoit tres-zelée à la Religion Catholique, eust fait vn mariage de cette façon: neantmoins estant chose faite il n'y auoit plus moyen d'y remedier.

Pour retourner aux affaires du Royaume, ie diray qu'en suitte de l'Edict que le Roy auoit accordé à Nantes

tes en Bretagne au mois d'Auril 1598. à ceux de la Religion pretenduë, pour l'execution de plusieurs autres,
auparauant faits & recogneus; le tout tendant à la liberté de leurs consciences & de leurs presches ; ainsi que ie
l'ay desia remarqué cy-deuant. Ce dernier icy plus ample que tous les autres, estant fait par vn tres-puissant
Roy, qui comme victorieux & conquerant auoit esté
de cette mauuaise Religion, en faisoit apprehender
l'estre & la consequence ; tous les vrais Catholiques &
plus prudents seruiteurs de l'Estat, jugeans bien le mal
qu'apporteroit tost ou tard au Roy, ou à ses successeurs,
par la cognoissance & l'experience que chacun auoit des
desseins, caballes & conduites, toutes contraires à la
Monarchie, qu'ont par tout ceux de cette Religion: cela
fut cause que force personnes de grande qualité & consideration en donnerent de tres-bons & salutaires aduis au Roy; & puis dire auec verité que i'y apportay tout
ce qui estoit de mon deuoir, mais tout cela fut en vain:
Car sa Majesté estoit obligée de trop longue-main, &
auoit tousiours trop prés de luy des personnes de cette
Religion, qui par leurs artifices empescheront qu'il
n'escoutast ses fidelles seruiteurs, & auoient mesme
gagné pour cela, Madame la Duchesse de Beau-fort sa
Maistresse, qu'ils auoient preuenuë d'esperances de
grands seruices, quand elle ou les siens en auroient besoin; tellement que ledit Edict auec force Articles, sur
ce tres-importants, leur estoient accordez ; Messieurs
du Clergé de France furent contraints de s'en plaindre &
remuer, & n'estant pour lors assemblez leurs agents generaux, desquels estoit le sieur B .... homme courageux
& ferme, il y eut au nom de tout le Clergé, de tres-gran-

des clameurs & plaintes, tant au Conseil qu'au Roy mefme, & s'y oppofa auec des remonftrances fi raisonnables
que les plus opiniaftres pourfuiuans cét Edict, furent
contraints de peur de pis defe relafcher de quelque chofe, & de confentir qu'il fuft aucunement raccommodé;
& non iufques au poinct qu'il euft efté neceffaire pour le
bien, repos & conferuation de ce Royaume; & ainfi
apres les difficultez plus apparentes raccommodées, de
cét Edict, fut arrefté & enuoyé aux Parlements de ce
Royaume, lefquels peuuent & doiuent plus ouuertement qu'autres y ouurir les yeux, & y apporter les confiderations requifes; mais aucuns defdits Parlements fe
contenterent d'ordonner des remonftrances, fur le fait
de l'eftabliffement d'vne chambre à chacun d'iceux Parlements, appellée la Chambre de l'Edict; parce que cela
tournoit aucunemét à leur intereft, & pour le refte ils ne
s'en tourmenterent gueres; & celuy de Paris paffa à la verification dudit Edict le 25. Feurier 1599. en fuitte dequoy
l'on commença à l'execution par tout, bien qu'a-
uec grande peine & peril pour les Commiffaires, & peu
à peu l'authorité du Roy l'a fait receuoir par tout, à la
honte & confufion de cét Eftat; & tout ce qui en eft
prouenu de bon fut, que par mefme Edict, la liberté fut
renduë à vne infinité de Catholiques qui eftoient op-
primez par la violence de cette Religion, aux lieux où
ils eftoient demeurez les Maiftres, comme en Bearn,
Guienne, Dauphiné, Languedoc, & autres lieux.

En mefme temps que le Roy penfoit mieux affermir
la paix en fon Royaume, en fauorifant ceux de la Religion pretenduë, l'Infante d'Efpagne nouuellement arriuée, & recognuë pour Archiducheffe en Flandres auec

l'Archiduc son mary, firent publier vne Declaration
contre les Holandois & autres Huguenots du Païs-
bas, leur reprochant leur rebellion trop iniuste, &
leur mescognoissance, perfidie & refuite à leur deuoir,
& à toute sorte d'accommodation, & tranquilité publique; & pour ce leur deffendant toute continuation de
commerce auec ses autres bons subjects Flamands; &
d'autre costé lesdits Holandois pour se continuer en
leurs entreprises souueraines, en firent peu à peu publier
vne toute contraire, souz le nom & l'authorité des Prouinces vnies desdits Païs-bas, eludant toutes les raisons de la premiere, & voulant persuader que les Espagnols ne se contentent de la domination qu'ils ont sur
les corps & sur les biens, mais qu'ils la veulent estendre
sur les ames; tellement que cette grande diuersité & contrarieté desdites Declaratiõs, n'apporterent en Flandres
qu'vn renouuellement de plus grande guerre, entre ledit Archiduc & les Holandois.

Au mois d'Auril de ladite année 1599. Monsieur de
Ioyeuse Mareschal de France, qui du temps du feu Roy
Henry III. estant Comte du Bouchage, frere de Monsieur, lors grandement fauory, s'estoit fait Prestre & rendu Capucin; & depuis ce temps-là à la sollicitation & faueur de la Ligue auoit esté dispensé par le Pape, de se retirer des Capucins, & commandé de prendre la charge
& gouuernement de la ville de Thoulouze en Languedoc, apres vn sien autre frere mort, seruant à ladite Ligue, & ayant accepté volontiers ce changement, & demeuré longuement Gouuerneur, plus Soldat qu'Ecclesiastique; apres en fin s'estre reduit comme les autres à la
desroute de la Ligue, en l'obeïssance du Roy, & pour ce

fit fa compofition tres-aduantageufe felon le monde,
& entr'autre chofe voulut eftre fait Marefchal de France, comme l'auoit efté fondit frere ; & durant ladite Ligue, & depuis la paix viuant trop licencieufement pour
vn homme de fa condition, Dieu voulut enfin luy départir fa grace, le touchant de fon fainct Efprit, & l'ayant
fait admonefter par plufieurs bons Peres Capucins, qui
fouffroient la honte de fa defolation, & qui luy firent
recognoiftre que le fujet & le temps de fadite difpenfe
eftoit ceffé ; ledit fieur de Ioyeufe, ou trop laffé du
monde pour la feconde fois, ou iuftement nauté du re-
mords de fa confcience, fe refolut à rentrer dans fon deuoir ; & prenant congé de fes plus particuliers amis, &
mefme de quelque Dame de qualité qu'il frequentoit
ordinairement, comme voulant faire quelque grand
voyage, vne nuict il laiffa fur la table de fó Cabinet vne
forme de Teftament, portant les iuftes caufes de fa refolution, & l'ordre qu'il laiffoit en fa maifon & à fes affaires, qu'il remettoit entierement au foing & difpofition de Monfieur le Cardinal de Ioyeufe fon frere, &
principalement pour fa fille qu'il aimoit grandement:
(car il auoit efté marié auparauant que d'eftre Preftre &
Capucin la premiere fois,) & fans dire fon deffein à fes
domeftiques, fe defrobba d'eux tous, & feul auec vn
fien valet de chambre, confident, s'en alla fe ietter &
remettre dans le Conuent des Capucins de Paris, où au
mefme temps il reprit l'habit, & s'y reduit comme les
autres, receuant auec toute forte d'humilité & de com-
ponction, les remonftrances & penitences que fes Superieurs audit Conuent luy voulurent faire & ordonner, &
le lendemain pendant que fes gens & amis le penfoient

& cherchoient, pluſtoſt en lieu de deſbauche ou de querelle, que de deuotion & Religion, vn autre Capucin preſchant en l'Egliſe de ſainct Germain de Lauxerrois, annonça publiquement ſa mort au monde, & ſon heureuſe reuerſion à Dieu, priant inſtamment tous les Auditeurs de vouloir prier pour luy, ce qui fit croire d'abord quelque accident inopiné, eſtre prouenu audit ſieur de Ioyeuſe:mais quád il adiouſta que ledit ſieur recherchant par cette mort vne plus heureuſe vie,& qu'il s'eſtoit pour ce la nuict precedente remis dans le Conuét des Capucins, & là auoit repris leur habit & leur vie auec ſon premier nom de Pere Ange,pour finir ſes iours à ſeruir Dieu; chacun de l'aſſiſtance ſe trouua merueilleuſement eſtonné de cette nouuelle reuerſion, chacun en iugeant ſelon ſon ſens & ſa fantaiſie; la pluſpart ne pouuant comprendre comment il auoit oſé honneſtement ſe departir de cette Religion, pour apres hors d'icelle viure ſi ſcandaleuſement qu'il auoit fait, & enfin auoir aſſez de force & de courage pour y retourner; mais quoy que c'en ſoit, Dieu ne le voulát perdre,le rappella ainſi ; & luy auſſi toſt ſe remit à voir les bons liures, qu'il auoit ſi longuement negligez, & s'eſtant rafraiſchy la memoire de ſes premieres eſtudes, ſe mit vn mois apres à preſcher:& bien que ce ne fuſt auec grande ſcience, ce fut auec tant de teſmoignage de zele & deuotion, que tout le monde ſe tuoit pour l'aller entendre, & fit enfin plus de fruict que l'on n'euſt peu eſperer; à quoy il a continué & perſeueré iuſques à la mort, ayant touſjours depuis eſté dignement & grandement employé aux charges plus importantes de l'Ordre deſdits Capucins, & fait pluſieurs voyages à Rome vers ſa Sain-

S ſ iij

eteté pour sondit Ordre, qui l'a bien veu, honoré &
estimé de cette sienne reuersion & reduction heureuse
à son deuoir.

I'ay par rencontre & aux occasions, cy-dessus remarqué, que le Roy naturellement enclin aux passions de
l'amour, s'y estant ietté plus auant depuis la paix, apres
infinies autres femmes qu'il auoit aimées selon le lieu &
le temps, s'estoit enfin tellement emporté à cette passion, pour Madame la Duchesse de Beau-fort, Gabrielle d'Estrée, niepce de Madame de Sourdis, qu'apres l'a-
uoir long-temps aimée, & en auoir eu trois enfans, deux
fils & vne fille, & elle grosse; & s'estre laissé persuader
par son premier Medecin, le sieur de la Riuiere, qui vouloit seruir ladite Dame, qu'à cause d'vne carnosité qu'il
auoit, & qui auoit failly de l'emporter à Mouceaux, vers
la fin de l'année precedente 1598. il pourroit par la suitte du temps deuenir moins habile à auoir des enfans.
Sadite Majesté s'estoit resoluë de l'espouser, & quant &
quand legitimer sesdits enfans, les passans souz le poil
nuptial, & auoit desia enuoyé à cét effet pour Ambassadeur le sieur de Sillery à Rome, pour poursuiure la cas-
satió de son premier mariage auec la Reine Marguerite,
& auoir par cósequét la liberté d'espouser qui il luy plairoit, qui estoit à dire espouser ladite Duchesse; laquelle
dés le commencement de leurs Amours auoit esté mariée
auec Monsieur de Liencourt de Picardie, & depuis dé-
mariée d'auec luy de son consentement, par Monsieur
l'Euesque d'Amiens, ausquels ils iurerent & tesmoignerent que leur mariage n'auoit iamais esté fait par vn consentement reciproque & volontaire, & qu'ils n'estoient
rien l'vn à l'autre; & ainsi le Roy estant lors plus amou-

reux de ladite Ducheſſe que le premier iour, & ſi fort
porté & attaché de ce coſté-là que chacun eſtimoit qu'il
y euſt quelques charmes & choſes extraordinaires en
cette affection: & neantmoins ie ſçay qu'il ſe portoit à ce
mariage autant pour ſa conſeruation particuliere, que
pour ſon plaiſir, m'ayant fait l'honneur de me dire particulierement pluſieurs fois, que puis que l'incómodité
ſuſdite en ſa perſonne (dont graces à Dieu il a eſté du depuis guary, par vne operation admirable de Berault)
pouuoit cauſer des ſujets qui abregeroient ſa vie, il vouloit par ce mariage ſe déliurer de la contrainte & perſe-
cution que les Princes du Sang & autres auóient faites au
feu Roy Henry III. ſon predeceſſeur, à cauſe qu'il n'auoit
point d'enfans. Et de fait s'eſtant reſolu à eſpouſer ladite
Ducheſſe, pour commencer à l'authoriſer & ſeſdits enfans, ne faiſoit plus aucunes graces, & ne donnoit aucunes charges ou Gouuernemens d'importance, que ce ne
fuſt par la priere de ladite Ducheſſe & en ſa faueur : il
commandoit que l'on la remerciaſt, & que l'on luy euſt
obligation, pour attacher vn chacun dauantage à ſon
intereſt, en cas qu'elle ou ſes enfans en euſſent beſoin;
ſi bien qu'en peu de temps on vit dans diuerſes Prouinces, force perſonnes, meſme de grande qualité, eſtablies à
ce deſſein ; & ſon premier fils nommé Ceſar Monſieur
grandement eſtably, tant en Bretagne, dont il auoit le
Gouuernement, qu'en Picardie où il auoit la Fere, Laon
& pluſieurs autres bonnes places, & pour ſon autre fils
Alexandre, & ſa fille …………… il attendoit à les partager & aduantager à proportion de la grande fortune
qu'il leur preparoit à tous enſemble.

Mais comme de ſon coſté le Roy projettoit ces deſ-

seins & en pensoit ietter les fondemens les plus fermes,
Dieu qui en vn seul clin d'œil, remplit & dissippe tout ce
qui ne luy plaist pas, fit paroistre en vn instant sa
volonté & son pouuoir, rendant tous ces grands pro-
jets inutiles, par la mort subite & inopinée de ladite Duchesse, qui arriua le Samedy de Pasques de l'an 1599.
ainsi que veritablement ils'ensuit.

Le Roy selon sa coustume plus ordinaire, estant allé
passer la pluspart du Caresme de ladite année 1599. à
Fontaine-bleau, comme la Feste de Pasques approcha,
voulant demeurer plus seul, nous donna congé à tous
nous autres de son Conseil, de faire nos Pasques en nos
maisons, & desirant en ce temps faire conceuoir au peuple de Paris quelque meilleure opinion de ladite Dame
Duchesse, qu'au passé chacun l'ayant estimée, comme
pour estre simple Maistresse du Roy, mais non d'estre
Reine de France; estimant sa Majesté que les deuotions
publiques qu'elle y feroit la rendroient plus agreablea
tout le mõde, se resolut de l'enuoyer faire ses Pasques audit Paris, bien que ce luy fust vne grande peine de se priuer d'elle; & pour ce la voulut mener & conduire iusques à Melun, estant luy à cheual & elle en littiere, à
cause qu'elle estoit grosse & preste d'accoucher, & luy
donna là Monsieur de Montbason pour la conduire, &
accomplir son voyage, la mettant sur l'eau audit Melun,
pour aller plus doucement iusques audit Paris; & comme
il fallut se separer, entrant au batteau, il sembla que ladite Duchesse se doutast de son prochain mal-heur; car
auec infinis pleurs & baisers, tesmoings publics de leur
amour, elle recommanda au Roy le soing de ses enfans,
auec tres-grande affection, n'ayant iamais accoustumé à

leur

leur separation qui estoit assez ordinaire, de luy en faire
aucune peine; & ainsi le Roy retourna tout triste à Fontainebleau : ladite Dame Duchesse arriua par eau le mesme iour à Paris, qui estoit le Mardy de la semaine Saincte, & s'en alla descendre & loger chez le sieur Zamet
proche l'Arsenal, & le lendemain voulut aller entendre
les Tenebres au petit S. Anthoine, où la pluspart du peuple de Paris se trouuoit, à cause de quelque bonne musique qui s'y faisoit, apres lesquelles Tenebres estât ladite
Dame retournée chez ledit sieur Zamet, & là se promenant dans le iardin, le cómencement de sa maladie la surprit cóme par vne forme d'apoplexie, telle qu'elle pensa l'emporter du premier coup ; neantmoins estant
promptement secouruë, elle passa la nuict plus doucement ; & le matin du Ieudy elle voulut estre opiniastré-
ment portée au logis de Madame de Sourdis, qui estoit
prés de S. Germain de Lauxerrois, tant pour se voir plus
proche du Louure, où elle vouloit se faire porter en l'absence du Roy, bien qu'elle y eust d'ordinaire le mesme
appartement que les Reines y occupoient : & voyant
asseurément que le Roy viendroit aussi tost, & l'y feroit
aller, parce que c'estoit vn logis où elle se retiroit
plus volontiers, pour estre plus libre en ses affaires ; & estant audit logis commanda aux siens d'enuoyer madite Dame de Sourdis, en laquelle comme
estant sa proche parente & niepce, elle auoit vne tres-
grande confiance ; Aussi par la faueur de cette Duchesse les siens furent grandement aduancez ; mesme
son fils aisné qui fut à la nomination du Roy pourueu de beaux & riches benefices. Ladite Dame de
Sourdis pour lors estoit en sa maison d'Alluye, qu'el-

le accommodoit comme vne nouuelle acquisition,
m'ayant conuié de l'y aller visiter, comme ie fis deux
ou trois iours auparauant, estant chez moy à Esclimont, où elle m'auoit aussi promis de venir auec moy
pour passer les Festes, & au lieu de cela ie fus grandement estonné, quand le Mercredy dés le grand matin ladite Dame de Sourdis arriuant audit Esclimont
me resueilla, & me conta cette merueille estrange, &
s'aydant d'vn relais de mes cheuaux de carosse, que ie
luy prestay, n'ayant demeuré qu'vne demie heure auec
moy, se hasta tant qu'elle peut pour arriuer à Paris; ce
qu'elle ne peut faire auant la mort de ladite Duchesse,
laquelle cependát au lieu d'adoucir & soulager son mal
en changeant de logis, se trouua plus pressée & atta-
quée de sa maladie, ses maux redoublans coup sur coup,
de telle sorte que les plus expers Medecins, mesme ceux
du Roy, qu'il y depescha en toute diligence, n'en peurent que iuger, ne cognoissans assez son mal, pour y oser
appliquer les remedes qu'ils y estimoient necessaires,
estant proche de l'heure de son accouchement; ainsi ledit iour de Ieudy passé, se portant vn peu mieux sur les
sept heures, elle escriuit au Roy pour la troisiesme fois,
durant sa maladie, & comme elle estoit sur la fin de sa
lettre lesdits maux recommencerent de plus fort, & de
là en auant qui estoit le Ieudy au soir, elle perdit tout
iugemét & cognoissance; puis à quelques heures apres,
la veuë, l'ouïe & les autres sens, excepté de celuy du sen-
timent; car on luy vid tout le reste de la nuict dudit Ieudy au Vendredy, & tout le Vendredy, & l'autre nuict
suiuante, iusques au Samedy matin qu'elle mourut, res-

sentir & souffrir de si cruelles & si excessiues douleurs &
tourmens, que tous ceux qui la voyoient aussi pâtir sans
espoir d'aucun secours & remede, en receurent vn extréme estonnement & desplaisir, voyant son visage auparauant si beau, estre en vn moment deuenu tout hideux &
effroyable, & l'estonnement de ce changement fut tel,
que plus de vingt-mille personnes de toute qualité, de
Paris, la voyás en si piteux estat, & tous ses domestiques
en estans tellement esperdus qu'ils ne sçauoient ce qu'ils
faisoient, & n'empeschans personne en cela de contenter
leur desir, & leur curiosité; quelques vns des plus aduisez des siens firent ce qu'ils peurent pour luy faire receuoir ses derniers Sacremens, mais elle n'en estoit plus
capable, & fallut se contenter de ce qu'elle auoit fait ses
Pasques quelque peu de temps auparauát; tellement que
force personnes deuotes, esmués & touchees de cette
mort si extra-ordinaire, contribuerent de leurs prieres à
ce deffaut pour le salut de son ame, redoutant auec grande apparence de raison, que Dieu n'eust en cela voulu
faire paroistre les effets de sa volonré, & de son iuste pouuoir contre cette femme, dont la naissance, la vie, la
mort sont esgallement deplorables, sans son assistance &
misericorde diuine; car apres tant de miseres & douleurs
souffertes par elle, Dieu ayát disposé sa vie; son corps fut
ouuert, & son enfant trouué mort dés le premier iour de
sa maladie, de laquelle & de son mal-heureux succez, le
Roy ayant à toute heure esté aduerty, comme il en estoit
infiniment amoureux & passionné, il partit de Fontainebleau pour la venir voir, & vint en poste iusqu'à
Ville-neufue, à quatre lieuës de Paris, à ce dessein : mais
comme plus approchant d'elle, il en receuoit tousiours

de plus mauuaiſes nouuelles, les plus ſages & aduiſez qui
eſtoient lors aupres de luy, le deſtournerent & empeſ-
cherent d'aller plus auant, luy faiſant recognoiſtre &
apprehender l'extréme deſplaiſir qu'il en receuroit, la
voyant en ſi déplorable eſtat, & ſans remede, vne perſonne qu'il auoit tant aimée; tellement que vaincu de
leurs raiſons & de la neceſſité, apres auoir trop fait paroiſtre la force de ſon amour enuers elle, & de ſon cruel
deſplaiſir, qu'en la perdant, il perdoit tout enſemble les
pretenſions de ſes deſſeins pour l'aſſeuráce de ſon Eſtat,
& de ſon có tentemét: De ſorte qu'il fut reconduit à Fontainebleau, où auſſi toſt il priſt le dueil auec la couleur
noire, contre la couſtume de nos Rois, meſmes pour
leurs femmes eſpouſées, reprenant quelques iours apres
le violet, qu'il porta plus de trois mois entiers, ayant
voulu que toute la Cour en portaſt auſſi le deüil; &
meſme voulut que l'on fiſt vn grand & ſolemnel ſeruice funebre à Paris dans ladite Egliſe de ſainct Germain de Lauxerrois pour elle, où toute la Cour ſe trouua, & que de là le corps de la mere & de l'enfant fuſſent
portez & conduits honorablement en l'Abbaye de
Maubuiſſon prés Pontoyſe, de laquelle il auoit fait l'vne
de ſes ſœurs Abbeſſe; ce qui fut fait, chacun ayant volontiers contribué au deuoir & à la peine po ur vn ſi inopiné mal-heur, tant pour la compaſſió que pluſieurs en
auoient, que pour complaire au Roy, du grand & extraordinaire deſplaiſir qu'il reſmoignoit en auoir.

Et pour reuenir à moy qui eſtois lors, comme ie l'ay
deſia dit cy-deſſus en ma maiſon d'Eſclimont, apres pluſieurs aduis qui me furent apportez de cette maladie, ie
receus celles de la mort, que le Grand, l'vn de mes Secre-

taires me manda le Samedy apres midy, & iugeant dés-
lors quel changement cette mort apporteroit à toutes
les affaires du temps, ie commençay à aucunement me
plaindre à moy-mesme de mon mal-heur particulier de
m'estre si promptement & trop attaché à ses alliances,
par la persuasion d'autruy ; & neantmoins comme Dieu
m'a tousiours fait cette grace de me faire receuoir de mesme sorte tout le bien & le mal qu'il luy a pleu m'enuoyer,
ie me resolus, & me consolay aussi tost en cette perte,
sur la croyance que ie pris, que Dieu auoit voulu cela
pour le plus grand bien du Roy & de cét Estat, qui en-
treroit en des perils & inconueniens extrémes pour ce
mariage, & me ressouuiens aussi que ce mal-heur estoit
arriué comme en vne bonne heure, pour Madame de
Sourdis, laquelle par ses diligences & poursuittes, auoit
tant fait que son fils estoit Cardinal, & auoit enuiron dix
ou douze iours auparauant receu nouuelles de Rome de
sa promotion, dont il ne restoit plus qu'à receuoir le
bonnet qui estoit par les chemins ; & ainsi que c'estoit vn
grand honneur pour sa maison, & l'establissement as-
feuré de ce que nous auions arresté ensemble par nostre
alliance, & de nos enfans ; & apres auoir passé & repassé en
mon esprit, tout ce que i'estimay pouuoir arriuer en
cét accident, ie me resolus le lendemain qui estoit le iour
de Pasques, apres m'estre remis auec Dieu, ayant fait
mes deuotions audit Esclimont, d'enuoyer comme ie
fis le mesme iour vers le Roy, pour luy tesmoigner l'extréme ressentiment que i'auois de sa perte & de son dé-
plaisir, auquel ie participois plus, ce me sembloit, qu'aucun de ses seruiteurs, & sçauoir ce qui luy plairoit que ie
fisse, & si ie l'yrois trouuer seul ou auec son Conseil, &

T t iij

adreſſay ma depeſche par vn de mes Secretaires, au
petit Lomenie Secretaire du Cabinet, qui me renuoya
la reſponſe de ſa Majeſté, pleine certainement de grande affection, par laquelle elle me commanda de l'aller
trouuer ſeul, le pluſtoſt que ie pourrois, pour luy aider à
ſe conſoler, & remettre ſon eſprit affligé, ainſi qu'il me fit
l'honneur de me le mander, & tout en meſme temps &
en meſme iour de Paſques, i'enuoyay mon fils de Pont-
Lenoy que i'auois lors auec moy, vers Madame de Sourdis à Paris, auec lettres & paroles de creance, tant pour
me condouloir auec elle de noſtre perte, comme pour
l'aſſeurer que cela ne me feroit en rien diminuer l'affection & amitié que ie luy auois promiſe, & commanday à mondit fils de demeurer auec elle, iuſqu'à ce que ie
luy mandaſſe autre choſe; & comme le Roy ſe contenta
de mon deuoir, ladite Dame ſe ſentit grandement obligée de cette viſite, & m'ayant remercié de ſa part
à Fontainebleau, où j'allay auſſi toſt, nous continuaſ-
mes nos meſmes amitiez & intelligences. En cette ſorte mourut ladite Ducheſſe, auec deſplaiſir pour nous
tous, qui pouuions participer au bon-heur de ſa fortune, & auec grand eſtonnement & bel exemple à toutes
autres femmes ſes ſemblables.

Pendant que toute la Cour portoit le dueil, ſoit par
affection veritable, ou par reſpect, à cauſe de la mort de
ladite Ducheſſe de Beaufort, & que le Roy n'ayant peu
accomplir auec cela ſes deſſeins, s'eſtudia à rendre riches
& bien eſtablir les enfans qu'il auoit eu d'elle; l'on apporta nouuelles à ſa Majeſté d'vn celebre combat &
duel fait en Dauphiné ſur les frontieres de Sauoye, entre
le ſieur de Crequy, Gentil-hommme d'vne des ancien-

ñes maisons de Picardie, & Gendre de Monsieur Desdiguieres, Lieutenant General pour sa Majesté audit Dauphiné, & vn nommé Dom Philippin Bastard de Sauoye,
estimé grandement pour sa valeur, lesquels, deux fois,
plus par galanterie que par querelle qu'ils eussent, vindrent aux mains l'vn contre l'autre, tousiours l'honneur
des armes estant demeuré audit sieur de Crequy, qui
toutes les deux fois auoit eu tel aduantage, qu'il donna la
vie à son ennemy, mais l'ayant grandement blessé, cette
grace luy fut inutile; car ledit Dom Philippin mourut
incontinent apres, & ledit Sr de Crequy ne fut pas seule-
mēt blessé, ce qui luy apporta beaucoup d'hóneur, d'estre
forty ainsi heureusement desdits combats auec vn si
braue Caualier, comme estoit estimé ledit Bastard.

Durant le mois de May & Iuin, de ladite année 1599.
le Roy proposa & moyenna vne Conference & pour-
parler entre le Roy d'Espagne, la Reine d'Angleterre, &
ceux des Estats du Païs-bas, & fit en sorte que les Deputez des vns & des autres se rendirent en mesme temps à
Boulongne en Picardie, où le Roy enuoya de sa part
Monsieur le President Ianin, & Monsieur de Comartin
pour Mediateurs & de tout ce qui ce passeroit en ladite
Conference; mais les difficultez se trouuerent si grandes & opiniastres de tous costez, que le tout ne se reduit
qu'en beaux discours & protestations, qui causerent
aux vns & aux autres vne plus grande animosité
que deuant, auec esperance de l'emporter par les armes, ausquelles ils recoururent plus fort que iamais; & cependant les vns & les autres s'aduátageans & s'accómo-
dans de quelques terres de l'Empire, les Princes Allemás
s'en voulurent remuer pour y pouruoir, sans y faire plus

grand fruict que celuy que leurs remonstrances y peurent apporter.

I'ay defia ce me femble plufieurs fois affez remarqué,
comme le Roy parmy les plaifirs de la paix, voyant & entretenant fouz main tous fes voifins en broüillerie &
guerre, & paffant doucemét fon temps dans l'embellif-
fement qu'il donnoit à fes maifons, par les baftimens &
iardins exellents qu'il y augmentoit tous les iours : Sa
Majefté s'occupoit ordinairement à la chaffe & à l'a-
mour, & comme elle eftoit grandement encline de tout
temps à cette paffion amoureufe; fe voyant priuée de fa
Maiftreffe la Ducheffe de Beaufort, que la mort luy auoit
rauie, apres auoir tefmoigné tous les defplaifirs qui fe
peuuent imaginer de fa perte, ceux qui auoient l'honneur de l'approcher & mieux recognoiftre, apprehen-
doient auec raifon que cette trop longue affection peuft
enfin nuire à fa fanté, peu à peu luy perfuaderent qu'il
n'y auoit point de plus court & aifé remede à fon defplaifir que de refaire quelque nouuelle affection ailleurs; à
quoy il fe porta affez facilement felon fon inclination
naturelle, & pour ce, pendant que les plus grands & plus
fages de fon Royaume & de fon Confeil, luy propo-
foient de fe marier pour fon repos, celuy de cét Eftat, &
pour fon contentement particulier, en luy faifant
fçauoir & cognoiftre les plus grandes & belles Princeffes qui fuffent lors en la Chreftienté fortables à fa grandeur; d'autres perfonnes plus familieres de fa Majefté luy
remirent en l'efprit de refaire vne autre Maiftreffe, qu'il
choifiroit à fon plaifir, parmy les plus belles Dames de
fon Royaume, pour en auoir plus promptement des
enfans, car ils fçauoient bien que c'eftoit fon principal
defir

deſir & deſſein ; & ainſi ce Prince agité de deux coſtez,
& touſiours en meſme paſſion pour ſe complaire à luy-
meſme, & complaire auſſi aux vns & aux autres, ſe ſeruit des deux conſeils ſuſdits, & pour contenter les plus
ſages teſmoings, qu'entre toutes les Princeſſes qui luy
eſtoient propoſées, ſon inclination le portoit vers la
Princeſſe de Florence, Marie de Medicis, comme doüée
de toutes les beautez, merites & qualitez conuenables à
vne grande Reine, & trouua bon que l'on commençaſt
à parler & conduire cette affaire à ſa perfection ; & d'autre coſté pour continuer ſes plaiſirs amoureux, cómen-
ça à affectionner Madamoiſelle d'Antragues, Henriette
de Baſſac, fille du ſieur d'Antragues, Cheualier de l'Ordre, & de Marie .... ſa femme, de bon lieu, de la ville
d'Orleans, qui auoit autrefois eſté Maiſtreſſe du Roy
Charles IX. & mere du ſieur Comte d'Auuergne, Baſtard
dudit Roy, lequel apres l'auoir aſſez longuement aimée,
la fit eſpouſer audit ſieur d'Antragues qu'il aduança depuis en cette conſideration ; laquelle Damoiſelle eſtoit
tenuë pour vne des belles filles qui fut lors ; & vray ſemblablement plus facile à voir & engager cette amour du
Roy, en imitant ſa mere, outre que les grandes faueurs
& aduantages que ſa Majeſté auoit faites, & voulut faire
pour la feu Ducheſſe, attiroient à meſmes eſperances
toutes ſortes de beautez, & pouuoient aiſément vaincre
toute reſolution contraire.

En meſme temps donc l'on voit les diſpoſitions &
preparatifs pour ledit mariage, & le Roy s'embarquer
peu à peu & bien auant en cette nouuelle affection d'a-
mour ; car pendant que l'on fait vne recharge prompte
& expreſſe à Móſieur de Sillery qui eſtoit allé en Ambaſ.

sade à Rome pour pourſuiure & obtenir auec le conſentement de la Reine Marguerite, la diſſolution du mariage du Roy auec elle, comme ayant eſté fait ſans leur mutuel conſentement, & ſans diſpenſe vallable de leur conſanguinité, à laquelle caſſation de mariage, le Pape apportoit de grandes difficultez & longueurs, & n'y auoit iamais voulu condeſcendre, ny interpoſer ſon authorité, tant que la Ducheſſe auoit veſcu, ſçachant bien que le Roy la vouloit eſpouſer, & que cela cauſeroit de grands maux & perils à cét Eſtat; dont le Pape qui eſtoit Clement VIII. comme tres-bon Pere, prenoit vn ſoing particulier; tellement qu'il falloit que ledit ſieur de Sillery l'aſſeuraſt que l'intention du Roy eſtoit de demander & eſpouſer la Princeſſe de Florence, afin d'auoir lignée legitime, pour le bien & repos de cét Eſtat; Sa Saincteté ſçachant cela ſe porta auſſi toſt à conſentir à la diſſolution du premier mariage, & y appoſa ſon authorité, & de l'Egliſe, auec les formes neceſſaires, & ainſi peu de temps apres ledit ſieur de Sillery donna aſſeurance de la diſſolution dudit mariage, auec liberté au Roy de ſe remarier; ledit ſieur de Sillery fut chargé de le faire quant & quand, auec le bon aduis de ſa Saincteté, de faire du coſté de Florence tout ce qui ſeroit neceſſaire, pour pouruoir audit mariage, à l'aduancemét duquel chacun s'affectionnoit d'autant plus, que nous voyons le Roy ne s'y porter que froidement, & ſe laiſſer inſenſiblement emporter à cette nouuelle amour; car ce n'eſtoit plus que courſes & voyages, tant de ſa Majeſté que de ceux qu'il employoit à ſes plaiſirs, vers cette nouuelle Maiſtreſſe, tantoſt à Paris de Fontainebleau, où nous eſtions, tantoſt de Marcouſſis, & tantoſt à Males-

herbes ; & pendant qu'il ioüissoit desdites nouuelles
amours , il me commanda de l'aller attendre auec son
Conseil à Orleans, faisant dessein de passer le reste de
l'Esté à Blois, à cause qu'il auoit acheté & donné à ladite
Damoiselle d'Antragues la terre de Bois-Iancy, où il la
faisoit venir pour la retirer des mains de sesdits pere &
mere, & la posseder, celuy sembloit, plus à son aise ; & elle prenant aduantage de l'affection extréme que luy
portoit le Roy, ne manqua pas d'artifice & d'industrie
pour s'en preualoir.

   Pendant donc que le Roy passoit son temps à Males-
herbes, ie m'en allay auec tout le Conseil & la Chancellerie droit à Orleans , vers le commencement du mois
de Iuillet, & y demeuray auec peu de ceux dudit Conseil, chacun ayant esté bien aise d'aller pour quelque
temps se pourmener chez soy ; & estant là, me voyant
assez de repos, & de loisir, considerant à par moy main-
tefois l'estat des choses du monde, & apres de ma maison particuliere , ie me resolus de me dépoüiller , & de
me départir de tout ce qui pouuoit troubler mon repos & mon humeur pour le reste de ma vie ; & parce
que ie iugeay bien qu'il n'y auoit plus rien qui m'y peust
faire de tort, que la trop grande frequentation & liberté, que ie permettois à quelques vns, qui en abu-
soient, i'arrestay en moy-mesme de me separer tout
doucement, & sans esclat d'auec eux, en leur conser-
uant mon amitié, & la bonne foy en tout, & me voyant
vieil, & craignant quelque reuers de la fortune , ie pris
resolution de me deffaire des Sceaux, entre les mains
de Monsieur de Maisse, que i'en recognoissois tres-di-

gne & capable, & lequel estant mon parent & de mesme nom, seroit plus obligé que tout autre, de me deferer en tout, pendant ma vie; & à auoir soing de mes enfans & de ma maison apres ma mort, aduoüant que ie commençay à me lasser du trauail du monde & de la Cour, & que ie seray bien aise doresnauant d'y pouuoir reuenir auec honneur & dignité de ma charge de Chancelier quand ie le voudray, ou que les occasions du seruice du Roy m'y appelleront; mais d'y estre perpetuellement attaché comme i'ay tousiours esté depuis quarante ans, c'est chose que ie ne puis plus faire: En suitte de cette resolution, m'estant ouuert de mon dessein audit sieur de Maisse, & luy ayant receu & embrassé auec toute sorte de tesmoignage de ressentiment & d'obligation enuers moy & les miens, il s'accommoda à tout ce que ie peus desirer de luy.

Sur la fin dudit mois de Iuillet, le Roy me manda que ie m'aduançasse à Blois, & qu'il alloit pour quelques iours à Bois-Iancy, surquoy ie me despeschay, pour le supplier de me permettre d'aller iusques à ma maison de Cheuerny, où il y auoit fort long-temps que ie n'auois esté, pour me rendre au mesme temps que sa Majesté audit Blois; ce qu'elle trouua bon, tellement que mondit fils de Pont-Leuoy, estant arriué à Orleans prés de moy, & luy ayant declaré tout ce que i'estois resolu de faire, & ce que ie voulois qu'il fist, à quoy ie le trouuay tres-disposé.

Voila où finissent toutes les minuttes & memoires qui se sont trouuez parmy les meilleurs papiers de mondit sieur le Chancelier, estant croyable par l'escriture

plus recente de sa main , qu'il y auoit adiousté pendant
son sejour à Orleans, tout ce qui est cy-dessus ; depuis la
mort de Madame la Duchesse de Beaufort , comme à
toutes occasions qu'il auoit quelque loisir, il ne máquoit
iamais à continuer & poursuiure lesdits memoires ; lesquels estant apres la mort dudit Chancelier , demeurez
és mains dudit sieur de Pont-Leuoy, auec sa bibliotheque , & infinis autres excellents papiers , ledit sieur de
Pont-Leuoy, ne les voulât laisser imparfaits, pour le peu
qui reste, d'adiouster iusques à la mort dudit sieur Chancelier à poursuiure le discours de sa vie, & de sadite mort
inopinée & regretable, ainsi qu'il s'ensuit.

SVITTE ET FIN DE LA VIE DE

mondit sieur le Chancelier de Cheuerny, fidellement adioustée icy au bout de ces Memoires par Monsieur
l'Abbé de Pont-Lenoy son second fils

PRES que Dieu m'eut tant fortuné que
de prendre & appeller à soy Monsieur le
Chancelier mon pere, l'impitoyable mort
qui ne pardonne à personne, nous l'ayant
inopinément rauy, & que ie me vis priué
pour iamais de l'honneur & du contentement de sa presence, & du profit que ie commençois à y receuoir, de
sa bonne, iuste & prudente instruction, apres auoir
donné aux sanglots & aux larmes le temps deu, & necessaire à si extréme douleur, de laquelle i'auois ressenty
les effects plus viuement qu'aucun autre, tant pour ce
qu'il expira entre mes bras, que parce qu'il comméçoit
alors à me recognoistre & m'aimer, & à m'employer
pres de luy, plus qu'il n'auoit iamais fait aucun autre de
ses enfans; pendant que nous donnions ordre, mon
frere aisné & moy, auec les principaux seruiteurs de nostre maison, aux affaires plus pressées d'icelle, comme il
n'y en a tousiours que trop en si mal-heureux & funeste
accidét, nous trouuasmes parmy les principaux papiers
dudit sieur le Chancelier, vne partie des derniers Memoires de sa vie, tous escrits de sa main, lesquels ie serray
pour les reprendre & remettre auec les autres, qui se
trouuerent à mesme sujet dans sa Bibliotheque à Esclimont, laquelle par sa volonté me deuoit demeurer; ce

qu'eſtant depuis fait, & tous raſſemblez, & fidellement
tranſcripts, comme deſſus, pour ne laiſſer imparfait le
recit entier de ſa vie, & ſatisfaire aux commandemens
expres qu'il m'en fit, ie fus contraint & obligé d'adiou-
ſter icy ce diſcours deplorable de ſa mort, dont le ſouuenir douloureux, me fait & me fera inceſſamment fondre en larmes, pour auoir perdu auec luy tout l'honneur
& bon-heur de noſtre maiſon, & pour mon particulier
tout ce que ie me pouuois promettre de grandeur & de
fortune au monde.

Or neantmoins pour ſatisfaire à ſon intention, & à
mon deuoir, i'aſſeureray premierement que tout ce qui
eſt eſcrit cy-deſſus, a eſté veritablement pris & tranſ-
crit ſur infinis broüillons & memoires que i'ay trouuez
& ramaſſez, eſcrits de la main dudit ſieur Chancelier,
n'y ayant rien de changé ny adiouſté, que quelques mots
pour la liaiſon du diſcours, & pour plus claire explica-
tion d'iceluy, en d'autres endroits qu'il n'auoit eu le loiſir de redire & expliquer ſelon ſon intention; parce que
pour dreſſer leſdits memoires il n'auoit aucun temps
que celuy qu'il dérobboit à ſon repos de la nuict, eſtant
inceſſamment, comme il eſtoit occupé en ſa charge,
pour les affaires du Roy & de l'Eſtat; & ainſi i'ay trouué
grand nombre d'articles auſdits memoires faits à pluſieurs fois, ſelon le loiſir & commodité qu'il en pouuoit
auoir, & apres cela pour paracheuer le diſcours de la vie,
ie diray que comme ledit ſieur Chancelier eut obtenu
ſon congé du Roy, d'aller iuſques à Cheuerny; il partit
d'Orleans le 25. de Iuillet, & alla coucher à Bois-Iancy,
& le lendemain ſe mit par eau auec quelque muſique, &
ſe fit deſcendre auec grand plaiſir iuſques à ſa maiſon de

Cour sur Loire, sur le bord de la riuiere, où il disna &
passa la chaleur du iour, iusques sur le soir qu'il s'en alla
coucher à Cheuerny, & arriuant audit Cheuerny, &
trouuant que l'on luy auoit fait changer vn vieil lict
pour en remettre vn plus beau en sa place, il se fascha
contre ma belle-sœur, la Comtesse de Cheuerny, qui
auoit pensé bien faire, & voulut que l'on remist son vieil
lict, auec la vieille tapisserie en ladite chambre, qui est
belle, proche la petite salle du costé du parterre vers
l'Eglise, qu'il n'a iamais voulu changer ny se seruir
d'autre lict & meubles que ceux-là ; disant qu'il les
aimoit plus que tous les plus beaux qui estoient en sa
maison, comme luy ayans seruy à sa naissance & durant
toute sa vie.

Tout le lendemain ledit sieur Chancelier le passa à
voir & prendre son plaisir de sa maison par le dedans, où
il resolut quelques accommodemés nouueaux, & force
allées dedans son parc, & sur le soir, allant iusques à La-
uault, resolut & marchada de la faire abbatre; disant que
ç'auoit tousiours esté son dessein dés qu'il l'acheta, &
qu'il ne vouloit laisser cette maison forte, bien que petite & proche de celle de Cheuerny, afin qu'elle ne
seruist vn iour de retraite & sujet de folies, & diuisions
entre ceux de sa maison ; & estant retourné le soir audit
Cheuerny, il y trouua force Noblesse du païs, qui l'e-
stoient venu visiter, comme ce ne fut autre chose toute
la iournée du iour suiuant, & iamais ne l'auoit-on veu
plus gay, & en apparence plus content, receuant plus
courtoisement & obligeant plus que iamais vn chacun,
& traittant auec nous tous de sa maison, auec plus de
priuauté, & plus de douceur qu'il n'auoit iamais fait.

Apres

Apres ces iours ainsi heureusement passez, celuy du commencement de nostre mal-heur arriua, qui fut vn Mardy 17. Iuillet 1599. auquel ledit sieur Chancelier voulut sur le soir apres la chaleur passée, s'aller pourmener en plusieurs iolies maisons dependantes dudit Chéuerny, à deux lieuës, ou enuiron d'iceluy, pour voir l'estat d'icelles, & ordonner à la reparation des vnes, & demolition des autres, ainsi qu'il auoit de long-temps proposé; & pource s'estát dérobbé de tout le monde, comanda que l'on luy amenast son carosse, où il monta luy cinquiesme, & ne voulut estre suiuy que de ses Laquais & de quelques Officiers & Receueurs desdites maisons qui estoient à cheual, ayant laissé mon frere de Cheuerny & sa femme, pour entretenir ceux qui l'estoient venus voir, voulant en bon pere de famille mesnager le peu de temps & de liberté qu'il auoit, & apporter par sa presence quelque accommodation à sa maison, comme peuuent faire les personnes de cette qualité, tousiours sujets & attachez aux affaires publiques, quand ils ont le moyen de se voir chez eux.

Or ie ne puis oublier, qu'ayant ledit sieur Chancelier esté toute sa vie infinimeat bien composé en toutes les parties de son corps, soit interieures, soit exterieures, il n'y auoit rien qui ne peust faire esperer en luy vne parfaite santé & longue vie, s'il n'eust esté affligé d'vne malheureuse hargne & descente de boyaux dans les bourses, dont il auoit esté incommodé dés sa ieunesse; & neantmoins de telle sorte qu'elle ne l'auoit iamais empesché d'aucunes de ses fonctions naturelles, ny destourner de ses exercices ordinaires, mesme de courir la poste, & faire autres choses violétes quand il en auoit esté besoin; mais

comme l'âge & la continuë emportent tout , au lieu de
foulager fa vieillefſe par vne bonne littiere felon fa qualité, ainſi que chacun luy auoit confeillé, ou bien continuer à aller par la campagne dans de bons coches qui alloient fort doucement, comme il s'en eſtoit touſiours
feruy durant fa vie : il auoit quelque peu auparauant fait
faire vn beau & grand caroſſe à la mode du temps, dou-
blé de velours cramoiſi, magnifiquement doré ; bien
qu'il ne s'en peuſt feruir que par les champs, parce qu'à
Paris il alloit touſiours à pied au Louure par le Cloiſtre
de fainct Germain, fon logis en eſtant proche ; & en
toutes les maiſons du Roy il eſtoit logé dedans, & fut ce
maudit caroſſe cauſe de noſtre mal-heur , comme s'enfuit : s'eſtant donc ledit fieur Chancelier mis dans ledit
caroſſe , ledit iour de Mardy fur les quatre à cinq heures
du foir, il me commanda d'y entrer auec luy à la portiere
à main droitte, & aupres de moy le fieur de la Guitiniere
fon Maiſtre d'Hoſtel , & fit mettre à l'autre portiere le
fieur Charon, qui manioit fes principales affaires, & le
ieune Bagneaux, l'vn de fes Secretaires, luy ayant pris fa
place feul au fond dudit caroſſe ; & ainſi alla de Cheuerny à vne aſſez iolie maiſon, nommée Laulnay, qui en eſt
à vne lieuë, & en laquelle il y a vne tres-belle fontaine, de
l'eau de laquelle nous nous miſmes tous à boire à plaiſir,
felon la faiſon ; pendant que ledit fieur Chancelier
voyoit & ordonnoit, ce qui luy plaiſoit en ladite maiſon,
& reuenant à nous, voulut auſſi boire de cette belle
eau, auec plus de gayeté & teſmoignage de fanté, qu'il
n'en auoit fait paroiſtre de dix ans, puis eſtans remontez
en caroſſe , il commanda que l'on nous menaſt à vne
autre maiſon, diſtante de là enuiron d'vn quart de lieuë

& comme tous les Laquais fuiuans, & valets indifcrets, cherchent toufiours le plus court, fans aduifer le plus feur & meilleur, l'on conduit le caroffe en biaifant au trauers d'vne petite campagne labourée ; & comme c'eft l'ordinaire du païs de tenir les fillons des terres labourées fort creux ; & quafi comme de petites foffes, ledit caroffe tiré brufquement par quatre cheuaux au trauers defdits fillons, & encore en biais fur iceux, tout en defordre, cette forte de violente agitation inopinée, caufa par extréme mal-heur la rupture d'vne vaine, dans le corps dudit fieur Chancelier, dont le fang commença au mefme temps à couler & tomber auec les boyaux, dans la partie & bourfe offenfée ; nonobftant le brayer & bandage ordinaire qu'il portoit ; tellement que fentant cette douleur tout d'vn coup, il s'appuya des deux mains fur nos efpaules, dudit fieur Charon & moy, comme eftans les plus proches de luy, & en mefme temps fe laiffa couler & tomber fur fes genoux, entre nous deux, dans le milieu du caroffe ; criant deux ou trois fois que l'on le fift promptement arrefter, ce qui fut fait auffi toft ; mais toufiours trop tard, puifque l'inconuenient en eftoit defia arriué ; apres ledit fieur diffimulant le mal qu'il reffentoit, & difoit que ce n'eftoit rien, ne voulut laiffer de pourfuiure fon chemin, feulement cómanda que le cocher allaft plus doucement, & prift le long des fillons ; & ainfi acheua d'aller à deux ou trois autres maifons, qu'il auoit fait deffein de voir, fans faire aucune demonftration qu'il fe trouuaft mal, & reuint à la nuict foupper & coucher à Cheuerny, comme fi cela n'euft point efté ; ains au contraire le foir en fe retirant, commanda audit fieur de la Guitiniere d'enuoyer le lendemain les Officiers porter son disner à vne terre qu'il auoit, & qu'il vouloit aussi voir à quatre lieuës de Cheuerny, & à nous quatre de nous tenir prests à cinq heures du matin pour le suiure & accompagner; tellement que nous estimions tous qu'il se portast le mieux du monde.

Ledit lendemain Mercredy matin 18. Iuillet 1599. chacun de nous s'estant leué de bon matin, ie me rendis à la chambre dudit sieur Chancelier, l'vn des premiers, & le trouuant encore dans le lict, il me dit qu'il n'auoit pas bien reposé la nuict, à cause d'vn meschant chien, qui s'estoit coulé le soir precedent souz son lict, & auoit hurlé plusieurs fois la nuict, & l'auoit reueillé; ayant mieux aimé que son valet de Châbre l'y eust laissé, que de faire vn plus grand bruit, comme ils auoient fait pour l'en sortir; apres il me commanda d'aller déjeuner auec les autres qui deuoient venir auec luy, pendant qu'il se leueroit & habilleroit, ce que nous allasmes faire, & estans retournez à sa chambre nous le trouuasmes qu'il lauoit ses mains assis dans sa chaire, contre sa coustume, & ce fut lors que Robert Lucas son Apothicaire & valet de chambre, commença à juger qu'il estoit saisi de quelque extra-ordinaire indisposition; neantmoins parlant à nous comme il faisoit d'ordinaire, & s'estant acheué d'habiller, comme l'on luy mettoit son cordon bleu du sainct Esprit; il s'estendit de luy mesme le ventre, & passant sa main par dessus, auec quelque changement de son visage il nous dit à tous: Attendez moy, ie reuiens, & entra dans sa garderobbe auec ledit Lucas son Apothicaire, auquel mesme il cachoit & dissimuloit son mal, & la verité de la cause d'iceluy; lors estant reuenu peu à

peu dans sadite chambre, beaucoup plus passe & chan-
gé que deuant, il nous dit: Ie me trouue mal & ressens de
fortes tranchées dans le ventre, & n'ay quasi point dor-
my cette nuict; & pour ce ie m'en vay me remettre au
lict, & prendray vn clystere, & apres tascheray de reposer; tellement que nostre partie sera remise à vn autre
iour, allez vous-en vous tous, ou vous coucher, ou
vous pourmener; & vous la Guitiniere renuoyez moy
querir mes Officiers.

Ledit sieur Chancelier, s'estant apres cela recouché, &
demeuré seul auec ses valets de chambre, commanda
audit Lucas son Apothicaire, de luy preparer & depescher vn clystere, pour le soulager desdites tranchées; &
ledit Lucas se deffiât de ce que c'estoit, & qu'il auoit tou-
jours apprehendé; le supplia par plusieurs fois de luy declarer plus particulierement son mal, & mettre sa main
dessus, pour en pouuoir mieux iuger & y remedier; ce
que iamais ledit sieur ne voulut faire, & luy dit seulement qu'il ressentoit de grandes douleurs dans tout le
ventre, & croyoit qu'vn bon clystere y suffiroit; car il
estimoit que sans se communiquer à personne, estant
seulement couché, il pourroit luy seul aisément remonter ce qu'il voyoit bien estre trop deualé dans ses bourses; estant en cela trop retenu & trop vergongneux en
chose si importante & salutaire, & cette discretion fut
asseurément la cause de sa mort; car s'il eust voulu faire
cognoistre à son Apothicaire, qui luy estoit tres-fidele
& affectionné, la verité de son mal, il estoit encore aisé,
comme l'ont depuis asseuré les Medecins, de faire mettre son corps en telle assiette, qu'auec des fomentations
& viures doux, l'on pouuoit peu à peu faire remonter

dans le corps, ce qui en estoit sorty, & commençoit desia à se corrompre dans sesdites bourses : mais au lieu de se declarer, il voulut prendre ledit clystere qui estoit lors du tout contraire à sa guerison, parce que l'ayant receu, la pluspart d'iceluy se coula par les boyaux dans lesdites bourses, & les renflant de beaucoup, y demeura auec le sang, & autres pourritures qui s'y estoient ja formees; tellement que quand ledit Lucas vit qu'il tardoit plus que de coustume à rédre ledit clystere, & qu'en fin il ne le rendoit entierement, ce fut lors que sa premiere crainte & apprehension se commença à tourner en creance de quelque mal & accident, non commun, & pour ce redoubla ses tres-humbles supplications à mondit sieur le Chancelier, à ce qu'il luy pleust de ne se cacher de luy, & de luy dire franchement sa maladie, comme à son fidele seruiteur, ce qu'il ne pût iamais obtenir.

La matinée dudit Mercredy estant passée de cette façon, sur les deux heures d'icelle, Monsieur de Rosny, qui a depuis esté Duc de Sully, & en grande authorité aux Finances & faueur prés du Roy, & lequel alors commençoit de seruir ausdites Finances, s'estant quelques iours deuant raccommodé auec ledit sieur Chancelier d'vne brouillerie assez aigre, qu'ils auoient euë au Conseil du Roy, où desia ledit sieur de Rosny s'en vouloit trop faire accroire; & ne sçachant non plus que personne, rien de cette maladie dudit sieur Chancelier, le vint voir & visiter en sa maison de Cheuerny, par compliment, & l'ayant trouué au lict, ledit sieur l'asseurant que ce n'estoit rié, il ne laissa de l'entretenir à son cheuet du lict prés de deux heures, de toutes les affaires du mon-

de, ainſi qu'ils euſſent peu faire en bonne ſanté; & n'euſt
eſté qu'il reſſentoit deſia trop d'incommodité, il eſtoit
ſi courtois & officieux en tout, qu'il ſe vouloit leuer pour
aller diſner à la ſalle auec ledit ſieur de Roſny; mais ſon
Apothicaire l'en empeſcha, & ledit ſieur de Roſny auſſi,
tellement que mon frere de Cheuerny & moy euſmes
commandement de le mener diſner, & faire l'honneur
de la maiſon ; ce que nous fiſmes le mieux que nous
pûſmes , entretenans & promenans ledit ſieur de
Roſny par tout, iuſques ſur les deux heures apres midy,
qu'il retourna voir ledit ſieur Chancelier, cauſa encore
longuement auec luy, & puis priſt congé, & s'en retourna à Blois, où toute la Cour ſe rendoit, le Roy y deuant
arriuer deux ou trois iours apres.

Auſſi toſt que ledit ſieur de Roſny fut party, & comme nous le conduiſions, ledit ſieur Chancelier me fit
appeller, & apprehendant infiniment, comme il me le
dit, que Madame de Sourdis, aduertie de ſon mal, ne le
vinſt trouuer & importuner, ie puis dire le mot; car il me
le repeta pluſieurs fois, & me commanda d'eſcrire à ladite Dame, comme de moy, que ce n'eſtoit rien que l'indiſpoſition & deſuoyement ordinaire dudit ſieur , &
qu'elle ne s'en miſt point en peine, & me dicta luy-meſme la lettre , puis en fit eſcrire vne de meſme par la Guitiniere, & luy commanda de la luy enuoyer par ſon Laquais, comme s'il n'en euſt rien ſceu.

Sur les cinq heures du ſoir dudit Mercredy, comme
nous voyons mon frere & moy ioüer à la paulme,
quelqu'vn de la maiſon, dans la baſſe-court dudit Cheuerny, ledit Lucas Apothicaire y venant, & luy demandant ce que faiſoit Monſieur, & comme il ſe portoit, il

ne respondit rien, & me fit signe qu'il desiroit me dire
quelque chose, pour à quoy satisfaire m'estant tiré à part
aussi tost que i'entendis ses premieres paroles, i'appellay
mondit frere; afin qu'il nous dist à tous deux ensemble
ce qu'il nous desiroit faire sçauoir, qui estoit qu'estant
tres-affectionné seruiteur; & voyant à toute heure quelques changemens nouueaux, auec des vomissemens &
autres fascheux accidents, non accoustumez audit sieur
Chancelier, il voyoit estre obligé, plustost que plus tard
de nous en donner aduis, pour n'estre accusé d'aucuns
manquemens, presomptions, ou negligences en choses
si importantes; que l'estat de cette maladie estoit du tout
extra-ordinaire & à luy incognuë, bien qu'il eust fait
tout son possible pour en sçauoir dauantage, & en tirer
la verité dudit sieur Chancelier; que pour sa descharge,
il nous supplioit de commander & d'enuoyer en toute
diligence querir quelques Medecins, afin d'y apporter
les remedes possibles, iugeant pour luy plus de mal que
de bien de cette maladie, pour les fascheux signes & ap-
parences qu'il voyoit en icelle. Chacun peut penser si
cette triste & cruelle nouuelle nous apporta à mon frere
& à moy beaucoup d'estonnement & de douleur; &
neantmoins prenans resolution dans la necessité, nous
resolusmes sans faire paroistre nostre effroy à personne,
ny mesme audit sieur Chancelier, d'enuoyer en toute diligence chercher les meilleurs & plus proches Medecins
que l'on pourroit trouuer; & pour ce au mesme temps
depeschasmes deux Courriers, l'vn vers la Reine Loüise
qui estoit lors à Chenonceau, pour la supplier tres-humblement de vouloir nous enuoyer Monsieur de Lorme
son Medecin, que nous sçauons que ledit sieur Chancelier

celier cognoissoit de longue main, & estimoit beaucoup ; l'autre à Tours querir Monsieur Fellisian qui y
demeuroit, & y estoit grandement estimé ; lesquels Medecins ne manquerent de partir aussi tost qu'ils eurent
receu nos lettres, chacun de leur costé : mais quelques
diligences qu'ils peussent faire, ils ne peurent arriuer à
Cheuerny que le lendemain sur le soir, qui estoit le Ieudy 29. dudit mois de Iuillet ; tellement qu'ils arriuerent
inutilement & trop tard, comme ie diray cy-apres.

Apres ces depesches faites, ledit Mercredy au soir
nous aduisasmes mon frere & moy, de nous tenir incessamment tous deux, ou pour le moins vn, aupres dudit
sieur Chancelier nostre Pere, pour luy rendre & faire
rendre tous les seruices, à quoy nostre deuoir naturel &
nostre iuste ressentiment nous pouuoient obliger ; mais
mondit frere encore plus que moy, comme aisné, à
rendre mille sortes de soings ailleurs, n'y pouuant
satisfaire, ie m'attachay à cette obligation & deuoir, &
me rendis si sujet aupres de luy que ie ne voulois plus
quasi sortir de sa chambre, pouuant asseurer auec toute
verité que ie ressentis si viuement l'apprehension de son
mal ; & apprehendois tellement le mauuais succez d'iceluy, que cent & cent fois priant Dieu de me le pardóner,
ie souhaittay de pouuoir mourir pour luy ; afin que sa
vie luy fust conseruée, que ie sçauois bien estre vtile &
necessaire, non seulement à nostre famille, mais au bien
& repos de cét Estat.

Comme mon frere & moy fusmes retournez en la
chambre dudit sieur Chancelier, ledit Mercredy sur le
soir, il se mit à parler auec nous de toutes choses indifferentes, comme s'il eust esté en pleine santé, puis s'appro-

Y y

chant l'heure du soupper, ne cognoissant la grandeur
de son mal, ou le dissimulant, il voulut se leuer & soupper sur la table de sadite chambre, quelque chose contraire que luy peust dire son Apothicaire, & estant à
moitié habillé auec vne robbe de chambre, & son chappeau, se mit dans sa chaire & souppa à ladite table, &
mangea assez bien, mon frere, sa femme & moy y estans,
auec les principaux, & quasi tous ceux de sa maison;
lesquels desia malgré nous auoient conceu la mesme
peur dudit mal que nous auions. Pendant son soupper
il commanda à la .... son Pouruoyeur, d'aller le lendemain prendre & faire son logis à Blois; tant dans le
Chasteau pour sa personne, que dans son logis de la basse-court où il vouloit seeller, que celuy d'embas pour sa
suitte & ce qui estoit necessaire; parlant de tout cela auec
vne façon & esprit esloigné du tout de la cognoissance
de son mal: apres son soupper il causa assez longuement
auec nous tous, puis pressé par sondit Apothicaire, se
remit dans le lict, en nous commandant absolument à
tous que chacun se retirast, disant pour nous y conuier
qu'il sentoit qu'il alloit bien dormir; & par obeïssance,
& en cette bonne creance, mon frere & la pluspart de
ceux de la maison se retirerent; pour moy qui desirois ne
le point abandonner, ie luy dis que ie ne pouuois si tost
dormir, & que nous allions iouër à la prime Monsieur
Charon, moy, & la Guitiniere, ce qu'il trouua bon,
& souz ce pretexte nous demeurasmes en la petite salle,
proche & deuant sa chambre la plus grande part de la
nuict, auec les plus affectionnez seruiteurs de la maison,
pour estre plus prests à seruir, s'il en estoit besoing; &
ainsi ayant laissé ledit sieur Chancelier seul auec son Apo-

thicaire, & autres valets de chambre, il passa la nuict
sans quasi se plaindre seulement, car il estoit infiniment
retenu & patient, mais nons sans douleur, ayant ad-
uoüé le lendemain matin qu'il n'auoit aucunement reposé, ains enduré infinis maux dans le petit ventre, auec
tres-grandes & fascheuses inquietudes; & neantmoins
il est certain que sondit Apothicaire, qui estoit vn gen-
til garçon & capable, nous asseura tousiours qu'il n'a-
uoit que fort peu de fiévre, qui est vne chose quasi incroyable en tels maux, & en tel âge.

La iournée du lendemain Ieudy 29. Iuillet 1599. se
passa quasi tout ainsi que les precedentes, excepté que
comme la pourriture & la cangrenne s'augmenterent
dans les parties offensées, l'on voyoit aussi peu à peu
changer de visage & diminuer les forces dudit sieur
Chancelier, c'est à dire pour le corps; car pour celles de
l'esprit, il les a tousiours conservées pareilles, iusques au
dernier souspir de sa vie. Il voulut encores ledit iour disner & soupper hors du lict, comme le iour precedent,
auec ceux de sa maison & quelques Gentils-hommes du
païs qui l'estoient venus voir; pendant son repos & durant ladite iournée, tout ce que ledit Apothicaire pûst
faire, attendant la venuë des Medecins, fut de luy faire
prendre artificieusement, & sans luy dire pourquoy,
quelques remedes propres à fortifier le cœur, & les parties nobles, en repoussant le venin qui pourroit y estre;
car quelques vns craignoient qu'il y eust quelque poison
en ce mal, & ledit Apothicaire n'en pouuoit rien dire,
n'ayât iamais peu descouurir la vraye cause d'vn tel mal.

Sur les cinq à six heures du soir du Ieudy, arriuerent à
Cheuerny lesdits Medecins de Lorme & Felisian à deux

heures l'vn de l'autre, & aussi tost mon frere & moy les
ayans receus & grandement remerciez de leur bon secours & assistance en telle necessité, nous leur sismes entendre & rapporter par ledit Lucas Apothicaire, l'estat
de la maladie dudit sieur Chancelier, & les doutes &
grandes apprehensions que nous en auions; & estant
apres cela necessaire que lesdits Medecins le vissent, pour
en mieux iuger, en la crainte que chacun auoit que leur
mine & veuë luy apportast quelque frayeur, & peut-estre
vn redoublemét de sa fiévre, lesdits Medecins n'ayás esté
mandez par son commandement, il fut aduisé qu'il luy
falloit faire trouuer bon leur venuë, & la desguiser, en
sorte qu'il l'eust agreable, mon frere ne voulut se charger de cela, ie fus contraint de l'entreprendre comme
estant lors plus ordinaire, & mieux que personne auprés
de luy, & pour ce ie me hazarday & assez doucement
sans l'effrayer, ie luy fis entendre que la Reine Louïse,
que ie sçauois bien qu'il honoroit beaucoup, ayant sçeu
qu'il estoit chez luy, & qu'il s'y estoit trouué mal, luy
auoit depesché Monsieur de Lorme son premier Medecin, qu'il cognoissoit de long-temps, pour le venir
visiter de sa part, ignorant vne forte maladie, & pour
s'enquerir de ses nouuelles, dont il tesmoigna estre fort
content, & obligé à la Reine, du fauorable soing qu'elle
prenoit de luy; puis ie luy adioustay qu'il sembloit que
Dieu, soigneux de sa conseruation & de sa santé luy eust
enuoyé par heureuse rencontre, encore vn autre excellent Medecin; en mesme temps que Monsieur Follisian
venant de Tours à Blois voir ses amis à l'arriuée de la
Cour, & particulierement luy ayant appris à deux lieuës
de là qu'il estoit à Cheuerny & indisposé, s'estoit de-

ſtourné pour le venir ſalüer, & luy offrir ſon tres-humble ſeruice, & luy dit cela comme ſans aucun deſſein
premedité, & ſi doucement que Dieu mercy il l'eut
agreable; & me dit qu'il eſtoit bien aiſe qu'ils ſe fuſſent
rencontrez ainſi tous deux enſemble, les eſtimans grandement l'vn & l'autre, & leur profeſſion; & ainſi me
commanda de les luy amener, ce que ie fis auſſi toſt, &
leſdits Medecins le ſalüerent, & le trouuerent aſſis dans
vne chaire deuant ſa table, qu'il venoit d'acheuer de
ſoupper.

Apres les premiers compliments faits par leſdits Medecins, & leurs diſcours rapportant à ce que i'auois dit,
ledit ſieur Chancelier leur fit bailler des ſieges prés de
luy, & commença de les entretenir auec ſa façon ordinaire, de toutes les choſes du monde, & de la Cour,
comme s'il euſt eſté en pleine ſanté, enfin ledit ſieur de
Lorme plus franc & affectionné, & qui en auoit fait vn
mauuais iugement dés l'abord, commença peu à peu à
faire tóber leurs diſcours ſur la diuerſité des maladies; &
puis ſur celle dudit ſieur Chancelier, lequel lors en parla,
comme d'vne fort legere indiſpoſition; ce que voyans
leſdits Medecins, & qu'ils ne pouuoient eſperer de tirer
dauantage d'eſclarciſſement par ſa bouche, ils luy per-
ſuaderent doucement qu'il ſeroit mieux dans ſon lict,
& apres qu'il fut couché le preſſerent auec tous les deuoirs & reſpects du monde, de leur declarer & leur
monſtrer le lieu où il reſſentoit ſes grandes doulleurs,
qu'il diſoit auoir vers le petit ventre; & ce diſant commencerent l'vn apres l'autre, auec ledit Apothicaire à le
taſter & toucher aux parties baſſes, où ils recognûrent
que les bourſes eſtoient par trop enſlees, & l'ayant tous

Y y iij

trois grandement preſſé, ſur cela les forces du mal qui
le preſſoit deſia trop, & à la verité le contraignirent à
leur aduoüer ce qui en eſtoit, & leur dire comme cela
luy eſtoit arriué, en la façon cy-deſſus deſcrite; mais il
n'eſtoit plus temps, & iugerent que tous les remedes ſeroient inutiles, la cangrene eſtant deſia formée dans leſdites bourſes & boyaux, & de fait ils virent deſia toutes
les extremitez de ſon corps refroidis, & comme preſque
morts, & ſe conſiderant dauantage auec nous tous, nous
viſmes deſlors ſon viſage ſe changer, le nez ſi allongé, &
les yeux ſi eſgarez, que chacun ne le pouuoit plus regarder ſans fondre en larmes; leſdits Medecins ne laiſſoient
pourtant, plus pour le contenter de l'apparence de quelques remedes, que pour l'eſperance qu'ils euſſent, qu'ils
peuſſent profiter de luy ordonner de faire promptement appliquer eſdites parties offenſées des fomentations & epithemmes, qui euſſent peu ſeruir au commencement; & ſur ce l'ayant laiſſé auec ſon Apothicaire, &
nous ayant commandé à mon frere & à moy de mener
ſoupper leſdits Medecins, & les conduire en leur chambre, des ayant, apres eſtre partis de ſa chambre, conuiez
mon frere & moy de nous dire ce que nous pouuions eſperer de ce mal, leſdits deux Medecins d'vn meſme aduis
& reſolution, nous aſſeurerent qu'il eſtoit impoſſible de
le ſauuer, & qu'il s'eſtoit fait mourir luy-meſme, ayant
caché & diſſimulé ſon mal; & que tous les remedes du
monde y eſtoient lors inutiles, la cangrene ayant deſia
gagné les parties nobles, & les extremitez de ſon corps
eſtans ja comme morts; Dieu ſçait quel coup & douleur
nous receuſmes ſur la prononciation d'vn ſi cruel iugement, & ce que nous pûſmes faire en l'extremité de ce

mal-heur, fut, apres auoir conduit & fait seruir à soupper
ausdits Medecins dans leur chambre, de nous retirer
chacun de nostre costé, & donner cours au torrent de
nos larmes, qui bien que tres-grandes n'esgalloient
neantmoins l'estime de nostre perte, puis qu'elle empor-
toit auec nostre pere, tres-bon & tres-excellent, tout le
bon-heur, l'honneur & la gloire de nostre maison,
& en mesme temps que nous, plus obligez, comme enfans, pleurions nostre infortune, tous ceux de la maison
grands & petits pleuroient chacun leur misere, auec tels
cris & tesmoignages d'affection que les plus sages de
tous, nous vindrent aduertir, mon frere & moy, que
c'estoit trop pleurer, & que sans doute ledit sieur Chancelier entendát ces plaintes se saisiroit, de façon que cela
pourroit aduancer sa mort; tellement que mon frere &
moy essuyans nos visages, & faignans plus de resolution
que nous n'en pouuions auoir en si extréme douleur,
apres auoir fait taire tout le monde, & donner ordre
aux portes du Chasteau que personne n'entrast & ne sor-
tist sans nostre sçeu, il fallut que nous retournassions à
la Chambre dudit sieur Chancelier, lequel seul sembloit
ignorer sa mort prochaine, & nostre infortune tout
ensemble.

Apres que lesdits Medecins eurent souppé, ils retournerent à la chambre dudit sieur Chancelier, & voyans
que tout ce qu'ils auoient essayé de faire demeuroit inutile, & que tout ce qu'ils y pouuoient apporter eux-mesmes ne seruoit de rien, ils se conformerent en leur
premiere opinion, & sur les dix heures, ledit sieur Chancelier voulant qu'ils se retirassent, ils nous dirent en sor-
tant que si Dieu ne faisoit quelque miracle pour la guari-

son dudit sieur, il ne seroit plus enuie dans vingt-quatre
heures, & sur cela nous recommençasmes nos pleurs &
nos cris plus que deuant; & de telle sorte que i'ay tou-
jours creu que ledit sieur Chancelier les auoit entendus;
& de fait vn peu apres que lesdits Medecins s'en furent
allez, il dit qu'il vouloit reposer, & qu'il vouloit que
chacun entierement se retirast, & pour moy i'estimay
que c'est qu'il vouloit demeurer plus seul, & n'entendre
lesdites plaintes & pleurs de ceux de sa maison, mon
frere & moy le suppliasmes de trouuer bon que nous de-
meurassions encore quelque temps aupres de luy, dont
il sembla se courroucer; tellement que mondit frere
pourluy obeïr s'en alla se coucher, & sa femme aussi n'e-
stimans pas le danger estre si prompt; pour moy ie sei-
gnis d'en faire autant pour le contenter, mais au lieu de
m'en aller ie me couchay sur le pauillon de la chambre,
me tenant sur cette couchette sans dire mot, auec le sieur
Charron, & le sieur de Chaunoy qui y demeurerent auec
moy; tout le reste de ceux de la maison s'estans retirez
pourluy complaire, & n'estant demeuré ce luy sembloit
que son Apothicaire, & ses autres valets de chambre
prés de luy.

Sur les deux heures apres minuict nous entendismes
ledit sieur Chancelier s'agiter & remuer dauantage dans
son lict, qu'il n'auoit accoustumé, & mesme se plaindre
par fois, beaucoup plus qu'il n'auoit fait iusques alors,
aussi tost son Apothicaire s'estant approché, luy ayant
parlé & tasté le poux, & recognut qu'il diminuoit grandement; ce que sçachans, nous tous approchasmes les
vns apres les autres de son lict, & nous voyans là il se fascha contre nous, de ce que nous ne nous estions allez
coucher

coucher, difant que cela luy faifoit de la peine de nous
voir veiller prés de luy, eftimant comme il faifoit, que
fon mal ne feroit rien, bien qu'à la verité il reffentift de
tres-grandes douleurs par tout le corps; furquoy voyant
que nous auions l'occafion ouuerte de luy en faire recognoiftre le peril, ainfi que nous auions refolu de ne la
negliger, auffi toft qu'elle s'offriroit, n'ayant, peu ie l'aduouë, auoir affez de refolution pour luy entamer vn fi
fafcheux difcours, ny ledit fieur Charron non plus; ledit
fieur de Chaunoy plus plein de courage & de force que
nous, en cette extremité, fit paroiftre la vraye affection
& fidelité qu'il auoit toufiours portée au feruice dudit
fieur Chancelier, eftant vn de fes plus anciens & affectionnez feruiteurs ; & ainfi n'eftant plus à propos de
flatter & diffimuler en chofe de telle confequence, où il
faut fonger principalement au falut de l'ame, puis qu'on
fe doutoit de la conferuation du corps ; ledit fieur de
Chaunoy prenant la parole, dit audit fieur Chancelier
les paroles qui enfuiuent.

Monfieur, ce luy dit ledit Chaunoy, puis qu'il vous
plaift nous aduoüer que vous reffentez de grandes douleurs, & que nous voyons que vous ne iugez pas par
vous mefmes le grand peril où elles vous peuuent en fin
porter, & que voila Monfieur de Pont-Lenoy, voftre
fils, & Monfieur Charron cy prefens, qui ne font & ne
peuuent vous en dire ce qu'ils en penfent & redoutent,
comme moy, ie fuis contraint de prendre la hardieffe de
vous dire comme ayant eu l'honneur d'auoir efté nourry, efleué & formé de voftre main tres-fauorable, & receu de vous infinis bien-faits toute ma vie, que ie tien-

drois maintenant blaſmable pour iamais deuant Dieu &
le mõde, ſi à leur defaut, n'ayant eu la force de le faire, ie
n'vſois de la liberté reſpectueuſe qu'il vous à pleu me
donner depuis trente ans, que i'ay l'honneur d'eſtre à
voſtre ſeruice, afin de vous faire ſçauoir & entendre veritablement ce que chacun apprehende de l'iſſuë de voſtre mal; cela eſtant tres-important pour eſtre dauantage diſſimulé, excuſez moy Monſieur, ſi au grand deplai-
ſir de tous les voſtres, i'oſe vous dire que voſtre maladie
eſt beaucoup plus grande que vous ne la dites, ou que
vous ne l'eſtimez, & pour ce pardonnez à mon affection,
ſi ie m'aduance tant que de vous dire, qu'apres auoir receu pendant le cours entier de voſtre vie, tant de diuerſes & grãdes graces de Dieu, & touſiours fait paroiſtre en
toutes vos actiõs la grãde recognoiſſance que vous auez
euë de luy, en la conduite tres-prudente de voſtre vie &
de voſtre fortune au monde, qu'il ſembleroit à preſent
que vous fuſſiez dépourueu de cette meſme grace & aſſiſtance, & de tout iugement & raiſon, ſi vous ne recou-
riez à ſa diuine bonté & miſericorde, en l'eſtat incertain où nous vous voyons du ſuccez de voſtre maladie;
ledit ſieur Chancelier reſpondit auſſi toſt : Et quoy les
Medecins deſeſperent-ils de mon mal? Non pas du tout,
Monſieur, repliqua ledit Chaunoy; mais l'ayant vous
meſme caché & diſſimulé, ils le trouuent & iugent maintenant tel, qu'ils en craignent auec nous tous quelque
mauuaiſe fin, ayans declaré leur doute à Meſſieurs vos
enfans & principaux ſeruiteurs, pendant qu'ils ne laiſſent d'apporter tous ce qu'ils peuuent par leur art & remede à voſtre conſeruation, afin que vous en puiſſiez

eftre aduerty, & auoir plus de temps & de loifir à difpo-
fer de voftre confcience, & ordonner de vos affaires felon voftre prudence accouftumée, ainfi qu'il vous plaira;
& en mefme temps ledit Chaunoy fe iettant à genoux
prés ledit fieur Chancelier adioufta: Ie vous demande,
Monfieur, mille pardons, de la trop grande hardieffe
que ie prens de vous dire telle chofe; mais ie ferois ce me
femble à bon droit reputé le plus ingrat & infidelle feruiteur du monde, fi ie ne m'efforçois de m'acquitter enuers vous de ce iufte & infortuné deuoir, puis que noftre mal-heur & la neceffité de voftre mal, nous y redui-
fent tous : Ledit fieur Chancelier luy dit fort doucemét: Ie vous fçais fort bon gré, Chaunoy, de ce que vous
me dites, & de la vraye affection que vous me tefmoi-
gnez; mais comme ie fçay bien, & ne fuis pas fi malade
que vous dites, & que vous le croyez. Monfieur, ce
luy refpondit-il, ie louë Dieu & vous ay par trop d'obligation de ce que ie vois mes paroles & mon feruice ne
vous eftre defagreable; & afin de vous confirmer la verité d'icelles, prenez la peine de vous toucher & tafter vous
mefmes par les extremitez de voftre corps, & ie m'affeure
que vous les trouuerez ja toutes froides, comme priuees
de toute chaleur naturelle; & m'affeure, ainfi que les Medecins nous l'ont dit, & que voftre Apothicaire que voila vous le peut encores tefmoigner, & faire mieux recognoiftre; & comme au mefme inftant ledit Apothicaire
s'approcha, & eut confirmé cette mefme creance, alors
ledit fieur Chancelier demeura vn affez long-temps fans
refpondre, ny parler; puis auec vne voix affez forte &
refoluë, il dit: Tout eft en la main de Dieu, & en fa dif-

position; ie l'ay toufiours trop craint, aimé & efperé en
fa bonté & mifericorde, pour maintenant n'eftre refolu
& difpofé à fa volonté, pour y fatisfaire; puis qu'ainfi
eft, laiffez moy ie vous prie tous vn peu de temps en patience, afin que ie puiffe mieux fonger à ma confcience;
& apres ces paroles proferées auec vne tres-grande con-
ftance & refolution, il fe retourna de l'autre cofté de fon
lict, laiffant tous les affiftans baignez en larmes, & com-
blez de douleurs, telles que peuuent produire ce trifte
object, en fi deplorable & mal-heureufe attente.

Apres que ledit fieur Chancelier, eut ainfi demeuré
fans dire mot, prés de trois quarts d'heure, il fe retourna luy-mefme deuers fa ruelle, & demanda tout haut
qui eftoit là, & lors apres auoir effuyé le mieux que ie
peus mes larmes, m'approchant & me prefentant à luy,
il me dit : Mon fils, donnez ordre, ie vous prie, que
mon Aumofnier de Rennes vienne me confeffer, & que
l'on aduertiffe le Prieur, Curé de Cheuerny, dem'apporter le fainct Sacrement apres ma Confeffion, voulant
entierement me remettre entre les mains de Dieu,
pour à quoy fatisfaire ie fis incontinent entrer dans la
chambre ledit fieur de Rennes, que de long temps ie faifois tenir tout preft dans la garderobbe, lequel approcha du lict dudit fieur Chancelier, qui fut & auffi toft recognu par luy ; Il luy dit; de Rennes, puis qu'il me faut
mourir ie defire que ce foit en la grace de Dieu, & pour
ce ie veux me confeffer & receuoir mes Sacremens, côme
vray penitent & enfant de l'Eglife Catholique, Apoftolique & Romaine, en laquelle ie fuis né dans la creance,
& defire mourir auec l'aide de Dieu, vous ayant fait ve-

nir pour cela, apres auoir le mieux que i'ay peu exami-
né ma confcience auparauant; & ayant dit ces paroles
tout haut, il fe tourna vers moy : Ie vous prie mon fils de
faire fortir tout le monde de ma chambre, & qu'il n'y
demeure que vous auec mon Aumofnier, afin que ie
puiffe mieux faire ma Confeffion.

Ie fis auffi toft fortir tout le monde qui eftoit dans la
chambre, & demeuray dedans, la porte fermée, pleurant
le mal-heur que ie voyois, & priant Dieu ardamment
pour mon pere, pendant qu'il faifoit fa Confeffion, auec
la mefme facilité & l'humeur d'efprit qu'il auoit eu toute fa vie, & à la fin d'icelle qui fut fort generale & fort
longue, il demanda que l'on luy apportaft le fainct Sacrement qui eftoit defia arriué, & que ie faifois tenir tout
difpofé dans la falle proche ladite chambre ; & comme
i'allois le faire entrer, vne grande foibleffe furuint audit
fieur Chancelier, qui fit que ledit de Rennes fon Aumofnier m'appellant viftement, & moy auffi toft l'Apothicaire, qui tout expres eftoit demeuré hors la porte,
contre ladite chambre ; lequel entré & s'eftant diligemment ietté fur le lict, pour fouftenir entre fes bras ledit
fieur Chancelier, & luy ayant fait promptement quelques eaux cordiales, il le fit aucunement reuenir, &
voyans tous ceux du logis qui y accouroient, il commanda en cét eftat, & en balbutiant, au fieur de la Guitiniere fon Maiftre d'Hotel, de luy aller querir dans le
coffre où eftoient les fceaux, vne certaine boitte ou caffette qu'il luy dit, & que ledit Guitiniere entendit
bien, dans laquelle ledit fieur Chancelier témoigna, bien
qu'auec grande peine, qu'il y auoit quelques lettres & pa-

piers qu'il defiroit eftre bruflez ; & pendant ce vne feconde & plus grande foibleffe, & conuulfion le reprit,
voyant & entendant tout, mais ne pouuant plus parler
ny proferer aucunes paroles intelligibles, quelque chofe qu'y pût faire fon Apothicaire; tellement que comme ie le vis en cette derniere extremité, ie me iettay à
genoux prés de luy au bord de fon lict, pour auoir fa
benediction : mais auec vne affliction meflée de fan-
glots & de larmes que ie iettois, m'ayât ofté tout pouuoir
de parler : ledit de Rennes, luy dit ; Monfieur, voila
Monfieur de Pont-Lenoy voftre fils, qui vous fupplie
de luy donner voftre benediction; à la verité comme
ayant recouuert quelques nouuelles forces, il fe tourna
tout le corps & les yeux vers moy, & balbutiant &
eftendant autant qu'il pût fa main fur moy, pour me
donner fadite benediction, & moy la baifant & rebai-
fant cent mille fois, & la moüillant toutes de mes larmes, bien que toute morte & froide, ie perdis ainfi mon
bon pere, lequel expira fans aucune violence apparente,
ny effort, en iettant par le nez vn feul flegme verdaftre,
meflé de fang, qui luy coula au mefme temps qu'il rendit fon efprit à Dieu, qui fut fur les cinq heures du matin
du Vendredy 30. Iuillet 1599.

A l'heure de cette cruelle mort, nous n'eftions dans
la chambre que lefdits Aumofnier, Apothicaire, le Capitaine premier valet de chambre, Monfieur Charron &
moy ; car ledit fieur de la Guitiniere en eftoit refforty,
pour aller querir cette caffette ; & nous eftions tous fi
efperdus & interdits là dedans, & attachez à rendre quelque feruice audit fieur Chancelier, en cette extremité

que nous ne songions à ouurir la porte aux autres; tellement qu'il ne se trouua à l'heure dans la châbre que nous
cinq, bié que chacun de la maison y fust accouru de tous
costez, & les Medecins mesmes, qui y vindrét trop tard,
comme aussi mon frere & sa femme, qui ne peurent se
leuer à temps, & y arriuer deuant la mort; & ainsi ie
fus le seul de tous ses enfans qui eus le contentement d'a-
uoir receu sa benediction paternelle, auant sadite mort,
& ay tousiours creu que cela m'a apporté tout le bon-
heur que i'ay eu, ou que i'auray de ma vie.

En cette sorte Dieu prist & nous osta nostre bon pere,
de la perte duquel nous ne sçaurions assez pleurer,
quand nos pleurs & nos larmes couleroient sans cesse
tout le temps de nos vies; car c'estoit le meilleur & plus
prudent homme, le plus affectionné & doux pere que la
terre ait iamais porté, il auoit vn courage noble & vertueux en tout, vne grace & vn accueil pour tout le monde, si admirable, vn esprit si bon & doux tout ensemble, qu'encores que i'aye l'honneur d'estre son fils, ie ne
feindray de dire auec la verité qu'il a tousiours esté estimé & tenu pour vn des plus grands hommes, & rares iu-
gements de son siecle, ainsi que le cours de sa vie, & le
succez espineux des affaires du temps, où il a seruy, en
peuuent rendre tesmoignage à la posterité; & iugeans
plus à propos de laisser aux Historiens de décrire ses vertus, que de m'y estendre dauantage, de peur de m'y laisser trop emporter par excez de mon affection naturelle
enuers luy, ie finiray ce discours de sa vie, en disant, qu'il
a vescu tres-heureusement, & tres-glorieusement, pour
nous & toute sa posterité, depuis l'an mil cinq cens

vingt-huict qu'il nasquit à Cheuerny, le vingt-cinquiéme iour de Mars, Feste de l'Annonciation de Nostre-
Dame, iusques audit iour vingt-cinquiéme Iuillet, mil
cinq cens quatre-vingt dix-neuf, qu'il mourut audit
Cheuerny; tellement que c'est soixante & onze ans quatre mois cinq iours qu'il a vescu.

INSTRV-

INSTRVCTION
DE MONSIEVR
LE CHANCELIER
DE CHEVERNY A
Monſieur ſon fils.

ON fils, i'ay touſiours eſtimé que le principal bien, qu'vn pere peut laiſſer à ſon enfant, ne conſiſte pas aux biens de ſa ſucceſſion; mais en vne bonne nourriture, inſtruction & enſeignement: Premierement en la crainte de Dieu, & apres en la cognoiſſance & conduite des actions de ce monde; qui m'a fait vous laiſſer cét aduis par eſcrit, que vous receurez comme de voſtre pere qui vous ayme plus que vous ne ſçauriez faire vous meſmes, & comme celuy qui par le temps & experience peut auoir cogneu, ce qui fait eſtimer & honorer les hommes en ce monde, pour auoir paſſé beaucoup d'années; tant aux Cours des Rois, aux voyages de diuers païs, à l'exercice des charges & Magiſtrats, à la ſuitte des armées, à la cognoiſſance des affaires d'Eſtat; de la Iuſtice & de la Pollice, à la conuerſation des hommes de toutes qua-

A aa

litez & profeſſions; qu’au maniment & conduite de
l’œconomie & menage particulier de la famille, qui
ſont choſes qui me peuuent auoir apporté plus de cognoiſſance & iugement; comme il faut par honneur
& raiſon ſe conduire en la façon de viure, & aux affaires de ce monde, que ne pourriez pas cognoiſtre &
apprendre qu’auec vn lõng-temps & longue experience; & auant que de l’auoir acquiſe, pourriez auoir
fait beaucoup de fautes, qui vous donneroient em-
peſchement le reſte de voſtre vie à reparer le mal qui
vous en pourroit aduenir.

Et ſi vous ne commencez dés la premiere ieuneſſe,
à prendre ce chemin, il eſt apres tres-mal aiſé d’y pouuoir entrer; car il faut former & regler ſon eſprit, ſes
volontez & ſes meurs dés ſa premiere & tendre ieuneſſe, deuant que la cognoiſſance du mal y ait peu entrer, cependant que la ieuneſſe eſt flexible, & d’humeur
obeiſſante ; comme à vne ieune plante on luy fait
prendre le ply tel que l’on veut : Et encores que la ieuneſſe qui eſt imbecille, & qui craint les choſes non
experimentees, puiſſe eſtimer qu’elle y ait en cela quelque peine & difficulté ; ſi eſt-ce que la vertu qui eſt
ſelon la bonne Nature, eſtant gouſtée & ſentie par la
ieuneſſe, la ſuitte & conſeruation en eſt apres fort
douce, facile & ſalutaire, & la continuation en eſt
auſſi bien aſſeurée; puis que le vice eſt ennemy & contraire à la Nature; car la vertu eſt vne cõſtante & conuenable affection d’eſprit, qui rend toutes les volontez & actions des hommes fermes & loüables, qui ne
peut eſtre changée ny oſtée, ny par feu, naufrage, tem-
peſte, fortune, ny changement de temps, laquelle

feule rend ceux qui la poffedent riches & contens, en
repos d'efprit, & honorez d'vn chacun ; car la gloire
l'accompagne & la fuit comme fait l'ombre le corps,
qui a tant de force, que nous fommes contraints de
loüer & honorer nos ennemis, mefme quand ils ont
de la vertu, & au contraire de blafmer nos amis quand
ils en font degarnis ; d'autant qu'ils ne font vtiles, ny
pour eux, ny pour leurs amis, n'ayant aucune perfection, valeur, foing, ny induftrie ; qui me fait vous
donner cette inftruction & confeil, comme vous
auez à vous comporter dés vos ieunes ans : ce que ie
vous deduis familierement, felon que i'eftime que
voftre aage le peut porter & cognoiftre, & par les plus
priuées & familieres exéples que ie pourray apporter,
& qui vous font les plus cogneuës par les hiftoires
que vous auez veuës, & qui vous peuuent tous les
iours tomber en main, dont ie vous en remarqueray
parfois les Autheurs pour vous en donner volonté de
les voir plus au long, & les fentences qui vous peuuent
eftre les plus communes. Sans entrer toutefois plus
auant en long difcours, qui pour cét effect pourroit
eftre neceffaire & bien à propos : mais l'experience,
laquelle auec le temps vous doit apporter plus de iugement, vous en donnera auffi meilleure cognoiffance ; pourueu que vous en ayez efté inftruict, & appris
les premiers commencemens, lefquels combien
qu'ils ne puiffent eftre que foibles de leur premiere
naiffance ; fi eft-ce qu'auec le temps ont leur progrez
& auancement, & ce qui eft bien commencé, reçoit
bien-toft bon acheminement, comme le vaiffeau qui
a efté remply vne fois d'vne bonne & premiere liqueur

Aaa ij

en retient longuement la bonne odeur, ce que i'espere que vous pourrez faire quand vous receurez l'aduis que ie vous donne, auec telle affection, soing & diligence que vous deuez, pour acquerir de l'honneur & reputation à l'aduenir; & pour conseruer & accroistre les amitiez, bienueillance, & le peu de bien que ie vous pourray laisser, prenant ferme opinion & asseurance, que ie suis plus desireux de vostre honneur, & de vostre bien que vous ne pourriez pas estre vous-mesmes; car l'honneur que peut acquerir le fils est plus la gloire du pere que du fils mesme, qui doit desirer de pouuoir estre surmonté par la vertu du fils, comme fit Peleus, qui prenoit à grand gloire & honneur d'auoir esté surpassé en valeur & reputation par Achilles son fils.

Le commencement de nos actiós par l'honneur de Dieu.

Et premierement il faut que toutes nos actions & deportemens de nostre vie, commencent par l'honneur de Dieu; car il faut tousiours commencer par les actions diuines & sacrées, auant que de venir aux humaines, & auparauant que d'entreprendre quelque chose que ce soit, grande ou petite, pour estre assisté continuellement de sa diuine bonté. Les Anciens mesmes qui n'ont esté fauorisez de la cognoissance de Dieu, disoient qu'il falloit prendre le commencement de toutes nos actions par les Dieux immortels, & par les sacrifices & supplications; à plus forte raison nous Chrestiens deuons prendre les preceptes & commandemens qui nous sont donnez par nostre Religion, par lesquels toutes nos actions prospereront tousiours; & la premiere chose que vous deuez auoir deuant les yeux, c'est la crainte & l'honneur de Dieu

dans le cœur, cheminer selon ses voyes, & suiure ses S.
Commandements ; car autrement n'esperez iamais
prosperer en ce monde , ny en l'autre qui est plus
grand, car il est eternel ; & commencez par chacun
iour en vous leuant, de prier Dieu, qu'il luy plaise de
conduire vos actions au vray chemin & sentier de ses
Commandemens, & auec l'honneur & reputation que
deuez acquerir ; & oyez la Messe tous les iours, si vous
estes en lieu de le pouuoir faire, où s'il n'y a empeschement tres-necessaire ; & le soir deuant que vous coucher, vous retirant à part remerciez Dieu de la grace
qu'il vous à faite de vous conduire la iournée, exami-
nez vostre conscience de ce que vous pouuez
auoir fait ledit iour, pour le corriger si vous auez mal
fait, & pour le confirmer & vous y accoustumer s'il y
a quelque chose qui ait bien succedé, ne demeurant en
vous-mesme content & satisfait, si en la iournée vous
n'auez fait quelque chose de bien & d'honneur, &
que vous n'ayez appris ledit iour quelque chose de
nouueau pour vous rendre plus capable & digne de
loüange : Ciceron , en son troisiesme *de finibus*, dit
que les Anciens Sages donnoient trois preceptes, le
premier estoit d'obeïr & suiure les Commandemens
de Dieu, le second se cognoistre soy-mesme, le dernier
de ceder au temps, & rien dauantage ; d'où est procedé le prouerbe, que nous ne pouuons rien sans l'aide
de Dieu, ce qui est tiré de la sentence d'Homere, qui
dit que tout mortel a besoin de l'aide & secours diuin, & que les Dieux reçoiuent fauorablement les
vœux de ceux qui luy obeïssent ; & par ainsi nous nous
deuons representer deuant les yeux qu'il n'y a rien

de constant & asseuré en ce monde, que l'honneur de
Dieu & la vertu ; & que tous les autres biens , honneurs & richesses sont fort incertains, muables, sujets
aux changemens & à la puissance de la fortune: qui
faisoit que Diogene disoit , que celuy qui estoit riche,
ignorant & sans vertu, estoit vn mouton à la laine &
toison dorée.

De la
diligence.   Tout ce que vous pourrez faire le iour, de bien &
aduancement en ce que deuez desirer, ou pour l'honneur, ou pour vos affaires priuées, ne le remettez iamais au lendemain ; car il a esté tousiours dommagea-
ble de remettre & differer l'execution des choses qui
sont prestes & preparées, pouuāt suruenir autres affaires qui empeschent d'executer ce que l'occasion & le
moyen permettoient , si la negligence & faute de
soing ne l'eust empesché : car sans la diligence rien de
bon ne se peut faire & executer , par laquelle seule
toutes les autres vertus sont entretenuës & produisēt
leur bon effet: Et dit Saluste, qu'il semble que les Dieux
mesmes sont courroucez, & contraires à ceux qui sont
paresseux & negligens , & ne pourroit seruir la doctrine, la suffisance, ny la valeur, sans la diligence, labeur & trauail; car croyez que la plus grand' perte que
vous sçauriez faire, c'est celle qui se fait du temps par
la negligence ; car toutes choses se peuuent acheter
& recouurer, mais le temps qui au commencent est à
nous & en nostre disposition, estant passé & doucement eschappé , ne se peut plus auoir ny recouurer;
dont s'ensuit apres vne repentance trop tardiue, qui
est ce que dit le Poëte Tibulle , qu'il auoit veu vn
homme en sa vieillesse, pleurer de ce qu'en sa ieunes-

ſe il auoit follement perdu ſes iours, & ne faut en cela
prendre excuſe d'auoir eu d'autres occupations qui
vous ont empeſché & diuerty de faire ce que l'on deuoit, car en quelque lieu que l'ō puiſſe eſtre, & quelque
affaire qui ſe preſente, l'on peut touſiours gagner quelque heure, pour l'employer à ce qui eſt honneſte & ſalutaire à l'eſprit, & combien qu'il ſoit neceſſaire de
s'accommoder à expedier les affaires qui ſuruiennent,
& qui ſont de la charge d'vn chacun, ſi eſt-ce qu'il ſe
peut faire, ſans ſe laiſſer aller & ſouzmettre, de ſorte
que l'eſprit ne demeure touſiours ferme & entier, en
ce qui eſt du principal, & en cela, outre le grād mal qui
en aduiēt, par la pareſſe, en la perte du temps, il y a auſſi
le mal d'oiſiueté qui eſt la mere & nourriture de tous
les vices, duquel on ſe peut guarantir par vne continuelle occupation honneſte, car en ne rien faiſant on
apprend à mal-faire, qui fait que Platon, donne aduis
de chaſſer d'vne Republique ceux qui ſont oiſeux &
ſans occupation, & le Legiſlateur Solon fit vne Loy
contre les oiſeux, pareſſeux & faineans, par laquelle il
eſtoit permis à vn chacun de les accuſer, comme auſſi
par Ordonnance des Cenſeurs de Rome, eſtoit repris
& corrigé celuy qui par nonchalance ne faiſoit bien
cultiuer la terre de ſon patrimoine, & celuy qui eſtoit
negligent de bien faire nourrir ſon beſtial, & pareillement celuy qui prodiguoit ſon bien par mauuais
meſnage & pareſſe.

Ne doutez, ie vous prie, & ne faites aucune difficulté en voſtre ieuneſſe d'apprendre tout ce que verrez
ne ſçauoir pas, quelque petite choſe que ce ſoit, car il
eſt bien ſeant à vn ieune homme de s'enquerir de tout

*Que la
ieuneſſe
doit s'en-
querir &
appren-
dre tout.*

pour cognoiſtre les cauſes & raiſons de ce qu'il n'a peu
encore par ſon aage ſçauoir, & apprendre; & quand
l'on voit vn ieune homme s'enquerir, pour apprendre, l'on iuge de luy qu'il ſe veut rendre capable & ſuffiſant en tout, ainſi qu'il eſt tres-loüable en la premiere
ieuneſſe de ce faire, il vient à meſpris en plus grád âge
de voir celuy ignorer ce qu'il deuoit auoir appris pluſtoſt dés ſa ieuneſſe : car il y a le temps d'apprendre,
qui eſt pour les iennes gens, & le temps d'vſer de ce
que l'on a appris, qui eſt pour ceux qui ont l'aage; &
n'y a rien ſi hóteux & ridicule que de voir vn vieil hóme commencer d'apprendre ce qui eſt ſçeu d'vn chacun. Le Philoſophe Crautor Auditeur de Xenocrate,
dépeignoit prudemment toutes nos actions & cogita-
tions en quatre parties, la premiere qu'il faloit la donner à la vertu; la ſeconde à la conſeruation de la ſanté;
la troiſieſme à l'hóneſteté du plaiſir; la quatrieſme aux
biens & à la richeſſe pour l'vſage de noſtre vie, & de
ceux que nous auons, & à la commodité de la patrie.

*Les
actions
des hom-
mes diui-
ſées en
quatre
parties.*

Donnez touſiours opinion de vous, ſoit aux
grands, ſoit aux petits, que vous eſtes tres-veritable
& non menteur, gardant fort exactement vos promeſſes; auſſi ne promettez pas legerement, mais conſiderez auant que promettre, ſi vous obligeant à vne
promeſſe vous la pourrez maintenir, qui fait eſtimer
& aymer celuy qui les entretient : au contraire, tenir
pour homme de neant celuy qui eſt en autre opinion;
car chacun s'en deffie comme d'vn trompeur : & les
dits & les faits d'vn homme de bien & d'honneur,
doiuent eſtre ſemblables, & ſuiure vne meſme & conſtante

ſtante teneur de vie en toutes ſes actions; car la menteurrie eſt teſmoignage certain d'vn petit courage & ſeruile nature ; & comme dit Ariſtote , les menteurs ne
gagnent rien, ſinon qu'ils ne ſont plus crûs, encore
qu'ils diſent verité, & auſſi que l'on leur rend de pareilles menteries; & faut touſiours qu'vn homme de
bien tienne ſa promeſſe, encore qu'elle fuſt faite à vn
ennemy, comme nous voyons par l'hiſtoire de Marcus Attilius Regulus, qui fut la cauſe que Cato d'Vtique, apres auoir demeuré cinq ans à Athenes, où il apprit la façon & le naturel des Grecs, que l'on tenoit
pour eſtre ſujets à dire des menteries, eſcriuoit à ſon
fils Marcel, que le Senat de Rome ne deuoit permettre les Arts & les lettres de Grece entrer à Rome , &
que dés le iour qu'ils y entreroient il eſtimoit la Republique gaſtée & perduë ; d'autant que les Romains
ſe priſoient par bien viure, & les Grecs ſeulement par
bien dire & parler, ce qui ne peut durer ; car il n'y a
rien qui puiſſe eſtre de ſeureté & durée, que ce qui
eſt fondé ſur la verité, & la vertu ; & ne faut faire comme ceux qui ne regardent pas tant à la probité de leur
vie, comme ils deſirent d'eſtre veus & tenus par le
monde, gens de bien ; & font des choſes remarquables, ou en leurs perſonnes, ou en leurs actions, ou en
habillemens, ou en leurs façons de viure, pour ſe faire
admirer, ou plus honorer ; mais enuers les gens de
bien & de iugement, cela s'attribuë pluſtoſt à certaine
ſorte d'ambition couuerte, ou legereté, ou bien à vn
naturel ſimple & debile, induit à la perſuaſion d'autruy, ou à certains eſprits qui s'eſloignent d'euxmeſmes des opinions communes des hommes, ou

Les Romains s'eſtimoient par bien viure, & les Grecs par bien dire.

B b b

bié a l'hypocrisie qui est le témoignage le plus certain
de mauuaise conscience qu'vn homme pourroit donner ; ou à superstition, qui est vne maladie qui se con-
çoit souz fausse & legere opinion & creance, & faut
estimer que tout homme ceremonieux, ou supersti-
tieux, a quelque pointe ou grain de folie à la teste, se
persuadant celuy qui en est malade, tout ce qu'il veut
selon son humeur & imagination ; craignant & s'es-
pouuentant de toutes choses, & souuent se laissant
aller à ce qui est mesme contre l'honneur de Dieu, &
à commettre beaucoup d'impietez, en quelque sorte que ce soit ; tant s'en faut que tels esprits soient
loüez par les gens sages & aduisez, qu'au contraire ils
causent plustost risées & mocqueries : car celuy qui
prend volonté de paroistre ne doit pas esperer l'honneur, & d'estre loüé pour complaire au peuple par
gestes & actes exterieurs ; mais doit paroistre en faisát
chose meilleure que les autres, & par actions d'honneur & de valeur, & deuons nous rendre par effect
meilleurs, & non point par apparence & dissimula-
tions, & que le dedans de nostre cœur, les secrets de
nostre maison, & l'interieur de toutes nos volontez &
intentions, soient du tout conformes à ce que nous
voulons estre veus & paroistre par le monde ; car tout
ce qui est feint & simulé ne peut estre longuement caché qu'il ne soit découuert & cogneu d'vn chacun,
qui apporte aussi tost autant de moquerie & mespris,
que l'on a pensé par telle feinte & deguisement, s'acquerir de vaine gloire par le simple peuple ignorant,
& faut tenir pour certain que celuy qui vse de tel deguisement en son cœur est plein de tromperie, car

d'auoir autre volonté dedans l'esprit qu'en la bouche,
ne peut proceder que d'vn naturel mauuais , & celuy
qui simule vne chose, & que ses actions sont au contraire, est plein de dol & de fraude; comme respond
le Iurisconsulte Seruius Sulpitius , & deuons tou-
jours faire que nos paroles & nostre vie soient conformes & concordantes ; & n'est pas assez de bien
dire, pour se faire paroistre veritable, & faire croire ce
quel'on dit , mais faut faire cognoistre la verité par
effet ; comme ce n'est pas assez à vn Medecin d'estre
eloquent & de bien parler de sa profession , mais celuy
qui guerit le malade monstre par effet sa science; comme Antipater, qui souz le masque & pretexte de se
comporter en homme priué , & d'aller simplement
vestu & viure sobrement & auec peu de despense, dissimuloit la puissance tyranique qu'il vsurpoit ; & cependant ne laissoit de se monstrer plus violent Seigneur, & plus cruel Tyran enuers ceux à qui la fortune
auoit couru sus, & nous donne aduis le Poëte Horace
de ne nous laisser point tromper par les esprits qui
sont cachez souz la peau de renard, qui est à dire dé-
guisez & trompeurs.

Prenez garde diligemment de ne faire tort , ny iniure à personne, ny aucun iniuste deplaisir, quelque
bien & profit qui vous en puisse aduenir , & croyez
fermemét que le mal quel'on fait à autruy, retombe à
la fin sur la teste de celuy qui le fait, & que vous ayez
tousiours en memoire de ne faire à aucun, quel qu'il
soit, ce que vous ne voudriez qui fust fait à vous-mesme; c'est le commandement de Dieu , la premiere loy
de charité , & ce qui est ordonné par toutes les Loix

des gens, loix ciuiles, regles & formes de Polices, qui
veulent & deffendent à tous de n'offencer aucun, &
de rendre à chacun ce qui luy appartient par droit &
raison, & cette vertu que l'on appelle Iustice, com-
prend toutes les autres vertus, estant Dame & Reine
de toutes vertus, fondement perpetuel de toute recommandation & loüange, par laquelle les hommes

L'effet de la iustice Dame de toutes vertus.

sont nómez gens debien ; desquels le premier deuoir
est de ne faire tort à personne, s'il n'est prouoqué d'iniure, d'vser des choses communes, comme estant com-
mencées, & des priuées comme siennes : & cette opinion d'equité & iustice est necessaire aux grands &
petits, & sans laquelle les actions du monde ne se peuuent, maintenir, ny les brigands & voleurs mesme ne
pourroient demeurer ensemble.

Suiure l'exem-ple des gens de bien.

Suiuez tousiours la compagnie des gens de bien, &
des plus estimez en honneur & vertu, car la fragilité
de la ieunesse s'attache aisément à l'exemple du mal, &
pour petit commencement qu'il y ait, peu à peu on
se laisse vaincre aux vices, & en fin on en vient au plus
haut degré de mal, & entre tous elisez celuy qui a plus
de vertu, d'estime & reputation, duquel vous puissiez
suiure & imiter les mœurs, actions & deportemens,
& vous persuadez l'auoir tousiours deuant les yeux, &
qu'il est present, & iuge de tout ce que vous faites.
Car nous ne ferions pas si souuent des fautes, si nous
aurions quelque tesmoing present, duquel nous aurions crainte & respect, & si aurions tousiours l'esprit
retenu en honneste occupation : car la solitude ne
peut estre bonne à vn ieune homme, ny à celuy qui
n'a pas encore acquis par experience le pouuoir d'en

bien vſer ; d'autant que celuy qui eſt ſeul eſt ſouuent agité de mauuais deſirs & volontez, & ce que la
bonté & pudeur naturelle retient caché, la ſolitude
& l'oiſiueté le prouoque & donne toute hardieſſe au
vice; & tout ce que la demeure ſolitaire apporte d'vtilité & contentement à vn homme vieil & ſage, produit autant de mal & de danger à celuy qui n'a pas
encore aſſez de cognoiſſance des actions du monde;
qui eſt ce que diſoit le Philoſophe Crates, lequel
voyant vn ieune homme ſe pourmener ſeul en ſecret
luy demanda ce qu'il faiſoit ainſi tout ſeul, lequel luy
ayant dit qu'il parloit à luy-meſme, luy fit cette reſponſe. Prenez garde, dit-il, ie vous prie que vous
ne parliez à vn homme mauuais, remarquant par cette reſponſe que bien ſouuent les ſolitaires & ſecrettes
penſées & reſueries, tendent pluſtoſt au mal que non
pas au bien: Les Perſes qui eſtoient fort ſoigneux de
l'inſtruction de leurs enfans, faiſoient obſeruer toutes
leurs actions le long du iour, par quelques gens d'honneur, vieils & anciens, à celle fin que les enfans reue-
rant l'honneur de la vieilleſſe, ſe rendiſſent dés leur
premiere ieuneſſe plus modeſte & temperez en toutes leurs actions.

Les Per-
ſes pour
mieux
inſtruire
la ieuneſ-
ſe en fai-
ſoient ob-
ſeruer
toutes les
actions.

La conuerſation & amitié eſt fort requiſe, agreable
& vtile à vn chacun, & de tout temps a eſté dit qu'vn
amy nous eſt plus neceſſaire que ne nous eſt le feu &
l'eau ; car ſans l'aide & ſecours de nos amis, nous ne
pouuós non plus viure que ſans les elements; deſquels
nous ne nous pouuons paſſer ; mais il faut que nous
receuions cette amitié auec conſideration de la raiſon
que nous pouuons auoir de l'amitié de celuy qui la

Auec leſ-
quels il
faut con-
tracter
amitié.

nous promet, & ce qui peut l'auoir meu à nous aimer; car s'il est pauure, il voudra qu'on luy donne; s'il est riche il pensera d'estre seruy; s'il est fauory; il estimera qu'on le deura adorer; s'il est destitué, il le faut fauoriser; s'il est mal gracieux, le flatter, si impatiét à endurer, si vicieux, dissimuler, si malicieux, se faut donner de garde de luy; & par ainsi est fort necessaire contracter amitié, auec ceux qui sont paisibles, faciles, & qui ne sont point hargneux & fascheux : Car les mœurs se conforment à ceux auec lesquels on conuerse, & les vices se retiennent souuent, de ceux auec lesquels on hante; & l'esprit entaché de mal, iette sa maladie par contagion sur ceux qui luy sont les plus proches. Celuy qui est yurogne, apprend à ceux qui boiuent auec luy à aimer le vin: l'auaricieux iette son venin sur ceux qui le frequentent; celuy qui est prompt & sujet à aimer des femmes, amollit les plus forts & courageux; au contaire celuy qui a quelque belle & honneste partie auecques luy, en rend participant celuy qu'il a souuent aupres de luy : car les mœurs se disposent selon la conciliation de familiarité & amitié, qui se contracte ordinairement par l'egalité de l'aage, profession d'estat & vacation. Conformité de mœurs, affections & volontez, & la temperature d'vn climat salubre, ne profite point tant à la conseruation de la santé de celuy qui y habite, comme fait la compagnie des bons, aux esprits qui sont encore par leur aage, peu fermes & asseurez, & chacun par exemple deuient meilleur ou mauuais; le superbe & glorieux, offencera par mespris, le riche par brauerie, l'insolent par inure, le querelleur par contention & dispute, le van-

teur par vanité & menterie, le mauuais par malignité
& tromperie, au contraire il faut eſlire pour conuerſation gens qui ſoient doux, faciles, moderez, honneſtes & ſages; qui ſçachét retenir la colere, & non pas
faire des querelles, ains ſe rédre familiers & cóplaiſans,
& nó toutefois flateurs, à quoy ſont ſujets ceux qui pé-
ſent tirer plaiſir ou profit de ceux auec leſquels ils con-
uerſent : Car la flatterie qui eſt vn grand poiſon, eſt ſi   *De la*
douce qu'elle eſt receuë & eſcoutée d'oreilles fort fa-   *flatterie.*
uorables; & qui entre dedans le plus profond du cœur
non ſeulement ſemblable, mais qui ſurmonte l'amitié meſme, eſt d'autant plus gracieuſe qu'elle eſt dangereuſe; mais celuy qui eſt ſage, peut bien ſentir & cognoiſtre cette flatterie; premierement en ſe cognoiſſant ſoy-meſme, ce que l'on peut-eſtre, & quel merite
on peut auoir acquis; & quand nous voyons qu'vn
ennemy ou autre qui ſe dit amy, vient par blandiſſe-
ment & flatterie, loüer nos fautes & vices, ſouz le nom
& couleur de vertu, noſtre temerité ſouz le tiltre de
force, noſtre faineantiſe & pareſſe, ſouz pretexte de
moderation, noſtre crainte & timidité ſouz le manteau de ſageſſe, nos voluptez & gourmandiſes ſouz
le nom de temperance, & autres choſes ſemblables.
Tenons lors pour certain que l'on veut nous tromper
& vſer enuers nous comme font les Farſeurs, Preſti-
giateurs & Charmeurs, qui nous veulent faciner les
yeux, & deſguiſer par quelque ſubtilité & romperie,
pour nous delecter, donner plaiſir, & faire croire ce
qui n'eſt pas; & par ce moyen obtenir ce qu'ils deſirent, & s'en mocquer apres, de celuy qui ſe laiſſe perſuader ce qui n'eſt veritable, qui eſt le vray chemin de

la perte & ruine entiere d'vn ieune homme ; car il
prend aussi tost vne telle opinion de luy-mesme que
le flatteur luy a persuadée, ce qui le fait tomber en
toute presomption & outrecuidance ; & apres quand
le temps & l'experience luy ont donné plus de iugement, il peut cognoistre la tromperie qui luy a esté
faire ; ce qui aduient souuent és Cours des Princes:
car la Cour est de telle nature, qu'il aduient communément que ceux qui se visitent le plus, se donnent
souuent le plus d'atteintes & surprises, & quelquesfois se haïssent le plus ; & y a plus de conuersation entre les personnes, que non pas conionction de volontez, & c'est beaucoup fait à vne Cour de se pouuoir
empescher d'estre trompé, souz pretexte d'amitié, mais
il est trop tard de le cognoistre, quand le mal en est
aduenu : Comme il aduint à Alexandre le Grand, qui
s'exposoit à toutes sortes de dangers, parce que l'on
luy auoit persuadé qu'il estoit fils du Dieu Iupiter, &
que ceux qui estoient venus des Dieux, estoient
exempts de toutes blesseures & dangers, mais s'aduan-
çant trop auant au siege d'vne ville, il reçeut vn coup
d'vne flesche en la cuisse, dont sentant vne tres-grande
douleur, commença à dire qu'il cognoissoit lors qu'il
estoit homme & non pas fils de Iupiter ; autant en ad-
uint-il à vn Prince de ce Royaume, qui mourut de
peste, de laquelle il n'auoit pas voulu éuiter le danger ;
disant que la peste estoit maladie populaire, de laquelle les Rois & leurs enfans estoient exempts. Il se
peut faire comparaison des flatteurs à ceux qui tendent des pieges, & y mettent quelques appats dessus,
pour prendre & attrapper les plus fins animaux ; les

flatteurs

Que c'est
beaucoup
fait aux
Cours des
Princes
de s'em-
pescher
d'estre
trompé.

flatteurs se cognoissent, comme se fait la bonne mon-
noye, par l'vsage, debitement & experience, & plustost n'y faut prendre fiance; car autrement en aduiendroit comme à ceux qui goustent & sentent seulement le poison apres l'auoir pris, qui est trop tard;
qui est ce que dit Quintus Curtius, aux gestes d'Alexandre, que les Empires & toutes sortes de domina-
tions, sont plustost ruinez par les flatteurs que par les
ennemis : Et Diogenes interrogé qui estoit la beste
qui mordoit plus cruellement, fit response qu'entre
les bestes sauuages, c'estoit le medisant & détracteur;
entre les bestes priuées le flatteur, qui rend les Princes
tirans, & en vne Republique le peuple insolent & furieux; Et pour cette seule raison Cresus Roy de Lidie,
chassa de son païs Solon, parce qu'il luy auoit dit la
verité; & qu'il disoit qu'vn homme de bien ne deuoit
point flatter vn Roy, ce que Cresus cognut à la fin
tres-veritable, & que les flatteurs estoient meschans
& trompeurs; & par ainsi il est tres-necessaire de bonne heure d'y prendre garde, quand nous voyons quelqu'vn dire quelque chose à nostre aduantage & loüange, & considerer en nous mesme sans nous troper s'il y
a quelque raison & sujet de nous donner cette loüange; car il peut aduenir que de nos amis se conioüissant
auec nous, en nous representant quelque chose qui
aura esté bien faite, qui prouient de l'amitié qu'ils
nous portent, & d'vne bonne & douce conuersation;
& l'amy peut auec raison quelquesfois loüer son amy,
& aussi quelquesfois doucement luy remonstrer, ce
qui doit estre bien pris & receu, puis que c'est la verité
& la raison: car c'est le deuoir & office d'amitié de s'ad-

Le me-
disant &
le flatteur
sont deux
bestes qui
mordent
le plus
cruelle-
ment.

Ccc

monester & remonstrer l'vn à l'autre le bien & le mal,
estans si conioints, que les amis ne doiuent estre estimez, qu'vne mesme personne qui faisoit dire à Agesi-
laus qu'il se faschoit plus de la perte de ses amis que de
ses propres enfans ; & faut par bónes œuures & faits,
aider & seruir aux vrais amis, & faire les offres d'amitié aux estrangers, assister & consoler nos amis en la
tristesse & fascherie, parce que les fascheries entrent
soudain dans le cœur des hommes ; mais ils n'en peuuent ressortir que peu apres ; car le seul & vray remede des grands ennuis est le temps & l'oubly, durant
lequel temps c'est le deuoir d'assister son amy, pour
luy faire peu à peu moderer son dueil, & se condouloir auec luy de son mal ; car le cœur affligé est
grandement soulagé en racontant à son amy ce qui
luy donne fascherie & ennuy ; & lors il n'y a rien qui
apporterant de consolation que d'aider à son amy au
commécement à pleurer, & puis apres entendre à y remedier : qui est ce qui a esté escrit de Diomedes le Grec,
estant affligé de la mort de son fils, qui luy deuoit suc-
ceder, qu'il dirà beaucoup de grands personages qui
le vouloient consoler ; Qu'il auoit plus receu de consolation d'vne pauure femme qu'il auoit veu pleurer de
son amy, que non pas de toutes les remonstrances qui
luy auoient esté faites. Il faut aussi bien prendre garde de ne vous obliger d'amitié à vn homme leger,
querelleur, moqueur & trop grand despencier ; car son
amitié & frequentation ne vous apporteroit que mal
& ruine, d'autant que l'on ne peut honnestement se
retirer d'vn amy quand il tombe en necessité, ou querelle, & seroit trop honteux à vn homme de bien &

d'honneur de diſſoudre lors l'amitié, & tromper la foy
& l'eſperance d'vn amy, & pour cette cauſe faut bien
ſouuent prendre des querelles mal à propos pour autruy ; leſquelles vne fois priſes ſe doiuent ſouſtenir
iuſques au bout, puis qu'il y va de l'honneur & reputation d'vn Gentil-homme. Les grands deſpenciers &
neceſſiteux viennent touſiours à charge à ceux auec
leſquels ils hantent, & pour cette cauſe faut bien regarder deuant que d'entrer en amitié & frequentation auec eux ; car apres nous ſommes obligez par
honneur de participer & leur aider en leurs neceſſitez :
car il nous faut porter les fautes & vices de nos amis,
leſquelles fautes il faut cognoiſtre & non pas les haïr ;
car celuy n'aura iamais d'amis qui n'en peut porter les
fautes & les diſſimuler : Et deuons croire que nos amis
ont peine auſſi à porter les noſtres, car il n'y a aucun
qui ſoit ſans vices, & qui ne ſoit ſujet à quelque imperfection, quelques belles & loüables parties qu'il puiſſe auoir : Plutarque dit que les Atheniens murmu-
roient de Simonides, de ce qu'il parloit trop haut ; les
Thebaïns accuſoient Panicule de ce qu'il crachoit ſouuent ; les Lacedemoniens ſe moquoient de Lycurgus,
de ce qu'il alloit touſiours la teſte baiſſée ; les Romains
trouuoiét vn deffaut en Scipion, de ce qu'en dormant
il ronſloit trop haut ; les Vticenſes diffamoient le bon
Caton, parce qu'il mangeoit trop à coup & des deux
coſtez des machoires ; les ennemis de Pompée rioient
de luy de ce qu'il ſe grattoit auec vn doigt ſeulement ;
les Cartaginois blaſmoient Annibal de ce qu'il alloit
touſiours deſguilleté & deſcouuert deuát l'eſtomach ;
les flatteurs de Scilla diffamoient Iules Ceſar, parce

L'amitié
d'vn grãd
deſpenſier
court
ſouuent à
grand
charge.

Porter les
imperfe-
ctions des
amis.

Ccc ij

qu’il portoit mal à droit sa ceinture ; quelques Historiens blasment Homere d’auoir esté trop grand par-
leur ; Alexandre furieux ; Iules Cesar ambitieux ; Pompée d’estre superbe ; Demetrius d’estre vicieux ; Annibal cruel ; Vespasian auaricieux ; Trajan yurongne ;
Marc Aurele d’estre amoureux : & toutefois chacun
tiét Homere pour le plus parfait qui ait esté en toutes
sciences ; Alexandre a esté nommé le plus grand Roy
du monde ; Iules Cesar le plus grand diligent & victorieux Capitaine ; Pompée surnommé le Grand, pour
l’honneur de ses grandes victoires & conquestes ; Demetrius a esté appellé l’expugnateur des villes ; Annibal dompteur des Rois, Trajan & Marc Aurele pour
tres-bons Empereurs ; de sorte que nous voyons
qu’aux plus grands & excellens personnages, encore
se trouue-il quelque chose à redire, qui nous doit d’autant plus doucement faire porter & couurir le deffaut
de nos amis, & auec que douce conuersation vser familierement auec eux, & croire certainement que
chacun naturellement est sujet à sa passion & maladie
particuliere ; l’vn d’auarice, l’autre de volupté ; & en
cela la Nature diuerse des hómes, se iouë d’vne estrange varieté ; & telle qu’il est dit par vn prouerbe cómun,
que chacun est participant de quelque passion & folie ; & si nous considerons toutes nos actions humaines, ceux qui sont estimez les plus sages encore ont-ils
des affections & desirs qui sont esloignez de prudence, ou en ieux, ou en plaisirs & affections legeres &
inutiles ; & neantmoins chacun y est induit naturellement, iusques là qu’il y en a eu quelques vns qui ont
receu grand plaisir en leur folie extra-ordinaire ; com-

me refere Atheneus d'vn nommé Trasylaus, fils de
Pithodore, lequel n'auoit que cette seule folie, de croire que tous les Nauires qui arriuoient au port estoient
à luy, & les alloit receuoir auec que grand plaisir, s'en
resioüissant fort auec ses amis, côme estant siennes &
venuës à bon port ; & quád son frere Cryto fut reuenu
d'vn voyage de Sicille, & qu'il l'eut fait medeciner &
guerir de cette maladie d'esprit, au lieu d'en remercier
son frere, il s'en plaignoit à tous leurs parens & amis;
comme luy ayant osté par force le grand plaisir qu'il
receuoit sans aucune tristesse, accusant son frere, côme
dit Horace, de luy auoir rauy cette plaisante erreur &
agreable contentement d'esprit : Il y a beaucoup d'autres folies par le monde qui ne sont pas peut-estre si
remarquables, mais elles ne sont pas accompagnées
de plus de raison ; & d'autant plus la necessité nous
oblige de porter doucement ce qui peut estre de deffaut & d'imperfection de nos amis, desquels nous deuons vser, de façon que nous ne leur commettions
point nos principaux secrets ; car quelques fois le
temps & les occasions font refroidir les amitiez, &
peut-estre aller plus auant, qui est d'entrer en inimitié; & lors il n'y a rien si dangereux qu'vn ennemy,
qui sçait les volontez & secrets interieurs d'vne maison; & par ainsi faut tousiours demeurer retenu en
amitié, lors que l'affection en est ardante ; & encore
qu'il y en ait quelques vns qui blasment ceux qui ne
commettent pas tous leurs secrets à leurs amis; si est-
ce qu'il est plus seur de ne le faire pas, quand la communication n'apporte aucun bien & aduantage, ny à
soy, ny à son amy ; & au contraire beaucoup de dan-

ger quand le secret est découuert : tout ainsi qu'il faut
tousiours estre soigneux d'entretenir les affections
d'vn amy par tous bons & honnestes moyens, aussi
ne faut-il iamais offencer, ny de parole, ny d'effect son
ennemy, ny le seruir comme l'on dit à couuert ; car si
l'honneur commande pour quelque offence ou iniure
receuë d'vn ennemy, il luy en faut demander la raison
en homme de bien & d'honneur, & par ce moyen l'on
se fera tousiours estimer des gens de bien, & par son
ennemy mesme, qui en craindra & redoutera dauantage celuy qui en vse en homme de bien ; & souuent il
aduient que ceux qui auront esté quelquesfois les plus
grands ennemis, recognoissans le merite & vertu de
celuy à qui ils ont affaire, deuiennent les plus asseurez
amis, & faut tousiours croire qu'il n'y a amy qui par
accident ne puisse deuenir ennemy, ny ennemy soit-il
grand ou petit qu'il ne se puisse quelquesfois ioindre
& reünir à vne bonne amitié : qui estoit l'opinion de
Laberius, qui disoit qu'il nous falloit tousiours comporter enuers nos ennemis, comme auec ceux qui
pouuoient deuenir nos amis : Et en tout ce qui est de
plus necessaire est de conformer tousiours ses actions
en homme d'honneur & de vertu, qui fait que l'on est
recherché en amitié des gens de bien, auec lesquels
consiste la parfaite amitié, & que l'on est estimé, craint
& reueré, soit des meschans ou des ennemis ; & aussi
de prendre peine de conseruer les vieils & anciens
amis, qui sont experimentez & plus asseurez que les
autres ; & disoit communément Alphonse Roy de
Naples, que c'estoit grand soulagement de cheuau-
cher vn vieil cheual, d'auoir de vieil bois pour brusler,

de vieux amis pour conuerser, & de vieux liures pour
prendre plaisir à lire; aussi faut-il estre constant & ferme aux amitiez, qui est cause deuant que les contra-
cter, de bien cognoistre celuy auec lequel on s'oblige
d'amitié, quelles sont ses mœurs, ses actions & deportemens, & si sa conuersation est telle que l'on puisse tousiours continuer, à demeurer & viure perpetuellement en cette vnion de volontez & d'amitiez: car
il n'y a rien si deshonneste, & qui rende vn homme si
mesprisé, que quand il est cogneu leger & trop
prompt à prendre des amitiez, & aussi soudain à s'en
departir, & l'on l'estime autát pour ennemy que pour
amy; d'autant qu'il n'y a rien de plus constant & asseuré à l'vn qu'à l'autre, & sont telles gens comparez à
des giroüettes que l'on met au dessus des maisons, qui
tournent & changent à tous vents; ce qui procede de
legereté d'esprit mal basty, qui n'a rié de certain & resolu, duquel n'y a aucune asseurance; & faut estimer
cestuy-là estre fol, qui n'a rien en soy de resolu & constant, & qui ne demeure longuement en mesme opinion, volonté & affection; & au contraire la constance & perseuerance se loué grandement; & encore
que ce soit quelque peu de faute, toutefois estant tenu
ferme & entier en resolution, on ne laisse d'emporter
beaucoup d'authorité, ou bien cela vient d'vn esprit
cauteleux & trompeur qui fait semblát d'aymer, pour
en tirer profit & commodité, & qui change & abandonne celuy qui le pense ne luy estre plus vtile; mais
telles gens sont fort trompez; car de l'vn qui est naturellement leger, estant tenu pour tel durant sa premiere passion & fureur d'amitié, qui ont accoustumé

d'estre plus violentes que les autres, l'on en tire tout ce
que l'on peut , ou bien on les embarque en tels accidens qu'ils ne s'en peuuent plus apres retirer, d'où aduient souuent que ce qu'ils ont le mieux aimé vn
temps, ils le haïssent apres le plus. Si par cautelle & fi-
nesse de Cour l'on cognoist vn homme auoir fait semblant d'aimer, & se retirer aussi tost que la faueur est
passée, estant découuert & cogneu pour tel, il n'y a
plus personne qui soit sage & bien aduisé , qui se
vueille plus fier en luy, & chacun s'en recule comme
d'vn homme mauuais & trompeur, duquel ne faut
prendre aucune fiance; & au contraire quand lors on
se monstre ferme & constant amy, l'on s'en fait estimer de tous les gens de bien, qui louënt & recherchent vn tel amy, & si oblige-t'on celuy enuers lequel on demeure constant à vne plus estroitte amitié
pour l'aduenir, qui sçaura bien apres s'en souuenir, s'il
aduient quelque mauuaise fortune à celuy qui luy a
toussiours demeuré vray & fidele amy : Et par ainsi faut
bien regarder à contracter amitié auec gens de bien &
d'honneur, prudens, moderez, secrets & constans,
qui vous puissent rendre meilleur & plus suffisant par
leur conuersation, ou bien auec ceux que vous pouuez
vous mesme apprendre & rendre meilleurs : car en en-
seignant autruy vous-mesme vous instruirez & confirmerez au bien, & à la vertu; en ce faisant vous nere-
ceurez que plaisir de vos amis ; car autrement vous
pourriez en endurer autant de peine & de mal, en portant leurs imperfections , comme vous receuriez de
desplaisir d'vn ennemy.

Auec lesquels il faut contra-cter ami-tié.

Tout ainsi que les compagnies mauuaises sont dan.
gereuses

gereufes, & corrompent les meilleurs efprits, auffi fait
la demeure & feiour en vne region & païs delicieux &
voluptueux; lequel vn ieune homme qui veut conformer fa vie à la fageffe & vertu, doit euiter comme
lieu auquel l'exemple de luxe permet trop de licence,
& deuons chercher la demeure en païs qui foit non
feulement falubre pour la fanté de noftre corps, mais
beaucoup plus pour l'entretenement des bonnes
mœurs; & fuir tout ce qui nous peut induire & prouoquer à aimer, & nous laiffer aller à aucunes actions
vicieufes; car il faut adoucir noftre efprit au bien &
à la vertu, & luy ofter tous les blandiffemés & alleche-
mens de volupté, non pas que nous haiffions le païs
& les hommes qui habitent en region pleine de delices, mais nous en deuons vfer cóme vn fage homme
fait d'habillemens, qui ne haït pas vne couleur, & la
façon d'accouftrement d'vn eftranger, mais prend
l'habillement & la couleur qui eft plus digne & decen-
te à fa qualité & profeffion; auffi faut-il qu'vn homme de guerre qui veut acquerir de l'honneur, cómbat-
te premierement les voluptez, qui ont fouuent vaincu & furmonté les plus grands Capitaines quand ils
ont commencé à viure delicatement & mollement:
l'exemple entr'autre eft fort commune de celuy à qui
iuftement on peut donner l'honneur d'auoir efté l'vn
des plus grands Capitaines qui fut iamais, qui eft Annibal, qui auoit vaincu les Romains, & n'auoit point
efté vaincu par aucun; mais apres qu'il eut goufté, & fe
fut laiffé aller aux delices de Capoüe, ce grand Capitaine indomptable qui auoit furmóté les rochers & les
neiges, & vaincu toute forte de peuples par forces

Demeu-
re d'vn
païs bien
reglé.

Ddd

d'armes, fut amolly, surmonté & vaincu par les vices,
& du depuis ne fit bien, & commença à se laisser vaincre, comme il le fut par les Romains ; & par là se cognoist combien l'amœnité, le plaisir & delices d'vn
lieu peut amollir & corrompre les esprits les plus genereux ; & au contraire combien la seuere nourriture
& discipline d'vn païs sert à rendre les esprits & coura-
ges plus fermes & genereux, & plus capables d'entreprendre des choses grádes & loüables: Le cheual qui de
sa ieunesse est nourry en païs gras, moüelleux & fertile,
a tousiours le pied tendre, & si est vain & foible au seruice; le Gendarme qui vient de païs maigre, aspre &
plein de trauail, est plus propre & vigoureux à la guerre, que celuy qui vit delicatement à l'ombre & sejour
d'vne ville; celuy qui vient du trauail de la charruë ne
refuse aucune peine & fatigue de la guerre ; & celuy
qui sort d'vne ville bien net & bien parfumé, demeure
court dés le premier mauuais chemin qu'il trouue; les
grands Capitaines de Rome, Marius, Pompée & Cesar ont basty leurs maisons , & choisi leurs demeures
aux champs, aux sommets des montagnes, en forme de Chasteaux & non de villes, ny lieux de plaisance, aimant mieux estre resueillez par vne trompette de guerre, que par vn delicieux instrument de
musique, qui sont toutes actions militaires, lesquelles doiuent suiure & imiter celuy qui veut acquerir de
la reputation, & se nourrir & accoustumer dés la ieunesse à tous exercices, fors à la peine & trauail, & à sup-
porter la faim, la soif, les veilles & toutes sortes d'incommoditez, qui rendent l'homme apres plus propre
à soustenir les efforts & entreprises grandes de la

guerre : Car il ne peut rien venir de genereux & plein
de courage, par celuy qui se nourrit mollement & delicatement, & suiuant cela fut vn iour dit par Diogenes, Cynicus reuenant de Lacedemone, où les enfans
estoient nourris en tous exercices de guerre pour rentrer en la ville d'Athenes ; & interrogé par quelqu'vn
d'où il venoit, & où il alloit, fit response qu'il venoit
du païs des hommes pour reuenir au païs des femmes;
voulant dire qu'en la ville d'Athenes les enfans n'e-
stoient point nourris & accoustumez aux exercices de
la guerre, qui fut cause que puis apres aux disciples
qu'il instituoit auecques la Philosophie & disciplines
liberales, les faisoit exercer à monter à cheual, luitter,
tirer de l'arc & autres exercices militaires : Licurgus
commandoit par ses Loix aux Lacedemoniens de ne
sortir point hors du Royaume, & de ne conuerser
auec des estrangers, voulant dire que la conuersation
auec les estrangers est bonne & vtile , pour le trafic & marchandise , mais bien peu souuent pour les
mœurs & pour la vertu; comme nous voyons de ce
temps peu de gens reuenir d'Italie, apres y auoir demeuré longuement, qu'ils n'en reuiennent auec plus
de licence de viure en liberté; & a esté dit de l'Italie, il y
a long-temps, qu'elle doit estre estimée de la condition des cloches , desquelles la proprieté est en son-
nant d'appeller vn chacun pour aller à l'Eglise , mais
pour cela elles n'y entrent point ; ainsi l'Italie prouoque fort à oraison les Chrestiens ; mais au païs y a
peu & moins de deuotion qu'ailleurs , & les façons &
manieres de dire & de faire d'Italie, sót plus plaisantes
à reciter que bonne à suiure & imiter, comme aussi on

Ddd ij

dit qu'en Allemagne on apprend bien à boire, en Angleterre à manger, & en Espagne à deuenir glorieux & superbe; & encore qu'il soit dit qu'il n'y a rien qui rende vn homme plus digne & suffisant que la veuë de beaucoup de pays, & la cognoissance des mœurs de diuerses nations, si est-ce que cela se doit entendre pour ceux qui auec l'âge ont le iugemét, & ont acquis auec l'experience le moyen de pouuoir bien cognoistre & iuger ce qui est bon ou mauuais, pour se confirmer dauantage au bien par la cognoissance du mal & du vice; ce qu'vn ieune homme n'auroit encore le iugement ny la force de le pouuoir faire, & seroit plustost gasté & perdu en ses mœurs que d'en estre deuenu meilleur & mieux appris.

Fidelité deuë au Roy.   Ne faillez iamais à l'obeyssance & fidelité que vous deuez à vostre Roy, lequel vous deuez recognoistre apres Dieu, pour souuerain Maistre & Seigneur, luy dediant du tout vos seruices; car le Prince est estimé le Tuteur du public, qui ne peut estre conserué sans forces, & les forces ne se peuuét maintenir sans Chef, Roy, Prince, Gouuerneur ou conducteur, non plus qu'vne maison priuée ne pourroit se maintenir sans le commandement du pere de famille; & n'y a Cité, Armée, Nation, ny genre humain, qui se puisse conseruer sans direction, puissance & commandement; & par ainsi ne vous departez iamais de l'obeyssance de vostre Roy; puis que Dieu vous à fait naistre en pays commandé par Monarchie, & pour quelque occasion que ce soit; car Dieu le nous commande, & nous enjoint expressément de rendre toute obeyssance à nos superieurs, desquels la puissance & authorité vient de

luy seul qui nous ordonne la subjection & la prestation des tributs, comme dit sainct Paul aux Romains;
aussi l'ordre de la police du monde y oblige vn chacun
par deuoir; & ne se trouuera point qu'vn subject,
quelque occasion qu'il ait peu auoir, ait iamais acquis
honneur & reputation, ny qui luy ait en fin bien succedé de s'estre retiré de l'obeïssance de son Prince legitime; car celuy mesme à qui il pourroit seruir ne l'e-
stimera pas, & ne s'y doit fier puis qu'il manque en son
premier deuoir de fidelité; Cambises Roy de Perse,
pere de Cyrus, disoit que tout le bien, seureté & conseruation d'vn Estat, consistoit en deux choses; l'vne,
que le Prince sçeust bien cómander; & l'autre, que les
subjects sçeussent bien obeïr; ce qui se fera quand
celuy qui commande se reglera par la vertu & la raison, & que le subject cognoisse que le plus grand honneur & loüange qu'il sçauroit auoir, est de bien
obeïr; car celuy qui ne reçoit auec le respect, le commandement de son Chef, doit auec ignominie estre
puny, non seulement par le Prince qui a toute puissance, mais aussi par le Chef d'armée; comme nous
voyons par l'histoire de Manlius Torquatus, qui n'es-
pargna pas son fils mesme, encore qu'il eust esté victorieux: mais il estimoit que pour la conseruation
d'vn Estat, ou d'vne armée l'obeïssance importoit plus
que la victoire.

Suiuez tousiours la compagnie des plus grands, &
vous comportez en leur endroit auec l'honneur & le
respect qui leur est deu; car auec les plus grands qui
sont gens de bien l'on apprend tousiours de l'honneur, & si en est-on estimé dauantage d'vn chacun;

& en les honorant & obeïſſant on apprend apres à
cómander; car celuy qui a appris d'obeïr modeſtement
eſt digne quelquefois de cómander; & eſt raiſonnable
que celuy qui obeït, eſpere apres de cómáder; & celuy
qui peut cómander, doit péſer qu'il peut aduenir qu'il
faudra que quelquesfois il obeïſſe; & ſi acquiert-on en
obeïſſant la bonne grace des grands, la protection &
faueur deſquels eſt fort neceſſaire : mais prenez ſagement garde de ne les offencer point; car bien ſouuent
ils font cóme le feu qui bruſle ceux qui en approchent
de trop prés; donnez leur touſiours bonne opinion
de vous, & de voſtre vertu & valeur, & que vous eſtes
ſoigneux de leur bien, authorité & grandeur, & qu'e-
ſtes vtile pour leur ſeruice; car ceux qui gagnent leurs
bonnes graces par leur donner ſeulement du plaiſir,
quand ils viennent à deſirer d'autres plaiſirs comme
le naturel des Princes eſt en cela plus variable que les
autres hommes, auſſi changent-ils d'affection enuers
ceux qu'ils ont ſeulement aimez, pour ce ſeul regard;
quand les Rois ou Princes vous feront cét honneur de
parler à vous; ſi c'eſt pour affaire de leur ſeruice, rendez vous capable de leur en reſpondre auec raiſon &
iugement; ſi c'eſt par diſcours commun, n'aduancez
iamais propos qui touchent l'honneur & bien d'autruy; car touſiours cela eſt ſceu, & bien ſouuent par eux
meſme : ne parlez iamais aux Princes contre l'honneur, ny au deſauantage des Dames, car cela touche
trop à l'honneur encore qu'il y euſt ſujet d'en parler,
& que vos compagnons en parlaſſent deuant vous, car
médiſance où moquerie eſt touſiours renduë à celuy
qui en vſe enuers quelques vns, & bien ſouuent payée

La fa-
ueur des
Princes
ſe doit có-
ſeruer
pour eſtre
vtile à
leur ſer-
uice &
non par le
plaiſir.

par vne rude querelle qui fait perdre la vie; & ceux
qui font bien nés, & qui font nourris aux maifons
des Princes, & en la compagnie des Grands , ont
toufiours plus derefpect & d'égard aux perfonnes, &
fi font plus corrects & retenus en leurs propos, que
non pas les autres ; comme auffi eft trouuée mauuaife
la flatterie & certains petits propos de Cour, dont
vfent quelques vns par galanterie, qui font plus propres à Charlatans, qui veulent vendre des fumées, que
non pas à des Gentils-hommes d'hóneur & de valeur;
car les fages Rois fe feruent de flatteurs & plaifans,
apres qu'ils ont laué les mains pour fe mettre à table;
mais quand il eft queftion des charges d'honneur, foit
à la guerre où ailleurs , ils y penfent à bon efciét, & ne
font pas electió de telles gens. Quand vous ferez prés
des Reines, Princeffes & autres Dames, ne vous auan-
cez iamais de tenir propos que bien honneftes,
encore qu'il y en euft d'autres qui s'en vouluffent dif-
penfer à voftre prefence ; car il eft mal feant à tous endroits, & principalement en tel lieu, qui ne pourroit
apporter à la fin que mefpris de celuy qui les tiendroit,
& bien fouuent de fafcheufes querelles; eftant fort indigne d'vn Gentil-homme d'honneur, de faire le gauf-
feur, plaifanteur & mocqueur , qui font qualitez
fort proches & dépendantes de vraye folie. Ne vous
aduancez iamais de donner voftre aduis aux Rois &
aux Princes auant qu'il vous foit demandé, & encore
quand ils vous commanderont de leur dire voftre opinion, vous en deuez vfer fagement d'vn parler fort retenu, & auec peu & bons termes, deduire la raifon de
l'aduis que vous iugerez le meilleur , & deuez croire

que bien souuent les Princes demandent aduis d'vne chose qu'ils n'ont pas intention de faire; mais seulement veulent faire semblant d'en auoir quelque volonté, ou pour faire parler & ouurir les affections de ceux qui sont prés d'eux, ou bien pour sentir si quelqu'vn leur pourra donner aduis qui approche de quelque affection particuliere qu'ils ont pour le receuoir plustost qu'vn meilleur, à celle fin de s'en seruir d'excuse & de couuerture, si le fait succede mal, & que l'on puisse reietter la faute sur celuy qui l'aura conseillé; comme l'on dit que faisoit l'Empereur Charles le Quint, quand il vouloit executer quelque affaire, en laquelle il preuoyoit quelque danger, lequel il proposoit en son Conseil, & y apportoit tant de raisons & facilitez qu'il faisoit chacun tomber en cette opinion, & apres disant son aduis le dernier, remonstroit quelque autre difficulté & raison qui le diuertissoit de l'aduis cómun de son Conseil; duquel toutefois il ne se vouloit départir, qui estoit pour seruir d'excuse à l'aduenir, si les choses ne succedoient selon son intention, sçachant bien que du bon euenement l'honneur en demeure tousiours au Prince, sans qu'on s'enquiere lors qui en a esté d'aduis: Il aduient aussi quelquesfois que les Princes qui sont sujets à suiure leurs passions & opinions plus que les autres, choisissent les hommes tels qu'ils les estiment propre à leur conseiller ce qu'ils veulent, dont ils s'aident pour quelque temps pour couurir leurs affections; mais quand ils se remettent deuant les yeux la verité & la raison, ils n'estimét pas ceux qui ont plus regardé à leur complaire, & à les flatter, que non pas à leur reputation &

au

au bien de leurs affaires; il se trouue auoir esté escrit
par vn nommé Pendathes au Lieutenant du Roy Ar-
taxerxes, que c'est la coustume des Rois de reietter
tousiours l'euement de leurs mauuaises fortunes, sur
ceux ausquels ils commettent le maniement & charges *Les Prin-*
de leurs affaires, & que tous les bons succez ils les attri- *ces reiet-*
buent à eux seuls, & à leur dexterité & bonne conduit- *tent le plus*
te, qui doit bien faire considerer les conseils que l'on *leurs fau-*
donne aux Princes, & mesmement aux affaires, dont *tes sur*
l'euenemét est incertain, & ceux qui sót appellez pour *leurs ser-*
y donner conseil doiuent estre libres & exempts de *uiteurs.*
toutes passions & affectiós; car en fait de conseil où la
volonté s'incline le plus, l'esprit a plus de vigueur; &
beaucoup conseillent les Rois plustost pour les atti- *Les opi-*
rer à leur volonté, commodité & aduantage, que non *nions sou-*
pas pour leur seruice; aussi est-ce la plus grande felici- *uent s'in-*
té qu'vn Prince pourroit auoir que d'auoir trouué vn *clinent à*
bon, fidelle & prudent Conseiller & seruiteur, qui luy *l'on a le*
importe quelquesfois plus que la conqueste d'vn *plus en*
Royaume; car il n'y a pire gouuernement que celuy *Qu'il n'y*
qui se fait par la seule opinion du Prince, attendu que *a pire*
celuy qui gouuerne tout, doit viure en crainte de *gouuer-*
tous, & beaucoup plus de soy-mesme; d'autant qu'il *nement*
pourroit plus errer faisant ce qu'il veut, que s'il ad- *que celuy*
mettoit ce que son Conseil luy dit; car les principau- *qui se fait*
tez tyranniques s'obtiennent par force, & sont souste- *par la*
nuës par armes, mais le vray Empire est au gré de tous; *seule opi-*
le bon Roy est agreable à Dieu, patient aux trauaux, *mon du*
prouident & aduisé aux dangers, affable aux siens, *Prince.*
benin aux estrangers, & non conuoiteux d'amasser *Les par-*
des thresors, ny amateur de ses propres desirs & opi- *ties re-*
quises à
vn bon
Roy.

E e e

nions particulieres, & combien que le Prince soit su-
presme, si ne faut-il pas qu'il s'estime Seigneur absolu
en toutes choses, ayant tousiours Dieu sur luy pour
Iuge, & les hommes pour spectateurs de toutes ses
actions ; & d'autant plus qu'il est grand, plus a d'obligation d'estre bon, & moins de loisir d'estre mauuais,
plus d'authorité pour commander & moins de liberté de se donner du plaisir, & de suiure ses affections &
opinions particulieres ; car il est trop dangereux que
le Prince face tout à sa volonté, & seule opinion. Que
le Prince aussi prenne aduis d'vn chacun, il n'est pas
bon, mais doit considerer & prendre garde au conseil qui luy est donné, par qui & auec quelle raison.
le bon-heur de l'Empereur Vaspasien fut d'auoir eu le
Philosphe Apollonius pour Precepteur & conseiller,
& Plutarque Precepteur de Trajan, la premiere remonstrance qu'il luy fit à l'auenement de son Empire,
fut qu'il ne luy pouuoit bien aduenir, si au gouuernement de son Estat il ne vouloit suiure l'aduis du conseil, pour lequel conseil, c'est le tout aux Princes de
bien choisir des gens d'honneur & de vertu, prudens
en leurs aduis, arrestez en leurs paroles, patiens au trauail, & à porter & dissimuler les importunitez que l'on
leur fait, doux & modestes en toutes les actions, non
sujets à l'ambition, ny à l'auarice, qui ait l'experience
par le maniement de beaucoup d'affaires : car les Gouuerneurs des Royaumes & des Republiques se doiuent donner aux gens prudents & d'experience, bien
arrestez & moderez, & non aux autres, encore qu'ils
ayent des lettres & de la suffisance ; car il y a trop de
difference entre celuy qui a bon iugement & expe-

rience, & ceux qui ont leur science aux liures, & le
cerueau aux talons; celuy qui a peu d'experience tient
toutes choses pour faciles, & au contraire le prudent
& experimenté tient tout difficile: le Capitaine superbe donne l'assaut sans raison; le Pilote temeraire fait
bien tost submerger le vaisseau; l'Aduocat Escolier
fait perdre le procez; le Medecin nouueau ne peut
guerir le malade; & le Iuge sans experience iugera de
trauers; & au contraire celuy qui est prudent & experimenté ne met iamais vn Estat en hazard & danger,
& conduit toutes choses auec sage consideration, pre-
uoyans tous inconueniens; & celuy qui a telles qualitez en toutes aduersitez, soit du general, ou de son
particulier; encore qu'il ne puisse empescher du tout
d'affoiblir quelquefois l'authorité, si est-ce qu'il empesche du tout de deschoir, & de se ruiner; & si sera
tousiours en particulier aimé & estimé des gens de
bien; ce que ne pourroit estre celuy qui en son gouuernement aura esté rude & mal gracieux, encore
qu'il fust homme de bien, car il ne sera iamais plaint
ny regretté en quelque fortune qu'il puisse tomber;
entre les affaires qui se peuuent presenter pour donner aduis aux Princes, desquels les occurrences sont
plus communes; Il y en a six principalement, la premiere sur l'entretenement & changement des choses,
de tout temps establies en vn Estat, l'autre sur la continuation & augmentation des tributs; la troisiesme
sur le conseil de commencer vne guerre, ou pour l'entretenement de la paix; la quatriesme sur la clemence
ou seuerité, de laquelle les Princes doiuent vser enuers
leurs subjects; la cinquiesme sur la iustice que les Prin-

ces sont obligez de rendre à leurs subjects, & sur la
bonne distribution des charges & Estats de leur
Royaume; & la derniere sur le mesnage de leurs finances, dons & bien-faits de ceux qui ont bien & fidellement seruy; sur chacun desquels poincts il y auroit de bien amples & longs discours à faire, mais ie
m'en remettray sur ceux qui en ont amplement escrit,
& n'en toucheray que de chacun vn mot en passant,
qui sera seulement pour vous ouurir le chemin pour
les voir & lire plus particulierement: & en premier
lieu se faut bien donner de garde de donner aduis aux
Ne chá-
ger ce qui
est receu
& estably
de tout
temps en
vn Estat.
Princes, de cháger aucune chose en son Estat, des Loix
regles & Ordonnances, qui de tout temps y ont esté receuës, ny en la Religion, ny en la Iustice, ny aux formes
& ceremonies & autres façons accoustumées; & n'y a
chose si petite, dont le changemēt n'en soit dágereux;
car encore qu'il apparoisse meilleur & plus vtile, si est-
ce que par effect & par experiéce il suruient tousiours
quelque mal qui n'a point esté preueu ; & quand il
n'y en auroit point d'autre, sinon que d'apprendre aux
subjects de changer les choses establies, il en peut aue-
nir des inconueniens; car ils pourroient apres desirer à
changer, ce qui importeroit à l'authorité du Prince &
au bien & repos de l'Estat: Platon disoit sur ce propos
que la moindre mutation de la mesure de la musique
estoit dangereuse en la Republique, de peur de monstrer aucun commencement de changement, en quoy
ceux de Marseille ont esté fort loüez qui n'auoient
rien voulu changer de tout ce qu'ils auoient eu dés
le commencement que les Phocenses vindrent habiter & faire vne Republique à Marseille, & iusques aux

chofes les plus petites, comme d'vn vieil coufteau,
qui auoit efté fait dés le commencement pour punir
& coupper la tefte aux mal-faicteurs, lequel ils vouloient toufiours garder & s'en feruir, encore qu'il fuft
tout enroüillé & gafté, tant ils eftimoient que le
changement aux chofes les plus petites eftoit dangereux; ce que ne peuuent cognoiftre ceux qui n'ont
point affez d'experience. Pour le fecond poinct qui
concerne les tributs, d'autant que l'Eftat d'vn Prince
ne fe peut entretenir fans le reuenu ordinaire; & comme dit Cornelius Tacitus que la paix ne fe peut maintenir fansles armes, ny les armes fans payement, ny la
folde des gens de guerre fans tributs & reuenus, il eft
neceffaire que le Prince conferue fon reuenu accouftumé, & tel que fes predeceffeurs ont eu, auec telle
ioüiffance que fes fubjects en ont receu contentement, & en ont continué doucement le payement,
fi ce n'eftoit que le temps euft tant apporté de mifere
& pauureté aux fubjects, qu'il leur fuft furuenu l'impuiffance de la continuation du payement; mais d'impofer nouueaux tributs fur le peuple il eft tres-dangereux; car il n'y a rien qui offenfe plus les fubjects, &
qui donne plus d'occafion de fufciter vne rebellion
contre le Prince; & le plus beau fujet que peuuét prendre ceux qui veulent faire entreprife contre vn Eftat,
qui ne manquent iamais en tout païs, & en tout
temps, ou de ceux qui fe veulent venger par mefcon-
tentement, ou d'autres pouffez d'ambition, autres
preffez de neceffité, ou bien quelque ieune voifin qui
veut gagner reputation de conquerant ; & les fages
& aduifez Rois fe font bien donnez de garde d'entrer

Combien
il eft dan-
gereux
impofer
nou-
ueaux
tributs.

E e e iij

en tels inconueniens. Darius pere de Xerxes, difoit
qu'il eſtimoit plus l'amour de ſes ſubjeéts que la multitude d'argét; & vn iour enquis d'Alexandre où eſtoit
ſon threſor, fit vne belle & digne reſponſe: Qu'il eſtoit
gardé fort ſoigneuſement par ſes amis, & que la bien-
veillance de ſes ſubjeéts eſtoit la meilleure & plus
ſeure garde de ſon argent : Tybere Empereur
fut vne fois conſeillé par ceux qui pour ſon ſeruice
preſidoient aux Prouinces pour la neceſſité de ſes affaires, de charger ſes ſubjeéts de quelques tributs nouueaux: ſurquoy il leur fit reſpóſe, que c'eſtoit le deuoir
d'vn bon Paſteur de tondre ſeulement les brebis &
non pas les eſcorcher; qui ſont reſponſes faites d'Empereurs qui ſçauoient bien iuger combien l'impoſi-
tion de noueaux tributs eſt dangereuſe, & offenſe les
ſubjeéts; il ſe voit aſſez d'exemples par les Hiſtoires,
notamment en ce Royaume , du temps du Roy
Louis XI. la guerre du bien public, qui fut entrepriſe
ſur ce ſujet; comme celle de Flandres pour les impoſts
faits par le Duc d'Albe, & depuis à noſtre grand mal
en ce Royaume : Sur le troiſiéme poinét qui eſt de
conſeiller & donner aduis aux Princes ſur l'entretenement de la paix ou commencement de la guerre, c'eſt
choſe où le ſage Conſeiller doit bien regarder , pour
donner aduis; car l'euenement en eſt plus incertain
qu'en toute autre choſe, où Soló qui eſtoit ſi ſage n'en
voulut iamais donner aduis quand il fallut deliberer
pour faire la guerre aux Megarenſes , & aima mieux
cótrefaire le fol pour auoir excuſe; & n'y a rien qu'il ne
faille faire & eſſayer pluſtoſt que cómencer la guerre,
pour les dangers qui en aduiennent : & a eſté dit au-

trefois qu'vne mauuaife paix vaut mieux qu'vne bonne guerre; & difoit Scipion l'Affriquain, que tout fe
deuoit rechercher & téter auant que mettre la main à
l'efpée, & qu'il n'y auoit fi grande victoire que celle
qui fe conduifoit par prudence, & qui fe recouuroit
fans effufion de fang. Ciceron efcriuant à Attique,
difoit qu'il eftoit plus à eftimer de vaincre auec le confeil que de furmonter par les armes; & la guerre doit
eftre eftimée iufte quand elle eft faite pour la deffenfe
de fa Religion & de l'Eftat, qui eft ce que l'Empereur
Augufte difoit fouuent; que pour eftre vne guerre
bonne, elle deuoit eftre commandée par les Dieux,
receuë par les Princes, iuftifiée par les Philofophes, &
executée par les Capitaines; & toutefois nous voyons
par l'euenemét que beaucoup de guerres s'entrepren-
nent auec bonne raifon, deffenfe de la Religion &
de l'Eftat, bonne & prudente refolution de Confeil,
qui toutefois ne fuccede pas heureufement; qui eft ce
que dit Lucain de la guerre de Pompee & de Cefar,
que la raifon eftoit pour la caufe vaincuë; mais que la
victoire auoit plû aux Dieux; tellement que nous
voyons quelquesfois que le Prince qui à bon & iufte
droit fouftient la guerre, toutefois eftre vaincu & furmonté par vn ambitieux conquerant, & vfurpateur,
& tel a efté fouuent le comencement des plus grands
Empires & plus renómées Republiques, comme nous
voyons de cette grande Republique de Rome, qui a
commencé par des Bergers & brigands ramaffez; & à
prefent l'Empire des Turcs accru en telle authorité &
puiffance contre toute raifon, & mefme à la diminu-
tion de noftre Religion Chreftienne, qui eft la vraye

& seule qui se doit soustenir, pour la deffense de laquelle tant de Princes Chrestiens son decedez, & mesme y fut deffait & arresté prisonnier le bon Roy sainct
Louis, qui nous fait bien paroistre que Dieu permet
quelquefois la bonne & iuste cause estre la plus foible
& vaincuë, qui sont secrets iugemens de Dieu, qui est
le grand Maistre des batailles, ausquels secrets les
hommes ne peuuent penetrer, ny cognoistre la raison
& faut qu'ils baissét la teste sans pouuoir regarder plus
haut; bien souuent aussi il aduient à la guerre contre
la raison que le plus petit nombre demeure victorieux

Le plus grand nombre en la guerre n'est pas tousiours victo-rieux.

du plus grand nombre; nous le cognoissons assez par
les Histoires; & combien de fois Iules Cesar & autres
Capitaines de Rome, auec peu de nombre ont vaincu
& deffait de grandes armées, si l'on en pense dóner la
raison, parce que c'estoiét de bons Capitaines & gens
bien aguerris, l'on peut iuger cette raison n'estre suffisante; car il se lit vne infinité d'exemples, ou de ieunes Capitaines qui auoient peu d'experience, ont

Les ieu-nes Ca-pitaines souuent les plus heureux.

commencé leurs bonnes fortunes par la victoire des
plus grands Capitaines, qu'il semble qu'en la vieillesse
que le bon-heur & la fortune les abandonne, pour
acquerir reputation à quelques ieunes Capitaines;
Scipion qui estoit ieune fut enuoyé contre Annibal
qui auoit vaincu tous les plus grands Capitaines de
Rome; & neátmoins fut deffait par ce ieune Scipion,
& pour ne chercher les exemples qu'à nostre pais,
nous voyons que ce ieune Prince de Galles Anglois,
auec huict ou neuf mille hommes seulement deffit le
Roy Iean prés de Poictiers, accompagné de tous les
meilleurs Capitaines de France, & de soixante mille
hommes,

hommes; & aussi d'autrepart que le Roy Charles
VIII. fort ieune, sans aucune experience, auec peu
d'entendement, sans conseil & conduitte, & sans argent passa en Italie contre les forces de tous les Seigneurs du païs, & alla conquerir le Royaume de
Naples, & en retourna nonobstant tous les empeschemens que l'on luy donna, & gaigna la bataille de
Fornoue auec sept ou huict mille hommes, contre
toutes les forces de l'Italie, que l'on disoit estre de
quatre-vingt mille hommes, qui est vn voyage qui a
succedé contre toute raison, & la prudence des hommes de nostre temps; nous auons veu ce vieil experimenté & victorieux Empereur Charles le Quint, qui
auec toutes les forces d'Espagne, de l'Italie & d'Allemagne, vint assieger Metz, où Monsieur de Guise
ieune Capitaine arresta & mit fin aux grands & heureux succez dudit Empereur, qui s'en alla apres ren-
fermer pour le reste de ses iours dans vn Monastere,
laissant son bon-heur & felicité à son fils, comme si
la bonne fortune accompagnoit tousiours les ieunes;
ce qui luy aduint bien tost apres, par la bataille &
iournée de sainct Laurens: Par ainsi nous voyons que
la bonne & iuste cause, & le grand nombre d'hommes, ny l'experience d'vn bon Capitaine, ne sont pas
raisons suffisantes pour s'asseurer tousiours d'vne victoire: côme aussi n'est chose plus asseurée que le prudent & meilleur conseil; car souuent est aduenu que
les Capitaines les plus entreprenans & temeraires, ont
surmonté les plus sages & experimentez, dont ils ont
esté loüez sans raison, parce que la loüange suit le succez communément, combien qu'elle deust plustost

Le meil-
leur con-
seil en la
guerre ne
succede
pas tou-
jours.

estre blasmée : Ce sage Fabius Capitaine Romain ne
conseilloit pas l'entreprise de Scipion, d'aller à Cartage
& de laisser l'Italie despourueuë, & qui estoit vn
sage conseil; nonobstant lequel, l'aduis du ieune Scipion
succeda mieux; de sorte que la raison & le succez
ne s'accompagnent pas tousiours; & la temerité à la
guerre gaigne quelquesfois plus que la sagesse; & le
seul regard du succez est le iugement des fous, comme
dit Fabius Authenticus, qui fut vne belle & sage response
de Phocion, lequel apres la mort d'Alexandre
ne conseilloit point la guerre contre Antipather, que
Leossenes vouloit entreprendre, qui toutefois succeda
bien; dont estant fait reproche audit Phocion
par quelqu'vn qui luy demandoit s'il voudroit pas
auoir esté chef de cette entreprise, dit qu'il voudroit
bien l'auoir executée, mais qu'il ne voudroit pas l'a-
uoir conseillée, voulant dire que le bon succez ne rend
pas le conseil meilleur, & souuent vn conseil mal pris
succede mieux par hazard qu'vn meilleur & plus sage
conseil; & me suis trouué en vne bataille qui fut donnée contre l'aduis des plus sages & experimentez, &
neantmoins l'issuë en fut fort heureuse, qui est ce que
disoit Annibal à Scipion, qu'il n'y auoit rien en ce
monde où l'euenemét fust moins respondant à la raison qu'à la guerre, qui est vn ieu de hazard & de fortune, que quelques vns ont dit estre côme vn ieu de dez;
Si est-ce qu'en toutes choses la raison doit estre tou-
jours la plus forte, comme dit Ciceron de *Orat.* qu'il
faut premierement prendre le conseil par la raison, &
apres attendre ce qui pourra aduenir du succez de la
fortune, laquelle de loüer c'est folie, la blasmer c'est

arrogance, & pour ces raiſons, celuy qui eſt ſage &
bien aduiſé, & qui entreprend de donner conſeil aux
Rois, doit pluſtoſt donner aduis de la paix qui eſt *Le con-*
meilleure en ſoy & plus certaine, non pas ſeulement *ſeil de la*
que la guerre, mais qu'vne victoire eſpérée ; car per- *paix eſt le*
ſonne ne ſe peut aſſeurer de ce qui deſpend de la for- *plus aſ-*
tune, & de la foy & valeur des hommes de diuerſes *ſeuré.*
nations & volontez, qui n'ont le plus ſouuent aucune
crainte de Dieu, ny affection à leur Prince & patrie, &
qui ſont ſeulement induits de la ſeule eſperance du
profit ; & par ainſi le principal fondement & eſtabliſſement d'vn Eſtat, eſt vne bonne & aſſeurée paix, qui
n'ait rien de tromperie & de trahiſon en derriere ; car
pour la ſeule eſperance de la paix, & pour le repos &
tranquilité d'vn Eſtat, la guerre doit eſtre ſeulement
eſtimée iuſte, comme eſtant neceſſaire : & ſi les Princes ne bornent leurs volontez & ambitions, iamais ne
mettront fin à leurs cupiditez, qui leur apportent bien *Il ne ſe*
ſouuent plus de ruine que d'auancement & grandeur: *treuue*
les exemples nous en ſont communs des plus grands *que peu*
& plus victorieux Capitaines ; cóme de Pyrrhus, lequel *de Capi-*
ne ſe voulant contenter de tant de Prouinces qu'il *taines*
auoit ſubiuguées ſuiuant l'aduis que luy en donnoient *cótinnát*
les ſiens, ayant aſſiegé Antigonus dedans vne ville, fut *la guerre*
tué d'vne pierre iettée de la muraille par vne femme, *qui ne*
& ſa teſte portée à Antigonus ; nous voyons auſſi *ſoient à la*
comme Alexandre auec ſes grandes conqueſtes en a *fin rui-*
peu ioüy & receu de contentement ; ce que nous pou- *nez.*
uons auſſi recognoiſtre par ce qui en fut dit par Annibal, ayant les armes & les forces en la main ; diſant à
Scipion : qu'il eſtoit à deſirer que les Dieux euſ-

sent donné ce iugement aux hommes, que les Romains se fussent contentez de l'Italie, & les Cartaginois de l'Affrique; mais qu'il n'estoit plus temps, parce que les choses passées estoient plustost à reprendre qu'à corriger: regardons donc si ce grand Annibal qui a esté des plus grands victorieux & experimentez Capitaines, apres tant de cognoissances des euenemens & incertains effets de la guerre, a esté de cét aduis & à donner ce iugement; ce que nous pouuons dire de ceux qui ne font que commencer à prendre l'ambition, d'accroistre & amplifier leur Royaume, qu'ils mettent souuent plustost en danger d'estre perdu que non pas augmenté; & par ainsi nous deuons cognoistre que nostre condition humaine est fort miserable, quand nous poursuiuons auec tant d'auidité ce que nous estimons estre de nostre bien & aduancement, ne considerant pas combien nous sommes sujets à la mutation, changement & ruine, & qu'il n'y a en ce monde que la seule vertu, & nos honnestes actions & deportemens qui se puissent maintenir & conseruer, & que les conseils & aduis que l'on donne d'vn commencement d'vne guerre sont tres-dangereux, quelque raison qu'il y ait d'en bien esperer, pour les douteux & incertains euenemens, dont apres on en reiette la cause du mal sur celuy qui en a donné l'aduis: quant à la seuerité de laquelle doit vser vn Prince, soit pour côtenir ses subjects en obeïssance, ou pour ceux qui par la voye de la guerre tombent en leur mercy; il est tousiours bien meilleur & plus honneste de donner conseil aux Princes d'vser de clemence & de bonté que non pas de seuerité où de cruauté; car il n'appar-

tient qu'à ceux qui ont le cœur puſillanime, bas & debile d'vſer de cruauté, comme ſe ſentant craintifs &
foibles de courage, de peur qu'ils ont que ceux qu'ils
font mourir vſent de reuanche à leur endroit; & ne
ſçauroit-on voir teſmoignage plus certain d'vn courage foible & craintif; car iamais n'entra cruauté dans
le courage d'vn hóme genereux. Alexandre le Grand
quand il vit Darius mort, Iules Ceſar la teſte de Pompée, Marcus Marcellus bruſler Ciracuſe, le bon Scipion Numance deſtruite, ils ne peurent contenir les
larmes, encore qu'ils fuſſent leurs mortels ennemis; car
les cœurs genereux encore qu'ils ſoient bien aiſes de la
victoire, ſi ſont-ils marris de la ruine des autres, & ne
voyons point de Princes ſanguinaires & vindicatifs,
qui ne ſoient à la fin tuez de leurs ennemis, ou que les
ſiens meſmes ne le vendent & trahiſſent: Les bons
Empereurs, Auguſte, Tite & Trajan ont plus gagné &
ſurmonté de gens en pardonnant, que Silla, Tibere,
Caligula & Neron n'ont fait en faiſant tuer &
mourir tant de gens : Le Chirurgien qui guerit les
playes par onguents doux, eſt plus loüable que celuy
qui vſe d'inciſions de membres. Iule Ceſar eſtant enquis par le Conſul Manilius, qui eſtoit la choſe dont
plus il s'eſtimoit, fir reſponſe qu'il n'y auoit rien dont
il penſoit meriter plus de loüange & qui le rendiſt
plus content que d'auoir pardonné à ceux qui l'a-
uoient offenſé, & d'auoir gratifié ceux qui l'auoient
ſeruy. L'Empereur Adrian ayant retenu celuy qui ſe
iettoit ſur luy pour le tuer, empeſcha que l'on ne luy fiſt
mal, & dit qu'il eſtoit fol, & le fit bailler comme tel
aux Medecins pour le guerir; Neron meſme durant ſa

La cle-
mence
honneſte
eſt vtile à
vn Prin-
ce, & la
cruauté
tres-dan-
gereuſe.

Vn cœur
genereux
eſt marry
de la rui-
ne meſ-
me de ſon
ennemy.

FFf iij

premiere année de son Empire souhaittoit ne pouuoir
escrire de peur de signer la mort de quelqu'vn , &
l'Empereur Theodose le ieune enquis pourquoy il ne
faisoit mourir ceux qui luy faisoient mal , respondit,
i'aimerois mieux pouuoir faire reuiure ceux qui sont
morts ; Diodore escrit d'vn nommé Cabacus Roy
d'Egypte qui abhorroit tant de faire mourir les hommes, qu'il ne pouuoit en faire mourir, & les faisoit
seulement mettre aux œuures publicques , & estant
pressé par les siens d'en faire mourir, aima mieux quitter son Royaume & s'en retourner en Æthiopie, d'où
il estoit né ; la response que fit Alexádre à Olympias sa
mere, estoit fort belle & digne, quand elle luy fir vne
priere, par laquelle il luy pria d'accorder en consideration de la peine qu'elle auoit euë de le porter neuf
mois dans son ventre, de faire mourir quelqu'vn
qu'elle haïssoit fort ; surquoy Alexandre estimant ce-
tuy-là innocent, respondit à sa mere fort humainement qu'il la supplioit de prendre de luy telle autre recompense qu'il luy plairoit ; d'autant que la vie d'vn
homme ne se pouuoit par aucuns benefices recópen-
ser. I'ay bien voulu alleguer ces exemples, à celle fin
que donnant aduis à vn Prince sur la clemence, vous
ayez tousiours deuant les yeux cóme les sages & bons
Princes en ont vsé, & cóme ils s'en sont bien trouuez ;
comme fera tout Prince ayant puissance souueraine,
qui voudra s'abstenir des violences & cruels cóman-
demens ; car ceux qui en voudront vser auec trop de licence, il faut croire qu'à la fin la mesme cruauté re-
tombera sur eux mesmes, & sur ceux qui les conseillent ; ce que nous voyons par l'exemple de Neron,

que depuis qu'il eut commencé à deuenir sanguinaire, il s'attacha à ceux qui estoient les plus prés de luy, iusques à sa mere & à son Precepteur Seneque ; & depuis que cette rage entre dedans la teste d'vn Prince, il fait comme les Lyons qui deuorent les premiers qu'ils trouuent prés d'eux, & lors il est bien tard à ceux qui les premiers leur ont donné cét aduis de s'en repentir ; & les pourront cognoistre veritables par l'ancien prouerbe, que le mauuais conseil donné par quelqu'vn demeure encore plus dangereux sur celuy qui le donne. Ie penserois faire tort à la belle response que fit le Roy Louis XII. quand on luy conseilla de se venger de ceux qui luy auoient esté ennemis, pendant qu'il estoit Duc d'Orleans, auant qu'il vinst à la Couronne, si ie l'obmettois à cét endroit, qui fut ; qu'il ne falloit pas que le Roy de France vengeast les querelles & iniures faites au Duc d'Orleans : qui estoit conforme à ce que disoit Alexandre ; qu'il estoit royal de bien faire à ceux qui disoient ou faisoient mal. Quand ie recommande & louë tant la bonté & clemence des Rois, ie n'entens pas clemence que d'obmettre à faire la iuste punition des fautes & delits qui sont commis : Car toute Monarchie, Republique & autre espece de puissance, ne sont appuyez & asseurez sinon que sur la punition des mauuais, conseruation des bons, & recompense des merites par iuste distribution, de ce qui peut estre deub à vn chacun ; & disoit Democrite que c'estoient deux diuinitez qu'il falloit sur tout adorer, sans lesquelles rien ne se peut bien cóporter en toute societé ciuile ; car par la recompense du merite, l'homme de bien demeure con-

Prince mesme qui en vse, & sur ceux qui la conseillét.

Qu'vn Estat ne se peut maintenir sans iustice.

tent, & encore plus obligé à bien faire; il s'acquite dignement de la charge qui luy a esté commise, & qui
luy a esté distribuée selon son merite & suffisance; & si
donne exemple aux autres de suiure & imiter sa vertu,
pour estre honoré de pareil bien-fait & recompense,
quand il l'aura merité; comme aussi la punition des
mal-faits est necessaire, tant pour la conseruation des
bons, de peur qu'ils ne soient offensez & iniuriez, que
pour empescher les mauuais de mal faire, & que la
punition de quelques vns seruent d'exemple pour diuertir les autres de mal faire; & aussi que c'est vne
grande satisfaction & contentement à ceux qui ont
esté outragez & offensez, quand ils voyent que le
Prince qui est distributeur de la iustice, en fait auoir
la raison, & qu'il demeure en cela, cóme il doit, ferme

& constant sans se départir de cette volonté, quelque
supplication, requeste ou importunité que l'on luy en
fasse au contraire, ny quelque amitié, faueur ou parenté que le Prince puisse auoir auec celuy qui a commis l'iniure, pour ne dispenser & priuilegier aucun
quel qu'il soit, contre la Loy generale, qui doit estre
esgale à tous, iusques aux enfans mesme s'il est besoin,
comme il est dit de Manlius Torquatus, & cóme nous
en voyons aussi l'exemple recitée par Valere, de Ialen-
cus, lequel ayant fait la Loy que tous les adulteres
auroient les deux yeux creuez, son fils estant repris de
cette faute le voulut faire punir selon la Loy; mais
estant requis par ses subjects de luy pardonner à leur
requeste, permit de moderer la Loy; mais ce fut à
condition que son fils auroit vn œil creué & luy vn
autre, à celle fin que la Loy fust entierement executée

en

en deux perſonnes, ce qui deuoit eſtre en l'vne, en
quoy il ſe monſtra fort conſtant en l'obſeruation de la
Loy, & fort bon & pitoyable pere, en portant partie
de la punition ſur luy; & n'y a rien qui faſſe tant aimer,
honorer & craindre vn Prince, que quand il n'offenſe
aucun de ſes ſubjects, ny d'effect, ny de parole, & qu'il
ne ſouffre ny permette qu'il ſoit fait iniure à aucū quel
qu'il ſoit, ny en la perſonne ny aux biens; & au con-
rraire, qui le faſſe tant hair quand il deſnie iuſtice à celuy qui la demande auec raiſon, que nous voyons par
les Hiſtoires auoir ſouuent eſté cauſe de grande rebellion contre les Princes, & meſme de conſpiration contre leur perſonne, & s'en trouue beaucoup qui ont eſté
tuez de cette façon; & d'autres qui ont eſté fort mal
voulus de leur ſubjects, pour auoir eſté par eux mal
pourueus aux charges de ceux qui ſont commis pour
faire adminiſtrer la iuſtice ſouz eux, qui n'auoient pas
les parties requiſes pour charges ſi neceſſaires, qui ſont
d'auoir bon iugement pour voir & cognoiſtre, grace
pour parler, patience pour endurer, côſeil pour ſçauoir
diſcerner les affaires auec bône & ſincere intention, &
conſcience pour ordonner ce qui eſt iuſte ſans en pouuoir eſtre diuerty par paſſió ou intereſt particulier, auec
bonne reſolution & force de courage pour l'execution de ce qui eſt ordonné. Quant au dernier des ſix
articles concernant le fait des finances, combien qu'il
pourroit ſembler que c'eſt l'vne des moindres parties
neceſſaires à cognoiſtre pour vn Prince ou vn Gentil-homme, & qu'en la France l'on n'ait pas eſtimé
honneſte à vn Gentil-homme de s'en meſler, ſi eſt-ce
que la cognoiſſance en eſt fort vtile & neceſſaire; car

Combien la bonne administration des finances est neccessaire.

la finance a tousiours esté estimée le nerf de la guerre, & le soustenement & ornement de la paix; & iamais Royaume ne prospera ny n'a esté bien conduit, où la finance a manqué, ou bien a esté mal administrée; & pour cette cause, parce que la pluspart des grands desseins & entreprises ne peuuét estre soustenuës que par le moyen de la finance, soit pour la conseruation ou accroissement d'vn Estat, i'estime necessaire à vn Gentil-homme d'honneur d'entendre comme les finances se manient, mais iamais d'en prendre la charge; il suffit qu'il sçache en parler, & en donner son aduis quand l'occasion s'en presente, sans prendre charge d'en manier, ny d'en ordonner; le temps passé ils auoient leur *Ærarium* en toutes leurs Republiques, & constituoient à Rome trois Qiesteurs, l'vn pour faire venir & receuoir ce qui estoit ordinaire en la recepte; l'autre pour conseruer ce qui estoit mis & deposé en lieu public pour le reseruer à la necessité; l'autre pour demander & exiger ce qui venoit des tributs qui se leuoient pour le secours de la Republique; & ont esté les Questeurs introduits de long-temps, & presque deuant tous les autres Magistrats, & quelques vns en attribuent la creation à Romulus, les autres à Numa, mais la commune opinion des anciens est, que ce fut Tullus Hostilius, & qu'ils furent appellez *Quæstores à quærendo*, ils estoient esleus & choisis entre les plus gens de bien, graues, & qui auoient reputation d'auoir les mains nettes, pour ne bailler point les brebis à garder au loup, & ceux qui estoient accusez d'y auoir mal versé estoient aigrement punis par la Loy *Iuliæ repetundarum*, & tenoient à Rome ce crime pour tres-

Les Questeurs & autres charges des finances instituées dés les premiers Rois de Rome.

grand, pour le preiudice que fait au public le diuer-
tissement des deniers de l'Estat, qui a quelquesfois
esté cause d'apporter vn tres-grand mal; & toutefois
en ce Royaume l'on n'a pas assez d'esgard à choisir les
hommes tels qu'ils faisoient anciennement à Rome,
comme ils font encore auiourd'huy en beaucoup de
païs, & mesmement en Angleterre, où l'Estat de grand
Thresorier est l'vne des premieres & plus grádes charges du Royaume; & neantmoins on ne laisse pas d'employer en ce Royaume beaucoup d'hommes, tant de
diuerses sortes de Receueurs, Controolleurs, Threso-
riers Generaux, Intendans, Superintendans, Auditeurs des Comptes, Correcteurs, Maistres des Cóptes
& Presidents; de sorte qu'il y a vn tiers des Officiers
de ce Royaume qui se meslent de receuoir, controol-
ler, ordonner, ouïr & iuger des comptes, & pour faire
la science plus belle, & la rendre plus honorée y ont
esté inuentez de certains termes beaux & apparens
pour dresser vn cópte; mais pluftost en effect c'est pour
desguiser & obscurcir le compte, & mettre la poudre
dans les yeux des Auditeurs & Chábres des Comptes,
où il seroit meilleur qu'ils fussent presentez simplement en paroles communes & en termes simples, ne
faisant que deux Chapitres, l'vn de la recepte & l'autre de la despense; en quoy consiste toute la cognoissance & bon mesnage des finances, qui est de receuoir
exactement, ne rien obmettre & accroiftre en tout ce
que l'on peut la recepte, & diminuer la despense en
tout ce que l'on peut honneftement, & faire en sorte
que la despense ne monte iamais tant que la recepte,
qui est ce qui a ruiné les affaires des Rois de France,

qui ont esté si volontaires à despendre, que dressant
l'estat general de leurs finances, ils ont tousiours ordonné la despense beaucoup plus grande que la recepte, & par année cela est accreu en tant de debtes
par fautes de fonds, qu'il n'y a point d'esperance d'en
pouuoir iamais sortir; de là est aduenu le deffaut des
payemens de ce qui estoit le plus necessaire, comme
des Garnisons, fortifications des places frontieres,
entretenemens des forces, tant de la Gendarmerie,
gens de pied, que de la marine; le deffaut du payement
des gages, estats & entretenemens, du payement des
rentes constituées, & du cours de l'interest de l'argent
pris aux banques, qui a tousiours augmenté & couru
selon la nature des changes; de sorte que depuis que
tel desordre a commencé, qui fut dés les premieres années du Roy François premier, qui changea tout l'ancien ordre, du maniment des finances de ce Royaume; le tout est tombé en telle confusion, que si tout
le reuenu du Royaume se pouuoit comparer au reuenu d'vn particulier, il ne seroit suffisant quand tout
seroit vendu par decret, de pouuoir satisfaire au payement des debtes qui depuis ledit temps ont esté faites,
qui est vn mal qui procede de laisser tousiours courir
debte sur autre; à quoy doiuent bien penser ceux qui
donnent aduis aux Princes, & encore plus ceux qui
sont sages de n'en prendre iamais aucune charge: car
les Rois & Princes sont la pluspart nourris en
liberalité, ou plustost en profusion, & incontinent
apres tombent en necessité, qui les contraint d'vser de
la puissance qu'ils ont sur les biens de leurs subjects; &
pour se couurir de quelque excuse, s'en prennent or-

dinalremét à ceux qui ont eu charge de leurs finances;
& quand ce seroit vn S. homme de Paradis, l'on prendra facilement opinion qu'il y a fait son profit; combien que les Princes cogneussent la verité estre au contraire, si est-ce que pour couurir leur mauuais menage, ils sont bien aises d'en laisser prendre cette opinion
à vn chacun; & quand il aduiendroit qu'vn Prince
fust si bon mesnager, qu'il establist vn bon ordre &
reglement au maniment de ses finances; si est-ce
qu'vn homme bien aduisé ne s'en doit iamais mesler;
car s'il se trouue prés d'vn Prince auaricieux, il se faut
souuenir de cét Empereur qui disoit vouloir engresser
ceux qui auoient charge de ses finances, comme l'on
fait des pourceaux pour les tuer apres, & en tirer le
profit quand ils sont gras: Et si le Prince est si bon
qu'il ne voudroit faire mal à celuy qui luy fait fidellement seruice, si est-ce qu'il peut quelquesfois auoir
de grands affaires pour la conseruation de son Estat;
où vn fidelle seruiteur employe tous ses moyens &
credit; & apres, ou par l'impuissance, ou la mort du
Prince, ceux qui ont le mieux seruy, demeurent le
plus en peine, & quelquesfois aussi le Prince successeur, qui le plus souuent n'aime pas ceux qui ont
esté fauorisez & employez par son predecesseur, est bié
aise de trouuer moyen de laisser courir sur eux: nous
en auons l'exemple d'Enguerran de Marigny, Comte
de Longueuille du temps de Philippes le Bel, & de
tant d'autres Gouuerneurs & Lieutenans du Roy,
pour auoir ordonné sur les finances, ou par les Prouinces, ou bien aux armées ausquelles ils commandoient;
par ainsi tenez tousiours pour certain qu'vn homme

La char-
ge des fi-
nances
dange-
reuse en
France.

Ggg iij

de qualité & de biens, ne se doit iamais mesler des si-
nances des Rois & des Princes, & tousiours s'en trouuent mal ceux qui s'en meslent, encore qu'ils s'en ac-
quittent fidellement ; & n'appartient qu'à gens de
basse condion de s'y employer, qui ne se donnent peine de leur reputation, & qui veulent courir tous hazards & fortunes pour s'enrichir : Ce sont sommairement les six poincts qui meriteroient bien d'estre de-
duits plus au long, mais ie les ay seulement touchez
pour les remarquer, à celle fin qu'il vous en souuienne,
côme vous deuez aussi faire de quelques autres poincts
particuliers, ausquels ceux qui ont cét honneur d'approcher des Rois & des Princes doiuent bien prendre
garde ; comme si vous estes commandé d'executer
quelque entreprise de guerre, regardez diligemment
les moyens que l'on vous donne pour cét effect, les
forces dont on vous assiste, & de quelle sorte de gens
elles sont composees, sur qui l'entreprise se dresse, l'experience & la valeur du chef, contre lequel vous auez
affaire ; car souuent par enuie que l'on porte commu-
De bien
prenoir
& pren-
dre bonne
instru-
ctiõ de la
charge
que l'on
voudra
entrepre-
dre.
nément à la Cour à ceux qui ont quelque faueur, vertu & valeur, on leur fait bailler des charges qui pa-
roissent dignes & belles ; comme si l'on estoit desireux
de leur bien & aduancement, mais l'intention est tout
autre ; d'autant que c'est pour les embarquer en quelque difficile & mauuaise entreprise, pour leur faire
perdre l'honneur & reputation ; comme aussi quand
quelqu'vn est despesché par les Rois, pour aller en
quelque lieu traitter & negocier quelque affaire ; lequel il faut bien considerer auant que de s'en charger,
& preuoir si l'euenement peut bien reüssir au bien du

seruice & au contentement du Prince, qui vous employe, & qui soit tel, s'il est possible que le negociant,
vous n'offensiez personne, si ce n'estoit que la necessité & le deuoir d'homme de bien vous y obligeast; où
lors faut principalement auoir esgard, à son honneur,
& à ce que l'on est obligé; mais en toutes sortes faut
tousiours prendre bonne instruction par escrit, & signée, dela charge qui vous est donnée; car autrement
quand les choses qui se negociét ne succedent pas côme l'on desire, l'on peut estre sujet à estre desaduoüé,
& y a beaucoup de Princes qui quelquesfois reiettent
les fautes sur leurs seruiteurs, encore qu'elles ne procedent que d'eux mesme; & bien souuent encore qu'il
y ait bon tesmoignage, signé de leur commandement,
ne le pouuant du tout nier, ils l'interpretent à leur volôté, pour prendre sujet de se plaindre de celuy qu'ils
veulent defauoriser, & nous faut tousiours craindre
& deffier de celuy qui a la puissance de pouuoir tout
ce qu'il veut: car encore que la volonté de tous les
hommes soit variable & inconstante, si est-ce que les
Princes plus que les autres sont tousiours menez de
leger, & prennent plaisir à la variation & changement
de toutes choses, ou pour les affections de leurs plaisirs, ou suspitions & deffiances, qui sont fort communes pour les jalousies d'Estat; les autres sont poussez d'ambition & desir de quelque entreprise de grandeur, ou de vengeance; & lors les Princes oublient
toute faueur & amitié, & n'espargnent la vie des hommes pour paruenir à leur dessein; & par ainsi n'y a
rien, & ne faut tenir aucune chose asseurée aupres des
Princes, & faut tousiours estre comme celuy qui le
pied nud marche sur vne couleuure; ou comme dit le

prouerbe, celuy qui tient le loup par les aureilles ; & se
faut tenir tousiours prest d'en partir & s'esloigner
quand on voudra , sans laisser sujet veritable au Maistre de ce mescontenter, ny aux ennemis & enuieux de
pouuoir attaquer l'honneur d'vn homme de bien,
duquel la vertu sera plus cognuë en son absence qu'elle n'estoit sentie en sa presence, comme est le naturel
des hommes de mieux recognoistre le bien que nous
auions lorsque nous en sommes priuez de la iouïssance : Si vous cognoissez, ayant la faueur de vostre Prince, qu'il ait volonté de vous gratifier de beaucoup de
biens-faits, honneurs, & aduancemens, vous deuez
bien prendre garde à ne l'importuner ; mais de vous
contenter de dons & honneurs mediocres, & ne cou-
Se con-
tenter de
dons &
bien-faits
medio-
cres.
rir iamais sur la fortune & bien d'autruy ; & faut tou-
jours laisser son Prince en volonté de mieux faire, sans
le presser & importuner de ce qu'il ne veut , ou qui
peut porter dommage ou enuie à quelqu'vn ; prenant
exemple à Pictacus Mitilineus, qui fut estimé l'vn des
sept Sages, lequel apres auoir deliuré sa patrie d'vn Tyran, & auoir vaincu le Duc des Atheniés, refusa la principauté de sa Republique qui luy estoit offerte , comme il fit apres de grande quátité de terres que l'on luy
voulut donner, faisant response à ses Citoyens, qu'ils
ne luy donnassent rié qui fust enuié ou desiré de beaucoup, ne voulant rien que ce qui suffisoit pour l'en-
Les dons
qui sont
trop grãds
ne sont
pas fort
asseurez.
tretenement de l'equité de son esprit, & de la bonne
volonté de ses Citoyens enuers luy, & adioustoit la
raison ; parce que les dons qui sont petits sont asseurez
& permanés, & les grands dons n'ont pas accoustumé
d'estre de longue demeure ; Souuenez vous aussi per-
petuel-

petuellement, que si le Prince vous fait cét honneur
de parler à vous priuément, & de prendre souuent
voſtre aduis, de ne vous en rendre plus glorieux &
difficile, ou de faire comme ont accouſtumé beaucoup de Courtiſans, qui font les empeſchez pour
monſtrer qu'ils ont de grandes affaires à manier, & faire paroiſtre que l'accez de parler au Prince eſt fort difficile, & apporte auſſi des difficulez à toutes requeſtes
qui ſe font, pour mieux faire paroiſtre leur credit, & le
plaiſir qu'ils font, où pour mieux dire vendre, comme
l'on dit leurs coquilles, ou comme diſoient les Anciens, vendre leurs fumées ſouz pretexte de la faueur
de leur Prince; ce qui eſt grandement à blaſmer, &
qui meriteroit autant de punition comme en receut
vn nommé Thurinus Verconius, duquel l'Hiſtoire eſt
recitée par Lampredius, en la vie d'Alexandre Seuere,   *Des ven-*
qui aimoit & fauoriſoit grandement Thurinus, le-   *deurs de*
quel abuſant de la bien-veillance de ſon Prince, pro-   *fumées*
mettoit à vn chacun ſa faueur, en receuant des biens-   *de la*
faits & preſens; ce qu'ayant entendu l'Empereur Se-   *Cour.*
uere, & cogneu combien cela diffamoit ſon Gouuernement & authorité, commanda que Thurinus fuſt
attaché à vn pillier au milieu d'vne grande place publicque, & mettre à l'entour de luy du bois vert & hu-
mide, lequel allumé fiſt plus de fumée que de feu, à
celle fin qu'il fuſt eſtouffé par la fumée, ayant chargé
l'Officier qui aſſiſtoit à l'execution de crier touthaut,
que celuy qui auoit vendu les fumées de la Cour du
Prince, eſtoit condamné à mourir par la fumée, iugeant l'Empereur, l'iniure que luy faiſoit Thurinus,
de le faire eſtimer ſi fol & mal aduiſé de ſe laiſſer ma-

Hhh

nier à la volonté d’vn homme qui en abuſoit ; comme auſſi il a eſté dit d’vn nommé Toticus, qui gouuernoit de telle façon l’Empereur Heliogaballe, que l’on diſoit de luy qu’il eſtoit le mary de l’Empereur, & ſont telles gens ſi dangereux prés des Princes, que ſouuent ils ſont cauſe de leur ruine : car toute l’inſolence dont ils vſent, l’offenſe & iniure, ou tromperie qu’ils font à quelqu’vn, tombe en la haine & mal-veillance du Prince qui les fauoriſe & ſouſtient ; mais en fin ces vendeurs de fumée, de parfums ou d’eau beniſte de Cour, demeurent miſerables & chaſtiez, comme ils le meritent ; & s’ils meurent auant que d’en auoir receu la iuſte punition, nous voyons leur maiſon & poſterité tomber en ruine, qui eſt vn ſuffiſant aduis à ceux qui ont cette faueur d’eſtre aimez des Princes, de s’y comporter auec tout reſpect & honneur en leur endroit, fidelité, deuoir & diligence, toute honneſte modeſtie & courtoiſie enuers vn chacun, pour faire plaiſir à ceux qu’il pourra honneſtement ſans eſperer profit, ny prendre preſens qui ſont apres trop cherement vendus par la perte de la reputation ; N’abuſez auſſi iamais de la faueur de voſtre Prince, ny ſouz ſon nom faire promeſſes vaines & inutiles : car incontinent celuy qui eſt deſcouuert pour tel, eſt tenu pour vn menteur & trompeur, craint peut-eſtre par quelques vns, mais mal voulu & hay de tous, ce que doiuent bien conſiderer ceux qui ont affaire à la Cour, & qui peuuent eſperer faueur des Princes ; car il faut que le ſeruiteur porte tout reſpect & honneur à ſon Roy & Maiſtre, & ce qui en depend & qu’il aime, iuſques aux choſes les plus petites, & ne ſe ioüer iamais, comme l’on dirà ſon

Maiftre, ny s'enquerir trop auant de fes fecrettes & interieures volôtez, dont la cognoiffance ne doit venir
que de luy quand il luy plaift, & encore eft tres-dangereux de les fçauoir, de peur que fi vn autre les defcouure, que l'on n'en foit foubçonné, ce qui a fouuent
apporté beaucoup de mal à ceux qui ont efté trop participans des fecrets de leur Maiftre; bien eft-il bon de
les induire toufiours & de leur propofer ieux & paffe-
temps honneftes, pour monftrer bons exemples publics, & fe faire loüer de fes fubjects, qui ont toufiours accouftumé d'eftre imitateurs des actions de
leurs Princes, & les faire toufiours accompagner en
tous les plaifirs & paffe-temps des gens d'honneur,
qualité & reputation, qui rend les actions des Princes plus eftimées & honorables. Pour fin de cét article
fe peut fouuent reprefenter à vn Roy, la belle fentence de l'Empereur Iulianus, lequel au commencement
de fon Empire ayant entendu l'efmotion & tumulte
des Gaules, dit qu'il cognoiffoit bien que par la dignité Imperiale, il n'auoit rien dauantage acquis, finon qu'il viuoit auec plus d'empefchement qu'il n'a-
uoit accouftumé auparauant: Doncques tous les bons
Confeillers des Rois, doiuent regarder de donner
toufiours de bons, veritables & falutaires aduis, &
fuiure en cela l'opinion du fage Solon, lequel ayant
efté mal receu du Roy Crefus, pour luy auoir dit la verité, Efope celuy qui a cópofé les Fables luy dit, ou qu'il
ne falloit point du tout approcher des Princes, ou il
leur falloit complaire & agreer; mais au contraire refpondit Solon, ou il ne faut point s'en approcher, ou
il leur faut dire la verité; & toutefois auec tel refpect

Hhh ij

& honneur, & auec telle dexterité qu'il ne puisse penser qu'on les vueille regenter & blasmer; car lors ils se
banderoient plustost à leurs volontez : le naturel de la
pluspart des Princes, estant tel qu'ils estiment que
leurs raisons, encore que d'ailleurs elles ne soient suffisantes, doiuent tousiours estre tenuës pour meilleures
que les autres, & veulent vaincre & demeurer maistres
en toutes choses, & pour cette cause leur faut faire
cognoistre que la raison que l'on leur veut proposer
vient d'eux-mesmes, prenant honneste sujet & ouuerture, sur quelque autre fait, passé auparauant, qu'il
leur feroit prendre plus doucement la raison & remonstrance, comme si elle venoit d'eux-mesmes & s'il
les fait tenir plus fermes pour l'execution, si quelqu'vn
les en vouloit diuertir.

Prenez garde de ne parler iamais indiscrettement,
& soyez tousiours en toutes compagnies modeste &
retenu en paroles, ayant bien pensé en vous-mesme
ce que vous auez à dire, auant que la parole vous sorte
de la bouche ; car les paroles donnent tesmoignage
de la suffisance & sagesse ou autres qualitez des hommes ; & faut grandement loüer & estimer ceux qui
sont retenus de parler, que bien sagement, & tel doit
estre estimé vn homme selon qu'est sa parole; l'apoph-
tegme de Solon estoit que la parole est le simulachre

& demonstration des mœurs & volontez & actions
des hommes : Et dit le Poëte Perse, que l'homme se
cognoist à la parole, comme l'argent au son en le touchant du doigt, & ceux qui en vsent au contraire se
font mal estimer & haïr d'vn chacun, quád ils parlent
legerement, & si ils engendrét vne infinité de querel-

les qui sont tres-mal-aisees apres à demesler, & souuent
font perdre l'honneur & la vie, & aussi tost faut auoir
la main à l'espée, qu'vne parole mal dite est eschap-
pée, & si les gens bien aduisez s'esloignent de la compagnie de celuy qui n'est maistre de sa langue, pour les
querelles qu'il peut faire en tous lieux ; lequel pareillement est estimé indigne de tout honneur, charge
& commandement, puis qu'il ne peut se retenir &
commander à luy-mesme ; & deuons tousiours nous
souuenir de la sentence de Xenocrates qui s'estoit souuent repenty d'auoir parlé, mais iamais de s'estre teu :
La parole & prononciation qui sort de nostre bouche, doit estre composée comme les autres actions de
nostre vie, & n'y a rien bien reglé & ordonné de ce
qui est trop aduancé & precipité ; & les promptes,
abondantes & soudaines paroles, sont plus propres
pour Aduocats, Escoliers, qui disputent, ou ioüeurs
de comedies, que non pas à gens qui traittent & parlent des choses graues & serieuses : car plus s'imprime
à l'entendement de ceux qui escoutent ce qui est attendu & qui se dit lentement, que ce qui se dit sans
choix & eslection de paroles, qui coulent & eschap-
pent de la bouche comme vn torrent d'eau, où comme celuy qui descend d'vne montagne trop droite, lequel glissant en la descente est emporté par la pesan-
teur de son corps, n'estant plus en sa puissance de
prendre pied & s'arrester, qui fait souuent dire & es-
chaper quelques mots mal à propos, non dignes d'vn
homme sage, duquel la parole doit estre pressée & retenuë, comme le marcher doit estre modeste & non
trop hasté : Ciceron qui estoit pere d'Eloquence, par-

Celuy qui n'est mai-stre de sa langue est indi-gne de commander ail-leurs.

Hhh iij

loit toufiours auec ordre, par degrez & par poincts
feparez & paroles bien propres, aptes à ce qui fe doit
dire, vfant de termes fi bons qu'ils fignifioient en fubftance plus que les paroles n'eftoient eftimées : comme il faut auec peu de propos & de paroles parler bien
à propos & en fubftance, qui eft le plus grand tefmoignage d'vn bon & fein iugement, & que l'efprit n'a
rien en foy de fuperflu, ny de vanité; car comme difoit le Philofophe Zenon: L'homme fage doit tremper fa parole en fens & en raifon, premier que de la
prononcer, & en peu de langage comprendre beaucoup de fubftance, comme la piece d'or ou d'argent
eft eftimée la meilleure, qui fouz le moins de maffe à
plus de prix & valeur. Il eft efcrit qu'vn iour Phocion
qui eftoit grand Orateur, refuant feul fouz vn efchaf-
faut, luy fut demandé par vn de fes amis à quoy il penfoit, fit refponfe qu'il penfoit à tout ce qu'il pourroit
retrancher de ce qu'il auoit à dire au peuple; & difoit
de luy Demoftene que c'eftoit la hache qui retran-
choit fes paroles ; le mefme Phocion refpondit auffi
vn iour à vn qui auoit accouftumé de parler hautement, que fes propos reffembloient à des ciprés qui
font grands & hauts, mais qui ne portent point de
fruict, & faut toufiours parler en termes & paroles
communes & vfitées; & fuir comme vn rocher en
mer les termes non vfitez; d'autant qu'il faut fuiure
les mœurs anciens pour bien viure, & vfer de paroles
receuës & vfitées de prefent; Pour bien parler Pithagoras Samius, apprenoit à fes difciples pluftoft à fe
taire qu'à parler, monftrant par là qu'il faut pluftoft
penfer & mediter les paroles, que de les laiffer fortir

de la bouche; Et les anciens auoient fait vn temple
à la Deeſſe Agenoria, à la porte duquel la Deeſſe de
Taciturnité eſtoit peinte le doigt ſur la bouche; ceux
qui ont eſcrit de la nature des animaux, diſent que
quand les Oyes commencent à ſentir la chaleur
du coſté d’Orient, & qu’ils ſe veulent retirer à l’Occident, ils paſſent communément par deſſus la montagne de Tautaurus, abondante en multitude d’Aigles
qui ſurprennent leſdits Oyes en volant, & cét animal
eſt ſi prouident que cognoiſſant ſon naturel eſtre
de crier, pour s’empeſcher de ce faire, met dedans le
bec vne pierre pour rompre leur cry, & par ce moyen
paſſent la montagne par ſilence, & incontinent apres
iettent la pierre ; qui nous doit pour le moins faire
auſſi ſages que les beſtes, qui ſçauent bien cognoiſtre
le temps de ſe taire, & le temps qu’il leur eſt permis ſelon leur naturel de crier : Les Perſes puniſſoient de peine de mort ceux qui ne pouuoient celer vn ſecret qui
ſe deuoit taire; & diſoient ne pouuoir eſtre iamais fait
rien de grand par celuy qui ne pouuoit commander à
ſa langue ; & de cette taciturnité en acquit grand
honneur à Rome cét enfant Papirius Pretextatus, d’a-
uoir bien ſceu taire le ſecret du Senat; ſur tels exemples beaucoup de gens deuroient eſtre aduertis, qu’ils
ne doiuent pas eſtimer choſe fort loüable à vn homme aduiſé d’entretenir les compagnies auſquelles il ſe
trouue, par vn babil ordinaire, leſquels, combien peut-
eſtre qu’ils ne puiſſent bien parler, ſi eſt-ce qu’ils n’ont
la ſciéce & la forme de ſe pouuoir taire, & ont certaines maladies & flux de paroles qu’ils ne peuuét retenir
non plus que ceux qui ne peuuent retenir leur eau, où

qui sont touchez de la maladie de veterue, de boire, ou
de dormir, qui affoiblit les forces de la nature, côme il
semble que ceux qui sont abôdans en paroles, la plufpart de la force de leur naturel & de leurs actiôs s'esua-
noüissent par la bouche; côme vne flamme de feu qui
a son exalatiô en lieu large & ouuert, n'est siuehemen-
te ny si forte que si elle estoit resserrée & retenuë en
lieu estroit & couuert; & la Nature de l'homme ne
peut estre si parfaite de toutes parts que quand elle est
grande & abondante d'vne part, qu'elle ne soit aussi
moins forte de l'autre, d'où procede que nous voyons
qu'vn qui a la memoire tres-grande deffaut souuent
en iugement; & celuy qui a beaucoup de paroles, a
communément peu d'effect & d'execution; tout ainsi
comme il faut estre retenu en paroles, il est encores
bien plus de besoin de prendre garde de prés à ce qui

Combien
il importe
de pren-
dre garde
à ce que
l'on escrit

s'escrit, comme à chose qui demeure, & qui laisse perpetuel tesmoignage des volontez & de la sagesse de
l'homme; en choses serieuses ne se doit rien surpasser
ny aussi obmettre de ce qui est necessaire & veritable
aux amis; il n'y a rien si agreable que les lettres d'vn
amy absent, par lesquelles nous sont representées les
vrais vestiges & remarques de nos amis, & leur douce
presence & agreable côpagnie, nous sont imprimees
à l'esprit par la lettre escrite de leur main; mais craignant que nos lettres ne leur soient seurement renduës il est necessaire de n'escrire aucune lettre qui puisse porter prejudice, & auoir tousiours deuant les
yeux que beaucoup de personnes se sont trouuez en
grand peine pour n'y auoir assez sagement preueu en
escriuant; car de dire quelque chose inconsiderément

ment, c'est simplicité ; mais le mettre par escrit est
grande ignorance & bestise; si Catilina & ses associez
n'eussent signé la lettre de coniuration, ils eussent bien
peu estre accusez, mais non pas conuaincus & con-
damnez; de sorte que la plume peut quelquefois aussi
bien faire tuer les hommes que les armes ; & pour cette cause beaucoup de grands personnages estoient
longs en leurs paroles & discours, mais fort courts &
succincts en leurs lettres. Iules Cesar escriuant à Rome
de la bataille Persicque, disoit seulement, Ie suis venu,
i'ay veu, i'ay vaincu. L'Empereur Auguste escriuant à
son Neueu Caius Drusus, dit en cette sorte : Puis que
tu és pour cette heure en Illyrie, qu'il te souuienne que
tu és sorty des Cesars; que le Senat t'enuoye; que tu és
mon neueu & ieune, & citoyen Romain. Ciceron
escriuant à Cornelius, dit; Resiouy toy puis que ie ne
suis point malade, car de mesme ie seray ioyeux si tu
te porte bien : En choses priuées & communes, desquelles la cognoissance ne peut porter preiudice, les
lettres familierement escrites sont fort agreables aux
amis, d'vn langage & stile priué & facile, qui n'aye
rien de recherche eslabouré, ny de feint & simulé, en
mesmes termes que si on estoit assis, ou que l'on se
promenast auec son amy, & monstrer que l'on n'escrit
rien que l'on ne pense & que l'on ne vueille; & faut
faire difference de la qualité de nos lettres, comme
de la diuersité de nos amitiez ; car autrement nous
baisons vne amie ; autrement nous embrassons nos
enfans, auec telle moderation que l'on cognoist assez
la diuersité de nos affections; nous deuons par honneur respondre aux lettres qui nous ont esté escrites;

Parler
inconside-
rement
est simpli-
cité: mais
de l'escri-
re est be-
stise.

Iii

Que l'honnesteté veut que l'on responde aux lettres receuës.

si c'est par vn plus grand, nous le deuons par necessité; si c'est vn pareil encore que ce soit de volonté, tou-toutefois le deuoir nous y oblige; respondre à moin-dre que nous, vient de vertu & d'honnesteté. Alexan-dre escriuoit à celuy qui auoit charge de ses cheuaux; Iules Cesar à son Iardinier; Tybere à Scarre son Meus-nier; Senecque à son rentier; Paulus Æmilius escri-uoit à son Bouuier en cette sorte, Iet'enuoye vn autre bœuf pour ioindre à l'autre blanc, & aussi la charruë que tu demandes, laboure bien ma terre, & faussoye bien ma vigne, cure bien les arbres, & ayes souuenan-ce de la Deesse Ceres. Vne lettre missiue doit estre bien escritte, les lignes droittes, les lettres vnies & esgalles, le papier net, bien ployé & le cachet bien descouuert; car la prudence se monstre par ce que l'on escrit, & l'honnesteté en la maniere d'escrire, les gestes, conte-nances & desportemens d'vn chacun, donnent aussi grands argumens des mœurs & volontez, qui se peu-uent remarquer par les moindres & plus petites cho-

Le visage & la contenance, donnent grand argumēt des mœurs d'vn chacun.

ses : comme par exemple, celuy qui est sujet à l'impu-dicité sera cogneu par le marcher, le mouuement des mains, le regard des yeux, accompagné par quelque petit mot de responce assez remarquable : le mauuais sera cognu par la façon de rire, le visage effronté, auec l'habitude & action du corps, & en semblable de tous les autres vices, qui portent tousiours auec eux quel-que demonstration exterieure, qui se peut cognoistre par ceux qui voudroient y regarder de prés, ou par les gestes, contenances, paroles, habillemens & autres si-gnes & coniectures exterieures; & par les choses pe-titesl'on peut donner iugement des autres plus gran-

des, d'où a esté tiré ce prouerbe, cognoistre & iuger
par le front; & dit Ciceron que le visage & le front est
la porte de l'esprit & de la volonté cachée & enfermée;
comme aussi il dit en son premier liure des Offices,
que les yeux sont les remarques des affections, & que
par le haussement ou contraction des sourcils, on recognoist la colere, la douleur, ou la crainte d'vn homme, & toutes les affections & passions de l'esprit de
ioye & de plaisir, ou de tristesse; par ainsi chacun se
doit commander en trois choses, à vn pas & marcher
modeste, à vn visage composé, & en tous gestes con-
uenans à vn homme prudent.

Prenez peine de vous rendre adroit, & prendre plai-
sir à tous exercices dignes de vostre profession, & *Prendre plaisir aux exercices des armes.*
principalemét ce qui est pour le fait des armes & de la
guerre, où vostre vacation vous appelle, en laquelle
vous deuez esperer auec le temps tout l'honneur & aduancemét duquel vous vous rédrez capable; & quand
vous serez à la guerre, suiuez tousiours les plus vieils
Capitaines qui ont le plus d'experience, & qui ont *Suiure à la guerre les vieils Capitaines pour apprendre.*
acquis le plus d'honneur & reputation; auec lesquels
vous apprendrez les endroits où il faut monstrer sa
valeur & courage, & ce que l'on y peut acquerir
d'honneur; & auec les ieunes Capitaines il y aura sou-
uentefois plus de temerité & presomption à apprendre que de vaillance & conduite, & quand dés le
commencement l'on a appris & cogneu la bonne &
sage conduite d'vn Chef & Capitaine, l'on en retient
tousiours apres l'instruction pour s'y gouuerner &
comporter auec mesme ordre; c'est ce qui donna la
premiere reputation à Alexandre, car n'ayant que

vingt & vn an quand son pere Philippe mourut ; les
ieunes gens auec lesquels il auoit esté nourry esperoient auoir les charges de l'armée, mais il choisit les
vieux Capitaines qui auoient longuement seruy le
pere ; à celle fin qu'ils fussent non seulement gens de
guerre, mais aussi Maistres de la discipline militaire,
& ne bailloit aucune charge à son armée, sinon qu'à
ceux qui estoient les plus vieux & experimentez ; de
sorte qu'il sembloit plustost que ce fust l'ordre & gouuernement d'vn Senat que non pas d'vn armée ; qui a
esté cause de luy faire obtenir de si belles victoires, &
de faire de si grandes conquestes : Et retenez de moy
vne chose, que i'ay plus veu de guerre estât à la suite des
armées, où i'ay esté employé, que ie n'en ay fait, n'e-
stant pas appellé à cette profession, & qu'il ne faut pas
legerement entreprendre à la guerre, comme font
souuent les ieunes gens, poussez d'ardeur, de chaleur &
courage ; car en la faute qui se fait à la guerre, il n'y a
plus apres de repentir ; en toutes autres choses les fautes faites se peuuent corriger ; mais en la guerre la peine suit incontinent celuy qui a failly, qui ne peut plus
apres reparer le mal qui est aduenu ; qui est la raison
qu'il y faut bien penser auparuât ; & iamais en la guerre ne se doit dire, ie ne le pensois pas : Mais quand il y a
vne bonne resolution prise auec vn bon & sage aduis,
il vaut tousiours mieux assaillir, s'il est possible, que de
se mettre sur la deffensiue ; car celuy qui assaille choisit
son party, recognoist la force, l'ordre & le logis, & la
contenance de l'ennemy, & l'heure qui est à propos
pour attaquer ; & celuy qui se deffend ne peut pas si
bien sçauoir & recognoistre les forces de l'assaillant,

ny le deſſein de ſon entrepriſe qui le met & laiſſe tou-
jours en doute , & le retient de rien aduancer, encore
que peut-eſtre il en euſt occaſion ; & l'opinion de Scipion eſtoit qu'il y auoit touſiours plus de courage de
bien combattre & vaincre à celuy qui entreprend, que
non pas à celuy qui ne fait repouſſer & ſouſtenir ; &
bien ſouuent il aduient que celuy qui s'aduance au
combat auec raiſon & reſolution, eſt auec moins de
danger que celuy qui penſe eſtre plus ſeurement, en
s'eſloignant du lieu où ſe fait la charge, & s'il eſt apres
remarqué par honte & deshonneur à ceux qui l'ont
fait ; Et deuez touſiours tenir en voſtre cœur, qu'il vaut
mieux mourir que viure auec honte , & qu'il eſt plus
honorable de mourir en vne armée que non pas auec
les delices d'vne maiſon ; mais d'autre part il ne faut
iamais ſur tout que la preſomption de la force, l'ardeur
du courage pour acquerir de la gloire, la promptitude & legereté de volonté d'entreprendre, face perdre
le iugement & ſe departir de la reſolution priſe auant
que venir au combat, & de l'ordre qu'il y faut tenir ;
comme auſſi ne faut pas que l'eſtonnement d'vn accident ſuruenu ſur le champ, face rien diminuer de la
reſolution & du iugement qu'il faut lors ſoudaine-
ment prendre ſelon que l'affaire le peut requerir, où
lors il faut que le Chef de l'armée prenne par ſa prudence de luy-meſme reſolution, l'affaire ne donnant
pas quelquefois temps & loiſir de deliberer & prendre
conſeil d'autres Capitaines ; ſans toutefois rien mettre en hazard, ſinon d'autant que l'honneur & le deuoir, auec l'occaſion, le requiert ; & faut referer du tout
le viure & le mourir à l'exercice de vertu & de l'hon-

Qu'il
vaut
mieux
mourir
que viure
auec hon-
te.

Iii iij

neur; fuir la mort n'est point de soy reprehensible, moyennant que ce soit sans lascheté de cœur; aussi il n'est loüable de l'attendre, ou s'y exposer precipitamment par vn mespris de la vie: c'est pourquoy le iugement est requis à la guerre plus qu'en tous lieux, & que tout homme sage doit regarder premierement à se bien deffendre & conseruer, & apres d'assaillir & offenser son ennemy, selon que l'occasion & la raison de la guerre le peut permettre : Homere descrit tousjours les plus vaillans hommes & les plus hardis, les mieux armez, quand il est temps de combattre ; & ceux qui ont fait les Loix des Grecs punissent celuy qui iette & abandonne son bouclier, & non pas son espée ny sa lance; parce qu'il est premierement necessaire de penser à se conseruer, & puis d'assaillir, qui nous doit grandement faire blasmer beaucoup de ieunes gens qui sont à present, lesquels sans consideration s'exposent à toutes sortes de dangers, pensant s'en faire estimer dauantage, & qui croyent aussi qu'ils seront tenus pour plus vaillans quãd ils iront à la guerre sans estre armez, cóme faisant paroistre vn mespris de tous perils & hazards : mais ils tombent en contraire opinion enuers les gens sages & experimentez, qui estimeront auec raison, ou que c'est faute de iugement & de cognoissance du danger auquel ils se hazardent mal à propos, ou qu'ils ne veulent pas s'aduancer bien auant au combat, puis qu'ils n'y vont pas armez & en estat de le bien soustenir; & n'y a homme sage qui vueille entreprendre quelque chose que ce soit qu'il ne se mette & dispose en estat de le pouuoir bien faire; si quelqu'vn voyant vne grande nuée &

forte pluye commencer, vouloit sortir du logis en
pourpoint pour aller en quelque lieu, on tiédra pour
certain qu'il veut retourner bien tost ; & que s'il vouloit aller loing, il se couuriroit d'vn bon manteau contre la pluye: Et les vieux & experimentez Capitaines
chasseront tousiours d'auprés d'eux ceux qui s'en approchent sans armes, puis qu'ils doiuent aller en lieu
pour combattre, & non pas pour dancer ou baller;
d'autant plus seroit à blasmer le Chef d'vne armée ou
conducteur de quelques forces, qui legerement ex-
poseroit sa personne en danger ; car il n'est pas non
seulement nonchalant de sa vie, mais aussi de tous
ceux qu'il conduit, desquels le salut depend de luy,
& ayant soing de sa personne, il a soing aussi de tous
ceux qui sont dessous luy. L'on fait vne comparaison
d'vne armée à vn corps humain, les auant-coureurs
& cheuaux legers ressemblent aux mains, la gendarmerie aux jambes & aux cuisses, pour soustenir le
corps, les bataillons des gens de pied à l'estomach, &
le Capitaine & Chef de l'armée à la teste : & pour cette raison Timothée dist vn iour publicquement aux
Atheniens, que tenant la ville de Samos assiegée, il
eut grand honte de ce qu'vn coup de traict tiré des
murailles de la ville vint tomber tout auprés de luy,
parce qu'il s'estoit trop aduancé en ieune homme, &
plus hazardé qu'il ne conuenoit au Chef d'vne armée,
qui ne doit iamais se mettre au hazard, sinon qu'il
soit tres-vtile & important que le Chef de l'armée
s'expose au peril ; car lors il doit la teste baissée employer sa main & sa personne pour le bien & seruice
de son Estat, & aduantage de tous ceux qui sont souz

luy; mais iamais homme ſage ne requerra que le Chef
qui eſt pere & conducteur de tous faſſe acte de ſoldat
pſiué, qui ne pourroit ſeruir que d'vn ſeul homme, &
la perte ſeroit vniuerſelle à tous les ſiens; ſurquoy vn
iour Scipion l'Affriquain, eſtant blaſmé de quelqu'vn
de ce qu'il n'eſtoit bon, & ne s'aduançoit point au

combat, fit vne belle reſponſe: Que ſa mere l'auoit engendré pour Empereur & Chef d'armée, & non pas
pour Soldat combattant, qui eſtoit pour monſtrer
que la ſcience de vaincre eſtoit en l'eſprit & conduite
d'vn ſeul, & non pas en la force & aux armes d'vn ſeul
homme: Les Luſitains qui anciennement eſtoient
eſtimez les plus vaillans & feroces entre les Eſpagnols,
& qui dix ans durant combattirent contre les Romains à forces & victoires eſgalles, n'eſliſoient iamais
entr'eux vn Chef de leur armée qui fuſt fort vigoureux
de membres & diſpoſt, mais vn foible ou impuiſſant
de ſa perſonne; diſant que la premiere partie d'vn Capitaine eſtoit d'auoir la ſcience de ſe bien garder, &
par art & conduite d'euiter le peril & danger; ce qui
ne ſe pouuoit faire par vn Chef qui luy meſme s'expo-
ſoit au danger; d'autant que la victoire s'obtient pluſtoſt par conſeil & bonne conduite, que non pas par
les armes; & Homere donne plus de loüange à Vliſ-
ſes qu'il appelle conducteur de guerre, que non pas
à la vaillance d'Ajax, ny d'Achilles: Ne ſont moins auſſi
à deſpriſer les Chefs de guerre & les Capitaines, leſquels aux conſeils qui ſe tiennent pour la guerre, ſont
plus ſoigneux de ſe faire eſtimer hardis que ſages en
conſeil, & s'il ſe propoſe quelque entrepriſe hazar-
deuſe & pleine de danger, ils n'oſent mettre en auant
le

le peril & inconuenient qui en peut aduenir, de peur qu'on ne prenne opinion d'eux, que ce soit crainte & faute de courage, laissant pour cette raison souuent tomber l'armée en hazard d'vne perilleuse entreprise, encore qu'ils en ayent bien eognoissance; & preferent en ce faisant l'opinion de valeur qu'ils desirent acquerir à la conseruation & seureté d'vne armée: comme aussi il y a quelquesfois des vieux Capitaines qui pour paroistre en conseil, plus suffisants en leurs opinions que les autres, soustiennent des aduis plus pour la reputation d'eux-mesmes, que pour le bien, vtilité & aduancement de l'armée, qu'ils ont fait courir quelquesfois de grandes fortunes pour cette raison : l'vne des choses les plus necessaires à la guerre, est que le Chef soit tousiours bien aduerty; car les plus belles entreprises ne se peuuent executer, sinon quand l'on sçait les forces de l'ennemy & ses desseins ; & pour cét effet ne faut iamais reietter les aduis que l'on donne; mais les rechercher & bien cósiderer, & iuger auec la raison & apparence; s'ils se trouuent veritables ils peuuent grandement seruir; si au contraire ils ne se trouuent certains , on y peut pouruoir & s'en aider selon l'occasion, ou bien y adiouster foy, s'il n'y a apparence, ou qu'il y ait soupçon de quelque desguisement & tromperie , & en quelque sorte que ce soit ne peut estre que tres-bon d'entendre tout ce que l'on peut d'aduis; car en ce faisant on donne volonté à vn chacun de venir rapporter ce qu'ils peuuent auoir appris, & faute de l'auoir ainsi fait a esté quelquesfois cause de faire perdre de grandes batailles, dont la memoire nous en est encore recente, à la grande perte &

K k k

Ce que faisoient les François anciennemēt pour auoir adnis à la guerre.

ruine de cét Estat, qui est vne faute que les anciens François ne faisoient pas; car il est escrit d'eux qu'ils commettoient l'vn des plus sages & aduisez de leur armée, pour arrester tous les passans par les chemins, pour apprendre tous les bruits & nouuelles de tous païs; qui est ce qu'ils appellent auiourd'huy prendre langue. Pirrhus Roy des Epirothes, ayant trois armées en diuerses Prouinces estoit ordinairement aduerty de ce qui se faisoit, & en ses armées & aux Prouinces ausquelles ils estoient, par le moyen des gens qui estoient à cheual, faisans grande diligence; qui fut,

L'introduction des postes prises de Pirrhus.

comme l'on dit, le commencement & introduction des postes; tout ainsi comme il faut estre bien curieux d'estre aduerty, il est aussi necessaire de prendre garde que le secret soit bien gardé; car iamais les grandes affaires ne succedent bien, quand auant l'effect ils

Les entreprises des guerres doiuēt estre fort secrettes.

sont descouuertes; & dit Suetone de Iule Cesar, que iamais on ne luy a ouy dire, demain nous ferós cela, & auiourd'huy cecy; mais seulement disoit, il nous faut à present faire telle chose, pour demain nous y aduiserons; qui est ce que respondit Lucius Metellus à vn de ses Capitaines. qui luy demandoit quand on donneroit la bataille; il luy fit response que si sa chemise sçauoit la moindre partie de son secret, qu'il la feroit brusler: les affaires de la guerre se doiuent bien conduire par plusieurs; mais la resolution s'en doit prendre secrettement, & auec peu de gens; autrement le tout seroit aussi tost descouuert; & publié qu'il seroit conclud; & ce conseil le faut prendre auec des hommes anciens & experimentez, & qui soient prudens & non temeraires; & prendre garde de se deffier du

conſeil des hommes, qui en leurs conſeils ſont opi-
niaſtres, & aux effets temeraires; car il y a moins de
mal à ſe conſeruer en ſe retirant ſans honte, que de ſe
perdre temerairement; auſſi la timidité des vns affoiblit ſouuent le courage des autres, & celuy qui eſt
remply de timidité eſt fort eſloigné d'eſperance, &
celuy qui n'eſpere rien, n'a pas auſſi le courage à la
guerre de rien entreprendre & executer; & par ainſi
le meilleur conſeil eſt de ſe ſouzmettre touſiours à la
raiſon, & ne s'abandonner point à la fortune & hazard, quelque aduantage que l'on puiſſe auoir, meſme à la pourſuitte des victoires qui ſe doit faire auec
iugement; car la fortune de la guerre ſe change ſou-
dainement, & ſouuent s'eſt veu des batailles gaignées
au commencement du combat, ſe tourner ſur l'heure
meſme à la perte; car il n'y a choſe en ce monde en la-
quelle la fortune ſoit moins correſpondante qu'au
fait de la guerre; il s'en lit pluſieurs exemples, entr'autre vn des derniers, du temps du Roy Louïs X I I. duquel le neueu, Gaſton de Foix, Duc de Nemours,
pourſuiuant la victoire à Rauenne, fut tué auec beaucoup d'autres; de ſorte que la victoire fut honteuſe
& en laquelle ſe receut plus de perte & dommage que de profit & aduancement : L'vne des principales parties d'vn bon Chef & Capitaine, eſt le
ſoing & la diligence, ſoit pour entreprendre, ſoit
pour ſe conſeruer, & le nom de l'armée qui s'appelle
exercite, eſt dit *ab exercitatione*, & le nom d'expedition
remarque la diligence requiſe à la guerre, & la promptitude d'entreprendre auec toute diligence, danger
& trauail, aux entrepriſes qui ſe font pour conquerir;

K k k ij

Nous voyons par les Commentaires de Cesar la diligence de laquelle il vſoit pour aduancer ſon armée à
grandes iournées pour ſurprendre ſes ennemis à l'in-
prouiſte; car il n'y a ſi grande force, laquelle n'eſtant
preparée à la deffenſe, ne ſoit eſpouuentée, & facilemét
diſſipée par vne venuë inopinée de l'ennemy. Darius
Alexan-
dre auoit
appris à
ſes gens
de pied à
marcher
auſſi toſt
que la
caualle-
rie.
ſe pleignoit de la celerité d'Alexandre, qui faiſoit marcher ſon armée de nuict & de iour, ne luy donnant
aucun repos ; & qu'il auoit appris à ſes gens de pied
de marcher auſſi toſt que la Caualerie ; le ſoing & la
vigilance ſont encore plus requis pour la conſeruation; & pour cét effect faut ſuiure le conſeil de Cambi-
ſes, pere de Cyrus, Roy de Perſe, lequel enquis comme il falloit bien garder les villes, reſpondit ſagemét;
Si les gardes de la ville eſtiment n'eſtre iamais en ſeureté de leurs ennemis : car à la verité ce n'eſt pas aſſez
d'auoir des armes, des munitions, de bonnes murailles, des tours bien flanquées, & foſſez remplis d'eau,
ſi ceux qui ſont en garde ne ſont eſueillez, ſoigneux
& diligens ; car ſouuent il s'eſt veu des villes les plus
Combien
la vigi-
lance &
le ſoing
d'vne
bonne
garde eſt
requis.
fortes, auoir eſté la nuict ſurpriſes, cependant que les
gardes dormoient; qui eſt la cauſe que Platon refere
que l'aduis de Socrates eſtoit que les meilleurs hommes & les plus riches de la ville eſtoient les plus propres & neceſſaires pour la garde, & que les gens de
guerre las de trauail & fatigue, ayant bien beu & mangé, ſe laiſſent facilement aller au dormir, s'aſſeurant
de la force du lieu ou des armes, ou ſe remettant ſur
leurs compagnons, qui tous n'ont pas grandement à
perdre à la ville : l'exemple nous en eſt laiſſé par le Ca-
pitole de Rome, où les Soldats qui le deffendoient

contre les Fráçois, s'ils n'euſſent eſté réueillez par vne
oye qui commença à crier, entendant le bruit, c'eſtoit
fait de la ville de Rome, & du nom des Romains, qui
fit apres introduire à Rome des Magiſtrats, qui
auoient la charge ſur tous ceux qui veilloient, & qui
eſtoient en garde, qu'ils eſliſoient de chacun ordre des
habitans, gens de bien, d'aage meur ; ayans toutefois
les forces du corps entieres & valides auec experience;
leſquels Magiſtrats départoient les gardes, & puis les
faiſoient ietter au ſort, à celle fin qu'ils ne ſceuſſent ny
le lieu, ny le temps qu'ils deuſſent eſtre en garde; & le
principal precepte que l'on puiſſe auoir en guerre,
c'eſt de ne iamais rien contemner & meſpriſer, & de
ſe deffier de tout le mal qui pourroit aduenir ; & n'a
pas eſté ſans cauſe que l'on dit d'ancienneté que la
mere du Capitaine qui eſt douteux & deffiant, ne
pleure pas ſouuent ; & ſemble que quand le Chef
d'vn armée dort, qu'il commet ſon armée au hazard,
& à la fortune; comme nous a bien monſtré Alexandre le Grand, lequel en ſommeillant tenoit en ſa
main, le bras eſtant hors du lict, vne boulle d'argent;
à celle fin que s'il dormoit trop fort il fuſt réueillé par
la cheute & ſon de ſa boulle ; ce qu'il auoit appris des
Gruës, du trouppeau deſquelles il y en a touſiours vne
qui eſt en garde, & qui veille tenant vne pierre au pied
pour eſtre reſueillée par la cheute de la pierre : Et ſi ce
grád Capitaine Thraſybulus Athenien en euſt autant
fait apres auoir acquis tant d'honneur, que d'auoir
chaſſé trente Tyrans qui oppreſſoient ſa patrie, il
n'euſt pas eſté tué en ſa tente par la ſortie que les ennemis firent de la ville aſſiegée, lors qu'il commandoit

Kkk iij

aux Atheniens en Sicile; ce qui aduint par faute de
bonne garde en son armée, qui luy fit perdre la reputation qu'il auoit acquise; & autant en est-il aduenu
à beaucoup d'autres de nostre temps, & entr'autres à
celuy qui commandoit en la ville de Cazal, qui fut
ainsi surprise par Monsieur le Mareschal de Brissac,
qui fut par faute de bonne garde la nuict, vn iour de
bonne chere: Pour les raisons cy-dessus desduites, il
y a quatre principales parties, qui sont requises à vn
grand Capitaine, la cognoissance de l'art & discipline militaire; la vertu; l'authorité & la felicité; de la
vertu du Capitaine doit proceder l'action & trauail,
la forme & le courage au peril, l'industrie en l'action,
la celerité en l'entreprise, & le conseil sur la preuoyance: Et quand vn Chef d'armée peut auoir ses qualitez
l'on se peut asseurer d'vne sage & vaillante conduitte,
qui est le principal, suiuant ce que Homere disoit, qu'il
estoit plus seur d'auoir vne armée de cerfs à la conduite d'vn Lyon, que non pas vne armée de Lyons à la
conduite d'vn cerf; qui est ce que dit Demades grand
Orateur d'Athenes, apres la mort d'Alexádre, & qu'il
voyoit l'armée des Macedoniés auoir les yeux creuez,
cóme les Ciclopes; & le conseil que Epaminondas en
mourant donnoit aux Thebains, estoit de faire la paix
auec les Macedoniens, puis qu'ils n'auoient plus
de Chef; & tout ainsi que les parties d'vn Capitaine
sont considerables, aussi faut-il regarder ce qu'il faut
à vn Soldat pour estre bien estimé; la premiere partie
& deuoir, est d'obeïr à celuy qui luy commande; porter volontairement toute peine & trauail, auec tous
hazards & dangers, tenir bien tousiours son rang en

combattant, prendre plaiſir aux armes, ſçauoir la diſcipline militaire, & preferer l'honneur & reputation
à toutes choſes : & en outre le Capitaine qui eſt en
action & en guerre, eſt obligé par le commandement
qu'il a ſur les ſiens, de corriger & empeſcher les blaſphemes, d'euiter les dommages qui ſe commettent
iniuſtement, excuſer les innocens, chaſtier les deſ-
honneſtes, payer les gens de guerre; deffendre le peuple, & garder qu'il ne ſoit ſaccagé & pillé, & entretenir la foy à tous, & aux ennemis meſmes ; & quand vn
Chef d'armée commence à cognoiſtre que ſes Soldats
deuiennent moins obeiſſans qu'ils n'ont auparauant
accouſtumé, ou qu'il ne ſeroit neceſſaire; c'eſt ſon deuoir & office de leur faire entreprendre quelque choſe, encore que le fruict en deuſt demeurer inutile; car
c'eſt aſſez gaigné que de les tenir en action, trauail &
occupation d'eſprit; d'autant qu'il n'y a rien ſi certain
que tous vices d'oiſiueté, & tous les deffauts du deuoir
d'vn chacun ſont corrigez & amendez par l'action,
qui entretient les eſprits & les corps en leurs forces &
deuoir, qui eſtoit cauſe que ce grand Marius, qui eſt
l'vn de ceux qui a le mieux ſçeu diſcipliner ſes Soldats
durant que ſon armée hyuernoit en quelque lieu, il
les faiſoit ordinairement trauailler, quand ce n'euſt
eſté qu'à faire & reparer vn chemin, trancher vne riuiere, ou quelque autre œuure publique, ſans les laiſſer
en repos, de peur qu'ils ne diſcontinuaſſent le trauail,
& qu'ils n'oubliaſſent leur diſcipline & obeïſſance; &
pour cette raiſon furent appellez les Mulets de Marius, tant ils eſtoient accouſtumez à porter toute ſorte de trauail; & en voyons encore auiourd'huy l'exem-

ple du retranchement de la riuiere du Rosne, aupres d’Arles, de l’Isle qui en fut faite, qui s’appelle encore auiourd’huy la Camarque, du nom de Cajus Marius; que d’autres appellent les fossez de Marius, qui nous tesmoigne assez combien le trauail & occupation ordinaire est necessaire, pour tenir les Soldats en discipline; & combien aussi elle interrompt à tous, & empesche toutes sortes de vices; car le trop grand repos est impatient de soy-mesme, qui fait se laisser aller au vice, & entreprendre & bastir en son esprit des choses nouuelles, & le plus souuent pernicieuses; & pour cette cause accompagnez vous tousiours de gens & seruiteurs, qui soient gens de bien & experimentez, & qui vous soient fideles, n’estans point vicieux & querelleux; car autrement au lieu d’en estre bien suiuy & seruy à vn besoin & necessité, ils abandonneront leur Maistre, par faute de cœur & d’affection; & les autres peuuent estre si corrompus qu’ils pourroient estre pratiquez de quelqu’vn, & encore outre le mal qui en peut aduenir, le Maistre en demeure tousiours auec honte & blasme; car il sera estimé tel & semblable qu’il aura reglé ses seruiteurs; Et ne faut iamais prendre asseurance à la guerre d’estre bien & fidelement accompagné que de gens de bien, & qui ayent donné preuue de leur courage, valeur & fidelité, autrement ils feront souffrir vne honte à vne bonne occasion à celuy qui leur commande; & s’il aduient que entre ceux qui pourront estre souz vostre charge, il y en ait quelques vns qui ayent executé quelque chose de beau & digne de loüange; ne permettez qu’il leur soit rien diminué de la gloire qui leur est duë; & vous mesme

mesme les loüez & donnez tesmoignage de leur merite deuant vn chacun; car c'est la principale recompense d'vn homme de cœur & d'honneur, qui a bien
fait, que de voir son merite recognu & loüé de son
Capitaine, & si cela induit & inuite tous ses autres
compagnons à bien faire, esperant pareille loüange
de leur valeur. Le temps passé pour recompense de
quelque bel acte, l'on faisoit l'honneur de donner
des diuersitez de Couronnes, ou d'accorder des honneurs, ou des triomphes selon la qualité des hommes
de merite & seruices ; & n'y a rien qui donne tant
de courage de bien faire, que l'esperance de l'honneur;
qui à fait dire au Poëte Simonides, que cette affection
d'honneur est vn cruel tyran des hommes ; parce qu'il
les contraint cóme par force, de donner courage aux
plus refroidis, & resueille les plus endormis, d'entreprendre toutes choses, quelque peine & danger qu'il
y ait ; & n'y a rien qui donne plus de cœur à vn homme
de bien & de valeur, que la loüange de sa vertu : & si
au contraire quelques vns de vostre compagnie, n'ont
pas assez bien fait, comme vous le pourriez desirer,
excusez doucement leurs fautes pour ne les desesperer,
s'ils se voyent perdus d'honneur & de reputation;
car il aduient quelquesfois que ceux qui ont grandement failly, recompensent apres leurs fautes par vn
signalé seruice ; si ce n'estoit qu'il y eust trahison ou
infidelité, ou telle autre poltronnerie & lâcheté, qu'elle
ne se pûst honnestement couurir, encore le moins en
parler est le meilleur : Ne permettez iamais aussi que
par ceux qui despendent de vous, ny par autre, en ce
que vous le pourrez empescher, il soit fait tort ou in-

De loüer & tesmoigner l'honneur de celuy qui aura bien fait à la guerre.

Le desir de l'honneur est vn cruel tyran des hommes.

iure à ceux qui ne font point profeſſion des armes ; & qui par leur âge, ſexe, condition & qualité ne peuuent empeſcher la force & violence d'autruy, prenant pour teſmoignage certain de peu de courage, celuy qui veut offenſer ceux qui ſont deſarmez ou ſans deffenſe ; & celuy qui a le plus de valeur & de courage à la guerre, ou à ſouſtenir vn tort & iniure qu'on luy voudroit faire, ſera touſiours le plus honneſte, doux & courtois à ceux qui auec honneur, reſpect, douceur & humilité, s'adreſſent à luy pour employer ſa bonne grace & faueur ; & ne ſouffrez iamais que ceux ſur leſquels vous aurez puiſſance, pillent & rançonnent aucunement le pauure peuple : car outre la pitié qu'il y a, & la raiſon qui le deffend, le deffaut de police & de regle au commandement & conduite des gens de guerre, vient touſiours à la honte & deshonneur de celuy qui leur commande ; & ſi deuez croire & tenir pour tout certain que le Soldat qui eſt pillart par raiſon doit eſtre eſtimé coüard ; car le courage & la valeur ſont touſiours eſloignez du vice ; auſſi pour cette raiſon ne deuez iamais entreprendre la charge pour commander à quelques trouppes que ce ſoit, s'ils ne ſont ſatisfaites de leurs ſoldes & payemens : car il n'eſt pas poſſible que gens de guerre puiſſent eſtre bien reglez & diſciplinez, ſi leur ſolde n'eſt payée ; & dés long-temps il a eſté dit que le Chef de guerre qui ne ſtipendie, & ne paye l'entretenement du Soldat, non ſeulement il permet, mais il ſemble qu'il luy commande de piller ; puis qu'il eſt neceſſaire que le Soldat viue & s'entretienne de ce qu'il doit auoir pour faire ſon deuoir ; & vaudroit bien mieux n'auoir aucune

charge que de commander à des gens qui ne seroient
payez, & d'estre seulement suiuy des siens en bon esquipage; ie n'adiouste point icy la façon de laquelle
il faut assieger ou deffendre des villes, ny des lieux,
lesquels il faut choisir pour camper vne armée, soit
pour la seureté, soit pour la commodité des viures; le
discours en seroit trop lóg, & y en a assez de liures imprimez; & aussi ne se peut bien cognoistre & apprendre que par experience; mais seulement vous dire en
passant qu'il n'y a ville si forte qui ne se puisse gagner
auec le temps & patience, par la prudente conduite
de celuy qui assiege; ayant bien recogneu la villé, les
hommes qui sont dedans, les munitions & prouisions, ayant quantité de Pionniers, pour gagner pied
à pied, & de bons Soldats bien patiens de peine &
trauail, bien obeïssans, pour ne rien auancer du commandement qu'il leur sera fait, couuerts par bonnes
trenchées, & bien conduits quand il est temps, sans
rien hazarder legerement par des assauts mal à propos, comme souuent font les François; car aussi tost
qu'ils sont repoussez, l'ardeur & violence de leur courage est fort refroidie, & les assiegez fort encouragez;
& toutefois enquoy est cogneu la sagesse & moderation du Chef qui assiege, entre lesquels il y en a qui
ont particuliere vertu; de laquelle ont quelquesfois
esté loüez de grands Capitaines, comme Demetrius,
auquel on donna ce tiltre d'honneur, d'expugnateur
des villes: il n'est pas aussi moins requis de bonne conduite & valeur à soustenir le siege & deffense des villes,
pour bien establir les gardes, sçauoir bien faire vne
saillie à propos, & retirer les hommes, prendre garde

aux pratiques des habitans & des soldats, que l'ennemy n'ait point d'espions, pour cognoistre ce qui se
fait à la ville, auoir de bons hommes & soldats, qui
ayent esté autrefois assiegez, pour ne s'estonner point
des furieuses batteries qui se font quelquesfois; auoir
des Pionniers & autres Habitans de la ville pour reparer & faire retrenchemens, Chirurgiens pour penser incontinent les blessez, & sur tout donner bon
ordre au mesnage & conseruation des munitions &
viures, qui le plus souuent se baillent & consomment
en abandon au commencement des sieges; & aussi tost
que les poudres, boullets, viures & munitions def-
faillans, les Capitaines pensent estre excusez d'entrer
en capitulation; mais le Chef qui commande à la ville, n'est pas excusé de la faute qu'il a commise en la
prouidence & bon mesnage, ny pareillement celuy
qui a la charge de l'artillerie, ny le Commissaire des
viures, mais le plus grand blasme vient sur celuy qui
commande, qui a deu pouruoir à tout : & pour cette
cause anciennement à Rome ils eslisoient vn Magistrat qu'ils appelloient Prefect des viures & munitions, & encore auiourd'huy en Italie, la plus grande charge de leur armée, apres celuy qui commande,
est le grand Prouidadour, qui a charge sur tous les
viures & munitions de l'armée: car à la verité c'est ce
qui est le plus necessaire pour l'entretenement d'vne
armée, ou le soustenement d'vn siege; car où la faim
presse, toute crainte & obeissance est perduë, & n'y
seruent, ny les armes, ny les Loix, ny commandemens, ny tous droits diuins & humains, qui est la
raison pour laquelle il se faut bien donner de garde

d'y tomber : Pour fin il se doit adiouster que l'eloquence est fort honneste à vn Chef de guerre, &
souuent tres-necessaire pour s'en seruir, d'exciter ou
retenir les Soldats à ce qui en est besoin ; Ils ne faisoient point à Athenes vn Chef d'armée qui ne fust
fort eloquent ; & lisons combien l'eloquence a seruy
à Iules Cesar en ses grandes entreprises ; Si Dieu vous
fauorise tant que d'auoir bien fait en quelque charge
que vous aurez euë, & d'en estre loüé de ceux qui vous
aurót assisté, portát de vous tesmoignage honorable,
si ne deuez vous pour cela vous en vanter aucunement ; mais faire contenance den'y penser plus, comme en chose que vous ne tenez pas assez grande pour
la volonté que vous en auez de faire mieux ; car quand
parmy les gens de guerre ou autres, quelqu'vn se vante, il doit estre estimé n'auoir pas accoustumé de faire
quelque chose de grand, & que c'est plustost par hazard que par bonne conduite & valeur, que la fortune
luy a bien succedé ; car la vertu & valeur consiste aux
effects, & non aux paroles & vanteries ; & n'y a rien si
ridicule que les vanitez & vanteries, qui ne peuuent
prouenir sinon, ou de peu de cœur, ou de peu de iugement ; car il faut estimer que ceux deuant lesquels
nous parlons, peuuent auoir cognoissance & experience de ce que nous disons, & qui iugeront vn
homme vain & menteur, qui voudra aduancer ce qui
n'est veritable ; ou bien de peu de cœur & valeur celuy qui se vante de peu de chose, qui fait paroistre assez son insuffisance, dont il sera plustost mocqué que
loüé, comme il le veut estre, & sera estimé ressembler
à vn ballon enflé, plein de vent, qui saute haut

quand il est remply & poussé, mais à la moindre ouuerture le vent en sort & demeure le ballon tout plat,
comme fait celuy qui se vante quand il trouue vn hóme de iugemét qui luy respond, demeurant tout court
auec honte & moquerie de ceux qui sont presens &
tesmoings de ses vaines paroles; car quand vn Gentil-
homme est arrogant, peu modeste & impatient, c'est
argument d'estre peu sage & de mauuaise nature, &
d'estre causeur, coüard & effeminé, car il n'appartient
qu'aux femmes d'vser de la langue, & les hommes se
doiuent aider de l'espée & des effects; qui est la response que fit Demetrius à sa Dame Lamya qui luy demá-
doit pourquoy il ne parloit guere de ses gestes estant
en compagnie, & n'en mettoit des propos en auant,
qui luy dit; Que l'office d'vne femme estoit de filer &
parler, & celuy d'vn Cheualier de se taire & bien combattre, quád l'on va aux armees: pour bien faire, celuy
qui y veut receuoir de l'honneur doit estre bien monté, de bons cheuaux & bien dressez, auec honneste esquipage, & moyen de porter la despense à la suite des
armees pour mieux entretenir prés de soy des gens de
bien & de valeur, qui puissent aider & seruir pour executer quelque bon effect, qui est le lieu où il est permis
& estimé honorable d'y faire deffense plus que le reuenu ne monte; puis qu'il est question de se faire paroistre, bien seruir, & acquerir de l'honneur; & le bon
mesnage qu'vn hóme sage fait en sa maison doit estre
employé à vne si bóne & hóneste occasió, dont il sera
tousiours loüé, pour apres faire peu de despense en sa
maison, & remplacer celle qu'il aura faite trop grande
à la suitte de l'armée: Il ne faut obmettre qu'il est tres-

vtile, & que les occasions le peuuent rendre necessaire
à vn homme de guerre de bien sçauoir nager, car
souuent on est contraint de passer les riuieres à nage,
& mesmement en ce Royaume qui est plein de riuieres, plus que beaucoup d'autres : Ce qui peut grandement seruir pour entreprendre, & pour se conseruer;
& nous lisons comme Iules Cesar a bien sçeu s'en aider
passant les riuieres tout armé, & portant son espée &
ses Cõmentaires. Ce que les anciens estimoient si necessaire à vn homme de guerre, que quand ils vouloient par mespris appeller vn homme ignorant, &
inutile en toutes choses; ils disoient par vn prouerbe,
qu'il ne sçauoit ny nager, ny les lettres, comme nous
voyons que Suetone dit, quand il parle d'Auguste,
qu'il auoit appris à ses neueux, les lettres, & à nager,
& les autres rudiments & enseignemens de la ieunesse;
& en la vie de Caligula, il est dit qu'il s'estoit assez
rendu docile en tout, que toutefois il ne sçauoit pas
nager, qui estoit comme vne principale partie qui
luy deffailloit.

Ne cherchez iamais aduancement par voyes mauuaises, comme par vne galanterie & vaillantise de
Cour, vne fortune vicieuse, car ce sont tous incertains
appuis, sur lesquels ne se peut fonder aucune chose
stable; mais attendez les honneurs par les seruices,
labeurs & merites, & ne poursuiuez les grandes charges; car elles sont trop enuiées & difficiles à executer;
& le plus souuent apportent plus de mal que de bien
& contentement; dont l'on fait comparaison aux
grands arbres qui sont esleuez par dessus les autres,
qui sont plus sujets aux grands vents & tempestes,

comme le tonnerre tombe le plus souuent sur les hau-
tes montagnes, mais en cela où Dieu vous appellera
sans en faire poursuite indignement, ny trop ambitieusement ; employez entierement vostre pouuoir,
& la vie s'il est besoin, en ce qui est de l'honneur de
Dieu , de vostre deuoir, & contentement de vostre
Roy; mais souuenez vous perpetuellement que quelque bien & faueur que vous puissiez auoir, de n'y mettre iamais vostre confiance ; car le monde est trompeur, & n'y peut auoir aucune asseurance, & souuent
la fortune en esleue quelques vns bien haut, pour les
ruiner auec plus de honte ; ce qui se cognoist par chacun iour aux plus grands, que l'on pense les plus asseurez en authorité, soit Rois, Princes, Gentils-hommes ou autres, ausquels neantmoins suruiénent ordinairement plus de mauuais accidens; & lors qu'il leur
suruient quelque grande & aduantageuse faueur, c'est
lors que la fortune les veut tróper, & qu'elle leur prepare cette embusche pour les surprendre, s'ils ne sont
sages, fort retenus & moderez en leurs fortunes ; car
il est plus difficile de garder la modestie en prosperité,
que non pas en fortune contraire : & iamais la fortune n'a tant fait de faueur à personne, qu'elle ne luy ait
fait autant de mal ou de menace; qui estoit la raison
que le Roy Philippe de Macedoine, ne receuoit iamais
vne bonne nouuelle, qu'il ne priast les Dieux d'adoucir le mal qu'il attendoit en contr'eschange ; qui a
fait autresfois que les Peintres & les Poëtes ont de-
peint la fortune en beaucoup de sortes, & le commun
a esté de la peindre aueugle, comme Cupidon, qui
sont tous deux priuez de veuë & de iugement ; & non
                                                    pas

pas seulement la fortune est aueugle, mais aussi elle
aueugle ceux qu'elle fauorise & embrasse; car il n'y a
rien si intolerable qu'vn fol bien fortuné; aussi d'autre part la bonne fortune est sœur & compagne de la
bonne institution, persuasion & prouidence, comme
dit Tite-liue en sa 4. Decade. Qui faisoit que le temps *La bonne*
passé l'image de la fortune estoit mise à la chambre de *fortune*
l'Empereur, & incontinent apres sa mort elle estoit *est sœur*
portée en la chambre de son successeur, pour leur estre *& com-*
mis tousiours deuant les yeux l'instabilité de leur *pagne de*
puissance & authorité; car la condition des choses *la bonne*
humaines est telle, qu'il faut par necessité qu'il y ait vi- *institutiõ*
cissitude en toutes choses, & pertuel changement, *& proui-*
comme du beau-temps en la pluye, & du bon-heur en *dence.*
mal-heur, & la roué tourne tousiours du haut en bas; *Le por-*
ce qui donna sujet à ce sage Roy d'Egypte Amasis, de *traict de*
quitter l'alliance de Polycrates Roy de Samye, parce *la fortu-*
qu'il estoit trop heureux, & que tout ce qu'il vouloit *ne entie-*
succedoit à son desir; tesmoing le poisson que l'histoi- *rement*
re dit auoir esté pris, au ventre duquel se trouua l'an- *mis en la*
neau de ce Roy qui l'auoit ietté en la mer pour le per- *chambre*
dre, estimant Amasis qu'il falloit que cette trop heu- *des Em-*
reuse fortune se changeast en quelque grãd mal, cóme *pereurs.*
il aduint bien tost apres, car il fut priué de son Royau- *Le trop*
me, & pendu ignominieusement: & ne voyons point *grand*
de grands Empereurs, Capitaines, ny de toute sorte *heur est*
de qualitez d'hommes & femmes, qui en peu de temps *argumẽt*
ne sentent diuers differends, & fort contraires acci- *certain*
dens de la fortune, comme nous en voyons assez *d'vne*
d'exemples en ce Royaume, & deuons tenir pour ve- *mauuai-*
ritable l'opinion de Solon, qu'il n'y a personne qui se *se fortu-*
ne pro-
chaine.

puiſſe eſtimer bien-heureux deuant la mort; car la faueur & felicité de ce monde eſt touſiours variable &
inconſtante & pleine d'inquietude; d'elle-meſme elle
s'agite, elle tourmente l'eſprit en pluſieurs ſortes; les
vns ſur l'ambition & deſir de grandeur ; les autres ſur
la jalouſie ou vengeance ; les autres ſur l'auarice & richeſſe, & les autres ſur les voluptez ; elle enfle les vns
de gloire, & amollit les autres ; & comme eſt la nature du vin , celuy qui n'en ſçait moderément vſer, il
perd & enyure celuy qui le boit ; & le plus ſouuent chacun court apres celuy que l'on eſtime heureux & fauoriſé, comme l'on va à vn lac pour prendre
& eſpuiſer de l'eau, auquel chacun en prend à ſa volonté ; & apres ſe retirant celuy meſme qui en a pris,
ce qu'il a voulu, trouble l'eau en l'eſpuiſant ; auſſi de
meſme l'on ſe moque le plus ſouuent des actions de
ceux qui ſont fauoriſez, encore que tous les iours l'on
en reçoiue plaiſir : mais la vertu, force & courage d'vn
homme de bien & d'honneur, ne ſe peut mieux monſtrer & cognoiſtre que quand il tombe en mauuaiſe
fortune & deſfaueur; & ne ſe doit iamais encore perſonne eſtimer heureux, s'il n'a eſſayé & combattu la
mauuaiſe fortune ; car la vertu & la force eſſayée eſt
touſiours plus ferme & pleine de vigueur : Et le Soldat qui a ſouuent combattu, & qui a quelquesfois eſté
bleſſé, reſiſte & ſe deffend beaucoup mieux; & ſouuen-
tesfois noſtre mal-heur eſt plus plein d'opinion que
d'effect , qui nous doit pluſtoſt touſiours mieux faire
eſperer que ſe faire mal-heureux auant le téps, encore
qu'il ſoit bon de preuoir & donner tout remede au
mal qui nous pourroit aduenir; & pour ces raiſons, il

faut dés fa ieuneffe apprendre & fe refoudre à porter
efgallement & conftamment tous les euenemés & accidens de ce monde, foit de bonne fortune ou mauuaife, & en toutes nos actions vfer de vertu, qui n'eft
autre chofe, finon vne efgalité & mefme teneur de
bonne vie en toutes chofes, conforme, femblable &
refpondáte à foy-mefme, & que les paroles & les effets
fe fuiuent & accompagnét; confiderant ce que dit Ciceron en fes Epiftres, que nous deuons toufiours nous
fouuenir eftre nés hommes, & qu'auec cette Loy noftre vie eft expofée à tous les euenemens de fortune, &
ne deuons ny pouuós refufer ny nous empefcher de viure fouz la condition en laquelle nous fommes nés &
mis en ce monde, la matiere de l'homme eftant fluide
& caducque, fujette à tous hazards, & dangereux
euenemens; & ne deuons porter auec tant d'ennuy,
les facheux accidents qui nous furuiennént, lefquels
nous ne pouuons euiter par aucun confeil; nous remettant en memoire tout ce qui eft aduenu aux autres
deuant nous, nous trouuerons qu'il ne nous eft rien
furuenu de nouueau; & dit auffi en fes Tufculanes, que
c'eft vne grande folie de fe tourmenter inutilement
de douleur, quand la fafcherie ne peut feruir ny remedier au mal; & deuons auoir cette refolution que
la verité & la raifon nous commande de prendre, que
ne pouuons eftre blafmez de rien, finon que des fautes qui viennent de nous mefmes: mais tous les autres
accidens de fortune nous les deuons porter auec toute moderation & prudence, qui eft le vray repos, tranquilité & feureté de l'efprit, quand il eft bon, droict,
& magnanime, & qu'il eft pourueu des autres parties

requiſes à vn homme de bien & Gentil-homme
d'honneur, qui eſt d'eſtre veritable, genereux, modeſte à parler, liberal à faire plaiſir, ſobre à manger,
pitoyable à pardonner, courageux à combattre, &
patient en toutes aduerſitez ; qui ſe doit contenter en
ſoy-meſme de ce qu'il peut auoir, meſpriſant tous
euenemens de fortune, & en ce faiſant ſa feliciténe
depend point de la puiſſance d'autruy, mais ſa naiſſance ſera en luy & en ſa maiſon meſme, laquelle reſolution eſt facile à prendre, quand dés le commencement
on ſe perſuade en l'eſprit toute incertitude de faueur
& felicité de ce monde, les changemens ordinaires, in-
conſtances & legeretez accouſtumees des Princes ; &
que faiſant bien ſans laiſſer aucune marque de reproche on viue auec eux, ayant vn pied dedans leurs
Cours & l'autre dehors, comme l'on dit, & ne faire
non plus d'eſtat de leur faueur, que ſi deſia l'on

n'eſtoit plus auec eux ; & meſmement eſt eſtimé à
grand prudence, quand celuy qui eſt fort obligé à
vne charge ſujette à changement, & qui cognoiſt ſon
Maiſtre leger & variable, de baſtir ſa retraitte durant
ſa faueur, pour la rendre plus ſeure & honorable ; car
le ſage doit regler ſa vertu de ſorte, que quand il luy
ſuruient quelque mal, deſfaueur, ou inconuenient, il
ait touſiours cette force preſte, auec ſon eſprit reſolu,
pour auec la raiſon, reſpondre aux contradictions &
empeſchemens qui ſe preſentent, comme vn bon &
prudent Chef d'armée ordonne ſes gens de guerre de
telle façon, qu'au premier ſignal les gens de pied
prennent d'eux-meſmes leur rang, où il leur a eſté au-
parauaut ordonné, & la Caualerie ſe range tout auſſi

toſt en bataille, & que chacun de l'armée prenne ſa
place & ſe prepare à ce qu'il doit; ainſi l'homme ſage
eſt touſiours muny & preſt à receuoir toutes ſortes
d'aſſauts, & les ſouſtient fort courageuſement, ſoit
mal de ſanté, pauureté, perte de biens, deffaueur, faſcheries & querelles; & ſans peur & crainte combattra
toutes ſes aduerſitez; & par la force de ſa vertu toute
faſcherie, moleſte & iniure, ſeront opprimees & ob-
ſcurcies, comme par la venuë du Soleil toute obſcuri-
té ceſſe & toutes ſortes d'incommoditez ne paroiſ-
ſent non plus que quand les broüillats & les pluyes
ſont tombees dedans la mer, qui eſt la vertu que nous
appellons fortitude, qui rend l'habitude de l'eſprit
plus eſleué & excellent à porter eſgallement tout l'e-
uenement des choſes humaines, & celuy qui aura mis
ſa principale force & aſſeurance en la vertu; quelque
fortune & mal qui luy puiſſe aduenir, le portera pa-
tiamment iuſques aux mediſances ſecrettes & cachées
de ſes malueillans, qu'il faut meſpriſer, puis qu'ils ne
ſont pas ſi gens de bien que de les dire ouuertement;
& conſiderera qu'il n'y a homme tant ſoit-il vertueux
qui ne ſoit ſujet d'eſtre blaſmé par les meſchans &
malueillans, qui appelleront cruel celuy qui ſera iuſte,
meſpriſerōt les pitoyables; le liberal l'eſtimeront pro-
digue; le bon meſnager le diront auaricieux; le paci-
fique le tiendront pour coüard; s'il eſt courageux le
reputeront querelleur; de celuy qui eſt graue diront
qu'il eſt ſuperbe; s'il eſt affable qu'il eſt ſimple; du ſolitaire l'eſtimeront hipocrite; du ioyeux, diront qu'il
eſt diſſolu : mais l'homme de bien, garny de vertu,
meſpriſera toutes telles mediſances & menteries; &

s'arreſtera ferme à ce qui eſt de l'honneur & de la raiſon, regardant à la ſeule vertu & aux effects, & non
aux paroles qui ſont vaines & inutiles ; & qui auſſi
toſt s'euanoüiſſent quand ils ne ſont point veritables,
à la honte & deshonneur de ceux qui les ont aduan-
cees ; au contraire en aduient à celuy qui ſagement ne
peut prendre cette reſolution ; car par ſon imprudence & folie il n'a point de repos en ſon eſprit, la peur luy
vient de la teſte, tout le corps luy tremble, au moindre
peril qui ſe preſente il s'effraye, tout luy apporte eſ-
pouuentement, & eſt touſiours deſgarny de toute
reſolution, & de tous remedes.

Si les occaſions ſe preſentent pour acquerir de la
faueur, honneur & aduancement, il ne les faut perdre & meſpriſer, & en laiſſer vne bonne & honneſte
occaſion ; ce ſeroit faute de courage, de valeur & entendement, & empeſcher à ſoy-meſme le cours d'vne
belle & honorable fortune, & ſe faire mal eſtimer
d'vn chacun faute de cœur, ſe deffiant en ſoy-meſme
de ſes merites & ſuffiſances, de preſcrire & enſeigner
les occaſions que l'on en peut prendre, & les moyens
que l'on en peut auoir, il ſeroit trop mal-aiſé de les pouuoir moſtrer & deſduire, car elles ſe cognoiſſent à l'œil,
& ſelon qu'elles ſe repreſentent bonnes & honneſtes;
cóme le Medecin ne peut bien cognoiſtre la maladie,
que par la veuë des malades & touchemét de la veine;
& celuy qui va à la guerre & au combat, prend le conſeil & la reſolutió ſur le champ; auſſi faut-il que l'homme ſage ſçache prudemment vſer des occaſions qui ſe
preſentent, & ne craindre peine, trauail & ſubjection
pour auec toute diligence paruenir à quelque but

d’honneur; car la crainte & deffiance ne peut toucher
que les esprits degenerans d’honneur, & ceux qui sont
courageux & genereux sont nourris & entretenus par
trauail & vigilance, & ne fuir iamais la peine & labeur;
mais au contraire la volonté leur accroist & le coura-
rage se fortifie par l’object des difficultez qui s’y op-
posent, & trauaux qui se presentét; & encore que souuent au maniement des charges il y ait autant de mal
& desplaisir, comme de bien & contentement, qui seroit plustost desirer se retirer que continuer telle subjection & misere, il faut faire en cela comme l’on fait
à l’endroit d’vne amie qui est bien aymée, auec laquelle on est quelquesfois en querelle & courroux, mais
pour cela l’on ne la haït pas, & l’amitié & affection
surmonte la peine; & le petit courroux est le rafraichis-
sement, & quelquesfois augmentation de l’amitié;
aussi l’honneur & l’affection de s’acquerir dignement
des charges, doit faire porter cette honneste & volontaire subjection & trauail, & se proposer tousiours
deuant les yeux que le Magistrat, charge, & gouuernement, fait cognoistre le merite & valeur de l’homme,
& aussi la vertu de l’homme fait dauantage estimer &
honorer la charge; & deuons trauailler de meriter
l’hôneur plus que de le procurer; de ne le desirer point
ce seroit œuure diuin & non humain; mais c’est assez
fait que ne le poursuiure point ambitieusement, estimant illicite la charge & authorité qui s’acquiert par
moyens illicites; car l’homme vertueux n’a iamais faute d’honneur; & ne se trouuent guere d’hommes venus aux honneurs par moyens illicites, comme par
tyrannie, achat, pratique, ou autres voyes indignes,

Ceux qui
sont gene-
reux &
coura-
geux sont
entrete-
nus par la
vigilance
& tra-
uail.

Meriter
plustost
l’honneur
que le
poursui-
ure.

que par la mesme charge qu'ils ont poursuiuie, ne leur soit aduenu quelque grande infamie & deshonneur: nous en voyons l'exemple à Rome par les Empereurs Iules Cesar, Tybere, Caligula, Neron, Galba, Otho, Vitellius, & Domicien, desquels nous voyons le succez de leurs Empires, & les moyens par lesquels ils y estoiét paruenus; au contraire il y en a qui ont acquis plus d'honneur en refusant les charges que s'ils les eussent acceptees; comme Quintus Cincinnatus, Scipion l'Afriquain, & Marcus Cato, eurent plus de loüange du mespris qu'ils firent, & de l'excuse qu'ils prirent d'accepter les charges, qu'ils n'eurent d'honneur & reputation des victoires qu'ils auoiét euës; car la victoire gist le plus souuent en la fortune, & le mespris de la charge d'honneur en la seule prudence. Plutarque aima mieux demeurer en exil auec Nerua qu'il aimoit, que d'estre auec Domicien Empereur de Rome en faueur; & par ainsi la prudence requiert de considerer & preuoir auant que d'entreprendre, mesmes auant que d'accepter les charges, l'esperance que l'on y peut auoir de l'honneur & du bien, & les moyens d'y paruenir & de s'acquitter dignement des charges, s'il y a certitudes & raisons suffisantes pour esperer & tenter ce que l'on desire auoir, & si les difficultez qui y sont se peuuent surmonter; & au contraire si les empeschemens y sont si grands, peu de moyen d'executer ce que l'on entreprend, & le peu d'esperance de le pouuoir bien maintenir, quand il seroit acquis, & de s'en acquitter auec honneur, il vaut bien mieux; il est plus seur & beaucoup plus honneste, faire cognoistre à vn chacun que l'on ne l'a pas voulu entreprendre; car

ij

Celuy qui obtiét les charges par voyes illicites, est le plus souuent ruiné par la mesme charge.

Plus d'hôneur quelques fois de refuser les charges, que de les accepter.

il est trop honteux d'entreprendre quelque chose, &
legerement s'en departir; & encore plus dangereux,
d'opiniastrer à combattre vne chose qui ne peut bien
& honnestement reüssir; car de l'vn on est mocqué &
mesprisé, & de l'autre il s'ensuit, outre le regret de la
peine perduë, aussi beaucoup d'autres facheuses tra-
uerses, qui laissent au bout quelquesfois des querelles,
ce qui prouient d'vne ambition demesurée, qui est
vne folie & mal reglée cupidité de gloire, qui doit
estre estimée fort miserable, & qui reduit les hommes
en toute espece de mal & d'infidelité : Par ainsi le recours & asseuré moyen de la conduite de toutes nos
actions, depend de la prudence & bonne volonté que
nous auons, qui nous fait cognoistre ce qui est à faire,
& ce qui se doit laisser, & nous donne le gouuernail
du cours de nostre vie, parmy les vagues & tempestes,
& nous rend vn bon & ferme conseil à vne infinité
d'affaires, qui nous viennent à chacune heure, selon
les diuers accidens du monde.

Les bon-nes actiõs des hom-mes se gouuer-nent tou-tes par prudẽce.

Il y a six choses principales qu'il faut preuoir & cósiderer pour paruenir & se garantir s'il est possible, des
maux qui le plus souuent nous peuuent aduenir; &
pour bien conduire toutes nos actons, & viure sagement en ce monde: Les trois premieres sont de prendre garde de ne tomber en haine, enuie, & mespris; ce
qui est tres-difficile de faire & d'en pouuoir donner
aduis & conseil; car cela ne se peut bien cognoistre
que selon les occasions qui se presentent, desquelles
depend le iugement de la prudence de celuy qui regle
& conduit ses actions; car le plus souuent il aduient
que quand on veut esuiter l'enuie ou la haine, on

Qu'il y a six prin-cipaux maux, desquels il faut se donner peine de se garan-tir.

Nnn

tombe en mespris; & qui veut & se donne peine de
n'estre mesprisé (qui est le plus grand regret qu'vn
homme de courage sçauroit receuoir) il est sujet de
tomber en l'enuie, & bien souuent en la haine, qui
sont trois rochers fort dangereux & mauuais ; car
voulant esuiter l'vn, il est mal-aisé que l'on ne retombe en l'autre: L'enuie est le plus ancien vice du monde
& celuy duquel on vse le plus, & qui n'aura iamais fin,
& souuent est plus grande l'inimitié, conceuë par enuie, que celle qui prouient par iniure; car l'iniure se
peut oublier auec le temps; & le plus souuent l'enuie
va en augmentant: & celuy qui est le plus homme de
bien, le plus suffisant & de valeur, sera le plus exposé
à l'enuie, & au contraire celuy qui sera le plus meschant sera le plus enuieux; si est-ce qu'il vaut mieux
encore estre enuié des voisins & compagnons que
d'estre à pitié à ses amis; & l'homme qui n'a aucuns
enuieux, peut dire qu'il n'a aucun auantage de la fortune; qui est ce que dit Plutarque de Themistocles,
lequel quelquefois enquis pourquoy il estoit triste,
il respondit que c'estoit parce qu'il n'auoit fait en
vingt-deux ans chose digne de memoire, puis que
personne ne luy portoit aucune enuie: L'enuie est vne
dangereuse peste, qui ruine les plus dignes & suffisans
personnages, & les plus grands Estats; qui est la raison
que les Poëtes par leurs fables, mettent l'enuie aux
enfers, où elle se nourrit de serpens, viperes & hy-
dres: Et le meilleur aduis qui se peut en cela donner,
est tousiours de bien considerer les cómencemens de
toutes choses, car ils sont en nostre puissance, prudence & conduite; mais l'euenement depend de la

fortune, comme le bon Marinier peut preuoir, & donner ordre au commencement à tout ce qui est necessaire pour sa nauigation, pour ne tomber à aucun danger de mer, mais ne peut promettre & asseurer le passage & retour du nauire en seureté, qui souuent vient perir au port mesme; & celuy qui peut prendre le plus de preuoyance & asseurance à tels inconueniens, est celuy qui se soubmet du tout à la raison; car la raison doit surmonter & soubmettre à soy toutes choses: & quand il aduiendroit autrement que par la raison, comme tous euenemens sont incertains & douteux, si est-ce que celuy qui a suiuy ce qu'il deuoit faire par la raison, doit estre plus estimé que celuy qui a eu bon succez, contre ce que la raison requeroit d'en iuger; & aduient souuent que la mauuaise fortune ne nous est pas si contraire, que nous mesme la cherchons pour y tomber; ce qui doit estre bien honteux à vn homme de iugement que de se laisser transporter hors des termes de la raisō, qui doit estre le gouuernail & conduite de toutes nos entreprises, actions & deportemens de nostre vie, qui est sujette à mesme iour de receuoir le bien & le mal, comme à la mer d'auoir le calme & la tempeste, & par vn mesme chemin d'auoir à vne mesme heure la poudre par la chaleur, & aussi tost la fange par la pluye qui suruient; & en tout se faut preparer pour n'estre en tous les accidens de ce monde surpris de trop de ioye ou de tristesse, & se porter esgallement en l'vn & l'autre d'vne mesme force, constance & teneur de volonté; car la vertu doit surmonter tous les bons & heureux, ou perilleux euenemens; bien faut recognoistre que nous ne pouuons pas em-

pescher les sentimens de la nature, comme de la veuë
& rencontre de nostre amy, que nous pensions estre
perdu, de la conseruation de nostre patrie, de l'honneur, gloire & reputation de nous, de nos enfans &
amis; & au contraire de nous émouuoir à la tristesse, &
de nous facher de nostre maladie & douleur de corps,
de la perte de nos amis & de nos enfans, de la calamité
& ruine de nostre patrie, qui sont sentimens qui touchent les plus sages : car ce ne seroit pas vertu d'estre
insensible de tous sentimens de nature & d'affection,
mais le sage & prudent qui reçoit tels coups & assauts
de passion, les ayant reçeus sçait bien aussi les vaincre,
guerir & comprimer, & vser de sa vertu accoustumée, de porter tout courageusement, & ne s'estonner
aux choses subites & naturelles ; comme soudainement trouuer à ses pieds vn precipice, & marcher sur
vn serpent, c'est chose semblable comme ceux qui s'es-
uanoüissent à voir sortir du sang de la playe de l'vn de
leurs amis, & toutefois ne craindroient point d'y exposer leur vie ; ce qui prouient d'vne certaine perturbation naturelle & commune à tous, mais non pas
d'vne mutation d'esprit & faute de courage ; & par
ainsi nous deuons accompagner toutes nos actions
de iugement & de prudence, sans laquelle ne se peut
prendre aucun bon conseil, qui nous enseigne de fuir
& esuiter tout le mal que nous pouuons auoir & courir, soit d'enuie ou de haine, ou mespris, & de souffrir
& porter courageusement ce que nous ne pouuons
esuiter ; ce qui se peut faire quand nous suiurons tou-
jours la raison : car celuy qui en toutes ses actions se
soubmet & assujettit à la raison ; il est conduit & gou-

uerné par elle, & luy enseigne ce qui est bon d'entreprendre, & ce qui se doit laisser; laquelle raison croist
& se rend tousiours par nostre action plus forte; car
le propre de l'homme est la raison qui le rend differend, & par ce moyen dissemblable des autres animaux, qui ne peuuent estre raisonnables; & la raison
veut que toutes nos actions soient accompagnées de
prudence, qui est à dire le choix & la vraye election de
ce qui est bon ou mauuais; que le Philosophe Appol-
lophanes appelloit la seule vertu, de laquelle toutes les
autres vertus dependoient, & qui en la seruant luy
obeissoient: les autres trois maux & inconueniés, dont
nous deuons prendre peine de nous garantir & preser-
uer, sont les maladies, la pauureté & la violence des
plus grands: pour les maladies, nous deuons nous garder & conseruer nostre santé, de laquelle en pouuons
estre le meilleur Medecin nous mesme, par la cognoissance que nous pouuons prendre de nostre naturel mieux que tous autres, & sentir en nous mesme
ce qui nous peut faire bien ou mal, ce que nos forces
peuuent porter, & ce qui peut estre contraire à nostre
naturel; à quoy sert beaucoup ce que de long-temps a
esté dit: Qu'il faut de bonne heure deuenir vieux, qui
est à dire que cependant que l'on a la force de ieunesse, & que l'on est encore entier de disposition & en vigueur, que l'on departe & modere les trauaux de la
ieunesse, auec tel soing & regard de la conseruation
de la santé, que l'on puisse maintenir la vieillesse plus
seine & auec moins d'incommodité; & peu profitent
à l'homme les richesses, si premierement il n'a la santé,
non plus qu'vn bon lict ne sert de rien à celuy qui ne

Toutes les vertus obeïssent à la pru-dence.

Des ma-ladies.

peut dormir, & la bonne viande à celuy qui ne peut
manger : Tous les bons Autheurs qui ont bien auec
verité voulu escrire tous les principaux & certains effets de la Medecine pour bien conseruer la santé, n'en
remarquent que deux, que nous recognoissons par
effet les plus asseurez pour conseruer la santé, à sçauoir
vser de sobrieté, & d'esuiter les fascheries ; car les
viandes mauuaises ou excessiues, nous corrompent les
humeurs, & les tristesses nous consument iusques aux
os, nous en voyons assez d'experiences ; Plutarque recite que Platon retournant de Sicile fut enquis ce qu'il
auoit veu, il respódit auoir veu vn monstre de nature,
qui mágeoit & se saouloit deux fois par iour, qui estoit
Denis le tyran, qui fut le premier qui introduit le disner ; car auparauant l'on ne faisoit que le soupper au
soir, sinon que les Hebrieux mangeoient à midy, Hippocrates nous enseigne que ceux qui sont adonnez
à leur bouche & à leur ventre, ne peuuent viure longuement, car leurs corps est trop plein de sang, dedans lequel les autres parties du corps sont plongees
comme dedans de la bouë ; & par mespris & honte les
Lacedemoniens monstroient en pleins festins leurs
serfs, s'il auenoit qu'ils se fussent enyurez, pour faire
paroistre leur turpitude ; & le mesme Hippocrates que
l'on appelle le Prince des Medecins, & qui le premier
a escrit de la Medecine, conseille le Medecin de ne
prendre iamais charge du malade qui n'est point sobre
& qui est de mauuais regime ; & aussi au malade de ne
prendre point vn Medecin qui est mal fortuné : nous
pouuons par nostre prouidence, sobrieté & abstinen-
ce de vices & d'excez, non seulement entretenir no-

ſtre ſanté, mais prolonger noſtre vie, comme fit Platon, lequel encore qu'il euſt trauaillé beaucoup aux
nauigations & aux peines & dangers qu'il auoit portez; ſi eſt-ce que ſa diligente conſeruation de ſa ſanté
le fit paruenir en l'aage de quatre-vingt vn an, qui eſt
ce qu'aucuns eſtiment eſtre le nombre d'année de la vie
le plus parfait, qui eſt de neuf fois neuf: C'eſt choſe
qui eſt née auec nous de nous aimer nous-meſme, &
d'auoir vn ſoin curieux de noſtre corps, & auec affection de prendre garde à la conſeruation de noſtre
ſanté, & faut aduoüer qu'il eſt commun & raiſonnable de ſe conceder quelque choſe d'indulgence &
douceur en ſon corps; mais auſſi il ne ſe faut tant demettre & aſſeruir, que nous en demeurions du tout
aſſujettis à nous meſmes, & deuons nous y comporter
de ſorte que l'on cognoiſſe que nous ne viuons pas
ſeulement pour le corps, ny pour le manger; mais que
nous entretenons le corps pour viure, qui eſt vne
ſaincte & veritable ſentence de Socrates; & quand
nous en auons trop d'amour & d'affection plus qu'il
ne faut, nous ſommes en l'inquietude de perpetuelle
crainte & trauail, de continuelle ſolicitude; & pour
cette raiſon faut auoir ſoing du corps ſeulement, autant qu'il eſt neceſſaire pour la conſeruation de la ſanté; manger pour eſteindre la faim & appetit; boire
pour oſter la ſoif; dormir pour donner repos au corps
& aux yeux trauaillez de peines & de veilles, & de telle ſorte faut traitter & nourrir le corps, qu'il ſoit fort
obeïſſant à l'eſprit, qui eſt la plus excellente & parfaite choſe que Dieu ait donnée aux hommes; car ceux
qui obeïſſent à leur ventre, nous les deuons mettre au

nombre des beftes, & non des hommes ; & y en a de
fi fordides yurongnes & gourmands, qu'il les faut
mettre au rang des morts, parce qu'ils veulét preuenir
leur mort, fe mettant hors du rang des hommes, comme dit Salufte contre ceux qui obeïffent à leur ventre,
qui veulent le rendre fi infatiable, combien que la
nature nous ait dóné les corps fi petits, peut fans vaincre & furmonter en voracite & gourmandife, les plus
grandes & gourmandes beftes fauuages. Pour la conferuation de la fanté, les exercices du corps font tres-
neceffaires, & Pline dit que la digeftion eft plus vtile
par l'exercice & par veiller, que non pas par le lict &
trop dormir ; car par les exercices les flegmes & humeurs graffes du corps fe diffipent & euaporent, &
l'agitation des membres les diminuent & confom-
ment ; mais auffi il faut que les exercices foient tels, &
fi moderez que la violence ne diminue point les forces du corps & de l'efprit, qui fe nourrit & entretient
par le labeur & trauail, de forte toutefois que par in-
teruale, luy foit donné repos ; car comme dit Ariftote,
tout ainfi que le labeur & trauail ingenu & moderé,
confirme le corps, & le rend plus fort & propre à porter le trauail ; auffi le trop grand exercice empefche la
croiffance du corps, & le trop grand trauail peut affoiblir les membres & y apporter des gouttes & autres
maladies, comme des varices, qui eft vne enflure de
veines aux iambes, ce qui aduint à Cajus Marius, pour
s'eftre nourry & trauaillé trop ruftiquement ; Il eft efcrit de l'Empereur Aurelian, qui mourut en l'an de fon
aage feptante fix ans, que iamais n'auoit pris Medecine, ny n'auoit efté feigné, & ce qu'il faifoit pour la
conferua-

conſeruation de ſa ſanté, eſtoit que tous les ans il en-
troit au bain, tous les mois il ſe prouoquoit à vomir,
& ieuſnoit vn iour toutes les ſemaines, & tous les iours
prenoit vne heure pour ſe pourmener; au contraire
l'Empereur Adrian ayant eſté en ſa ieuneſſe grand
mangeur, deſreiglé en ſon boire, & en ſa vieilleſſe
deuint goutteux & fort ſujet aux rhumes, & pour
cette raiſon auoit touſiours prés de luy force Medecins fort differens en opinions, comme ils ont accouſtumé, & qui luy firent prendre pluſiurs medecines, dont il ſe trouua mal; & en mourant teſmoi-
gna à vn chacun que la multitude des Medecins l'auoit
fait mourir; & y a eu d'autresfois des Republiques
bien reglées qui ont chaſſé les Medecins; comme ils
furent par le Senat d'Athenes, bannis de toute la
Grece apres la mort d'Hippocrate, & ſe paſſa à Rome
plus de quatre cens ans qu'ils ne vouloiét receuoir des
Medecins; ils eſtimoiét en Grece que la ſcience eſtoit
morte auec Hippocrate: Ce fut l'Empereur Auguſte
qui premier ſe ſeruit de Medecin à Rome, pour vn
mal de ſciatique qu'il auoit; & depuis Neron & Galba
en amenerent grande quantité; mais depuis Titus
le bon Empereur les chaſſa de Rome, comme il fit
auſſi les Orateurs, diſant que les Orateurs corrompent
les bonnes couſtumes, & que les Medecins eſtoient
ennemis de la ſanté, & cauſe de la pluſpart des vices;
de ſorte que beaucoup diſent que la plus grand'Medecine que l'on ſçauroit prendre, eſt de ne prendre
de Medecines qui ſeruent aux maladies qui ſont longues, auſquelles la diette, regime, & patience ſeruent
plus que tout; mais cela ne doit pas auoir lieu, ny

Ooo

estre obserué aux maladies aiguës & dangereuses;
comme à vne pleuresie, squinancie, inflammation, ou
apostume pestilentielle, fiévre chaude, apoplexie, frenesie ou autres semblables, où les remedes doiuent
estre prompts, & le bon, prudent & experimenté
Medecin, doit estre creu : La pauureté ne peut estre
à celuy qui sçait bien vser du sien, & ne peut estre estimé pauure celuy qui vit côtent de son bien, se confor-
mant à ce qui luy est du tout necessaire pour l'entretenemét de son corps & de sa vie; car le reste ne prouiét
que de cupiditez vaines & delicieuses, qui sont souuent accompagnées de plus de mal que de bien & contentement; car qui vit à l'opinion d'autruy n'est iamais
riche, quand vn plus riche & plus aisé en commodité
que nous est proposé deuant nous; ne considerant pas
qu'il nous faut peu pour l'entretenemét de la nature,
auquel le sage s'accómode, se mocquant des occupations, peines & trauaux de ceux qui ne pensent qu'à
s'enrichir; car celuy est estimé mieux ioüissant de ses
richesses qui en a le moins affaire; d'autant que celuy
qui en a besoin, & qui est pressé pour la charge & despense qu'il a à porter, est souuent en crainte d'en auoir
faute; & personne ne peut iouïr auec repos & plaisir
du bien qu'il est contraint de rechercher & amasser
auec peine & crainte, ny pareillement celuy qui ne
sçait pas se contenter & bien vser du sien, & qui ne
pense qu'à l'augmenter plus que la raison ne le requiert; car la pluspart des actions de sa vie sont employez en procez, calcul reddition de compte, ou en
solicitude & peine continuelle, & de Maistre & Seigneur qu'il peut & doit estre, il deuient Procureur,

Auditeur des Comptes & Solliciteur; & celuy qui est
conduit de trop de desir d'augmenter son bien, &
qui veut ce qu'il ne peut, il se tourmente en soy-mesme, sa volonté n'est plus libre & se rend esclaue & serf
de son bien; & autant luy deffaut, ce qu'il a que ce
qu'il n'a pas, & ressemblant à vn Hidropique, qui
tant plus il boit il a soif; aussi celuy qui est tourmenté
de cette passion d'auarice, plus il a de bien, moins reçoit de repos & contentement; en quoy nous en deuons vser, comme dit sainct Paul, ainsi que si nous
auions tout, & que nous ne possedassions rien; car la
grandeur des biens & richesses, n'est pas la fin des
maux & calamitez de ce móde; & la richesse ne cósiste
au bien, mais au contentement de l'esprit; & celuy qui
souhaitte le plus, doit estre estimé le plus pauure, & Celuy qui
souhaitte
le plus est
estimé le
plus pau-
ure.
l'esprit qui est malade de desir, est aussi mal parmy les
richesses qu'en la pauureté: tout ainsi qu'il n'y a point
de difference si vn malade est couché dedans vn lict
d'or, ou de bois; car en quelque lict que le malade soit couché & porté, son mal le suit par tout; Ce
n'est pas que l'on doiue dire que les richesses soient à
mespriser, quand elles sont bien acquises par bós, honnestes & licites moyens, sans l'injure & le mal d'autruy;
& celuy-là se doit estimer bien-heureux qui peut se
vanter; sa maison estant ouuerte à vn chacun, de dire
que l'on regarde de tous costez en sa maison, si quel- Que la
maison
est heu-
reuse qui
n'est rem-
plie du
biê d'au-
truy.
qu'vn recognoist du sien & quelque chose luy appar-
tenir, qu'il veut & consent qu'il soit pris & emporté,
vrayement doit estre estimé tres-heureux & iustement
riche; les actions de tous ses autres comportemens
estans conformes à cette voye si digne & loüable, il

O o o ij

faut confesser que telles richesses sont grandement à
desirer, sont vtiles & fort honnestes, & peuuent apporter beaucoup de commoditez, quand elles sont
departies & employees en bós & vertueux vsages; car
les richesses ont tousiours esté appellees le nerf & soustenement de la guerre, & l'entretenement & ornement de la paix, pourueu aussi que le Maistre qui les
possede leur commande & les tienne en seruitude,
& qu'il en demeure tousiours le Maistre, Seigneur &
libre possesseur; & que non pas luy se rende sujet &
seruiteur de ses biens; car le sage ne met pas son cœur
& toute son affection aux richesses, mais il les peut
mieux aimer que non pas la pauureté; d'autant qu'elle
luy peuuent donner plus de moyen & matiere d'expliquer sa vertu, & faire cognoistre sa temperance, liberalité, diligence & disposition de ses affaires; & s'il
doit estimer & croire certainement que les choses
bien acquises aussi se conseruent bien & se maintiennent à la succession de la posterité: Comme au
contraire il a esté dit de long temps, que des choses
mal acquises, peu souuent en iouït le troisiesme heritier; ce que communément nous voyons aduenir, &
que les biens qui sont mal & iniustement acquis apportent mal-heur à tous ceux, entre les mains desquels
ils paruiennent; qui fut cause que le Senat de Rome,
apres la mort de Calligula & de Neron qui auoient
amassé des biens par tyrannie, ordonna que leurs
biens & richesses fussent bruslez où iettez dedans le
Tibre, de peur que les biens iniustement acquis ne
portassent quelque grand mal-heur à ceux qui les possederoient; comme autresfois il a esté dit de tous ceux

qui participerent au butin de l'or de Thoulouſe, comme recite Aule Gelle & auſſi du mal-heur du cheual
de Sejan, duquel tous les Maiſtres qui le poſſedoient,
tomboient incontinent en quelque grand mal-heur;
Qui me fait eſperer mon fils, & ie prie Dieu qu'ainſi
ſoit que vous ſoyez bon diſpéſateur du peu de bié que
ie vous pourray laiſſer, que ie vous puis aſſeurer auoir
eſté bien & iuſtement acquis, ou par ſucceſſion de
mes predeceſſeurs, ou par biens-faits, iuſte & legitime
recompenſe de nos Rois, pour mes longs & labo-
rieux ſeruices, ou par mon meſnage & conduite de
mes affaires priuées, n'y ayant aucun en ce monde qui
puiſſe dire auec verité que ie luy aye fait aucun tort,
ny que ie luy retienne rien du ſien, mais bien en ay
quitté beaucoup du mien à ceux auſquels i'auois affaire, ou à partager pour demeurer en paix & amitié,
dont iene me repens pas, eſtant ſouuent plus vtile &
honneſte de quitter du ſien bien à propos pour viure
en repos, & content, que non pas de rechercher iuſques au bout tout ce qui peut appartenir, & que l'on
peut pretendre, d'où procede apres des querelles procez & faſcheries, qui apportent à la fin plus de mal
que de bien ; mais auſſi pour bien vſer du bien que
l'on peut auoir en ioüiſſant du fruict, commodité &
plaiſir, du bien qui eſt acquis, il faut touſiours retenir la ſentence de cette femme Sapho Leſbia, qui di- Les ri-
ſoit que les richeſſes conioinctes auec la vertu, ren- cheſſes
doient la vie heureuſe, & pareillement pour cét effet conioin-
faut bien conſiderer & cognoiſtre que c'eſt, & quelle tes à la
eſt la force de la pauureté, & faire comme vn bon Em- vertu,
pereur & Capitaine, qui durant la paix ſe prepare à la rendẽt
la vie
heureuſe.

guerre, & le bon Soldat à tirer des armes, & à porter
& patienter la peine & trauail qui y est requis ; car
comme ce seroit à vn esprit debile & fort pusillanime
ne pouuoir commander aux richesses ; aussi seroit-ce
vn esprit peu courageux, & de peu de valeur, s'il ne
s'exerçoit à porter la pauureté quand il seroit necessaire, & si il ne sçauoit & s'accoustumoit à pouuoir viure
heureux, encore qu'il ne fust plus riche, & porter la
necessité selon que l'occasion le pourroit requerir ; ou
par la perte des biens, ou par vne prison, ou par siege
de ville, tempeste de mer, passage de païs sterile, ou
autres accidens qui peuuent suruenir ; & se trouuent
de grands personnages qui parmy les richesses, biens
& commoditez, ont voulu s'exercer & s'accoustumer
à manger peu & des moindres viandes, & faire toutes
choses, ausquelles la pauureté reduit pour s'accoustumer d'auoir cómerce & familiarité auec la pauureté, &
la pouuoir gaillardement porter quand l'occasion s'y
presenteroit ; & par ce moyen l'on sera tousiours plus
seurement riche, quand l'on aura appris que c'est que
de porter la pauureté, & en ce faisant l'esprit sera preparé aux choses les plus difficiles, & contre toutes les
iniures de la fortune, qui ne nous surprendra point
sans estre bien munis & preparez à porter auec courage tous euenemens ; comme il est escrit d'vn nommé
Capaucus, qu'encore qu'il fust grandement riche &
opulent en tous biens, toutefois il n'en fut de rien
plus insolent, & eust receu à grand honte si le plus
pauure homme de la ville de Thebaé se fust passé à
moins que luy pour sa personne ; estimant que celuy
seul deuoit estre estimé riche qui possedoit les riches-

ſes, ſans crainte ; ce qui ne ſe pouuoit faire ſinon qu'auec reſolution d'en ioüir, comme d'vne choſe qui eſt fort ſujette d'eſtre perduë & ruinée; & ſans laquelle on s'eſt perſuadé & accouſtumé de pouuoir viure; Ces deux maux de maladie & de pauureté ne nous affligent point tant comme la violence & l'inſolence des grands, qui nous menaſſent par leur puiſſance deſordonnée. Les deux premiers maux ſont naturels & accouſtumez, & ne nous apportent point tant de crainte, frayeur & terreur à nos yeux & oreilles; mais ce qui nous aduient par la puiſſance & violence d'autruy, nous vient auec grand bruit, crainte & eſtonnement, parce qu'il a porté auec ſoy toute ſorte de mal, violence & iniure qui peuuent tomber ſur la teſte des hommes ; & ne ſe faut eſtonner s'il ſe prend en cela vne extréme frayeur, pour tant d'eſtranges maux & cruautez qui ont eſté commiſes par ceux qui ont voulu abuſer de leur puiſſance & authorité; & par ainſi chacun doit prendre peine de n'offenſer aucun s'il eſt poſſible, & ſur tout ne prouoquet point le courroux & colere des Rois & des Grands ; car ce ſont Lyons qui deuorent ceux qui les picquent & irritent, quand ils les rencontrent prés d'eux en leur colere, & en leur abſence ne laiſſent de les offenſer, en quelque lieu qu'ils ſe puiſſent retirer: car l'on dit d'eux qu'ils ont les mains bien longues; & combien qu'ils diſſimulent par fois leur colere, ils ne laiſſent pour cela quelquesfois de vouloir mal & d'executer leur courroux; quelquesfois le peuple eſt à craindre, quand il a entrepris plus de puiſſance qu'il ne doit, lequel plus ſouuent eſt comme vne beſte ſauuage, ſans raiſon, plein d'inconsideration & de furie; & de tout temps a esté dit du peuple, ou qu'il obeit & sert humblement, ou qu'auec grande cruauté il commande; & s'il ne se faut arrester aux faueurs & bien-veillances du peuple; car les opinions & affections en sont si lubriques & variables, qu'ils se changent non seulement de iour à autre, mais à peine durent-ils vne heure; à vne Republique ceux-là sont à craindre qui sont aimez & fauorisez du peuple, souz le nom duquel souuent ils exercent leurs haines, passions & vengeances, & en telles occasions & rencontres est tres-vtile de gaigner qui peut, l'amitié & bien-veillance d'vn chacun, & pour le moins faire en sorte que l'on n'ait point d'ennemis.

S'il aduient que l'on soit obligé par le deuoir d'vne charge publique, de se mesler des affaires d'vn qui ait authorité & puissance; il faut auec beaucoup de prudence prendre garde à se bien conduire; car la prosperité esleue le cœur & rend vn peuple insolent, & l'aduersité le rend opiniastre, & quelquesfois desesperé; desorte qu'on ne le peut conseiller ny reprendre, & encore que la remonstrance soit douce & vtile, si est-ce qu'elle ressemble au miel qui est de sa nature fort doux, & toutefois ne laisse d'apporter douleur quand il est appliqué dessus l'vlcere; & l'œil qui est malade regarde mieux les couleurs obscures que les luisantes; & en cela la trop rude seuerité de contreuenir en tout à la volôté du peuple, n'est bône aussi de se laisser aller facilement à l'erreur du peuple est vn precipice fort dangereux, mais la voye du meilleur semble la meilleure, qui est de ceder aucunefois au gré du peuple

pour

pour le faire obeïr ailleurs, leur accorder vne chofe plaifante pour en demander, & les faire acquiefcer à vne chofe vtile, qui femble le moyen le plus falutaire pour gouuerner & regir vn peuple ; & ceux qui penfent par la feule raifon & feuerité difpofer le peuple à obeïr fe trompent : comme Cato qui n'auoit pas la nature ny les mœurs agreables à vn peuple pour fe faire aimer, & encore qu'il fuft fort loüé pour fa vertu, fi eft-ce qu'en vn temps de diuifion & partialitez, & parmy les mœurs corrompuës ; tels hommes ne font propre de s'entremettre au gouuernement des affaires, & reffemblent aux fruicts qui viennent hors de faifon qui fe voyent volontiers, & font loüez, mais on n'en vfe point, comme recite Plutarque plus au long en la vie de Phaucion; & le mieux que fçauroit faire celuy qui veut commander & retenir vn peuple en paix & obeiffance, eft de faire pouruoir aux Magiftratures & charges de la ville, de gens doux & de nature paifible, & en reculer les remuans, feditieux & amateurs de nouueautez, qui eft le moyen de rompre les pratiques & habitude des feditieux, & leur faire apprendre vne autre vie efloignée du moyen qu'ils auoient par leurs charges, d'auoir des intelligences & confederations, & les bons & paifibles Magiftrats ouurent & monftrent le chemin au peuple d'vne façon de viure plus tranquille.

Les excez ne fe commettent pas feulement aux déreglemens des fonctions & actions du corps; mais auffi quand l'on ne fe commande pas affez fortement & prudemment, en ce qui eft des agitations & paffions de l'efprit; car celuy qui n'eft bien en repos en

P p p

Celuy est le plus malade qui ne peut commander à sa passion.

soy-mesme, & qui ne peut commander en la passion de son ame; encore qu'il ait les forces de son corps grandes, & qu'il soit en bonne disposition & santé, si est-ce qu'il le faut estimer fort malade, comme vn furieux & frenetique; le corps peut estre fort & dispos, & toutefois ne sera pas estimé sain, ayant vne maladie pire & plus dangereuse que celle du corps, qui seroit plus facile à guerir; & entre toutes les passions qui peuuent entrer dedans l'esprit des hommes, il y en a deux qui sont les plus dangereuses, & qui apportent le plus de mal; tant parce qu'ils vont tousiours auec le temps en augmentant & empirant, qu'aussi que le mal qui en prouient offense & porte dommage à ceux qui en approchent; la pluspart des autres passions, vices & imperfections, chastient & font sentir le mal à ceux qui les commettent, & se passent d'eux

Les passions qui se passent auec le temps, & les autres qui augmentent par le temps.

mesmes auec le temps & l'aage; comme la passion d'amour, les plaisirs & voluptez de la ieunesse: mais la presomption qu'vn homme prend de soy-mesme, croist & augmente tousiours auec le temps; & tant plus qu'vn homme vieillit, plus se presume suffisant par dessus les autres; comme fait la colere, laquelle en la ieunesse on peut corriger, ou à tout le moins moderer, mais elle est de telle force & nature, que quand vne fois nous luy auons presté nostre volonté, il n'est plus apres à nostre puissance de l'empescher qu'elle ne nous possede & commande: & pour cette cause laissant les autres passions de l'esprit, ie n'en toucheray que ces deux, qui est de la presomption & de la colere: quant à l'vne, nous deuons croire que l'vn des plus grands maux ausquels nous sommes sujets de tomber,

est la gloire, presomption, & outrecuidance; en quoy
nous voyons non seulement les ieunes, mais les plus
vieux, les mieux nés, les plus nobles & courageux, &
le plus souuent les plus grands, sujets à ce mal ; &
ceux qui ont esté fauorisez le plus de bonnes fortunes, felicitez & grandeurs, se laissent precipiter en ce
mal plus auant que les autres, estimant auoir acquis
plus de valeur, experience & suffisance, que ceux à qui
ils ont affaire, qu'ils ont souuent accoustumé de mespriser, qui rend leurs ennemis mieux aduisez & plus
industrieux à se deffendre; & apres selon que l'occasion leur en donne le moyen, plus diligens à combattre & ruiner leur ennemy qui les a au commencement mesprisez; nous en voyons assez d'experiences
par les histoires, tant pour le general de la conduite
des armes, que pour les querelles & combats particuliers; par lesquels nous trouuons le plus souuent que
celuy qui par presomption a mesprisé son ennemy, a
esté deffait & vaincu. Ce grand Pompée disoit que
frappant seulement du pied à terre les forces luy vien-
droient de tous costez, pour deffaire Iules Cesar ; &
toutefois Cesar le venant trouuer à Rome auec peu de
gens, il le fit retirer soudainement , & apres le deffit
auec toute la Noblesse & force de Rome. Le Consul
de Rome Terentius Varro se promettoit incontinent de deffaire Annibal en cette tournée de Cannes,
mais il fut vaincu, & les Romains presque tous ruinez
par la presomption de Varro, qui ne voulut croire le
sage & bon aduis de son Collegue Paulus Æmilius; les
histoires anciennes sont pleines de telles exemples;
mais il nous faut seulement considerer les nostres,

*De la presomp-
ton &
amour de
soy-mes-
me.*

*Ne faut
iamais
mespriser
son enne-
my.*

pource qu'elles nous touchent de plus prés; & entr'autres comme les Rois & tous les hommes aussi, encore
qu'ils ayent de bonnes & grandes perfections, si est-ce
que quelquesfois, comme la nature ne peut estre parfaite, sont accompagnez de quelques imperfections,
& entr'autres ceux de la maison de Valois, qui ont
esté nos derniers Rois, ils ont tousiours esté cognus
Princes pleins de courage & valeur, auec beaucoup
d'autres belles parties ; mais ayant quelque deffaut
qui a esté sujet de tomber, à tous ceux de la famille,
qui est la presomption & la legereté, dont en monstra
le premier exemple Philippes de Valois, qui fut le premier de la branche & de la maison ; lequel par presomption de sa valeur, & contre l'aduis des plus sages
de son armée, donna cette grande bataille d'Agein-
court, en laquelle il y eut deux Rois & sept Princes
tuez ; & plus de quinze cens Gentils-hommes François ; & luy contraint de s'enfuir & de se retirer la nuit
La for- aux portes d'Amiens; de laquelle les habitans s'en-
tune de querans qui s'estoit, leur dit que c'estoit la fortune de
Philippe la France & leur pauuure Roy, qui auoit esté vaincu,
de Valois ce qui luy aduint à la poursuitte du Comte d'Arthois,
par la diligence & affection duquel il s'estoit asseuré
du Royaume de France : & neantmoins pour l'auoir
depuis defauorisé se retira en Angleterre, & fut autheur de la bataille & victoire obtenuë par les Anglois
au lieu de Crecy : de sorte que la presomption & la legereté de Philippes de Valois furent cause de sa ruine;
son fils Iean qui fut Roy apres luy en vsa de mesme à la
bataille de Poictiers, lequel ne voulant prendre les
Anglois & le Prince de Galles à mercy, comme

eſtoit l'aduis de ſes Capitaines, fut vaincu, pris priſonnier, & ſon fils, & ce qui reſtoit de la Nobleſſe tuez ou pris; de ſorte que ſon ſucceſſeur Charles, par neceſſité il falut qu'il fuſt ſage, n'ayant plus de gens ny d'argent pour ſouſtenir la guerre, & la neceſſité luy apporta autant de ſageſſe comme la preſomption auoit fait de mal à ſes predeceſſeurs; mais bien toſt ſon fils Charles VI. tomba au meſme mal de preſomption: car pour auoir eu en ſa ieuneſſe quelque bon ſuccez en ſes affaires, & gaigné quelques batailles en Flandres, voulut contre l'aduis de ceux de ſon Conſeil entreprendre la guerre contre le Duc de Bretagne, qui ſe ſoubmettoit à toutes côditions; mais en y allant ſa maladie le priſt qui luy dura le reſte de ſa vie, durât laquelle la diuiſion des Princes cuida ruiner la France; Et ſon fils Charles VII. qui fut reduit en grande neceſſité, fit plus (n'vſant point de preſomption, & ſe remettant du tout au Conſeil des bons Capitaines, encore qu'il ne bougeaſt d'auec la belle Agnes) que n'auoient fait ſes predeceſſeurs auec leur valeur en combattant, & fut appellé le Roy le bien ſeruy, parce que ſes Capitaines voyans eſtre creus de luy, prenoiét la peine de bien faire: Son fils Louis XI. rentra incontinent au naturel de la preſomption & de la legereté, meſpriſant dés ſa ieuneſſe ſon pere, qui n'alloit point à la guerre, & ſe retira auec le Duc de Bourgongne ennemy de ſon pere, qui l'entretint, honora & fauoriſa en tout, & l'accompagna apres la mort de ſon pere pour ſe venir eſtablir en ſon Royaume; mais depuis il ruina la maiſon de Bourgogne; & luy fut dit vn iour par le Seneſchal de Normandie, le ſieur de Brezé, qu'il auoit

La priſe du Roy Charles à la bataille de Poiſtiers.

La ſageſ- ſe du Roy Charles cinquieſ- me.

Le Roy le bien ſeruy Charles VII.

vn cheual qui eſtoit bien fort, parce qu'il le portoit, &
luy & ſon Conſeil, voulant dire que le Roy ne croyoit
que luy-meſme; dont bien toſt apreſs en trouua tres-
mal : car tous les Princes & Officiers de ſa Couronne
luy firent la guerre ſouz le pretexte du bien public, &
le reduirent en telle neceſſité qu'il fallut qu'il leur ac-
cordaſt indignement toutes choſes; & lors cognoiſſant que ſa preſomption de valeur ne luy ſeruoit de
rien, il eut recours à vne autre preſomption cachée &
diſſimulée, qui eſtoit de croire ſes opinions de luy
ſeul, & conduiſant toutes ſes actions par fineſſe, dé-
guiſement & manquement de paroles & promeſſes;
eſtant du depuis cogneu & deſcouuert, fut ſi fort mé-
priſé & delaiſſé, non ſeulement des eſtrangers, mais
auſſi de ſes ſubjects, qu'à la fin il fut contraint de tomber en cruauté, qui eſt l'iſſuë des Princes qui ſe laiſſent
aller à leurs opinions & paſſions particulieres; & en
fin il porta la peine qu'il s'eſtoit procurée : car en ſa
vieilleſſe il entra en telle deffiance d'vn chacun, qu'il
fut contraint de s'enfermer, comme en priſon dans le
Chaſteau du Pleſſis, où il finit ſes iours. Charles VIII.
ſon fils a pareillement eſté remarqué pour eſtre plus
preſomptueux que ſage, & ſa preſomption fut cauſée
par le bon heur de ſes premiers exploits; mais ce bon-
heur ne fut pas de grande durée, côme appert par l'hiſtoire du temps : Mais Louys Duc d'Orleans, qui fut
ſon ſucceſſeur, voyant en quoy auoient manqué ceux
qui l'auoient precedé, & ayant couru beaucoup de
fortunes, & enduré bien du mal, deuint ſage, ſe pro-
poſant vne bonne & ſage conduitte, & cognoiſſant
combien il eſtoit neceſſaire à vn ſage Roy de ſe gou-

uerner par conseil & aduis, retint tous les bons & anciens seruiteurs prés de luy, quoy qu'il eust receu de
quelques vns bien du mal, respondant à ceux qui le
persuadoient de tirer vengeance du mauuais traittement qu'il auoit receu, que ce n'estoit pas de la dignité d'vn Roy de France de vanger les querelles faites à
vn Duc d'Orleans, voulant dire que n'estant plus Duc
d'Orleans, il falloit seulement qu'il prist garde au bien
de l'Estat, auquel il estoit paruenu ; & comme ce bon
Roy commença sagement, il continua de mesme les
dix-sept années de son regne, se gouuernant par aduis & conseil, qui le fit regner heureusement, honoré
& obey de tous, craint & redouté de tous ses voisins,
& fut en fin appellé pere du peuple : toutefois encore
retenant quelque petit du naturel de la race, esloigna
à la fin de luy celuy qui l'auoit le mieux seruy, qui estoit
le Mareschal de Gyé; & en mesme temps rompit toutes ses alliances auec ses Princes voisins, dont il fut
contraint entretenir cinq grandes armées , contre
l'Empereur, les Venitiens, & Princes d'Italie, les Suisses, le Roy d'Espagne, & le Roy d'Angleterre, auec
lequel à la fin il s'accorda, espousant la Reine Marie sa
sœur; mais incontinent apres sa mort, François premier venant à la Couronne, reprit les mesmes humeurs & passions de presomption de ses predecesseurs, & fut fauorisé au commencement d'vne bonne
fortune, d'vne victoire qu'il obtint contre les Suisses
à Marignan, qui auoit esté par l'ordre dressé, charges
departies, & moyens preparez par Louys son predecesseur, & n'en fut sinon que l'executeur; neantmoins
en emporta grande reputation; laquelle toutefois luy

vint à beaucoup de mal : car cela luy augmenta de telle sorte la bonne opinion qu'il auoit de luy-mesme,
que bien tost apres ne faisant plus de conte des Princes, quelques vns se retirerent hors de son Royaume
& se ioignirent auec ceux qui luy faisoient la guerre,
se plaignant que le Roy ne leur vouloit faire raison &
iustice, comme fit Monsieur le Duc de Bourbon & le
Cardinal du Liege, de la maison de la Marche ; ce que
le Roy mesprisant, ensemble les forces du Roy d'Espagne, contre l'aduis des anciens & vieux Capitaines,
comme les sieurs de la Trimoüille, de la Palisse & Capitaine Bayard, voulut donner la bataille dedans le
parc de Pauie, où il fut rompu & luy pris prisonnier,
& la pluspart des grands tuez ou pris prisonniers, &
deuant que l'on fust contraint de combattre, tous ces
trois vieux Capitaines, remonstrans au Roy le mal &
danger qui y pouuoit estre, leur fit response qu'ils ne
faisoient plus que resuer, & qu'il sembloit que le
cœur leur faillist ; à quoy luy fit response le Seigneur
de la Trimoüille aagé de soixante & quinze ans, &
qui auoit commandé à beaucoup d'armées, depuis
l'aage de vingt-cinq ans ; qu'il feroit bien paroistre
qu'il n'auoit pas faute de courage, mais qu'il y mour-
roit, & que le Roy perdroit la bataille ; Ce qui aduint
par la presomption du Roy, qui depuis fut mené prisonnier en Espagne, quitta le droict du Royaume de
Naples, du Duché de Milan, la Souueraineté de
Flandres, qu'il espouseroit la veufue du Roy de Portugal, sœur du Roy d'Espagne, payeroit deux millions
d'or, restitueroit tous les biens de Monsieur de Bourbon, & de tous ceux qui l'auroient suiuy, & assisteroit
&

& fauoriferoit le Roy d'Efpagne de fes moyens, pour le couronnement & ioüiffance de l'Empire, auquel il auoit efté efleu ; Conditions qui ont efté caufe de l'honneur, grandeur & puiffance de la maifon d'Au-ftriche, & de la perte de la reputation de la France, qui bien toft apres auffi fut changée par l'opinion & vo-lonté du Roy, & contre l'aduis de fon Confeil & de fes Parlemens, en toutes les anciennes formes, & re-gles eftablies de tout temps, pour le bien & confer-uation du Royaume, comme en l'ordre Ecclefiafti-que la Pragmatique Sanction fut reuocquée, & les elections des benefices oftées par le Concordat fait auec le Pape Leon ; & bien-toft apres s'enfuiuit l'opi-nion de Luther, & la confeffion D'aufgebourg, qui commença en ce Royaume en quelques lieux : les prouifions des grandes charges & Eftats de ce Royau-me qui auoient accouftumé d'eftre faites par merites & anciés feruices, furét incontinent faites aux ieunes fauoris de la Cour ; les Eftats de Iuftice qui fe don-noient auparauant par fuffifance & prud'hommie, vendus au plus offrant & moins fuffifans ; toutes for-tes d'Edits & erections, nouuelles Offices pour auoir de l'argent : L'ancien ordre des finances, par lequel les deniers du Roy auoient efté bien mefnagez, chan-gez & oftez ; & erigé la charge de Threforier de l'efpar-gne à la fuitte de la Cour, à celle fin que les plus clers deniers fuffent donnez & deliurez à qui on vouloit. En fin toutes les bonnes mœurs, tant d'hommes que de femmes changez & corrompus, le bon mefnage par cimonie, & toute difcipline & regle de Police, qui auoit efté fainctement gardée auparauant, fut alterée

La caufe de la grãdeur de la maifon d'Auftri-che.

Change-ment en l'ordre Ecclefia-ftique.

Prouifion des grãds Eftats.

Venalité des Eftats de Iuftice.

L'ordre des finã-ces chan-gé & l'e-ftat de Threfo-rier de l'efpargne intro-duit.

Qqq

& changée; & encore en telle introduction de mal,
disoient que c'estoit la Cour de Noblesse, desprisant
le Roy predecesseur, & flattant le Roy, qui de luy-mesme auoit assez bonne opinion de soy; les Dames luy
disoient qu'il estoit bien plus beau que les autres
Rois; les Poëtes qu'il entretenoit, pour bien dire de
luy, disoient qu'il estoit fort sçauant & eloquent; &
les ieunes Capitaines le faisoient fort vaillant, &
qu'il auoit bien combattu deuant que d'estre pris à
Pauie, qui luy augmentoit bien encore sa presomption naturelle, qui a apporté beaucoup de mal durant
trente trois ans qu'il a regné, & de changement à l'ancien establissement de ce Royaume, & qui fit encore
perdre les anciennes volontez & affections des bons
subjets & seruiteurs François, fut que l'on cogneut le
contraire de ce que faisoit le Roy son predecesseur,
qui n'abandonnoit iamais & ne changeoit celuy qui
l'auoit fidellement seruy; ce que ne fit ledit Roy François, car ceux qu'il auoit le plus aimez, fauorisez & aduancez, ont tousiours esté à la fin les plus mal traittez
& defauorisez, & mesmes ceux qui l'auoient le mieux
seruy, dont il en a aussi receu beaucoup de mal & desa-
uantage à ses affaires; comme il parut à feu Monsieur
de Bourbon; qui estoit la mesme faute que fit le premier de la branche des Valois, qui apporta apres d'autres inconueniens; car les seruiteurs sages & bien aduisez cognoissant vn tel naturel variable, de leur Maistre, ne le pouuant asseurer de luy, n'osent entreprendre beaucoup de choses qu'ils pourroient faire pour
son seruice; & quelques autres se retirans du tout de
seruir, sont demeurez du tout inutiles au public, les

quels fans cela euffent fait de bons & fignalez feruices. Ceux que ledit Roy François auoit les plus fauorifez, eftoient Monfieur le Conneftable de Montmorency, & Admiral de Brion, & à la fin les defauorifa fort rudement au danger de leurs vies; auquel François, fucceda le Roy Henry, Prince de bonne nature, & qui euft fait des chofes grandes, s'il euft rencontré des feruiteurs bien joints & vnis à le bien confeiller & feruir, & que par leur diuifió ils n'euffent point troublé le Royaume: mais la faueur qu'il leur faifoit les a rédus fi grands, & auec telle authorité, que tous les fubjects de ce Royaume fe font partialifez, pour les vns ou pour les autres, & pour rendre leur party plus fort, fe font aydez & fortifiez de la partialité de la Religion ; & s'en font faits Chefs d'vne part & d'autre, qui a efté caufe d'entretenir les guerres ciuiles, depuis trente ans en ce Royaume; dent les trois Rois fils du Roy Henry qui ont regné l'vn apres l'autre, ont efté extrémément trauaillez , & tout le temps de leur regne rendus pour cette caufe pleins de troubles & calamitez, qui a efté caufe de rendre ce grand & opulent Royaume auffi ruiné & miferable, comme il auoit efté auparauant en repos & tranquilité, & en honneur & reputation parmy les nations eftrangeres ; & auec telles miferes a finy la branche de la maifon de Valois, de laquelle a efté le dernier Henry III. qui eftoit en ordre, le treifiefme Prince, qui auoit de belles, grandes & loüables parties ; fi le mal-heur du temps & les partialitez engendrées de long-temps auparauant en ce Royaume, ne l'euffent empefché ; qui eft vn fommaire que i'ay bien voulu toucher de quelques actions

Le mal qu'en-
gendre la
partialité
des fer-
uiteurs
des Rois.

Qqq ij

particulieres de nos Rois; pour nous representer que
selon leur naturel & deportemens, le plus souuent les
affaires de leur Estat succedent; & combien que ledit
Roy Henry fust fort bon Prince, si est-ce que pour ne
degenerer de la race, il chágea soudainement les affections qu'il portoit aux sieurs Dampierre, Deschenets
Montmorean & du Mareschal du Biez, qui l'appelloit
son pere, & de la main duquel il auoit voulu estre Cheualier, comme le Roy Charles son fils aux sieurs Mareschaux de Montmorency, Dampnelle & de Cossé, &
le Roy Henry son fils aux sieurs de Lignerolles,
Villoquier, Belle-garde, le Gas, Sainct Luc, de
Ioyeuse, Espernon, & infinité d'autres; & Monseigneur le Duc d'Anjou & d'Alençon son frere, des
sieurs de Bussy, Siurer, Feruaques & autres; de sorte
que les plus sages de la maison de Valois ont esté fort
variables en leurs affections, & sujets d'aimer trop
leurs opinions particulieres; comme ainsi en aduient
aux Seigneurs particuliers de quelques païs & terres,
& mesmement en la famille d'vn chacun, que selon
qu'est le Maistre & le Seigneur en pareil, est le reste de
la Seigneurie & famille; en quoy nous voyons combien est dangereux que toutes personnes de quelque
qualité qu'ils soient, ou Rois, Princes, grands Seigneurs, ou autres, se laissent transporter en leurs
passions & presomptions, qui aueuglent tousiours
la vraye cognoissance & le iugement de toutes choses; qui est vne maladie d'esprit, que nous appellons
philafthie, qui est vne trop grande amour de soy-mesme, qui est grand tesmoignage de peu de sagesse;
dont nous pouuons faire comparaison à vne partie

du corps humain, qui font les yeux ; lesquels encore
que par la veuë & le regard, cognoiffent & voyent
toutes chofes, fi eft-ce qu'ils ne fe peuuét pas voir eux-
mefmes, ny iuger quelle en eft la couleur & la compofition de nature : Nous voyons bien la paille en l'œil
de noftre voifin, & ne voyons pas la poultre dedans le
noftre. L'amour trop grand de nous mefmes nous
aueugle, comme fait vne paffion d'amour folle & de-
mefurée, qui ne permet plus de cognoiftre les imperfections de la perfonne que l'on aime ; C'eft ce que
dit Horace, que les vices mefmes delectent ceux qui
font aueuglez de paffion ; comme Balbinus qui fe de-
lectoit au mal du polipus & puanteur du nez de fon
amie Agué; & les autres à la mauuaife fenteur des effel-
les des femmes qu'ils aiment, tant a de force fur foy-
mefme la paffion de l'efprit , & l'opinion que l'on
prend, encore que ce foit contre verité , qui eft par
trop faillir au premier precepte qui nous a efté baillé
parles fages, & qui eftoit efcrit fur la porte du Temple Delphique, en tels termes: Cognoiffez vous vous-
mefme; qui eft vn commandement de modeftie & de
mediocrité, de peur de ne conceuoir à noftre efprit des
chofes trop grandes & prefomptueufes ; auffi de ne
nous demettre point en chofes trop baffes & indignes;
car la plus grande pefte & mal que nous puiffions
auoir, eft de nous flatter nous-mefmes, & diminuer l'o-
pinion que nous deuons auoir d'autruy ; Socrates difoit que cette belle fentence venoit d'Appollo ; Ouide
l'attribuoit à Pithagoras, d'autres l'ont tirée d'Homere, comme de la grand mer, quand il dit que He-
ctor combattoit tous ceux qui fe prefentoient à luy;

Que la paffion peruertit le iugement de la verité.

La ref-ponfe de l'Oracle de Del-phe, eft fe cognoiftre foy-mefme.

Qqq iiij

toutefois il se reculoit de rencontrer, & auoir affaire
à Ajax, comme le recognoissant plus fort que luy;
d'où que ce soit que cette belle sentence soit procedée
elle est diuine & parfaite ; Le Philosophe Thales interrogé ce qu'il estimoit le plus difficile, respondit: Se
cognoistre soy-mesme ; & apres enquis ce qui estoit le
plus facile, respondit: D'enseigner & conseiller vn autre ; & la demande estant faite à vn autre Philosophe,
depuis quand il auoit commencé à deuenir sage, luy
dit: Que c'estoit depuis qu'il auoit commencé à se cognoistre ; il est recité par Macrobe qu'vn consultant
l'Oracle de Delphe, par quel chemin il pouuoit venir
à la felicité, luy fut respondu: Si vous pouuez vous bien
cognoistre ; ce que nous deuons prendre à plus forte
raison, pour nous Chrestiens & nous bien cognoistre,
qui est autant à dire que nous deuons cognoistre premierement Dieu qui nous a creez, & le croire de foy
entiere & par bonnes œuures ; cognoistre aussi nostre
condition qui est mortelle, nostre qualité, & de quel
lieu & parens nous sommes descendus, nostre profession, la qualité de nostre esprit & entendement, les
forces de nostre corps, la santé & disposition, la suffisance que l'aage & experience des choses du monde
nous peut auoir donnée, les amis, biens & moyens
que nous pouuons auoir, & en tout prendre peine de
ne nous flatter point, & de ne nous persuader point
plus que nous ne deuons, encore que la nature nous y
attire en cette amour & flatterie de nous mesmes ; si ce
n'est que la raison ne nous rende assez forts pour y resister ; il y en a beaucoup qui conduisent toutes les
actions de leur vie en ce monde, comme s'ils ne pen-

soient iamais à mourir, & à deuoir preparer le chemin à vne autre vie ; les vns s'estiment plus sages que
les autres ; les autres plus nobles ; les autres se glori-
fient de leurs richesses ; & les autres des sciences qu'ils
ont acquises, ne considerant pas qu'à la fin il y a souuent plus de vanitez & de presomption, que de raison
& de verité ; ceux qui mesprisent les autres par leurs
noblesses, pour estre seulement descendus de grande
& ancienne race, se trompent grandement, ne considerant pas assez que la Noblesse est vne ancienne dignité, descenduë par la vertu des Majors, continuée à
celuy qui ne degenere point des bonnes mœurs &
merites de ses predecesseurs ; car celuy qui par sa mauuaise vie & turpitude, delaisse la vertu des siens ; il merite plustost toute ignominie & iniure que non pas
aucun tiltre d'honneur & de Noblesse ; & pour cette
raison Aristote dit, que nous ne reuerons la Noblesse
pour autre cause, sinon parce que nous estimons que
des hommes qui sont les meilleurs, plus vertueux &
genereux, doiuent sortir & descendre des enfans de
plus de courage & valeur que non pas des autres ; &
que d'vn pigeon ne sortira point vn Aigle ; & dit fort
bien Iuuenal, qu'encore que les maisons soient pleines
de vieux, anciens & enfumez portraicts des ancestres ; toutefois que la seule Noblesse est à la vertu.
A Rome anciennement ils mettoient difference entre
ceux qui estoient issus de quelque race ; ceux qui
estoient issus de Siluius Torquatus, & de Fabritius, en
faueur de ceux desquels ils estoient descendus,
estoient preferez au Consulat en concurrence des autres ; comme aussi ceux qui estoient descendus de Li-

Que c'est
que la
Noblesse.

curgus en Lacedemone ; & au contraire à Rome ceux
qui estoiét venus des Targins ou de Catilina n'estoiét
reçeus en Offices publicques, estimant que ce n'estoit
pas peu de gloire d'estre extraict de bonne race, & de
ceux qui auoient bien seruy au public ; les hommes
sont comme les vins, dont les anciens sentent le goust
du terroir, les autres de la bonne vendange ; aussi ce
sont vertus de Noblesse, auoir bon cœur pour resister,
generosité aux actions, douceur & honnesteté en propos, vigueur & force en l'execution, clemence &
bonté pour pardonner, ce qui ne se trouue pas
souuent entre gens de bas estat & qualité. Il fut vn
iour reproché à Marius en plein Senat, par vn nommé
Syluanus, qu'il estoit trop ambitieux d'honneur,
estant de si basse lignée qu'il estoit ; à quoy respondit
Marius, que Syluanus n'auoit en sa maison que des
armoires peintes de ses predecesseurs, desquelles il
auoit herité, mais que luy auoit les enseignes penduës
en sa maison qu'il auoit gaignées : Il y en a qui prennent grande gloire & presomption pour les biens &
richesses qu'ils ont, & s'en estiment bien plus grands
& plus forts que les autres, mais ils s'abusent grandement, comme nous voyons par l'Histoire de Cresus
Roy de Lydie, qui constituoit sa felicité à ses biens
& thresors qu'il monstroit à Solon, qui sagement luy
fit response que la condition de la vie humaine estoit
sujette à infinies mutations, qui nous deffendoit de
nous confier ou glorifier aux biens de ce monde, ny
estimer la felicité d'vn homme qui est encor en danger de changement ; car le temps amene tous les iours
de diuers accidens à l'homme, ausquels il n'auoit iamais

mais pensé; disant que celuy ne pouuoit estre estimé
heureux qu'apres que certainement il estoit hors de
tous dangers, qui ne peut estre qu'apres la mort ; ce
qui aduint audit Cresus, comme il luy auoit esté predit ; car ayant perdu la bataille contre Cyrus , & sa
ville de Sardis prise, luy prisonnier , & monté sur le
haut d'vn buscher pour estre bruslé, commença d'appeller trois fois Solon, dont Cyrus voulut entendre
la raison ; puis apres l'auoir sçeuë , luy sauua la vie, &
le traitta humainement , considerant en soy-mesme
les changemens & varietez de ce monde ; & combien
les bonnes fortunes , la presomption & la gloire
sont souuent mal fondées, & apportent le plus de mal
à la fin. Pour le regard des forces de nostre corps &
bonne disposition, bien souuent nous nous y trom-
pons ; & la volonté que nous auons d'entreprendre,
nous rend plus courageux que nous n'auons de force
& de moyen , qui contraint souuent de laisser l'entreprise d'vn bon œuure imparfait, qui vient par faute de bien cognoistre nos forces ; comme le plus souuent il aduient sur la suffisance, capacité & experience
que les hommes se promettent d'auoir plus qu'ils
n'ont ; car peu de gens ont le iugement si bon, qu'ils
ne s'abusent souuent aux graces que Dieu leur a données , & à la suffisance qu'ils estiment d'auoir acquise
par leur estude, labeur & experience. Le ieune soldat
se vante qu'il deuroit estre Capitaine; celuy qui a commandé quelque temps , pense qu'il seroit suffisant
Mestre de Camp, ou Colonnel, & quand il est venu
en quelque degré de charge & honneur, se persuade
qu'il seroit bon Chef d'armée ; & toutefois au bout de

De la
presomp-
tion de
suffisance
chacun
en sa pro-
fession.
L'opi-
nion du
Soldat.

R rr

cinquante ans d'experience, celuy qui se promettoit toutes choses faciles au commencement, se trouue bien empesché à la fin, cognoissant mieux qu'il ne faisoit ce qui est necessaire pour estre bon Capitaine.

Le Cour-
tisan.

Le Courtisan & negociateur d'affaires dés le premier voyage, ou ambassade qu'il a fait, se promet estre grãd personnage, fait bonne mine, parle peu, & encore ce qu'il parle n'est que des actions & deportemens des Rois, de leurs Cours & des Princes, comme s'il estoit leur compagnon ; & qu'ils ne fissent rien que par son aduis ; & au bout de trente ans de continuel seruice, recognoistra, s'il est sage, qu'il n'est encore qu'vn escolier aux affaires d'Estat ; desquelles la cognoissance change souuent par chacun iour. Autant en aduient-il à ceux qui font profession des lettres ; celuy qui aura

Le Theo-
logien.

estudié en Theologie cinq ou six ans, babille hardiment, & alleguant vne douzaine de passages de la saincte Escriture, pense la mieux entendre que tous autres, dispute souuent pour soustenir l'opinion qu'il aura suiuie, & peut-estre pour soustenir quelquesfois seulement le party, pour lequel il aura esté pratiqué, & à la fin de son aage il trouuera que les Conciles generaux ont esté bien empeschez à decider, ce qu'en sa

Le Iuris-
consulte.

ieunesse il trouuoit facile. Le Iurisconsulte au bout de trois ou quatre ans des estudes par luy faites aux Vniuersitez, croit estre deuenu suffisant pour estre vn bon Conseiller ou President, & qu'il a toutes les Loix, Edicts & Ordonnances enfermées dedans son estomach : mais apres auoir esté receu à vn Parlement ou autre compagnie, au bout de dix ans il ne fait que commencer d'acquerir quelque suffisance, laquelle il

ne peut auoir qu’auec le temps, & par la cognoiſſance
des actions & differens des hommes, & des fautes
qu’ils commettent, qui luy doiuent eſtre repreſentées
par bonnes preuues, pour eſtre par luy iugées; ce qui
ne pourroit eſtre bien fait auant que d’eſtre bien cogneu & experimenté par celuy qui le doit iuger. Le
Medecin reuenant des eſtudes de Paris, ou de Mont- *Le Me-
decin.*
pellier, penſe eſtre fort ſuffiſant, ayant appris les termes de Medecine, commence à pratiquer, apres
auoir veu le malade, luy touche le poux, regarde la
langue, manie les coſtez du corps, viſite l’vrine & les
autres excremens, s’enquiert de la façon de viure du
malade; & apres parlant bien Latin, en diſant ſon
opinion auec quelques petits mots de Grec entremeſ-
lez, alleguant quelque proprieté des ſimples, des in-
grediens & infuſions, fait ſon recipé, ordonne clyſte-
res, ſyrops, cataplaſmes, dejonctions, de la rubarbe,
& autres ſortes de compoſitions de Medecines, ou des
ſeignées ſelon la qualité des mladies; & apres quelque
regle & regime de viure, & ſi la maladie continuë faut
recommencer, n’ayant que cette ſcience; & à la fin le
dernier recours eſt aux diettes ou aux bains; & toutefois ce nouueau Medecin faiſant bien le reſolu, &
apprenant bien ſouuent plus de l’eſtat de la maladie,
par ceux qui gardent le malade, que par la cognoiſſance de ſa ſcience; & toutefois ſe perſuade à luy-meſme qu’il eſt vn grand Æſculape, reſtaurateur de la
ſanté de ceux qui l’appellent; mais à la fin confeſſera,
s’il veut dire vray, que le iugement des maladies eſt
fort incertain, & que peu ſouuent la priſe des medecines profitent; mais au côtraire qu’ils apportent ſou-

R r r   ij

uent plus de mal que la maladie mesme ; & dit Aui-
cenne que la bonne opinion & esperance que le malade prend du Medecin, profitent plus communément
que la medecine mesme, & qu'il faut tousiours louër
la patience du malade, & la felicité du Medecin ; & se
dit communément que le guerrier touble le repos &
tranquillité de sa patrie. Le Negociateur d'affaires
trouble l'Estat ; le Theologien la conscience ; le Iurisconsulte les biens ; & le Medecin la santé : & pouuons dire que toutes les sortes de sciences, soit la plus
belle, digne & loüable chose qu'vn homme ingenu,
liberal & d'honneur puisse auoir, si est-ce que s'ils ne
sont moderez de iugement & de prudence, non seulement ne peuuent produire leurs bons & vertueux effects, mais la presomption & outrecuidance de ceux

qui en abusent, apportent plus de mal que de bien ;
qui fut cause que les deux Empereurs Valentinianus
& Licinius, estimez ennemis des lettres, disoient qu'ils
estoient plus dommageables qu'vtiles, & les appelloient la peste & la ruine publicque : mais ils se trom-
poient grandement ; car ils s'attachoient à l'abus, au
mal & au vice de ceux qui n'en sçauent pas bien vser,
& non à la vertu, à la force & perfection que l'on
peut acquerir par les lettres. Les grands personnages

en ont si peu abusé & pris de folle presomption, qu'au
contraire Socrates apres auoir penetré toutes les sciences, confessoit & disoit publiquement qu'il recognoissoit ne rien sçauoir, qui est qu'il fut lors iugé
par l'Oracle, qu'il estoit tres-sage ; car comme dit
Platon, la moindre partie de ce que nous ignorons est
plus grande que tout ce que nous sçauons : Sainct

Paul dit qu'il faut chasser de l'Eglise ceux qui veulent & pensent plus sçauoir qu'il ne faut; mais cela procede du vice, presomption & faute des hommes, & non pas des lettres, qui sont les plus beaux ornemens qu'vn hōme d'honneur peut auoir, les accompagnant tousiours de modestie & prudence; mais par la presóption nous tombons en tous maux, & le plus souuent celuy qui est le plus ignorant, est le plus presomptueux; qui conuient à ce que dit Terence, qu'il n'y a rien si iniuste & déraisonnable qu'vn ignorant; comme au contraire il n'y a rien si iuste & raisonnable que celuy qui est sçauant, & qui sçait bien prendre ce commandement sur soy-mesme, que d'vser de sa science, auec toute prudence, moderation & modestie, & mesmement de vouloir quelquesfois dissimuler ce qu'il cognoist mieux sçauoir qu'vn autre, & monstrer vouloir apprendre de la suffisance d'autruy, ce qui sert à se confirmer soy-mesme, quand l'on trouue l'opinion d'vn autre semblable à la sienne: & aussi il faut croire qu'il n'y a homme si ignorant qu'en quelque fait particulier il ne puisse auoir acquis cognoissance plus qu'vn autre; comme de long-temps il a esté dit que le Iardinier peut quelquesfois dire quelque chose de bon & fort à propos; nous auons appris par les bestes mesmes beaucoup de choses que nous auons en vsage: l'hyrondelle en bastissant son nid a appris aux premiers hommes à bastir des maisons; le Chien trouue l'herbe propre à se vuider; le Cerf à la guarison de sa playe par manger du dictamen, & la Biche auance son part en suççant les l'herbes; la Cigongne à se purger par clystere; le Fourmy à mesnager & amasser;

Que l'ignorance est touiours beaucoup plus grāde que la science.

Le plus presomptueux est ignorant.

Les bestes ont appris beaucoup d'inuentions aux hommes.

Rrr iij

les mouches à prendre vn chef & conducteur ; les
grués à tenir l'ordre & faire garde; ainsi de plusieurs
animaux qui ont chacun vne proprieté particuliere:
il peut aduenir aussi quelquesfois que la sagesse doit
ceder à la temerité ; comme dit en Therence lebon
vieillard de pere, parlant de son fils, que iamais il ne
se proposoit & preferoit aux autres, qui est le moyen
d'acquerir des amis & d'éuiter l'enuie ; car il n'y a rien
qui fasse plus enuier vn homme que la presomption,
encore qu'elle soit prise auec merite & raison ; comme nous voyons par exemple de ce bon Athenien
Aristides, surnommé le Iuste, ayant sçeu qu'aucuns
auoient dit au peuple qu'il le falloit bannir, demanda
ce qu'il pouuoit auoir fait de meriter cette peine , luy
qui estoit tel qu'il estoit, cogneu d'vn chacun; luy fut
respondu, que c'estoit parce qu'il se mescognoissoit
estre Aristides,& qu'il auoit voulu & permis estre appellé iuste par dessus tous lesautres, qui estoit prendre
trop de presóption de soy-mesme.Il y auroitbeaucoup
à deduire sur cét article , si ce n'estoit pour la lógueur;
pour fin sera seulement adiousté qu'il n'y a rien si pernicieux à tous hommes, que la presomption & outre-
cuidence, & principalement aux grands qui ont la
puissance d'executer ce qu'ils veulent, & estiment le
meilleur en leur opinion, qui a esté la ruine de beaucoup de Rois, Princes & autres, quand ils ont mesprisé les aduis & conseils que l'on leur a donné, n'esti-
mantle plus souuent aucune suffisance que la leur, &
seroit à desirer que chacun eust tousiours deuant les
yeux la belle opinion & sentence de ce grand Themistocles Athenien, lequel en l'aage de cent & sept ans

disoit qu’il ne faisoit que commencer à cognoistre, & bien iuger les choses & affaires de ce monde ; qui estoit pour faire cognoistre que ceux qui auoient moins de suffisance, aage & experience que luy, estoient bien esloignez de les pouuoir bien cognoistre, & ceux qui auront pareille opinion seront touiours les plus sages & les mieux aduisez; car quand ils se deffiront d’eux-mesmes, ils pourront cháger leur opinion par vne meilleure qui leur sera proposée, ou bien par vn commun aduis auront raison de tenir leur opinion pour plus certaine, mieux approuuée & sans aucun doute; & faut que chacun cognoisse son esprit & ses forces, & qu’il soit luy-mesme integré & veritable iuge, & aspre Censeur, sans passion des bonnes ou mauuaises parties qu’il peut auoir; car les plus grands ont encore quelque deffaut; Et Tite-liue dit, que les Dieux n’ont iamais donné le tout à vn seul. Annibal sçauoit bien vaincre, mais il ne sçauoit vser de la victoire; les graces, vertus & felicitez sont differentes, & ne se rencontrent iamais à vn seul; & n’y a aucun qui puisse estre sans quelque vice ou deffaut, & celuy qui en a le moins doit estre estimé le meilleur, comme dit Horace en sa troisiesme Satyre.

Quant à la seconde passion d’esprit, de laquelle i’entens parler est celle de la colere, qui est l’vn des vices de Nature, auquel vous deuez plustost vous commander ; car encore qu’il y en ait quelques vns qui ayent voulu dire que la colere est vn tesmoignage de naturel genereux, qui peut exciter les esprits en choses grandes, si est-ce qu’elle ne doit point estre estimée & louée, puis qu’elle met ceux qui tombent en cette passion hors de raison & de iugement; & faut empescher cette ennemie de raison d'entrer dés le commencement dedans l'esprit de ceux qui veulent demeurer sages & retenus; Aristides disoit que la cholere n'estoit autre chose qu'vne inflammation de sang & vne alteration de cœur; Paussidonius disoit que la colere n'estoit autrechose qu'vne briefue folie; Ciceron dit que ce que les Latins appellent ire, les Grecs l'appellent desir de vengeance; Plutarque escrit que les dependences de la cholere sont ne croire le conseil de ses amis, estre subit, auoir le visage enflambé, s'aider promptement des mains, auoir la langue debridée, dire à chacun mot vne malice, se courroucer pour petite occasion, & ne vouloir entédre aucune raison; car la cholere est tenuë pour vne rage, fureur & frenesie, qui ne veut estre gouuernée ny regie, qui se courrouce à la verité, qui poursuit d'injure ceux à qui elle s'adresse, pleine d'inhumanité, exempte de toute raison, discretion & iugement, qui fait demonstration de sa fureur par le front, par les yeux, par la couleur, le marcher, le geste, & tous autres deportemens du corps, qui remarquent vne vraye perturbation d'esprit, changement & accession en nouuelle forme de beste brute, la plus dangereuse peste qui puisse aduenir au genre humain, qui engendre les querelles priuées & tous maux à vne famille, les meurtres, les guerres, ruines de villes, & pertes d'Estats: le meilleur remede que peut apporter en cela celuy qui veut se conduire sagement, c'est de n'entrer point en contestation de paroles, auec aucun quel qu'il soit; car si c'est auec vn plus grand, seroit estimé folie & rage; si c'est vn pluspetit

il

Que c'est que cholere.

Remarques exterieures de la cholere.

il eſt ſordide & mal honneſte ; ſi c'eſt vn eſgal en qualité l'euenement en eſt douteux, qui ſouuent laiſſe vne
dangereuſe querelle ; & par ainſi faut touſiours penſer à ce que l'on doit dire, auant que rien ſorte de la
bouche ; & s'il y a quelque choſe dite ou faite par vn autre, dont nous nous ſentiós iniuriez ou offenſez ; ce qui
eſt en cela le plus neceſſaire, eſt la demeure & dilation
pour y penſer & en eſclaircir la verité ; & cependant
cette premiere fumée eſt temperée, & la nuée obſcure
qui nous oſte l'entendement eſt diſſipée, qui apres
nous permet de iuger ſainement ce qui eſt bon de faire : ce qui ne pourroit plus ſe reuoquer, ſi par cette premiere cholere il euſt eſté fait, ce qui pourra beaucoup
ſeruir en cette moderation. Si nous nous remettós deuát les yeux que c'eſt vn certain témoignage d'vn courage grand & genereux, de meſpriſer les offenſes qui
ne touchent point à l'honneur, l'aage doit excuſer vn
enfant, le ſexe vne femme ; la liberté ſe doit excuſer
en vn eſtranger, & à vn domeſtique la familiarité ; ſi
c'eſt noſtre amy faut croire qu'il ne le penſoit pas, ou
qu'il le fait à bonne fin ; s'il eſt ennemy il a fait ce qu'il
deuoit ; ſi c'eſt vn plus ſage ou vieil que nous, il luy faut
par honneur ceder ; s'il eſt fol ou mal aduiſé, il luy faut
remettre l'offenſe & en auoir pitié, & deuons croire
qu'il n'y a ſi ſage qui ne puiſſe quelquesfois faillir, &
deuons excuſer cóme nous deſirons eſtre excuſez ; car
le plus ſouuent la colere fait plus de mal que l'iniure.
Quand le Poëte Plaute veut loüer le Dieu Mars, il dit
qu'il eſt conioint par mariage auec Nerio, pour monſtrer que la tranquilité d'eſprit accompagne touſiours
les gens forts & courageux, & appelle Nerio, quaſi

Le meil-
leur re-
mede de
la cholere
eſt la de-
meure
pour y
penſer.

La cho-
lere doit
eſtre eſloi-
gnée de
la force &
du coura-
ge.

S ſſ

sine ira, qui fut le blafme donné à Alexandre, pour auoir par cholere tué Clytus, lequel recognoiſſant la faute que la cholere luy auoit fait faire, tirant du corps de Clytus la meſme dague, dont il l'auoit tué, la voulut conuertir contre ſoy-meſme, s'il n'en euſt eſté empeſché par ceux qui eſtoient preſens; & tiennent les Philoſophes que la cholere procede de moleſſe, delicateſſe & foibleſſe d'eſprit; ce qui ſe peut cognoiſtre, par exemple, que nous voyons les malades plus choleres que les ſeins, les femmes plus que les hommes, les vieux plus que les ieunes, les miſerables & affligez plus que les bien-heureux: & ceux qui ſont fort ſeins & courageux, ſont moins ſujets à cette demeſurée paſſion; il vous faut d'ocdés à preſent en voſtre ieuneſſe cognoiſtre voſtre naturel, & bien regler & compoſer vos eſprits pendant qu'ils ſont tendres & ſuſceptibles de bonne inſtruction, & entretenir vos humeurs en toutes actions tranquilles & paiſibles, meſmes en nourriture de viandes, & aux exercices qui ſoient propres à temperer ce naturel plein de chaleur; à quoy ſe doit oſter le vin, ou pour le moins bien tremper & corriger, car il accroiſt & augmente la chaleur, & ne feroit qu'allumer dauantage le feu: & ſi de voſtre naturel, comme a eſté le mien & la pluſpart des miens, nous auons tous eſté ſujets à chaleurs de foye; à quoy le vin fort eſt bien mauuais: la repletion des viandes eſt mauuaiſe à tous, qui affoiblit l'eſprit, auec le corps; le trauail & l'exercice eſt neceſſaire, & toutefois ſans laſſitude, à celle fin que la chaleur de ieuneſſe ſe diminuë, mais non pas qu'elle ſe conſome: quelques honneſtes ieux & temperez recreent auſſi, &

moderent les efprits, qui font conferuez par ce moyen
en meilleure difpofition, car les maladies & douleurs *Les ma-*
du corps excitent la colere; comme font le trop grand *ladies &*
trauail, les veilles continuées long-temps; les nuicts *douleurs*
excitent
paffées fans repos; les defirs de l'ame paffionnée, *la chole-*
comme d'amour, d'ambition, auarice, ou de ven- *re.*
geance; & tout ce qui peut nuire au corps ou à l'efprit
rend l'efprit affligé & prompt à cholere; en tous paffe-
temps, jeux & combats, faut auoir courage de vain- *En tous*
cre, mais empefcher de fe courroucer; car il fe faut te- *ieux &*
combats
nir familier à ceux auec lefquels on iouë, pour ap- *de plaifir,*
prendre de bonne heure en tous combats de vouloir *faut ap-*
prendre à
vaincre, mais non pas de nuire, faire mal ou offenfer *vaincre,*
en iöuant; la loüange apres auoir vaincu eft toufiours *& non pas*
bonne pour continuer la volonté de bien faire, mais *à faire*
mal &
il ne s'en faut pas trop efleuer & donner de gloire, de *offenfer.*
peur de prendre trop d'eftime de foy, & mefprifer les
autres, qui donnent toufiours fujet de prouoquer la
colere: les flatteries font auffi dangereufes à la ieuneffe; car incontinent on fe perfuade d'auoir meilleure
fortune, plus de felicité, & eftre plus grand que les
autres, qui offenfent ceux auec lefquels on hante; &
par faute de fçauoir encore iuger que les biens de fortune font fi variables qu'ils fe peuuent changer de
iour à autre: La trop molle & delicate nourriture *La deli-*
corrompt fort les efprits des ieunes gens, leur viure *cate*
nourri-
ne doit eftre delicat; les habillemens doiuent eftre *ture cor-*
communs, ne fe faut feparer du rang de fes compa- *rompt les*
efprits.
gnons, encore qu'ils foient moins en qualitez; & ne
doit-on eftre marry & courroucé quand l'on fait

quelque comparaison de sesdits compagnons ; l'on
dit communément que les hommes petits de taille,
sont plus aisez à se courroucer & fascher que les autres;
les petites cheminées sont ordinairement plus fumeu-
ses; les petites harquebuses se laschent plus promptement que les grandes & fortes; aux chemins estroits,
on si perd & esgare plustost; les habillemens estroits
sont plustost rompus, & les hommes petits sont plustost en courroux: Ie vous ay fait ce discours plus long
à celle fin qu'il vous puisse seruir, & à vos enfans, qui
peut-estre pourront tenir de vostre naturel, comme ie
recognois quelque chose du mié en vous, en quoy i'ay
esté sujet, si par la raison ie ne me fusse commandé de
le forcer, & vous declareray priuément, puis que cette
instruction doit demeurer particuliere & secrette à
vous & aux autres, comme ie m'y suis conduit, le
moyen que i'y ay tenu, & le fruict que i'en ay emporté: en quoy maintenant que vous deuenez en aage
pour commencer à le bien iuger, vous pouuez & deuez y prendre exemple : tous les iours apres m'estre
retiré pour prendre le repos de la nuict; & apres auoir
prié Dieu & recogneuce qui auoit esté fait le iour, &
donné ordre à ce qui estoit à faire pour le lendemain,
ie me remettois deuant les yeux, le bien ou le mal que
ie pouuois auoir fait le iour, m'interrogeant moy-
mesme, en quoy ce iour ie pouuois auoir guery mes
maladies d'esprit, ce que ie pouuois auoir appris, en
quoy i'aurois esté rendu meilleur, & ce que i'auois
gagné sur ma cholere & autres passions, pour me
rendre plus moderé, l'esprit plus tranquille & reposé,
voulant estre le iuge & censeur secret de mes

mœurs & actions, ne me voulant cacher & flatter à
moy-mesme, ne me condamnant pas aussi seucremét
pour mes fautes, mais me pardonnant facilement à
moy-mesme, à la charge de n'y plus retourner; en ce
faisant i'ay trouué qu'auec le temps i'apprisà me commander, moderer & refroidir mes choleres, chaleurs
& passions de l'esprit; & tant plus que i'ay eu d'experience des choses du monde, & que le vieil aage m'a
apporté de iugement; i'ay d'autant plus consideré &
appris que toutes les actions des hómes, qui sont accompagnez de vertus, moderation & repos d'esprit,
sont celles seules qui rendent la felicité & contente-
tement; car nous deuons estimer vne grande bruta-
lité d'employer nostre vie, qui est si briefue, en tourmens & passions cruelles desprit; & nos iours que nous
pouuons employer, en ce qui est des Commandemens de Dieu, & en honnestes & plaisantes occupations, les conuertir en nostre mal & tourment, ou en
la douleur & dommage d'autruy, dont nous acque-
rons des haines & inimitiez qui nous retiennent en
peine & fascherie toute nostre vie qui est si soudainement terminée par vne seule fiévre de trois iours, ou
quelqu'autre accident plus prompt, & si laissons à
nostre posterité des haines & querelles qui se termi-
nent souuent par la ruine entiere d'vne famille; & par
ainsi cependant que nous viuons, entretenons l'amitié & bien-veillance d'vn chacun, ne faisant tort,
dommage ny iniure à personne, & ne donnons sujet
de dire mal de nous apres nostre mort; en ce faisant
nous viurons heureux & laisserons les nostres pleins
d'amis, de repos, felicité, & tout contentement, & pas-

S ss iij

ferons de ce monde, quand il plaira à Dieu nous appeller, auec descharge de nostre conscience & tres-
grand repos d'esprit ; mais l'oubliance de nos fautes &
vices nous est fort commune ; & ne voulons confesser
& aduoüer nos fautes, comme celuy qui commence
d'auoir & sentir les gouttes, l'appelle vne esmotion
seulement ; si la douleur augmente, dit que c'est vne
petite fiévre, si les pieds & iointures luy font mal, cela
se couure d'vn effort en quelque exercice, où d'vne
blesseure au pied ; & enfin par la continuation & augmentation du mal, faut confesser la podagre formée
& maladie des gouttes, qui se pouuoit peut-estre dés
le commencement guerir ou moderer, si elle eust esté

aduoüée & confessée ; aussi la recognoissance de nos
fautes faites dés le commencement, est vn iugement
certain d'esperance de santé & de guerison ; laquelle
d'autant plus qu'elle s'est dissimulée & cachée, augmente & empire, & quand elle est connuë & confessée se peut changer, corriger & nous deliurer de cette
dangereuse maladie de vice, qui va tousiours en augmentant quand elle se continuë ; & quand elle seroit
du commencement intermittante seulement, si seroit-
ce bonne esperance de santé ; car à l'endroit de ceux
qui sont fort malades, vne bonne intermission du mal
est grand commencement de santé, qui peut bien tost
apres s'ensuiure parfaite.

Il a esté dit cy-deuant que ce seroit faute de courage, valeur & entendement de laisser passer les bonnes
occasions d'acquerir de l'honneur & aduancement ;
aussi se seroit faillir en bon iugemét de vouloir tou-
jours courir les fortunes incertaines, & les perilleux

euenemens, & tous les iours hazarder de perdre ce que
nous auons acquis depuis la ieuneße auec labeur, honneur & reputation, & deuons fuiure l'exemple des
bons, vieils & fages Pilotes de mer, lefquels apres auoir
beaucoup trauaillé, & couru diuerfes fortunes, ne
veulent pas à la fin mourir & eftre fubmergez en la
mer; mais veulent fe retirer, repofer & mourir en
quelque bon port de feureté, fi les actes & vertueux
deportemens des actions paffées, ont apporté l'honneur, reputatió & la bien-veillance des gens de bien;
celuy qui a acquis cét aduantage parmy les hommes,
encore qu'il fe retire en priué en fa maifon, il ne demeure pourtant en tenebres, & fa reputation n'en fera diminuée : car le tefmoignage de fa vertu & merite
le fuiuront & accomgagneront en quelque lieu qu'il
fe puiffe cacher: telle retraitte le peut prendre fans la
haine d'aucun, & fans qu'il en doiue entrer aucun regret en l'efprit de celuy qui veut prendre ce repos, &
s'il n'eft fuiuy de ceux qui auoient accouftumé de luy
faire la cour, & de ceux qui pour la faueur fe difoient
fes amis; d'autant plus fera-il defchargé de l'importunité de ces donneurs de bon iour de Cour, qui reffemblent aux oyfeaux de proye qui ne fuiuent que le gi-
bier, & aux mouches qui ne cherchent que la graiffe,
& qui fe retirent auffi toft qu'ils n'en trouuent plus:&
faut confiderer fi l'homme fage aimera mieux continuer à s'abandonner foy-mefme à toutes miferes &
importunitez, & fouuent auec beaucoup d'indignitez, que de laiffer ceux qui la plufpart ne le venoient
careffer & fuiure que pour leur feule commodité &
profit : fi la fortune à efleué celuy qui eftant enuieilly

au trauail, attend encores quelque plus grande felicité en continuant, quelle en peut estre la fin? Quand
*Aux cu-
piditez
ambi-
tieuses és
hommes
n'y a ia-
mais fin.*
sera-ce que l'on ne pourra plus rien souhaitter? car en
nos cupiditez, l'vne vient à naistre par la fin de l'autre,
il n'y aura iamais terme, limité & finy en nos miseres, trauaux & seruitudes: mais par l'honneste retraitte nous secoüons ce fascheux ioug de seruitude, donnons repos à nos trauaux, conseruons nostre santé, &
lors prenons iugement plus asseuré de nos actions
passées, & considerons plus exactement les presentes
pour establir plus heureusement ce qui nous reste à
viure: & encore que de prime face, cette demeure priuée n'apporte tant de faueur & de contentement en
apparence; si est-ce qu'elle nous est beaucoup plus
vtile, par l'exemple de ceux qui ayant bon appetit auec
peu de viandes se treuuent rassasiez & contens; &
ceux qui auec grande quantité de viandes, peu cuites
& mal apprestées, demeurent affamez & non satisfaits:
Et quand l'on se voudra representer combien l'on a
pris de peine pour s'acquerir de l'aduancement des
biens & authorité, & souuent inutilement; on doit
estimer qu'il en faut plustost prendre pour s'acquerir
du repos, & ne s'enuieillir dedans les tempestes & tumultes du monde, demeurant tousiours l'esprit
*Ce que
l'on peut
souhait-
ter de
bien à son
amy.*
enyuré & aueuglé de toute raison: Ciceron escriuant
à Attique, dit, que l'amy ne peut souhaitter à son amy
que trois choses, qu'il soit en santé, qu'il soit honoré,
& non necessiteux; car l'homme qui a mediocrité pour
passer sa vie, ne doit rien souhaitter dauantage en ce
monde, quand la santé ne luy deffaut, & qu'il n'a
point perdu son honneur, & quand la fortune donne
d'autres

d'autres choſes, & aduantages en grandeur, ſuccede
plus ſouuent à la ruine que non pas à l'honneur ; &
deuons remercier Dieu, & luy ſommes d'autant obligez, d'eſtre eſchappez de tant de perils & dangers,
que ſouuent nous auons courus, comme pour les
grands biens que iournellement il nous a faits : par
ainſi le meilleur & plus aſſeuré conſeil que l'on pourroit prendre, ſeroit que quand l'on paſſe ſoixante ans,
mettre fin aux continuels trauaux & extrauagans ſou-
cis, & mettre en œuure nos bonnes & iuſtes delibe-
rations, auſquelles il eſt bien temps de penſer, puis
que nous ne ſçauons quand la mort nous viendra aſ-
faillir ; puis que nous ſommes venus iuſques à cét
aage exempts de perils & fortunes ; & dit Platon en
ſes liures de la Republique, que la fortune eſt plus
contraire à vn homme, auquel elle ne permét iouïr
de ce qu'il tient à ſon commandement, que non pas
quand la fortune refuſe ce que l'on pourſuit d'auoir ;
& peut-on dire que celuy qui a rencontré ce qu'il
cherchoit, & peut-eſtre mieux qu'il ne deuoit eſperer, defaut en prudence, ſi de nouueau il remet au hazard la reputation & bien qu'il peut auoir acquis, &
ſe priue luy-meſme du doux repos de ſa maiſon ; &
ſes ennemis ne luy ſçauroient faire tant de mal comme il s'en procure de luy-meſme, ce que nous pouuons iuger par l'Adage que Eraſme deſduit plus au
long, qui dit qu'il faut que celuy qui a eſté honoré
& bien fortuné demeure en ſa maiſon, quand elle luy
eſt amie, qui eſt à dire douce, paiſible & tranquille,
qui eſt la reſponſe que les fables diſent que fit la tortuë au feſtin que Iupiter fit à toutes les ſortes d'ani-

Ttt

maux , se courroussant que la tortuë estoit venuë
trop tard; laquelle luy dit pour excuse, qu'elle portoit
sa maison auec elle, & que c'estoit vne bonne demeure qu'vne maison bien amie : L'Empereur Marc
Aurelle escrit à son amy Pulion, que faire la guerre
aux hommes est par fois gloire, mais la faire à la raison
est tousiours attribuée à folie , qu'il y a beaucoup
d'hommes sages, encore plus de fols : mais que le
plus grand fol de tous les autres, est celuy qui ayant
repos en sa maison, cherche auec fatigue & beaucoup
de trauail, ce qu'il a auec facilité & commodité chez
luy, & que souuent encore il ne trouue pas ailleurs: &
vous diray vne chose, mon fils , que i'ay fort conside-
rée , & la tiens pour tres-veritable, que ceux qui n'ont
point limité & borné leurs desirs & volontez, de s'enrichir & augmenter , & qui ne se contentent point
des charges , biens & richesses , selon leur qualité,
maison & condition , ou selon leurs longs seruices &
merites ; qu'en fin si les grandes charges surpassent
leurs merites, & les biens sont plus grands que leur
qualité ne peut porter & souffrir, que le tout vient
& tombe plustost au mal & ruine de celuy qui les possede, que non pas à son honneur, bien & aduantage;
& voyons autant de maisons peries d'vn trop grand
fardeau de biens & d'honneurs , qui apportent l'enuie, & les ennemis mesmement en France , qui de
tout temps y est sujette , que d'autres par mauuais
mesnage & desordre; & doit estre le plus estimé celuy qui se contente des choses mediocres, que non
pas celuy qui en poursuit & desire de plus grandes:
car les biens mediocres sont vtiles & bien asseurez, &

les autres sont superfluës, & bien souuent dommageables, comme nous voyons que la trop grande abondance & fertilité de bled en bonne année, fait vaser & rompre l'espy, & empesche que le fruict ne vienne à maturité ; aussi la trop grande felicité vient & tombe tousiours en l'enuie des plus grands, ou à l'injure d'autruy, & bien souuent conuertie au mal de soy-mesme ; & si nos desirs & volontez n'ont vne fin, & quelque but limité & bien reglé, nos cupiditez, ambitions & auarices s'estendent à l'infiny, & nous rendent si miserables qu'il n'y a plus de remede au tourment de nostre esprit, & au repos asseuré de nostre vie. Par ainsi vous deuez vous contenter de mediocrité de biens, les conseruer & bien mesnager ; & considerer qu'il y en a beaucoup qui auront autant merité que vous, qui en ont toutefois bien moins, & qui ne laissent pas d'estre bien estimez & honorez pour leurs vertus ; & deuez remercier Dieu qu'il vous a osté hors de necessité, & donné le moyen de faire, & exempté de ce qui est le plus fascheux à vn cœur genereux, de requerir & demander l'aide & secours de ses amis, & d'auoir de vous-mesme quelque moyen de dépenser honnestement, pourueu que ce soit auec bon mesnage, qui est par le soing, conduite & affection de vos predecesseurs, qui vous en rend le fruict de la iouïssance plus doux, que vous receuez par le labeur des vostres ; & qui vous oblige d'autant plus aussi à conseruer à vos heritiers, ce que vous auez eu des vostres : mais encore est-il necessaire que pour en bien iouïr vous acqueriez de l'honneur & reputation parmy le monde pour estre bien voulu & estimé de vos voisins,

Qu'il se faut contenter de mediocrité de biẽs.

T tt ij

aimé, craint, & obey de vos subiects, & fidellement seruy de vos domestiques, enuers tous lesquels depuis que quelqu'vn tombe en mespris, il est mocqué des vns & desobey des autres, & trompé & desrobé de ses seruiteurs; c'est la plus ordinaire condition de la pluspart des hommes, lesquels, quelque reuolution du temps qu'il y ait, retombent le plus souuent à ce but, & en telles maximes communes; car il ne suffit pas de se retirer en sa maison quand l'on cognoist que par les affaires du temps il est meilleur de ce faire, ou pour son bien particulier, ou que la santé & l'âge le requiérét par raison; mais aussi pour y estre & demeurer en honneur, reputation, cómodité & contentement, il faut en vser auec prudence & conduite, tant pour l'entretenement des voisins & amis, conseruation des subiects que du mesnage de la maison, autrement au lieu d'auoir recherché, & de penser auoir trouué repos pour sa retraite & contentement, il s'y trouueroit autant d'affaires, empeschemens & incommoditez, que parmy les tumultes & tempestes du monde.

Ce n'est pas assez de regarder à nostre repos, conseruation de nostre authorité, personnes & biens, & s'estre retiré des affaires & grandes compagnies des hommes; car le principal est d'auoir tousiours soing du repos & tranquillité de nostre esprit, & le composer de sorte qu'il soit garanty de toutes taches de mal, & plein d'vne pure & parfaite volonté, en ce qui est premierement de l'honneur de Dieu, & à toutes honnestes & vertueuses actions de nostre vie; en ce faisant nous auons repos & tranquil-

lité entiere, & prendrons resolution en tout; & nous
faut garantir de toutes sortes de voluptez, qui sont
comme dit Ciceron *de senect.* le prenant de ce
qu'en dit Platon, alechement & ameçon, qui retiennent les hommes, comme le poisson est pris à la ligne,
lesquelles nous peuuent sembler au commencement
plaisantes & agreables; mais ils nous laissent apres vn *Les vo-*
regret & vn repentir; les vnes nous affoiblissent le *luptez*
corps , les autres nous apportent des maladies, *laissent*
quelques vnes des inquietudes d'esprit , les autres *tousiours*
des ardans & fascheux desirs , & cupiditez extré- *apreselles*
mes , qui nous ostent non seulement la santé du *vn regret*
corps, mais tout le repos de l'ame, lequel nous ne
deuons attendre que de la vertu qui gist & ne depend que de nous mesme, quand nous en voudrons
vser; auec laquelle nous aurons toute tranquillité &
contentement , auec vne ferme & agreable resolution en tout: car les fautes qui ont esté faites, agitent
souuent l'esprit de ceux qui les ont commises ; & au
contraire le ressouuenir des choses bien faites, & la
conscience d'vne bonne & honneste vie passée, est
fort douce & agreable, & peut elle seule nous donner tout plaisir, repos & contentement ; car c'est se
tromper que de l'esperer des voluptez, richesses, de
l'ambition , des honneurs, d'vne faueur & suite de
Cour, d'vne amie bien aimée, de l'ostentation des
lettres & estudes des sciences non profitables à l'esprit; car tels plaisirs ne sont que passe-temps trompeurs, & de peu de durée ; comme vn yurongne ne
ressent qu'vne heure son plaisir deshonneste, qui est
aussi-tost puny d'vn long regret & repentir: comme

la faueur acquise auec beaucoup de trauail, peine &
sollicitude est payée & recompensée d'vne seule caresse & applaudissement de faueur & bonne chere,
qui trois iours apres est passée ; mais l'effect de la sagesse est tousiours accompagné d'vn constant & esgal plaisir & contentement, qui est par dessus tous
les broüillards & tempestes du monde, comme en
l'estat & machine du monde tout ce qui est par dessus la Lune est tousiours serain & tranquille ; car le
sage n'est iamais sans plaisir & contentement, & ce
plaisir est né & engendré de la conscience, qui procede de la vertu ; & celuy seul peut auoir plaisir qui est
fort de courage, qui est iuste, & qui est temperé. Et
au contraire celuy qui est fol ou mauuais, ne doit
iamais croire pouuoir auoir plaisir ; car celuy qui s'est
trauaillé de vin, ou d'autres voluptez, & que le corps
demeure trauaillé & affoibly d'excez, il crie comme
me miserable, se sentant trompé du plaisir qu'il s'e-
stoit promis, que lors il cognoissoit faux & trompeur ;
mais le plaisir qui suit la vertu, le Commandement de
Dieu, & imite ceux qui suiuent le bon chemin, est tou-
jours agreable, demeure ferme, & n'est iamais interrompu ; il est sans aucune crainte, iamais tourmenté
de vaine esperance, & durant le iour & la nuict l'esprit demeure esgal, plein de repos, de tout plaisir &
contentement : car la fortune ne peut par quelque
changemét que ce soit oster le plaisir à celuy auquel la
vertu l'a donné ; & si il nous oste & de liure de crainte
& peur de tout ce qui nous pourroit aduenir, mesmement de la mort, à laquelle nous deuons apprendre
dés nostre premiere ieunesse à nous resoudre, comme

chofe fouz la condition de laquelle nous fommes nés,
& ne pouuons efuiter , & par ainfi que ne deuons
craindre : car d'vne chofe qui eft certaine , & dont ne
deuons douter, il ne la faut craindre , autrement ce
ne feroit mettre noftre vie en repos & tranquillité ; &
deuons croire qu'il n'y a ny aage, ny lieu , ny temps
qui nous puiffe garantir de cette loy naturelle, la plufpart des enfans ne peuuent efchapper les maladies de
leurs premiers ans & delicate enfance : l'adolefcence
& ieuneffe font fouuent emportez par la violence des
excez , où par les fortunes & hazards qu'ils courent,
par leurs forces & ferocitez , la grauité d'vn aage
meur & fage ne les peut garantir: ceux qui vieilliffent
ou qui approchent de maturité & de la fin de leur vie,
doiuent attendre la mort de iour à autre ; & durant la
ieuneffe faut apprendre à bien viure , & en la vieilleffe
à bien mourir; & pour bien mourir il faut que ce foit
librement & conftamment: tout ainfi que l'aage eft
incertain, auffi eft le lieu; car non feulement la guerre, ny les tempeftes de la mer & hazardeux inconueniens des voyages , font perdre la vie des hommes;
mais auffi fouuent les demeures que nous eftimons
les plus affeurées; chacun en fa maifon eft fujet à infinis
accidens, ou d'eftre bleffez ou tuez; & eft en la puiffance d'vn domeftique ou autre, quand il voudra ex-
pofer fa vie, d'eftre maiftre de la voftre; vn edifice
peut tomber fur ceux qui y logent; la cheute d'vn tonnerre peut faire mourir, la cheute d'vn cheual, vne petite fiévre peut emporter; il y en a qui en riant & foup-
pant meurent; d'autres aufquels le dormir continuë
iufques à la mort; la picqueure d'vn ferpent peut fou-

dainement suffocquer: les voluptez & delices feront
autant de mal que tous les trauaux que l'on peut
prendre; & a esté dit il y a long temps, que les excez
& gourmandises superfluës, font plus mourir
de gens que le cousteau & les armes: car les gourmands & superflus en viandes ont tousiours les crudi-
tez en l'estomach, qui leur apportent aussi-tost vne
mauuaise indisposition qui auance bien-tost apres
leur mort: il n'y a point aussi de diuersité de temps,
qui ne soit accompagné de pareils inconueniens, soit
de froid, de chaud ou autre disposition de climat & region; de sorte que nos années ne sont point sceuës,
ny par nous contées, & ne sçauons en quel lieu, ny en
quel temps la mort nous attend, qui ne se retient par
ordre d'aage non plus que toutes choses de ce monde
qui sont nées souz la loy de mortalité; & la mort est
vne mesme mort & esgalle à vn chacun, tres-asseu-
rée, mais incertaine de l'aage, de la maniere, ny du
lieu à laquelle nous deuons tousiours estre preparez:
car la mort n'a point de pitié des larmes, se mocque
des pleurs, & se rit des grandes afflictions, qui ne
pardonne ny aux grands, n'y aux ieunes, ny aux vieux;
& lors que nous mourrons, il apparoistra ce que nous
aurons fait, & quelle aura esté nostre vie, & n'y a que
ceux-là qui meurent heureux, qui souuent pensent à
mourir, & qui sont resolus de receuoir la mort franchement; car ceux qui sont entre la crainte de la
mort & de l'esperance de la vie, ils sont miserables,
estans en peine & trauail d'esprit ordinairement,
comme n'ayant volonté & puissance de viure, & aussi
ne sçachant mourir; & deuons considerer qu'il ne se

*En mou-
rant cha-
cun mon-
stre quelle
a esté sa
vie.*

passe

paſſe iour, qu'vne partie de noſtre vie ne ſoit diminuée & oſtée, & n'y a en cela que la crainte & la peur
qui nous eſtonne, comme aux enfans, quand on
met vn maſque deuant le viſage, mais le maſque leué
c'eſt rendre à la perſonne & à la choſe meſme la meſme face & verité ; comme il eſt certain & veritable
que le iour que nous viuons, nous le partageons auec
la mort, & la derniere heure que nous laiſſons à viure
ne nous donne pas la mort, mais conſomme la vie, &
n'eſt pas moins à meſpriſer celuy qui rend ſa vie pleine d'inquietude & miſere par la crainte de la mort,
que celuy qui court au deuant & deſire la mort, par
regret de viure ; & ce que nous viuons n'eſt eſtimé
qu'vn poinct de vie, & encores moins qu'vn poinct ; &
diſoit encore que ſi la vie luy eſtoit doublée ne ſuffi-
roit pas à la moindre partie de la cognoiſſance d'vne
ſeule ſcience ; de ſorte que la felicité ne conſiſte pas en
la longueur de la vie, mais en l'vſage de la vie ; & celuy qui eſt mort en ieuneſſe auec beaucoup d'honneur, eſt eſtimé n'auoir longuement veſcu, & ne deuons tant craindre & apprehender la mort, puis
que c'eſt choſe qui nous eſt certaine, que nous deuons nous perſuader l'auoir experimentée, auant que
nous fuſſions nés & mis en ce monde : car il faut eſtimer que la mort nous a precedé auant que nous fuſſions. L'effect eſtant en ſoy pareil, de n'auoir point
eſté, ou d'acheuer & finir d'eſtre ; comme ce ſeroit
ignorance d'eſtimer qu'il y euſt difference en la lu-
miere d'vn flambeau, quand il eſt eſteint à ce qu'il eſt
auant qu'il fuſt allumé ; & deuons grandement loüer
celuy, & imiter ſon exemple qui n'a point de regret

V u u

de bien mourir, encore qu'il peuſt viure; & deuons
compoſer noſtre vie, qu'vne iournée ſoit telle, comme ſi elle eſtoit la derniere, & que ſans triſteſſe nous
penſions à la mort, auant qu'à la vie, pour receuoir
librement ce qui eſt ordonné & eſt neceſſaire; car
c'eſt euiter vne partie du mal que de le porter reſolu-
ment, & au contraire eſtre fort miſerable que de
prendre auec contradiction, ce que la neceſſité nous
contraint; & par ainſi nous deuons continuellement
penſer, tant à noſtre mort, qu'à la mort de ceux que
nous aimons. Celuy qui deſire viure plus que ſa ſanté ne permet, & auec beaucoup d'incommoditez, de
vieilleſſe, mal & iniure, reſſemble à vn yurongne, lequel apres auoir beu tout le vin d'vn vaiſſeau, veut
encore boire la lie du vin; & y en a bien peu en ce
monde que la vieilleſſe ait conduit iuſques à la fin
ſans iniures; mais ſi l'eſprit eſt ſans paſſion trauaillan-
te, & que les ſens du corps entretiennent l'eſprit en
repos; la vieilleſſe & la vie longue ne ſont qu'à deſirer; par ainſi qui veut viure d'vne vie aſſeurée & tranquille, il doit conformer ſon eſprit à la patience de
la mort, & aux trauaux de la vie; & ne deuons tant
aimer noſtre vie, ny auſſi tant la meſpriſer, que nous
ne portions d'vn courage entier & reſolu tout ce
qui plaiſt à Dieu diſpoſer de nous, aux volontez duquel nous deuons entierement nous conſirmer; eſtimant que tout ce qu'il luy plaiſt ordonner de nous,
n'eſt que pour noſtre bien & aduantage, & que nous
deuons eſtimer vne felicité, quand il nous oſte des
peines & miſeres de ce trauaillant monde, pour nous
appeller à vne vie celeſte & eternelle, qui eſt beaucoup

plus heureufe; & deuons croire que Dieu ne veut que
les chofes iuftes, puis qu'il eft luy-mefme la fupréme
Iuftice, & ne deuons nous plaindre de tout ce qu'il
plaift à Dieu ordonner de nous, encore que nous
voyons le plus fouuent aduenir aux plus gens de bien
& de vertu, dauantage de mauuaifes fortunes, afflictions, calamitez, ruines & maladies; & au contraire
plus de bien, faueur, profperité & fanté à gens mauuais & vicieux; ce que nous deuons eftimer, proceder de la prouidence & bonté de Dieu, & pour noftre bien & falut; pour nous faire cognoiftre noftre
infirmité, & que nous ayons continuelle fouuenance
de noftre imbecilité & impuiffance, fans nous efleuer
& enfler de nos forces & moyens; comme nous lifons de Dauid & de fainct Paul; mais nous faut referer le tout à la puiffance fupreme de noftre bon Dieu,
lequel nous deuons craindre, reuerer & aimer, pour Faut ai-
le refpect & confideration de luy feul ; & non pas mer &
pour en demander & receuoir la reópenfe en ce mon- reuerer Dieu
de ; mais croire & nous affeurer que d'autant que pour fon
nous fouffrons les peines, maux & trauaux en noftre refpect de luy feul.
vie; d'autant plus auffi nous deuons efperer & atten-
dre de bien & de gloire eternelle en l'autre monde, &
vie celefte; & en cette vie mortelle ne deuons attendre, comme dit l'Ecclefiafte, que manger noftre pain
en peine & en douleur; & difoit Socrates que la vie
humaine n'eftant qu'vne peregrination, les fages
doiuent fe refioüir & chanter de lieffe, quand ils approchent du but ineuitable d'icelle, & que l'ame en-
clofe dedans le tabernacle du corps & des miferes de
ce monde, eft transferée en autre vie celefte, qui n'eft

V u u ij

qu'vne permutation de mal en bien; & Ciceron mefme encore qu'il ne fuſt Chreſtien en ſon liure *de ſe-*
nect. dit que l'ame qui eſt çeleſte, deſcenduë du plus
haut domicile, eſt tranſmiſe en terre, lieu qui eſt fort
contraire à la Diuinité & à l'eternité, qui nous doit
par toute raiſon faire oſter la crainte de la mort : car

Doit eſtre
eſtimé biẽ
miſerable
celuy qui
en ſa
vieilleſſe
n'a appris
à bien
mourir.

celuy eſt bien miſerable qui eſt venu iuſques en la
vieilleſſe, qui n'a appris en ſi longues années à bien
mourir; puis qu'il doit cognoiſtre & eſperer que ſon
ame va en lieu pour y eſtre en beatitude eternelle. Le
Philoſophe Secondus diſoit que la mort eſtoit vn
ſommeil eternel, vn eſpouuantement des riches, vn
deſir des pauures miſerables, vne ſeparation d'amis,
vn voyage incertain, vn larron d'hommes, vn commencement de ceux qui viuent; & vne fin de ceux qui
meurent; à laquelle ſelon le cours de mon âge i'eſpere
eſtre appellé longuement deuant vous, où ie n'auray
point de regret quád il plaira à Dieu; mais ſi auparauát
il ne luy plaiſt nous dóner vne bóne paix il me reſtera
ce mal & ennuy, de voir que ie vous laiſſeray en ce
monde en vn temps ſi plein de diuiſions, guerres ciuiles, querelles & calamitez, auquel vous aurez beaucoup d'affaires à vous y bien gouuerner; mais i'eſpere
que vous y prendrez peine d'y vſer de toute prudence,
& de l'aduis que ie vous donne, en ce que la raiſon
vous fera cognoiſtre eſtre bon de ſuiure; car la diuerſité des temps, apporte ſouuent les diuers & meilleurs
iugemens des affaires.

Il ne reſte plus qu'à vous dire mon aduis ſur les particularitez de voſtre famille & meſnage, & comme il
me ſemble que deuez vous gouuerner en voſtre mai-

ſon & compagnies priuées, auec leſquelles vous con-
uerſerez ; & premierement auant toutes choſes prenez diligemment garde qu'en voſtre maiſon il ne ſoit
point vſé de blaſphemes, ny le nom de Dieu inuoqué
en vain, ny par les voſtres, & encore beaucoup moins
par vous, affermant ſeulement par verité ce que vous
direz, & pour le plus quand il ſera beſoin par le teſmoignage de voſtre foy, qui eſt le plus grand gage
que les hommes d'honneur puiſſent bailler ; & tenez
pour verité que iamais blaſphemateur du nom de
Dieu ne peut proſperer ; car c'eſt trop grand blaſphe-
me & faute de bon naturel d'vſer d'vn crime & pe-
ché auquel on ſe laiſſe aller par couſtume & vſance
ſans aucun plaiſir, profit & commodité, ce qui n'eſt
pas aux autres pechez, qui tous apportent quelque
volupté auec eux, encore qu'apres ils en laiſſent vne
repentance: En ſecond lieu il faut que vous qui eſtes
à preſent mon fils aiſné, Dieu ayant voulu appeller
mon premier qu'il m'auoit donné, en quelque aage
que vous puiſſiez eſtre apres ma mort, vous deuez non
ſeulement regarder pour vous, mais auſſi eſtre ſoigneux & affectionné au bien de vos freres & ſœurs,
qui ne ſeront pourueus ou mariez, autant qu'au voſtre meſme, & deuez tenir ma place comme ſi vous
eſtiez le pere de tous ; ie vous ay fait prendre alliance
auec vne tres-honneſte Damoiſelle, & vertueuſe, fille
d'vn tres-honorable Seigneur, & d'vne Dame d'honneur & de vertu, de laquelle elle ſuiura ſi Dieu plaiſt
le chemin d'honneur, & la nourriture qu'elle a priſe ;
vous deuez l'aimer, cherir & honorer grandement,
& viure en vne amitié fort conſtante & fidelle auec

*Le gou-
uernemēt
qu'il faut
tenir en
ſa fa-
mille.*

*Comme
il faut ſe
compor-
ter en
mariage.*

elle, ſans luy donner iamais mauuais exemple, ny de
vous, ny de pas vn de ceux de voſtre famille, & ne luy
donnez auſſi aucun ſoubçon, ou jalouſie, qui offenſe grandement les plus chaſtes & honneſtes ; faites-la
touſiours bien accompagner d'honneſtes & ſages
femmes & Damoiſelles prés d'elle, & qui ſoient de
bonne reputation ; car il n'y a rien qui conforme pluſtoſt en vertu & honneur vne ieune femme que celles
Combien les bonnes compa-gnies ſont neceſſai-res aux ieunes femmes. qui l'accompagnent, qui ſont inſtituées à la vertu ;
auſſi qui pluſtoſt la gaſte que celles qui ont mauuaiſe
volonté : ne tenez iamais propos vicieux, ny ne permettez iamais qu'il en ſoit tenu deuant voſtre femme ; car les paroles donnent hardieſſe de ſçauoir ; &
s'enquerir, de ce que les Dames d'honneur doiuent
du tout ignorer, & leur doit eſtre du tout caché par
pudeur & honte ; car l'honneur des femmes eſt ſi
delicat, que ce que les hommes auec leur liberté peuuent dire, n'eſt permis ſeulement aux femmes de le
penſer, encore moins d'en parler, ny auſſi d'oüir &
eſcouter des paroles legeres & mal honneſtes, pour
La fem-me eſt gardiëne de ſon hō-neur & de celuy de ſon mary. oſter toute occaſion de médiſance : & doit touſiours
vne femme de bien auoir deuant les yeux, qu'elle eſt
gardienne non ſeulement de ſon honneur, mais auſſi
de celuy de ſon mary ; & pour cette cauſe, il faut
ſur tout qu'elle éuite tout ſoubçon ; & le deuoir
d'vne femme mariée eſt de porter entierement ami-
Le de-uoir d'v-ne fem-me ma-riée. tié à ſon mary, l'eſtimant & honorant plus que tous
les autres hommes, d'eſtre patiente pour ſçauoir en-
durer de ſon mary, prudente pour gouuerner ſa maiſon, meſnagere pour garder le bien, ſoigneuſe de la
nourriture des enfans, affable auec ſes voiſins, par-

faite au point & fait d'honneur , aimant honneste
compagnie, & grand ennemie des legeretez de ieunesse; comme aussi le mary de sa part doit estre discret
en ses propos, de douce conuersation, fidelle en ce qui
luy est confié , prudent en conseil, soigneux & diligent au bien de la maison, gracieux en sa famille , honorable & veritable à tous, affectionné au gouuernement de ses enfans, & recognoissant iustement les fidelles & bons seruices de ses domestiques, & ne se
laisser aller au vice, & ne permettre qu'il y ait des vicieux à la maison; car iamais la famille où le vice regne ne prospere, qui est le iugement de Dieu, & ce
que les hommes en voyent par experience : en priué
vous deuez faire toute les demonstrations d'amitié
& caresse à vostre femme , mais en public ou deuant
vos domestiques mesmes, les caresses priuées du mary
& de la femme viennent en risée, & si vne ieune femme s'accoustume par ce moyen à vser de gestes, qui luy
donnent apres plus de liberté de ce qui doit estre
retenu par honnesteté & pudicité. Caton fit en cela
vn iugement trop seuere, d'oster du Senat celuy qui
auoit baisé sa femme en presence de sa fille, estimant
deuoir iuger de l'honnesteté du mariage : ce qu'en disoit
l'Empereur *Ælius Commodus Verus*, qui disoit le nom
de sa femme estre nom d'honneur, dignité & respect,
& non pas de cupidité & volupté, ce que nous Chrestiens deuons estimer beaucoup dauantage, pour estre
mis entre les Sacremens de nostre Eglise. Ne parlez
aussi en priué, ny en public des vertus & perfections
de vostre femme; car si vous en parlez en public, l'on
s'en mocquera ; & dit-on communément que iamais

homme sage ne fit bon conte de sa femme; & si
vous en parlez à quelqu'vn en particulier, il luy pourra sembler que vous voulez bien qu'il sçache plus
auant de ses perfections; ce qui a quelquesfois apres
esté cause de donner des occasions de rechercher plus
auant les bonnes graces d'vne Dame; comme il se cognoist assez en ce qui aduint à Candaules Roy de Lydie, pour auoir voulu móstrer la beauté de sa femme à
son amy Gyges; mais bien deuez vous seul à elle mesme luy faire cognoistre combien vous aimez & honorez ses vertus, luy proposant les Dames d'honneur
qui parmy le monde ont laissé grande & honorable
reputation; & en ce faisant vous la confirmerez tou-
jours, & en la crainte de Dieu, & en l'honneur qu'elle doit auoir deuant les yeux, & en vostre parfaite
amitié, ne voulant recognoistre que vous; donnez
luy tousiours quelques honnestes occupations &
plaisirs, & l'accoustumez peu à peu à prendre plaisir
en son mesnage, à la cognoissance du reglement de
la recepte & despense de vostre reuenu; luy faisant
sentir la commodité & plaisir qu'elle en peut receuoir, comme quand elle aura quelque aduance &
prouisió deuant elle, lors vous luy achepterez quelque
chose qu'elle prendra plaisir d'auoir, pour luy faire
sentir & gouster le fruict de son bon mesnage, & la
loüer de la soigneuse conseruation qu'elle en fera de
ses bagues, meubles, & autres choses qu'elle pourra
auoir, qui sera tousiours la tenir en volonté de continuer, & luy occupper & retenir l'esprit en toutes
choses honnestes: car c'est le deuoir d'vne femme de
s'y bien disposer, & mettre en ordre tous les meubles
d'vne

Donner
honnestes
occupa-
tions à
vne fem-
me.

De la dis-
position
des meu-
bles d'v-
ne mai-
son.

d'vne maifon , & ce qui eft le meilleur qu'il foit en
touteſeureté, & que quand l'on en a affaire il ſe puiſſe promptement trouuer ; car autrement c'eſt autant
qu'vne pauureté certaine que de chercher & defirer
ce que l'on a chez foy, & d'ignorer le lieu où il peut
eſtre, mais le meilleur eſt de ne dépendre gueres en
meubles & en habillemens, car ils s'achetent cherement & ne durent gueres, & ſi ſont fort ſujets d'eſtre
perdus, meſmement en temps de troubles, ou bien à
changer de façons, des habillemens des femmes, comme auſſi quelquesfois des hommes : vous ne deuez
faillir à faire voir & cognoiſtre à voſtre femme que
le commandement que vous auez ſur elle, comme
mary, eſt officieux & plein d'amitié, & de douce &
agreable conuerſation ; car il n'y a ſocieté plus naturelle & ciuile que la conionction du mariage, & l'in-
ſtinct naturel de procuration auec le ſoing de conſeruer ce qui en eſt produit, qui rend l'homme & la femme compagnons de la maiſon diuine & humaine ; &
tout ainſi qu'entre tous les animaux le maſle eſt le ſuperieur, comme eſtant le plus fort pour la deffenſe,
pour porter le trauail, chercher le viure, deffendre la
femelle, & les petits de toutes violences, & oppreſ-
ſions; ainſi le mary doit prendre la charge & ſoing
de tout ce qui eſt à faire hors la maiſon ; & la femme
de ce qui eſt à faire en la maiſon, à celle fin que le
ſoing & aide ſoit mutuel ſelon la qualité & conue-
nance du ſexe; & ſelon l'obligation de la reciproque
amitié, promiſe par vn ferment & Sacrement ſi ſolemnel, pour eſtre conioints d'vn meſme lien de fidelité ; dont en eſt venu le nom de *Coniugum*, & pour

Xxx

estre consors & compagnons, appelle *consortium*; car comme l'vn est le pere de la famille, l'autre est aussi la mere de la mesme famille, qui nous fait paroistre l'vnion & correspondance au gouuernement de la mesme maison : comme aussi s'appelle le mariage *Conubium*, & le nom de nopces en est issu ; car le nom de *nubere* enuers les Anciens, est à dire *operire attegere*, dont Varro, dit *nubes* auoir esté dites *quod cælum tegant*; & se peut faire que de là la ceremonie en l'Eglise a esté introduite de couurir d'vn linge les deux mariez, mary & femme, pour monstrer qu'ils sont couuerts de mesme manteau d'obligation & fidelité ; faites pareillement cognoistre à vostre femme que vous aimez, estimez & honorez ses parens comme les vostres mesmes, & luy donnerez occasion d'en faire autant des vostres ; ce qui est fort necessaire pour la conseruation de la mutuelle amitié, qui est bien mieux continuée quand les parens communs demeurent toufiours bons amis, & en ce que vous leur pourrez faire plaisir, vous deuez vous y employer, & estimer que l'on ne sçauroit tant faire pour soy, pour ses enfans & conseruation de sa famille, que de doner auancement à ses parens en tout ce que l'on peut ; car ils dont ioints & interessez au mesme bien & conseruation de la famille ; d'autant que l'effect du mariage qui se contracte est pour conioindre non seulement les corps, mais aussi les parens, amis, seruiteurs & domestiques, les biens, richesses, & tous moyens qu'il faut ioindre, & mesler ensemble, au commun bien & aduantage des deux conioints par mariage ; & le principal est de faire bonne election entre les parens

Le mariage doit conioindre les amitiez des pares.

des plus gens de bien & de bon naturel, qui n'oublient point les biens-faits; car aux maisons honnestes, & de gens d'honneur, les freres, nepueus, cousins
& autres proches parens, doiuent estre bien receus;
& s'il y en a quelques vns si importuns & fascheux, &
si indiscrets en leurs propos & actions, le remede est
de les moins hanter que l'on pourra; & toutefois les
secourir en necessité en ce qui se peut faire honnestement: Quand Dieu vous aura donné des enfans,
faires les bien nourrir & instituer, & monstrez vous y
fort soigneux ; car vous donnerez exemple à vostre
femme d'en auoir le mesme soing, & les faire tou-
jours nourrir prés d'elle, & donnerez aussi volonté
à ceux qui en auront la charge, d'en estre plus diligens:
Il est du deuoir du pere, faire que ses enfans soient
dénommez de quelque honneste nom au Baptesme,
par honnestes Parrains, gens de bien & d'honneur;
car la dignité du nom apporte quelque recommandation à l'enfant, & luy donne exemple pour imiter
la vertu de celuy duquel il porte le nom, & qu'aussi
faut que la mere soit soigneuse d'auoir de bonnes
Nourrices qui mangent de bonnes viandes, d'autant
que le laict en est procreé, & en retient la substance,
& qu'ils s'abstiénent de boire du vin, qui eschauffe le
laict & fait tort à l'enfant qui est de luy mesme plein
de chaleurs ; & quand les enfans masles sortent des
mains des femmes qui les nourrissent, doiuent par la
diligence des peres estre bien instruicts & gouuernez
par Precepteurs & gouuerneurs sages & vertueux; car
tousiours les marques de cette premiere institution
demeurent imprimées en l'esprit des enfans, comme

Pour la
nourritu-
re des en-
fans.

X x x ij

fouuent auffi fait le langage, s'il y en a quelques vns
prés d'eux qui parlent mal, & s'il y a quelque deffaut à
cette premiere nourriture de l'enfant, l'on l'attribuë
toufiours au pere : car l'on dit communément que le
fils eft tel que le pere qui l'a inftituë, & les filles fuiuent
ordinairemét le naturel, inftruction & exemple de la
mere, à laquelle l'on eftime toufiours qu'elles doiüent
reffembler: Nous lifons en Plutarque en fon liure des
femmes Illuftres, qu'il y a des femmes qui ont tant
aimé leurs maris, & auffi des maris qui ont tant aimé
leurs femmes que les vns n'ont pas voulu viure apres
les autres : Porcia fille de Marcus Cato, laquelle
ayant fçeu fon mary Brutus auoir efté vaincu & tué,
ne fe pouuant tuer elle mefme apres fon mary, pour
l'empefchement qu'en faifoient fes amis, pour tefmoigner l'affection qu'elle portoit à fon mary, ne
pouuant faire autre chofe pour fe tuer, prit des char-
bós en fa bouche & les auala: Et auffi vn iour la mefme
Porcia voyant que l'on loüoit vne femme, fit taire vn
chacun, en difant que la femme qui fe remarie fecon-
dement, ne peut eftre heureufe, ny eftimée de bonnes mœurs, ny pudique: Cornelia mere de Gracchus
reietta le mariage du Roy Ptolomée, difát qu'il eftoit
plus honorable de demeurer vefue que d'eftre Reine,
& qu'il falloit qu'vne honnefte femme eftimaft que
fon premier mary fuft toufrours enuie, & l'auoir en
affection, comme s'il eftoit feulement allé à la guerre,
ou ailleurs : Pareillement il fe lit d'vn mary nommé
Plaucus, qui commandoit à cinquante Nauires, & à
fon retour d'Afie, arriué à Tarente, fa femme nommée Oreftilla, qui l'auoit accompagné, mourut, de

laquelle les obſeques faites, le mary ſe tua d'vne dague, à celle fin que ſon corps fuſt conioint dedans le
feu, auec celuy de ſa femme, qui ſont effects d'vne
extréme amitié : & par ainſi la pudicité d'vne femme
la rend eſtimée & honorée d'vn chacun, tres-agrea-
ble aux parens qui ſçauent que le ſang de leur race
n'eſt point vitié; la rend auſſi fort recommandable
aux enfans qui ne doiuent rougir quand on parle de
leur mere, ny faire doute de leur pere, & ſi ne craint-
on contention à la maiſon, ny mauuaiſe reputation
ailleurs, pour laquelle il faut prendre querelle ou
combat.

Prenez plaiſir quand vous pourrez auoir des heures à commodité, de lire les hiſtoires, tant eſtrangeres
que de ce Royaume, ou autres bons liures, qui vous
donneront iugement pour la cognoiſſance & exem-
ple des choſes paſſées : Ce qui peut à preſent ſeruir *De la le-*
pour le bien de l'eſtat, auquel vous eſtes né & demeu- *Eture des*
rant, pour le ſeruice de voſtre Roy, & pour voſtre *hiſtoires.*
honneur & reputation ; & ſi apprendrez par la lecture des liures, à bien dire & parler, quand l'on a cét
honneur d'eſtre appellé en quelque Conſeil de guerre ou ailleurs : Et diſoit Ariſtote que celuy qui igno-
re les hiſtoires eſt touſiours enfant ; & par ainſi doit
eſtre eſloigné du gouuernement d'vn Eſtat ; & doit
eſtre appellée l'hiſtoire la Maiſtreſſe de la vie, la cognoiſſance & inſtitution de toutes actions, des entrepriſes des grands Rois & Capitaines, leur conſeil
& conduite, & l'euenement de leurs deſſeins, auec la
deſcription des temps & des lieux ; comme vne viue
peinture repreſentée deuant les yeux ; & pour auoir

X x x　iij

plus de volonté d'y prendre plaisir, aurez vn grand aduantage, car ie vous laisseray si Dieu plaist bonne prouision de liures, memoires & instructions, des choses les plus rares qui se sont faites & passées en ce Royaume; dont vous pourrez grandement vous seruir aux occasions qui se presenteront; d'autant que les bons & plus asseurez conseils se prennent par ce que l'on cognoist estre aduenu aux autres; & n'y a rien qui donne plus de courage de bien faire, que l'exemple de l'honneur & loüange que les autres ont acquis; & ne peut rien aduenir si nouueau & estrange, qu'vn Capitaine qui a veu les histoires n'y soit bien preparé à y donner remede; ce qui ne se peut si bien donner par preceptes, comme il se lit par les mouue-mens des histoires, qui representent toutes les actions passées, & n'aurez iamais chose qui vous continuë si longuement le plaisir que la lecture des bons liures, car tous les autres plaisirs ont leur aage, le temps, & le lieu; mais la lecture est fort vtile & honorable à l'adolescence, resiouit grandement la vieillesse, ap-porte ornement aux prosperitez, donne refuge & soulagement aux aduersitez, donne grand plaisir en la maison, & en la vieillesse qui a sonné la retraitte de toutes voluptez, contentions & cupiditez, appor-te tout contentement & repos d'esprit; & encore qu'il y ait quelques liures portant le nom d'histoires qui ne contiennent verité, comme Xenophon en sa Cyropedie, si est-ce qu'elle sert grandement à vn ieu-ne homme pour son institution, ayant escrit l'exéple d'vn bon Prince, selon que Cyrus & les autres Prin-ces doiuent estre; & encore que l'histoire ne doiue

contenir que verité, si est-ce que tels mensonges ne
sont pas à blasmer, puisque ce sont inuentions qui
seruent à la persuasion de l'honnesteté & vertu : Il y en
a qui prennent beaucoup de plaisir à lire des fables,
mais ils doiuent beaucoup plustost chercher la cognoissance des choses grandes, & de ce qui s'est passé
entre les actions des hommes, où il se trouue beaucoup de choses dignes & admirables ; & tout ce qui
nous sert d'exemple à bien honnestement & heureusement viure, nous doit estre bien plus en recommandation, comme dit Ciceron en ses Offices ; & d'autant que i'ay mis peine d'amasser beaucoup de bons
& rares liures, i'aurois trop de regret qu'ils ne fussent
fort soigneusement conseruez, qui est chose dont
vous serez grandement loüé, & pouuez auoir veu
par vos liures, comme cette belle Bibliotheque de
Marcus Anthonius, & celle de Ptolomée Roy d'E- *De la Bi-*
gypte ont esté estimées; & prenez garde que le lieu le *blioth e-*
plus propre pour la Bibliotheque doit estre ouuert *que.*
du costé de l'Orient, parce que la force des yeux desire
la lecture du matin ; & si auec l'Orient le costé du
Septentrion peut estre ouuert, les liures en seront
bien mieux conseruez, car le vent de Septentrion pu-
rifie & nettoye, & au contraire l'Occident & le Midy
engendrent des teignes & autres corruptions, qui
effacent l'escriture, & gastent & corrompent le par-
chemin & papier, & de peur de l'humidité, les murailles doiuent estre lambrissées, & le plus qu'elles
pourront estre ornées de vert, il profite à la veuë : il est
bien seant & honneste de faire voir vostre Bibliotheque à vos amis qui cognoissent les liures, & qui y

prennent plaiſir, mais ne leur accordez d'en emporter quelques vns, ny meſmement par preſt; car beaucoup eſtiment qu'il n'eſt pas deshonneſte de retenir
vn liure, qui pourroit eſtre cauſe de vous en faire perdre les meilleurs; & n'y a rié de tous mes meubles que
i'aye en plus grande & ſinguliere recommandation:
Mais ie vous donneray aduis qu'à la lecture des liures,
vous ne ferez pas comme ceux qui ont mauuais eſtomach, qui prennent diuerſité de viandes, & auſſi-
toſt les remettent; & par ainſi nulle ne peut profiter,
pour la nourriture du corps; auſſi faut-il à la lecture
s'arreſter ferme & ſtable à quelque bon Autheur, &
en tirer la ſubſtance pour en nourrir l'eſprit, & fidelement l'imprimer & conſeruer en la memoire, encore que ce ſoit auec peine & moins de plaiſir : que ſi
vous liſez diuers liures, ſi eſt-ce qu'il faut croire que
comme la variable & differente lecture delecte &
donne plaiſir ; auſſi celle qui eſt certaine & limitée,
profite & eſt plus vtile ; & comme celuy qui veut aller
en quelque lieu, s'il prend diuers chemins ne paruient
auec certitude au lieu auquel il tend, mais eſt ſujet
ſouuent à s'égarer & déuoyer ; ainſi en aduient de celuy qui ne fait que courir & s'égarer en la ſuperficie
de la lecture des liures ; & ne deuez vous eſtonner que
voulant cognoiſtre & approfondir ce qui eſt neceſſaire pour la ſcience, iugement & memoire du liure
auquel vous ſerez arreſté, vous y trouuerez des difficultez qui vous faſchent & donnent peine ; car le remede en cela eſt d'auoir quelqu'vn qui monſtre & faſſe
entendre ce que l'on ne peut cognoiſtre du premier
coup de ſoy-meſme ; & la pluſpart des eſprits ſont fort

differens

differens, les vns sont prompts & faciles, les autres
sont plus lents & pesens, & toutefois non moins à
estimer : car il est plus loüable à celuy qui fait & graue vne mesme chose en matiere & sujet plus dur & difficile, & la terre la plus sterile, deuient bonne & fertile par le continuel labourage ; aussi le fondement
d'vn bastiment ietté & bien asseuré dedans vn maretz
est plus penible & fascheux, mais plus loüé & estimé
que celuy qui est basty sur vne terre ferme ; & qui reçoit dés la premiere main toute sorte de matiere en
œuure ; aussi est bien plus à estimer celuy qui auec difficulté iette les fondemens de la science, la cognoissance en est plus certaine, le iugement meilleur, & la
memoire plus asseurée ; de sorte que celuy qui se pense aduantager par la promptitude de nature, est apres
esgal, & bien souuent surmonté par celuy qui paruient auec peine à mesme but, qui apres en a la memoire meilleure : & si le plus souuent il aduient que
ceux qui sont les moins prompts à conceuoir, sont
les plus asseurez en iugement : Il y a vn Philosophe
qui dit qu'entre les ieunes gens, il y a trois sortes de
naturels : les premiers qui sont si heureusement nés,
que d'vne bonté & aduantage de nature sans aucun
aide, ils se font eux-mesmes le chemin à la vertu & à
l'honneur ; les autres qui ont besoing de l'aide d'autruy, qui d'eux-mesmes ne pourroient assez bien faire ; mais qui suiuront bien l'exemple qui leur sera
donnée ; il y en a aussi d'vne autre troisiesme sorte
de gente d'hommes, lesquels il ne faut rejetter, &
ausquels non seulement il faut exemple & conduite,
mais aussi admonition & contrainte, & qui toutefois

Y yy

à la fin ne laiſſent de paruenir à grand fruict & ne meritent pas moins de loüange pour auoir forcé, la ru-
deſſe & malignité de leur naturel; mais il faut bien
prendre garde à celuy duquel l'on fait election pour
conducteur, ou pour ſeruir d'exemple, & ne prendre
pas celuy qui auec vne precipitation de paroles, alleguant forces lieux communs pour enſeigner, ſeruir
d'exemple, ou contraindre, mais celuy qui par les
actions de ſa vie monſtre l'effect, & rend preuue de ce
qu'il a enſeigné ſe deuoir faire, & qui n'a eſté trouué
contreuenir à ce qu'il a deffendu de faire.

De l'hon-
neur qui
ſe doit
aux gens
d'Egliſe,
à la vieil-
leſſe &
aux
Magi-
ſtrats.

Eſtimez & honorez touſiours la vieilleſſe, les gens
d'Egliſe, les Magiſtrats & ſuperieurs, & le ſemblable vous ſera rendu quand vous deuiendrez vieux,
auec le meſme honneur & obeïſſance par vos ſubjets
& inferieurs; & en toutes Republiques & Eſtats bien
ordonnez, la ieuneſſe a touſiours porté toute reuerence à la vieilleſſe, ſoubmiſſion, crainte & honneur,
aux Miniſtres de l'Egliſe, & aux choſes ſacrées, reſpect & obeïſſance aux Magiſtrats: Tous les Legiſla-
teurs, Solon, Licurgus, Prometheus, & Numa Pom-
pilius, combien qu'ils ayent eſté differens en beaucoup
de choſes, ſi eſt-ce qu'ils ont cóuenu en trois poincts,
à ſçauoir que l'on adoraſt les Dieux, que l'on euſt pitié des paûures, & que tout homme portaſt honneur
aux Anciens, de ſorte que par le paſſé l'on portoit tant
de reuerence aux vieillards, que quaſi comme Dieux
ils eſtoient adorez & tenus au lieu de peres; Le Philoſophe Panthée interrogé par vn de Thebes, ce qu'il
falloit faire pour bien gouuerner vn Eſtat, reſpondit
qu'il falloit que les vieux gouuernaſſent, les ieunes

allaſſent à la guerre, & que les femmes menageaſſent
en la maiſon, qui eſt .vn prudent aduis, pour eſtre
bien ſuiuy ; mais ce n’eſt pas aſſez d’eſtre vieil de beaucoup d’années, qui n’accompagne auſſi la vieilleſſe
de prudence ; car celuy qui n’eſt vieil que par raconter
ſes ans, il pourra trouuer quelqu’vn qui pourra auſſi
conter ſes vices : Le Magiſtrat eſt eſtimé la Loy viue,
qui eſt le conſeruateur du bien, & repos general &
particulier ; executeur de la Loy eſcrite, qui de ſoy
demeureroit muette, & comme morte & inutile, s’il
n’y auoit vn bon & ſage executeur, qui doit eſtre
vieil & experimenté, parce que la raiſon, le conſeil &
la ſentence, ne peuuent eſtre qu’en la vieilleſſe & experience, comme dit Ciceron *in Catone*, d’où le nom de
Senat a pris ſa denomination, & les Senateurs ont eſté
appellez peres, comme les gens d’Egliſe ont eſté appellez Anciens, pour eſtre d’autant plus honorez pour
le reſpect de la vieilleſſe qui de tout temps a eſté vene-
rable en toutes Nations ; & principalement quand les
actions de la ieuneſſe ont eſté vertueuſes & loüables.
Le temps paſſé à la rencontre du Conſul ou du Pre-
teur, il falloit qu’vn chacun portaſt tout honneur &
reuerence, deſcouurir la teſte, deſcendre de cheual, ſe
retirer du chemin, & toute autre ſoubmiſſion d’obeïſſance, encore que ce fuſſent les plus grands, parce
que l’honneur ſe rendoit à la dignité & au degré du
Magiſtrat.

En temps de paix prenez les exercices d’vn Gentil-
homme, comme à picquer des cheuaux, courir la
bague, tirer des armes, aller à la chaſſe, voltiger, ſau-
ter, dançer, ioüer à la paume, au pailmail, & tous

*Les exer-
cices de la
maiſon
durant la
paix.*

autres exercices honneftes, qui rendent vn homme plus adroit, les armes mieux à la main & plus robufte pour porter la peine, fatigue & trauail neceffaire à la guerre; car où l'efprit demeure endormy, languiffant & faineant, le corps n'en peut eftre robufte & valide; & fouueut fe trouue à la guerre que ceux qui font de corps & de taille plus foible & delicate, fe rendent plus courageux & adroits que les plus grands & les plus forts; & par le moyen de l'exercice & trauail acouftumé. Pour cette raifon les Lacedemoniens nourriffoient leurs enfans aux champs, pour les acouftumer au trauail, coucher la nuict dehors le logis, endurer le froid, le chaud, la poudre, la peine de la courfe & de la chaffe, de luitter, de ietter la barre, combattre tous nuds, & tous autres violens exercices qui rendent l'homme plus fort & plus adroit; de là aduint que les ieunes Lacedemoniens nourris de cette façon, combien qu'ils fuffent peu en nombre, toutefois fubjuguerent bien-toft toute la Grece, qui eftoit demeurée languiffante aux voluptez, & fans exercices de trauail : Iules Cefar accouftumoit les ieunes Romains à faire exercice des armes en leurs maifons: La premiere loüange & bonne efperance de valeur, que donna Scipion en fon enfance, eftoit qu'il cherchoit toutes fortes de peines, de trauail & d'exercices; auffi la premiere partie d'vn grand Capitaine eft qu'il foit patient de trauail, de froid, de chaud, de veilles, de faim, de foif, & de toutes fortes d'incommoditez & de labeur, & pour mieux feruir de fa perfonne & donner exemple à tous les autres, pour eftre plus patiens à faire le femblable; il y a auffi quelques hon-

neftes ieux & occupations & paffe-temps , qui donnent plaifir au repos de la maifon ; comme il eft fort
honnefte & loüable à vn Gentil-homme, d’aimer &
de fçauoir la mufique, fçauoir chanter, & ioüer du
luth ; il y a auffi quelques ieux accouftumez , comme
les efchets, les dames , le triquetrac & les cartes ; mais
il fe faut donner de garde de ioüer iamais
grand jeu ; car ils fe font pluftoft par auarice que par *Le grand*
plaifir ; & ont fouuent efté caufe de ruiner les mai- *ieu dan-*
fons, & les efprits de ceux qui s’y mettent trop auant ; *gereux,*
& fouuenez vous toufiours en ioüant que vous ne *faut ia-*
vous accouftumez iamais à tromper ; car encore que *mais tró-*
ce foit par ieu & rifée au commencement , fi eft-ce *ioüant.*
qu’on s’y laiffe apres aller par couftume, qui eft chofe
mal honnefte , & qui donne mauuaife opinion de cé-
luy qui le fait ; & qui engendre auffi bien fouuent des
querelles qu’il faut demefler auec la vie : Quant aux *Pour les*
habillemens, il en faut vfer modeftement, & des plus *habille-*
communs , felon fa qualité , & felon les lieux & le *mens.*
temps ; car les habillemens bigarrez, extraordinaires
& non communs aux autres, donnent tefmoignage
d’vn efprit bigearre & non commun des autres , qui
eft vne mauuaife opinion ; & tout ainfi que l’habillement honnefte felon la perfonne , la qualité , l’aage,
le temps & le lieu, monftre la dignité, authorité &
iugement ; auffi celuy qui eft trop exquis & mal conuenable à l’aage ou au temps, ne fert pas d’ornement
au corps , mais defcouure l’efprit de celuy qui en
vfe.

   Tenez voftre defpenfe bien reglée felon voftre re- *Pour le*
uenu, & faut commencer de bonne heure fon mef- *reglemẽt*
de la def.

Y y y iij

penſe de la maiſon.

nage, & la regle que l'on y veut mettre pour bien conſeruer & vſer du ſien ; car de long temps il a eſté dit que la parſimonie trop tardiue ne ſert pas aſſez, & n'eſt ſuffiſante de reparer les fautes qui auroient auparauant eſté faites, mais dés le commencement que l'on vient à ioüir de ſon bien, il faut ſi bien s'y regler, que la recepte au bout de l'an, monte touſiours plus d'vn tiers, que la deſpenſe, tant ordinaire que extraordinaire ; & faire en ſorte que le tiers du reuenu demeure clair & bon entre vos mains ; d'autant qu'il ſuruient touſiours des charges & deſpenſes inopinées & non preueuës ; & pour cét effect voyez le plus ſouuent que vous pourrez l'eſcrouë de voſtre deſpenſe, à tout le moins ne faillez de l'arreſter au bout de chacun mois ; & l'eſtat general de voſtre recepte & deſpenſe au bout de l'an, ne remettant iamais année ſur année, de peur de confuſion, de laquelle apres il eſt trop mal-aiſé d'en ſortir ; & ceux qui ont beaucoup de bien, & en deſpendent trop peu, ſont appellez auares ; & celuy qui deſpend plus qui n'a de reuenu eſt appellé fol ; il faut compaſſer ſa deſpenſe à la recepte, & que tout marche, & ſoit conduit de meſme meſure ; & n'eſtre du nombre de ceux qui ont plus de peine par la vente & engagement de leurs biens, pour entretenir leurs folles deſpenſes, que par ſageſſe & bon meſnage gouuerner leur maiſon ; auſſi ne faut tomber à l'auarice, de ne ſçauoir bien vſer honneſtement du ſien ; car les deux extremitez rendent vn homme fort miſerable, & vous prie de croire vne choſe pour tres-certaine, que quiconque ne donne ordre de bonne heure au meſnage de ſa maiſon, outre

Compaſ-ſer la deſpéſe auec la recepte

ce qu’il est reduit en perpetuelle peine & misere, &
mesme auec honte pour luy defaillir souuent le tout,
& ce qui luy est le plus necessaire & honneste, il est
aussi tenu parmy le monde en peu d’estime, & pour
vn homme de peu de iugement & conduite; & que
les Rois, Princes & Seigneurs doutent de les employer, & de leur donner charges, desquelles il est
vray semblable qu’ils ne se pourroient acquitter, puis *Qui ne*
qu’en sa famille mesme en laquelle il a tout comman- *peut bien*
regler sa
dement & disposition, il ne le peut faire, & n’y sçait *maison*
mettre la regle & conduite, & si n’y aura amy ny voi- *n’est ca-*
pable d’
sin bien aduisé qui vueille frequenter priuément *plus grã-*
auec celuy qui n’a point mis d’ordre & de regle en sa *de char-*
ge.
maison, duquel au lieu d’vne douce & plaisante conuersation, il ne pourroit receuoir que charge & incommodité; & la fin de ce mauuais mesnage & desordre, outre la peine en laquelle on se met, & la honte
qu’on en reçoit en tous lieux, apres l’on en tombe en
vne si extréme necessité, que celuy qui est reduit en
vne captiuité si miserable, est contraint de ne pouuoir *Celuy*
plus tenir ny foy ny parole, & encore pis faire des *qui est*
necessi-
actes de vilennie, tromperie & meschanceté, dont *teux, peu*
s’ensuit la perte de l’honneur, & quelquesfois de la *souuent*
garde sa
vie; & la chose qu’il faut regarder en son mesnage *foy.*
premierement, est de bien conseruer & maintenir le
bien qui est acquis, qui n’est pas moindre loüange
que d’en acquerir de nouueau; car l’acquereur est estimé pour son bon mesnage & accroissement de bien;
mais celuy qui ne conserue le bien acquis, est mocqué
& estimé homme de peu de iugement & de valeur; &
si le plus souuent ceux qui sont trop affectionnez à ac-

querir, se mettent d'ailleurs en tant de peine & en ar-
riere, que l'ordre & conduite de leur bon mesnage en
demeure fort discontinué & interrompu; comme ie
l'ay experimenté en moy-mesme, qui en demeure à
present fort endebté & chargé de rentes; toutefois ne
faut perdre l'occasion si elle se presente, d'acheter ce
qui est à commodité grande, tant parce que peut-estre
vne autrefois il ne se pourroit recouurer; qu'aussi que
l'on donne bonne opinion aux voisins, quand on acquiert, & que l'on n'entrepréd pas si tost sur celuy qui
se veut accroistre, que sur celuy qui monstre se contenter dece qu'il a, qui est tenu de moindre courage:

Ce qui se doit faire du-rant la paix.

Durant la paix tenez tousiours quelques bons cheuaux de seruices prés de vous, pour vous en seruir
quand vous en aurez besoin, & pour prendre plaisir
quelquesfois à monter dessus, & les picquer vous
mesme; & quelque quantité de courtaux, selon que
vostre despense & bon mesnage le pourra permettre,
& qui vous seront necessaires, & non dauantage; &
quelque peu de chiens & d'oyseaux, & seulement ce
dont on ne se peut passer communément pour le plaisir d'vn Gentil-homme: car si vous croyez quelques
vns de vos voisins ou seruiteurs qui aiment & prennent plaisir à la chasse, pourueu qu'il ne leur couste
rien, vous feront entendre que c'est grande gloire d'y
faire grande despense, dont toutefois se mocqueront

Nombre reglé de bons ser-uiteurs, & se ser-uir de vieux.

à part, & diront que vous faites, comme celuy qui se
fit luy-mesme manger à ses chiens: Ayez nombre reglé de bons seruiteurs, bien choisis & gens de bien, &
ce qui vous sera necessaire; & retenez tousiours les
vieux seruiteurs s'il est possible, qui auront tousiours
plus

plus de fidelité & d'affection à la maison & famille,
en laquelle ils auront esté nourris, que non pas les
autres, monstrez leur bon visage, & les traictez bien
pour les seruices qu'ils ont faits à vos predecesseurs, &
pour ceux que deuez esperer qu'ils vous feront,
car si vous ne recognoissez les vieux seruiteurs, vous
en seriez blasmé d'vn chacun, & ne donneriez pas
occasion & volonté aux ieunes de vous bien seruir,
mais prenez garde qu'il y a quelquesfois des seruiteurs qui ne cherchent que leur fortune, bien & aduancement, pour laisser leur Maistre quand ils auront fait leurs affaires, ou qu'ils verront qu'ils bien
pourront plus tirer profit, sans auoir autre affection à
l'honneur & conseruation du bien de leurdit Maistre,
les deportemens desquels vous feront bien tost iuger
de leurs intentions, pourueu que l'affection de vostre
ieunesse vous puisse permettre d'en iuger sainemēt,
sans vous laisser tromper par flatterie, car vous deuez
estimer que les seruiteurs qui flattent leur Maistre, le
veulent tromper, & que c'est comme vn serpent que
l'on nourrit dedans son sein; & croyez certainement
que ceux qui loüent leurs Maistres en sa presence, qui
parlent de ses biens ou aduantages, qu'ils se veulent
insinuer, en ce faisant en sa bonne grace, ou qu'ils luy
sont ennemis, ou qu'ils le veulent deuenir : Il faut
aussi bien traicter ses seruiteurs, & les recompenser
selon leurs seruices & merites, mais ne faut retenir
ceux qui sont querelleux, où que l'on recognoist qui
rapportent ce qui se fait de particulier en la maison,
car ils pourroient apres rapporter & s'entendre plus
auant auec d'autres, & faut prendre garde à ceux

Zzz

qui sont liberaux pour leur Maistre, prompts à faire despendre, & auaricieux pour eux; car cela fait cognoistre qu'ils n'ont pas grande affection au bien du Maistre, puis que c'est contre leur naturel: l'honneur du Maistre aussi requiert de ne donner iamais tant de credit & puissance à vn seruiteur, qu'il prenne opinion, ou qu'il vueille acquerir reputation de posseder du tout son Maistre; car incontinent ledit seruiteur en abuse, & se mocque t'on du Maistre qui n'est pas tenu pour fort habile homme, puis qu'il se captiue luy mesme, & se priue de son authorité, telle que le Maistre sage doit retenir sur le seruiteur, qu'il faut bien aimer & traitter, estant vertueux & fidele; mais ne luy monstrez tant de familiarité & priuauté, qu'il en puisse prendre occasion de mespriser & desobeïr son Maistre; & deuions viure auec nos inferieurs domestiques & seruiteurs, comme nous desirons que nos Superieurs ou Maistres viuent auec nous, qui n'est pas sans cause que les Anciens ont appellé les Maistres & Seigneurs des maisons, peres de familles, & seruiteurs les familiers & domestiques, qui est pour en vser & seruir familierement & amiablement, & d'en vser comme d'hommes, & non comme de bestes, auec consideration qu'ils sont procreez & mis en ce monde comme nous, pour sans distinction de personne, esgalement aimer, honorer & adorer nostre seul Dieu, seruir nostre Roy, garder nostre mesme Loy, habiter vn pareil pais, craindre & attendre vne mesme mort, & souuent nous voyons que ceux qui sont inferieurs & seruiteurs, deuiennent plus grands, & à commander à ceux qui ont esté leurs

Maiſtres ; & deuons eſtimer les hommes par leurs
mœurs, capacitez & ſuffiſances, & non point par
leus miniſteres ou condition baſſe, en laquelle ils
ſont nés, qui ſe peut changer par bonne conduite &
dexterité, ou par changement de fortune, & diuers
accidens de ce monde ; & dit-on communément que
tous les Rois ſont venus de ſeruiteurs, & beaucoup
de ſeruiteurs deſcendus des Rois, & que la longue
variation & diuerſité des temps a tout meſlé & con-
fondu enſemble ; & ne nous fait pas plus eſtimer par
les gens ſages, les remarques & portraicts enfumez
de nos predeceſſeurs ; car il n'y a rien à noſtre gloire
que ce qui vient de nous meſme ; & celuy ſeul doit
eſtre eſtimé noble & genereux, qui compoſe ſa nature
& ſes actions à la vertu ; & doit par ainſi ſe contenter
le Maiſtre ſage & bien aduiſé d'eſtre aimé, craint &
ſeruy du ſeruiteur, car Dieu meſme ſe contente de
ſes creatures ; & l'amour & affection ne ſe peuuent
bien conioindre auec la ſeule crainte, & ſi bien ſouuent le ſeruiteur qui eſt bien né, & bien reſolu en ſa
condition, eſt plus libre d'eſprit & content, que celuy qui eſt ſon Maiſtre, ſujet à ſeruir à de plus grands
que luy, deſquels il n'eſt aſſez dignement traicté & fauoriſé, & ſe trouue bien peu de perſonnes qui ne
ſoient ſubjectes, ou à l'ambition, ou à l'auarice, ou à la
volupté & plaiſir, & tous ſans aucuns excepter ſont
ſubjects à la crainte ; & n'y a ſeruitude ſi faſcheuſe &
honteuſe que la volontaire ; & qui voudra bien regarder, encore que les Rois ayent toute puiſſance,
& meſmement l'authorité de donner liberté à leurs
ſubjects, ſi ne peuuent ils la prendre pour eux ; & com-

bien qu'ils soient Seigneurs de tous, si est-ce qu'ils se rendent prisonniers de leurs subjects mesmes; car ils ne mangent, dorment, ny marchent qu'auec gardes, & se constituent eux mesmes prisonniers volontairement; combien que leur intention soit de commander; Il se trouue des exemples de bons & fideles seruiteurs, comme aussi des Maistres, qui ont mieux aimé souffrir mal que de laisser ses seruiteurs en danger; Marcus Anthonius grand Orateur, estant prest d'estre conuaincu d'vn crime capital, le seruiteur aima mieux se laisser affliger de toutes sortes de tourmens, que de rien descouurir du secret de son Maistre; aussi est escrit d'vn nommé Plotius Plautus, lequel estant condamné, & s'estant absenté & caché prés de Salerne, ses seruiteurs se laisserent rompre en leurs membres, plustost que de descouurir le lieu où estoit leur Maistre, iusques à ce que Plautus meu de pitié du tourment de ses seruiteurs, sortit luy-mesme du lieu où il estoit caché, & porta sa teste à ceux qui la cherchoient, pour deliurer ses seruiteurs: il y a vn autre exemple d'vn cruel seruiteur, lequel se voulant vanger de son Maistre, qui le battoit incessamment, prit deux petits enfans de son Maistre, l'vn aagé d'vn an, & l'autre de deux, les porta sur vne haute tour, d'où appellant son Maistre, & luy disant qu'il deust ses enfans entre ses bras, apres des auoir frappez & tuez contre la muraille, les ietta aussi-tost au pié, & luy se precipita apres, du peur de venir vif en la puissance du Maistre; qui sont deux exemples de Maistres & de seruiteurs, qui meritent d'estre considerées,) dont pour maxime en la conduite de vostre mesnage, re-

De l'affection des Maistres aux seruiteurs, & de la fidelité des seruiteurs aux Maistres

Cruel exemple d'vn seruiteur.

gardez soigneusement à bien conseruer voſtre reuenu, ou par ferme, ou par recepte, selon que vous
trouuerez voſtre reuenu bien meſnagé, & vos droits
bien conseruez; vſez de prouiſions en temps & en
saison bien faites, mais auſſi bien gardées & departies;
car autrement eſtant en la maiſon, seroient plus faciles a eſtre deſpenduës: Ne vous mettez auſſi souuent
extraordinairement en deſpense, soit pour l'ordinaire de bouche ou pour auoir grand train & ſuitte; car
l'ordinaire de bouche, qui recommence tous les matins, eſt celle qui vient à la plus grand charge, & ſi le
lendemain n'en demeure rien, & n'en a-t'on plus de
souuenance; & n'y a biens ſi grands que la deſpenſe
exceſſiue de bouche qui eſt ordinaire, ne diſſippe &
ruine, & qu'elle ne faſſe entrer dedans le ventre; les
exemples nous en font fort communs; & encore
apres l'on en eſt mocqué & meſpriſé: comme vn
nommé Fabius, lequel apres auoir perdu, & mangé
tout son bien par friandiſes, fut appellé par meſpris,
Fabius Gurges, qui fut vn dit facetieux de Diogenes,
lequel voyant la maiſon d'vn friand & gourmand
expoſée en vente, dit qu'il l'auoit bien cogneu que
cette maiſon aſſiegée par le vin & les viandes, bien
toſt vaumiroit son Maiſtre: Iules Cesar fit vne Loy
somptuaire, par laquelle non ſeulement, ſtatua certaine mode de viure, mais eſtablit des Inquiſiteurs
pour faire punir ceux qui vendroient & acheté-
roient les viandes deffenduës; mais ſes ſucceſſeurs ne
la garderent pas, meſmement Vitellius qui fut tant
adonné à tout luxe, que quatre fois le iour il mangeoit & diſpoſoit ſa table, pour faire manger, dont

Zzz iij

il fut fort mesprisé; car il faut qu'vn Empereur ait le
soing qu'en vne Cité libre & bien reglée, les viures
soient de communes viandes, & que les Citoyens
soient pleins de frugalité, qui sont de grandes loüanges qui en ont esté données à Ponponius Atticus,
& à Scipion l'Affriquain; Homere quand il parle du
conuiue & festin que Agamenon fit aux Princes de
Grece, il dit qu'il leur donna à manger du derriere
d'vn bœuf; Epicure mesme, professeur de volupté,
dit qu'il faut manger des choux & des pommes, &
autres faciles viandes à recouurer; car les autres sont
difficiles d'auoir, & donnent plus de peine à les auoir
& acheter, que de plaisir & volupté à les manger: Il
y auoit aussi pour la Loy Somptuaire à Rome la Loy
Æmilia; nous deuons prendre pour exemple que ce
grand Empereur Auguste se contentoit de choses
mediocres, comme s'il eust esté à vne vie priuée en
meubles communs, habillemens faits à la maison par
sa femme & ses filles, & ne mangeoit que du pain du
commun, & de l'ordinaire de sa maison; l'Empereur
Adrian garda tousiours la nourriture militaire, & se
contentoit de manger du lard & du fromage; &
quand il alloit à la chasse ne beuuoit que de l'eau, habillé fort simplement; Vaspasien ne demandoit
viande que ce qu'il trouuoit fortuitement, comme
aussi faisoient les Empereurs Commodus & Seuerus:
Il est escrit de Iules Cesar qu'vn iour à la ville de Milan, Valerius Leo son hoste luy donnant à soupper,
fut seruy à table de quelques asperges, où il fut mis
au lieu de bonne huile, d'autre huile qui n'estoit bonne; dont toutefois en voulut manger sans faire sem-

blant de rien, tençant ses amis qui en parloient ; &
leur dit que c'estoit plus grand inciuilité d'en parler
que ce n'auoit esté d'en seruir ; Apius Claudius, Tri-
bun du peuple Romain, fit vne Loy contre le luxe des
Senateurs, qui ordonnoit qu'vn Senateur ne pourroit auoir vn Nauire de plus de trois cens tonneaux
de charge, qui deuoit suffire à porter les fruicts proce-
dant de son reuenu, dont il se deuoit nourrir & sa famille, n'estimant pas honneste au Senateur l'vsage de
la marchandise, pour oster la suspicion d'vn gain &
profit deshonneste ; car les Anciens n'estimoient pas
celuy estre bon pere de famille qui achetoit ce que
sa terre pouuoit porter & produire ; & qu'à vne terre
bien cultiuée les fruicts succedoient les vns aux autres ; de sorte que par toutes les saisons de l'année la
terre d'vn bon mesnager n'estoit iamais sans fruict,
& n'est bien seant, ny le deuoir d'vn homme sage &
bon mesnager le requiert, de se promettre de trouuer
ailleurs du moyen & secours en sa despense de son reuenu ordinaire, ce qu'il ne peut esperer auec honneur
que des biens-faits, & dons des Rois & des Princes ;
mais tels dons sont fort rares, & si quand on en reçoit apres beaucoup de longs seruices, il se trouue
que c'est bien tard & auec beaucoup de difficultez ;
& que le profit que l'on en reçoit à la fin n'est point si
grand que monte la despense qu'on a faite à les attendre ; vous n'auez que faire d'entrer en despense de
bastimens, ayant assez de maisons & commodément
basties pour vous ; car la despense qui s'y fait est
grande, & si est fort remarquée & sujette à l'enuie des
grands quand on les veut imiter & suiure ; & ceux qui

font efgaux ou moindres font ialoux & marris, quand
l'on fait plus qu'ils ne veulent, ou peuuent faire, qui
eft vne enuie de tout temps plus commune en France
qu'en tout autre païs, & fuffit d'entretenir les baftimés
& principalement les plus neceffaires ; car le moins
quel on peut baftir eft le meilleur, d'autant que c'eft
doucement fe confommer & ruiner, & fe faire foy-
mefme la guerre, & apporter le dommage, qui eft vne
defpenfe en laquelle on fe laiffe plaifamment aller;
mais apres elle apporte grand incommodité & déplaifir, qui eft la caufe que Plutarque récite que Marcus
Craffus difoit qu'il ne falloit point faire la guerre à
celuy qui baftiffoit, & qu'il fe deftruifoit & ruinoit affez luy-mefme; & combien que la richeffe de Craffus
fuft eftimée quatre millions d'or, toutefois pour cette
raifon ne voulut iamais baftir ; ie n'entens pas que fi
vous auez cét honneur d'auoir chez vous quelque
Prince ou autre Seigneur de qualité, que vous ne le
receuiez & traittiez honorablemét, felon leur qualité
& grandeur, & que vous n'ayez d'honneftes meubles,
le logis commode, & de vos amis, voifins & ferui-
uiteurs pour vous accompagner; de forte qu'il puiffe
cognoiftre que c'eft pour leur feul refpect, que vous
faites cette defpenfe, & non que vous vfiez fouuent
de cette façon; car non feulement ils ne vous en fçau-
rpient aucun gré, mais pluftoft en auroient enuie &
s'en mocqueroient, & fi eftimeroient de vous, que
par faute de bon iugement, vous ne pourriez vous
cognoiftre & mefurer ; & en autres occafions que
vous auriez affaire de leur aide & faueur, vous les trou-
ueriez moins prompts à vous eftimer & donner fecours,

Baftir eft
fe faire à
foy-mef-
me la
guerre.

Receuoir
& trait-
ter hono-
rablemét
ceux qui
viennent
vifiter.

cours; par ainſi contentez vous de la ſuite & deſpenſe
ordinaire, eſgalle à voſtre qualité, de baſtimens communs, de meubles honneſtes, d'habillemens accouſtumez ſeló voſtre rang, & le lieu où vous vous trouuerez ; & en ce faiſant outre la grande deſpenſe que
vous eſpargnerez, vous en ſerez eſtimé plus ſage, &
dauantage loüé, moins enuié, & conſequamment
plus aimé; l'entretenement de vos iardins & allées, *L'honne-*
n'eſt pas de grande deſpenſe, & vous donnera plaiſir *ſte deſpë-*
& à vos amis qui vous iront viſiter, & ſi le ſoin & *ſe en iar-*
affection du iardinage a touſiours eſté loüable & vtile *dinage &*
à toutes ſortes de gens d'honneur; & de grands per- *agricul-*
ſonnages ont eſcrit de la choſe ruſtique, & des façons *ture.*
de bien planter, ſemer & cultiuer; comme ce grand
Marcus Cato, Cenſorius, Terencius, Varro, Colu-
mella, Pline & autres qui en ont eſcrit, & laiſſé vne
grande recommandation d'honneur à la poſterité; ce
que monſtrerent bien les Romains, quand ils appellerent à eux du labour, Quintus Cincinnatus, qui le
creerent Dictateur, qui en ſeize iours vainquit les ennemis, & luy en fut octroyé le triomphe; & auſſi-toſt
apres remit la Dictature, & s'en retourna paracheuer *L'exem-*
ce qu'il luy reſtoit à faire de ſon labour : autant en fit *ple de*
Fabricius apres auoir vaincu Pyrrhus & Marcus Cu- *ceux qui*
rius Adentatus , apres auoir deffait les Sabins, & eſti- *ont prefe-*
moient ces bons & grands Capitaines, que la demeure *ré le meſ-*
des champs eſtoit plus militaire, & que les trois cho- *nage &*
ſes les plus neceſſaires à l'homme y eſtoient à meilleur *la vie ru-*
marché, à ſçauoir la nourriture , l'habitation & le *ſtique*
veſtement; qui eſt ce que dit Virgile, que les Agri- *aux char-*
coles ſeroient trop heureux , s'ils pouuoient reco- *ges publi-*
ques &
honeurs.

gnoiſtre leur bien ; pour fin de cét article ie vous
prie de vous ſouuenir perpetuellement de ne parler
iamais en compagnie de voſtre bien, & de vos maiſons, meubles ou argent, ſi vous eſtes ſi bon meſnager que d'en auoir ; car il n'appartient qu'à Marchans
à parler de leurs biens, ou à gens de baſſe condition,
qui n'ont pas le cœur, ny le moyen d'accroiſtre ce
qu'ils ont ; & quand quelques vns en parlent en preſence de ceux qui ſont ſages & bien aduiſez, ils mon-
ſtrent & font doucement paroiſtre que les biens &
autres choſes qu'ils peuuent auoir ſont petits, ou à
tout le moins mediocres, qui fait paroiſtre & iuger
à vn chacun qu'ils ſont nés & iſſus de bon lieu, &
qu'ils ont la volonté & aſſez de cœur d'en auoir dauantage.

Le bon meſnage n'eſt point contraire, & ne doit
point empeſcher la liberalité, qui eſt fort honneſte à
vn Gentil-homme, pourueu que ce ſoit à l'endroit de
ce que nous ſommes tenus & obligez, ou au bien-
fait & aumoſne enuers les pauures, ou à la iuſte recompenſe des ſeruices receus, ou bien à l'endroit auquel il y ait de l'honneur & reputation à acquerir ;
car il ne faut rien eſpargner en ce qui eſt de l'honneur,
du deuoir, & de la neceſſité ; auſſi pour ſe conſeruer
le moyen de le pouuoir faire, & s'en reſeruer au beſoing d'vſer de la vraye liberalité, il eſt neceſſaire
d'vſer de bon meſnage & d'eſpargne, & d'auoir tou-
jours deuant ſoy dequoy ſe pouuoir ſeruir au beſoing
& à vne honneſte occaſion de liberalité, & la pouuoir continuer ; car tout homme qui demeure en ar-
riere de ſes affaires & endetté, ne peut eſtre liberal ;

car il ne peut estre estimé auoir rien à luy, qu'il ne soit
premierement quitte, & ne seroit pas estimé liberalité que de donner & disposer ce qui n'est pas à luy ; &
au contraire celuy qui est en aduance, & a commodité deuant soy, toutes ses entreprises, mesnages & affaires luy succedent heureusement, & a grand moyen
de monstrer cette vertu de liberalité, & en bien vser,
qui est lors le plus grand contentement qu'vn homme de cœur & d'honneur pourroit receuoir, qui est
vne response qui fut faite par vn grand personnage,
disant qu'il ne portoit point d'enuie à la condition
des Rois & des grands; sinon, que d'autant qu'ils pouuoient aider & bien faire à beaucoup quand ils vouloient : Plutarque escrit qu'Alexandre en la compagnie de plusieurs Philosophes qui disputoient deuant
luy, leur dit; Croyez mes amis qu'il n'y a en ce monde
vn plaisir esgal que d'auoir pour donner & pour despendre: Il est escrit de l'Empereur Titus, fils de Vaspasien, qu'vn iour en souppant il se souuint de n'a-
uoir ce iour là gratifié aucun, qui luy fit dire tout
haut qu'il regrettoit d'auoir perdu le iour ; & à la verité doit estre bien plus agreable à vn esprit genereux
de gratifier & faire plaisir, que non pas de le receuoir;
car par l'vn nous obligeons les autres à nous, & par
l'autre nous obligeons nostre liberté à autry ; mais en
vsant de liberalité, le tout est de bien regarder celuy
que nous obligeons ; car c'est perdre le bien & plaisir
que d'en gratifier celuy qui en est indigne.

L'vne des choses à laquelle plus soigneusement
faut auoir esgard, pour se conseruer & maintenir en
bonne opinion & bien-veillance d'vn chacun, & la

façon dont il est bon se comporter en toutes compagnies ; il a esté dit comme l'on en doit vser prés des Rois & Princes, & aussi en la guerre & en sa famille; & il est aussi besoin bien prendre garde d'entretenir les compagnies priuées, ausquelles on se trouue auec tout honneur & courtoisie; car selon qu'on se fait aimer & estimer, incontinent la reputation en court parmy les voisins; & puis aussi tost parmy tout le monde; car la courtoisie est le fondement de la vie

tranquille, qui est la seule bonne partie qui defailloit à Iules Cesar, quand il vint à l'Empire, qui a aussi esté la plus grande cause de l'auancement de sa mort, pour le mescontentement que receuoient les Senateurs de ce qu'il ne les salüoit & receuoit courtoisement en sa maison, quand ils l'alloient voir, qui augmenta la volonté des Conjurateurs; & au contraire Auguste rendoit tousiours aux Senateurs le mesme honneur &

courtoisie qu'ils luy faisoient; & n'y a rien qui entretienne plus les amis que la courtoisie & honnesteté, & qui mitige & appaise plus les ennemis : L'vne des principales parties qui fit tât aimer l'Empereur Tite, estoit la courtoisie qui appelloit les Anciens peres; les ieunes hommes, compagnons, les estrangers, parens, & les amis priuez freres, qui le fit bien aimer des estrangers, & honorer & bien seruir des siens. La premiere regle qu'il faut tenir en tous lieux où l'on se trouue, c'est de se comporter modestement; car il

n'y a rien qui generalement desplaise plus à tous que la gloire, arrogance & presomption, qui ne tombe sinon és esprits ignorans, ou gens de basse condition enrichis, qui mesurent toutes choses aux biens & moyens, charges, credits & authoritez que *ignorans ou de baſſe condition.* l'on peut auoir; & au contraire celuy qui eſt bien né, & de bon lieu, & qui a l'eſprit bien compoſé, doit conſiderer que les hommes ſages ne ſe menent que par la raiſon, honneſteté & courtoiſie; car celuy qui n'eſt point en la puiſſance d'autruy, cognoiſſant vne contenance rude, ſauuage, ou ſuperbe, laiſſe incontinent celuy qui porte cette bonne mine; & s'en deſpart, comme d'vne perſonne intollerable, de la compagnie duquel on doit plus attendre de rigueur & *Il ne faut eſperer que meſcontentement de hanter auec celuy qui eſt mal courtois.* meſcontentement que d'honneſteté & de plaiſir, & s'en retirant de cette façon, l'opinion n'en demeure pas ſeulement à celuy qui l'a conceuë, mais auſſi il l'imprime telle enuers ſes amis; de ſorte que bien toſt le glorieux eſt delaiſſé, & abondonné d'vn chacun, mocqué bien ſouuent de tous; & quelquesfois s'en trouuent d'autres qui ne ſont pas moins touchez de vaine gloire, qui de gayeté de cœur recherchent les occaſions de les attaquer de querelles; car l'authorité d'vn Seigneur, ou autre, ne conſiſte pas à parler rudement & arrogamment, ou à faire tenir des gens deuant ſoy deſcouuerts; Mais à bien faire & ſagement gouuerner ce que l'on a en charge; au contraire celuy qui eſt doux, honneſte & courtois, ſe fait aimer d'vn chacun, la compagnie & conuerſation en eſt agreable & deſirée de tous, il eſt aſſiſté & ſuiuy de ceux deſquels il ſe fait aimer; & tout ainſi comme il *Le deuoir d'vn hõme ſage enuers toutes manieres de gens.* a fait à ſes amis des honneſtetez & bons offices, il en reçoit auſſi d'eux, quand il le veut, & qu'il en a beſoing; & pour cét effect faut conſiderer que ceux auec leſquels on honte, ou ſont plus grands ou eſ-

gaux ou moindres; aux plus grands & aux plus vieux,
c'est nostre deuoir de leur defferer & les honorer, &
& que toutes nos actions & deportemens soient tou-
jours en leur endroit auec le respect qu'il leur est
deu ; & se trompent grandement ceux qui pour se
faire compagnons en public, & fort priuez auec les
plus grands, se pensent dauantage faire estimer : car
plustost ils en sont méprisez, comme se mescognois-
sant de la qualité qu'ils sont; en quelque priuauté que
nous puissent monstrer les grands, si treuuent-ils
mauuais en leur cœur quand l'on abuse & que l'on se
veut faire, comme ils disent, leur compagnon. Si ceux
auec lesquels nous hantons sont nos esgaux, ils n'ont
que faire d'endurer de nos impertinentes façons de
faire, & actions mal agreables, qui ne leur peuuent
venir qu'à peine & desplaisir de les porter, qui feroit
esloigner de nous non seulement nos voisins, mais
aussi nos parens & autres qui sont obligez de nous
porter amitié; & deuons prendre pour maxime generale, & tres-certaine que celuy qui veut estre aimé
doit premierement aimer , & celuy qui desire plaisir,
courtoisie, & faueur d'aucun, il le doit prouoquer
par mesmes honnestetez & offices; car la raison veut
que nous ne deuions attendre de personne que ce
que nous faisons à vn autre , encore bien souuent
nous plantons & semons en terre sterile & ingrate;
mais il faut faire comme les bons Laboureurs qui
sement fort bien leurs champs, à celle fin que combié
qu'vne bonne partie de la semence soit pourrie en
terre, partie mangée par les oyseaux, que toutefois la
moindre partie venant à fruict surmonte la peine, &

defpenfe; auffi en aduient-il de mefme, quand nous
entretenons beaucoup d'amis, encore que la moindre partie demeure conftante au deuoir d'amitié; fi
eft-ce que cette femence de plaifirs faits à beaucoup
de gens ne demeure point perduë par la recognoiffance de la moindre partie, & pour le regard de ceux
qui nous hantent qui font moins que nous en rang,
qualité, ou en biens, fi eft-ce que pour cela nous ne
les deuons moins eftimer, puis qu'ils ne dependent
de nous que de leur bonne & pure volonté, & d'autant plus fe fentiront obligez quand vn plus grand
qu'eux leur fera demonftration de priuauté & amitié,
& volontairement rendront autant de fubjection,
aide & fecours, que s'ils eftoient domeftiques; & par
ainfi celuy qui eft fage, qui veut viure en reputation
& honneur en ce monde, & demeurer fort d'amis,
doit prendre peine d'attirer les hómes de toutes qualitez, à l'aimer par toutes fortes d'honneftetez & *Celuy qui*
bons offices, & felon les humeurs & volontez, *eft prudẽt doit atti-*
honneftetez d'vn chacun, s'accommodant à les en- *rer &*
tretenir; & combien qu'il y ait quelquesfois des ef- *obliger*
prits bigearres & mal-aifez à manier; d'autant plus il *vn cha- cun à*
y aura de loüange pour celuy qui le pourra faire,& s'en *l'aimer.*
fentira plus obligé, celuy qui cognoift fon naturel
rude & difficile; & qui plus eft quand dés la ieuneffe
on prend cette habitude de le vouloir faire, l'on s'apprend & enfeigne foy-mefme par patience & fage
conduite, à reduire les grands à bien-veillance, les
efgaux en bonne amitié, & les moindres en affection
d'aider ou feruir, & dauantage on fe rend foy-mefme
capable & digne, non feulement de viure & fe

comporter parmy toutes sortes de gens, mais aussi
de bien conduire & commander, soit en la guerre ou
en quelque autre entreprise; i'adiousteray qu'encores
que les enfans & seruiteurs domestiques soient par
tous deuoirs tres-obligez d'honorer & seruir le Maistre à qui ils doiuent toute obeïssance; si est-ce que
quand on vse à leur endroit d'vn doux & honneste
commandement, ils sont beaucoup plus affectionnez & prompts à rendre le seruice qu'ils doiuent, & ne
faut vser de rigueur sinó enuers ceux qui ont le naturel si mauuais, qu'ils sont priuez de toute bóté, hóneur
& iugement: en toute compagnie estrangere, en laquelle vn homme sage se treuue, doit defferer non
seulement aux Grands; mais par courtoisie à ceux
qui sont esgaux, comme au marcher, seance à table,
& autres lieux qui sont indifferens, où il ne va de
l'honneur, ny du rang que chacun doit selon sa qualité par raison tenir; car tels endroits où il iroit de
l'honneur, il vaudroit mieux ne s'y treuuer point,
que de laisser perdre le rang qui est deub par hóneur;
& depuis que l'on a acquis parmy les hommes reputation d'honneur & de vertu, & de ne chercher point
par gloire & ambition les premiers passages & premieres seances de tables; sans que l'on s'ingere les
premiers lieux sont tousiours offerts; & si quelqu'vn
entreprend legerement, il en est plustost mocqué
que prisé; & semble vne mariée de village que l'on
met au bout de la table; car vn lourdaut est tousiours
mocqué, & d'autaut plus qu'il se met en lieu apparent:
& vn singe est tousiours singe encore qu'il fust habillé de pourpre: En tous les propos qui sont ouuerts à
table

table ou ailleurs ; en compagnie il faut parler fort retenu, tant parce que c'eſt le premier teſmoignage de
ſageſſe d'vn homme, quand il parle peu, & principalement en la ieuneſſe ; qu'ainſi qu'il eſt tres-mal aiſé
de parler beaucoup ſans offenſer quelqu'vn, & ne
faut guere auſſi parler en public de ſes affaires priuées,
ny des affaires d'autruy, dont on ne ſe doit meſler, &
encores moins des affaires de l'Eſtat des Rois & Princes, qui a fait tort à beaucoup de gens d'en parler plus
qu'ils ne deuoient ; mais bien eſt honneſte s'il vient à
propos de quelque ancienne hiſtoire, poëſie, ou de
quelque païs auquel on a eſté, d'en parler modeſtement apres y auoir penſé & ſans contredit, s'il aucun
de la compagnie en vouloit entrer en diſpute ; & ſi ſe
parle de quelque bataille ou rencontre qui aura eſté
faite, il n'eſt bon d'en parler beaucoup, de peur
d'offenſer les vns & donner ialouſie aux autres qui s'y
ſont treuuez ; des batailles anciennes, dont il n'y a
plus de viuans de ceux qui ont combattu, ny de leurs
parens, le mal ne peut eſtre tel, auſſi ne faut iamais
parler de dire & repreſenter la querelle ou le combat
de quelqu'vn ; car encore qu'on die la verité, il y
aura touſiours l'vn ou l'autre offenſé du rapport qui
s'en fait ; ny pareillement ſe faut aduancer de dire &
conter quelques nouuelles, car encore qu'elles fuſſent
veritables, ſi eſt-ce qu'elles peuuét déplaire à quelques
vns, & ſi elles ne ſe trouuent vrayes, l'autheur eſt tenu
ou pour hóme de mauuaiſe creance, ou pour les auoir
inuentées luy-meſme ; & ſur toutes choſes ſe faut bien
garder de parler au deſauantage des femmes, encore
que chacun en parlaſt à la verité ; car outre qu'il eſt

BBbb

*De ne
parler ia-
mais au
desauan-
tage des
femmes.*

*S'accom-
moder
aux pa-
roles qui
se tien-
nent en
compa-
gnie.*

tres-mal honneste à vn Gentil-homme de parler mal
des Dames, tousiours les plus fascheuses querelles sót
venuës à l'occasió des femmes; qui tost où tard se vé-
gent de ceux qui ont mal parlé d'elles; il faut & le deuoir le requiert, d'accommoder ses paroles & discours
selon les personnes auec lesquelles on se trouüe; &
mesme en ouurir le propos, selon ce qu'il est le plus
propre à leur profession; & en ce qu'on estime qu'ils
prennent plus à plaisir de parler; comme au gendarme durant la guerre, luy en tenir propos durant la
paix, parler de chasse, chiens & oyseaux à ceux qui y
prennent plaisir; de cheuaux à ceux qui les aiment; à
ceux qui ont voyagé de diuerses nations, & de leurs
mœurs ; aux gens de lettres leur monstrer que l'on
n'en est pas ignorant; de Geometrie, Architecture,
fortifications & autres desseings de guerre, à ceux
qui en voudront ouurir le propos; de iardinage, &
d'autre mesnage à ceux qui y prendront plaisir ; &
toutefois en faut parler de sorte, & auec telle modestie de toutes choses, que l'on fasse estimer en sçauoir
dauantage que l'on en dit, & ne dire & repeter deux
fois vne chose en vne mesme compagnie, mais au
contraire à la continuation d'vn propos dire choses
diuerses & de bien en mieux à l'exemple des bons
Peintres qui gardent les meilleures peintures à monstrer les dernieres; aux Dames il leur faut tenir propos
honnestes & plaisans, & de ce qu'ils ont accoustumé
de deuiser entr'elles, sans y mesler ce qui est des actions
& deportemens des hommes, iettant & entre-mes-
lant quelquesfois quelques petits traits gentils & fa-
cecieux, & toutefois honnestes, sans picquer ny atta-

quer perſonne; & ne faire pas côme ceux qui aiment
mieux perdre vn amy qu'vn bon mot pour faire rire
vne compagnie, penſant en eſtre plus eſtimez, mais
ils ſe trompent bien fort ; car le plus ſouuent en riant
on ſe mocque d'eux-meſmes, & ſi les ſages qui ſe treuuent en cette compagnie fuiront apres vn tel brocar-
deur, de peur d'en eſtre eux-meſmes vne autrefois pic-
quez: Il eſt auſſi neceſſaire de bien prendre garde &
ne ſe mocquer iamais de perſonne, ny de paroles, ny
par geſtes, ny autrement ; car la mocquerie tombe
touſiours à la fin ſur celuy qui l'auance: car celuy qui
dit mal d'autruy, doit certainement attendre que l'on
dira auſſi mal de luy ; & celuy qui dit ce qu'il ne deuroit, entendra dire de luy ce qu'il ne voudroit ; & ne
ſe peut-on mocquer de perſonne ſinon de la qualité
du corps, ou de l'eſprit, ou bien pour quelques
actions & paroles, qui ne ſont pas aſſez bien receuës,
ſi ce n'eſt qu'on ſe vueille mocquer pour le deffaut du
corps, remercions Dieu de ce qu'il luy à pleu que nous
ſoyons nés ſans deffaut, & conſiderons qu'il en peut
aduenir autant ou plus à nos enfans, parens & amis,
& peut-eſtre à nous-meſme, par quelque bleſſeure ou
accident de maladie; & ſouuent il aduient que celuy
qui eſt le plus imparfait, & manque au corps, & à la
taille, eſt mieux accompagné de vertu, perfection &
entendement, qui ſera auſſi loüable à vne tel corps
qu'à vn plus beau par apparence de l'exterieur ; ſi
c'eſt pour le regard de l'eſprit qu'on ſe vueille mocquer de quelqu'vn qui ne ſoit ſi capable que ſont
ceux auec leſquels il hante, il ſe peut faire qu'en quelqu'autre choſe de particulier il aura plus de ſuffiſance

& perfection, & deuons croire qu'il n'y a si ignorant
qu'il n'ait quelque cognoissance en perfection particuliere, duquel nous pouuons en cela apprendre de
luy, si pour les actions qui ne sont si courtoises, ciuiles, & à la mode de la Cour, comme l'on dit, on se
veut mocquer, l'on doit estimer que celuy qui semble
de façon rude, parmy les mignons & gentils courti-
sans, a souuent plus de valeur & de courage que les autres; & quelquesfois telles gens ont bien battu ceux
qu'ils cognoissent se mocquer d'eux, ou de leurs façons de faire, de leurs habillemens ou de leurs langa-
ges, qui n'estoit assez bien ornez en paroles affettées;

Le moc-
queur est
sujet à
querelle
& à moc-
querie.

& n'y a rien qui fasse tant haïr vn ieune homme que
quand il est conneu pour mocqueur, duquel aussi on
se mocque plus, & qui soit plus sujet à receuoir des
querelles & iniures; & au contraire celuy qui com-
porte doucement les actions & façons d'vn chacun,
& qui mesme excuse si quelqu'vn en veut parler, se
fait aimer de tous, & loüer grandement; & si par
l'object de ce qu'il cognoist n'auoir pas assez bien
fait, ou dit par celuy duquel on se mocque, il se confirme luy-mesme à bien faire : ceux qui vous viennent
visiter en vostre maison doiuent estre receus honorablement selon leurs qualitez; & par demonstrations
exterieures de bonnes volontez & courtoisies, & par

En la re-
ception
qui se fait
en la
maison
l'on co-
gnoist l'e-

traittement honneste & bien disposé, selon celuy qui
suruient; & selon le temps & le lieu : car en la reception qui est faite en la maison l'on cognoist l'entendement & conduite du Maistre, & celuy qui en part
en bonne opinion & content, en loüe le Maistre & l'e-
stime son amy; & encores qu'il y fust venu quelqu'vn

qui auparauant ne fuſt amy , ſi eſt-ce puis qu'il
vient le chercher en ſa maiſon, il faut luy faire bonne chere comme s'il eſtoit amy, qui le contraindra
apres en eſtre party d'en dire bié & d'en deuenir amy;
& tous les domeſtiques & ſeruiteurs doiuent eſtre inſtruits à bien & honneſtement receuoir tous ceux qui
viennent en la maiſon, ſans qu'ils faſſent cognoiſtre
par leurs paroles & contenances que l'on y reçoiue
quelqu'vn à regret, ny des Maiſtres ny des ſeruiteurs,
qui le plus ſouuent en font pluſtoſt courir le bruict
que le Maiſtre, & ſur tout quand il y a des Dames il en
faut eſtre plus curieux, ſoit de courtoiſie de logis ou
de traittement; car elles ont accouſtumé d'eſtre tou-
jours plus courtoiſement receués & traittées; & n'eſt
iamais mal-ſeant à vn homme d'honneur de quelque
qualité qu'il puiſſe eſtre de remettre quelque choſe du
lieu qu'il doit tenir en la reception de ceux qui priuément le viennent voir en ſa maiſon: ailleurs où il doit
commander, il ne doit rien oublier de ſon lieu & rang
pour ſon authorité; ce que deſſus eſt dit pour les re-
ceptions qu'il faut faire pour ceux qui vous pourront
venir viſiter en voſtre maiſon; mais le moins que vous
pourrez faire de feſtins, & conuier de grandes aſſemblées ſera le meilleur, non ſeulement pour la grande
dépenſe qu'il y faut employer pour les bien faire; mais
auſſi bien ſouuent de telles aſſemblées il en demeure
plus de mécontentement, ou d'enuie, que de bien-veillance & amitié; d'autất qu'il y en a touſiours quelques
vns qui n'ont point eſté priez qui le prennét à mépris
& iniure; & d'autres de ceux qui s'y ſont trouuez qui
ne ſe contétent pas du lieu, rang, ſeance, & logis qu'on

Marginal notes:
tende-ment du Maiſtre.

Que tous les ſeruiteurs doiuent eſtre inſtruits à l'hoyneſte reception des eſtrangers.

Il eſt bien ſeant à vn homme d'honneur de remettre quelque choſe de ſon rang à l'ëdroit de ceux qui prinémēt le viennent viſiter.

Le moins que l'on peut faire aſſemblée & grands feſtins eſt le meilleur.

leur a baillé, & quelquesfois le moindre de leurs feruiteurs leur fait trouuer tout mauuais ; & quelques
vns auſſi marris s'ils ont opinion que l'on aye fait
meilleure chere à vn autre qu'à eux ; & bien ſouuent
aduient que tant plus qu'on s'eſt mis en peine de bien
honorablement traitter vne compagnie, il y a des
voiſins qui en ſont enuieux, parce qu'ils ne voudroient ou ne le pourroient faire, & ſi eſt ordinaire en
grand compagnie que quelques vns par riſée iettent
quelquesfois quelques propos en auant, qui ſont
mal receus d'aucuns, & qui donnent occaſion de faire des querelles, qui ne viennent pas ſeulement ſur
ceux qui en ſont autheurs, mais auſſi ſur le Maiſtre
de la maiſon, encore qu'il faſſe le mieux qu'il pourra:
ie laiſſe le ſoing, peine & trauail qu'il faut prendre, en
laquelle il faut que le Maiſtre de la maiſon vſe d'auſſi
grande diligence, comme ſi c'eſtoit à la conduite
d'vne grande entrepriſe, pour rendre contant tout
ceux qui s'y ſeront trouuez; toutefois ſi l'occaſion ſe
preſente par honneur de faire grande aſſemblée, ou
pour quelques nopces, ou la venuë de quelque Prince & Seigneur de qualité, qui vous fera cét honneur
de vous aller voir, ou pour l'aſſemblée de quelques
parens & amis qui choiſiront le lieu à ſe trouuer chez
vous pour cópoſer quelque querelle ou different, il
faut prendre peine de bien & honorablement receuoir ceux qui vous iront voir, les traitter & feſtiner
le mieux qu'il ſe pourra ; & le moindre nombre de
gens qu'il y aura, moins y aura de confuſion ; & ne
faut pas faire lors comme ceux qui autresfois ont
voulu gagner reputation de faire des feſtins de gran-

de defpenfe pour en eftre plus eftimez, comme l'on dit de Lucullus, lequel dónant feulement à foupper à deux, & donnant charge feulement d'apprefter le foupper à la fale d'Apollo, fit vne defpenfe fort extréme, comme faifoit Anthonius, & auffi Cleopatra, en faifant fondre & detremper fa groffe perle, pour monftrer la defpenfe qu'elle faifoit; comme auffi ont fait tant d'autres Empereurs de Rome, qui ont efté fi exceffifs outre mefure en tels feftins, dont pluftoft ils en ont emporté blafme que loüange; par ainfi ne faut pas tant regarder à la grande defpenfe, aux feftins que l'on fait, comme à les rendre & preparer *Ce qui eft* bien nettement & proprement, de viandes bien *honnefte* choifies, & qui puiffent delecter & donner plaifir à *de faire* ceux qui les mangent; donner bon ordre au feruice de *feftin.* table & fans bruit, les entremets bien à propos, & les fruicts & fallades bien faites, & choifies felon la faifon, & fur tout qu'il y aye diuerfité de bons vins, & le pain bien bon, blanc & bien cuit, auec les iffuës de patifferie, confitures & laictages felon le temps; furquoy il y a quatre chofes principalement à prendre garde; la premiere, les perfonnes qui font conuiees à *Les qua-* celle fin qu'ils foient feruies felon leurs qualitez, le *tre prin-* lieu où l'on mange bien choifi, felon le chaud ou *cipales* froid qu'il peut faire, le temps qui foit propre & *chofes* commode, auquel on fe puiffe refioüir, fans qu'il y *qui font* ait fujet d'en eftre diuerty par le mal-heur & calamité *à regar-* d'vne fafcherie publicque; l'autre eft que l'appareil *der pour* du feftin foit honnefte & bien difpofé, & que les *faire vn* charges de ceux qui ont feruy foient bien departies, *feftin.* à gens & bons officiers, diligens à s'acquitter de ce

qu'ils auront en charge, fans aucun bruit, ny monftrer qu'ils fe treuuent empefchez à ce qu'ils auront
affaire; mais fur tout la courtoifie, honnefte reception, & l'entretenement de paroles plaifantes &
agreables, fans offenfer aucun, font plus neceffaires
pour contéter les conuiez que toute autre chofe que
l'on pourroit faire. La mufique de bons & doux in-
ftrumens, quand on fe trouue en lieu de le pouuoir
faire eft fort agreable à vne compagnie; comme auffi
il faut bien prendre garde que les Chambres foient
bien accommodées felon la qualité des perfonnes; &
que les feruiteurs mefmes foient bien receus & traittez felon que le lieu le peut permettre; car le plus
fouuent ce font ceux qui en content apres le plus, ou
pour loüer ou blafmer ce qui aura efté fait en la compagnie, ce qu'ils font bien fouuent fans autre confideration, que felon qu'ils auront efté, ou bien ou mal
receus, fans regarder fi le Maiftre aura eu occafion
de fe contenter; ce font toutes particularitez qu'il ne
faut negliger, aufquelles les gens bien aduifez, & qui
ont hanté parmy les Princes & couru parmy le monde, fçauent bien regarder, & donnent apres tefmoignage de la fuffifance du Maiftre par la conduite qu'il
donne en fa maifon, par laquelle l'on cognoift par
le foing qu'il y prend & ordre qu'il y donne qu'il eft
digne de conduire & commander à plus grande chofe; & deuons tenir pour maxime tres-certaine que
celuy qui en la ieuneffe ne fe rend fort fujet d'entretenir & fe rendre agreable en toutes compagnies où
il fe trouue, pour fe faire aimer & eftimer, qu'à grand
peine en fa vie pourra il acquerir beaucoup d'honneur

neur & de bien-veillance, ny paruenir en charge *paruien-dra à grand charge.* grande & honorable qu'on ne peut acquerir qu'auec beaucoup de subjection, bien-veillance de beau-coup de gens, & tesmoignage de merites & suffi-sance.

Viuez ie vous prie doucement auec vos voisins, *Combien est neces-saire l'a-mitié des voisins.* defferez par honneur à ceux qui sont plus grands que vous, entretenez en amitié ceux qui sont esgaux, & vsez de courtoisie aux Gentils-hommes vos voisins, qui sont moindres en qualité, ou en biens, que vous en ce faisant vous serez aimé de tous, vous receurez plaisir de leur conuersation & voisinage, & si serez à vn besoin fort d'amis, qui seront prés de vous à toutes heures, comme vous ne pourriez pas faire estat d'estre à point nommé secouru de vos autres amis qui ne se- *Le se-cours des voisins est plus propo que des amis qui sont esloi-gnez.* roient pas vos voisins; & y auoit vn Ancien qui disoit que les amis qui demeurent loing, ne doiuent estre estimez amis, qui seroit toutefois vne opinion fort esloignée de toute raison & honnesteté; mais elle a esté dite parce que l'absence fait souuent oublier les amis, & que par le voisinage & frequentation les fruicts de l'amitié sont bien plus plaisans, & les bons & mutuels offices rendus plus souuent. Terence dit que la principale amitié est au voisinage, & quand vous aurez le moyen de leur faire plaisir vous deuez vous y employer en tout ce que vous pourrez, & le *Qu'il ne faut ia-mais se vanter du plaisir que l'on a fait.* plaisir estant fait ne vous en vantez point, ny le pu-bliez aucunement ; car vn plaisir fait qui est public, par celuy mesme qui en est autheur, est estimé quel-que espece de reproche, & celuy qui l'a receu ne s'en

CCcc

sent plus obligé; mais s'il est homme de bien & d'honneur, il le publie & tesmoigne luy-mesme, & s'il n'en parle point, il fait cognoistre qu'il ne merite pas que l'on s'employe vne autre fois pour luy; car il faut tousjours se souuenir & dire par honneur les plaisirs que l'on a reçeus, qui donne volonté à vn chacun d'en pouuoir faire autant à celuy qui le recognoist; car le deffaut de recognoissance & l'ingratitude, est grandemét à blasmer; & n'y a rien qui fasse plus mal estimer vn hóme, & auque l tous les gés de bié desirent moins auoir affaire, que quand quelqu'vn est recogneu pour oublier le plaisir qu'il reçoit, qui est vn vice tres-deshonneste & vilain, qui deuroit estre puny, comme faisoient anciennement les Perses; car l'homme ingrat prouoque les Dieux à le chastier, & les hommes à le hair; mais pour celuy qui fait le plaisir à vn autre, il n'est pas honneste de s'en vanter, parce qu'il semble qu'on n'a pas accoustumé d'en faire; ou bien si l'on en a fait, que l'on n'a pas volonté de continuer.

Les vassaux & subjects d'vn Seigneur doiuent estre bien traittez & conseruez, car l'obligation est mutuelle & reciproque des vns aux autres; & tout ainsi que le vassal doit la foy & l'hommage, & le subject l'obeïssance & prestation des deuoirs, aussi le Seigneur doit à l'vn l'entretenement de l'hommage & de la fidelité, & au subiect la protection & conseruation de toute foulle & oppression; qui sera cause en ce faisant de bien faire aimer le Seigneur, & de le faire honorer & obeïr. Et ne faut iamais vser de violence sur

les fubiects, car telle voye eft trop efloignée de raifon, & de la façon que doit tenir vn Gentil-homme
d'honneur; & y en a quelques vns qui fe font tant
oubliez, qu'ils ont efté caufe eux-mefmes de fe faire
tuer par leurs fubjects, mefme qu'ils ne pouuoient
plus porter leur cruel commandement & violence; &
croyez que la vraye obeïffance & la plus feure vient
de l'amour & bien-veillance & non de la crainte; &
ne laifferez de toufiours bien conferuer les droicts de
vos terres, par les moyens iuftes, legitimes & accouftumez par nos Loix du Royaume, laiffant cela pluftoft à traitter à vos officiers & feruiteurs, gens de
bien, que non pas de le faire vous mefme; car leur deuoir les oblige de parler plus franchement que vous
ne voudriez faire vous mefme, finon qu'au befoin,
encore que vous deuez eftre inftruit, & fçauoir exactement tout ce que vofdits Officiers feront pour les retenir en deuoir & diligence; car autrement les bons
feruiteurs deuiendroient pareffeux, & les mauuais
prendroient hardieffe de faire pis : fi ce n'eftoit que
quelque voifin ou fubject mal aduifé vouluft de brauerie entreprendre fur vos droicts, car en ce cas il s'y
faut oppofer, pour ne le permettre; d'autant qu'en le
fouffrant à l'vn, feroit donner hardieffe à l'autre de
fuiure la mefme entreprife, & fi vos Officiers, de
crainte d'en faire leurs querelles priuées, fe laiffe-
roient facilement aller à la volonté de ceux qui veulent entreprendre. Quand vous ferez demeurant en
voftre maifon enquerez vous diligemment quelle
iuftice vos Officiers feront à vos fubjects, car les

CCcc ij

Seigneurs qui ont haute Iuſtice ſont tenus de la faire
ſainctement adminiſtrer à leurſdits ſubjects, & empeſcher qu'il ne ſoit fait tort, injure ny outrage à aucun, fauoriſer les bons, chaſtier les mauuais, empeſcher que ceux qui ſont debiteurs de cens, rentes diſ-
mes, champarts, quez, coruées, & autres deuoirs &
recognoiſſances, ne ſoient moleſtez & pourſuiuis,
de payer plus qu'ils ne doiuent, comme nous voyons
auiourd'huy beaucoup de Seigneurs grãdemét abuſer
de la iuſtice, par authorité qu'ils ont ſur leurſdits ſubjects; car outre ce que la raiſon & equité ne permet de
demãder & preſſer les ſubjects de payer plus qu'ils ne
doiuent; c'eſt auſſi le ſeul moyen d'en conſeruer la
bien-veillance & obeïſſance volontaire, deſquels
le Seigneur eſt obligé à la protection; comme ils ſont
de leur part tenus d'obeïr, reſpecter & honorer leur
Seigneur, & aux payemens des deuoirs accouſtumez
& iuſtement deus; & quand les Seigneurs font le
contraire, & qu'ils veulent exiger plus qu'il ne faut, &
traittent leurs ſubjects par menaces, par force & contrainte, ils font choſe tres-iniuſte, & bien ſouuent
les contraignent d'entrer en tel deſeſpoir, que perdant toute amitié & reſpect d'obeïſſance ils entrent
auſſi-toſt en haine, & quelquesfois en conjurations
contre leur Seigneur meſme, quand ils ſe rendent
à leur endroit trop rudes & intolerables; & le plus
bel enſeignement qu'on ſçauroit prendre pour bien
contenir les ſubjects en tout deuoir, il leur faut apprendre à bien viure, premierement à craindre Dieu, &
que le Seigneur meſme leur monſtre tout bon exem-

ple, affiſtant à l'Egliſe le plus ſouuent qu'il pourra, *bien vi-*
qu'il faſſe punir les blaſphemateurs, & bien chaſtier *ure.*
ceux qui font mal; car le Seigneur apprenant à bien
viure, ne ſçauroit mieux les contenir en l'obeïſſance
que Dieu commande de rendre à leur ſuperieur &
Seigneur; car c'eſt la couſtume & le naturel des ſubjeƈts de prendre exemple ſur leurs Seigneurs; leſquels
auſſi eſtans mauuais & vicieux faillent plus pour
l'exemple qu'ils donnent, que par la faute meſme
qu'ils commettent; car les ſubjeƈts ſe perſuadent aiſé- *Le ſub-*
ment ne commettre point de faute quand ils ne font *jeƈt prend*
exemple
pis que leur Seigneur; & les ſeruiteurs & ſubjeƈts ſui- *ſur le Sei-*
uront pluſtoſt l'exemple des œuures du Seigneur, que *gneur.*
non pas les propos & remonſtrances qu'il leur pourra
faire; & n'eſt pas aſſez de bien traitter & ſoulager les
ſubjeƈts, & bien payer & recompenſer les ſeruiteurs,
ſi on ne les apprend & contraint d'eſtre vertueux, &
à bien ſeruir Dieu, & bien obſeruer ſes Commandemens, ce qui ſe doit premierement faire que de ſeruir
le Maiſtre & Seigneur de la maiſon; S'il y a quelques
pauures gens entre les ſubjeƈts qui ſoient reduits en *Secourir*
neceſſité, ou de maladie, ou de pauureté, la raiſon re- *les pau-*
ures ſub-
quiert que le Seigneur leur aide & ſecoure, & auſſi *jeƈts.*
qu'il embraſſe la deffenſe & conſeruation de tous,
pour ne les laiſſer trauailler & opprimer par ceux qui
voudroient entreprendre ſur eux, ou par gens de
guerre paſſans, & mal-viuans, ou par voiſins temeraires, qui ſouuent ont accouſtumé d'entreprendre ſur
des pauures payſans deſarmez, quand ils voyent qu'ils
ſont denuez de tout aide & faueur; & pareillemenſ

doit le Seigneur contenir tous ſes ſubjects en paix, repos & bonne vnion, & faire ceſſer entr'eux toutes querelles, debats & procez, qui ſouuent par opiniaſtreté ſont cauſe de les ruiner, & doit eſtimer le Seigneur bien aduiſé que la richeſſe de ſes ſubjects, leur bien & repos eſt le ſien meſme, & ſi en ſera touſiours eſtimé & honoré d'vn chacun, & demeurera beaucoup plus content en ſa maiſon, aimé, honoré & obey de ſeſdits ſubjects, qui prendront à plaiſir de rechercher tous moyens de luy faire ſeruice, recognoiſſant que tout leur bien & conſeruation en deſpend.

Pour fin ſouuenez vous perpetuellement, mon fils, d'honorer touſiours la memoire & ſouuenance de vos predeceſſeurs, & ne permettez iamais qu'on die aucun mal d'eux, car cela toucheroit à voſtre honneur; & croyez fermement que vos enfans vous rendront le meſme teſmoignage d'honneur que vous aurez fait à vos predeceſſeurs, la vertu & merite deſquels vous doit touſiours ſeruir d'exemple, pour eſtre plus induit à les ſuiure, & à touſiours bien faire; & Solon entre ſes belles Loix qu'il a laiſſées, ordonna qu'il falloit perpetuellement honorer la memoire de ceux qui eſtoient decedez, & les reuerer cóme ſaincts & les eſtimer tels; punir griefuement ceux qui en voudroient meſdire; & que c'eſtoit vn crime inexpiable de violer les ſepultures, auſquelles les Anciens portoient plus d'honneur aux moindres ſepultures de ceux qui auoient veſcu & qui eſtoient morts en reputation d'honneur, qu'ils ne faiſoiét cas des grands Palais de ceux qui eſtoient mal eſtimez; & ſi le deuoir & la raiſon nous oblige d'honorer la memoire de ceux qui ont vescu auec honneur encore que nous ne les ayons point cogneus; d'autant plus y sommes obligez, de ceux desquels nous sómes descendus, puis que nous sommes participans de leur gloire & hôneur qu'ils ont laissée, & que nous deuons tousiours auoir deuant les yeux pour nous seruir d'exemple; Prenez conseil en vos affaires de vos plus proches parés que vous ayez, & de ceux qui ont tousiours esté des meilleurs amis de vostre maison, & aussi des anciens seruiteurs, desquels la fidelité est approuuée par le temps & les effects; conseruez tousiours par tous bons offices d'amitié les anciens & bons amis de vous & des vostres, desquels l'amitié, conseil & iugement, sont plus certains & fideles que de tous autres. Il y auroit encore beaucoup d'autre chose à vous donner aduis; mais l'âge & l'experiéce vous en pourront donner cognoissance, & seulement pour cette heure ie vous coniureray, & vous ordóneray de demeurer tousiours en ce qui est du principal d'vn homme de bien, qui est de viure en la crainte de Dieu, & en l'obseruation de ses Commandemens; de ne vous departir iamais des preceptes de l'Eglise, & de la Religion en laquelle ie vous ay nourry, & des ordónances qui ont esté & seront faites par les Conciles & assemblées de l'Eglise, hors laquelle n'y a point de salut, & de repos de conscience, de demeurer tousiours ferme & constant en la conseruation de l'Estat & obeïssance de vostre Roy, & à l'entretenement de l'amitié de vos parens & amis, & d'aimer parfaitement, & cherir vostre femme, ce qui vous apportera tousiours bon-heur à vostre maison, & de prendre vos freres & vos sœurs

qui en auront befoin en voftre protection, comme
vos enfans mefmes, lefquels quand Dieu vous en aura donné vous ferez nourrir, & inftituer auec la mefme façon & regle que ie vous en donne aduis cy-deffus: & en ce faifant Dieu vous conferuera & tiendra
en fa grace, en l'honneur & reputation des hommes,
& en la conferuatió & profperité de voftre famille.

AVTRE

AVTRE
INSTRVCTION
FAITE PAR MONSIEVR
LE CHANCELIER A MADAME
LA MARQVISE DE NESLE
sa fille aisnée.

TOVT ainsi que ie laisse par instruction à mon fils aisné, la façon & l'ordre qu'il a à tenir & à se conduire en sa ieunesse; aussi vous veux-ie laisser par aduis comme il me semble que vous deuez vous comporter en tout honneur & reputation, en l'obeïssance du mary que Dieu vous a donné, en la puissanceduquel, combien que vous y soyez mise par toutes les Loix diuines & humaines. Si est-ce que pour auoir plus d'experience que ne peut encores auoir vostre mary; ie seray bien aise de vous laisser à tous deux mon aduis, qui ne peut tendre qu'au bien & honneur de tous deux, à l'entretenement de vostre amitié, & à la conseruation de vos amis & de vos biens; & quand vous y prendrez garde dés vostre ieunesse vous en acquerrez d'autant plus de reputation, & vous sera apres plus facile à continuer ce que vous aurez bien commencé; prenez tousiours, ma fille, deuant les yeux, pour le premier establissement de vostre vie,

DDdd

ce qui est de l'honneur & crainte de Dieu & obseruation de ses sainćts Commandemens ; car auec cette volonté vous ne pouuez plus faillir, & entrez au
sentier de tout l'honneur & reputation que vous
pouuez acquerir en ce monde, auec l'esperance d'vne
vie plus heureuse, qui est eternelle ; vous auez deuant
les yeux l'exemple d'vne vertueuse & deuote mere,
qui a tant laissé de tesmoignage d'honneur & de vertu apres sa mort, & encore que vous fussiez ieune, &
n'ayant attaint l'aage de dix ans quand elle est decedée ; si est-ce que Dieu vous a donné assez d'esprit
& iugement pour auoir desia en ce bon aage appris
d'elle (prés de laquelle vous estiez, & qui vous aimoit
parfaitement) combien elle auoit de deuotion, respećt, & reuerence en tout ce qui estoit des Commandemens de Dieu , & à l'obseruation de toutes
choses ordonnées par l'Eglise, qui est ce qu'elle a
tousiours gardé & suiuy depuis son enfance ; qui luy a
aussi donné la volonté & le moyen de conduire toutes ses autres ańtions & deportemens , auec toute in-
tegrité, chasteté, honneur & vertu qu'vne Dame
peut auoir : Ce vous est vn beau miroir deuant les
yeux, & vn grand aduantage sur les autres, qui sont
contraints souuent de rougir quand ils oyent parler
de leurs meres, auec moins de respećt qu'ils ne desi-
reroient, estimant comme il est veritable que l'honneur ou la honte des meres touche viuement à la reputation des filles, qui sont tousiours en commune opinion parmy le monde, deuoir retenir beucoup
de mœurs & volontez des meres : Apres ce qui est du
Commandement de Dieu, la premiere chose que

vous deuez, c'eſt l'obeïſſance que vous eſtes obligé
rendre à voſtre mary, que vous deuez plus qu'à pere &
à mere, l'aimant parfaitement & luy portant l'honneur & reſpect tel que toute femme de bien & d'honneur doit à ſon mary , qu'elle doit tenir & eſtimer
pour ſon Chef, Seigneur & Patron ; vous deuez auſſi
aimer & honorer ſes parens & amis, cherir & fauoriſer ceux que vous cognoiſſez luy eſtre bós ſeruiteurs,
aimant le bien & honneur de ſa maiſon & famille;
ſoyez touſiours ſoigneuſe de la ſanté de voſtre
mary, comme de ce qui vous touche le plus ; le diuer-
tiſſant par amitié & douceur le plus que vous pourrez
de toutes choſes que vous cognoiſſez luy pouuoir
faire, & n'offenſer ſa diſpoſitió & ſanté, & s'il aduient
qu'il ſoit malade, rendez luy ſubjection à le ſecourir
& traitter plus que vous ne feriez vous-meſme ſi vous
eſtiez malade; regardez touſiours à luy conſeiller &
donner aduis de tout ce qui eſt de ſon honneur & reputatió, & qu'il ne cognoiſſe point, ny luy ny d'autre,
que le deſir que vous auez d'eſtre aupres de luy, le
puiſſe empeſcher ou diuertir à les entreprendre, ce
qui luy peut ſeruir à l'occroiſſement de ſon honneur;
& le plus grand contentement que ſçauroit auoir
vne femme ſage & bien aduiſée, eſt de cognoiſtre que
ſon mary ſoit en prix, eſtimé, & bonne opinion des
Rois, Princes, Seigneurs, & autres, qui ne ſert pas
ſeulement à l'accroiſſement des honneurs & dignitez ; mais auſſi au reſpect & honneur plus grand, que
chacun porte au mary, & conſequammentapres à la
femme: Que iamais ne ſorte de voſtre bouche parole
qui ne ſoit honneſte, chaſte & vertueuſe, non ſeule-

DDdd ij

ment en compagnie, mais auec vostre mary , mesmes
quelque priuauté que vous ayez auec luy ; & ne permettez iamais en ce que vous pourrez qu'en vostre
presence il soit tenu des propos deshonnestes , &
quand vous ne le pourrez empescher honnestement,
retirez vous plustost ; car l'opinion en est commune
à tous, que les femmes qui prennent plaisir à entendre des paroles lasciues, ne sont pas esloignees de volonté d'entendre parler d'autres choses deshonnestes ; & toute femme de bien ne doit pas seulement
estre sans faute , mais doit esuiter le moindre soupçon & deffiance d'vn chacun ; Ne donnez iamais permission à homme quel qu'il soit de vous parler en
priué & en secret ; car quiconque ne veut parler que
des choses permises & honnestes ne doit point douter de parler haut & en public ; & quand les hommes
cognoissent que la femme permet de parler en secret,
ils prennet la hardiesse apres d'entreprendre de parler
plus auant. Fuyez sur tout, ma fille, la compagnie des
femmes mal estimees, en mauuaise reputation , & ne
permettez iamais d'en tenir prés de vous , quelque
amitié & affection que vous leur puissiez porter ; car
vous seriez tousiours estimée telle, comme seront les
femmes qui vous seruent & accompagnent ; & s'il faut
que vous vous trouuiez en compagnie où il y ait
quelque remarque , & dont vous ayez ouy parler en
mal , ne soyez pas si peu discrete de le cognoistre, ny
d'en parler aucunement ; mais approchez vous
incontinent , & entretenez celle de la compagnie
dont vous aurez ouy dire plus de bien & d'honneur,
& par la chacun iugera que vous chercherez vostre

femblable ; & croyez qu'il n'y a rien fi dangereux
auprcs des femmes de bien ; qui corrompent tant les
mœurs de cellès qui font bien nées ; qui alterent tant
les bonnes volontez & refolutions de bien viure ; qui
interrompe tant les honneftes amitiez & bons mef-
nages de ceux qui font mariez, que les femmes qui
ont volonté de fe gouuerner mal ; tant pour les mauuais artifices dont ils fçauent vfer, que pour le defir
qu'ils ont de rendre leurs femblables, 'celles qui font
eftimees les plus honneftes & vertueufes, quand auec
permiffion & commandement de voftre mary, vous
ferez auec les Reines qui vous ont fait cét honneur
de vous prendre en leur Eftat, ou auec d'autres Princeffes & Dames de qualité, tenez vous toufiours le
plus prés d'elles que vous pourrez, au lieu & rang
neantmoins qui vous eft deu, fans vouloir rien laiffer
perdre de ce qui eft du lieu que vous deuez tenir ; car
vous feriez tort à voftre mary, & à vous ; mais auffi
n'entreprenez pas plus que ce qui vous eft deu, car ce
ne feroit que querelles auec d'autres Dames, & feriez
eftimée par ce moyen incompatible auec les Grands:
en ce que vous cognoiffez que voftre feruice fera
agreable aux Reines, rendez vous y fubjecte à les feruir ; & quelque honneur & faueur qu'elles vous puiffent faire de parler priuément à vous, ne vous oubliez
iamais de deuoir & refpect que vous leur deuez, leur
parlant toufiours auec la reuerence qui leur eft deuë ;
& fi vous entendez quelque chofe de leurs fecrets &
volontez , n'en parlez iamais à qui que ce foit, fuft-ce
à voftre mary mefme ; & d'autant plus y deuez vous
penfer, que l'on a opinion que les femmes ne fe peu-

uent taire quand ils sçauent quelque chose; ne vous
meslez point des querelles, quand vous verrez que
entre les Dames ou autres femmes & filles il y aura
quelques choses entr'elles à demesler,& s'il vous en est
parlé d'vne part ou d'autre, persuadez tousiours l'a-
mitié & l'vnion , autrement retirez vous de leurs
querelles ; & si vous voyez qu'en vostre presence quelqu'vne des Dames vueille mesdire ou faire
quelque mauuais rapport, soit d'hommes ou d'autres
femmes, ne dites mot en quelque sorte que ce soit,&
ne respondez non plus que si vous n'auiez rien ouy.
Soyez tousiours quand vous irez, soit chez les Reines
ou ailleurs , bien & honnestement accompagnée
d'hommes, femmes & filles, & principalement tenez
tousiours quelque vieil Gentil-homme, & quelque
Dame d'honneur aagée prés de vous; car prés des ieunes Dames, les vieux sont mieux seans, qui font cognoistre leur bonne & honneste conduite & compagnie; & d'autant que c'est chose où les Dames mettent vne partie de leur soin qu'à leurs habillemens &
parures, & principalement à la Cour; en telles choses
il faut regarder à ne faire trop plus qu'on ne doit, &
aussi à estre dignement selon sa qualité, de retenir
toutes les vieilles façons d'habillemens; aux ieunes il
semble que ce soit par affection pour contrefaire la
sage plus que l'aage ne permet; d'auoir aussi des premiers habillemens en façon nouuelle, c'est tesmoignage de legereté, & de trop grande curiosité, qui
donne soubçon, apres d'autres volontez legeres ; de
sorte qu'en telles choses la mediocrité est la plus loüable , & d'vser d'habillemens, & des façons les plus

receuës & accouftumez par le temps; en quoy ne faut
faire prouifion & grande defpenfe, puis que c'eft la
couftume de France qu'en peu de temps le commun
vfage fe change : Quand vous ferez aux maifons &
Seigneuries de voftre mary, prenez garde à bien &
honneftement receuoir ceux qui vous iront vifiter, &
à les entretenir felon le lieu & le rang qu'ils tiennent,
felon la parenté qu'ils attouchent à voftre mary , &
auffi felon l'aage ; eftimant qu'il n'y a Gentil-homme
ny Dame qui vous aille vifiter, qu'au party de làs'en
retournant en fa maifon , ne porte tefmoignage de
vous, & vous louë, ou s'en plaigne felon la bonne
chere & honnefte reception que vous luy aurez faite,
& en peu de temps felon le contentement qu'en auront ceux qui vous verront & qui vous auront honneftement reçeuë, vous ferez loüée & eftimée de tous
vos voifins ; & apres, cela s'efpandra par tout, qui
eft le but là où vne Dame d'honneur doit tendre, qui
eft d'eftre loüée, eftimée & honorée d'vn chacun;
faites cas principalement des parens & parentes
de voftre mary , aufquels vous deuez porter plus de
refpect qu'à tous autres ; tant pour l'honneur que
vous deuez à tout ce qui touche à voftre mary , que
pour eftre de bonne , grande & ancienne maifon;
faites vous aimer auffi des vaffaux & fubjects des terres de voftre mary, les faifant bien traitter, foulager
& conferuer en tout ce que vous pourrez ; foit par
priere que vous en ferez à voftre mary, quand il fera
prié, ou par les autres moyens que vous pourrez auoir
en fon abfence , & en ce faifant vous ferez aimée,
loüée,& vous rendront grande obeiffance & refpect;

Confiderez, ie vous prie, que vous eftes entrée en vne
bonne & grande maifon, mais pleine d'affaires, & en
laquelle par cy-deuant y a eu beaucoup de mauuais
mefnage, où i'ay efperé quand ie vous en ay fait
prendre l'alliance, qu'il fe pourroit donner ordre par
la conduite d'vn bon & reglé mefnage, qui foit tel
que la defpenfe ne paffe point la recepte ; mais au
contraire qu'il demeure tous les ans quelque chofe
de bon, pour furuenir à ce qu'il peut arriuer inopinément, autrement vous ne conferueriez iamais voftre
maifon vous feriez en vne continuelle peine , &
faifie de voftre reuenu, & chacun courroit à vous conf-
tituer & mettre encores en confufion & defordre,
pour vous faire vendre ou engager vos terres , & demeurer en neceffité, abandonnée de tous les voftres,
mefprifée & mocquée d'vn chacun de n'auoir fçeu dô-
ner ordre à viure honorablement, auec vn fi beau &
grand reuenu; & au contraire fi vous prenez cœur
à bien conduire les affaires de voftre maifon, & à perfuader voftre mary de fe moderer en defpenfe, & de
fe regler felon fon reuenu, vous receurez cét honneur
d'auoir remis cette bonne maifon , voftre mary qui
en fentira la commodité le premier, vous en aimera
& eftimera dauantage , vous en ferez loüée de tous
fes parens, chacun en dira beaucoup de bien de vous,
& les amis & feruiteurs de cette maifon beniront
l'heure que vous y eftes entrée, pour vn fi bon effect,
& vous-mefme en voftre vieilleffe receurez & le fruict
& la commodité de la peine que vous aurez prife, &
rendrez les enfans que Dieu vous donnera , s'il luy
plaift, tres-heureux & obligez à vous, quand dans leur
enfance

enfance il leur sera mis en cognoissance : que ce sera
vous qui aurez restauré la maison & conserué leur
bien, & qui aurez disposé par vostre honnesteté & sagesse vostre mary à ce qui estoit de la conseruation de
son bien. Prenez donc courage, ma fille, en vne chose si loüable qui vous est si vtile & necessaire, & croyez
vostre pere, qui vous ayme plus que vous ne faites
vous mesmes, qui cognoist mieux ce qui vous est
honneste & necessaire, & vous louërez Dieu quelque
iour que vous en sentirez le fruict de l'auoir creu, &
suiuy son aduis : aidez-vous à si bon effet des vieux seruiteurs de la maison, que vous sçaurez gens de bien &
fideles, qui prefereront le seruice du maistre à leur
commodité particuliere ; & considerez tousiours particulierement toutes leurs actions & deportemens,
car les effets donnent certain iugement du tout, & ne
vous sera que bien honneste d'implorer l'aide de vos
parens & amis quand ils vous pourront aider à facili-
ter vos affaires par leur faueur & recommendation ;
car vous ne deuez iamais emprunter de vos amis, lesquels peuuent auoir des affaires de leur costé comme
vous en auez de vostre part, & la requeste est mal honneste de prier de ses amis de se descouurir pour couurir
vn autre. Tenez vostre despense bien reglée, & telle
quelle puisse durer : & les plus aduisez la font petite
quand ils sont seuls, pour la faire plus honorable
quand il suruient compagnie : & si vous estes seule,
vostre mary estant allé en quelque voyage, il ne vous
sera que bien honorable de faire petite despense, pour
faire connoistre l'enuie que vous auez d'acquitter la
maison, & la bien regler à l'aduenir. Quand Dieu vous

EEee

aura donné des enfans, faites les bien nourrir, & prés de vous, car rien n'en peut estre plus soigneux que vous mesmes en la premiere enfance, où ils ont sur tout besoin de la presence de la mere : & quand ils deuiendront plus grands, prenez peine de les bien faire instituer en la crainte de Dieu, en vne obeïssance, & en toutes choses honnestes & de vertu : entretenir tousjours vne bonne & parfaite amitié entre vostre mary & vos freres & sœurs, lesquels se peuuent aider & seruir les vns aux autres ; & i'espere nourrir vos freres en sorte que vous n'en receurez point de charge, mais que tout plaisir, amitié & contentement : qui vous sera tousiours la plus grande consolation que vous sçauriez auoir ; comme la chose que vous deuez le plus aimer apres vostre mary & moy qui suis vostre pere : prenez donc ce conseil, ma fille, comme de la personne de ce monde qui vous aime le plus, qui a le plus de soucy de vostre honneur & reputation , & qui desire le plus vostre bien, auec toute prosperité & contentement.

F I N.

Au Lecteur.

ES Memoires ayant esté imprimez en l'absence de celuy qui auoit charge d'y prendre garde, contrainct d'entreprendre vn voyage, cela a esté cause qu'il y a eu vne transposition de quatre fueillets, mesmement de la piece qui commence la page 203. & outre se sont glissées quelques fautes, en l'orthographe d'aucuns noms propres, ce qui est icy corrigé & redressé au mieux qu'il a esté possible.

Fautes suruenuës en l'Impression.

Page 6. ligne 12. rayez, & dudit païs de Bretagne; ligne 15. lisez d'Auray, ligne 22. Vejul, lisez Vueil, & ainsi aux autres endroicts. Page 10. li 5. lisez, & arriua; ligne 10. sortes, lisez sortis. Page 14. ligne 2. Chanfrauf, lisez Chanfreau, & ainsi aux autres lieux. Page 20. lig. 28. lisez Port de Pille. Page 32. l. 8. lisez de Sansac, & l. 9. lisez d'Varty. Page 35. l. 26. lisez Tanchin. Page 36. l. 19. lisez Sauue. Page 42. l. 22. lisez d'Eclimont. Page 53. l. 18. à Riom, lisez à Clermont. Page 68. l. 25. lisez Cleruant. Page 89. l. 24. & 25. Bagny, lisez Poigny. Page 91. l. 20. & 28. lisez Reclainuille. Page 98. l. 13. Mars, lisez May. Page 101. l. 30. rayez ayant esté, & lisez, fut sur le point d'estre. Page 102. l. 19. Gié, lisez Beiz. Page 104. l. 9. Boissoris, lisez Boiffront. Page 107. ligne 22. Cothetillet, lisez de Cochefillet. Page 106. l. 13. lisez Nonancourt. Page 108. l. 23. haut, lisez seau. Page 115. l. 22. Sainct Lionard, lisez Sainct Goüard. Page 131. l. 29. d'Aumale, lisez de Nemours. P. 147. l. 21. Rourg, lisez Rouuray, & ainsi en la page suiuante. Page 153. ligne derniere, lisez Richardot, & ainsi aux pages suiuantes. Page 154. l. 14. Roquement, lisez de la Cour. Page 164. l. 12. Amboise, lisez Amblise, & ligne 22. lisez Vaugrenant. P. 165. l. 4. Maistre, lisez Messire. Page 166. l. 8. lisez Gondy qui luy, & l. 9. mias lisez mais. Page 167. l. 29. emporterent, lisez assiegerent. Pa. 167. l. 13. lisez vn nomme d'Orleans. Page 170. l. 10. commencement, lisez con-

sentement. Page 181. l. 8. lisez Nantes. Page 184. l. 29. Baudrois, lisez Baudoüin.
Page 185. l. 13. rayez & ledit sieur du Perron nommé à l'Euesché d'Eureux auec
luy. Page 187. l. 11. & 12. desdits sieurs, lisez dudit sieur de Neuers enuoyé expres
à cét effect, & l. 27. s'auantager, lisez l'auancer. Page 191. l. 19. Euesque, lisez
Archeuesque. Page 201. l. 27. rayez laissent le sieur du Perron nommé à l'Euesché d'Eureux à Rome, pour y poursuiure & auancer le reste en son temps. Page
203. il faut transposer ce fueillet, qui commence ARTICLES, & les quatre fueillets suiuans auec les deux premieres lignes de la page 213. & inserer lesdits cinq
fueillets en la page 251. apres la ligne neuf qui finit 1596. Page 213. l. 9. chercher,
lisez choisir. Page 215. l. 16. & 17. lisez Ponleuoy, & ainsi aux autres endroits.
Page 120. l. 13. du sieur l'Huillier Preuost des Marchands d'icelle, & l'Anglois
Escheuin, qui tous quatre firent. Page 223. l. 29. d'Encra, lisez de Ibara. Page
229. l. 8. Pasteur, lisez Recteur. Page 251. l. 3. & 4. le sieur du Perron nommé
à l'Euesché d'Eureux auec, & l. 5. apres le mot Romaine, lisez lequel auec le
sieur du Perron nommé à l'Euesché d'Eureux depuis. Page 252. l. 20. lisez Ponleuoy, & p. 253. l. 8. lisez aussi Ponleuoy. Page 257. l. 16. lisez Vigner nommé la
Pante, lisez Viguier nommé Casaut. Page 263. l. 22. lisez Hernand Teille, &
de mesme page 264. & p. 265. l. 2. & l. 7. & p. 67. l. 1. & l. 23. vn nommé de
l'Espargie, lisez & celuy de l'Espargne. P. 68. l. 14. lisez Hernand Teille,
Page 270. l. 5. de Mont, lisez de Monte .... Page 275. l. 7. lisez munitions.
Page 279. l. 1. oncle, lisez parent, & l. 3. frere, lisez & encore parent du Duc de
Florence. Page 281. l. 30. Richardet, lisez Richardot, & ainsi p. 285. l. 11. p. 280.
l. 10. de Vilape, lisez Velasque. Page 299. l. 1. son frere, lisez son oncle. Page
310. l. 9. Marguerite, lisez Catherine. Page 311. l. 9. apres Vicomtesse, lisez de
Limoges. Page 320. l. 3. frere, lisez pere. Page 332. l. 16. affection, lisez affliction.
Page 333. l. 13. Bassac, lisez Balsac. Page 337. l. 3. lisez Ponleuoy, & ainsi aux autres lieux. Page 349. Felisian, lisez Falaiseau, & de mesme en la p. 351. p. 398. l. 15.
lisez Philosophe. Page 466. l. 23. lisez serfs. Page 480. l. 15. & 16. Agincourt,
lisez de Crecy, & en la mesme ligne 16. deux Rois, lisez vn Roy. Page 488. l. 4.
apres Henry, adioustez deuxiesme, ligne 17. lisez Monmoreau, ligne 10.
Dampnelle, lisez Damuille, & ligne 11. apres Henry, adioustez troisiesme, &
ligne 12. lisez Villequier, ligne 15. Siurer, lisez Simier. Page 491. l. 11. lisez ma-
jeurs. Page 517. l. 20. n'auoir, lisez auoir.

GENEALOGIE

DE LA MAISON

DES HVRAVLTS,

DE LAQVELLE SONT SORTIS LES
Seigneurs de Sainct Denis, de Vibraye, d'Huriel, de
Cheuerny, du Marais, de Veuil, de Bel-esbat,
de Bois-taillé, d'Auneux, & autres.

LES ARMES DE LA MAISON DES
HVRAVLTS font d'Or, à la Croix plaine d'azur, cantonnée
de quatre ombres de Soleils de gueulles.

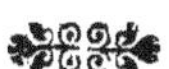

A PARIS,

Chez PIERRE BILLAINE, ruë Sainct Iacques, à la
Bonne-Foy, deuant Sainct Yues.

M. DC. XXXVI.

AVEC PRIVILEGE DV ROY.

TABLE GENEALOGIQVE
DE LA MAISON DES HVRAVLTS.

1. IEAN HVRAVLT I. du nom, Cheualier.

2. PHILIPPES HVRAVLT I. du nom.

3. RAOVL HVRAVLT, I. du nom.

PHILIPPES HVRAVLT II. du nom.

4. IEAN HVRAVLT II. Seigneur de sainct Denis.

5. IEAN HVRAVLT III. du nom, Seigneur de S. Denis & de la Grange.

6. DENIS HVRAVLT I. du nom, Seigneur de S. Denis.

RAOVL HVRAVLT Seigneur de la Grange, duquel sont sorties les Branches de Vibraye, de Cheuerny & de Veuil.

7. IEAN HVRAVLT IIII. du nom, Seigneur de S. Denis.

8. DENIS HVRAVLT II. du nom, Seigneur de S. Denis.

9. IACQVES HVRAVLT I. du nom, Seigneur de S. Denis, & de Ville-luysant.

MARIE.
IEANNE.
IACQVELINE.

LOVISE.
SOVLAINE.

10. IACQVES HVRAVLT II. du nom, Seigneur de S. Denis.

LOVIS Sr de Ville-luisant.

DENIS, nommé Euesque d'Orleans.

RAOVL,

IACQVELINE.
ELISABETH.
MARIE.
ANNE.

LOVISE.

IVDITH.

11. ANNE HVRAVLT Seigneur de S. Denis.

MARGVERITE.

12. ANNE HVRAVLT II. du nom.

MARGVERITE.

BRANCHE
DES SEIGNEVRS
DE SAINCT DENIS
ET DE VILLE-LVISANT.

I.   EAN HVRAVLT I. du nom, Cheualier, viuoit fouz Philippes le Bel Roy de France, & feruit en fes guerres IEAN II. du nom Duc de Bretagne, qui le fit fon penfionnaire, & en mourant, par fon Teftament fait en la ville de Lyon l'an 1305. luy donna pour fes fideles feruices vne fomme de deniers. Il appert de ce Teftament, & des quittances données par IEAN HVRAVLT, du legs qui luy fut fait, & de fa penfion, au Trefor des Chartes de Bretagne ; lefquelles quittances font feellées de fes Armes, compofées d'vne Croix & de quatre Soleils, qui font les mefmes que cefte famille porte encores à prefent. La pofterité de ce IEAN HVRAVLT, & les diuerfes Branches qui font forties de luy, comme d'vne fœconde Tige, ont efté tirées, tant de la preuue que PHILIPPES HVRAVLT Comte de Cheuerny, Chancelier de France fit, lors qu'en l'an 1578. il fut receu Commandeur, & Chancelier de l'Ordre du S. Efprit, que de plufieurs tiltres domeftiques & autres, & de quelques Regiftres des Cours Souueraines, Chambres des Comptes, bonnes Hiftoires, & autres preuues authentiques.

2. PHILIPPES HVRAVLT I. du nom, Cheualier, fils de IEAN HVRAVLT fus-mentionné, fuiuit le party de Charles de Blois Duc de Bretagne, nepueu du Roy Philippes de Valois, aux guerres qu'il eut côtre IeanComte de Montfort & contre les Anglois, & mourut auec le mefme Duc Charles

à la bataille d'Auray l'an 1364. laiſſant les deux enfans qui ſe voyent en ſuite.

3. RAOVL HVRAVLT, Cheualier.

3. PHILIPPES HVRAVLT II. du nom, Eſcuyer, continua la poſterité maſculine de ceſte Maiſon.

3. RAOVL HVRAVLT Cheualier, fils aiſné de PHILIPPES I. du nom, apres ſa mort du Duc Charles, ſeruit Iean de Montfort Duc de Bretagne IIII. du nom, ſurnommé le Conquerant, & luy iura & bailla ſa promeſſe d'alliance & de ſerment de fidelité, auec pluſieurs autres des principaux Barons & Cheualiers de Bretagne, pour le ſeruir à la conqueſte du Duché. Ceſte promeſſe eſt au Treſor des Chartes de Bretagne en date de l'an 1379. & ſeellée des Armes de RAOVL HVRAVLT, telles que ſes pere & ayeul PHILIPPES & IEAN HVRAVLT les portoient, comme il a eſté dit.

3. PHILIPPES HVRAVLT II. du nom, Eſcuyer, Seigneur de S. Denis ſur Loire, & de la Grange en Solongne, fils puiſné de PHILIPPES HVRAVLT I. du nom, ſe retira en France apres la mort de Charles de Blois Duc de Bretagne, fut Capitaine de la ville & Chaſteau de Blois, & mourut l'an 1374. Il eſt enterré en l'Abbaye de Bourg-moyen, où il fonda vne Chappelle. Il appert de ſa Nobleſſe, & d'aucuns de ſes deſcendans, par les lettres patentes que le Roy Charles VII. octroya l'an 1430. à DENIS HVRAVLT Seigneur de S. Denis l'vn de ſes ſucceſſeurs; par vn Extraict de la Chambre des Comptes de Blois, & outre par quelques Sepultures qui ſe voyent és Egliſes de S. Denis & de Bourg-moyen.

4. IEAN HVRAVLT II. du nom, Seigneur de ſainct Denis & de la Grange, fils de PHILIPPES HVRAVLT II. du nom, en l'an 1404. rendit vn adueu à Louis fils de France, Duc d'Orleans & Comte de Blois, frere du Roy Charles VI. Il fut auſſi enterré en l'Abbaïe de Bourg-moyen, prés du meſme PHILIPPES HVRAVLT ſon pere.

5. IEAN HVRAVLT III. du nom (en son ieune aage surnommé Ieanin) Escuyer Seigneur de sainct Denis & de
la Grange, fils de Iean II. cy-dessus remarqué, laissa les deux
enfans qui se voyent nommez en suitte, l'vn & l'autre ayant
laissé vne longue posterité; laquelle s'est estenduë en diuerses Branches.

6. DENIS HVRAVLT, Seigneur de S. Denis.

6. RAOVL HVRAVLT, Seigneur de la Grange, la lignée
duquel, dont procedent les Branches de Vibraye &
de Cheuerny, sera deduite apres celle de son frere aisné qui est cy-dessouz representé.

6. DENIS HVRAVLT I. du nom, Seigneur de S. Denis,
fils aisné de IEAN HVRAVLT III. du nom, Seigneur
du mesme lieu, accompagna ce grand & valeureux Chef de
guerre Iean Bastard d'Orleans Comte de Dunois, fils naturel
de Louïs de France Duc d'Orleans, aux guerres contre les
Anglois, comme il se void par les lettres patentes fus-men-
tionnées du Roy Charles VII. de l'an 1430.

7. IEAN HVRAVLT IV. du nom, Seigneur de S. Denis, fils
de DENIS HVRAVLT I. du nom, fut Maistre d'Hostel de
Charles Duc d'Orleans & de Milan, pere du Roy Louïs XII.
& receut l'honneur de la sepulture dans l'Eglise de sa Seigneurie de S. Denis. Il fut conioint par mariage auec IEANNE
DE REFVGE, fille de Raoul de Refuge, Cheualier, Chancelier & Intendant general des Finances du mesme Duc d'Orleans, & de Marie Cadier son espouse. Le decés du mesme
Seigneur de S. Denis aduint l'an 1487. Ses enfans firent partage en l'annee suiuante, entre lesquels se remarque celuy
qui suit.

DE REFVGE.

D'argent à deux
fasces de gueul-
les, chargees de
deux couleures,
ou giures d'azur,
affrontees, posees
en pal, & bro-
chant sur le tout.

8. DENIS HVRAVLT II. du nom, Seigneur de S. Denis,
fils de IEAN IV. & de Ieanne de Refuge sa femme,
rendit vn adueu à Louïs Duc d'Orleans l'an 1495. & fut Capitaine de la ville & Chasteau de Blois; Il deceda enuiron
l'an 1538. delaissant vn fils & cinq filles, remarquez en suite.

9. IACQVES HVRAVLT I. du nom, Seigneur de S. Denis continua la posterité de ceste Branche.

9. MARIE HVRAVLT fut alliée par mariage en premieres nopces auec le sieur de Monuilliers; & en secondes auec le sieur de la Caille.

BERNARD CHAMPIGNY

Escartelé au 1. & 4. de sable au Roc d'argent, au 2. & 3. d'argent au Roc de sable, sur le tout d'azur à la fleur de lys d'or.

9. IEANNE HVRAVLT femme de Iean Bernard, Escuyer Seigneur de Champigny & de Bretignoles ; D'eux sortit Iean Bernard Seigneur des mesmes lieux, qui espousa Ieanne de la Ramée, fille du sieur du Plessis Henault. Louïs Bernard Escuyer Seigneur de Champigny leur fils fut marié auec Ieanne de Goüé fille de Iean de Goüé Seigneur de Ville-neuue la Guiard, & d'eux est issu Louïs de Bernard, Cheualier Seigneur de Champigny, lequel de Claude Camus de Pont-carré sa femme a eu Nicolas de Bernard.

DE MALHERBES.

9. IACQVELINE HVRAVLT espousa René de Mal-herbes sieur de Pouilly.

DV RV.

9. LOVYSE HVRAVLT femme de François du Ru, sieur de Mesneu.

DE VILLE-BRESME.

D'or au Dragon aislé de gueules membré de mesme.

9. SOVLAINE HVRAVLT fut coniointe par mariage auec Claude de Ville-bresme, Cheualier Seigneur de Fougeres & de Boissay.

HVRAVLT.

Comme cy-de-uant.

9. IACQVES HVRAVLT I. du nom, Cheualier Seigneur de S. Denis & de Ville-luisant, fils de Denis Hurault II. du nom, espousa (apres dispense obtenuë) MARIE HVRAVLT sa parente, fille de Raoul Hurault II. du nom, Seigneur de Cheuerny, & de Marie de Beaune sa femme. De ce mariage sortirent huict enfans, à sçauoir

10. IACQVES HVRAVLT II. du nom, Cheualier Seigneur de S. Denis, a eu lignee.

10. LOVIS HVRAVLT, Cheualier Seigneur de Ville-luisant, duquel sera parlé plus amplement cy-apres.

10. DENIS HVRAVLT Abbé de la Peliſſe & du Brueil fut en
l'an 1584. nommé par le Roy Henry III. à l'Eueſché
d'Orleans, & donné pour coadiuteur à Mathurin de la
Sauſſaye qui en eſtoit Eueſque ; mais il ne fut ſacré, &
ceda ſon droit au meſme Eueſché à Germain Vaillant de Guelis, Abbé de Pimpont, Conſeiller au Parlement de Paris.

10. RAOVL HVRAVLT Abbé de Claire-fontaine.

10. IACQVELINE HVRAVLT eſpouſa Eſtienne de Cremeur   DE
Eſcuyer Sieur de Gaſt prés de Gallardon.   CREMEVR.

10. ELIZABETH HVRAVLT fut mariee deux fois ; premie-   LE COMTE.
rement auec Philippes le Comte, ſieur d'Ambeuille,
puis auec Iean le Moyon ſieur de Brunelles.   LE MOYON.

10. MARIE HVRAVLT fut alliee auec René ſieur du Faï.   DV FAY.

10. ANNE HVRAVLT Abbeſſe de Leauue prés Chartres.

10. IACQVES HVRAVLT II. du nom, Cheualier Seigneur de
S. Denis, fils aiſné de Iacques I. du nom & de Marie Hurault ſa femme, fut conioint par mariage en l'an 1582. auec   DE
DEBORA DE GVERCHY, fille de Georges de Guerchy Sei-   GVERCHY.
gneur de Vaux prés la ville de Melun, & de Iacqueline de Silly
ſon eſpouſe. Apres le decés de ce IACQVES HVRAVLT auenu en   D'or à trois pals
l'an 1600. la Dame de S. Denis ſa veufue eſpouſa en l'an 1602.   de gueulles au
Georges de Feſnieres Cheualier Seigneur de Morainuille, &   chef d'or couppé
en eut des enfans. Ceux de ſon premier eſpoux ſont remar-   de gueulles.
quez en ſuite.

11. ANNE HVRAVLT Cheualier Seigneur de S. Denis.

11. N. HVRAVLT.

11. MARGVERITE HVRAVLT femme de N. Sublet, Seigneur
de Hebercourt.

11. ANNE HVRAVLT I. du nom, Cheualier Seigneur de
S. Denis fils de Iacques Hurault II. du nom auſſi Seigneur du meſme lieu, prit alliance auec MARIE CHAVVET,   CHAVVET.
de laquelle il a eu pluſieurs enfans, entr'autres vn fils & vne
fille qui ſuiuent.

12. ANNE HVRAVLT II. du nom.

12. MARGVERITE HVRAVLT femme du sieur de Rochembauld prés de Vendosme.

10. LOVIS HVRAVLT Cheualier Seigneur de Ville-luisant, fils puisné de Iacques Hurault I. du nom, Seigneur de S. Denis, & de Marie Hurault sa femme, rendit de signalez seruices au Roy Henry III. qui l'honora d'vne charge de Meſtre de Camp d'vn Regiment. Il accompagna Monsieur le Duc de Ioyeuse, Pair & Admiral de France, Lieutenant general du Roy en l'armee conduite en Poictou contre ceux de la Religion pretenduë reformée, se trouua & combatit à la deffaite des trouppes rebelles à la Mothe S. Eloy ; s'eſtant auec le Marquis de Nesle son allié, & autres Seigneurs mis à pied pour combattre & forcer les barricades. Depuis, ce Seigneur qui eſtoit en garnison au Chaſteau de Laſſay au païs du Maine pour le seruice du Roy, fut mal-heureusement aſſaſsiné dans l'Eglise de ce lieu par ceux qui auoient deſſein sur la place, le 15. Iuin 1589. Il auoit espousé IVDITH DE CHAVVIGNY, sortie de la Maison de Chauuigny & de Bois-front au mesme païs du Maine ; Il en laiſſa deux filles, qui sont cy-deſſouz remarquees. La mesme Dame de Ville-luisant espousa en secondes nopces Iean de Madaillan, Cheualier, Seigneur de Montataire, Lieutenant de la compagnie de Gens-d'armes de Monseigneur Henry de Bourbon II. du nom Prince de Condé.

11. LOVISE HVRAVLT femme du sieur Palot Conseiller du Roy en son Conseil d'Eſtat.

11. IDITH HVRAVLT femme du sieur de la Bretonniere.

SVITE

BRANCHES
DES SEIGNEVRS
DE LA GRANGE,
des Marquis
DE VIBRAYE,
& des Barons
D'HVRIEL.
Des Comtes de CHEVERNY & de
LIMOVRS.

Les Seigneurs de la GRANGE, comme puiſnez de la Maiſon des HVRAVLTS, briſerent leurs Armes d'vne Coquille d'argent ſur le haut de la Croix d'azur : Laquelle briſure ou difference fut depuis laiſſée par les Comtes de CHEVERNY, qui prirent les Armes plaines.

SVITE DE LA
TABLE GENEALOGIQVE
DE LA MAISON DES HVRAVLTS.

5.   IEAN HVRAVLT III. du nom
        Seigneur de S. Denis.

6. DENIS HVRAVLT duquel sont issus les autres Seigneurs de S. Denis.	RAOVL HVRAVLT I. du nom, Seigneur de la Grange en Soulongne.

7. IACQVES HVRAVLT I. du nom, Seigneur de la Grange, de Cheuerny, & de Vibraye.	IEAN HVRAVLT, Seigneur de Bois-taillé, duquel sont issus les autres Seign. de Bois-taillé, de Bel-esbat & d'Auneux.

8. RAOVL HVRAVLT II. du nom, Seign. de Cheuerny.	IACQVES Euesque d'Autun.	PHILIPPES.	IEAN Seigneur de Vueil.	MARIE. CATHERINE. IEANNE.

9. IACQVES Seigneur de Vibraye II. du nom.	DENIS HVRAVLT Baron d'Huriel.	IEAN. RAOVL.	PHILIPPES HVRAVLT Comte de Cheuerny, Chancelier de France.	MARIE. IEANNE.

10. ANNE HVR. Baron d'Huriel.	DENIS nommé Euesque d'Orleans.	MARIE.	HENRY HVR. Côte de Cheuerny.	PHILIPPES Euesque de Chartres.	LOVIS Comte de Limours.	MARGVERITE. ANNE. CATHER.

11. IACQVES III. du nom Marquis de Vibraye.	CATHERINE.	HENRY HVR. Baron d'Esclimont.	PHILIPPES HVR.	MARGVERITE. ANNE. ANGELIQVE.

12.   N. HVRAVLT
     Baron d'Huriel.

BRANCHE
DES SEIGNEVRS
DE LA GRANGE,
DES MARQVIS DE VIBRAYE,
ET DES BARONS D'HVRIEL.

6. **R**AOVL HVRAVLT I. nom, Efcuier Seigneur de la Grange en Solongne, Maiftre d'Hoftel de Charles Duc d'Orleans, pere du Roy Louïs XII. eftoit fils puifné de Iean Hurault troifiefme du nom, Seigneur de S. Denis; & fut pere des deux enfans, qui font cy-apres remarquez: Il brifa fes Armes d'vne Coquille d'argent fur le haut de la Croix d'azur, comme eftant forty d'vn puifné de la Maifon.

7. IACQVES HVRAVLT Seigneur de la Grange & de Cheuerny, eut lignée.

7. IEAN HVRAVLT Seigneur de Bois-taillé, la pofterité duquel fe verra deduite apres celle de Iacques fon frere aifné.

7. **I**ACQVES HVRAVLT I. du nom, Cheualier, Seigneur de la Grange, de Cheuerny, de Vibraye, & de Vueil, & Baron d'Huriel, fut en fes ieunes ans au feruice de Charles fils de France Duc de Berry, frere du Roy Louïs XI. qui le retira auffi à fon feruice apres la mort du Duc Charles; comme fit le Roy Louïs XII. lequel l'eftablit Gouuerneur du Comté de Blois. Il aequit la Baronnie d'Huriel, fonda l'Eglife de S. Iacques de la ville de Blois, où il eft enterré; & fut

employé en de grandes & honorables charges & Ambassades, mesmement vers les Suisses, ayant le premier moyenné leur alliance auec la France, & dextrement negotié ce secours estranger. Il fut aussi General de France souz le mesme Roy Louis XII. l'vn des quatre de son Conseil, & Surintendant de ses Finances. Son decés aduint le 25. iour d'Octobre l'an 1517. estant aagé de 80. ans. Il fut conioint par mariage auec MARIE GARANDEAV, fille de Pierre Garandeau, sieur de la Haudumiere & de la Lucerie, & de Ieanne le Masle femme. Elle deceda en la mesme ville de Blois le 8. d'Aoust l'an 1503. laissant le Seigneur de la Grange son mary pere de quatre fils & de trois filles, à sçauoir

GARANDEAV

D'argent à l'Ancre de sable, perie en pal.

8. RAOVL HVRAVLT II. du nom, Seigneur de Cheuerny continua la lignée de ceste Maison.

8. IACQVES HVRAVLT fut esleu & nommé Euesque d'Authun en Bourgogne enuiron l'an 1512. Il mourut à Blois au mois de Iuin 1546. apres auoir tenu trentequatre ans le Siege Episcopal. Le sieur du Bellay en ses Memoires represente la disgrace qu'il eut, ayant esté soupçonné d'auoir participé aux conseils de Charles de Bourbon Connestable de France, quand il sortit de France; & adiouste, que depuis le Roy François I. luy pardonna, & le remit en ses biens. Il fut aussi Abbé de S. Lomer de Blois & de S. Estienne de Dijon; & eut pour successeur en l'Euesché d'Autun, Hippolyte d'Est Prince de la Maison de Ferrare.

8. PHILIPPES HVRAVLT Abbé de Marmonstier lez Tours, de Bourgueil en Anjou, de S. Nicolas d'Angers & de S. Pierre de Sens: Il viuoit en l'an 1555. & fut parrain de son neueu le Comte de Cheuerny Chancelier de France.

8. IEAN HVRAVLT Seigneur de Vueil, duquel sera parlé plus amplement cy-apres en son lieu.

8. MARIE HVRAVLT fut côiointe par mariage en l'an 1512.

auec Lovis d'Estampes Cheualier Seigneur de Valençay en Berry, Bailly & Gouuerneur de Blois, fils de Robert d'Eftápes, Seigneur de Salebris, Senefchal de Bour-
bonnois. De cette alliance fortirent trois enfans, à fçauoir Iacques d'Eftápes, Cheualier Seigneur de Valéçay,
lequel de Ieanne Bernard, fille de Iean Bernard, Cheualier Seigneur d'Eftiau en Anjou, & de Louïfe Brethe,
a eu pour fils Iean d'Eftampes Seigneur de Valéçay, d'E-
ftiau & de Longué, Cheualier des Ordres du Roy, Confeiller en fes Confeils, Capitaine de cinquante hommes
d'armes des Ordonnances; lequel de Sarra de Happlaincourt fa femme, fille de Iean, Seigneur de Happlaincourt, & de Barbe d'Ognies, a procreé fix fils & trois filles, à fçauoir : Iacques d'Eftampes, Seigneur de Valençay, qui fuit : Leonor d'Eftampes Euefque de Chartres
& Abbé de Bourgueil : Louïs d'Eftampes, Seigneur
d'Eftiau tué pour le feruice du Roy au fiege de Montau-
ban: Achilles d'Eftampes Commandeur & Grand Croix
de Malte, efleu General de l'Armée de l'Ordre par terre
en l'an 1635. dit le Cheualier de Valençay : Iean d'Eftampes, Confeiller du Roy en fes Confeils, & Maiftre des
Requeftes de l'Hoftel de fa Majefté , & Prefident au
Grand Confeil, qui a efpoufé N. le Gruel, fille du fieur
de Moruille, dont il a trois filles : Claude d'Eftampes,
Baron du Lis, mort ieune. Elifabeth d'Eftampes deuxiefme femme de Louïs de la Chaftre, Baron de la Mai-
fon-fort, Marefchal de France , dont eft iffuë Louïfe
Henriette de la Chaftre femme de François de Valois
Comte d'Alais. Charlotte d'Eftampes, efpoufe de Pier-
re Bruflard Cheualier, Marquis de Puifieux , Secretaire
d'Eftat. Marguerite d'Eftampes, femme de Michel de
Beauclerc, Baron d'Acheres, Commandeur, Preuoft &
Maiftre des Ceremonies des Ordres du Roy.

Iacques d'Eftápes, Seign. de Valençay & de Happlaincourt, Cheualier des Ordres du Roy, Lieutenant Colonnel de la Caualerie legere , Gouuerneur de Calais & de
Montpellier, a efpoufé Louïfe de Ioigny fille d'Oudard
de Ioigny Seigneur de Belle-brune & de Ieanne de Mo-

D'ESTAMPES.

D'azur à deux
Girons d'or mis
en cheuron; au
chef d'argent,
chargé de trois
Couronnes de
gueulles.

rainuillier. De cette alliance sont sortis les enfans qui
suiuent, à sçauoir, Iean d'Estampes Baron de Valençay,
qui fut tué au siege de Priuas, & a laissé deux filles. Dominique d'Estampes, Seigneur d'Happlaincourt, conducteur du Ban & arriere-ban des Prouinces de Berry,
Blaisois, Orleannois & autres. Henry d'Estampes Cheualier de Malthe, Commandeur de Metz. Sarra d'E-
stampes, decedée en ieunesse. Charlote d'Estampes Religieuse à Faren-moustier. Leonor d'Estampes.

8. CATHERINE HVRAVLT, fille puisnée de Iacques Hurault I. du nom, fut femme de IEAN DE PONCHER,
Cheualier Seigneur de Limours & de Bretaucourt, General des Finances, duquel mariage sortirent Estienne de
Poncher Archeuesque de Tours, & Nicolas de Poncher
sieur de Chanfreau, President en la Chambre des Comptes à Paris, regnant François I. mort sans enfans, &
Marguerite de Poncher femme de IACQVES HVRAVLT
Seigneur de Vibraye, comme il sera veu cy-apres plus
particulierement.

8. IEANNE HVRAVLT femme de IEAN DES MOVLINS,
Conseiller & Secretaire du Roy, Maison & Couronne
de France.

8. RAOVL HVRAVLT II. du nom, Cheualier Seigneur
de Cheuerny, de la Grange, de Cour sur Loire, de Vibraye, & Baron d'Huriel, General de France, fils aisné de
Iacques Hurault, Seigneur de la Grange, mourut en Italie
deuant la ville de Naples, au mois d'Aoust 1527. dans le camp
de Monsieur de Lautrec Odet de Foix, Lieutenant general
du Roy François I. Son corps fut inhumé dans l'Eglise des
Iacobins de Padoüe : mais depuis il fut transporté en France,
& deposé dans la Chapelle de Cheuerny, par le soin & la pieté
de son fils Philippes Hurault Comte de Cheuerny, Chancelier de France. RAOVL espousa MARIE DE BEAVNE, fille de
Iacques de Beaulne Baron de Sainblançay, Vicomte de
Tours, & de Ieanne Ruzé sa femme. Laquelle Dame de
Cheuerny mourut en l'an mil cinq cens soixante sept, ayant

attaint vn long aage, & delaiſſant cinq fils & deux filles cy-
deſſouz repreſentez.

9. IACQVES HVRAVLT deuxieſme du nom, Seigneur
   de Vibraye, Cheualier de l'Ordre du Roy, & ſon
   Maiſtre d'Hoſtel, eſpouſa (comme il a eſté dit, apres
   diſpenſe) MARGVERITE DE PONCHER fille de Iean
   de Poncher Seigneur de Bretaucourt & de Catherine Hurault ſa femme. Ceſte Dame de Vibraye auoit
   de grands biens, eſtant Dame des Terres & Seigneuries d'Eſclimont, de Bretaucourt, du Tremblay, de
   Chanfreau, & autres, deſquelles elle diſpoſa en faueur de ſon beau-frere, & couſin germain le Seigneur
   Comte de Cheuerny Chancelier de France. Elle
   mourut le 28. iour de Nouembre 1580. Le ſieur de Vibraye ſon mary eſtant aagé de 74. ans deceda le 2. iour
   de May l'an 1588. & ſe voyant ſans enfans inſtitua ſon
   heritier IACQVES HVRAVLT ſon petit neueu, fils de
   Denis Baron d'Huriel ſon frere.

9. IEAN HVRAVLT Prieur de Montiers.

9. RAOVL HVRAVLT Prieur de Montereau-faut-
   Yonne.

9. DENIS HVRAVLT, Baron d'Huriel, continua la lignee de ceſte famille.

9. PHILIPPES HVRAVLT, Comte de Cheuerny,
   Chancelier de France, a auſſi eu la poſterité qui ſera
   deduite apres celle de Denis ſon frere.

9. MARIE HVRAVLT femme de IACQVES HV-
   RAVLT, Cheualier Seigneur de Sainct Denis, comme il a eſté cy deuant remarqué plus particulierement.

9. IEANNE HVRAVLT eſpouſa LOVIS LE VENDOSMOIS
   Seigneur d'Aleray.

Chef de gueules, chargé de trois faſces d'or.

DENIS HVRAVLT, Cheualier, Baron d'Huriel, & Seigneur de Preçy, quatriefme fils de Raoul Hurault deuxiefme du nom, Seigneur de Cheuerny, & de Marie de Beaune fa femme, prift alliance par mariage auec GABRIELE DE LA BOISSIERE Dame de Preçy, & en eut deux fils & vne fille, dont les noms fe voyent en fuite.

DE LA BOISSIERE.

10. ANNE HVRAVLT Baron d'Huriel.

10. DENIS HVRAVLT Abbé de la Peliffe, du Breuil, & de la Trope.

LE ROVX, DE LA ROCHE DES AVBIERS.

Gironné d'argent & de fable, de huict pieces.

10. MARIE HVRAVLT efpoufa au mois de May 1575. CHARLES LE ROVX, Cheualier de l'Ordre du Roy, Gentil-homme ordinaire de fa Chambre, Seigneur de la Roche des Aubiers, fils de Louis le Roux, Cheualier, & de Renée de Morainuillier de la Maifon de Maulé.

De cefte alliance font fortis Louïs le Roux qui fuit, Charles le Roux, Abbé de Sainct Iean en Vallée lez Chartres, Emanuel le Roux, fieur des Aubiers, premier Efcuyer de Monfeigneur le Prince de Condé, Philippes le Roux, Prieur de Couron, Marie le Roux femme de Iean Petit, Efcuier S' de la Guidoche en Poitou, & de S. Amand, qui en a eu plufieurs enfans; Anne le Roux, efpoufe d'Anthoine Mefnard, Cheualier fieur de Toufche-prés; Ieanne le Roux, Religieufe en l'Abbaye des Clerets, prés Nogent le Rotrou; Elizabeth le Roux, femme de René d'Arfac, Efcuyer fieur du Chefne, & de Ternay en Loudunois; Marguerite le Roux, Religieufe à Fonteuraud; Suzanne le Roux efpoufa René de Racapé, Seigneur de Magnane en Anjou.

Louïs le Roux, Cheualier, Seigneur de la Bauffonniere en Aniou, Guidon de la Compagnie de Gens-d'armes d'Vrban de Laual, Seigneur de Bois-dauphin, Marefchal de France, fils aifné de Charles le Roux, & de MARIE HVRAVLT fa femme, prift alliance auec

Auoye

Auoye Iaillard fille d'Anthoine Iaillard Seigneur de
la Belotiere en Poictou.

10. ANNE HVRAVLT Cheualier Baron d'Huriel, fils
aisné de Denis Hurault & de Gabriele de la Boissiere, fut conioint par mariage auec LOVISE DE HARVILLE, fille d'Esprit de Haruille, Cheualier Seigneur de Palaiseau, Baron de Ninuille, & de Catherine de Leuis, sortie des Comtes de Charlus, son espouse, de laquelle alliance furent procreéz vn fils & vne fille cy apres nommez. Ce Baron d'Huriel
fut tué d'vne arquebusade l'an 1586. en faisant seruice au
Roy, & portant les armes au siege de Saluagnac en Languedoc, où il auoit suiuy Monsieur le Duc de Ioyeuse Pair &
Admiral de France, Lieutenant General de sa Maiesté en
l'armée qui assiegeoit ceste place sur ceux de la Religion pretenduë reformée. Il receut l'honneur de la sepulture dans l'E-
glise de Vibraye.

HARVILLE
PALAISEAV.

De gueules à la
Croix d'argent,
chargea de cinq
Coquilles de sa-
ble.

11. IACQVES HVRAVLT Cheualier, Marquis de Vibraye, &
Baron d'Huriel.

11. CATHERINE HVRAVLT fut alliée à HONORAT DE BOV-
CHET Baron de Sourches le Vahier au pais du Maine,
qui estoit fils de François de Boucher Seigneur &
Baron du mesme lieu, & de Sidoine du Plessis Lian-
court; Les enfans sortis du mariage de CATHERINE
HVRAVLT furent, Iean de Bouchet Marquis de Sourches, & Seigneur de Verdigny, lequel de Marie de Ne-
ueler son espouse, a procreé Dominique de Bouchet,
Abbé de Troüard, Iulian de Bouchet Seigneur d'Espi-
neu, Anne de Bouchet femme de René de Sauuestre
Cheualier Seigneur de Clisson en Poictou, fils de Barthelemy de Sauuestre, Cheualier Seigneur du mesme
lieu & de Renée Heruet, duquel mariage sont issus cinq
enfans, à sçauoir René de Sauuestre Baron des Mothes,
Iacques, Bernard Anne, Françoise, & Catherine de
Sauuestre.

DE
BOVCHET,
SOVRCHES.

D'argent à la
fasce de deux
pieces de sable.

Ieanne de Bouchet sœur d'Anne a espousé Odet de
Riants, Cheualier Baron de Villeray au Perche, dont
est issu vn fils de mesme nom. C

C̈ATHERINE HVRAVLT Dame de Sourches deceda le 12. de Decembre 1633. Honorat de Bouchet son mary estoit decedé deux ans auparauant.

11. IAcqves Hvravlt Marquis de Vibraye, & Baron d'Huriel par la succession de Iacques Hurault son grand oncle, qui l'institua son heritier, comme il a esté dit, est fils d'Anne Hurault Baron d'Huriel & de Louise de Haruille sa femme. Il n'a manqué aux occasions qui se sont presentées, de rendre ses douoirs pour le seruice de son Prince. Il a pour espouse ANNE DE VASSE' fille de Lancelot Groignet de Vassé Cheualier des Ordres du Roy, & Seigneur de Vassé, Baron de la Roche-mabile, & de Françoise de Gondy, fille d'Albert de Gondy Duc de Rais, Pair & Mareschal de France, & de Claude Catherine de Clermont, son espouse, duquel mariage est issu vn fils iusques à present 1636.

DE VASSE'

D'or à la fasce de trois pieces d'azur.

12. N........Hvravlt Baron d'Huriel.

BRANCHE
DES COMTES DE
CHEVERNY, ET
DE LIMOVRS.

9. **P**HILIPPES HVRAVLT Comte de Cheuerny & de Limours, Seigneur de la Grange, d'Esclimont, de Gallardon, de Bretaucour & du Tremblay ; fut Cheualier & Commandeur de l'Ordre du sainct Esprit, Chancelier de France & des Ordres du Roy, Gouuerneur & Lieutenant General pour sa Maiesté és Duchez d'Orleans & de Chartres, & és Païs & Comtez de Dunois, Blaisois, Amboise, & Lodunois.

Il estoit cinquiesme & dernier fils de RAOVL HVRAVLT Seigneur de Cheuerny & de Marie de Beaune sa femme, & nasquit le 25. iour de Mars, feste de l'Annonciation de nostre Dame l'an 1528. Ses rares merites, & la grande experience qu'il auoit aux affaires publiques, l'esleuérent à tant de grandes Charges; comme auparauant il auoit esté à celles de Conseiller en la Cour (qu'il eut par la demission de Michel de l'Hospital, qui fut depuis Chancelier de France) de Maistre des Requestes de l'Hostel du Roy Charles neufiesme; & de Chancelier d'Anjou, & de Pologne souz Henry III. Auquel Prince, pendant le sejour qu'il fit en ce Royaume estranger, la Couronne de France escheut par le decés du mesme Roy son frere. Mais auparauant qu'il fust de retour aucuns factieux, fauorisez des plus Grands de l'Estat, proietterent d'empescher son establissement. Ce fut en vne si importante occasion, que le Seigneur de Cheuerny rendit tant

de notables seruices, ayant dextrement rompu les trames
ourdies contre sa Maiesté, qu'elle estima ne pouuoir plus dignement recognoistre vn si fidele seruiteur, qu'en l'honorant
des eminentes dignitez de Garde des Seaux; puis de Chancelier de France. Il fut pourueu de ceste-cy l'an 1583. par la
mort du Cardinal de Birague.

Les affaires espineuses & difficiles, qui suiuirent la funeste
Iournée des Barricades, donnerent des ombrages au Roy
d'aucuns de ses principaux Officiers, bien que tres-fideles.
De ce nombre fut le Seigneur de Cheuerny, qui tomba en la
disgrace de sa Maiesté, & eut commandement de se retirer dãs
sa maison. Il y demeura iusques à l'an 1590. que le Roy Henry le Grand, d'immortelle memoire, le restitua en la
fonction de sa charge, en laquelle il continua de seruir tres-
vtilement, & en autres occurrences; Mesme par ses grands
soings le Roy eut vne bonne issuë du siege de la ville de Chartres, detenuë par ses subiects rebelles. Il ne rendit moindres
deuoirs en l'heureuse reduction de la ville de Paris, où il eut
des emplois tres-honorables, pour y mettre l'ordre requis
aprés tant de confusions, & y restablir le Parlement, & autres
Compagnies Souueraines, qui auoient esté interdites.

En fin, apres auoir atteint l'aage de soixante & douze ans
il finit le cours de sa vie le 29. iour de Iuillet 1599. en son
Chasteau de Cheuerny, où il estoit nay; & fut inhumé dans
la Chappelle du mesme lieu. Lors de la pompe funebre & du
seruice solemnel qu'on luy fit dans l'Eglise des Augustins de
Paris le dixiesme iour de Decembre en ce mesme an, Iules Cesar Bulenger Docteur en Theologie & Predicateur ordinaire
du Roy celebra par vne Oraison funebre ses vertus & rares
qualitez, & monstra, qu'auec beaucoup de prudence & d'in-
tegrité il auoit, par l'espace de plus de vingt ans, tenu les
Seaux de France. De faict, ceste loüange ne luy peut estre
déniée, qu'il ne permist point (en tant qu'il luy fust possible)
que les droicts de la Couronne fussent alterez. Sa memoire est d'ailleurs recommandable, pour auoir esté de tres-fa-
cile accés, & fauorisé les gens de lettres & de vertu, s'estant
rendu fort officieux en leur endroict. Il auoit pour Deuise
l'Estoile de Vesper qui paroissoit dans vn Ciel lumineux, dont

le corps auoit pour ame ces mots, CERTAT MAIO-
RIBVS ASTRIS.

Dés le 13. iour de May 1566. il fut allié par mariage auec
ANNE DE THOV, fille aiſnée de Chriſtophle de Thou, Cheualier Seigneur de Celi & de Bon œil, premier Preſident en
la Cour de Parlement de Paris, & de Iacqueline de Tuleu ſa
femme. La mort de ceſte Dame Comteſſe de Cheuerny aduint l'an 1584. le 27. iour de Iuillet. Ce grand Prelat Renaud
de Beaune Archeueſque de Bourges fit ſon Oraiſon funebre,
& repreſenta les bonnes conditions dont elle eſtoit ornée. Les
ſept enfans qu'elle eut de ſon mariage, ſe voyent remarquez
en ſuite.

10. HENRY HVRAVLT Seigneur d'Eſclimont naſquit
à Paris le 24. de Septembre 1572. fut tenu ſur les fonds
de Bapteſme par le Roy Henry III. eſtant Duc d'Anjou, & par le Roy de Nauarre, qui depuis a eſté Roy
de France, ſouz le nom de Henry le Grand, & Claude
de France Ducheſſe de Lorraine. Mais il mourut au
Chaſteau de Vibraye en l'aage de 18. mois.

10. HENRY HVRAVLT Comte de Cheuerny a continué
la poſterité de ceſte Maiſon.

10. PHILIPPES HVRAVLT fut Eueſque de Chartres
aprés le decés de Nicolas de Thou ſon grand oncle
maternel, aduenu en l'an 1598. Il fut auſſi Abbé de
Pont-leuoy, de S. Pere & de Bonneual, & premier
Aumoſnier de la Roine Marie de Medecis mere du
Roy. Il eſtoit nay le 19. de Septembre 1579. René
Cardinal de Birague Chancelier de France, & Iacques Seigneur de Matignon Mareſchal de France furent ſes patrains, & la Damoiſelle de Vaudemont ſœur
de Louiſe de Lorraine Roine de France, fut marraine.
Il deceda le 27. iour de May 1620. & fut inhumé dans
ſon Egliſe de Bonne-ual. Leonor d'Eſtampes de la
Maiſon de Valençay ſon parent, luy ſuccéda en l'E-
ueſché de Chartres.

10. LOVIS HVRAVLT Comte de Limours, Vicomte

du Tremblay, Baron d'Huriel, Conseiller du Roy en
ses Conseils d'Estat & Priué, & Bailly de Chartres,
nasquit le 17. de Iuillet 1584. & furent ses parrains
Louis de Rohan Prince de Guemené, & Guy de Laual
Marquis de Nesle, & sa marraine la Comtesse d'Au-
bijoux. Il a espousé ISABEL D'ESCOVBLEAV, fille de
François d'Escoubleau, Cheualier, Seigneur de Sourdis, Marquis d'Alluye, & d'Isabel Babou de la Maison de la Bourdaisiere, sa femme; de laquelle alliance
ne sont sortis aucuns enfans.

10. MARGVERITE HVRAVLT, née à Paris le 21. iour
d'Aoust 1574. fut tenuë sur les fonds de Baptesme par
Christophle de Thou premier President en la Cour de
Parlement de Paris son ayeul maternel, & par Marguerite de Poncher, espouse de Iacques Hurault,
Cheualier Seigneur de Vibraye son oncle. Elle a esté
mariée trois fois.

En premieres nopces elle espousa en l'an 1585. GVY
DE LAVAL Marquis de Nesle & Comte de Ioigny,
qui estoit fils vnique de Iean de Laual, Marquis de
Nesle & de Renée de Rohan sa femme. Ce ieune Seigneur mourut au lict d'honneur, des griefues blessu-
res qu'il receut à la bataille d'Yury, apres y auoir courageusement combattu à la veuë de son Roy. Son decés aduint le 12. iour d'Auril 1590. sans laisser enfans,
sa veufue demeura Dame des Seigneuries de Maillé & de Roche-corbon en Touraine, qu'elle eut
pour ses conuentions matrimoniales, & fut doüairiere
du Comté de Ioigny, auec six mil liures de rente.

En seconde alliance elle espousa dans la ville de
Chartres en l'an 1593. ANNE D'ANGLVRE, Seigneur
de Giury, Baron de Beauuais & de Boursaut, &
Comte de Tancaruille, Lieutenant du Roy au Gouuernement de Brie, & Maistre de Camp de la Caualerie

lampassé d'or: au 2. de gueules à 3. pals de vair au chef d'or, chargé d'vne merlette de sable. Au 3. d'or à
trois Chabots de gueules. Au 4. d'argent à 3. Lyons de gueules sur le tout d'Anglure, qui est d'or, decoup-
pé de gueule, en triangle, à sonnettes d'argent sursemees.

---

legere de France, Gentil-homme doüé de tres-rares conditions ; Aussi ayant acquis vne grande reputation au fait des armes, & en plusieurs occasions fait signaler sa valeur ; en fin, comme en l'an 1594. il faisoit porter vne piece de batrie au siege de Laon, voulant recognoistre vn flanc de la ville, il y receut vn coup de mousquet, duquel il mourut sur la place, au grand regret du Roy, & de tous les bons François. Son corps fut porté inhumer en la Chappelle de son chasteau de Beauuais en Brie. Il laissa vn fils portant son nom, qui mourut en bas aage.

Le troisiesme mariage que contracta MARGVERITE HVRAVLT fut auec ARNAVLD DANGEREVX, Seigneur de Beaupuy, qui a pris qualité de Comte de Maillé, comme a fait le fils vnique forty de leur alliance. Elle mourut à Paris le 13. de Iuin 1614. estant aagé de quarante ans, & fut inhumée dans l'Eglise des Celestins de la mesme ville.

DANGEREVX BEAVPVY.

Escartelé, au 1. d'or à deux vaches passantes de gueules accornées, accolées, & clarinées d'azur ; Au 2. &

3. de gueules à 4. amandes ou otelles d'argent : au 4. d'azur à 3. Rocs d'or. 1. & 1. sur le tout d'azur au Lyon d'or auec vn lambel de 4. pieces d'argent.

10. ANNE HVRAVLT nasquit à Cheuerny en l'an 1577. le quatriesme iour de Iuin. Ses parrains & marraines furent Iacques Hurault, Seigneur de Vibraye son oncle paternel, & les Dames de Valençay & de Fougeres. Elle a esté mariée premierement en l'an 1592. le douziesme iour du mois de Septembre, en la ville de Chartres, auec GILBERT DE LA TREMOILLE, Marquis de Royan, Seigneur d'Ollonne & d'Aspremont, Cheualier des Ordres du Roy, Capitaine des cent Gentilshommes de la maison de sa Maiesté, & grand Seneschal de Poictou : Il estoit fils de Georges de la Tremoüille, Baron de Royan, pareillement Seneschal de

LA TREMOILLE, ROYAN.

Couppé de huit pieces. Au 1. du chef, d'Orleans qui est de France au lambel d'argent. Au 2. de

Milan, qui est d'argent à la giure d'azur à l'issant de gueules. Au 3. de Bourbon, qui est de France au baston de gueules. Au 4. de Bretagne, semé d'Hermines. Au 1. de la pointe de Sauoye, qui est de gueules à la Croix d'argent. Au 2. de Luxembourg, au Lyon d'argent couronné de gueules. Au 3. de Coitiuy, qui est fascé d'or & de sable de six pieces. Au huictiesme de Laual, d'or à la Croix de gueules, chargée de cinq coquilles d'argent, & cantonnée de quatre alerions d'azur. Et sur le tout de la Tremoille, qui est d'or au cheuron de gueules, accompagné de trois Aiglettes d'azur.

Poictou & de Magdelaine de Luxembourg, sortie de la Branche de Martigues, sa femme.

De ce premier mariage furent procreéz trois fils & deux filles, à sçauoir Philippes de la Tremoille, Marquis de Royan, duquel est parlé cy-apres.

Gilbert de la Tremoille, Abbé de Chambon:

Georges de la Tremoille, Cheualier de Malthe:

Catherine de la Tremoille, coadiutrice de Charlotte de Nassau, de la maison des Princes d'Oranges, Abbesse de saincte Croix de Poictiers, sa parente;

Marie-Marguerite de la Tremoille, Abbesse du Lys prés de Melun.

De Philippes de la Tremoille, Marquis de Royan, Comte d'Ollone, & Baron d'Aspremont, grand Seneschal de Poictou, & de Magdeleine de Chanrond sa femme, fille de Michel de Chanrond, Conseiller du Roy en ses Conseils d'Estat & priué, sont issus plusieurs enfans.

Apres le decés de Gilbert de la Tremoille, Marquis de Royan, sa vesue ANNE HVRAVLT espousa en secondes nopces CHARLES Marquis de ROSTAIN, Comte de la Guerche, fils de Tristan aussi Marquis de Rostain, & de Françoise Robertet. De ceste derniere alliance sont issus quatre enfans:

Louïs de Rostain Comte de la Guerche,

François de Rostain, Baron de Brou,

Marguerite & Renée de Rostain.

ANNE HVRAVLT leur mere deceda en la ville de Paris l'an 1635. estant aagée de cinquante-deux ans.

10. CATHERINE HVRAVLT, troisiesme fille de Philippes Hurault Chancelier de France, née le troisiesme de Iuillet 1583. eut pour marraine Marguerite de de France Roine de Nauarre, sœur du Roy Henry III. & pour parrain Charles de Lorraine Euesque de Mets. Elle espousa en premieres nopces VIRGINAL D'ESCOVBLEAV, Marquis d'Alluye, & Comte de la Chapelle, decedé sans enfans, & en secondes nopces AN-

THOINE

-THOINE Seigneur D'AVMONT, Cheualier des Ordres du Roy, Marquis de Nolet, Baron de Molimont & d'Eſtrabonne, Gouuerneur de Boulogne & du païs de Boulonois, regnant Louys le Iuſte, fils aiſné de Iean Seigneur d'Aumont, Mareſchal de France, & d'Anthoinette Chabot ſa femme, duquel mariage ne ſortirent non plus des enfans : Ceſte Dame d'Aumont deceda à la Roquete prés de Paris le 13. iour d'Auril 1615. eſtant aagée de 32. ans.

10. **H**ENRY HVRAVLT Comte de Cheuerny, Seigneur d'Eſclimont, de Gallardon, de Bretaucour, & du Tremblay; Capitaine de cent hommes d'armes des Ordonnances du Roy, Gouuerneur pour ſa Maieſté des ville de Chartres & des païs Chartrain & Blaiſois, & Lieutenant General au Gouuernement d'Orleans, Bailly de Chartres, fils aiſné de Philippes Hurault Comte de Cheuerny, Chancelier de France, & d'Anne de Thou ſa femme, naſquit le 13. iour d'Aouſt l'an 1575. & eut pour parrain le Roy Henry III. qui luy donna ſon nom, & pour marraine la Roine Catherine de Medicis mere de ſa Maieſté. Il a dignement ſeruy les Rois Henry le Grand & Louis le Iuſte en pluſieurs occaſions, aux guerres qu'ils ont euës contre leurs ſubiects rebelles, & contre les Eſtrangers. Il a eſté marié deux fois; La premiere le 27. de Feurier 1588. à Paigny en Bourgongne, auec FRANÇOISE CHABOT fille de Leonor Chabot Comte de Charny & de Buzançois, grand Eſcuyer de France, & Lieutenant general pour le Roy au Gouuernement de Bourgongne, & de Françoiſe de Rie ſa femme. Ceſte Dame Comteſſe de Cheuerny deceda en l'an 1602. ſans enfans. En ſecondes nopces le meſme Comte a eſpouſé MARIE GAILLARD fille du Seigneur de la Moriniere, de laquelle il a eu ſix enfans, cy-apres remarquez,

CHABOT, CHARNY.

Eſcartelé au 1. & 4. d'or à 3. Chabots de gueules. Au 2. de Luxembourg cy deuant blaſonné. Au 3. de Baux, qui eſt de gueules à l'Eſtoile de ſeize raiz d'argent.

GAILLARD.

D'argent à la fasce de gueules, accompagnée de trois fueilles de cheſne de ſinople poſées en fasce : 2. en chef, & vne en pointe.

11. MARC ANTHOINE HVRAVLT mort ieune en l'an 1616.

11. HENRY HVRAVLT Baron d'Esclimont nay en l'an 1617.

11. PHILIPPES HVRAVLT Baron de Bretaucour a eu ce nom en memoire de son ayeul paternel Chancelier de France.

DE DAILLON.

D'azur à la Croix engreslée d'argent.

11. MARGVERITE HVRAVLT femme D'ERASME DE DAILLON Cheualier, Comte de Briançon, l'vn des fils de François de Daillon Comte du Lude, Marquis d'Illiers, & de Françoise de Schomberg son espouse, sœur de Gaspard de Schomberg Comte de Nantueil, Mareschal de France.

11. ANNE HVRAVLT.

11. ANGELIQVE HVRAVLT.

BRANCHES
DES SEIGNEVRS
DE VVEIL,
&
DV MARAIS,
Sortis puiſnez de la Branche
DE CHEVERNY.

SVITE DE LA
TABLE GENEALOGIQVE
DE LA MAISON DES HVRAVLTS.

7. IACQVES HVRAVLT, Seigneur de la Grange, de Cheuerny & de Vibraye.

8. RAOVL HVRAVLT, Seigneur de Vibraye & de Cheuerny.	IEAN HVRAVLT I. du nom Seigneur de Vueil & du Marais.

9. IACQVES HVRAVLT Seigneur du Marais & de Vueil.	IAC-QVE-LINE.	IEAN-NE.	AN-NE.	IEAN HVRAVLT II. du nom, Seigneur de Vueil.

10. RENE' Seign. de Bouuille.	FRAN-çois HVR. Sei-gneur du ma-rais.	IAC-QVES. IEAN. LOVIS	IAQVE-LINE. FRAN-çoise. CLAV-DE. MARIE.	CHRI-STO-PHLE Sei-gneur de Vueil.	CLAV-DE Sei-gneur de Vueil.	LOVIS Sei-gneur de Vueil	MARIE. CATHE-RINE. ELIZA-BETH.

11. PHILIPPES HVRAVLT Seigneur du Marais.	MARIE HVRAVLT.	CLAVDE HVR. Seigneur de Vueil.	MAGDELENE HVRAVLT.

BRANCHE
DES SEIGNEVRS
DE VVEIL, ET
DV MARAIS.

8.   IEAN HVRAVLT premier du nom, Cheualier, Seigneur de Vueil & du Marais, Maistre des Requestes ordinaire de l'Hostel du Roy, fut quatriesme fils de Iacques Hurault Seigneur de la Grange & de Cheuerny, & de Marie Garandeau sa femme. Il a esté marié trois fois.

La premiere auec IEANNE DE PONCHER, fille de Louïs de Poncher Seigneur de Lezigny & de Limours, General des Finances, & de Robine le Gendre sa femme, duquel mariage sortit vne fille, qui est cy-apres remarquée en son lieu.

En second mariage ce Seigneur de Vueil espousa, en l'an mil cinq cens vingt-quatre, IEANNE RAGVIER, fille du Seigneur de la Mothe Raguier, dont il a eu vn fils & deux filles; Ceste Maison de Raguier a aussi esté alliée à celles de Dinteuille, de Bethune, du Plessis Perrigny, de Monceaux & autres anciennes.

En troisiesme alliance IEAN HVRAVLT eut à femme ANNE BRETHE, Dame de Longué & de Cherigny, fille de René Brethe, Conseiller & Maistre d'Hostel de la Reine de France Anne de Bretagne, & veufue de Iean Bernard Seigneur d'Estiau, duquel est issuë Ieanne Bernard, mariée en la Maison d'Estampes-Valençay, comme nous auons remarqué. De ce dernier mariage est issu vn fils.

DE PONCHER.

Comme cy-dessus.

RAGVIER.

D'argent au Sautoir de sable, cantonné de quatre perdrix au naturel.

BRETHE.

D'azur au Sautoir d'argent, cantonné de 4. roses d'or.

9. **Iaqveline Hvravlt** Dame de Minçy, sortie de la premiere alliance de **Iean Hvravlt** Seigneur de Vueil, fut mariée en l'an 1530. auec **François Robertet** Cheualier, Baron de Brou, & de la Guerche, Bailly du Palais à Paris, l'vn des fils puisnez de Florimond Robertet Baron d'Alluye, de Bury & de Brou, & Seigneur de la Guerche, seul Secretaire d'Estat des Rois Charles VIII. Louïs XII. & François I. au commencement de son regne, souz lequel Roy il fut aussi Surintendant des Finances.

De ce mariage sortit Françoise Robertet, femme de Tristan, Marquis de Rostain, Cheualier des Ordres du Roy, & Lieutenant de sa Maiesté és prouinces de l'Isle de France & de Brie, duquel mariage sont issus vn fils & deux filles, à sçauoir,

Charles Marquis de Rostain, Comte de la Guerche & Baron de Brou, allié en la Maison de **Hvravlt Cheverny**, comme nous auons dit, a eu pour sœur,

Marguerite de Rostain, femme en premieres nopces de Pierre de Leuis Baron de Cosan, dont n'y eut enfans; & en secondes, de Gilbert de Serpens, Seigneur de Gondras, qui en procrea vne fille, femme du sieur de Roche-bonne; En troisiesmes nopces Marguerite de Rostain espousa Pierre Baron de Flageac en Auuergne, de laquelle derniere alliance sont issuës quatre filles; entr'autres Louïse de Flageac, femme de Christophle, Marquis d'Allegre, & Marguerite de Flageac espouse de N. Comte d'Apchet, puis d'Emanuel de Crussol Duc d'Vsés, Pair de France.

Anne de Rostain, sœur de Marguerite, espousa premierement René d'Escoubleau, Cheualier, sieur de Sourdis & de la Chappelle-Bertrand, dont il a eu Tristan d'Escoubleau, qui a suiuy l'Estat Ecclesiastique; René d'Escoubleau, Seigneur de Sourdis, marié en la maison de Barbesieres; Iacques d'Escoubleau, Marquis de Sourdis, qui a espousé Antoinette de Bretagne, de la Maison de Vertus, vefue de René du Bellay Prince d'Yuctot, & Marquis de Thoüarcé. Les autres en-

ROBERTET.

D'azur à la Bãde d'or, chargee d'vn demy vol de sable; accompagnée de trois estoiles d'or, deux en chef, & vne en pointe.

fans font Pierre d'Efcoubleau ; Anthoine d'Efcoubleau, Seigneur de la Chappelle, & Georges d'Efcoubleau, Baron d'Aunoy.

Charlotte d'Efcoubleau leur fœur a efté alliée par
mariage auec Charles de Maillé, Marquis de Carman, qui en a eu trois fils ; à fçauoir, Donatian de Maíl-
lé, Marquis de Carman ; Leonor-Charles de Maillé
Comte de la Roche, & Anthoine de Maillé.

9. IACQVES HVRAVLT Seigneur du Marais & de Vueil
fut procreé du fecond mariage de Iean Hurault, Seigneur de Vueil. Sa defcente eft cy-apres defcrite.

9. IEANNE HVRAVLT pareillement fortie du fecond mariage, a efté femme de RENE' Seigneur de ROCHE-
FORT la Croifette, Baron de Fioles, Cheualier des
Ordres du Roy, Capitaine de cinquante hommes
d'armes de fes Ordonnances, & Lieutenant General
pour fa Maiefté és païs Blaifois, Amboife & Lodunois,
troifiefme fils de Iean de Rochefort, Baron de Plu-
uault & de la Croifette, & d'Anthoinette de Chafteau-
neuf fa femme ; Ce Iean eut pour pere Guy de Rochefort, Chancelier de France, regnants Charles VIII.
& Louïs XII. Du mariage de René Seigneur de Rochefort auec IEANNE HVRAVLT fortirent quatre fils,
à fçauoir,

ROCHEFORT
CROISETE.

D'azur, femé de
Billettes d'or au
chef d'argent,
chargé d'vn Lyon
Leopardé de
gueules.

Iean de Rochefort Baron de Fiolle & de la Groi-
fette, lequel ne laiffa enfans d'Anne de Sautour fa
femme.

Anne de Rochefort, Seigneur de Marueil.

Anthoine de Rochefort Baron de Frolois.

René de Rochefort, Cheualier de Malthe, fut tué
à l'affaut de Verdun pendant les troubles.

Anne de Rochefort, Seigneur de Marueil, fut Baron de Fioles & de la Croifette, apres le decés de Iean
de Rochefort fon frere aifné. De fon mariage auec
Charlote de Sautour, il a eu, entr'autres enfans, deux
filles, lefquelles fe voyent en fuite.

Magdelaine de Rochefort, femme de Charles de
Brouilly, Seigneur de Mefuillier, fils de François de
Brouilly, Seigneur de Mefuillier, & de Louïfe de
Haluuin, de la Maifon de Piennes, duquel mariage
eft iffu vn fils, Marquis de Piennes, qui a efpoufé N.
de Harcourt, fille de Iacques de Harcour Marquis de
Beuueron, & de Leonor Chabot, de la Maifon de
Iarnac fa femme.

Aymée-Françoife de Rochefort, fille puifnée de
Anne de Rochefort, Baron de Fiolles, a efpoufé Nicolas de Brichanteau, Marquis de Nangis, Cheualier
des Ordres du Roy, Confeiller en fes Confeils d'Eftat
& Priué, & Capitaine de cinquante hommes d'armes
des Ordonnances, qui en a eu des enfans.

<table>
<tr><td>

CARNEVE-
NOY,
dit CARNA-
VALET.

Vaizé d'or & de
gueules, au frãc
quartier de.......

</td><td>

9. **ANNE HVRAVLT** fille puifnée de Iean Hurault Sei-
gneur de Vueil & de Ieanne Raguier, efpoufa FRAN-
ÇOIS DE CARNEVENOY, dit de CARNAVALET,
Cheualier, natif du païs de Bretagne, qui eftoit Ef-
cuyer de la grande Efcurie du Roy Charles IX. Il fut
auffi Gouuerneur du Roy Henry III. en fa ieunef-
fe, & acquit la reputation de Gentil-homme fort fage
& vertueux. Son decés aduint à Paris en l'an 1571. au
52. de fon aage, ne laiffant aucuns enfans; Son corps
fut inhumé dans l'Eglife de fainct Germain de l'Au-
xerrois, où l'on void vn Epitaphe Latin dreffé à fa me-
moire par Philippes Hurault Seigneur de Cheuerny,
depuis Chancelier de France, fon allié, auec lequel il
auoit contracté vne fort eftroite amitié.

</td></tr>
</table>

9. **IEAN HVRAVLT** deuxiefme du nom, Seigneur de
Vueil, iffu du troifiefme mariage de Iean Hurault
Seigneur de Vueil, aura fon Eloge apres ceux des en-
fans de François fon neueu, Seigneur du Marais.

9. **IACQVES HVRAVLT**, Seigneur du Marais, de Vueil,
des Loges, & de Chafteau-pers, Confeiller du Roy en
fes Confeils d'Eftat & Priué, & Maiftre d'Hoftel de fa Maiefté, eftoit fils aifné de Iean Hurault Seigneur des mefmes
lieux

lieux, & de Ieanne Raguier sa seconde femme. Il fut allié par mariage auec MARIE HERBELOT, fille de Nicolas Herbelot Seigneur de Ferrieres, General de France, & de Catherine de Poncher sa femme, dont il eut neuf enfans, à sçauoir,

HERBELOT, FERRIERES.

D'argent bastonné de sable au chef d'or, chargé de trois Coquilles de sable.

10. RENE' HVRAVLT, Seigneur de Bouuille en partie, puis du Marais, espousa MARGVERITE OLIVIER, fille de Iean Oliuier, Cheualier Seigneur de Leuuille, & de Susanne de Chabannes sa femme, & petite fille de François Oliuier, Chancelier de France.

OLIVIER LEVVILLE.

D'azur à six bezans d'or 3. 2. 1. au chef d'argent chargé d'vn Lyon naissant de sable armé & lampassé de gueules; escartelé d'or à trois bandes de gueules; La deuxieme chargée de trois estoiles d'argent.

10. IACQVES HVRAVLT Seigneur de la Boissiere.

10. FRANÇOIS HVRAVLT Seigneur de Chasteau-pers & du Marais, procrea les deux enfans qui se verront cy-après.

10. IEAN HVRAVLT Seigneur de...... mourut au camp deuant Lagny, faisant seruice au Roy Henry IIII.

10. LOVIS HVRAVLT Seigneur de la Boissiere deceda à Mantes, estant aussi au seruice de sa Maiesté.

10. IAQVELINE HVRAVLT femme d'ANNE DE L'HOSPITAL, Cheualier, Baron & Vicomte de Vaux, Seigneur de S. Mesme & de Meneuille, Bailly de Dourdan, fils aisné de René de l'Hospital, Seigneur de S. Mesme, & de Louïse de Montmirail sa femme. Ils estoient issus de la Maison des Marquis de Choisy & de Vitry. Anne de l'Hospital mourut l'an 1620. laissant pour fils Iacques de l'Hospital Vicomte de Vaux, & Seigneur de S. Mesme.

L'HOSPITAL, S. MESME.

De gueules au Cocq d'argent, cresté, barbelé, & membré d'or.

10. FRANÇOISE HVRAVLT femme D'AMOS DV TEXIER, DV TEXIER.

Cheualier, Seigneur de Brijs, de Maisons & du Bois-
en-cour, qui en eut trois filles, à sçauoir, Anne du
Texier femme de Charles Ripault, Seigneur de Vely,
N. du Texier, femme de Michel Ferrand, Conseiller
du Roy en la Cour de Parlement de Paris, & Magdelaine du Texier, femme du Baron de Monbrun.

DE ROVCY,
SISSONNE.

D'or au Lyon
d'azur, armé &
lampassé de
gueules.

10. CLAVDE HVRAVLT espousa le 2. Iuin 1597. CHARLES
DE ROVCY, Cheualier Seigneur de Sissonne, fils de
Nicolas de Roucy, Cheualier Seigneur du mesme
lieu, & de Magdelaine de Lamet sa femme. Ils estoient
issus de la Maison des Comtes de Roucy en Champagne.

10. MARIE HVRAVLT Abbesse du Lieu-nostre-Dame.

COCHEFI-
LET,
VAVCELAS.

D'argent à deux
Leopards de
gueules.

10. FRANÇOIS HVRAVLT Cheualier, Seigneur de Chasteau-pers & du Marais, Maistre des Requestes de
l'Hostel du Roy, troisiesme fils de Iacques Hurault, Seigneur
du Marais & de Vueil, espousa RACHEL de COCHEFILET,
fille de Iacques de Cochefilet, Cheualier Seigneur de Vaucelas prés d'Estampes, & de Marie Arbaleste sa femme, sœur
d'André de Cochefilet, Cheualier des Ordres du Roy, Côte
de Vauuineux, & Baron de Vaucelas, Conseiller d'Estat, Capitaine de cinquante hommes d'armes, & Ambassadeur en
Espagne; De François Hurault & de son espouse sont issus
deux enfans. Ce Seigneur de Chasteau-pers fut blessé en vne
rencontre prés d'Orleans pendant les troubles de la Ligue
enuiron l'an 1590. & mourut six iours apres. La Dame sa
vefue fut alliée en secondes nopces auec MAXIMILIAN DE
BETHVNE Duc de Suilly, & Marquis de Rosny, Pair, Mareschal, Grand Maistre de l'Artillerie, & Surintendant des Finances de France, duquel elle a aussi laissé des enfans. Ceux
qu'elle eut du premier lict sont,

11. PHILIPPES HVRAVLT Cheualier, Seigneur du Marais,
lequel eut ce nom en memoire de Philippes Hurault
Comte de Cheuerny, Chancelier de France son parent. Il fut tué au siege du Pont de Cé en Aniou le sep-

tiesme iour d'Aouſt l'an 1620. faiſant ſeruice au Roy, & ne fut marié.

11. MARIE HVRAVLT femme de PHILIPPES ESCHAL-LARD, Cheualier Baron de la Boullaye en Poiƈou, Gouuerneur de la ville de Fontenay le Comte, fils de Charles Baron de la Boulaye, & de Marie du Fou, de la Maiſon du Vigean, ſa femme. Ce Baron de la Boul-laye, eſpoux de Marie Hurault, deceda en la ville de Loudun l'an 1616. delaiſſant pour fils, entr'autres en-fans, Maximilian Eſchallard, Marquis de la Boullaye, Maiſtre de Camp d'vn Regiment, qui de n'agueres a eſté allié par mariage dans la Maiſon des Ducs de Boüillon la Marck.

ESCHAL-LARD, LA BOVLAYE.

D'azur au che-uron d'or.

9. IEAN HVRAVLT deuxieſme du nom, Seigneur de Vueil, de Cherigny & des Ouſches en Touraine, Maiſtre des Requeſtes ordinaire de l'Hoſtel du Roy, dernier fils de Iean Hurault, Seigneur de Vueil & du Marais, & d'Anne Brethe ſa troiſieſme femme, fut marié deux fois. La premiere auec CATHERINE ALEGRIN, fille de Louis Alegrin, Seigneur de Valence & de S. Germain, Conſeiller en Parlement, & de Louïſe Briçonnet ſa femme. De ce mariage ſortirent deux fils & trois filles, cy-apres remar'quez.

ALEGRIN.

D'argent party de gueules à la Croix ancrée & partie de meſme, de l'vn en l'autre.

En ſecondes nopces IEAN HVRAVLT eſpouſa SVSANNE DE CONSTANT fille de Louïs de Conſtant, Sieur de Fon-per-tuis prés de Bois-gency, dont il eut vn fils. Ce Seigneur de Vueil deceda le 25. iour de Septembre 1620. eſtant aagé de 84. ans. Ses enfans du premier liƈt ſont,

DE CONSTANT.

10. CHRISTOPLE HVRAVLT Seigneur de Vueil, Conſeiller en la Cour de Parlement, eut à femme CLAVDE DE BERVLLE, ſœur de Pierre Cardinal de Berulle, Ge-neral de la Congregation de l'Oratoire de IESVS, & de Iean de Berulle Conſeiller du Roy en ſes Conſeils, maiſtre des Requeſtes ordinaire de ſon Hoſtel, & Procureur General de la Roine Marie de Medicis, mere du Roy. Ils eſtoient enfans de Claude de Berul-le Conſeiller du Roy en ſa Cour de Parlement, & de

DE BERVLLE.

De gueules au cheuron d'or, ac-compagné de trois eſtoiles ou molettes de meſme.

Louïſe Seguier, fille de Pierre Seguier Preſident en la meſme Cour, & tante paternelle de Pierre Seguier ſon petit fils Chancelier de France. Chriſtophle Hurault mourut à Gonneſſe prés Paris l'an 1606. ſans laiſſer enfans ; Il giſt dans l'Egliſe des Blancs-manteaux de la meſme ville.

10. CLAVDE HVRAVLT, Sieur de Cherigny, puis de Vueil, duquel ſera parlé cy-apres.

10. MARIE HVRAVLT fut alliée par mariage auec IACQVES COICAVLT, Sieur de la Riuiere, Aduocat en la Cour de Parlement de Paris, duquel mariage eſt iſſu René Coicault leur fils.

10. CATHERINE HVRAVLT, Religieuſe à S. Anthoine des Champs lez Paris.

10. ELISABETH HVRAVLT, femme de PIERRE DE VOYER, Cheualier, Seigneur d'Argenſon, Bailly de Touraine de la maiſon des Vicomtes de Paumy. De ceſte alliance eſt iſſu René de Voyer, auſſi Seigneur d'Argenſon, Maiſtre des Requeſtes ordinaire de l'Hoſtel du Roy, qui a eſpouſé N. le Tellier.

10. LOVIS HVRAVLT Seigneur de Vueil en partie, iſſu du mariage de Iean Hurault, & de Suſanne de Conſtant ſa deuxieſme femme, a eſpouſé en l'an 1635. la fille du ſieur de ROVGEMONT, de Bois-gency.

10. CLLAVDE HVRAVLT I. du nom, Cheualier, Seigneur de Cherigny, puis de Vueil par la ſucceſſion de Chriſtophle Hurault ſon frere aiſné, decedé ſans enfans. L'vn & l'autre eſtoient fils de Iean Hurault auſſi ſecond du nom, Seigneur de Vueil, & de Catherine Alegrin ſa femme.

Le meſme CLAVDE HVRAVLT a eſté allié par mariage auec MAGDELEINE DE PROISY, fille de N. de Proiſy, Baron de la Bauue en Picardie, prés la ville de Laon ; & deceda en l'an 1630. le 17. iour de Septembre, delaiſſant pluſieurs enfans, entr'autres les deux qui ſuiuent.

11. CLAVDE HVRAVLT II. du nom Seigneur de Vueil.

11. MAGDELENE HVRAVLT eſpouſa en l'an 1633. CHARLES DE MONTAVMER, Cheualier Seigneur de Grandchamp en Brie.

BRANCHES
DES SEIGNEVRS
DE BOIS-TAILLÉ,
DE BEL-ESBAT,
&
D'AVNEVX.

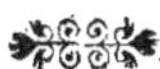

Ceux de BEL-ESBAT, comme estans sortis puisneʒ de la
Maison des HVRAVLTS, portoient pour brisure, & difference des plaines Armes, vne Hermine d'argent sur le haut
de la Croix d'azur.

TABLE GENEALOGIQVE
DE LA MAISON DES HVRAVLTS.

6. RAOVL HVRAVLT, premier du nom, Seigneur de la Grange.

7. IACQVES HVRAVLT, Seigneur de la Grange, & de Cheuerny.	IEAN HVRAVLT I. du nom Seigneur de Bois-taillé, de Bel-esbat & de Maisse.

8. ROBERT HVRAVLT Abbé de S. Martin d'Autun.	IEAN Abbé de Morigny.	NICOLAS HVRAVLT Seigneur de Bois-taillé, & de Bel-esbat.	MARGVERITE. MAGDELAINE. LOVISE. MARIE. IEANNE.

9. ROBERT HVRAVLT Seigneur de Bel-esbat & de Vignay.	IEAN HVRAVLT, deuxiesme du nom, Seigneur de Bois-taillé. IEAN III.　FRANÇOIS.	ANDRE', Seigneur de Maisse.

10. CHARLES Sieur de Bel-ébat.	MICHEL HVR. DE L'HOSPITAL Sieur du Faï & de Bel-esbat.	ROBERT Baron d'Auneux. PHILIP-　AN- PES.　DRE'.	PAVL HVR. Archeuesque d'Aix. IEAN. FRANÇOIS.	2. filles.

11. PIERRE HVRAVLT de l'Hospital, Sieur de Bel-esbat.	GVY HVRAVLT de l'Hospital, Archeuesque d'Aix.

12. HENRY HVRAVLT de l'Hospital, Seigneur de Bel-esbat.

BRANCHE
DES SEIGNEVRS
DE BOIS-TAILLÉ,
DE BEL-ESBAT,
ET D'AVNEVX.

7. **I**EAN HVRAVLT premier du nom, Cheualier, Seigneur de Bois-taillé, de Bel-esbat, de Iuuify & de Maiſſe, fils puiſné de Raoul Hurault premier du nom, Seigneur de la Grange, & de Cheuerny, fut pourueu de la dignité de premier Preſident en la Cour des Aydes à Paris enuiron l'an 1500. par le decés de Iean le Viſte, Cheualier Sieur d'Arſy, & l'exerça iuſques en l'an 1505. Il auoit auparauant eſté Chancelier de Louis Duc d'Orleans, qui fut depuis le Roy Louïs XII. L'alliance par mariage qu'il prit, fut auec GVILLEMETTE DE GVETTE-VILLE, iſſuë de meſme famille que Robert de Guette-ville, Conſeiller du Roy en ſa Cour de Parlement de Paris, qui eut pour fils Leon de Guette-ville, Cheualier, Vicomte de Corbeil, & Seigneur de Tigery. IEAN HVRAVLT Seigneur de Bois-taillé & ſa femme furent inhumez dans l'Egliſe de Sainte Marine à Paris; Leurs huit enfans ſont cy-deſſouz remarquez.

GVETTE-VILLE.

D'argent, ſemé de Chauſſe-trappes de ſable.

8. ROBERT HVRAVLT Grand Archidiacre en l'Egliſe d'Autun, & Abbé de ſainct Martin de la meſme ville.

8. IEAN HVRAVLT Abbé de Morigny près la ville d'E-
stampes, deceda le dernier iour d'Aoust 1560.

8. NICOLAS HVRAVLT Seigneur de Bois-taillé, de Maisse
& de Bel-esbat, eut lignée.

AVRILLOT.

D'argent à trois
Tresles de sino-
ple 2 en chef, 1.
en pointe, & vne
teste de More
mise en cœur,
tortillée d'arget.

8. MARGVERITE HVRAVLT espousa PIERRE AVRILLOT
Secretaire du Roy. Il y a eu des Conseillers en la Cour
de Parlement de Paris, de ceste Maison d'Aurillot:
De laquelle est pareillement issu Nicolas Aurillot
Sieur de Champlastreux, qui espousa Perrette de
Vaude-tar, de la Maison des Barons de Persan.

8. MAGDELEINE HVRAVLT, Religieuse au Monastere
des Filles-Dieu de Paris.

LOTIN.

Eschiquetté d'ar-
gent & d'azur.

8. LOVISE HVRAVLT, femme de ROBERT LOTIN,
Conseiller du Roy en la Cour des Aydes à Paris, qui
en eut Guillaume Lotin, Sieur de Charain, Maistre
des Comptes, lequel de Ieanne Bochart, de la Maison
de Champigny sa femme, laissa fils & fille; le fils fut
Guillaume Lotin, President aux Enquestes, qui de
Magdelaine Morin son espouse, eut trois fils; a sçauoir
François & André Lotin, Conseillers en Parlement,
& Nicolas Lotin, Conseiller au grand Conseil. Isa-
bel Lotin, fille de Guillaume Lotin, & de Ieanne
Bochart, espousa François de Lauzon, Conseiller aux
Requestes du Palais de la Cour de Parlement de Pa-
ris, & en eut entr'autres enfans, Ican de Lauzon, Con-
seiller du Roy en ses Conseils, Maistre des Requestes
ordinaire de l'Hostel de sa Maiesté, & President au
Grand Conseil.

LE ROVX.

8. MARIE HVRAVLT fut alliée auec IACQVES LE
ROVX, Conseiller en la Cour de Parlement de Paris,

8. IEANNE

8. IEANNE HVRAVLT femme de FRANÇOIS DE MOR-
VILLIERS, sieur du Brueil & de Linieres, aussi Conseiller en la Cour de Parlement; duquel mariage sortit Geneuiefue de Moruilliers femme de FRANÇOIS
MIRON, Seigneur de Beauuoir & de Linieres, lequel
en procrea huict enfans, qui sont remarquez en suite.

MORVIL-
LIERS.

D'argent à la
Layeon Sanglier
de sable.

Iean Miron, Abbé de Sainct Iean, & Aumosnier du
Roy.

Gabriel Miron, Seigneur de Beauuoir, duquel
est cy-a pres plus amplement parlé.

Robert Miron, Cheualier, Seigneur de Chenailles,
Conseiller d'Estat, Intendant & Controlleur general
des finances, & Intendant de l'Ordre du S. Esprit, ne
laissa enfans de Marie Vallée sa femme.

François Miron General de France en Bretagne,
laissa quatre filles.

Pierre Miron, Cheualier, Sieur de Malabry, Baron
de Cremaille, Bailly & Gouuerneur de Chartres, lequel de Denise de Sainct Prest sa femme, eut Isabelle
Miron femme de Tristan l'Hermite, sieur de Sou-
liers.

Marc Miron, Sieur de l'Hermitage, Conseiller
d'Estat, & premier Medecin du Roy Henry III. eut
la lignée, qui sera cy-apres deduite.

Michel Miron, Prieur de S. Iean des Grecs, & Aumosnier du Roy.

Marie Miron, femme de Iean Arnaud, Lieutenant
general au siege d'Angoumois.

Gabriel Miron, Sieur de Beauuoir, de Linieres &
du Tremblay, Conseiller en Parlement, puis Lieutenant Ciuil à Paris, & Conseiller d'Estat, laissa cinq enfans de Magdelaine Bastonneau sa femme, qui furent,

François Miron, Seigneur de Bonnes & de Gille
Voisin, duquel est parlé en son lieu.

Robert Miron, Seigneur du Tremblay cy-apres
mentionné.

Marguerite Miron, femme d'Anthoine Rancher, Sieur de la Foucaudiere, Maiſtre des Requeſtes de l'Hoſtel du Roy, puis Preſident aux Enqueſtes de la Cour de Parlement de Paris ; elle mourut ſans enfans.

Magdelaine Miron, femme de Nicolas Choart, Sieur de Magny, Correcteur en la Chambre des Comptes.

Geneuiefue Miron eſpouſa Iacques de Pommereu, Eſcuyer ſieur de la Breteſche & de Vaux-martin, qui en a eu François de Pomereu, ſieur de Vaux-martin, Conſeiller du Roy en ſes Conſeils d'Eſtat & Priué, Maiſtre des Requeſtes de ſon Hoſtel, & Preſident au grand Conſeil.

Gabrielle Miron, femme de Ioſias Pajot, Maiſtre des Comptes à Paris.

François Miron, Cheualier, Seigneur de Bonnes, & de Gilles-voiſin, Conſeiller du Roy en ſes Conſeils, Maiſtre des Requeſtes, Preſident au Grand Conſeil, Chancelier de Monſeigneur le Dauphin, fut auſſi Lieutenant Ciuil, & Preuoſt des Marchands à Paris; il eſpouſa Marie Briſſon, fille de Barnabé Briſſon Preſident en la Cour de Parlement, & vefue d'Edme Iean de la Chambre, Baron de Ruffey. De ceſte alliance eſt iſſu,

Iean Miron, Seigneur de Bonnes, Conſeiller au Grand Conſeil, qui a eſpouſé N. de Baillon, fille du ſieur des Forges, Conſeiller du Roy & Maiſtre ordinaire en ſa Chambre des Comptes à Paris.

Robert Miron, Cheualier, Seigneur du Tremblay, Conſeiller du Roy en ſes Conſeils, ſecond fils de Gabriel Miron, Lieutenant Ciuil, & de Magdelaine Baſtonneau, a eſté premierement Conſeiller en Parlement, puis Preſident aux Requeſtes, Preuoſt des Marchands à Paris, Ambaſſadeur en Suiſſe, & Intendant de la Iuſtice, police & finances en Languedoc. Il a eſpouſé Marguerite Brethe fille de Iacques Brethe, Seigneur de Boinuilliers, Conſeiller & Secretaire des Commandemens de la Roine Elizabeth d'Auſtriche femme du Roy Charles neufieſme, dont il a eu les enfans qui ſuiuent; à ſçauoir Iacques Miron Conſeiller en la Cour des Aydes, qui a eſté marié auec Anne Charpentier fille de Michel Charpentier, Conſeiller du Roy en ſes Conſeils, Preſident au Parlement de Mets, & premier Preſident au Conſeil Souuerain de Nancy, & d'Eliſabeth Mulot ſa femme.

Robert Miron, Sieur du Tremblay, Conſeiller du Roy, Correcteur ordinaire en la Chambre des Comptes à Paris.

Louïs Miron Prieur de Gouſſainuille.

Charles Miron Cheualier de Malthe.

Marie Miron, femme d'Anthoine de Vaſles, Sieur du Meſnil, Controlleur general des Reſtes.

Marguerite Miron, femme de Chriſtophle l'Eſchaſſier, Maiſtre ordinaire en la Chambre des Comptes à Paris.

François Miron Conſeiller du Roy, & General de France en Bretagne, fils puiſné de François Miron, & de Geneuiefue de Moruilliers, a eſpouſé Renée Chetebien, & en a eu les quatre filles qui ſuiuent,

Louïſe Miron femme de Trajan de la Couſſaye, Sieur de la Porte, Preſident des Comptes en Bretagne.

Françoiſe Miron eſpouſa Charles Heuë, Baron de Courſon, Conſeiller au grand Conſeil, puis Conſeiller d'Eſtat.

Marie Miron, femme de Charles Gouffier Comte de Carauas & de Paſſauant, l'vn des fils de Claude Gouffier Duc de Roüanois, & Marquis de Boiſy, Grand Eſcuyer de France. De ceſte alliance ſont ſortis Charles Gouffier Comte de Carauas, decedé ſans enfans, & Louïs Gouffier auſſi Comte de Carauas, qui a eſpouſé vne fille de la Maiſon de Gaucour.

Renée Miron, alliée par mariage auec Charles le Comte, ſieur de Montauglan, Treſorier de France en la Generalité de Paris.

Marc Miron, Seigneur de l'Hermitage, Conseiller d'Estat, premier Medecin du Roy Henry III. sixiesme fils de François Miron sieur de Beauuoir, & de Geneuieue de Moruilliers, espousa Marie Gentian, & en eut les enfans qui suiuent,

Marc Miron Cheualier, sieur de la Ferriere, Grand Maistre des eaux & forests en Normandie, espousa Marie le Picard, de laquelle il n'a eu enfans.

Charles Miron Euesque d'Angers, puis Archeuesque de Lyon, Primat des Gaules.

Louïs Miron maistre d'Hostel du Roy, & maistre des Comptes en Bretagne, a laissé plusieurs enfans de Louïse Beau-clerc sa femme.

Henry Miron Cheualier de Malthe.

François Miron sieur de la Chaut, decedé sans lignée.

Marie Miron, femme de Louïs le Febure Seigneur de Caumartin, Garde des Seaux de France, qui en a eu plusieurs enfans, entr'autres François le Febure de Caumartin Euesque d'Amiens.

Magdelaine Miron Religieuse.

8. **N**ICOLAS HVRAVLT, Seigneur de Bois-taillé, de Maisse, de Bel-esbat, de Iuuisy & du Mesnil Aubin, Conseiller en la Cour de Parlement de Paris, fut vn des plus grands Senateurs de son temps: Il estoit troisiesme fils de Iean Hurault Seigneur de Bois-taillé, & de Guillemette de Guet-teuille son espouse. En premieres nopces il fut marié auec CLAVDE ALEGRIN fille de Iacques Alegrin sieur de Dian & de Blaines, dont il n'eut enfans ; & en secondes auec ANNE MAILLARD, fille de Gilles Maillard, Conseiller en la mesme Cour de Parlement, & de Ieanne Boucher sa femme, duquel second mariage il eut trois enfans remarquez en suite, & deceda au mois de Iuin l'an 1560. Son corps fut inhumé dans l'Abbaïe de Morigny prés d'Estampes.

9. ROBERT HVRAVLT Seigneur de Bel-esbat, duquel sera parlé plus amplement cy-aprés.

9. IEAN HVRAVLT Seigneur de Bois-taillé eut auſſi des enfans.

9. ANDRE' HVRAVLT, Seigneur de Maiſſe, Conſeiller du Roy en ſes Conſeils, par deux fois Ambaſſadeur à Veniſe, eſtoit tres-bien verſé en la cognoiſſance des affaires d'Eſtat, orné de prudence, de doctrine, & d'experience, & comme tel employé en pluſieurs importantes negotiations, tant dedans que dehors le Royaume, ſouz les Rois Charles IX. Henry III. & HENRY LE GRAND, qui l'eſtimoit pour ſon merite & ſa fidelité. Il eſtoit encore à Veniſe lors des grands troubles de France excitez l'an 1589. auquel temps apres la mort de Henry III. il diſpoſa les Senateurs de ceſte Republique à recognoiſtre incontinent pour Roy legitime le meſme Prince Henry le Grand, & à continuer auec ſa Majeſté l'eſtroite Alliance contractée depuis ſi long temps entre la France & Veniſe. En fin ce digne Ambaſſadeur & Conſeiller d'Eſtat, termina le cours de ſa vie en l'an 1607. ſon corps fut inhumé en l'Abbaye de Morigny.

La premiere de ſes deux femmes RENEE BOILEVE, eſtoit ſœur de N. Boiléue Lieutenant general au ſiege Preſidial d'Angers, qui ſe diſoit iſſu d'Eſtienne Boiléue, eſtably premier Garde de la Preuoſté de Paris par le Roy ſainct Loüis, & de Iean Boiléue qui fut en la guerre de Hongrie contre les Turcs l'an mil trois cens quatre-vingt ſeize.

BOILEVE.
D'azur à la faſce d'argent, accompagnée de trois Croix d'or en ſautoir, deux en chef & vne en pointe.

La ſeconde femme d'André Hurault fut CATHERINE HELIN, fille de N. Helin & de Ieanne le Clerc dite Cottier, laquelle eſtoit fille de Iacques le Clerc, dit Cottier, ſieur d'Aunay & de Nonneuille, & ſœur d'Anthoinette le Clerc, qui eſpouſa Iean Hurault ſecond du nom Seigneur de Bois-taillé, comme nous dirons cy-apres. De ces deux alliances le Seigneur de Maiſſe ne laiſſa aucuns enfans.

9. **R**OBERT HVRAVLT Seigneur de Bel-esbat, de Vallegrand, de Bus & de Vignay, Maistre des Requestes de l'Hostel du Roy, & Chancelier de Marguerite de France, Duchesse de Sauoye, estoit fils aisné de Nicolas Hurault, Seigneur de Bois-taillé & d'Anne Maillard sa femme.

Il espousa MAGDELAINE DE L'HOSPITAL fille vnique de Michel de l'Hospital Chancelier de France, & de Marie Morin sa femme. Elle estoit heritiere des Seigneuries de Bus, de Vignay, de Vallegrand, d'Auneux, & du Faï, & eut du Seigneur de Bel-esbat son espoux huit enfans, qui prirent auec leur surnom de HVRAVLT, celuy de L'HOSPITAL, lequel auoit esté rendu tant illustre par la vertu & le nom de ce grand Chancelier l'vn des ornemens de la France. Ses enfans furent,

10. **C**HARLES HVRAVLT, de L'HOSPITAL, Cheualier, Seigneur de Bel-esbat, Capitaine d'vne Compagnie de Gens-d'armes, fut tué au siege de Chartres l'an 1591. faisant seruice au Roy Henry le Grand, & ne prit aucune alliance par mariage.

10. **M**ICHEL HVRAVLT DE L'HOSPITAL, Seigneur du Faï & de Bel-esbat, Chancelier de Nauarre est cy-apres mentionné plus particulierement.

10. **R**OBERT HVRAVLT DE L'HOSPITAL Baron d'Auneux donna commencement à la branche qui porta ce nom; il en sera traicté en son lieu.

10. **P**AVL HVRAVLT DE L'HOSPITAL Archeuesque d'Aix, fut dés l'an 1595. nommé par le Roy Henry le Grand à ceste Prelature; en laquelle il fit paroistre la viuacité de son esprit & son eloquence, par plusieurs doctes Predications, & en autres actions publiques; mesmement lors qu'en l'an 1619. il loüa par vne Oraison funebre l'Empereur Mathias, dans l'Eglise Cathedrale de Paris, au seruice & pompes funebres, que le Roy Louïs XIII. ordonna estre faites à cét Empereur, proche parent de la Reine sa mere.

Le mesme Archeuesque d'Aix a aussi remporté la loüange, que luy donne vn Autheur de ce temps, d'auoir esté grand defenseur des droicts de l'Eglise, & de l'authorité Episcopale. Son decés aduint à Paris au mois de Septembre 1624. apres auoir tenu enuiron vingt-deux ans le siege Archiepiscopal, auquel succeda, par sa demission, GVY HVRAVLT DE L'HOSPITAL son neueu, comme nous dirons.

10. IEAN HVRAVLT DE L'HOSPITAL, Seigneur de Gomeruille Faï, Gentil-homme ordinaire de la Chambre du Roy, espousa LOVISE D'ALONVILLE, fille de François Seigneur d'Oysonuille en Beausse, Cheualier de l'Ordre du Roy, Gouuerneur d'Estampes, & Lieutenant de la Compagnie de cinquante-hommes d'armes de Paul Chabot Seigneur de Clairuaux; & de Ieanne du Monceau sa femme. Aucuns enfans ne sortirent de ce mariage.

D'ALON-VILLE.

D'argent à la fasce de deux pieces de sable.

10. FRANÇOIS HVRAVLT DE L'HOSPITAL Seigneur de Vignay, sixiesme fils de Robert Hurault, fut employé par Henry le Grand en Leuant, vers le Grand Seigneur, & en Italie, & mourut à l'aage de 22. ans.

10. MARGVERITE HVRAVLT DE L'HOSPITAL fut alliée par mariage auec IEAN DE GONTAVLD DE BIRON, Cheualier, Baron de Salignaç, Conseiller du Roy en ses Conseils d'Estat & Priué, Capitaine de cinquante hommes d'armes des Ordonnances, Mareschal de ses Camps & Armées, & Ambassadeur pour sa Maiesté en Leuant, à la porte du Grand Seigneur : Il estoit issu de mesme famille que les deux renommez Mareschaux de France, Armand & Charles de Gontauld de Biron, pere & fils, & rendit plusieurs signalez seruices au Roy Henry le Grand.

DE GONTAVLD DE BIRON.

Escartelé d'or & de gueules en banniere.

De son mariage auec MARGVERITE HVRAVLT DE L'HOSPITAL sortirent vn fils & cinq filles; à sçauoir, François de Gontauld de Biron, Baron de Salignac; Marie de Gontauld Religieuse en l'Abbaye de

Font-eurauld. Catherine de Gontauld prit aussi le
voile de Religieuse en l'Abbaïe de la Saincte Trinité
de Poictiers : Les autres filles furent Anne, Magdelaine & Louise de Gontauld.

10. MARIE HVRAVLT DE L'HOSPITAL deuxiesme
    fille de Robert Hurault Seigneur de Bel-esbat, es-
    pousa LOVIS DE LA RIVIERE, Seigneur de Cheny,
    duquel mariage ne furent procreés aucuns enfans.

10. MICHEL HVRAVLT DE L'HOSPITAL, Cheualier,
Seigneur du Faï, & de Bel-esbat, Chancelier de
Nauarre, fils aisné de Robert Hurault Seigneur de Bel-
esbat & de Magdelaine de l'Hospital sa femme, donna
dés sa plus tendre ieunesse tant d'esperance de luy, que le
Chancelier de l'Hospital son ayeul maternel & son parrain
luy rendit des tesmoignages d'vne singuliere affection : Ce
grand personnage preuoyant par vn solide iugement, qu'il seroit vn iour l'vne des lumieres de sa famille, comme il aduint. Car pendant les guerres ciuiles ayant suiuy le party
& la fortune du Roy Henry le Grand, lors seulement Roy
de Nauarre, sa Maiesté recognut qu'il estoit doüé de plusieurs rares parties, & ayant des preuues de son experience non commune au maniement des affaires d'Estat, l'enuoya
son Ambassadeur aux Païs-bas, en Angleterre & en Alema-
gne vers aucuns Princes ses alliez : puis le fit son Chancelier : Et comme ce genereux Seigneur auoit heureusement
ioint les lettres auec les armes ; aussi continua-t'il de seruir
tres-vtilement, ayant par ses excellens & libres Discours,
qui furent publiez sur les affaires du temps, puissamment deffendu la iuste cause de ces deux grands Monarques Henry
III. & Henry le Grand, contre les entreprises de leurs ennemis, & ceux de l'Estat.

Depuis, le mesme Seigneur du Faï, capable de toutes choses grandes, s'estant porté dans les actions militaires, lors du
siege de Roüen, en l'an 1592. le Roy luy donna commandement sur quelques vaisseaux armez ; puis en suite luy confia
le gou-

le gouuernement de la place de Quille-bœuf en Normandie.
Il la fit diligemment fortifier pour la rendre des meilleures de
la Prouince, afin d'incommoder ceux de Rouën, rebelles à
sa Maiesté. Mais la violence d'vne maladie, qui le surprit en
ce lieu, fut si grande, qu'elle le porta dans le tombeau en ceste mesme année 1592. Il receut les honneurs de la sepulture
à Bel-esbat.

OLYMPE DV FAVR son espouse estoit fille de cét autre
grand Genie du sçauoir & de prudence Guy du Faur Seigneur de Pibrac, President en la Cour de Parlement de Paris, & Chancelier de Monsieur le Duc d'Anjou frere du Roy
Henry III. & de la Reine Marguerite leur sœur. Cette Dame du Faï eut pour mere Anne de Custos, femme du mesme
Seigneur de Pibrac; la Famille duquel se rendit celebre en
l'Eglise, aux armes, & aux grandes Charges de la Iustice.
Pierre du Faur son pere fut President au Parlement de Tolose, & le frere puisné d'iceluy, Michel du Faur, obtint pareille dignité, & outre celle de Chancelier de l'Infante de Portugal. Entre plusieurs enfans que cestuy-cy laissa, fut Pierre du
Faur, Cheualier, Seigneur de S. Iory premier President au
mesme Parlement de Tolose, personnage qui estoit aussi
grandement estimé autant pour sa prud'hommie que singuliere doctrine. Son fils Baron de S. Iory a espousé la sœur du
Comte de Biulé de la maison de Cardaillac en Languedoc.
Des quatre freres du mesme Guy du Faur Seigneur de Pibrac,
Pierre fut Euesque de la Vaur, Louis Seigneur de Gratins,
Chancelier de Nauarre, Arnaud Seigneur de Puiols premier
Gentil-homme de la Chambre du Roy Henry le Grand, lors
seulement Roy de Nauarre, & Charles du Faur, lequel, comme plusieurs autres de ceste maison, a esté honoré de la char-
ge de President au Parlement de Tolose.

DE MICHEL HVRAVLT DE L'HOSPITAL, & de son espouse OLYMPE DV FAVR, sortirent les deux fils & la fille qui se
voyent en suite.

II. PIERRE HVRAVLT DE L'HOSPITAL Seigneur de Bel-
esbat, sera mentionné cy-apres.

g

11. **GVY HVRAVLT DE L'HOSPITAL** fut Archeuesque d'Aix apres son oncle Paul, qui luy resigna ceste Prelature dés l'an 1618. Mais six ans apres qu'il eut pris en main le baston Pastoral, il fut contraint de le quitter par la mort qui luy aduint à Paris le troisiesme iour de Decembre 1625. lors de l'Assemblee du Clergé. Il fut inhumé dans l'Eglise de Bel-esbat. Alfonse du Plessis de Richelieu luy succeda en l'Archeuesché d'Aix, & depuis a esté aussi Archeuesque de Lyon, Grand Aumosnier de France, & Cardinal du S. Siege.

11. **MAGDELAINE HVRAVLT DE L'HOSPITAL** decedée en ieunesse.

11. **PIERRE HVRAVLT DE L'HOSPITAL** Seigneur de Bel-esbat, Maistre des Requestes ordinaire de l'Hostel du Roy, & Conseiller en ses Conseils d'Estat & Priué, fils aisné de Michel Hurault de l'Hospital Seigneur du Fai, & d'Olympe du Faur son espouse, suiuant les genereuses traces de ses Illustres ayeuls, se rendit recommandable par sa vertu, & son erudition non commune, & autres bonnes parties qui reluisoient en luy; Il deceda à S. Germain en Laye au mois de Iuillet 1623. laissant de CLAIRE DE GESSE' sa femme fille d'André de Gessé, & d'Anthoinette de Madron son espouse, les six enfans qui sont cy-dessouz remarquez.

DE GESSE'

12. **HENRY HVRAVLT DE L'HOSPITAL** Seigneur de Bel-esbat, Conseiller du Roy en la Cour de Parlement de Paris.

12. **PAVL HVRAVLT DE L'HOSPITAL** Seigneur du Fai.

12. **IEAN BAPT. HVRAVLT DE L'HOSPITAL**, Cheualier de Malthe.

12. **GVY HVRAVLT DE L'HOSPITAL.**

DE CHOISY.

12. **IEANNE HVRAVLT DE L'HOSPITAL** alliée par mariage auec IEAN DE CHOISY, Maistre des Requestes ordinaire de l'Hostel du Roy.

12. **MARGVERITE HVRAVLT DE L'HOSPITAL.**

BARONS D'AVNEVX.

10. **R**OBERT HVRAVLT DE L'HOSPITAL Baron d'Auneux, & Seigneur de Vignay, troisiesme fils de Robert Hurault Seigneur de Bel-esbat, & de Magdelaine de l'Hospital sa femme, espousa ESPERANCE PERROT, de laquelle il a eu, entr'autres, deux fils & vne fille. Plusieurs de ceste Maison de Perrot (descenduë de Marguerite de Thou, tante paternelle de Christophle de Thou premier President en la Cour de Parlement de Paris) ont esté honorez, comme ils sont encores à present, des dignitez de Presidens & Conseillers en la mesme Cour de Parlement. Ce Seigneur Baron d'Auneux deceda en l'an 1625. Ses trois enfans sont cy-dessouz remarquez.

PERROT.

D'azur à deux Croissans d'argent addossez, l'vn montant, l'autre renuersé, au chef d'or, chargé de trois Aiglettes, employees de sable.

11. PHILIPPES HVRAVLT DE L'HOSPITAL Seigneur de Vignay, duquel est parlé cy-apres.

11. ANDRE HVRAVLT DE L'HOSPITAL Baron d'Auneux.

11. IDE HVRAVLT DE L'HOSPITAL a esté mariée auec PAVL D'ORTHE sieur de la Falaise.

D'ORTHE
LA
FALAISE.

11. **P**HILIPPES HVRAVLT DE L'HOSPITAL Seigneur de Vignay, fils aisné de Robert Baron d'Auneux, & d'Esperance Perrot sa femme, a pris alliance par mariage auec N. L'ALEMAN, dont il a eu des enfans, à sçauoir,

L'ALEMAN.

12. N. HVRAVLT DE L'HOSPITAL.

12. Autres enfans.

g ij

SVITE DE LA BRANCHE
DES SEIGNEVRS
DE BOIS-TAILLÉ,
ET DE BONNES.

9. EAN HVRAVLT II. du nom, Seigneur de Bois-taillé, & de Bourré, Maistre des Requestes de l'Hostel du Roy, Conseiller en ses Conseils d'Estat & Priué, Ambassadeur pour sa Maiesté en Constantinople & à Venise, deuxiesme fils de Nicolas Hurault Seigneur de Bois-taillé, & d'Anne Maillard sa femme, mourut en l'an 1582. allant Ambassadeur en Angleterre pour le Roy Henry III. & delaissant trois enfans D'ANTHOINETTE LE CLERC, dite Cottier sa femme, qui estoit fille de Iacques le Clerc, dit Cottier, Sieur d'Aunay & de Nonneuille. Elle deceda le cinquiesme iour du mois de May en l'an 1572. Le Seigneur de Bois-taillé son mary fut inhumé en l'Abbaye de Morigny.

LE CLERC,
dite COTTIER

D'argent au cheuron d'azur, accompagné de trois roses de gueules, pointées ou boutonnées d'or 2. 1.

10. IEAN HVRAVLT III. du nom Seigneur de Bois taillé.

10. FRANÇOIS HVRAVLT Seigneur de Bonnes, dont les enfans se verront apres ceux de Iean Hurault son frere aisné.

DE CVGNAC,
IMONVILLE.

Gironné d'arget, & de gueules, de huit pieces.

10. ANNE HVRAVLT femme de PAVL DE CVGNAC, Cheualier, Baron d'Imonuille en Beausse, duquel mariage sont issus treize enfans, à sçauoir,
Paul de Cugnac, mort à l'aage de vingt ans.

Louïs de Cugnac Cheualier de Malthe.

François de Cugnac Baron d'Imonuille, duquel est parlé cy-après.

Charles de Cugnac mort au siege de Mont-pellier.

Philippes de Cugnac Seigneur de Rouure, Chanoine en l'Eglise de Chartres.

André de Cugnac Religieux au Monastere de Marmontier lez Tours.

Gabriel de Cugnac Sieur de Richaruille.

Marie de Cugnac, femme d'Edme de Prunelé sieur de Meninuille.

Anne de Cugnac espouse de Charles de Poiloue sieur de Fouuille.

Ieanne de Cugnac espousa Hierosme de Luc sieur de Fontenay.

Françoise de Cugnac mariée auec Alexandre de Forcroy, Escuyer sieur du Bois-de-villiers.

Elisabeth de Cugnac Religieuse au Conuent de Glatigny en Berry.

Louïse de Cugnac.

François de Cugnac Cheualier, Baron d'Imonuille troisiesme fils de Paul de Cugnac a espousé Louïse de Pauiot fille de Charles de Pauiot Cheualier, Seigneur de Boissy le sec, & de Marie de Roche-chouart sa femme. De ceste alliance est issu François de Cugnac.

Anne Hvravlt Dame d'Imonuille, mere de tous ces enfans, deceda le 18. de Septembre 1633. & gist à Imonuille; Paul de Cugnac son mary estant deputé de la Noblesse du païs Chartrain en l'Assemblée des Estats generaux tenus à Paris l'an 1615. il y mourut au mesme an., & fut inhumé dans le chœur de l'Eglise de S. Estienne du Mont.

10. **I**Ean Hvravlt II. du nom, Seigneur de Boi-taillé, Mespuis & Val-puiseux, fils aisné de Iean Hurault I. du nom, aussi Seigneur de Bois-taillé, & d'Anthoinette le Clerc sa femme, fut marié auec Margverite Bovrdin, fille de Gilles Bourdin Seigneur d'Assy, Procureur General en la

BOVRDIN.
D'azur au cheuron d'argent, à 3. testes de Daim d'or, 2. en chef affrontées, & vne en pointe.

Cour de Parlement de Paris, & d'Iſabeau Fuſée ſon eſpouſe.
Ce Seigneur d'Aſſy eſtoit iſſu d'vn Secretaire d'Eſtat & des
Commandemens, & de la ſœur de Iean Brinon Chancelier
d'Alençon, & premier Preſident au Parlement de Rouën; &
ayant ſuccedé à Noël Brulart ſon beau-frere, en la charge de
Procureur General, il l'exerça auec vne grande reputation de
doctrine & de probité. Le Seigneur de Bois-taillé ſon gendre
deceda l'an 1630. eſtant fort aagé, & fut enterré auec ſa femme
en la Chappelle des Brinons de l'Egliſe de S. Seuerin à Paris.
Leurs enfans ſe voyent remarquez en ſuite.

11. IEAN HVRAVLT decedé en ieuneſſe.

11. GENEVIEVE HVRAVLT, a eſté alliée par mariage a-
uec BLAISE MELIAND Cheualier, Seigneur d'Egligy,
Conſeiller du Roy en ſes Conſeils d'Eſtat & Priué, qui
fut enuoyé Ambaſſadeur en Suiſſe par le Roy Louys
XIII. l'an 1635. apres s'eſtre dignement acquitté de la
charge de Preſident aux Enqueſtes de la Cour de Parlement de Paris, qu'il exerça par quelques années.

11. MARIE HVRAVLT femme de LOVIS de BREANT,
Cheualier, Seigneur de la Roche & de Bonſeil, Eſcuyer du Roy.

11. ELISABETH HVRAVLT decedée en bas aage.

10. FRANÇOIS HVRAVLT Eſcuyer, Seigneur de Bonnes
& de Dampierre en Brie, fils puiſné de Iean Hurault
I. du nom, Seigneur de Bois-taillé, & d'Anthoinette le Clerc
ſa femme, eſpouſa ELISABETH DE LA TRANCHEE, dont il a
eu les quatre enfans qui ſont cy-deſſouz nommez.

11. FRANÇOIS HVRAVLT mort en ieuneſſe.

11. ELISABETH HVRAVLT femme de CHARLES DE VEIL-
LARD Eſcuyer, ſieur de la Chaiſne, Bailly & Gouuerneur d'Eſtampes.

11. DIANE HVRAVLT.

11. MARGVERITE HVRAVLT.

TABLE DES MAISONS

alliées par mariage auec celle

des HVRAVLTS.

l'Hospital, autre famille. 46.

L
L Aual-Nesle. 22.
Lotin. 40.

M
M Aillard. 44.
Mal-herbes. 6.
Meliand. 54.
Montaumer. 36.
Moruilliers. 41.
Monuilliers. 7.
Des Moulins. 14.
Moyon. 7.

O
O Liuier Leuuille. 33.
Orthe-la Falaise. 51.

P
P Roisy-la Bauue. 36.
Poncher. 14.15.29.
Perrot. 51.
Palot. 8.

R
R Aguyer la Mothe. 29.
Refuge. 5.
La Riuiere-Cheny. 48.

Robertet. 30.
Rochefort-Croisette. 31.
Rochembaud. 8.
Roucy-Sissonne. 34.
Rostain. 24.
Rougemont. 36.
LE Roux de la Roche des Au- 16.
  biers.
Le Roux, autre famille. 40.
Du Ru. 6.

S
S Vblet. 7.

T
La T Remoille Royan. 23.
Du Texier-Brijs. 33.
De Thou. 21.
La Trenchée. 54.

V
V Assé. 18.
Voyer d'Argenson. 36.
Le Vendomois. 15.
Veillard. 54.
Villebresme. 6.

F I N.

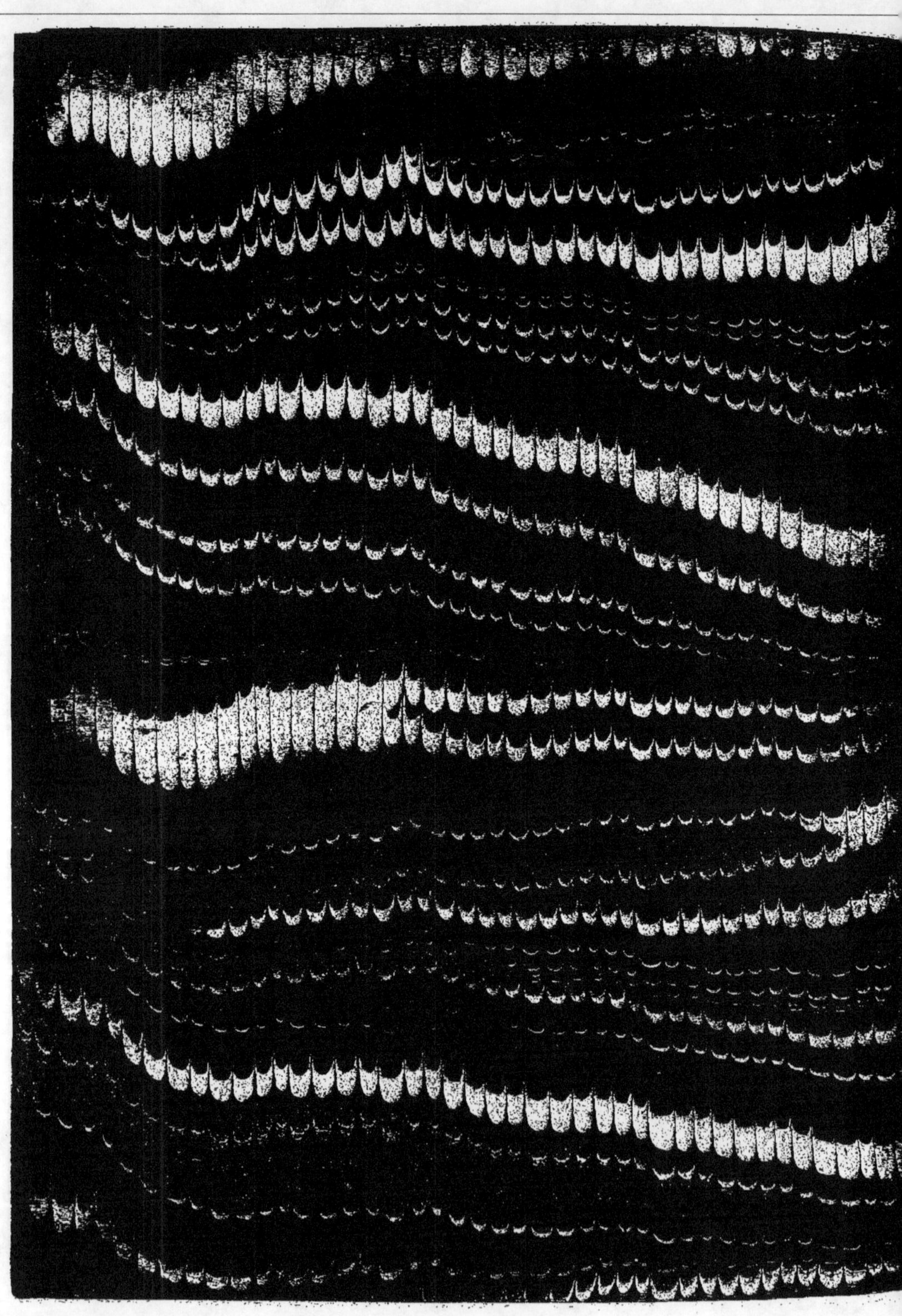

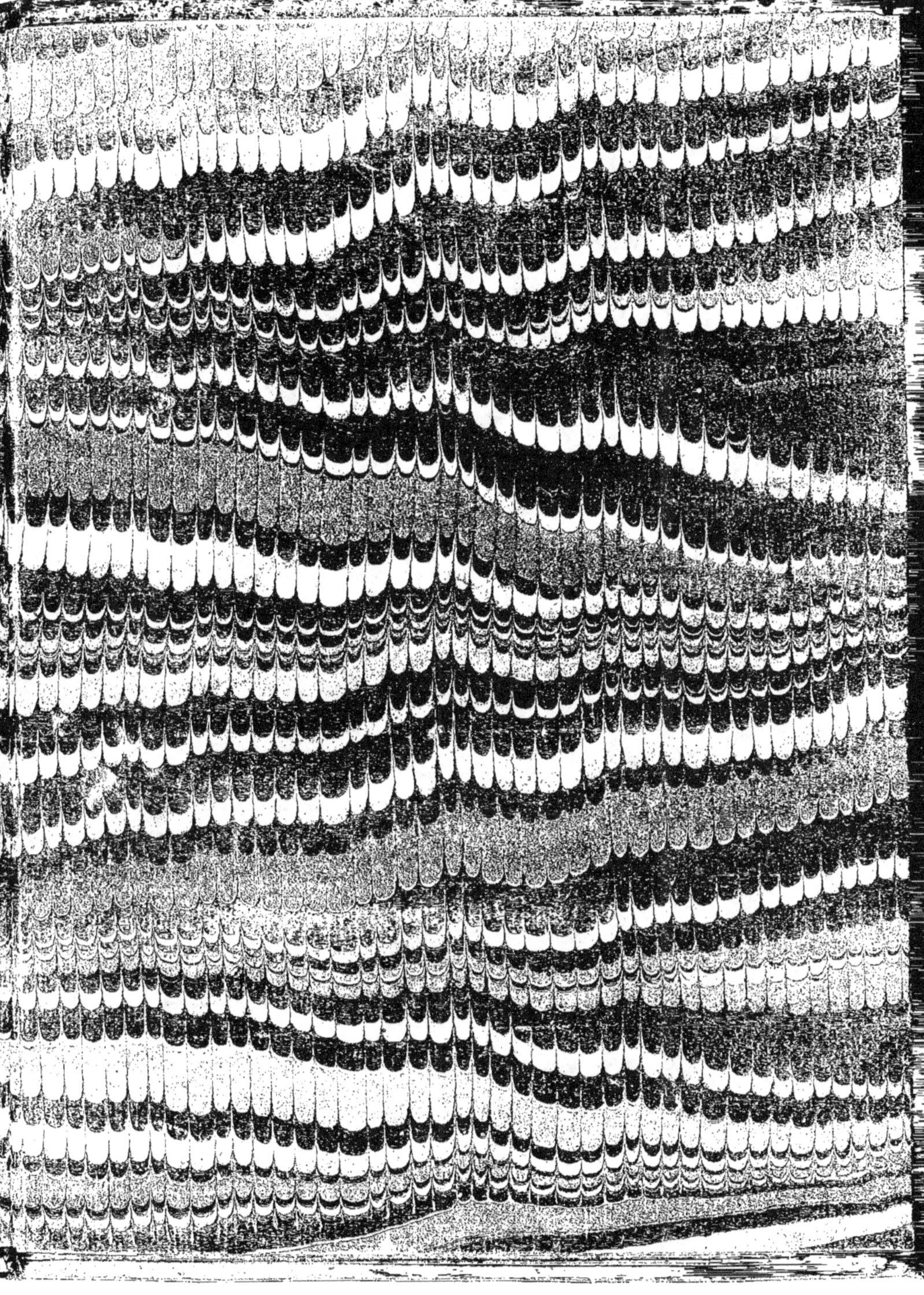